Rüdiger A. Glässer
Die Fährte der Wölfin

LEDA

Rüdiger A. Glässer
Die Fährte der Wölfin
Kriminalroman

1. Auflage 2012

ISBN 978-3-86412-012-1

Leda-Verlag, Rathausstraße 23, D-26789 Leer
info@leda-verlag.de
www.leda-verlag.de

Titelillustration: Andreas Herrmann
Printed in denmark by Nørhaven

Rüdiger A. Glässer

Die Fährte der Wölfin

Kriminalroman

LEDA

Rüdiger A. Glässer wurde 1953 in Zorge im Südharz geboren. Nach dem Geographie- und Sportstudium an der Georg-August-Universität Göttingen zog es ihn wieder in den Harz zurück. Dieses Mal nach Bad Sachsa, wo er seit 1980 am dortigen Internatsgymnasium Pädagogium unterrichtet. 1991 promovierte er in Klimatologie und veröffentlichte drei Jahre später das Fachbuch *Klima des Harzes*.

Er ist verheiratet und hat zwei erwachsene Söhne. Seine Leidenschaft ist das Radfahren. Die langen Fahrten durch die dunklen Harzwälder ließen ihn eine weitere Liebhaberei entdecken: das Krimischreiben.

Sein erster Roman *König der Schlangen* erschien 2010 im Leda-Verlag und liegt in der zweiten Auflage vor.

Prolog

Kaukasus, März 2008

Die Berghütte hatte nur einen Raum, sie war alt und heruntergekommen. Durch die Fensterrahmen pfiff der Wind sein einsames Lied, vom Feuer im Kamin durch rhythmisches Flackern begleitet.

Ludmilla saß in ihrem alten Sessel, dessen Polster verschlissen waren. Wo blieb Aljona? Hatten diese Verbrecher ihre Nichte am Ende in ihre Gewalt gebracht und getötet? Dann hatte der »Abzieher« ein weiteres Opfer gefunden! Hätte sie nur nicht ihre kluge Aljona hierher gerufen.

Schwerfällig drehte sie den Kopf zum Fenster. Ludmilla konnte nun das ganze Tal überblicken. Nur eine holprige Straße führte zu ihrer Hütte. Jeder, der hierherkommen wollte, den konnte man sehen, obwohl er noch kilometerweit entfernt war. Sie ergriff das auf dem Beistelltisch stehende Fernrohr und blickte damit ins Tal. Ein Licht näherte sich mit hoher Geschwindigkeit.

»Endlich«, murmelte Ludmilla. Aljona hatte diese Bastarde in die Irre geführt!

Ludmilla quälte sich zur Tür und öffnete sie. Der kalte Wind blies ihr entgegen, nahm ihr fast den Atem. Sie hörte das Brummen des Motorrades. Mit jeder Sekunde wurde es lauter. Dann zeichneten sich im Mondlicht die Konturen ab. Wenig später erreichte es die Hütte. Der Fahrer stieg elegant ab, hievte das Motorrad gekonnt auf den Ständer und nahm den Sturzhelm ab. Lange schwarze Haare wurden frei. Aljona eilte auf ihre Tante zu.

»Aljona … Aljonuschka, kleine Wölfin«, sagte Ludmilla. »Zwanzig Jahre sind vergangen, seit wir uns das letzte Mal gesehen haben!« Ludmillas Augen waren eingefallen, ihre Gesichtshaut schimmerte gelb, ihre Körperhaltung war schlaff.

»Tante Ludmilla, stolzer Schwan«, flüsterte Aljona und sah ihre Tante an. »Was haben diese Verbrecher mit dir gemacht?«

Ludmilla gab keine Antwort, sie umarmte Aljona. Tränen füllten die Augen der beiden Frauen. Schließlich lösten sie ihre Umarmung. Ludmilla ging zu ihrem Sessel und ließ sich langsam hineinsinken.

Aljona holte sich einen Stuhl und setzte sich vor ihre Tante.

Ein Hustenanfall erschütterte Ludmillas Körper. Er dauerte eine halbe Minute.

»Das Geheimnis, Aljonuschka, du musst es jetzt erfahren. Seit zwanzig Jahren trage ich es in mir. Ich werde bald sterben.«

Ludmilla erzählte ihrer Nichte alles. Starke Hustenanfälle unterbrachen Ludmilla immer wieder. Ihre Stimme wurde schwächer, aber nach einer Stunde hatte sie Aljona ihr Geheimnis preisgegeben. Schweigen beherrschte die Hütte.

Aljona war bleich geworden. Tränen rannen von ihren Augen über die bleiche Wangenhaut und tropften auf den Boden. Das Feuer im Kamin loderte auf, konnte die Kälte des Raumes aber nicht vertreiben. Die beiden Frauen sahen sich an. Eine Ewigkeit lang, so schien es.

Dann ging ein Ruck durch Aljonas Körper. »Tante Ludmilla, ich werde Rache üben. Rache für alles, was diese Bande dir und meinen Eltern angetan hat.«

»Du musst jetzt gehen … sie werden bald kommen … sehr bald«, stöhnte Ludmilla. Ein weiterer Hustenanfall unterbrach sie. Blut quoll aus ihrem Mund.

Aljona streichelte das Gesicht ihrer Tante, die noch tiefer in den Sessel versunken war.

»Geh … geh …«, hauchte Ludmilla. »Geh … sonst … werden … sie … auch … dich … töten.« Mit letzter Kraft stieß Ludmilla ihre Nichte von sich.

Aljona eilte zur Tür, drehte sich noch einmal um.

Ludmillas Augen waren auf ihre Nichte gerichtet, aber der Blick war leer.

»Du bist meinen Eltern auf die andere Seite gefolgt«, flüsterte Aljona, »und den Verbrechern entkommen. Ich schwöre dir, Tante Ludmilla, die Mörder werden ihre gerechte Strafe bekommen.«

Aljona verließ das Haus, blickte ins Tal und sah ihre Lichter. Sie kamen, wie Tante Ludmilla es vorausgesagt hatte. Es waren drei Autos, sie bewegten sich schnell. Aljona rannte zum Geländemotorrad, setzte den Helm auf und startete. Blickte noch einmal ins Tal. Mit ihren Autos würden sie die engen Gebirgspfade nicht passieren können.

Ein kleiner Sieg. Wenn auch auf Zeit.

Ein letztes Mal sah Aljona auf Ludmillas Hütte. »Do swidanja, gordij lebedj, Auf Wiedersehen, stolzer Schwan.«

Sie schaltete den ersten Gang der Fünfzig-PS-Maschine ein und verschwand hastig in der Dunkelheit des angrenzenden Fichtenwaldes.

Gifhorn, Spargelstraße, 9. Juni 2008

Der Himmel war sternenklar, es hatte sich abgekühlt. Ein zarter Lufthauch zog durch den Wald. Zwei Jungen lagen auf dem kalten Boden und beobachteten seit Stunden das Wohnmobil auf der anderen Straßenseite, nur dreißig Meter von ihnen entfernt. Der jüngere der beiden, Hank, begann zu frieren und zu zittern. Die Kälte hatte daran nur geringen Anteil – die Umgebung und das, was er sah, flößten ihm Angst ein. Warum war sein großer Bruder nur auf die blöde Idee gekommen, hier in diesem unheimlichen Wald Silke zu observieren?

Er unterdrückte ein Zähneklappern. Hätte er Philipp doch nur geglaubt, dann läge er jetzt in seinem sicheren und warmen Bett und würde träumen.

Silke … Sie war die schönste Frau, die er jemals in seinem Leben gesehen hatte. Silke war zwar zwanzig Jahre älter als er und er erst vierzehn, aber wenn man verliebt war, dann zählte kein Altersunterschied! Silke hatte ihm schon viele

Küsse gegeben, vor allem, wenn er ihr Zigaretten holte oder ihr Wohnmobil abwusch. Na ja, sie hatte ihm nur die Wange geküsst, aber die anderen Küsse würde er schon noch bekommen, hatte er immer gedacht. Vor ein paar Tagen hatte Philipp behauptet, dass Silke nur eine billige Nutte war, die in ihrem Wohnmobil an der Spargelstraße ihren Körper verkaufte. Er hatte seinem Bruder geantwortet, dass Philipp doch nur neidisch sei und Lügen über Silke verbreite.

Aber sein Bruder hatte recht, Silke war tatsächlich eine Nutte. Vier Männer hatten sie in den letzten fünf Stunden in ihrem Wohnmobil besucht. Und Philipp hatte alles mit seinem Camcorder aufgenommen.

Sein Bruder stupste ihn an, und Hank zuckte zusammen. »Jetzt wird's interessant«, flüsterte Philipp, aber sein Tonfall klang nicht gerade beherrscht und souverän.

Ein Mann stieg aus einem Geländewagen aus und stieg in Silkes Wohnmobil. Ein riesiger Kerl in schwarzer Kampfkleidung. Wie ein Mörder, den Hank schon einmal in einem Film gesehen hatte. »Wir hauen ab, der ... der macht uns doch kalt, wenn der uns erwischt!« Hanks Stimme bebte.

»Nee, die Szene muss ich noch haben«, flüsterte Philipp.

Keine fünf Minuten später kam der Hüne wieder aus dem Wohnmobil und hatte Silke auf der Schulter. Er öffnete die Hecktür des Geländewagens, warf die Frau auf die Ladefläche und schloss die Tür. Dann schien er genau auf die Stelle im Wald zu blicken, wo die beiden Jungen lagen, und Hank sah, dass der Riese sein Gesicht mit schwarzer Tarnfarbe geschminkt hatte.

»De...de...der bring...bringt uns au...auch um. Wir mü... müssen ...ver...verschwinden – schne ...schnell!«, stotterte Hank. Philipp machte eine schnelle Drehbewegung, dabei hätte er fast den Camcorder fallenlassen. Hank stürzte zweimal, als sie zu ihren Fahrrädern rannten, aber schließlich hatten sie es geschafft und jagten im Höchsttempo durch den Wald. Sie hofften, dass der Mörder sie hier nicht verfolgen konnte.

Südharz, Oderstausee, Donnerstag, 14. August 2008

Waldi, der eigentlich Walter Arlet hieß, hatte beschlossen, Braunlage zu verlassen. Das Leben der Obdachlosen war dort in den letzten Wochen zur Qual geworden. Gerüchte besagten, dass sich einige einflussreiche Bürger eine Woche zuvor in der Harzstadt getroffen hätten, um über die Lösung des »Obdachlosenproblems« zu beraten. Kurz danach hatten die Drangsalierungen angefangen. Jugendliche hatten die »Gesetzlosen« in der Nacht mit Wasser überschüttet und sie höhnisch ausgelacht. Zwei Tage später waren die Jugendlichen wiedergekommen und hatten stinkenden Müll auf die schlafenden Obdachlosen gekippt. Als Waldi und seine Kumpel die Stadt daraufhin immer noch nicht verlassen hatten, waren Schlägertrupps angerückt und hatten die mittellosen Männer gnadenlos verprügelt.

Am meisten hatte es Waldi bestürzt, dass sie auch seinen treuen Hund fast totgeschlagen hätten – für ihn das eindeutige Signal, dass er die Harzstadt endgültig verlassen musste. Er würde nach Bad Sachsa oder Bad Lauterberg gehen, dort wurden die Obdachlosen noch in Ruhe gelassen. Da die Strecke aber an einem Tag nicht zu bewältigen war, beschloss Waldi, an einer Schutzhütte nahe der Odertalsperre einen Zwischenstopp einzulegen. Sie lag abseits der Hauptwanderrouten, so dass der Obdachlose sicher sein konnte, dort ungestört ein paar Tage campieren zu können. Um zehn Uhr verabschiedete sich Waldi von seinen Kumpanen, die nach Goslar tingeln wollten.

Kurz nach achtzehn Uhr erreichte Waldi die Hütte, weit und breit war wie immer keine Menschenseele zu sehen. Arlet legte seinen abgewetzten Rucksack und die Plastiktüten in der Hütte ab. Einstein, sein zotteliger Begleiter, machte Männchen, ein Zeichen, dass er Hunger hatte. Waldi holte ein Würstchen aus einer der Plastiktüten. Die eine Hälfte würde er essen, die andere würde Einstein bekommen. Waldi biss in das knackige Würstchen, nahm das Stück aus dem

Mund und hielt es vor seine Brust. Einstein machte einen riesigen Sprung und schnappte sich routiniert das Wurststück. Gerührt sah Waldi auf den Hund hinunter.

Vor zwei Jahren hatte der schwarz-weiße Vierbeiner plötzlich neben ihm gesessen, als Waldi in der Fußgängerzone von Osterode saß und bettelte. Bis heute wusste er nicht, wo der Hund hergekommen war und wem er gehörte. Er wusste auch nicht, zu welcher Hunderasse Einstein eigentlich gehörte. Vielleicht ein Mischling. Aber das spielte keine Rolle. Was das Tier an Kunststücken draufhatte, das beeindruckte nicht nur den Obdachlosen, sondern auch die Passanten, die an Waldi und seinem Hund in den Fußgängerzonen der Südharzstädte vorbeigingen. Seitdem lag in Waldis zerschlissener Baskenmütze an manchen Tagen das Zehnfache an Geld, das der Obdachlose sich sonst hatte erbetteln können. Manchmal kamen Kinder nur, um die Kunststücke des Hundes zu sehen. Waldi fragte sich seitdem, ob der Himmel ihm diesen Hund geschickt hatte, um die Ungerechtigkeiten auszugleichen, die er in seinem Leben erfahren hatte.

Und wegen des weißen, zottligen Kopfes und der Intelligenz hatte es nur einen Namen gegeben, der zu diesem Hund passte: Einstein.

Waldi holte ein zweites Würstchen und teilte es zwischen sich und seinem Partner auf. Dann verließ er die Hütte, setzte sich auf den Waldboden und blickte auf den Oderstausee. Einstein war ihm natürlich gefolgt und hatte sich neben ihn gesetzt. Sein Blick verriet, dass er gestreichelt werden wollte. Waldi tat ihm gern den Gefallen. Zufrieden richtete auch der Hund seinen Blick auf den Stausee.

Waldi genoss den Anblick. Von seinem Standort aus konnte er den nördlichen Teil des Stausees überblicken. Die Insel in der Mitte leuchtete in der Abendsonne in einem immer noch satten Grün. Das Wasser bewegte sich sanft, das Sonnenlicht tanzte im Rhythmus der Wellen auf und ab. Waldi empfand tiefen Frieden, für kurze Zeit sogar Glück, aber dann kamen die Erinnerungen zurück. Diese verdammten Schweine von der Petermann KG ... Alles hatten sie ihm genommen. Sein

Elektronikgeschäft, das sich zu einer Goldgrube entwickelt hatte. Sein Haus und schließlich seine Frau. Am Ende war er Alkoholiker gewesen, auf der Straße gelandet, und nun tingelte er durch die Städte des Harzes. Seit acht Jahren schon!

Waldi drückte den Hund enger an sich. Dieser Hund, dachte er, hatte es sogar geschafft, ihn vom Alkohol wegzubringen. Den »versoffenen Penner«, wie sich einige Passanten ausdrückten, wenn sie Waldi in den Fußgängerzonen sahen. Wenn Waldi zur Flasche griff, fing Einstein an zu knurren, wurde aggressiv, was er Waldi gegenüber sonst nie war. Einstein entriss ihm meist die Flasche und fletschte dann die Zähne. Der Obdachlose glaubte, dass Einstein bei einem Alkoholiker gelebt hatte, der den Hund geschlagen hatte, wenn er betrunken gewesen war. Es war der Geruch des Alkohols, der Einstein aggressiv machte.

Jedenfalls hatte Waldi aufgehört zu trinken.

Inzwischen war die Sonne untergegangen, die Dämmerung hatte eingesetzt. Waldi kehrte in die Hütte zurück, schlüpfte in den Schlafsack und zog den Reißverschluss zu. Einstein legte sich gemütlich daneben. Einen Schlafsack brauchte der nicht. Sein dickes Fell schützte ihn vor der Kälte der Nacht.

Etwa eine Stunde nach Mitternacht schreckte Waldi auf, weil Einstein ihm übers Gesicht leckte. Der Hund muss etwas Ungewöhnliches wahrgenommen haben, dachte der Obdachlose, er kannte das – Einstein leckte Waldis Gesicht dann so lange, bis der aufwachte. Waldi stieg aus dem Schlafsack, trat vor die Hütte und lauschte. War ein Waschbär im Anmarsch, um etwas Fressbares zu finden? Oder handelte es sich um einen Luchs?

Einstein begann in Richtung Stausee zu knurren. Das Mondlicht erhellte die Szenerie. Dann sah er, weshalb der Hund angeschlagen hatte: Ein Schatten glitt über das Wasser. Waldi holte sein Fernglas aus der Hütte, das einzige Besitztum, das er damals gerettet hatte.

Er suchte die Wasseroberfläche mit dem Feldstecher ab. Auf der Insel bemerkte er ein Boot, das offenbar gerade angelegt hatte. Eine schwarze Gestalt stieg aus, griff ins Boot und holte mehrere Gegenstände heraus. Waldi erkannte ein Tauchgerät und eine Tauchermaske. Die Gestalt schnallte sich die Tauchflasche auf den Rücken und richtete sich auf. Der ist bestimmt einen Meter fünfundachtzig groß, dachte Waldi. Der Mann stülpte sich die Tauchermaske über, zog die Tauchbrille auf die Stirn. Was hatte der da vor, mitten in der Nacht? Der Taucher griff mit beiden Armen in das Boot, hievte einen Sack heraus, der bestimmt fast zwei Meter lang war, und wuchtete ihn auf die Schulter.

Spätestens jetzt begriff Waldi: Der Mann war auf die Insel gekommen, um etwas zu beseitigen. Größe und Form des Sackes ließ nur den Schluss zu, dass es sich um einen menschlichen Körper handelte.

Mit dem Sack auf der Schulter bewegte sich der Mann auf die andere Inselseite. Dort legte er den Sack am Ufer ab und marschierte in den See. Schnell stand er bis zur Brust im Wasser. Die Insel musste dort steiler in den Stausee abfallen als an der Seite, wo der Mann mit dem Boot angelegt hatte. Er zog den Sack zu sich heran, und schließlich verschwanden Taucher und Sack im Oderstausee. Einstein knurrte.

Verdammte Scheiße, dachte Waldi. Ich bin Zeuge einer Leichenbeseitigung geworden! Sein Herz pochte. Er überlegte, ob er nicht seine Sachen packen und auf der Stelle verschwinden sollte. Er blickte fragend seinen Hund an, der aufgehört hatte zu knurren. Nein, sagte sich der Obdachlose, der Mörder da unten konnte ihn nicht gesehen haben, dazu war Waldi viel zu weit von der Insel entfernt. Er beruhigte sich etwas. Trotz seiner Angst wartete er darauf, dass der Mann wieder auftauchte.

Es verging fast eine halbe Stunde, dann durchbrach der Taucher die Wasseroberfläche und stieg heraus, ging zum Boot zurück – und dann machte er eine Hundertachtzig-Grad-Drehung und schien genau auf die Stelle im Wald zu blicken, von der aus Waldi und Einstein ihn beobachteten.

Der Obdachlose blickte in das Gesicht des Mannes. Gesichtszüge konnte er nicht erkennen, der Taucher hatte sich Tarnfarbe ins Gesicht geschmiert, die auch noch wasserfest zu sein schien. Aber Waldi sah die Augen. Sie waren furchterregend. Fühlte der treue Hund in diesem Moment eine Bedrohung für seinen »Partner«? Jedenfalls fing er an zu bellen. Waldi gab ein Handzeichen und sofort war Einstein still.

Diese Augen! Waldi hatte diese grausamen Augen schon einmal gesehen. Sein Herz pochte.

Wo hatte er diese Augen gesehen?

Plötzlich griff der Mann ins Boot und drehte sich dann wieder zu ihm um. Er schien den Obdachlosen genau anzuschauen. Aber Waldi sah keine Augen mehr, er sah ein Infrarotnachtsichtgerät. Aus einem Reflex heraus setzte er das Fernglas ab – und bemerkte sofort, dass er einen verhängnisvollen Fehler gemacht hatte. Der Mann hatte jetzt Waldis Gesicht gesehen! Der Obdachlose nahm noch einmal den Feldstecher vor die Augen. Der Taucher schaute ihn immer noch an. Waldis Herz fing an zu rasen, er konnte den Blick nicht von dem Mann lösen, war wie hypnotisiert.

Der Taucher setzte sein Nachtsichtgerät seelenruhig ab und schien Waldi zuzunicken. Das Zeichen, dass er Waldis Gesicht gesehen hatte. Das Zeichen, dass er Waldi finden und liquidieren würde.

Der Taucher schnallte das Atemgerät ab und legte es ins Kanu. Dann stieg er ins Boot und paddelte in Richtung Westufer. Bäume versperrten Waldi die Sicht, der Fremde verschwand.

Was würde geschehen, wenn der Mann ihn in einer der Fußgängerzonen der Südharzstädte sehen würde? Oder sogar das Bellen von Einstein wiedererkennen? Dann würde er, Waldi der Obdachlose, wahrscheinlich auch für immer in der Odertalsperre verschwinden. Und einen Obdachlosen vermisst niemand! Er musste hier verschwinden. Bei Tagesanbruch würde er die Gegend um den Oderstausee verlassen.

Aber wohin sollte er gehen?

Wo war er sicher?

Südharz, Oderstausee, Samstagnachmittag, 16. August,

An diesem letzten Feriensamstag im August zeigte sich der Sommer noch einmal von seiner besten Seite. Seit ihrem Aufgang schien die Sonne unablässig, und laut Wetterbericht sollte es auch das ganze Wochenende über so bleiben. Der Burgberg mit seinem dichten Fichtenwald spiegelte sich so klar im Oderstausee wider, dass man Original und Abbild nicht mehr unterscheiden konnte. Ein plötzlich auffrischender Wind ließ das Naturschauspiel wie eine Seifenblase zerplatzen.

Die vier Teenager, die am Ostufer des Stausees ihre Kajaks beluden, nahmen davon keine Notiz. Werner, so etwas wie der Chef der Gruppe, überprüfte, ob er auch an alles gedacht hatte. Das Zelt, der Schlafsack, die Taucherausrüstung, die Spielkonsole, der Trainingsanzug und das Wichtigste: die Glimmstängel und ein gefüllter Bierkasten. Er konnte ein Schmunzeln nicht unterdrücken.

Er sah seine Freunde an. Sie hielten die Daumen hoch, bestätigten die Vollständigkeit ihrer Ausrüstung. Wie auf Befehl ergriffen sie ihre Paddel, stiegen in die Kajaks und begannen mit routinierten Schlägen ihren Ausflug.

Ihr Ziel war eine Insel in einem abgelegenen Seitenarm der Talsperre, die nur selten von Wassersportlern aufgesucht wurde. Und da sie wussten, dass die Mitglieder des Bad Lauterberger Segelvereins zur Zeit an der Ostsee waren, gingen die Jungen davon aus, dass sie die Insel an diesem Wochenende für sich alleine haben würden.

Als sie in den Hauptarm des Sees einfuhren, paddelten sie nebeneinander, in ihrer Viererformation – Ausgangspunkt für ein Rennen. Der See spiegelte das Sonnenlicht, kleine Wellen ließen es auf und ab tanzen. Die Jungen stoppten ihre Fahrt, setzten die Sonnenbrillen auf, die sie wie Gangsterbosse aussehen ließen, und starteten ihr Rennen. Martin, der sechzehnjährige Computerexperte der Gruppe mit den kurzen blonden Locken, übernahm die Führung. Gewonnen hatte er noch nie, war jedes Mal von den anderen abgefangen worden und landete immer auf dem letzten Platz.

Die Jungen hatte sich einiges vorgenommen: Die Nacht würden sie auf der Insel verbringen. Ihre Eltern glaubten sie in einem Wochenendzeltlager in Sankt Andreasberg. Werners Schwester hatte sich bestechen lassen. Sie hatte vorgegeben, sie in den Harzort zu fahren, hatte sie aber stattdessen an der Odertalsperre abgesetzt. Dafür hatte Martin ihren Computer repariert und umfangreiche Software besorgt. Nicht ganz legal … aber das brauchte sie ja nicht zu wissen.

Am Abend, so war es abgemacht, würden vier Mädchen, vier Schnecken, wie sich Werner immer ausdrückte, vom Nordufer aus mit einem Kanadier zu ihnen stoßen. Die erste gemeinsame Nacht mit Mädchen!

Endlich.

Und ihre Eltern waren ahnungslos.

Eine Überraschung brauchten sie auch nicht zu fürchten, weil die nächste Siedlung kilometerweit entfernt war.

Die Teenager setzten zum Endspurt an. Noch hundert Meter bis zur Insel. Martin fiel auf den letzten Platz zurück, Gewinner wurde Werner, der beste Sportler in ihren Reihen.

Sie stiegen aus ihren Booten, zogen sie bis ins Zentrum der Insel und stellten erstaunt fest, dass sie sich erheblich vergrößert hatte. Der Wasserspiegel war um zwei Meter gesunken, das Fragment einer Brücke am rechten Inselrand, die einst zum gegenüberliegenden Berghang geführt und die Sprengung während des Talsperrenbaus überstanden hatte, war aus dem Wasser aufgetaucht.

Am höchsten Punkt war die Insel mit Gräsern überzogen. An den Rändern, die meist überflutet waren, dominierte Schlick, etwas höher Kies. Einzelne Granitblöcke waren über das ganze Gelände verteilt. Zum ersten Mal waren Baumstümpfe freigelegt, die man während des Stauseebaus nicht entfernt hatte. Seit über fünfzig Jahren hatte das Wasser sie konserviert.

Nach einer halben Stunde hatten sie die Zelte aufgebaut und ihre Utensilien darin verstaut. Dann schnappten sie ihre

Tauchausrüstungen und gingen zur Brücke. Teile des Geländers hatten sie bei Niedrigwasser schon einmal gesehen, aber die Bögen ... das war schon außergewöhnlich. Damit war die Voraussetzung, den Grund der Brücke zu erreichen, gut.

Adrian, der als Einziger der Gruppe einen Tauchschein hatte, inspizierte das Gelände und versuchte die Wassertiefe festzustellen. »Ich schätze sieben bis acht Meter«, sagte er. »Das wird nicht leicht werden. Werner, du bist als Erster dran.«

Werner nickte, zog die Schwimmflossen an und setzte die Taucherbrille auf. Adrian reichte ihm seinen Tiefenmesser. Dann verschwand er in der Dunkelheit des Wassers. Nach fünfzig Sekunden tauchte Werner wieder auf und holte mehrmals tief Luft, ehe er etwas sagen konnte. »Sieben Meter habe ich gepackt. Ich geh gleich noch mal runter.«

»Nein«, antwortete Adrian, »jeder nur einmal. Florian, schwing deine Hufe!«

Florian übernahm wortlos den Tiefenmesser. Vierzig Sekunden später tauchte er wieder auf und schüttelte den Kopf. »Vier Meter, mehr war nicht drin für mich.«

Auch Martin schaffte es nicht, den Grund unter der Brücke zu erreichen.

»Dann lasst mal ’nen Erwachsenen ran«, sagte Adrian grinsend und glitt ins Wasser. Eine Minute und fünfzehn Sekunden vergingen, ehe er wieder auftauchte. Sein Gesicht war gerötet, keuchend holte er Luft. Allmählich kam er wieder zu Atem. »Der Grund ist zehn Meter tief. Da unten liegt ’n Sack. Den guck ich mir mal genauer an. Schmeiß die Lampe her, Werner!«

Werner reichte ihm die Leuchte.

Adrians zweiter Tauchgang dauerte noch fünf Sekunden länger. Schließlich tauchte er auf, rannte aus dem Wasser, ohne seine Freunde zu beachten, lief etwa fünfzehn Meter weiter und setzte sich dann auf den Boden. Sein Gesicht war kreidebleich und sein Blick auf einen weit entfernten Punkt gerichtet.

»Alter, was is’ Sache?«, fragte Werner lachend, »hast du da unten den Teufel gesehen?«

Es dauerte einige Augenblicke, ehe Adrian antwortete. »Da unten ist ne Leiche. Am Brückenpfeiler.« Sein Blick war immer noch auf den weit entfernten Punkt gerichtet. Und das Lachen seiner Freunde verstummt.

Oderstausee, zwei Stunden später

Die Insel im Oderstausee wirkte wie ein besetzter Planet, die Spurensicherer der Kriminalpolizei mit ihren weißen Anzügen wie seine intergalaktischen Eroberer, die zahlenmäßig unterlegenen Taucher in ihren schwarzen Neoprenanzügen wie die Besiegten. In der Nähe der Brücke lag die Leiche, Polizeitaucher hatten sie eine halbe Stunde zuvor aus dem Wasser geholt.

Während die Beamten der Spurensicherung die Insel untersuchten und die Taucher immer wieder unter der Wasseroberfläche verschwanden, hatten sich am Westufer des Oderstausees zahlreiche Journalisten eingefunden. Mit ihren Teleobjektiven versuchten sie, ein Bild des Toten zu bekommen. Leider war die Distanz zur Insel für ein gutes Foto zu groß. Deshalb hatten ein Filmteam eines Privatsenders und zwei Reporter eines großen deutschen Boulevardblattes ein Boot gechartert. Zwei Polizeitaucher sahen es geradewegs auf die Insel zusteuern. Sie sprangen in ihr Polizeiboot, fuhren den Medienleuten entgegen und forderten sie auf, beizudrehen.

Die Reporter gaben Gas und versuchten, rechts an dem Polizeiboot vorbeizukommen. Die Polizisten sperrten ihnen den Kurs, und so kam es zum Zusammenstoß. Das Presseboot kenterte und die Journalisten fielen samt Ausrüstung ins Wasser. Die Polizisten zogen die Schiffbrüchigen heraus und brachten sie ans Westufer zurück. Dort wartete ein Team eines anderen Privatsenders, das den ganzen Vorfall gefilmt hatte und die nass gewordenen Kollegen sofort zu interviewen begann. Die beschwerten sich gleich über das brutale Vorgehen der Polizei. Man habe dadurch die komplette Filmausrüstung im Wert von fast zweihunderttausend Euro verloren, die jetzt am Boden des Stausees liege, und werde die Polizei umgehend auf Schadensersatz verklagen.

Sandra Koch unterhielt sich mit den Jungen, die den Leichenfund gemeldet hatten. Obwohl seitdem drei Stunden vergangen waren, waren sie immer noch verstört.

Adrian hatte sich in eine Decke eingewickelt, trotzdem fror er, und seine Zähne klapperten. »Zuerst habe ich gedacht, da hat irgendjemand 'nen Müllsack in den See geschmissen. Aber als ich den Sack angeleuchtet habe, da habe ich diesen schrecklichen Schädel gesehen! Ich hab die Panik gekriegt, hab mich sofort vom Grund abgestoßen, bin aufgetaucht und aus dem Wasser gerast.«

Sandra schaute zu Pierre Rexilius hinüber, der nun schon seit einiger Zeit abseits von ihnen reglos auf einem Felsbrocken hockte. Seit mehr als fünfzehn Jahren leitete er die Mordkommission Osterode. Mit sechsundzwanzig Jahren war er der jüngste Hauptkommissar Niedersachsens, mit dreiunddreißig Jahren jüngster Leiter einer Mordkommission geworden. Sein Erfolg lag nicht nur an seiner unvergleichlichen Intuition, er war auch ein hartnäckiger Ermittler. Rexilius war ein paarmal von Mordfällen beurlaubt worden, und seine Ermittlungen waren dem LKA übertragen worden. Trotz der Verbote hatte er privat weiterermittelt – und die Mörder überführt, während das LKA noch im Dunkeln getappt hatte.

Sandra wusste, dass er sich jetzt vorzustellen versuchte, was sich auf der Insel ereignet hatte. Und wie oft hatte sie erlebt, dass er dem Tatablauf sehr nahe gekommen war? Er schien die Fähigkeit zu besitzen, sich in die Handlungsweisen der Täter hineinzuversetzen, ohne ihre Charaktere zu kennen.

Rexilius war aber auch ein Ermittler, der sehr nachlässig mit der Anfertigung seiner Berichte war. Sein Vorgesetzter, Kriminaloberrat Rauert, verstand nicht viel von der kriminalistischen Arbeit, war aber ein pingeliger Verwaltungsfachmann. Berichte mussten ihm unverzüglich vorgelegt werden, damit er die schnell an die Staatsanwaltschaft weitergeben konnte. Spannungen zwischen den beiden Polizisten gehörten somit zum Alltag.

Als Jugendlicher hatte Rexilius beim BC Zorge geboxt. Nach dem zweiten Nasenbeinbruch in kurzer Folge hatte ihm sein Vater das Boxen verboten. Die Spuren waren geblieben. Trotz leicht schiefer Nase und zurückgehender Haarpracht hatte Rexilius Erfolg bei den Frauen. Die Playboys der Inspektion verstanden das nicht, wie Sandra wusste. Das müsse an seiner Körperhaltung oder seinem Gang liegen, mutmaßten sie, die glichen denen einer Raubkatze auf der Jagd. Möglicherweise sei es ja auch Rexilius' hypnotischer Blick, der die visuelle Wahrnehmung der Frauen einschränke und sie geblendet in seine Arme trieb.

Die Kollegen, die Rexilius schätzten, waren der Überzeugung, dass er das ewig unerklärbare »gewisse Etwas« besäße, das Frauen in seinen Bann zog.

Jetzt stand er plötzlich von seinem Stein auf und ging zu Wagner hinüber, dem Chef der Spurensicherung.

»Was hattet ihr eigentlich auf der Insel vor?«, fragte Sandra, und ihr Blick streifte die Zelte.

Die Jungen schauten sich an, bis schließlich Werner antwortete: »Wir wollten die Nacht auf der Insel verbringen … und eigentlich wollten drei Mädchen zu uns stoßen …«

Sandra verstand. Die erste Nacht mit Mädchen! Sie schaute die Jungen an. Eigentlich waren sie noch sehr jung. »Wissen eure Eltern davon?«, fragte sie.

Wieder warfen die Jungen sich nur kleinlaut Blicke zu, bis Werner antwortete: »Nein. Sie vermuten uns in einem Zeltlager in Sankt Andreasberg. Wenn sie herausbekommen, dass wir dort nicht sind … dann gibt es mächtig Ärger.«

Sandra überlegte einen Moment. »Ich muss es euren Eltern sagen, daran führt kein Weg vorbei, aber ich werde ein gutes Wort für euch einlegen. Ohne euren Aufenthalt auf der Insel und ohne eure Tauchübungen wäre die Leiche niemals entdeckt worden – und damit ein Mord. Wenn ihr mit dem Kriminalpsychologen gesprochen habt, werden wir euch zu euren Eltern zurückbringen und mit ihnen reden.«

Wagner, der Chef der Spurensicherung, der in der Mitte der Insel kniete und etwas auf dem Boden untersuchte, bemerkte Pierre Rexilius erst, als der direkt neben ihm stand.

»Kannst du schon etwas sagen?«, fragte Pierre seinen langjährigen Kollegen.

»Einige ungewöhnliche Abdrücke habe ich gefunden.« Wagner führte den Chef der Mordkommission an das Westufer der Insel, gut zehn Meter vom Wasser entfernt. »Hier«, sagte er und zeigte auf eine Stelle des Bodens, »ist er gelandet, dann muss er ausgestiegen sein und das Boot noch etwas weiter an Land geschoben haben. Die Fußspitzen zeigen zur Brücke hin. Die Abdrücke sind etwa einen halben Zentimeter tief. Der schlickartige Boden ist weich gewesen, und da das Wasser sehr schnell abgesunken ist, sind die Abdrücke sozusagen eingefroren worden. Dann hat er sich in das Boot gebeugt, die Leiche herausgeholt, wahrscheinlich in den Armen getragen und zur Brücke gebracht. Die Fußspuren neben dem Boot sind über einen Zentimeter tief …«

Pierre nickte. »Von was für Schuhen stammen die Abdrücke?«

»Taucherschuhe, in der Nähe der Brücke habe ich auch Abdrücke gefunden, allerdings schwächer ausgeprägt.«

Sie gingen auf die andere Seite der Insel, Wagner zeigte Pierre die kaum zu erkennenden Abdrücke. »Hier hat er die Leiche kurz abgelegt, wahrscheinlich um das Mundstück der Atemflasche anzulegen. Dann ist er ins Wasser gestiegen und hat sie ins Wasser gezogen … Diese Schleifspuren scheinen das zu belegen«, sagte er und fuhr mit dem Zeigefinger der rechten Hand durch eine der Rillen. »Hier hören sie plötzlich auf, weil der Wasserauftrieb die Leiche hat schwimmen lassen.«

Pierre sah, dass die Insel an dieser Stelle deutlich steiler abfiel. Er verstand jetzt auch, warum der Mörder diesen

Umweg gewählt hatte. Er hätte hier nur schwerlich anlegen können, und wenn, dann hätte die Gefahr des Kenterns bestanden. »Was für ein Boot hat er verwendet?«

»Wahrscheinlich ein offenes Kanu«, antwortete Wagner und wandte den Blick auf das Westufer der Talsperre, an dem auf einer Strecke von einem Kilometer zwei Dutzend Boote lagen. Die meisten von ihnen waren drei bis vier Meter vom Ufer entfernt, ihre Besitzer hatten sie wahrscheinlich das letzte Mal vor dem Absinken des Wasserspiegels benutzt. »Mit irgendeinem dieser Boote hat er die Leiche hierher transportiert. Wir müssen die Eigentümer befragen.«

Pierre nickte und sah, wie die Taucher ihre Sachen zusammenpackten, offensichtlich waren ihre Arbeiten abgeschlossen.

Einer von ihnen, Kommissar Boldt, kam herüber. »Wir sind so weit fertig, Pierre. Ich habe alles fotografiert. Die Fotos kannst du morgen haben. Der Mörder ist professionell vorgegangen. Er hat Edelstahlketten eng um den Knöchel und um die Achseln der Leiche gewickelt und sie dann in Plastikfolie eingehüllt. Die Enden der Kette hat er an den Eisenteilen der Brücke verschraubt. Dort wäre die Leiche in den nächsten fünfzig Jahren geblieben. Wir haben eine Stunde gebraucht, um die Schrauben zu lösen. Wenn die Jungen nicht ihre Tauchübungen gemacht hätten, dann wäre das ein perfekter Mord gewesen.«

Doktor Pankert, der Gerichtsmediziner, kniete noch vor dem Opfer, das auf den Bauch gelegt worden war, und untersuchte gerade die Handflächen. Pierre ging zu ihm hinüber. »Wie lange hat die Leiche schon im Wasser gelegen?«

»Die Wassertemperatur am Standort der Leiche beträgt acht Grad. Bis es zur Waschhautbildung kommt …« Pankert griff in seine Tasche und holte ein Blatt Papier heraus. »Ich arbeite erst seit zwei Monaten im Gerichtsmedizinischen Institut und das ist meine erste Wasserleiche … Muss erst einmal in der Reh'schen Tabelle nachschauen«, sagte er entschuldigend.

Er war noch sehr jung, wahrscheinlich um die dreißig Jahre, hatte aber keinerlei Haare mehr auf dem Kopf. Eine

Hakennase, die eine runde Brille vor dem Herunterrutschen bewahrte, bildete das prägnante Zentrum seines Gesichts. Irgendwie, dachte Rexilius, wirkte dieser Pankert wie eine junge und kleine Ausgabe seines Chefs Professor Spunkes, den Pierre seit vielen Jahren kannte und schätzte.

Nach einer eingehenden Betrachtung der Tabelle fuhr Pankert fort. »Bei acht Grad … bislang ist es nur zur Waschhautbildung an den Fingerkuppen gekommen … die Epidermis hat sich noch nicht gelöst … würde ich sagen … zwei Tage, plus minus einen Tag. Professor Spunkes wird das sicherlich genauer sagen können.« Die Bewunderung für seinen Chef war unüberhörbar.

»Wann ist sie zu Tode gekommen, und an Land oder im Wasser?«

Pankert drehte die Leiche auf die Seite wies auf den Rücken. »Die Totenflecken sind dunkel und sehr markant. Entstehen sie im Wasser, dann sind sie viel heller. Sie war schon tot, als sie unter Wasser gebracht wurde.«

»Können Sie schon etwas zur Todesursache sagen?«, fragte Pierre.

»Nein, ich hoffe, die Obduktion wird Aufschluss darüber geben. Aber eins ist merkwürdig«, sagte Doktor Pankert und drehte die Leiche auf den Rücken, »warum hat der Mörder die komplette Gesichts- und Kopfhaut bis zum Hals entfernt?«

Erst jetzt schaute Pierre auf den Kopf. An einen Anblick wie diesen würde er sich nie gewöhnen können, und wenn er noch weitere dreißig Jahre bei der Kripo arbeitete. Die Augenhöhlen und die Schädeldecke waren freigelegt, Gewebefetzen klebten an den Wangenknochen. Der Unterkiefer hing nach unten, die ausgestreckte Zunge hing schlaff auf den Zähnen.

»Das möchte ich auch gern wissen«, sagte er und zog es vor, den Blick über den Körper wandern zu lassen. Unterhalb des Bauchnabels entdeckte er eine Tätowierung. Er schaute genauer hin, konnte aber in dem Wirrwarr aus geometrischen Figuren keinen Sinn erkennen.

Bad Sachsa, Samstagabend

Es gab nicht wie sonst üblich ein Rennen zwischen dem Rollstuhlfahrer Walter Vieth und dem Ausdauersportler Pierre, das Letztgenannter natürlich immer verlor. Walter wartete diesmal am Eingangstor des Seniorenheims auf Pierre. »Ihr Zustand hat sich weiter verschlechtert«, sagte er. Er meinte Pierres Schwiegermutter, die seit sechs Jahren an Altersdemenz litt. Vor einigen Wochen hatte sie einen schweren Demenzschub erlitten.

Sie nahmen den Fahrstuhl in den zweiten Stock und gingen in das Zimmer von Pierres Schwiegermutter. Mit geschlossenen Augen und geöffnetem Mund lag sie auf dem Bett. Erhöhte Bettgitter sorgten dafür, dass sie nicht herausfallen konnte. Sie reagierte nicht auf Ansprache, nicht auf Berührungen.

Schwester Christel schaute herein und winkte Pierre in den Gang hinaus. »Ich möchte mit Ihnen über den Gesundheitszustand nicht im Zimmer sprechen, man kann nie wissen, ob Ihre Schwiegermutter nicht doch etwas von unserem Gespräch mitbekommt … Sie hat vor drei Tagen einen weiteren schweren Demenzschub erlitten, sie liegt im Koma, aus dem sie voraussichtlich nicht mehr erwachen wird. Da eine Patientenverfügung vorliegt, die die Anwendung einer Magensonde ausschließt, befürchte ich, dass es mit ihr bald zu Ende gehen wird. Deshalb ist es notwendig, dass Sie Kontakt mit Ihrer Exfrau aufnehmen, schließlich ist sie die einzige direkte Verwandte.« Sie sprach in sachlich nüchternem Ton. Pierre wusste, solche Gesundheitszustände hatte sie in den letzten Jahren zu oft erlebt, um darauf noch emotional zu reagieren.

Pierres Schwiegermutter war in ein Seniorenheim gezogen, nachdem sie einkaufen gegangen war, ohne den Herd auszuschalten. Er war damals zufällig im Haus gewesen, hatte Brandgeruch bemerkt und war sofort in ihre Küche gerannt. Der Herd hatte in Flammen gestanden. Pierre hatte das Feuer löschen können, ohne dass es größere Schäden angerichtet hatte.

In den letzten Jahren war die Krankheit weiter vorangeschritten. Die Pflegerinnen fragten Pierre oft, warum seine Exfrau ihre Mutter in all den Jahren nie besucht hatte. Pierre hatte immer geantwortet, dass er nicht wusste, wo sie geblieben war. Jasmin war vor zehn Jahren von einem auf den nächsten Tag mit einem Zirkusartisten abgehauen. Von ihrer Mutter hatte sie sich nicht verabschiedet. Pierre war der Einzige aus der Verwandtschaft, der sich seitdem um die alte Dame kümmerte. Walter Vieth unterstützte ihn dabei.

»Ich werde versuchen, ihren derzeitigen Aufenthaltsort zu ermitteln. Das letzte Mal habe ich sie während des Scheidungsprozesses gesehen«, sagte Pierre.

Er verabschiedete sich von Schwester Christel. Walter begleitete Pierre noch bis ins Erdgeschoss. Dort bat der Senior ihn, sich zu setzen. Sie nahmen Platz auf zwei Sesseln, die in der Loggia standen. »Sag mal, versenkt ihr von der Mordkommission jetzt schon unschuldige Reporter?«, fragte Walter verschmitzt. Er hatte den Filmbericht eines Privatsenders gesehen, in dem das *skandalöse Verhalten der sogenannten Ordnungshüter gegenüber der demokratisch notwendigen Presse* angeprangert wurde. Pierre schilderte seinem Freund, was wirklich passiert war.

»Erzähle mir was über die Leiche, die ihr im Oderstausee gefunden habt!«, bat Walter ungeduldig.

Pierre berichtet ihm alles, was sie bislang an Fakten hatten. Was allerdings nicht viel war. Walter kannte einen vergleichbaren Mord an einer Frau aus seiner Zeit als Kriminalreporter einer großen Berliner Tageszeitung. »Den Mörder haben die Berliner Kollegen nicht gefunden«, erzählt er. »Die Getötete konnte nie identifiziert werden. Man vermutete, dass sie aus Osteuropa stammte.«

Wenn das nicht eine hervorragende Motivation für unsere weiteren Ermittlungen ist, dachte Pierre. Schließlich verabschiedete er sich von Walter, musste dem aber das Versprechen geben, ihn wie gewöhnlich über den Stand der Ermittlungen auf dem Laufenden zu halten.

Südharz, Sonntag, 17. August

Pierre Rexilius war seit Jahrzehnten ein eingefleischter Radfahrer, der schon lange kein Auto mehr besaß. Im Grunde genommen hatte er nie eins gebraucht. Den Weg von seinem Wohnort Bad Sachsa zum Dienstort Osterode legte er teils mit Fahrrad, teils mit der Bahn zurück. Es gab Tage, da verzichtete er ganz auf die Bahnfahrt und radelte einfach die fünfunddreißig Kilometer lange Strecke. Natürlich war das ein gutes Training und vor einigen Jahren hatte Pierre beschlossen, Radrennen zu fahren. An diesem Sonntag nahm er an einem Rennen durch den Harz teil, das sein Ziel in Hasselfelde hatte.

Sandra, Marc Junge, der Verhörexperte der Moko, und dessen Verlobte Jasmin waren gekommen, um Pierre anzufeuern. Er hatte sie beim Einläuten der letzten Runde im Zieldurchlauf gesehen. Jetzt standen noch knapp zehn Kilometer an und dann würde es zum großen Finale kommen. Wahrscheinlich wie im letzten Jahr. Heiko Richtel und er. Wie auch in den letzten fünf Jahren. Allerdings hatte Pierre immer verloren.

Bis zwei Kilometer vor dem Ziel lag Richtel mit einer Radlänge vor Pierre. Rexilius schaute auf den Fahrradcomputer. Seine Herzfrequenz lag bei hundertdreißig. Die besten Voraussetzungen für einen langen Sprint. Pierre schaltete die größte Übersetzung ein und trat mit höchster Kraft in die Pedale. Er überholte Richtel, der mit solch einem frühen Angriff nicht gerechnet hatte. Im Ziel hatte Pierre zehn Sekunden Vorsprung.

Sandra, Marc und Jasmin jubelten.

Richtel war ein guter Verlierer und gratulierte als Erster.

Nach der Siegerehrung lud Rexilius seinen »Fanclub« nach Braunlage in ein Chinarestaurant ein. Aber richtige Feierlaune wollte nicht aufkommen, zu sehr waren sie mit dem Mord an der unbekannten Frau beschäftigt.

Auch als Pierre am Abend nach Hause kam, ließ ihm der

Mordfall keine Ruhe. Er kochte sich einen Cappuccino, steckte sich eine Pfeife an und ging in sein Arbeitszimmer. Als der Computer hochgefahren war, steckte Pierre eine Scheibe von Louis Armstrong in den CD-Schacht.

Warum hatte der Mörder die Gesichtshaut der Frau herausgeschnitten? Hatte er ein Vorbild? Handelte er nach einem bestimmten Ritual?

Pierre durchforstete das Internet. In einer Datei wurde über einen Fall aus den 1980er Jahren berichtet, bei dem der Täter drei Menschen ermordet, ihnen die Gesichtshaut genommen und durch einen Schuss in den Mund die Zähne der Opfer zerstört hatte. Hinter den Verbrechen steckte aber kein Ritual, die Gesichtshäutung diente nur dazu, die Identifizierung zu verhindern. Die Schüsse in den Mund untermauerten diese Vermutung, denn die Morde waren zu einem Zeitpunkt geschehen, als es noch keine DNA-Analytik gegeben hatte. Bei einem der Opfer hatte das Gesicht rekonstruiert werden können und damit war die Identifizierung gelungen.

Nein, dachte Rexilius, dem Mörder ging es nicht darum, die Identität der Frau zu verschleiern. Es steckte etwas anderes dahinter, das fühlte er. Er recherchierte weiter.

Eine Stunde später – Louis Armstrongs *Wolverine Blues* ertönte zum dritten Mal im Computerlautsprecher und Rexilius zündete sich die zweite Pfeife an – stieß er auf etwas Interessantes. Die Azteken, jene mittelamerikanische Kultur, die im fünfzehnten Jahrhundert fast ganz Mittelamerika beherrscht hatte, hatten grausame Rituale zelebriert. Die spanischen Eroberer hatten zwar in ihren Berichten das Ausmaß der Menschenopfer maßlos übertrieben, aber einiges war inzwischen wissenschaftlich belegt. Pierre las, dass die Azteken dem Kriegs- und Fruchtbarkeitsgott Xipe Totec Häutungsopfer dargebracht hatten. Die Opfer, meist Kriegsgefangene, waren an Pfähle gebunden und mit Pfeilen aztekischer Krieger durchbohrt worden, dann war ihnen die Haut abgezogen worden. Priester hatten anschließend die Körperhaut als Kleid getragen und die Gesichtshaut als Maske.

Die Riten zu Ehren Xipe Totecs stellten aus der Sichtweise der Azteken aber keine Verherrlichung des Todes dar, sondern dienten der Wiedergeburt und Erneuerung. Die Rituale spiegelten die Faszination der Azteken für die Schlange wider: Diese stand für Leben, Erneuerung, Verjüngung, Häutung, Auferstehung. Die Schlange symbolisierte die schöpferische Kraft der Erde, die Sonnenstrahlen, Blitz, Regen, Wind und damit Geist und Macht, Keimung und das Auftauchen der Sprosse aus scheinbar lebloser Erde. Nach Überlieferungen sollte die Haut der Opfer, die zur Gottheit geworden war, den Trägern Geist und Kraft übertragen und Kranken Heilung bringen.

Zwanzig Tage hatten die Priester die Haut getragen, bis zum Ende des Tlacaxipehualiztli-Festes. Danach war die abgezogene Haut in einem besonderen Tempel bestattet worden. Das war mit einer Reihe von Ritualen und Festakten einhergegangen.

Leiteten solche Rituale die Handlungen des Mörders? Glaubte er den Geist und die Kraft seiner Opfer zu übernehmen? Und ... begrub er die abgezogene Gesichtshaut im Keller seines Hauses oder an einem anderen Ort?

Pierre erinnerte sich an Professor Clemens von der Universität Göttingen, einem Experten für südamerikanische Geschichte. Einmal hatte der Professor Pierre schon geholfen. Er beschloss, Clemens eine E-Mail zu schreiben.

Es war anders als sonst. Pierre befand sich von Anfang an im Flur des Mehrfamilienhauses. Auf dem Boden lag der ermordete Tankstellenbesitzer, Blut war von seinem Körper aus in alle Richtungen geströmt. Er blickte in das Gesicht des Toten und sah den gesichtslosen Schädel der ermordeten Frau, die sie in der Odertalsperre gefunden hatten. Plötzlich schien es, als wachse wieder Haut auf dem Schädel. Die Haut wurde zur Leinwand. Unterschiedliche Gesichter erschienen und verschwanden, wie in einer Diashow. Es waren die Gesichter von Opfern der Mörder, die Pierre in seiner Laufbahn überführt hatte. Dann löste sich die Leinwand auf und an ihre Stelle trat Leere. Aus dem Dunkeln löste sich ein Schatten. Der Schatten des Mörders? Er huschte an Rexilius vorbei zu einer Wohnungstür, die sich wie auf Befehl öffnete. Der Schatten lief in die Wohnung, Pierre eilte ihm hinterher. Aber an der Tür hielt ihn eine unsichtbare Mauer zurück. Pierre wurde zum Statisten, zum bewegungslosen Beobachter. Wie in all den Träumen zuvor bestand die Wohnung aus einem einzigen großen Raum. Im Zentrum lag die Leiche des Tankstellenbesitzers. Der Schatten, der Mörder, stand über der Leiche, hatte aber nicht wie sonst ein Schwert in der Hand. Es war ein Skalpell. Der Schatten beugte sich über das Gesicht des Toten, ließ das Skalpell im Licht blinken, drehte sich zu Rexilius um. Für den Bruchteil einer Sekunde bekam der Schatten ein Gesicht. Es grinste Pierre höhnisch an. Dann kniete der Schatten vor dem Getöteten nieder, in dessen Körper sich wieder Leben ausbreitete.

Und der Schatten ... Er wollte es gleich wieder auslöschen! Pierre versuchte in das Wohnzimmer zu kommen, um den Mord verhindern. Aber eine unbekannte Macht hielt ihn an der Tür zurück.

Das Gesicht des am Boden liegenden Menschen veränderte sich. Wie auf einem Fotopapier in einer Entwicklerflüssigkeit bildete sich ein neues Gesicht.

Sandras Gesicht!

In seiner Hilflosigkeit fing Pierre erst an zu schreien, dann versuchte er dem Albtraum zu entfliehen, um das Ende nicht mitzubekommen. Es half alles nicht. Er musste mit ansehen, wie der Schatten mit schnellen und geschickten Schnitten Sandras Gesichtshaut vom Kopf löste. Dann hielt der Schatten Sandras Gesicht triumphierend in der Hand und schob es vor sein eigenes.

Die Traumbilder stürzten in sich zusammen. Pierre wachte schweißgebadet auf.

Würden die verfluchten Träume denn nie enden?

Pierre dachte wieder an Lange, dem Tankstellenbesitzer aus Herzberg. In den Abendstunden des 26. Januar 1988 war er vor seinem Haus ermordet worden. Es war Pierres erster

Fall in der Mordkommission gewesen. Alles hatten sie damals unternommen, um den Mörder zu fassen: Aufrufe in den Medien, Ausstellung des Mordwerkzeuges in einem Hotel in Herzberg. Viele Bürger waren gekommen, um bei der Aufklärung zu helfen. Aber keiner hatte das außergewöhnliche Tatwerkzeug gekannt: eine fast einen Meter lange skalierte Leiste. Nach drei Monaten war die Mordkommission aufgelöst worden und Pierre hatte den Auftrag bekommen, allein weiterzuermitteln. In jenen Folgemonaten hatte er oft das Gefühl gehabt, ganz nahe an der Lösung des Falles zu sein.

Aber trotz all seiner so vielbewunderten Intuition, trotz seines Spürsinns und seiner Hartnäckigkeit hatte er den Mörder nicht gefunden. Acht Monate nach der Tat hatte Rexilius frustriert aufgegeben. Seitdem hatte er Albträume vom vermutlichen Tatablauf des Lange-Mordes, sobald eine Mordermittlung begann, die kompliziert werden konnte. Diesmal aber war der Albtraum zum ersten Mal abgewandelt worden. Die erste Hälfte hatte gefehlt.

Aber schon zum zweiten Mal war Sandra, seine kluge und attraktive Kollegin, in seinem Traum das Opfer. Das erste Mal hatte er das in der Nacht geträumt, bevor Sandra und er bei einem Mordanschlag im Schwarzwald fast getötet worden wären.

War der Albtraum ein schlechtes Omen? War Sandra in Gefahr? Oder war es etwas anderes? Wollte sein Unterbewusstsein ihm signalisieren, dass er nicht nur kollegiale Gefühle für Sandra empfand und sich die Wahrheit endlich eingestehen sollte? Oder war es am Ende beides?

Er schaute auf den Radiowecker. Es war erst halb fünf. Dennoch stand Pierre auf, ging unter die Dusche. Nach einem ausgiebigen Frühstück packte er seine Sachen, schnappte sein Rennrad, das wie immer im Wohnungsflur stand, und machte sich auf den Weg zur Inspektion nach Osterode.

Südharz, Montagmorgen, 18. August

Ein wenig steckte Pierre das Rennen vom Vortag noch in den Knochen. Er ließ es deshalb auf seiner Fahrt nach Osterode langsam angehen. Dass er zum ersten Mal seit Jahren seinen Dauerkonkurrenten Heiko Richtel bei einem Radrennen besiegt hatte, war nur noch Nebensache. Seine Gedanken waren beim Mord an der Frau, die im Oderstausee gefunden worden war. Pierre hoffte, dass zumindest ein Zwischenbericht von Professor Spunkes, dem Leiter des Gerichtsmedizinischen Institutes Göttingen, vorlag.

In der Inspektion suchte Pierre zuerst Paula Bantek auf, die Kommissarin in der Kommunikationszentrale. Leider, berichtete sie ihm, sei noch nichts von der Gerichtsmedizin eingetroffen, obwohl die Leiche schon am Samstagabend dorthin geschafft worden war

Als Pierre am Schwarzen Brett vorbeiging, las er im Vorbeigehen die Schlagzeile auf der Titelseite eines Boulevardblattes, die irgendein Witzbold dort befestigt hatte, und schüttelte den Kopf. Die Reporter hatten die Fakten völlig verdreht: Sie schrieben von einem Piratenakt der Polizei!

In den Gängen der Mordkommission kam ihm eine Malerkolonne mit Farbtöpfen und Leitern entgegen. Er konnte sich nicht vorstellen, wo in der Inspektion Maler benötigt werden könnten. Die letzte Renovierung war erst vier Jahre her. Pierre ging in sein Dienstzimmer, legt den Rucksack neben seinen Schreibtisch und verließ das Büro wieder, um die Dusche aufzusuchen.

Eine halbe Stunde später saß Pierre an seinem Schreibtisch, zündete sich eine Pfeife an und sah dem Rauch nach. Dann griff er zum Telefon, um die Kollegin in der Empfangszentrale anzurufen. Ein Obduktionsbericht sei immer noch nicht gekommen und wer die Maler bestellt hatte, wusste sie auch nicht. Kurz nachdem Pierre den Hörer aufgelegt hatte, klingelte das Telefon.

»Spunkes hier, schon auf den Obduktionsbericht gewartet,

Herr Hauptkommissar?«, fragte der Chef des Gerichtsmedizinischen Institutes in Göttingen scherzend.

»Nein, Herr Professor«, log Rexilius, der immer vorgab, an schnellen Ergebnissen nicht sonderlich interessiert zu sein. Aus jahrelanger Erfahrung wusste er, wie der kommende »kurze Zwischenbericht« ausfallen würde. Das Unwichtige würde Spunkes am Anfang ausdehnen, um dann erst am Ende auf das Wichtige zu kommen, um seinen »Sherlock Holmes« so richtig auf die Folter zu spannen.

»Hm. Den fertigen Obduktionsbericht habe ich noch nicht, aber ich könnte Ihnen jetzt einen Zwischenbericht geben«, sagte Spunkes

»Der wäre auch nicht schlecht«, antwortete Pierre.

»Dann los. Das Opfer ist weiblichen Geschlechts. Etwa achtundzwanzig bis fünfunddreißig Jahre alt. Einen Meter zweiundsiebzig groß. Sie muss einen attraktiven Körper gehabt haben, wenig Körperfett, eine schlanke Frau ... Noch am Telefon?«, fragte der Herr Professor, obwohl er genau wusste, dass sein Gegenüber vor Ungeduld zu platzen drohte.

»Äh ... ja.«

»Ich habe Spuren von Ketamin in ihrem Körper gefunden«, sagte Spunkes und machte eine Pause, weil er auf die Frage wartete, welche Bedeutung Ketamin in diesem Fall haben könnte.

»Wozu hat es der Mörder benutzt?«, fragte Rexilius.

»Ketamin, Herr Hauptkommissar, lässt sich im Körper bis zu drei Tagen nachweisen. Da ich mit der Obduktion noch in der Nacht zum Sonntag begonnen habe, gehe ich davon aus, dass der Mord am Donnerstag begangen wurde.« Rexilius hörte Blätterrascheln. Der Herr Professor gab vor, die weitere Reihenfolge seiner Ausführungen ordnen zu müssen.

»Ketamin«, fuhr Spunkes fort, »wird in der Human- und Tiermedizin als Mittel zur Behandlung von Schmerzen eingesetzt. Aufgrund der psychotropen Wirkung wird es auch als Droge missbraucht. Aus diesen Gründen hat der Mörder es aber nicht angewandt. Er hat die Leiche damit betäubt, denn Ketamin wird in der Notfallmedizin als Narkosemittel verwendet. Um es abzukürzen ...«

Außerordentlich großzügig, Herr Professor, dachte Rexilius.

»... der Mörder hat sein Opfer erst mit Ketamin betäubt und dann an einen anderen Ort gebracht. Vermutlich eine Art OP-Raum. Dort hat er ihr das Genick gebrochen und sie dann auf eine Pritsche – ich vermute einen OP-Tisch – gelegt. Die Totenflecken auf dem Rücken belegen das. Dann hat der Mörder ihr die Augen entnommen und die Gesichtshaut abgeschnitten. Und das derartig fachmännisch, wie es eigentlich nur ein ausgebildeter Chirurg kann. Das grenzt die Anzahl der Verdächtigen auf einige Tausend ein. Wenn man davon ausgeht, dass der Täter ein Deutscher ist.«

Und wenn es kein Deutscher ist? Einige Zehntausend, dachte Rexilius.

»Eins verstehe ich nicht, Herr Rexilius: Warum hat der Mörder die Tätowierung auf dem Bauch der Getöteten nicht entfernt? Er muss doch davon ausgehen, dass eine Identifizierung der Frau dadurch erleichtert werden könnte?«

»Die Leiche wurde nur zufällig entdeckt«, sagte Rexilius und erzählte, wie die Jungen das Opfer gefunden hatten. »Der Mörder hat geglaubt, dass die Leiche für immer verborgen bliebe.«

»Ja, das macht einen Sinn. Wenn Sie Probleme bei der Identifizierung haben, dann kann ich Ihnen weiterhelfen. Ein Kollege von mir rekonstruiert Gesichter, er braucht dafür allerdings zwei Wochen.«

Er bat den Gerichtsmediziner, alles dafür Notwendige einzuleiten. Spunkes versprach, Rexilius anzurufen, sobald die übrigen Ergebnisse vorlägen. Fünf Minuten später brachte Paula Banta Rexilius das Fax, auf dem die Tätowierung des Opfers abgebildet war. Er wollte es sich gerade genauer anschauen, als Eckert, der Technik- und Computerspezialist der MoKo, in sein Zimmer kam und ihn daran erinnerte, dass die übrigen Kollegen der Mordkommission schon seit zwanzig Minuten im Konferenzraum auf ihn warteten.

Wagner, der Chef der Spurensicherung, begann die Ergebnisse seiner Untersuchungen an der Odertalsperre vorzutragen. Rexilius betrachtete ihn näher. Die dunklen Schatten unter Wagners Augen, das zerzauste Haar und zwei Risse in seiner Hose bezeugten, dass er erst vor kurzem vom Oderstausee zurückgekehrt sein musste. Wahrscheinlich war er ohne Unterbrechung bis Sonntagabend am Stausee geblieben. Vielleicht war er auch erst vor einer halben Stunde wiedergekommen. Ans Flipchart hatte er eine Karte der Umgebung der Talsperre befestigt. Der rote Punkt seines Laserpointers wanderte über die Karte.

»Die B 27 verläuft parallel zum Westufer«, sagte Wagner. »Etwa in der Mitte ist eine Parkbucht angelegt, die mit einer Leitplanke zum See hin abgesichert ist. Von hier aus fällt das Gelände steil zum Wasser ab. Die obere Hälfte besteht aus Wald, die untere aus Boden und Gestein. Bei hohem Wasserstand ist sie überflutet.« Wagner unterbrach seinen Vortrag, um einen Schluck Kaffee zu trinken.

»Im Waldbereich haben wir Fußspuren gefunden, die mit denen auf der Insel identisch sind, außerdem zahlreiche umgeknickte Zweige. Der Täter hat sich im Auto den Taucheranzug angezogen, seine Tauchutensilien in ein Kanu gebracht, ist zum Auto zurückgegangen und hat dann die Leiche abgeholt. Ich bin mir sicher, dass er ein geräumiges Fahrzeug benutzt hat. Wahrscheinlich einen Kleinbus oder einen größeren Geländewagen. Reifenspuren haben wir auf dem Asphalt der Parkbucht natürlich nicht finden können. Mit dem Boot ist er anschließend zur Insel gefahren. Den Rest kennt ihr ja«, sagte Wagner.

Jeder seiner Kollegen wusste, dass jetzt noch etwas kommen würde.

Nach einer Pause fuhr Wagner fort:»Ach ja … Wir haben noch einen interessanten Fund gemacht. Als der Mörder von der Insel zurückgekommen ist, ist er im Waldstück mit dem Tauchgerät an einem stärkeren Ast hängen geblieben. Das hier«, sagte Wagner und brachte wie ein Zauberer, scheinbar aus dem Nichts, einen schwarzen, daumengroßen

Gegenstand zum Vorschein, »ist von seinem Tauchgerät abgerissen worden. Es muss sich um einen Teil des Atemreglers handeln.«

Ein Raunen ging durch den Konferenzsaal.

»Leider kann ich es keinem Typ zuordnen. Das wird eure Aufgabe sein. An dem Kunststoffteil habe ich verwertbares DNA-Material sichern können. Natürlich habe ich sofort eine DNA-Probe in Auftrag gegeben, aber das Ergebnis kommt erst am Nachmittag ... Sollte der Mörder in unserer Kartei geführt sein, dann ist der Fall sehr schnell abgeschlossen«, sagte Wagner.

»Den Verlust muss er doch bemerkt haben?«, fragte Junge. Seit zehn Jahren arbeitete der achtunddreißigjährige Oberkommissar als Verhörspezialist bei der Mordkommission. Mit seiner Körpergröße von einem Meter siebzig und dem jugendlichen Gesicht, das eher wie das eines Achtzehnjährigen aussah, wurde er von den »schweren Jungs« bei Verhören unterschätzt. Was sich stets als Fehler erwies. Junge stellte die richtigen Fragen und ehe sich die Verhörten versahen, hatte er sie ausgetrickst.

Privat schwebte Junge im siebten Himmel. Seine Verlobte Jasmin und er erwarteten in wenigen Wochen ihr erstes Kind.

»Vielleicht hat er das erst später gemerkt, vielleicht auch, als er das Tauchgerät ins Auto gelegt hat«, sagte Wagner. »Möglicherweise ist er auch noch einmal zurückgegangen, um es zu suchen. Wie auch immer, es war nicht so wichtig für ihn, weil er davon ausgegangen ist, dass die Leiche für immer verborgen bleibt. Hinzu kommt, dass in der Odertalsperre Sporttauchen verboten ist. Eine Entdeckung durch Sporttaucher konnte er ausschließen.«

Womit Wagner natürlich recht hatte. Es war schon ein Zufall, dass die Betreiber der Talsperre einen Teil des Wassers abgelassen hatten. Und wären nicht die Jungen gewesen, dachte Pierre, dann wäre die Leiche wohl nie entdeckt worden.

»Der Bad Lauterberger Segelklub besitzt mehrere Anlegestellen und ein eigenes Gelände mit einem Klubhaus am

Stausee«, sagte Pierre. »Jürgen, wir horchen uns mal bei den Mitgliedern um, die besitzen doch gute Kenntnisse über die Örtlichkeiten.« Mit Jürgen war Jürgen Eckert gemeint, der Technik- und Computerspezialist der Mordkommission. Er war einundvierzig. Mit seinen einsfünfundachtzig, dem muskulösen Körperbau und seinem kantigem Kopf sah er aus wie ein Modelathlet, was er bei Frauen gelegentlich ausnutzte. Nach einer Affäre mit einer Reporterin hatte ihn seine Frau Natascha mit ihren beiden gemeinsamen Kindern verlassen.

Eckert nickte.»Herbert«, fragte er Wagner, »weißt du Näheres über Körpergröße und Gewicht des Täters?«

»Ja. Er ist etwa 1,83 bis 1,89 groß und neunzig bis fünfundneunzig Kilo schwer. Das ließ sich aus der Schuhgröße und der Abdrucktiefe ermitteln. Bei diesen Körperdaten muss der Täter ein Athlet sein. Wahrscheinlich betreibt er neben dem Tauchen noch andere Sportarten.«

Einen Moment lang herrschte absolute Stille im Konferenzraum.

Pierre gab den vorläufigen Obduktionsbericht wieder. Dann zeigte er seinen Kollegen das Fax, auf dem die Tätowierung der Leiche abgebildet war. »Kann jemand von euch damit etwas anfangen?«

Nach eingehender Prüfung schüttelten alle den Kopf.

»Sandra, du versuchst herauszufinden, zu welchem Tauchgerät das Kunststoffstück passt, das Herbert gefunden hat. Am Wochenende ist Stefan Henkelmann wieder da, deshalb brauchen wir uns keinen Kollegen aus einer anderen Abteilung auszuleihen. Wer hat eigentlich die Maler bestellt?«

Wieder schüttelten alle den Kopf.

Nordharz, Goslar, Montagnachmittag, 18. August

Als Sandra Koch vor neun Jahren den Dienst bei der Polizeiinspektion in Osterode angetreten hatte, hatte ein wahrer Run auf sie eingesetzt. Mit ihren slawischen Gesichtszügen, ihren schwarzen, schulterlangen Haaren und ihrem atemberaubenden Körper war sie die attraktivste Polizistin der Inspektion. Die unverbesserlichen Playboys, ob nun verheiratet oder ledig, glaubten bei ihr im Handumdrehen landen zu können. Keiner hatte Erfolg. Sie müsse eine knallharte Lesbe sein, meinte einer der Abgewiesenen. Andere glaubten, dass sie sich mit einfachen Polizisten nicht abgäbe. Staatsanwälte und Richter, das sei ihr Kaliber. Eine dritte Gruppe sah Sandra längst dem hypnotischen Blick, oder was immer es auch war, ihres Chef Rexilius anheimgefallen. Die beiden würden es nur gut verbergen.

Nein, es lief nichts zwischen Sandra und Pierre, aber Sandra hatte sich schon am ersten Tag in ihn verliebt. Er aber, so glaubte sie, schätzte nur ihre kriminalistischen Fähigkeiten. Die Frau Sandra spielte für ihn wohl keine Rolle. Vielleicht war sie einfach nicht sein Typ. Vielleicht wollte er aber auch keine feste Verbindung mehr eingehen, weil seine Exfrau von einem auf den anderen Tag mit einem Zirkusartisten abgehauen war.

Pierre hatte Sandra gebeten, herauszufinden, von welchem Tauchgerät das Mundstück stammte, das die Spurensicherung in der Nähe des Oder-Stausees gefunden hatte. Selbst Wagner konnte es keiner Marke zuordnen. Von dem Polizeitaucher, der bei der Bergung der Leiche im Oderstausee beteiligt gewesen war, hatte Pierre erfahren, dass Morich weiterhelfen könnte. Der war bis vor einigen Jahren Kampfschwimmer bei der Bundesmarine gewesen. Nach seiner Pensionierung war Morich in seine Heimatstadt Goslar zurückgekehrt und hatte dort ein Geschäft für Tauchutensilien eröffnet. An Wochenenden gab er Tauchkurse, die sich zunehmender Beliebtheit erfreuten. Wenn Tauchschüler erfahren genug waren, dann tauchte Morich mit ihnen in die Tiefen der Okertalsperre, vornehmlich in den Ort Alt-Schulenberg, der 1956 nach Fertigstellung der Staumauer überflutet worden war. Morich bewies seinen Schülern, dass das hartnäckige Gerücht, die Spitze des Alt-Schulenberger Kirchturms durchstoße bei Niedrigwasser die Seeoberfläche, falsch war. Der Ort hatte nie eine Kirche besessen! Dennoch: Bis heute erzählten die Harzbewohner den Touristen von der sagenumwobenen Kirchturmspitze im Okerstausee.

Morich hatte sein Geschäft in der Altstadt von Goslar. Sandra fand einen Parkplatz zwanzig Meter entfernt.

Hinter dem Tresen stand ein etwa ein Meter fünfundachtzig großer Mann, athletisch gebaut. Sandra schätzte ihn auf Mitte fünfzig. Sie zeigte Morich ihren Ausweis, erklärte ihm den Grund ihres Kommens und legte das Mundstück, das Wagner am Oderstausee gefunden hatte, auf den Tresen.

Der Tauchlehrer musterte erst Sandras Passbild, schaute dann das Original an. »Wenn alle Osteroder Polizistinnen so attraktiv sind wie Sie«, sagte Morich, »dann lohnt es sich ja, dort bei der Polizei zu arbeiten.«

Sandra reagierte nicht darauf. »Das Mundstück«, sagte sie, »von was für einem Tauchgerät stammt es?«

Morich betrachtete es, drehte es und sagte: »Was Sie gefunden haben, ist das Teil eines Atemreglers, den die Kampfschwimmer der DDR-Marine benutzt haben. Ich kann Ihnen sagen, wir waren scharf darauf, zu erfahren, welche Tauchgeräte unsere Kollegen hinter dem eisernen Vorhang benutzten. Trotz aller Bemühungen haben wir es erst nach der Wiedervereinigung erfahren.« Dann verschwand Morich in einem Raum hinter dem Tresen. Mit einem schwarzen Kunststoffteil kam er zurück. »Schauen Sie, Frau Koch, hier ist der komplette Atemregler. Ihr Teil ist aus dem unteren Bereich abgerissen worden.«

Sandra betrachtete es und nickte.

»Der Atemregler stammt aber nicht von einem normalen Tauchgerät, sondern von einem Kreislauftauchgerät«, sagte Morich.

»Hm. Worin besteht der Unterschied?«, fragte Sandra.

»Kreislauftauchgeräte werden als Atemschutzgeräte bei der Feuerwehr, im Katastrophenschutz und beim Militär benutzt. Ich will Sie jetzt nicht mit einem Vortrag langweilen. Aber Kreislauftauchgeräte haben den großen Vorteil, dass sie kaum Blasen im Wasser erzeugen und man damit ohne Unterbrechung sieben Stunden lang tauchen kann. Sie sind also bestens für Kampftaucher geeignet, die sich unter Wasser nahezu geräuschlos ihren Objekten nähern. Darf ich wissen, in welchem Zusammenhang das Tauchgerät steht?«Aber Morich wartete die Antwort von Sandra nicht ab. »Ich habe von einem Leichenfund im Oderstausee gehört und dass es sich um Mord handelt. Sie glauben, der Mörder hat den Atemregler dort verloren?«

Sandra nickte nur.

»Der Mörder könnte ein ehemaliger Kampfschwimmer der DDR sein«, sagte Morich nachdenklich. »In der Odertalsperre ist das Sporttauchen verboten, die Wahrscheinlichkeit, die Leiche jemals zu entdecken, ist also sehr gering. Nach ein paar Jahren löst sie sich im Wasser auf. Wie haben Sie das Opfer gefunden?«

Sandra erzählte Morich von den Jungen.

»Muss ein großer Schock für die Jungs gewesen sein«, sagte Morich, und fügte hinzu: »Die Kampfschwimmer der DDR waren in Kühlungsborn stationiert. Ihre Existenz wurde geheim gehalten, aber natürlich wussten wir von ihnen. Der MAD hat auch nicht geschlafen. Über dreißig Jahre, von 1958 bis zur Auflösung der NVA 1990, existierte diese kleine, hochmotivierte Gruppe. Wie viele dazugehörten, wussten wir vor der Wiedervereinigung nicht genau. Danach erfuhren wir, dass die Anzahl der Truppenmitglieder niemals mehr als hundert betrug. Ihr Auftrag war ähnlich wie unserer, also in kleinen Gruppen im Rücken des Gegners landen, Schiffe versenken und Verteidigungsanlagen in die Luft sprengen.«

»Ich habe einmal einen Film über die Ausbildung der Kampfschwimmer gesehen. Ganz schön hart«, sagte Sandra.

»Oh, ja. Wenn Sie die Ausbildung erfolgreich beenden wollen, müssen Sie fit wie ein Hochleistungssportler sein. Sie werden darauf trainiert, bei Minusgraden im Freien – ohne Verpflegung und Verbindung zu Ihrer Einheit – zu überleben. Wir – und natürlich auch die Kollegen der DDR – wurden an allen Waffentypen als Einzelkämpfer und auch als Fallschirmspringer ausgebildet.«

»So etwas macht doch kein normaler Mensch«, sagte Sandra. Sie war zwar auch sportlich, eine ausgezeichnete Schwimmerin und Schützin, aber freiwillig hätte sie sich nie durchringen können, so extremen Anforderungen zu genügen.

Morich schmunzelte. »Da haben Sie natürlich recht. Ich war bei der Einheit, weil ich meine physischen und mentalen Grenzen kennenlernen wollte – zumindest als ich noch jung war, heute bin ich ruhiger geworden. Aber es gibt auch die durchgeknallten Typen, die den ständigen Adrenalinkick suchen. Davon hatten wir in unserer Einheit auch einige. Und bei den DDR-Kollegen war das ebenso. Diese Typen mussten immer am längsten unter Wasser bleiben, mussten am weitesten tauchen und die gefährlichsten Manöver durchführen. Einige von denen waren echte Psychopathen.«

»Das heißt?«, fragte Sandra.

»Einer von Ihnen hat zum Beispiel seine Frau, als er auf einem zweiwöchigen Einsatz war, im Keller – mit zweiwöchiger Verpflegung - eingesperrt. Zum Glück haben Verwandte die Frau nach einer Woche befreien können. Sie hat ihn verlassen. Jedenfalls für eine kurze Zeit.«

»Sie ist wieder zu ihm zurückgekehrt?«

»Ja. Sie hat sich von ihm täuschen lassen und ist eine Zeit lang bei ihm geblieben. Ein Jahr später hat sich die Einsperraktion wiederholt. Dieses Mal ist sie endgültig abgehauen. Ein anderer dieser Kerle hat seine Frau jahrelang vergewaltigt. Ein dritter hat die Auszubildenden gequält«, sagte Morich, »und die Liste solcher Geschichten ließe sich noch beliebig ausdehnen.«

»Hm. Sie trauen also einem Kampfschwimmer eine derartige Tat zu?«, fragte Sandra.

»Ja. Ich glaube, dass der Täter einer dieser durchgeknallten

Taucher der DDR sein könnte. Da fällt mir ein, die ehemaligen Kampfschwimmer haben eine Marinekameradschaft gegründet, deren Sitz in Rostock ist. Heute führen sie Tauchexkursionen durch. Die werden Ihnen auch weiterhelfen, wenn sie von dem Mord hören.«

Mehr ergab die Befragung Morichs nicht. Sandra bedankte sich und verabschiedete sich von dem ehemaligen Elitesoldaten.

Südharz, Oderstausee, Montagnachmittag, 18. August

»Wie läuft es mit Natascha und den Kindern?«, fragte Pierre seinen Kollegen Eckert, der ihn zum Oderstausee begleitete. Sie wollten die Mitglieder des Segelclubs befragen, ob ihnen etwas Außergewöhnliches aufgefallen war, das mit dem Mordfall zu tun haben könnte. Wie immer saß Pierre auf dem Beifahrersitz, Eckert steuerte genüsslich den Dienstwagen, der einen PS-starken Motor hatte. Hauptsächlich wurde er für Verfolgungen genutzt. Eckert war einundvierzig Jahre alt. Als Computer- und Technikexperte war er aus der MoKo nicht wegzudenken. Weil er es mit der Einhaltung der Bestimmungen nicht so ganz ernst nahm, war immer noch nicht zum Oberkommissar befördert worden.

»Wir haben gestern mal wieder 'nen schönen Sonntag verbracht«, antwortete Eckert. »Haben die Westernstadt in Hasselfelde besucht.«

»Und?«, fragte Pierre, »wie weit seid ihr?«

»Wenn es nach Max und Miriam geht, dann wären die drei schon längst wieder bei mir, aber Natascha zieht noch nicht so recht mit. An Wochenenden schlaf ich ja schon bei ihnen in Osterhagen, aber wieder eine gemeinsame Wohnung ...« Eckert schüttelte den Kopf. »Das will sie erst mal nicht.«

Pierre nickte. Was erwartete sein Kollege auch schon? Im letzten Jahr hatte eine Hamburger Journalistin die Inspektion in Osterode vier Wochen lang besucht, um eine Reportage über Polizeiarbeit zu schreiben. Eckert hatte prompt ein Verhältnis mit ihr angefangen. Als die Frau ihre Arbeit beendet hatte, hatte Eckert den Plan gefasst, zu ihr nach Hamburg zu ziehen. Aber die Journalistin hatte Eckert zu verstehen gegeben, dass sie ihn in Hamburg nicht gebrauchen konnte, weil sie dort eine funktionierende Ehe führe. Natascha, Eckerts Frau, war eine Woche vorher mit den Kindern aus der gemeinsamen Wohnung ausgezogen und wohnte seitdem in Osterhagen.

Das Wasser der Odertalsperre war gegenüber dem Samstag noch um einen weiteren Meter gesunken. Die Boote des Bad Lauterberger Segelclubs waren von ihren Besitzern weit auf das Wasser hinausgezogen worden, denn um den Anlegesteg herum war der blanke Boden des Stausees zum Vorschein gekommen. Zahlreiche Mitglieder des Clubs waren bei ihren Booten, andere standen auf dem Steg und unterhielten sich.

In der Nähe des Stegs saß ein Mann auf dem Boden, vor dem ein zweiter kniete. Als der Kniende die beiden Polizisten sah, gab er dem anderen einen Klaps auf die Schulter. Der stand auf und ging leicht humpelnd in Richtung Bootssteg davon.

Pierre und Eckert stellten sich dem anderen vor, der ihre fragenden Blicke richtig deutete.:»Das ist Klaus Bruchner, ein Mitglied«, erkläre er, »er ist gestürzt und hat sich wahrscheinlich eine Prellung des Oberschenkels zugezogen. Ich bin Sanitäter und habe Erste Hilfe geleistet. Mein Name ist Frank Andersen, ich bin Vorsitzender des Bad Lauterberger Segelclubs.«

Er warf einen Blick in Richtung der Insel, wo die Frauenleiche gefunden worden war. »Der Mord oben an der Brücke beschäftigt uns schon den ganzen Tag«, sagte Andersen. »Ich habe da eine Beobachtung gemacht, die vielleicht eine Bedeutung haben könnte. Die Segelclubs des Harzes veranstalten seit vergangenem Freitag und in den nächsten drei Wochen eine Ostseewoche. Die Vorsitzenden haben sich am

Donnerstagabend zu einer abschließenden Besprechung in Altenau getroffen. Auf der Rückfahrt von Altenau nach Bad Lauterberg, etwa gegen ein Uhr, habe ich auf dem Parkplatz, der direkt an die Odertalsperre grenzt, ein Fahrzeug beobachtet.« Andersen schloss die Augen. »Es hatte eine dunkle Farbe, entweder dunkelblau oder schwarz, so genau konnte ich das nicht erkennen. Ein großes Geländefahrzeug von Audi. Ungewöhnlich für diesen Zeitpunkt. Um ein Schäferstündchen zweier Verliebter konnte es sich eigentlich nicht handeln, die hätten sich bestimmt einen abgelegenen Parkplatz gesucht.«

Der Mörder? dachte Pierre. Wagner, der Chef der Spurensicherung, ging davon aus, dass der Mörder von dem von Andersen beschriebenen Parkplatz aus die Leiche zum Stausee gebracht hatte.

Eckert schien das Gleiche durch den Kopf zu gehen. »Haben Sie vielleicht das Kennzeichen gesehen?«, fragte er.

»Nein«, sagte Andersen, »auf die Nummernschilder habe ich nicht geachtet, sie waren aus meiner Perspektive auch nicht zu sehen.«

Der Mörder musste entweder ein Einheimischer sein und deshalb über ausgezeichnete Ortskenntnisse verfügen, oder er hatte vorher das Gelände gründlich erkundet, dachte Pierre. Vielleicht hatte irgendeiner der Clubmitglieder ja schon in den vergangen Tagen und Wochen etwas Auffälliges beobachtet. Er fragte Andersen danach.

»Mir ist nichts aufgefallen, aber möglicherweise einem der Clubmitglieder. Heute sind viele hier, um die Boote wegen des geringen Wasserstands in Sicherheit zu bringen. Ich rufe sie zusammen.«

Fünf Minuten später hatten sich alle Segler um Pierre und Eckert versammelt. Pierre erklärte den Clubmitgliedern, worum es ging. Keinem von ihnen war irgendjemand besonders aufgefallen. Allerdings waren die Segler in der Regel erst am Nachmittag am Stausee, berichteten sie. Und wenn der Mörder clever war, dann hatte er die Umgebung am Vormittag erkundet. »Vielleicht ist es nicht wichtig«, sagte einer der Segler, »aber dennoch sollte ich es erwähnen ...

Am gegenüberliegenden Ufer habe ich einen Bootsplatz. – Mein Name ist Zotter«, stellte er sich vor, und fuhr fort: »In diesem Sommer haben sich Jugendliche mehrmals in der Nacht mein Kanu ausgeliehen und sind damit auf den Stausee gefahren. Dort haben sie ein Trinkgelage veranstaltet. Das scheint sich für die Jugendlichen zum Sport entwickelt zu haben. Das Boot haben sie zwar wieder zurückgebracht, aber sie haben Alkohol im Boot verschüttet oder Erbrochenes hinterlassen. Jedenfalls musste ich es hinterher immer schrubben. Deshalb wollte ich diese Kerle endlich einmal kriegen. Also habe ich in der Nähe eine Kamera versteckt und zusätzlich die Lage des Bootes markiert. Am Freitagmorgen, kurz bevor wir an die Ostsee fahren wollten, habe ich das Boot noch einmal überprüft. Es lag umgedreht, aber einen Meter von der Markierung entfernt. Jemand hatte das Boot benutzt. Da es aber nicht verschmutzt war, habe ich dem keine größere Bedeutung beigemessen und mir auch nicht den Film angeschaut. Wenn ich jetzt aber bedenke, dass ein Mord passiert ist … Könnte möglicherweise der Mörder das Boot benutzt haben?«

Eckert und Pierre sahen sich an. Bahnte sich ein schneller Erfolg an? »Am besten fahren wir erst einmal zusammen dorthin!«, bat Pierre den Segler.

Fünf Minuten später standen sie vor dem Boot. Zotter zeigte den beiden Polizisten die Markierung, an der er erkannte, dass jemand es um einen Meter nach links versetzt hatte. Die Kamera hatte er etwa fünfzehn Meter entfernt in einem Vogelhäuschen versteckt, das Objektiv konnte man durch die Öffnung an der Vorderseite ausmachen. Er öffnete das Häuschen von hinten, holte den Camcorder heraus und überprüfte die Akkus, die er einmal in der Woche wechselte. »Die haben noch Saft«, sagte Zotter erfreut, »damit dürften Sie alle Bewegungen in der Umgebung des Bootes sehen können!«

Pierre griff zum Handy, um Wagner und seine Leute von der Spurensicherung zu informieren. Er beendete das Gespräch und schaute zur Staumauer.

Sandra und Andersen kamen auf ihn zu. »Ich hab gedacht, ich schau mal bei euch vorbei«, sagte Sandra, als sie Pierre erreichten.

Der nickte und sagte an Eckert gerichtet: »Jürgen, du wartest auf die Spurensicherung, ich fahre mit Sandra in die Inspektion zurück.«

Auf der Fahrt nach Osterode berichtete Sandra, was sie in Goslar erfahren hatte. »Morich glaubt, dass uns die Marinekameradschaft in Rostock weitere Informationen zum Tauchgerät und zu den Kampfschwimmern der ehemaligen DDR geben kann.«

»Gut«, sagte Pierre, »wir werden Verbindung zu den Mitgliedern aufnehmen. Ich habe auch etwas für dich, vielleicht sogar Exklusivaufnahmen vom Mörder. Wenn wir in die Inspektion kommen, gehen wir gleich in den Computerraum.«

Als sie in der Inspektion angekommen waren, schloss Pierre den Camcorder an einen Computer an. Die Aufnahmen begannen am Montag vor einer Woche. Oben im Bild waren Datum und Uhrzeit eingeblendet. Pierre ließ den Film im Schnelldurchlauf laufen und stoppte bei Donnerstag dreiundzwanzig Uhr. Nun stellte er auf Normalgeschwindigkeit um. Als sich in der nächsten halben Stunde nichts tat, stellte er wieder eine etwas schnellere Geschwindigkeit ein.

Bei der Zeiteinblendung null Uhr fünfundvierzig tat sich etwas. Ein schwarz gekleideter Mann trat von links in den Bildausschnitt. Zielgerichtet ging er zu Zotters Kanu, drehte es vorsichtig um und stemmte es mit einer Leichtigkeit hoch, als handele es sich um einen leeren Pappkarton. Zum ersten Mal konnten sie die Größe des Mannes ausmachen.

»Ein Riese. Der ist ja fast einen Meter und neunzig groß«, sagte Sandra.

»Wagner hatte mit seiner Einschätzung recht«, antwortete Pierre.

Mit dem hochgestemmten Boot verschwand der Riese nach links. Nach einer Stunde und fünfzehn Minuten tauchte ein Boot aus der Dunkelheit auf und landete langsam am Ufer.

Der Riese stieg aus, stemmte das Boot wieder hoch, ging ein paar Schritte und legte es ab. Die beiden Polizisten bemerkten, dass der Mann es tatsächlich um einen Meter nach links versetzt auf dem Boden abgesetzt hatte. Gut zu erkennen waren die Pressluftflaschen, die Taucherbrille hatte er den rechten Arm hinaufgezogen. Dann drehte sich der Mann von der Kamera weg und verschwand aus dem Bild. »Leider kann man das Gesicht nicht sehen«, seufzte Sandra. »Aber seine Figur, sie wirkt wie die eines Zehnkämpfers. Mit welcher Leichtigkeit der das schwere Holzboot hochgestemmt hat, zeigt, dass der Mörder außerordentlich kräftig ist. Dem möchte ich nicht in der Dunkelheit begegnen«, sagte Sandra.

Ich auch nicht, dachte Pierre, sagte es aber nicht. »Wir werden ihn kriegen«, versprach Pierre, der bemerkt hatte, wie die massige Gestalt des Mörders Sandra Angst eingeflößt hatte.

Bad Sachsa, Montagabend, 18. August

Waldi war am Morgen, nachdem er die Leichenbeseitigung beobachtet hatte, erst einmal nach Bad Lauterberg gegangen. Auf seiner Route dorthin hatte er sich überwiegend auf Waldwegen bewegt, die Straßen gemieden. Erst nach Geschäftsschluss hatte sich Waldi in die Innenstadt gewagt. Aber von seinen Kumpanen hatte er nur Franz und Gustav getroffen, die anderen waren nach Northeim marschiert. Franz war total betrunken gewesen, Waldi hatte mit ihm kaum ein vernünftiges Wort reden können und Gustav war wenige Minuten später losgezogen, um sich neuen Sprit zu besorgen. Deshalb hatte Waldi beschlossen, weiterzugehen und sich in den nächsten zwei Tagen in den Wäldern des Südharzes aufzuhalten. Dort hatte er ungestört über sein weiteres Vorgehen nachgedacht. Am Montagmorgen hatte er sich schließlich durchgerungen, erst einmal in Bad Sachsa Zwischenstation einzulegen.

Um die Mittagszeit traf er am Treffpunkt der Obdachlosen in der Nähe der öffentlichen Toiletten ein. Waldi begrüßte Linda und Ringo, die auf einer Bank saßen. Er hatte sie bislang nicht persönlich gekannt, aber schon viel über sie gehört. Waldi setzte sich neben Ringo. Der schaute auf Einstein: »Dein Superhund, über den alle reden?«

Waldi nickte und gab Einstein ein Zeichen. Sofort stellte sich der Hund vor Ringo auf, machte Männchen und reichte ihm die Pfote.

»Is' ja toll. «, sagte Ringo anerkennend.

Waldi zog seine Schuhe aus und stieß einen Seufzer der Erleichterung aus. Die langen Märsche der letzten Tage hatten seine Füße anschwellen lassen.

»Haste schon von dem Mord gehört?«, fragte Ringo, der eine Schnapsflasche in der Hand hielt. Er hatte sie bis auf ein Drittel leer getrunken. Schließlich rülpste er.

Einstein knurrte nicht, sondern ging auf Distanz. Möglicherweise sah er keine Chance, Ringo vom Alkohol wegzubringen.

»Was für'n Mord?«, fragte Waldi, aber er ahnte, um welchen es sich handelte.

»Kannste in allen Blättern nachgucken«, fuhr Ringo fort und rülpste lauter als beim ersten Mal.

»Weiß man schon, wer der Mörder ist?«, fragte Waldi ängstlich.

Linda blickte Waldi verwundert an. »Haste was mit dem Mord zu tun?«, fragte sie nicht ganz ernsthaft.

Waldi antwortete nicht. Er sah wieder die kalten, grausamen Augen des Mörders vor sich. Wo hatte er diese Augen bloß schon mal gesehen? Aber so sehr er sich auch anstrengte, es fiel ihm nicht ein. Sollte er zur Polizei gehen und von seinen nächtlichen Beobachtungen am Oderstausee berichten? Keine gute Idee, sagte er sich. Die Polizisten würden einem Obdachlosen nie glauben. Sie würden ihn als Trunkenbold hinstellen, der im Suff Halluzinationen gehabt habe. Und was wäre, wenn der Mörder ein Polizist wäre oder gute Beziehungen zur Polizei besäße? Dann würde Waldi in großer

Gefahr schweben ... Vielleicht würden die Polizisten Waldi auch Einstein wegnehmen. Sie konnten ihm vorwerfen, dass ein Obdachloser nicht für einen Hund sorgen kann, und Einstein ins Tierheim bringen. Nein, zur Polizei würde er nicht gehen.

»Is' dir ne Laus über die Leber gelaufen, Waldi?«, fragte Linda, die Waldis Nachdenklichkeit bemerkt hatte.

»Äh ... nein.«

»Is ja nur, weil du dich so komisch anstellst«, sagte Linda. Damit war die Angelegenheit erledigt, jedenfalls wechselte die Obdachlose das Thema. »Lass uns 'nen Schluck kippen!«

Waldi lehnte ab. »Ich habe seit zwei Jahren keinen Alkohol getrunken und dabei wird es auch bleiben«, sagte er und schaute dankbar auf seinen Hund.

»Klasse«, sagte Linda, »hab' ich nicht gepackt. Bleib mal in Bad Sachsa. Hier lässt sich aushalten. In der Nacht lassen die uns in den Klos pennen, wenn wir morgens wieder aufräumen. Die Sachsaer tun uns nichts.«

Waldi nickte. Na gut, dachte er, ein paar Tage würde er in Bad Sachsa bleiben. Er würde die Augen offen halten und die Passanten, die in seine Nähe kamen, gründlich beobachten. Spätestens am Wochenende würde er nach Braunschweig oder Hannover abhauen. Dort war er vor dem Mörder sicher.

Südharz, Montagabend, 18. August

Pierre öffnete den Outlookexpress und sah seine E-Mails durch. Professor Clemens, Experte für südamerikanische Geschichte an der Uni Göttingen, hatte schnell geantwortet. *Die alleinige Entfernung der Gesichtshaut war bei den Azteken eher die Ausnahme,* schrieb er. *Um sich die Zuneigung des Gottes Xipe-Tótec und damit eine gute Maisernte zu sichern, zogen nach dem Schinden Priester zwanzig Tage lang die umgestülpte Haut der Opfer über. Gelegentlich wurde die*

Gesichtshaut als Maske über das Gesicht der Priester gelegt. Auch die Häutungen zu Ehren der Göttin Tlazolteotl sind mit der Häutung Ihres Opfers nicht in Einklang zu bringen. Der Professor wollte in der nächsten Woche zu einem Kongress über amerikanische Geschichte nach London fahren und versprach, mit Fachkollegen noch einmal über den Fall zu sprechen. Sollte sich etwas Neues ergeben, dann werde er sich umgehend melden.

Damit fiel ein mögliches Motiv weg. Dennoch war Pierre sich sicher, dass der Mörder ein Ritualtäter war. Welcher halbwegs »normale Mörder« entfernte auf eine solch akribische und chirurgisch exakte Art und Weise die Gesichtshaut eines Menschen? Nein, der Mörder ging nach einem krankhaften Ritual vor.

Welche Bedeutung konnte das Gesicht für den Täter haben?, fragte sich Pierre. Das Gesicht eines Menschen war sein Identitätsnachweis, sein Markenzeichen, so begann er seine Überlegungen. Aber das Gesicht war mehr als das. Der Volksmund sprach davon, dass das Gesicht der Spiegel, die Augen das Fenster zur Seele waren. War der Mörder darauf aus? Hatte er seinem Opfer erst den körperlichen Tod gebracht und ihm dann symbolisch die Seele geraubt?

Das allein konnte es nicht sein. Es steckte mehr dahinter. Der Gesichtsausdruck gab Aufschluss über den inneren Zustand eines Menschen, das wusste Pierre aus seiner langen Verhörpraxis.

Die Mimik eines zufriedenen Menschen: Die Augen sind geöffnet, der Mund zeigt ein ungezwungenes Lächeln, der Kopf ist ein wenig zur Seite zurückgelegt. Das ganze Gesicht ist gelöst, was auf den Zustand innerer Ausgeglichenheit hinweist. Der Mensch strahlt etwas von seiner inneren Zufriedenheit und Heiterkeit auf seine Umgebung aus, las Pierre in einer Internetdatei.

Oder das Gegenteil von Zufriedenheit: Angst. Schrecken. Das Gesicht ist in diesem Fall aufgerissen. Die Augen treten übermäßig groß hervor, der Mund wird bei gleichzeitigem Einziehen des Atems geöffnet und es tritt eine erhebliche innere Anspannung ein, stand in derselben Datei. Pierre wusste, dass es für die verschiedenen Emotionen analoge Gesichtsausdrücke gab.

Die Mimik war zum überwiegenden Teil unbewusst, lediglich Schauspieler waren in der Lage, Gesichtsausdrücke bewusst herzustellen, dazu bedurfte es aber intensiver Übung, und außerdem unterlag ein »künstlicher Ausdruck« einer zeitlichen Begrenzung.

Der Gesichtsausdruck zeigte aber nicht nur den momentanen Gefühlszustand. Ein überwiegend fröhlicher Mensch bildete Lachfalten aus, ein pessimistischer Sorgenfalten.

Am Gesichtsausdruck konnte man, wenn man ihn zu deuten verstand, sehen, ob ein Verhörter log oder die Wahrheit sagte. Mit Worten konnte er lügen, der Gesichtsausdruck aber verriet ihn. Pierre hatte eine Antenne dafür, in seiner langjährigen Laufbahn war es nur wenigen gelungen, ihn zu täuschen.

In Amerika setzte man inzwischen Gesichtsscanner an Flughäfen ein, die das Spiel der Gesichtsmuskeln erfassten und daraus ableiten konnten, ob ein Fluggast etwas im Schilde führte. Die amerikanischen Experten waren sicher, dass der Gesichtsscanner zuverlässiger war als der Lügendetektor.

»Warum hast du deinem Opfer die Gesichtshaut genommen«, murmelte Pierre. »Was treibt dich an?« Gleichzeitig schoss ihm ein anderer Gedanke durch den Kopf: Der Täter hatte die Züge eines Serienmörders. Er würde wieder morden. Immer wieder, bis er überführt wurde. Aber wussten sie überhaupt, ob es nicht noch andere Opfer gegeben hatte, die bislang nur nicht gefunden worden waren? Pierre hatte einen Fehler gemacht! Möglicherweise hatte es weitere Morde gegeben. Die Leiche wurde ja nur entdeckt, weil ein Teil des Wassers abgelassen worden war und die Jungen bei ihren Tauchübungen dadurch bis an die Basis des Brückenfragments kommen konnten! Der Oderstausee musste abgesucht werden! Schon morgen früh würde er die Taucher anweisen, zum Stausee zurückzukehren.

Pierre schaute auf die Uhr. Zehn nach zwei. Die Tätowierung würde er sich morgen näher anschauen. Er schaltete den Computer aus und ging ins Bad. Nach dem Zähneputzen ging er in sein Schlafzimmer und legte sich ins Bett. Er schlief nicht gleich.

Was treibt dich an, fragte er sich wieder. Was ist dein Motiv?

Irgendwann fiel er in einen tiefen und traumlosen Schlaf.

Südharz, Dienstagvormittag, 19. August

Pierre griff gleich, als er sich an den Schreibtisch seines Dienstzimmers setzte, zum Telefon und sprach mit Kommissar Boldt über seinen Verdacht, in der Odertalsperre könnte es weitere Leichen geben. Boldt versprach, noch am Vormittag mit dem Tauchen zu beginnen. Da der Oderstausee ein sehr großes Gebiet sei, benötige er drei weitere Taucher der Polizeidirektion Göttingen, die er noch heute anfordern werde. Pierre hatte gerade den Hörer aufgelegt, als sein Telefon klingelte.

»Spunkes hier«, klang es aus dem Hörer.

»Guten Morgen, Herr Professor!«

»Der Kollege arbeitet mit Volldampf an der Gesichtskonstruktion ... Er wird noch eine gute Woche brauchen, bis er die liefern kann. Aber auch jetzt habe ich schon etwas Interessantes für Sie!«

Pierre stellte sich auf ein wildes Blätterrascheln ein und auf ein langsames Vortasten auf den eigentlichen Kern des »Interessanten«. Weit gefehlt.

Der Herr Professor rückte sofort mit der Sprache heraus: »Die Tote stammt aus Moskau, das hat die Untersuchung des geochemischen Profils eindeutig ergeben. Das deckt sich mit dem Zahnbefund ... Aber ... das Erstaunliche ist, dass die Frau in den letzten zwei Monaten im Harzgebiet gelebt hat, die Analyse der Haare hat das ergeben!«

Wenn der Herr Professor ihm gleich sagte, in welchem

Ort, dann würde Pierre den Gerichtsmediziner umgehend für den Nobelpreis für Medizin vorschlagen.

»Leider ist keine nähere Ortsbeschreibung möglich. Hätten wir doch nur ein Phantombild der Frau. Aber darauf müssen wir mindestens noch eine Woche warten.«

Dann verabschiedete sich Spunkes. Rexilius steckte sich eine Pfeife an. Er fasste das, was sie bislang an Informationen hatten, zusammen. Das Mordopfer war Ende zwanzig, vielleicht Anfang dreißig. Die Frau hatte in Moskau gelebt, sich wahrscheinlich in den letzten zwei Monaten im Harz aufgehalten und war hier einem Mörder zum Opfer gefallen.

Warum?

Welche Bedeutung hatte das ungewöhnliche Tattoo, das das Opfer unter dem Bauchnabel hatte? War sie eine deutschstämmige russische Staatsbürgerin, die Russland verlassen hatte, um in Deutschland ein neues Leben zu beginnen? Aber dann müsste sie Verwandte oder Bekannte in Deutschland haben ... Irgendjemand musste sie doch vermissen!

Sollte er einen Aufruf in die Medien bringen? Ja, im Moment war das vielleicht die einzige Möglichkeit, die Identität der Toten zu ermitteln. Er griff zum Telefon, nahm Kontakt mit den Zeitungen des Harzgebietes auf und gab ihnen das an Informationen weiter, was er hatte. Das Tattoo ließ er jedoch aus. Die Redakteure versprachen, den Aufruf am nächsten Tag zu veröffentlichen. Dann ging Pierre in den Konferenzraum, wo seine Kollegen schon versammelt waren.

Pierre setzte sich an den Tisch und Eckert begann mit seinen Ausführungen: »Wagner sagt, dass das Boot von Zotter vom Mörder benutzt wurde. Er hat feinste Kunststoffspuren vom Taucheranzug gefunden ... Ein Major aus dem Verteidigungsministerium sagt, ehe wir Einsicht in die Akten der NVA bekommen, müssen erst verschiedene Genehmigungsverfahren durchgeführt werden, weil die Akten der Geheimhaltung unterliegen. Das kann zwei bis drei Wochen dauern.«

»So viel Zeit haben wir nicht. Der Mörder könnte wieder zuschlagen. Wir müssen eine andere Möglichkeit finden«, sagte Pierre.

»Morich, der ehemalige Kampfschwimmer der Bundesmarine, hat mir gesagt, dass sich die Kampfschwimmer der DDR zu einer Marinekameradschaft zusammengeschlossen haben. Sie werden Auskunft erteilen, wenn sie von dem grausamen Mord erfahren, glaubt Morich. Von ihnen kann man möglicherweise Dinge erfahren, die in keiner Akte stehen«, sagte Sandra.

Rexilius überlegte einen Moment. Dann sagte er: »Wir sollten dieser Marinekameradschaft so schnell wie möglich einen Besuch abstatten. Am liebsten wäre es mir ... schon heute. Wer möchte auf Dienstreise gehen?«

Eckert schaute wie immer in solchen Situationen auf den Boden, Junge auffällig aus dem Fenster. Sandra allerdings war von dem Vorhaben angetan, weil sie wusste, dass Pierre mitfahren würde. »Ich komme mit«, sagte Sandra.

»Gut«, sagte Pierre, »dann werden wir in drei Stunden starten.«

Rostock, 19. August

Um vierzehn Uhr fuhren die beiden Polizisten in Richtung Rostock ab.

Für die Fahrt brauchten sie sieben Stunden. Zahlreiche Baustellen und Unfälle sorgten für eine dreistündige Verspätung. Es war neunzehn Uhr, an einen Besuch der Marinekameradschaft war nun nicht mehr zu denken. Die Polizisten bezogen ihr Hotel, schlenderten durch die Rostocker Altstadt, aßen in einem griechischen Restaurant und gingen dann in ein Weinlokal. Dort sprachen sie über Sandras Vater, der in einem Pflegeheim untergebracht war.

»Mein Vater liegt nun sieben Jahre im Koma«, sagte Sandra. »Oft habe ich darüber nachgedacht, ob ich die Geräte, die ihn am Leben erhalten, abschalten lassen sollte. Ich hab es nicht übers Herz gebracht.«

»Und es besteht keine Chance, dass dein Vater wieder aufwachen könnte?«, fragte Pierre. »Man hat doch schon oft gehört, dass Menschen auch nach zehn Jahren aus dem Koma erwacht sind.«

Sandra schüttelte den Kopf. »Nein, das waren andere Fälle. Die Ärzte haben's mir erklärt.«

Pierre wurde nachdenklich. Wie würde er entscheiden, wenn es einmal um seine Schwiegermutter ginge? Würde er die Geräte abschalten lassen? Und sehen, wie das Herz seiner Schwiegermutter zum Stillstand kam und alles Leben aus ihrem Körper wich? Er musste sich eingestehen, er wusste es nicht. Er verstand jetzt auch Sandras gequälten Gesichtsausdruck, den er so oft an ihr gesehen hatte.

Sandra schien Pierres Gedanken erraten zu haben. »Wie würdest du entscheiden, Pierre? Würdest du die Geräte bei meinem Vater abschalten lassen? Oder wenn deine Schwiegermutter in der gleichen Situation wäre wie mein Vater?«

Pierre sah sie an. »Es wäre vernünftig, aber ehrlich gesagt, ob ich das dann wirklich durchziehen könnte …«, Pierre legte eine Pause ein, schaute zum Tresen und wieder zu Sandra, »… ich weiß es nicht.«

Sandra nickte, dann schwiegen beide.

Schließlich wechselte Pierre das Thema. »Was glaubst du, Sandra, warum hat der Mörder seinem Opfer die Gesichtshaut genommen?«

Darüber hatte sie die letzten Tage auch nachgedacht. »Ich glaube, dass es sich um ein Ritual handelt. Um welches, weiß ich nicht. Möglicherweise hat die Häutung auch sexuelle Hintergründe.«

Um ein Uhr verließen sie das Weinlokal und gingen zum Hotel zurück. Sandras Zimmer lag am anderen Ende des Flurs. Er sah ihr nach, bis sie in ihrem Zimmer verschwand.

Ihr Gang, ihre Ausstrahlung und ihr Wesen. Er liebte sie! Warum nur konnte er ihr das nicht zeigen?

Rostock, 20. August

Das Vereinshaus der Marinekameradschaft war von einem vier Meter hohen Zaun umgeben, auf dem oben ein Stacheldraht verlief. Pierre dachte unwillkürlich an die innerdeutsche Grenze vor 1989, die den Harz in zwei Hälften geteilt hatte.

Sandra und Pierre erreichten das Tor. Pierre drückte auf die Klingel, die in das Maschendrahtgewebe eingearbeitet war. Direkt darüber befanden sich eine Kamera und ein Lautsprecher, aus dem eine blecherne Stimme dröhnte: »Wer sind Sie? Was wollen Sie?«

Pierre stellte sich und Sandra vor und erklärte kurz, weshalb sie gekommen waren. Die Tür öffnete sich. Die beiden Polizisten gingen über eine rund zehn Meter breite Betonfläche, die zweifelsfrei aus DDR-Zeiten stammte. An der Eingangstür des Vereinsheimes empfing sie eine etwa fünfzigjährige Frau. »Kommen Sie, ich bringe Sie zu Herrn Borsig. Er ist der Vorsitzende der Marinekameradschaft-«

Das Zimmer des Vorsitzenden war etwa dreißig Quadratmeter groß, an den Wänden hingen zahlreiche Gruppenfotos von Tauchern, wahrscheinlich Mitglieder der Marinekameradschaft, dazu Fotos von alten Schiffwracks, um die herum Taucher mit ihren schwarzen Anzügen schwammen.

»Das sind unsere heutigen Aktivitäten. Wracktauchen. Und Exkursionen. Was kann ich für die Kriminalpolizei Osterode tun? Wo liegt der Ort überhaupt«, fragte Borsig und bot den Polizisten einen Platz in der Sitzecke an. Sein Ton, seine Körperhaltung verrieten auf Anhieb den ehemaligen Soldaten. Mit seiner Körpergröße von einem Meter fünfundachtzig, seinem Kurzhaarschnitt und seinem kantigen Kopf wirkte er wie ein amerikanischer Marine.

Es klopfte an der Tür und eine etwa vierzigjährige gepflegte Frau trat mit einem großen Tablett ein, auf dem Tassen, eine Thermokaffeekanne und eine Schale mit Keksen standen. Als sie an der Sitzecke ankam, sagte sie: »Diana Borsig, ich bin mit dem Herrn, der Ihnen gegenübersitzt, verheiratet. Kaffee und Kekse?«

Sandra und Pierre nickten.

»Die Kekse sind selbst gebacken. Ich hoffe, sie werden ihnen schmecken«, sagte Frau Borsig und verließ wieder den Raum.

Sandra und Pierre fanden nach einer Kostprobe, dass sie köstlich schmeckten. Dann holte Pierre das Teil des Atemreglers aus seiner Jackentasche und gab es Borsig. »Osterode ist eine Kreisstadt am Südharzrand ... Worum handelt es sich hierbei?«, fragte er.

Borsig warf nur einen kurzen Blick darauf. »Das ist ein abgerissenes Kunststoffteil eines Atemreglers. Es stammt von den Kreislauftauchgeräten, die wir früher in unserer Kampfschwimmereinheit verwendet haben. Wir, die Marinekameradschaft, haben viele dieser Geräte nach der Auflösung der NVA erstanden. Woher haben Sie das, wenn ich fragen darf?«

»Am vergangenen Samstag wurde in der Odertalsperre im Harz eine Frauenleiche gefunden. In der Nähe des Ufers wurde dieses Kunststoffteil gefunden. Es muss von dem Taucher – wahrscheinlich ist er auch der Mörder – stammen, der die Frauenleiche im Stausee an eine Brücke angekettet hatte. Die Frau ist übel zugerichtet worden. Der Mörder hat ihr die Gesichtshaut herausgeschnitten«, sagte Sandra.

Borsig schaute Sandra an. Sie glaubte echte Bestürzung in seinem Gesicht zu erkennen. Er schwieg einen Moment. Dann sagte er an Pierre gerichtet: »Sie glauben, dass der Mörder aus unseren Reihen stammt?«

»Möglicherweise, ja«, antwortete Pierre.

»Eine derartig bestialische Tat traue ich keinem meiner Kameraden zu. Wir waren verrückte Kerle, das muss man auch sein, wenn man diese körperlichen Torturen auf sich nimmt. Wir waren Kampfschwimmer, Fallschirmspringer und vieles mehr. Viele haben uns zum Teufel gewünscht, weil wir andere Einheiten vorgeführt haben. Aber so ein Verbrechen, nein, das war keiner von denen, die heute in der Marinekameradschaft sind, dafür verbürge ich mich.«

»Wie viele der ehemaligen Kampfschwimmer sind der Marinekameradschaft beigetreten?«, fragte Pierre.

»Drei sind von der Bundesmarine übernommen worden, und von zweien weiß ich nicht, wo sie abgeblieben sind. Sie waren auch nur kurze Zeit bei uns, deshalb kenne ich sie kaum. Für die Mitglieder der Kameradschaft lege ich meine Hand ins Feuer.«

»Hm. Leider gibt es aber immer wieder schwarze Schafe, von denen man nichts weiß. Auch bei der Polizei haben wir solche Fälle erlebt ... Wir müssen alle ehemaligen Kampfschwimmer überprüfen, Herr Borsig. Deshalb brauche ich eine Liste aller Angehörigen Ihrer Einheit«, sagte Pierre. Ihm war klar, dass er möglicherweise in einer Sackgasse angelangt war. Wenn Borsig keine Daten herausgeben wollte, dann konnten sie ihn nicht dazu zwingen. Der Fund des Kunststoffteils würde nie für einen Hausdurchsuchungsbeschluss reichen. Wenn die Mitglieder der Kameradschaft aber wirklich nichts mit dem Mord zu tun hatten, dann würde Borsig ihnen weiterhelfen.

Ähnliches schien auch durch Borsigs Kopf zu gehen. Schließlich sagte er: »Ich drucke Ihnen eine Liste aller Mitglieder aus. Auch die Adressen.« Dann ging er zu seinem Schreibtisch, rief die Mitgliederdatei auf und druckte sie aus. Mit zehn Blättern in der Hand setzte er sich wieder zu den Polizisten. »Für jedes einzelne Mitglied habe ich Namen, Geburtsdatum, Adresse und den heutigen Job ausgedruckt. Von den drei Kameraden, die bei der Bundesmarine dienen, habe ich nur die Namen. Die anderen Daten müssten sie sich im Verteidigungsministerium besorgen. Ja ... und die beiden Kameraden, von denen ich nicht weiß, wo sie abgeblieben sind, heißen Marc Kupfer und Martin Hinzmann. Ich schreibe Ihnen die Namen unter die gedruckten Listen.«

»Haben Sie eine Vorstellung, wo Hinzmann und Kupfer abgeblieben sein könnten?«, fragte Pierre.

Borsig zuckte mit den Schultern. »Vielleicht sind sie irgendwo Tauchlehrer oder veranstalten in irgendeinem Tourismusgebiet Tauchexkursionen. Vielleicht am Schwarzen

Meer oder am Mittelmeer. Wir führen ja auch regelmäßige Exkursionen durch.« Borsig zeigte stolz auf die Bilder an der Wand. »In diesem Jahr werden wir noch Wracks in der Ostsee aufsuchen. Vielleicht sind Hinzmann und Kupfer auch als Taucher bei einer Erdölfirma angestellt. Nach der Auflösung der NVA war die Nachfrage nach Kampfschwimmern dort groß.«

Pierre nickte und bemerkte, dass Sandra etwas auf dem Herzen hatte. Er sah sie auffordernd an.

»Warum haben Sie Ihr Vereinsheim so hermetisch abgeriegelt?«, fragte sie.

»In den letzten sechs Jahren wurde hier dreimal eingebrochen und wertvolle Ausrüstungen gestohlen. Darunter waren auch zwei Kreislauftauchgeräte aus ehemaligen NVA-Beständen. Nach dem dritten Einbruch haben wir den hohen Zaun um das Gelände gezogen. Außerdem halten die Kameraden abwechselnd in der Nacht und am Wochenende Wache. Seitdem hat es einen Einbruchsversuch gegeben, der aber kläglich gescheitert ist. Meine Männer haben die Einbrecher schnell überwältigt und der Polizei übergeben. Schließlich wurden sie darauf trainiert. Das muss sich in bestimmten Kreisen herumgesprochen haben, jedenfalls haben wir seit diesem Einbruch unsere Ruhe.«

»Könnte das Kunststoffteil, das wir gefunden haben, aus einem dieser Einbrüche stammen?«, fragte Pierre.

Borsig betrachtete es noch einmal. »Wir haben natürlich die Herstellernummern registriert, aber leider befindet sich auf dem Kunststoffteil keine Registriernummer. Ich kann es deshalb keinem Gerät zuordnen.«

Diana Borsig kam zum zweiten Mal in das Arbeitszimmer ihres Mannes und brachte Nachschub. Sie goss erneut Kaffee ein, stellte eine zweite Schale mit Keksen auf den Tisch und bemerkte zufrieden, dass die erste Schale leer war. »Wenn Sie das Rezept haben wollen«, sagte Diana Borsig an Sandra gewandt, »dann gebe ich es Ihnen gerne mit.«

Sandra bejahte. Frau Borsig verließ den Raum und kam wenig später mit einer Fotokopie des Rezepts zurück. »Bislang haben alle Gäste darum gebeten, deshalb habe ich einige auf Vorrat«, sagte sie schmunzelnd und verließ wieder den Raum.

Die Polizisten blieben noch eine Viertelstunde bei Borsig. Etwas Neues ergab sich aber nicht mehr. Als sie sich von dem Vorsitzenden der Marinekameradschaft verabschiedeten, versprach der ihnen, sich auch umzuhören und der Polizei Osterode bei weiteren Fragen gerne weiterzuhelfen.

Rexilius und Sandra fuhren ins Hotel, checkten aus und traten die Heimreise an.

Südharz, Mittwochnachmittag, 20. August

Zwanzig Minuten nachdem Pierre und Sandra in die Inspektion zurückgekehrt waren, meldete sich Kommissar Boldt von der Odertalsperre. »Pierre, deine Befürchtung ist wahr geworden! Ich habe eine weitere Frauenleiche gefunden. Die Gerichtsmedizin habe ich schon informiert und Doktor Pankert, Spunkes Assistent, ist schon unterwegs.«

»Kannst du abschätzen, wie lange die Leiche dort schon gelegen hat?«

»Schwer zu sagen. Ich habe sie etwa zweihundert Meter von der Brücke entfernt gefunden, an der das erste Opfer angekettet worden war. Sie lag am Grund, mit einer Kette umwickelt, an der Betonsteine befestigt waren. Sie wäre niemals entdeckt worden, wenn du nicht wieder einmal eine deiner berühmten Ahnungen gehabt hättest. Am Fundort habe ich eine Temperatur von neun Grad gemessen und so, wie die Leiche aussieht, könnte sie dort schon einige Monate gelegen haben.«

Seine schlimmsten Befürchtungen waren Realität geworden! Die Mordkommission hatte es mit einem Serienmörder zu tun. Pierre hoffte, dass es nicht noch weitere Leichen gab. Für die Presse würde das ein gefundenes Fressen werden. Pierre sah schon die Schlagzeilen vor sich: *Unfähige Polizis-*

ten versenken lieber Journalistenboot als Serienmörder hinter Schloss und Riegel zu bringen. Der Reporter des großen Boulevardblattes, der *Morgenpost*, der nach der Kollision mit einem Polizeiboot in den Oderstausee gefallen war, hatte Rache geschworen.

»Noch eine Sache, Pierre«, sagte Boldt. »Ich weiß nicht, wie die es geschafft haben, aber einige Reporter sind schon wieder vor Ort. Die sind ja fast so schnell wie Böhme.«

»Nur mit dem Unterschied, dass Böhme immer mit uns zusammengearbeitet hat und mir bei den Geschäftsführermorden, als ich suspendiert war, sogar geholfen hat. Er hat damals das entscheidende Phantombild veröffentlicht und eine filmreife Geschichte dazu erfunden.«

Böhme war inzwischen auf der Karriereleiter weiter nach oben gestiegen. Kurz nach seinem Exklusivbericht über den Mörder dreier Freiburger Geschäftsführer im Jahr 2003 rannten ihm die Chefredakteure renommierter deutscher Zeitungen förmlich die Bude ein. Alle wollten ihn unter Vertrag nehmen. Für den *Spiegel* entschied er sich schließlich. Für Böhme war es aber auch wichtig, die Wurzeln zu seiner Heimatstadt Osterode nicht zu verlieren, und das akzeptierte das politische Magazin. Neben der Arbeit beim *Spiegel* brachte Böhme vierteljährlich ein Magazin heraus, in dem er über die Geschehnisse und die Persönlichkeiten des Südharzes berichtete. Böhme hatte natürlich Zugang zu den umfangreichen Archiven des *Spiegels*, die im Ruf standen, in einigen Gebieten sogar besser ausgestattet zu sein als die der Polizei. Vielleicht, so orakelte Pierre, würde er Böhme bei diesem Fall noch brauchen können.

»Ja … Wenn ich mich nicht täusche, ist auch dieses Stinktier von der *Morgenpost*, das am Samstag ins Wasser gefallen ist, mit von der Partie! Und ich befürchte, dass er schon Fotos von der Leiche gemacht hat«, sagte Boldt.

Pierre überlegte einen Moment, ob er Boldt raten sollte, dem *Morgenpost*-Reporter die Kamera wegzunehmen, entschied sich aber dann dagegen. Das Boulevardblatt würde den Polizisten alles Mögliche unterstellen. »Schirm die Leiche ab. Ich werde so schnell wie möglich kommen!«

Pierre legte auf und informierte Sandra. Fünf Minuten später fuhren sie in Richtung Oderstausee los.

Die Berge um die Odertalsperre waren in Wolken gehüllt. Nieselregen hatte sich sanft auf die Landschaft gelegt. Boldt und ein Göttinger Kollege hatten die Leiche den Steilhang des Ostufers hinaufgetragen und dort auf die Straße gelegt, die nach dem Bau des Stausees stillgelegt worden war. Das Absperrband hatte der Polizeitaucher hundert Meter weiter nördlich hinter einer Kurve gespannt, damit die Journalisten die Leiche nicht mehr sehen und fotografieren konnten. Als Sandra und Pierre ihr Auto hinter den Journalisten abstellten, drehten sich die Reporter zu ihnen um und rannten auf die Polizisten zu. Ein Blitzlichtgewitter und ein Gewirr von Fragen setzten ein.

Mit einer Handbewegung setzte Pierre dem ein Ende. »Leute, ich kann euch nichts sagen, habe selbst die Leiche noch nicht einmal gesehen. In dieser Woche wird es eine Pressekonferenz geben, dann werdet ihr alles erfahren!« Dann schritten Sandra und Pierre durch die Journalistenmenge und unter dem Absperrband hindurch.

»Los«, brüllte einer der Reporter den beiden Polizisten hinterher, »Sie wissen doch mehr, als Sie hier vorgeben. Sagen Sie etwas, wir Journalisten müssen doch auch Geld verdienen!«

Pierre drehte sich um und erkannte den Reporter der *Morgenpost*. Nun ja, dachte Pierre, deine versunkene Ausrüstung muss sicherlich erst einmal bezahlt werden. Er sagte es aber nicht und drehte sich wieder zu Sandra um. Wenig später verschwanden sie hinter einer Kurve aus dem Blickfeld der Journaille.

Doktor Pankert, der neben der Leiche kniete, war dieses Mal besser vorbereitet als nach dem letzten Leichenfund. Offensichtlich hatte er bei seinem Chef Professor Spunkes einige Stunden Nachhilfe genommen. Er war mit den Untersuchungen fast fertig. Als er die beiden Polizisten bemerkte, begann er gleich mit seinem Vortrag, ohne Reh'sche Tabelle, ohne irgendwelche Aufzeichnungen. »Kommissar Boldt hat an der Ablagestelle der Leiche eine Wassertemperatur von neun Grad gemessen. Eine Wachshautbildung hat noch nicht eingesetzt. Haare und Haut könnte man jetzt ganz einfach abziehen ... Ich würde sagen, die Leiche liegt seit zwei Monaten, maximal plus zwei Wochen, im Oderstausee. Wenn ich jetzt zurückrechne, dann hat der Mörder die Leiche zwischen Anfang und Mitte Juni hier abgelegt.« Pankert strahlte über beide Ohren. Er hatte seine zweite Feuertaufe bestanden.

»Gute Arbeit, Doktor Pankert«, lobte Pierre. Er glaubte, eine leichte Röte im Gesicht des Gerichtsmediziners zu erkennen.

Inzwischen war Lukas Boldt, der seinen Tauchgang unterbrochen hatte, an der Leiche angekommen. »Wagner hat schon alle noch vorhandenen Spuren gesichert, aber es ist nichts Aufregendes dabei. Die Direktion in Göttingen hat uns sogar vier Taucher zur Verfügung gestellt, offensichtlich hat sich deine Intuition bis nach Göttingen herumgesprochen. Bis wir die gesamte Talsperre durchsucht haben, werden noch ein paar Tage vergehen. Ich hoffe, dass wir nicht noch weitere Leichen finden!«

»Das hoffe ich auch, Lukas!«

Sandra und Pierre verabschiedeten sich und gingen zum Auto zurück. Als sie den Pulk der Journalisten durchschritten, trafen die Polizisten wieder ein Blitzlichtgewitter und ein Schwall an Fragen. Aber weder Sandra noch Pierre reagierten auf die provozierenden und teilweise unverschämten Kommentare einiger Presseleute. Sie stiegen ins Auto und starteten, der Reporter der *Morgenpost* stellte sich in den Weg des Polizeiautos und brüllte etwas, das die beiden im Auto nicht verstanden. Sandra hupte, um den Weg freizubekommen. Aber der *Morgenpost*-Reporter reagierte nicht.

Pierre begann wütend zu werden, wollte aussteigen und den aufdringlichen Mann zur Raison bringen.

Zum Glück zogen Eggers von der *Goslarer Zeitung* und Dolle vom *Harzkurier* den aggressiven Mann vom Auto weg.

Sandra fuhr los.

Die ganze Fahrt über schwieg Sandra. Ein Verhalten, das sie selten an den Tag legte. Pierre aber wusste, was das zu bedeuten hatte. Sie war in Gedanken bei ihrem Vater. In Herzberg stieg Sandra aus, Pierre übernahm das Steuer und fuhr weiter nach Osterode.

Bad Sachsa, Mittwochabend, 20. August

Pierre hatte den Dienstwagen in der Inspektion in Osterode abgestellt, das Gelände fünf Minuten später mit seinem Fahrrad wieder verlassen und den Acht-Uhr-Zug gerade noch bekommen. Vom Zug aus hatte er im Seniorenheim angerufen und sich bei Schwester Christel nach dem Zustand seiner Schwiegermutter erkundigt. Es hatte sich gegenüber den Vortagen keine Änderung ergeben. Er hatte Schwester Christel versprochen, in den nächsten Tagen vorbeizuschauen und die Adresse seiner Exfrau mitzubringen. Dass er den Aufenthaltsort noch nicht kannte, hatte er verschwiegen.

Pierre erinnerte sich, dass er nichts Essbares mehr im Kühlschrank hatte, deshalb würde er heute in Barbaras Restaurant essen.

Als Pierre das Lokal erreichte, saß Dietrich schon in Pierres Lieblingsecke und wartete auf seinen »Polizeiminister«.

Wie in den letzten Wochen war Dietrich mürrisch. Er war nun mittlerweile siebenundsechzig Jahre alt und hatte für seinen Tabakladen keinen Nachfolger gefunden. Er selbst hatte das Geschäft 1975 von seinem Vater übernommen, der es vorher fast dreißig Jahre geführt hatte. Dietrichs Sohn lebte mit seiner Familie in Hannover und hatte einen guten Job. Er wäre fast bereit gewesen, sich für ein, zwei Jahre beurlauben zu lassen und das Geschäft seines Vaters übergangsweise zu führen, bis sich ein geeigneter Nachfolger gefunden hätte, aber seine Frau hatte sich dagegen ausgesprochen. In die »Provinz« zu gehen, das war für sie unvorstellbar.

»Ich habe bis heute niemanden gefunden, der das Geschäft übernehmen würde, Barbara will das Restaurant aber weiterführen ... Entweder gibst du das Rauchen auf, oder du musst dir einen neuen Tabakdealer in Osterode suchen!«, sagte Dietrich.

Pierre wunderte sich, wie Dietrich es immer schaffte, trotz einer Zigarette, die in seinem Mundwinkel hing, normal zu reden. Im Moment war sie wieder einmal ausgegangen. Er holte ein Feuerzeug aus seiner Hosentasche und zündete die Zigarette wieder an, natürlich ohne sie mit der Hand festzuhalten. Pierre war anfänglich darüber erstaunt gewesen, dass die Zigaretten seines Freundes ausgingen. Dietrich hatte es ihm erklärt: Er drehte sie sich selbst und stopfte sie fester, als es bei einer maschinell hergestellten der Fall war. Zwischendurch ließ er seinen Glimmstängel ausgehen. Auf diese Art rauchte er nur sechs Zigaretten am Tag. Es entstand aber der Eindruck, als würde er den ganzen Tag über rauchen.

»Vielleicht sollte ich ja bei der Polizei kündigen und dein Geschäft übernehmen«, sagte Pierre.

»Und wer soll dann die Mörder überführen? Schließlich will ich mich als Rentner in den Straßen Bad Sachsas noch sicher fühlen können!«

Inzwischen war Barbara aufgetaucht. Pierre sah es ihrem Gesicht an, dass sie Neuigkeiten über den Mordfall erfahren wollte. Er kam ihrer Frage zuvor. »Wir haben heute eine zweite Leiche gefunden und kennen noch nicht einmal die Identität des ersten Opfers!«

»Hat man dem zweiten Opfer auch die Gesichtshaut herausgeschnitten?«, fragte Barbara.

»Woher weißt du das?«, fragte Pierre überrascht.

»Stand heute in einem großen Boulevardblatt, dass man das erste Opfer so zugerichtet hat! Der Mörder muss doch ein kranker Psychopath sein«, sagte Barbara und verzog angewidert das Gesicht.

»Seine Vorgehensweise könnte dafür sprechen.«

Um elf Uhr verließ Pierre Barbaras Restaurant, zehn Minuten später saß er vor dem hochgefahrenen Computer. Pierre hatte zwar einen langen Tag hinter sich, aber er war viel zu aufgekratzt, um schlafen zu können.

Der Hauptkommissar schob eine CD von Humberto Mamani, einem südamerikanischen Indianer, in den Schacht. Pierre hatte dem Indianer vor einiger Zeit in der Braunschweiger Fußgängerzone zugehört. Seine Musik hatte Pierre so gut gefallen, dass er zwei CDs gekauft hatte. In den Liedern Mamanis glaubte Pierre die Unbekümmertheit und die Lebenslust der Indianer in der vorkolonialen Zeit zu spüren. Der Indianer verwendete klassische indianische Musikinstrumente ebenso wie die moderne E-Gitarre. Der Musiker begann mit einem Lied, das einen Adler beschrieb.

Rexilius rief das Foto auf, das Herbert Wagner von dem Tattoo des Opfers angefertigt hatte. Die Qualität war nicht besonders gut, deshalb vergrößerte Pierre das Foto. Er glaubte verblasste Farben zu erkennen, ob sie aber zum Tattoo gehörten oder Hämatome darstellten, das war unmöglich zu unterscheiden. Pierre vernachlässigte deshalb die Farben bei seinen Überlegungen.

Die Tätowierung war grob in drei Abschnitte eingeteilt. Der mittlere Teil ähnelte einem langgestreckten Trapez. Es war übersät von geometrischen Figuren. Pierre glaubte Dreiecke, Kreise und Quadrate zu erkennen. Im unteren Bereich schien ein Tier abgebildet zu sein. Eine Katze? Ein Hund? Unmöglich, das zu unterscheiden.

Die beiden äußeren Teile waren in etwa gleich groß und liefen nach unten spitz zu. Auch in diesen Flächen waren geometrische Figuren verteilt. Allerdings gab es Unterschiede: Im rechten Teil kamen nur Zacken und Kreise vor, im linken Bögen, Ellipsen, Kreisbögen und schwer definierbare Symbole.

Was hat das alles zu bedeuten, fragte sich Pierre. Würde die Entschlüsselung der Tätowierung die Identifizierung des Opfers ermöglichen? Und zum Mörder führen?

Andererseits ... die Leiche hatte über zwei Tage im Wasser

gelegen, dadurch war es möglicherweise zu Hautablösungen gekommen und dadurch zu Verzerrungen des Tattoos.

Pierre musste einen anderen Weg gehen, um die Zeichnung korrekt entschlüsseln zu können. Morgen früh würde er Frank Boden, den Polizeizeichner der Inspektion, bitten, in die Gerichtsmedizin nach Göttingen zu fahren und das Tattoo abzuzeichnen. Boden würde interpretieren müssen. Dass er darin ein Meister war, hatte er schon oft bewiesen.

Südharz, Donnerstagvormittag, 21.August

Boden war ja gern bereit, Pierre den Gefallen zu tun, aber er hatte ein Problem: Wenn er längere Zeit Leichen sah, dann wurde ihm regelmäßig schlecht und er musste sich übergeben. »Ich werde mit Professor Spunkes reden, dass er die Leiche bis auf das Tattoo abdeckt!«, hatte Pierre Frank Boden versichert.

»Ich bin schon unterwegs!«, hatte Boden geantwortet und war Minuten später mit seiner Ausrüstung nach Göttingen gestartet.

Wenig später kam Pierre in den Konferenzraum. Ihn erwartete nur eine kleine Gruppe. Sandra würde erst am Mittag kommen, weil sie Überstunden abbaute, und Marc Junge war, wie Pierre erfuhr, vor einer halben Stunde nach Hause gefahren. Bei seiner hochschwangeren Frau hatten sich Komplikationen ergeben und Marc wollte sie nicht allein lassen. Und weil auch Henkelmann noch Urlaub bis zur nächsten Woche hatte, waren Pierre und Jürgen Eckert allein im Konferenzraum. Pierre setzte sich neben Eckert an den Tisch, vor dem eine aufgeschlagene Zeitung lag. »Das musst du dir unbedingt anhören, Pierre«, sagte Eckert und begann aus der Zeitung vorzulesen:

Mordserie im Südharz erfordert den Einsatz des LKA
Ein Kommentar von Ralf Bombis

Am gestrigen Nachmittag haben Polizeitaucher aus Göttingen und Osterode eine weitere Leiche aus dem Oderstausee geborgen. Aus Polizeikreisen war zu erfahren, dass auch beim zweiten Opfer die Gesichtshaut entfernt wurde. Das ließe auf einen Serienmörder schließen.

Bislang hat die Mordkommission Osterode weder Hinweise auf die Identität der Toten, noch einen einzigen Anhaltspunkt über den Täter. Darauf angesprochen erwiderte ein Polizeisprecher, es sei nur eine Frage der Zeit, bis man mehr über Opfer und Täter wisse, schließlich hätten die Ermittlungen ja erst begonnen.

Auf die Anfrage unserer Zeitung, ob es nicht sinnvoller sei, dem Landeskriminalamt mit seinem Stab an Experten und seiner qualifizierten Forensik die Mordermittlungen zu übertragen, erklärte der Sprecher, man habe fähige Ermittler, die in den letzten Jahrzehnten alle Mordfälle im Zuständigkeitsbereich der Inspektion Osterode gelöst hätten. Damit sei man Spitze in Niedersachsen. Allerdings hat der Sprecher offensichtlich übersehen – um nur einen Fall zu nennen –, dass der Mord am Tankstellenbesitzer Lange in Herzberg bis heute nie aufgeklärt wurde.

Deshalb: Derartige Gewalttaten erfordern den Einsatz der besten Kräfte ohne Rücksicht auf lokale Empfindlichkeiten. Das LKA wäre die richtige Ermittlungsbehörde, um einen Serienmörder hinter Gitter zu bringen, der die Bürger des Südharzes in Angst und Schrecken versetzt hat.

Bombis fügte noch Interviews an, in denen Bürger ihre Besorgnis und Furcht zum Ausdruck brachten.

Inzwischen war Oberrat Rauert in den Raum gekommen.

»Wie reagieren wir auf diesen Kommentar?«, fragte Eckert.

»Wir ignorieren ihn und arbeiten wie gewohnt weiter«, antwortete Pierre, ohne auf den Lange-Fall einzugehen. »Was geschehen kann, wenn das LKA mit ihrem Spitzenmann

Dunker, dem Arsch, eingreift, das haben wir ja beim Fall des Geschäftszimmermörders live miterleben können.«

Pierre und Eckert schmunzelten und grienten. Oberrat Rauerts Gesicht jedoch blieb ausdruckslos. Für ihn war damals der Fall, über den er nicht gerne sprach, zu einem persönlichen Fiasko geworden, erinnerte sich Pierre.

»Wir werden das LKA erst einmal heraushalten …«, sagte der Oberrat. Natürlich war die Antwort nicht ohne Hintergedanken, das war Pierre klar. Sollte die Mordkommission schon bald die Morde lösen – noch bevor Direktor Fischer aus seinem Urlaub zurückkam –, dann konnte Rauert das auf seine Fahnen schreiben. Natürlich würde das von Vorteil für seine weitere Karriere sein. Er wollte unbedingt Polizeidirektor werden und seine eigene Inspektion leiten.

»Wie gehen wir weiter vor?«, fragte Jürgen. »Schau dir noch einmal die Personenbeschreibung genau an, die Doktor Pankert von der gestrigen Leiche gegeben hat, und durchsuche dann die Vermisstenanzeigen!«, antwortete Pierre.

Wenig später saß Eckert in seinem Dienstzimmer hinter dem Computer und hatte sich eine Zigarette angezündet. Ab und zu nippte er an seinem Kaffeepott. Doktor Pankert hatte gesagt, dass das Opfer rund zwei Monate im Oderstausee gelegen hatte. Plus minus zehn Tage. Gestern, am 18. August, hatte der Polizeitaucher die Leiche gefunden. Das bedeutete, dass Eckert für den kompletten Juni nach vermissten Frauen im Alter von zwanzig bis dreißig Jahren suchen musste. Der Computerexperte gab die Daten in den Computer ein. Nach zwei Stunden hatte er die Ergebnisse ausgefiltert. Zwei Frauen blieben übrig, auf die die Daten passten. Eine hieß Miriam Müller, lebte in Hamburg und war Mitarbeiterin einer Agentur, die Events organisierte. Sie verschwand am 5. Juni nach einer von ihr organisierten Veranstaltung in Kiel. Die Kollegen aus Kiel, die den Fall bearbeitet hatten, waren der Überzeugung, dass sie ermordet worden war. Die Leiche aber hatten sie nicht gefunden. Miriam Müller hatte in Hamburg allein gelebt, Eltern und Geschwister gab es keine mehr. Arbeitskollegen konnten sich ihr Verschwinden auch nicht erklären.

Jedenfalls glaubte die Kieler Mordkommission nicht, dass man die Frau, wenn sie denn ermordet worden war, tatsächlich in den Harz transportiert hatte, um sie dort zu versenken. Dafür hatten die Schleswig-Holsteiner erheblich bessere Gewässer. Nun, dachte Eckert, in diesem Fall musste er ihnen recht geben.

Interessanter schien die zweite Vermisstenanzeige. Eine Frau namens Sabine Kretschmar hatte ihre Schwester Silke als vermisst gemeldet. Die beiden Frauen bewohnten eine gemeinsame Wohnung in Meinersen-Seershausen, wenige Kilometer von Gifhorn entfernt. Silke Kretschmar arbeitete als Prostituierte mit ihrem Wohnmobil entlang der sogenannten Spargelstraße, der B 188, im Abschnitt von Meinersen nach Gifhorn. Als Silke Kretschmar am Morgen des 9. Juni nicht in die gemeinsame Wohnung zurückkehrte, war ihre Schwester Sabine beunruhigt. Sie setzte sich ins Auto, fuhr die B 188 ab und entdeckte das Wohnmobil ihrer Schwester. Das aber war verlassen. Für Sabine Kretschmar war in diesem Moment klar, dass ihre Schwester einem Verbrechen zum Opfer gefallen war. Sie informierte die Polizei. Die Spurensicherung aus Gifhorn durchsuchte das Wohnmobil und fand einige Blutspritzer, die wenige Stunden alt waren. Man bestimmte die DNA des Blutes und verglich sie mit der von Sabine Kretschmar. Ihre Befürchtung war Gewissheit geworden: Ein Teil des gefundenen Blutes stammte von ihrer Schwester. Weitere Blutspritzer gehörten, wie eine spätere Analyse ergab, zu einem Mann. Leider wurde er nicht in der DNA-Kartei der Polizei geführt. Die Kollegen aus Gifhorn gingen davon aus, dass er für das Verschwinden von Silke Kretschmar verantwortlich war.

Bis zum heutigen Tag, so konnte Eckert aus der Akte erfahren, war Silke Kretschmar verschwunden geblieben. Ob es sich bei der zweiten Toten im Oderstausee um Frau Kretschmar handelte, würde man schnell herausfinden können. Er suchte Pierre in seinem Dienstzimmer auf und erzählte ihm alles. »Jürgen, ruf die Kollegen in Gifhorn an und bitte sie, uns den DNA-Code von Frau Kretschmar zu mailen, Herbert Wagner kann sie dann mit dem der Toten vergleichen!«

Eine halbe Stunde später verglich Wagner die DNAs. »Die Tote im Oderstausee ist Silke Kretschmar. Das Ergebnis ist eindeutig!«

»Warum zum Teufel bringt jemand eine Prostituierte in der Nähe von Gifhorn um und legt sie später hundertfünfzig Kilometer davon entfernt in der Talsperre ab?«

»Der Mörder muss sie ja nicht im Wohnmobil getötet haben. Vielleicht hat er sie erst im Harz umgebracht. Aber die Frage bleibt natürlich, warum ist sie hier im Harz abgelegt worden?«, fragte sich Pierre. »Ich informiere erst einmal die Gifhorner Kollegen, damit sie die Schwester der Toten benachrichtigen können!«

Südharz, Inspektion Osterode, 21. August, 13.30 Uhr

Pierre hatte inzwischen erfahren, dass sich Hauptkommissar Pallasch aus der Gifhorner Dienststelle mit dem Fall der verschwundenen Silke Kretschmar befasst hatte. Natürlich hatte Pierre gleich mit Pallasch sprechen wollen, der würde aber erst am Nachmittag zum Dienst kommen. Um die Zeit bis dahin zu überbrücken, war Pierre erst einmal in die Kantine gegangen. Nach dem Mittagessen war er in sein Dienstzimmer zurückgekehrt, hatte sich eine Pfeife angesteckt und sich in die Vermisstenakte Silke Kretschmar vertieft. Ein Klingeln riss ihn aus seinen Recherchen. Pallasch meldete sich am anderen Ende der Leitung. Der äußerte sich erleichtert darüber, dass man nun endlich Gewissheit über das Schicksal von Silke Kretschmar habe. Dann gingen die Ermittler ins Detail.

»Haben Sie im Wohnmobil außer den Blutstropfen weiter Spuren sichern können?«, fragte Pierre.

»Viele DNA-Spuren, viele Fasern, aber das Problem ist natürlich, dass wir nicht wissen, wer Silke Kretschmar in dieser Nacht aufgesucht hat. Und von wann die Spuren stammen. Ich könnte natürlich einen Aufruf starten, um zu erfahren, wer Frau Kretschmars Dienste in Anspruch genommen hat, aber den können wir uns sparen. Es würde sich kein Freier melden, zu viele Ehen stünden auf dem Spiel. Frau Kretschmar war eine attraktive Frau und eine, wie wir inzwischen herausgefunden haben, vielgefragte Prostituierte. Sie hat auch Hausbesuche gemacht und ohne Zuhälter gearbeitet, der vielleicht das Wohnmobil hätte überwachen können. Dennoch, Herr Rexilius, ich werde die Gifhorner Zeitung bitten, ein Foto von Silke Kretschmar zu veröffentlichen und noch einmal zu fragen, ob nicht doch in der Nacht, in der sie verschwunden ist, jemand eine Beobachtung an ihrem Wohnmobil oder in seiner Nähe gemacht hat.« Pallasch versprach Pierre, das alles schnell in die Wege zu leiten und sich sofort zu melden, wenn sich etwas ergab. »Ich werde in zwei Monaten pensioniert und mein Ziel ist es, das Schicksal von Silke Kretschmar bis zu meiner Pensionierung zu klären, das habe ich ihrer Schwester versprochen.«

Pierre bedankte sich und verabschiedete sich von seinem Gifhorner Kollegen.

Pierre steckte sich eine Pfeife an und ging wieder der Frage nach, weshalb der Mörder Silke Kretschmar in den Harz gebracht und hier abgelegt hatte. Gut, der Mörder wusste, dass im Oderstausee Tauchen verboten war und die Leiche deshalb normalerweise nicht gefunden würde. Dennoch: Pierres Intuition sagte ihm, dass noch etwas anderes hinter dem Verhalten des Mörders stecken musste. Fuhr der in der Weltgeschichte umher und suchte einen ganz bestimmten Frauentyp aus? Besonders attraktive Frauen? Professor Spunkes ging davon aus, dass auch die Leiche, die die Jungen am Samstag letzter Woche gefunden hatten, eine attraktive Frau gewesen sein musste.

Südharz, Bad Sachsa, Donnerstagnachmittag, 21. August

Die letzten Tage waren für Waldi so schön wie lange schon keine mehr gewesen. Linda, Ringo und er – Einstein natürlich nicht zu vergessen – waren ein gutes Team. Linda hatte eine grandiose Stimme. Sie sang Lieder aus den sechziger und siebziger Jahren, einer Zeit, in der Waldi noch jung gewesen war. Schöne Erinnerungen wurden wach. Und wenn Linda dann auch noch Lieder von Joan Baez sang, dann fühlte sich Waldi in die Zeit versetzt, als er Margarete, seine erste Frau, kennen und lieben gelernt hatte. Er dachte nicht an den schrecklichen Unfall, der Margarete das Leben gekostet hatte. Nein, er dachte in diesen Momenten nur an die schönen Erlebnisse jener Zeit.

Ringo begleitete Linda gekonnt auf seiner Gitarre, und so fragte sich Waldi, warum die beiden nicht bekannte Musiker geworden waren. Stattdessen waren sie auf der Straße gelandet.

Wenn die beiden Musiker Pause machten, dann waren Waldi und Einstein an der Reihe. Manchmal lief Einstein zu wahrer Höchstform auf und machte Tricks, die den Schluss nahelegten, dass der Vierbeiner einem Zirkus entlaufen sein musste.

Die Leistungen des »Quartettes« hatten sich herumgesprochen und ein Mitarbeiter eines Fernsehsenders, der an einer Reportage über Obdachlose arbeitete und gerade in Göttingen war, wurde aufmerksam auf die vier. Der Journalist kam nach Bad Sachsa und bot zweihundert Euro für einen »Exklusivbericht« an, was die Obdachlosen natürlich nicht ablehnten. Einen Tag später rückte der Journalist mit seinem Filmteam an. Als Drehort hatten sich die Filmleute den kleinen Park vor der evangelischen Kirche ausgesucht, der auf einem etwa drei Meter hohen Hügel lag. Über eine Treppe gelangte man auf die Straßengabelung Marktstraße/Kirchstraße, die um den Hügel herumführten.

Am Drehtag war eine große Schar Passanten war gekommen, um einen Blick auf die Dreharbeiten werfen zu können. Nur ein kleiner Teil hatte einen Platz auf dem Hügel ergattert, der Großteil stand auf der Treppe oder auf der Straßengabelung, was zu Verkehrsbehinderungen führte. Für einen Tag wurden Linda, Ringo, Waldi und Einstein zu Fernsehstars.

Natürlich bekam auch ein Reporter des *Harzkuriers* die Anwesenheit des Filmteams mit. Während einer Drehpause interviewte er die Obdachlosen. Am nächsten Tag erschien im *Harzkurier* ein großer Bericht auf der Titelseite des Lokalteils, mit einer Großaufnahme der »vier«.

Waldi fühlte sich seit langem wieder einmal glücklich, auch die Bad Sachsaer Bevölkerung behandelte »ihre Fernsehstars« weiterhin freundlich. Also beschloss Waldi, zusammen mit seinen Freunden Linda und Ringo noch einige Zeit in der Südharzstadt zu bleiben. Die Beobachtungen, die Waldi an der Odertalsperre gemacht hatte, waren vollständig in Vergessenheit geraten. Auch die Meldungen über den Fund einer zweiten Leiche im Oderstausee nahm er nicht wahr.

Waldi Arlet aber hatte, dessen wurde er sich später bewusst, einen Fehler gemacht. Er hatte die Bad Sachsaer Bevölkerung gelobt, weil sie die Obdachlosen nicht drangsalierten, wie das die Braunlager Bevölkerung getan hatte. Deshalb habe er am 14. August die Harzstadt verlassen und sei schließlich nach Bad Sachsa gekommen, hatte er dem Reporter des *Harzkurier* berichtet. Der gab Waldis Aussage am nächsten Tag in der Zeitung wörtlich wieder.

Südharz, Bad Sachsa, Donnerstagabend, 21. August

Pierre stieg aus dem Zug und setzte sich auf sein Fahrrad. Die Leuchtanzeige am Bahnhof zeigte noch laue dreiundzwanzig Grad an. Als Pierre die Innenstadt von Bad Sachsa erreichte, fiel ihm der Menschenauflauf vor der St. Nicolai-Kirche auf. Das Stadtgebiet ab der Kreuzung Marktstraße/Jugendherbergsstraße bis zur Kirche war für den Verkehr gesperrt. Den Grund dafür erkannte der Hauptkommissar schnell: Auf dem Hügel der Kirche machte ein Filmteam Aufnahmen, die von vielen Passanten bestaunt wurden. Pierre beschloss, den Auflauf zu umfahren. Er bog in die Jugendherbergsstraße ab, dann in die Ringstraße und schließlich nahm er Kurs auf das Seniorenheim. Am vorletzten Fenster des zweiten Stocks erblickte er den Kopf von Walter Vieth, der aber sogleich verschwand. Ein gutes Zeichen? Hatte sich der Gesundheitszustand von Pierres Schwiegermutter verbessert?

Pierre stellte sein Fahrrad ab und sprintete los. Wie immer in den vergangenen Jahren verlor der ausdauertrainierte Polizist das Rennen gegen den Rollstuhlfahrer Vieth.

Das Ritual bei den Besuchen von Pierre im Altenheim ging auf eine Wette zurück, die Vieth mit Pierre einmal abgeschlossen hatte: Dass der Senior eine bestimmte Strecke, von einem Aussichtspunkt des Gebäudes bis zum Aufenthaltsraum des zweiten Stocks, mit seinem mechanischen Rollstuhl schneller zurücklegen könne als der Ausdauersportler Pierre seinen Weg vom Eingangstor zum selben Zielort. Das Problem war weniger das Zurücklegen der Strecke als vielmehr den Zeitpunkt von Pierres Besuchen zu kennen. Bislang hatte Vieth immer gewonnen, wie, das blieb Pierre bis heute ein Rätsel. Allerdings wollte er Walter auch nicht auf die Spur kommen. Er wollte lieber ein guter Verlierer sein.

Als Pierre endlich den Aufenthaltsraum im zweiten Stock erreichte, nahm Walter seelenruhig einen Schluck aus seiner Kaffeetasse und fragte seinen Wettkampfgegner, ob er einen Umweg gemacht habe.

»Nein«, sagte Pierre schnell atmend, »gegen dich bin ich chancenlos!«

»Gut, dass du das endlich eingesehen hast. Lass und gleich zu deiner Schwiegermutter gehen«, sagte Walter, »ihr scheint es etwas besser zu gehen.«

Als Pierre neben ihrem Bett stand, sprach er sie an und tätschelte ihre Hand. Sie öffnete die Augen und schien ihn anzuschauen. Aber Pierre spürte, dass sie ihn nicht erkannte. Dann sah sie zur Zimmerdecke, wo ihr Blick verweilte, obwohl er sie mehrfach ansprach und die Arme streichelte.

Was hatte die Krankheit aus dieser stolzen Frau gemacht?, fragte sich Pierre wieder. Eine menschliche Hülle, die dahinvegetierte, bis irgendwann das Herz stehen blieb.

Pierre und Walter blieben noch eine Viertelstunde in ihrem Zimmer, während der ganzen Zeit sah sie an Decke. Dann gingen Pierre und Walter in den Aufenthaltsraum, in dem zu dieser Zeit ungestört waren.

»Die Schwester hat gesagt, dass die Abstände zwischen den Demenzschüben immer kürzer werden und deine Schwiegermutter ihre Umwelt bald überhaupt nicht mehr wahrnehmen wird. Ihr Kreislauf hat auch abgebaut. Du musst unbedingt dafür sorgen, dass deine Exfrau hierher kommt!«, sagte Walter.

Pierre nickte, das hatte er ganz vergessen. Er musste morgen früh mit Horst Bischoff, dem Kollegen, der Vermisstenanzeigen bearbeitete, reden. Der würde den Aufenthaltsort seiner Exfrau ermitteln. Dann wechselte Pierre das Thema: »Was ist das eigentlich für ein Menschenauflauf vor der evangelischen Kirche?«, fragte Pierre.

Walter schmunzelte, er war vor einigen Stunden mit seinem Rollstuhl zur Kirche gefahren, wo Leute aus dem Filmteam ihn auf den Hügel getragen hatten, damit er die Dreharbeiten aus nächster Nähe beobachten konnte.

»Und?«, hakte Pierre nach.

»Ein Filmteam des NDR arbeitet an einer Reportage über Obdachlose. Irgendwie sind die auf Ringo und Linda gekommen. Ein weiterer Obdachloser – Waldi – hat sich zu den beiden gesellt. Der besitzt einen zotteligen Hund, der unheimlich schlau ist. Was der an Tricks draufhat, das ist schon phänomenal. Das Filmteam war begeistert von dem Hund und hat einige Szenen von ihm aufgenommen ... Jetzt aber genug der Information von meiner Seite! Wie ist der Stand der Mordermittlungen?« Walters Augen begannen zu glänzen.

Pierre berichtete von dem Rostockbesuch und dem zweiten Leichenfund im Oderstausee.

»Hat sie auch eine Tätowierung?«, fragte Walter.

Pierre schüttelte mit dem Kopf. »Wachshautbildung hat schon eingesetzt. Wenn es eine Tätowierung gegeben hat, dann ist sie nicht mehr nachweisbar.«

Walter Vieth schwieg und dachte nach. Aber so sehr er auch in seinem Gedächtnis forschte, er fand keinen vergleichbaren Fall aus seiner Berliner Zeit. Pierre schmunzelte. Er wusste, was in seinem Freund vorging. »Jetzt musst du passen!?«, sagte Pierre.

Walter nickte und schien zutiefst betrübt. »Jetzt werde ich dich erst einmal zum Ausgang bringen.«

Südharz, Bad Sachsa, Donnerstagabend, 21. August

Als Boden am späten Nachmittag in die Inspektion zurückgekehrt war, hatte er Pierre knapp verpasst. Der Polizeizeichner hatte eine Vergrößerung der Tätowierung anfertigt, die ein DIN-A5-Blatt ausfüllte. Wie fast alle Mitarbeiter der Inspektion wusste Boden, dass Pierre auch in seiner Freizeit an einem Mordfall arbeitete. Deshalb hatte er seine Zeichnung gescannt und als E-Mail an Pierre geschickt. Als der am Abend den Computer anschaltete, öffnete er gleich den Outlook-Express und fand Bodens E-Mail. Pierre konnte sich gut vorstellen, wie der Polizeizeichner zwar gründlich das Tattoo ausgewertet, sich jedoch die ganze Zeit über die

Nase zugehalten und froh gewesen war, dass er nur die Tätowierung des Opfers gesehen hatte.

Im oberen Teil der Zeichnung, etwa zwei Zentimeter unterhalb des Bauchnabels, waren drei gleichschenklige Dreiecke nebeneinander zu erkennen. Boden hatte sie mit weißer Farbe markiert. Unter den Dreiecken befand sich eine Fläche, die nach unten hin breiter wurde. In ihrer Mitte war ein Kreis, der mit oranger Farbe ausgefüllt war. Der Rest der Fläche war in Grau gehalten. Darunter befand sich eine Figur. Frank Boden hatte Pierre erzählt, dass es sich um einen Hund, vielleicht sogar um einen Wolf handeln könnte. Rechts und links neben der grauen Fläche schlossen sich grünliche Flächen an, in denen kleine Kreise und Zacken eingezeichnet waren.

Was war hier dargestellt worden?

Boden, der vor einigen Jahren Urlaub in Sotchi gemacht und von dort aus eine Tagestour in den Hochkaukasus unternommen hatte, äußerte in seiner E-Mail, dass das Tattoo möglicherweise das Logo einer Sekte oder eines Geheimbundes aus dem Kaukasus war. Das konnte sein. War es im Harz möglicherweise zu einem Krieg zweier Geheimbünde gekommen? Gut, aber um welche handelte sich dann? Pierre wusste, kannte man die Bedeutung des Tattoos, dann konnte man auch die Gruppe ermitteln, die dahintersteckte.

War die Gesichtshäutung ein Ritual einer der Gruppen, um zu zeigen, dass man dem Opfer die Identität, die Seele geraubt hatte? Vielleicht. Aber ... das erste Opfer stammte nicht aus dem Kaukasus, es hatte von Kindheit an in Moskau gelebt, wie die Geochemiker herausgefunden hatten. Pierre wusste, dass er sich im Bereich der Spekulationen bewegte. Wie konnte er die Bedeutung der Tätowierung herausbekommen? Dann erinnerte er sich daran, dass Grete und Anja, die beiden Leiterinnen der Stadtbibliothek, sich schon seit vielen Jahren mit Sagen und Märchen aus dem Kaukasus beschäftigten. Vielleicht konnten sie mehr mit der Zeichnung anfangen.

Pierre druckte Bodens Zeichnung aus, holte sich einen Briefumschlag und steckte den Ausdruck in den Umschlag.

Dann schrieb er ein paar Zeilen an die beiden Frauen. Morgen früh, wenn er zum Dienst fuhr, würde er den Brief in den Postkasten der Stadtbibliothek werfen.

Südharz, Inspektion, Freitagvormittag, 22. August

Schon um neun Uhr an diesem Morgen erhielt Pierre einen Anruf von Hauptkommissar Pallasch aus der Gifhorner Inspektion. »Sabine Kretschmar ist darüber erleichtert, dass sie endlich Gewissheit über das Schicksal ihrer Schwester hat«, sagte Pallasch. »Ihre Befragung hat nichts Neues ergeben. Seit Jahren hatte sie versucht, ihre Schwester von der Prostitution wegzubringen. Hat es dann aber aufgegeben. Leider hat sie sich nicht für die Personen interessiert, mit denen sich ihre Schwester getroffen hat. Aber etwas anderes ist merkwürdig. Ich habe gestern die *Wolfsburger Allgemeine Zeitung* gebeten, noch einmal ein Bild von Frau Kretschmar und einen Aufruf zu veröffentlichen. Heute Morgen hat sich daraufhin ein Jugendlicher bei mir gemeldet. Er hat seinen Namen nicht genannt, obwohl ich ihn mehrmals darum gebeten habe. Er hat gefragt, ob es für Hinweise, die den Mörder überführen können, eine Belohnung gibt. Ich habe ihm gesagt, dass die Staatsanwaltschaft noch keine ausgeschrieben hat, dass sie aber sicherlich kommen wird. Dann hat er gefragt, wie alt man sein muss, um eine Belohnung erhalten zu dürfen. Achtzehn Jahre, habe ich ihm geantwortet. Daraufhin hat er aufgelegt. Ich glaube, der Junge weiß etwas von dem Mord.«

»Haben Sie den Anruf zurückverfolgt?«

»Ja. Aber der Junge war clever, hat wahrscheinlich schon einige Kriminalromane gelesen. Er hat aus einer Telefonzelle in Seershausen-Meinersen angerufen. Natürlich bin ich gleich dorthin gefahren, habe nur fünf Minuten später die Zelle erreicht, von dem Jungen aber war nichts mehr zu sehen.«

»Scheiße ...«

»Nicht unbedingt. Ich habe ein wenig Glück gehabt. Nicht weit von der Zelle entfernt warteten zwei Frauen an einer Haltestelle auf den Bus. Sie haben den Jungen die Zelle verlassen sehen, kurz darauf ist er an ihnen vorbeigefahren. Die Frauen konnten eine gute Beschreibung von ihm geben. Eine von ihnen ist mit in die Inspektion gefahren und hat an der Erstellung eines Phantombildes mitgewirkt. In Meinersen, nur einen Kilometer von Seershausen entfernt, gibt es ein Schulzentrum, in dem alle drei Schultypen untergebracht sind. Dort finde ich ihn, da bin ich mir sicher. Ich werde den Lehrern das Bild zeigen, einer von ihnen wird den Jungen identifizieren ... Sobald ich etwas Neues habe, werde ich mich bei Ihnen melden.« Dann verabschiedete sich Pallasch von Pierre.

Eine Stunde später meldete sich Hauptkommissar Pallasch wieder bei Pierre. »Wir kennen den jugendlichen Anrufer. Sein Klassenlehrer hat ihn auf dem Phantomfoto sofort erkannt. Der Junge heißt Hank Stock und besucht die achte Klasse des Gymnasiums in Meinersen. Vielleicht sollten Sie nach Gifhorn kommen und den Jungen selbst befragen?«

»Ich werde mich beeilen«, antwortete Pierre.

Gifhorn, Polizeiinspektion,
Freitagnachmittag bis -abend, 22. August

Knapp zwei Stunden später erreichten Sandra und Pierre die Gifhorner Polizeiinspektion. Pallasch, grauhaarig, schlank, etwa einen Meter achtzig groß und sechzig Jahre alt, holte sie am Eingangstor der Dienststelle ab und führte sie in sein Dienstzimmer. Auf den beiden Sesseln der Sitzecke saßen die Jungen, die sofort aufstanden, um die Polizisten aus Osterode zu begrüßen. Der kleinere stellte sich als Hank Stock vor.

Er hatte dunkelblonde, fast schulterlange Haare und war einen Meter siebzig groß. Sein Tonfall verriet, dass er im Stimmbruch war. Der andere Junge, ebenfalls dunkelblond, aber mit einem kurzen Haarschnitt und einen Meter achtzig groß, stellte sich mit Philipp Stock vor. Seine tiefe Stimme verriet, dass er den Stimmbruch schon hinter sich hatte. Er war sechzehn, sein Bruder zwei Jahre jünger.

»Ich bin Oberkommissarin Sandra Koch und das«, sagte Sandra und zeigte auf Pierre, »ist Pierre Rexilius, Leiter der Mordkommission Osterode.« Pierre und Sandra hatten beschlossen, dass Sandra die Befragung übernahm, da sich in der Vergangenheit gezeigt hatte, dass Jungen zur schönen Kommissarin schnell Vertrauen fassten und alles, was sie wussten, ausplauderten. Sandra gab den Jungen ein Zeichen, sich zu setzen. Sie und Pierre nahmen auf dem Sofa gegenüber den Jungen Platz.

Pallasch holte sich einen Stuhl.

»Was kannst du mir über Frau Kretschmar sagen, Hank?«, fragte Sandra.

Hank druckste herum, sein Bruder Philipp platzte dazwischen. »Du warst verknallt in Silke, gib's doch zu!«

Hank senkte erst den Blick auf den Boden und sah dann Sandra an. »Das stimmt.«

»Und wie verknallt du warst, du bist ein paarmal am Tag an ihrem Haus vorbeigegangen, um sie anzuglotzen!« Philipp grinste.

»Nun«, griff Sandra ein, »so außergewöhnlich ist das auch nicht. Es kommt doch oft vor, dass sich Schüler oder Schülerinnen in ihre Lehrer oder Lehrerinnen verlieben, und die Lehrer sind auch viel älter als ihre Schüler.«

»Kann schon sein, aber Hanks heißgeliebte Silke war eine Nutte!«, sagte Philipp und fasste sich an den Kopf.

Sandra sah, wie Hank seinem Bruder eine Grimasse schnitt.

»Ja, ich bin oft zu ihrem Haus gestiefelt, Silke, äh, Frau Kretschmar sah galaktisch aus. Ein echter Feger! Ein paarmal durfte ich ihr Kippen holen. Wenn ich zurückkam, hat sie mich immer so schön angelächelt und mir die Backe gestreichelt. Ich hab sie mal gefragt, ob sie mich in ihrer tollen Karre, äh, Wohnmobil mitnimmt«, sagte Hank.

»Und?«, fragte Sandra.

»Nein. Sie hat nein gesagt!«, antwortete Hank.

»Ist doch klar. Sie ist mit ihrem Wohnmobil nur an die Spargelstraße gefahren. Sie hat sich dort für Geld durchpoppen, äh … von Männern bezahlen lassen! Dabei konnte sie so 'nen Bubi wie dich nicht gebrauchen«, sagte Philipp. »Aber du hast mir ja nicht geglaubt!«

»Ich hab gedacht, der spinnt«, sagte Hank, »aber später hat Philipp gesagt, er wird mir zeigen, dass Silke mit Männern in ihrem Wohnwagen rummacht.«

»Wie hat Philipp dir bewiesen, dass Silke eine Prostituierte ist, Hank?«, fragte Sandra.

»Philipp wusste, wo Silke mit ihrer Kiste immer stand. Wir sind dort in der Nacht mit unsern Bikes hingefahren und haben sie ausspioniert.«, sagte Hank.

»Wann war das?«, fragte Sandra.

»Am 8. Juni«, antwortete Hank.

»Woher weißt du das so genau?«, fragte Sandra.

»Am 8. Juni habe ich eine Eins in Mathe geschrieben. Eine Eins in Mathe vergisst man doch nicht, wenn man vorher noch nie eine geschrieben hat«, sagte Hank.

Eine Eins in Mathe ist in der Tat etwas Besonders, dachte Sandra. Das hatte sie selbst nur einmal geschafft. Ihre Stärken lagen in Englisch und Französisch. Sie nickte und sagte: »Erzähl uns, was du um den Wohnwagen von Silke gesehen hast!«

»Philipp und ich, wir haben uns in der Nacht aus dem Haus geschlichen. Meine Eltern haben's nicht mitgekriegt. Die haben gepennt. Wir haben unsere Bikes geschnappt und sind zur Spargelstraße gefahren. Im Wald haben wir uns auf die Lauer gelegt. Silkes Kiste stand an der anderen Straßenseite, in einer Waldeinfahrt«, sagte Hank. »Es war zum Kotzen, die ganze Nacht sind Männer in ihr Wohnmobil gestiefelt. Das hätt' ich nie von ihr gedacht!«

»Habt ihr irgendetwas Besonderes beobachtet?«, wollte Sandra wissen.

»Der letzte Wagen. Der hat sie mitgenommen«, antwortete Philipp.

»Was für ein Wagen?«, fragte Sandra nach.

»Ein Audi Q 7, eine teure Karre, kostet über hunderttausend. Die ist neben das Wohnmobil von Silke gefahren. Ein großer Kerl ist ausgestiegen und in den Wohnwagen gegangen. Kurze Zeit später ist der Kerl mit Silke auf dem Rücken rausgekommen und hat sie in den Kofferraum geschmissen. Dann ist er abgehauen«, sagte Philipp.

»Wir haben Schiss gekriegt und sind nach Hause gerast!«, sagte Hank. Sandra bemerkte, dass der größere Bruder erst abstreiten wollte, dass er Angst empfunden hatte, aber ein Blick von Hank schien ihn eines Besseren zu belehren.

»Habt ihr euch das Kennzeichen des Autos gemerkt?«, fragte Sandra.

»Nein«, antwortete Hank, »aber wir haben alles mit unserem Camcorder gefilmt. Vielleicht kann man das Nummernschild auf dem Film erkennen!«

»Ihr habt alles gefilmt?«, fragte Sandra ungläubig.

»Na klar«, sagte Philipp, »ich wollte alles auf Film haben, damit Hank hinterher nicht behaupten kann, dass Silke doch keine Nutte ist.«

»Habt ihr den Film noch?«, hakte Sandra nach.

»Na, klar. Zu Hause«, antwortete Philipp.

»Dann sollten wir den so schnell wie möglich hier herholen!«, sagte Sandra.

Eine Stunde später saßen die drei Polizisten und die beiden Jungen am Computerterminal der Inspektion. Pierre schloss den Camcorder an einen Computer an und öffnete die Filmdatei. Was sie zu sehen bekamen, war das, was sich immer an dem Wohnmobil einer Prostituierten abspielte: Silke Kretschmar saß im beleuchteten Führerhaus, mit tiefem Ausschnitt, damit die Freier das Angebot bewundern konnten. Sie war sehr attraktiv. Die Fahrzeuge ihrer Kunden waren allesamt Edelkarossen. Ihre Kundschaft gehörte zweifelsohne der Oberschicht an.

Pierre hörte gelegentlich die leisen Kommentare der Jungen. Philipp bewunderte die Autos – insbesondere die Porsche hatten es ihm angetan –, und Hank brachte seine tiefe Enttäuschung über Silke Kretschmar zum Ausdruck. Eigentlich wollte Hank um zwei Uhr nach Hause, schließlich hatte er genug gesehen. Sein Bruder aber war der Meinung, dass die »Observierung« noch nicht beendet sei. Hank sollte alles zu sehen bekommen.

Um zehn Minuten vor drei verließ ein Freier, Mercedesfahrer, das Wohnmobil. Silke Kretschmar kam danach aber nicht ins Führerhaus. Warum nicht? Hatte der Mercedesfahrer sie getötet? Nein, Minuten später öffnete sich die Seitentür des Wohnmobils und Silke Kretschmar steckte den Kopf nach draußen, um frische Luft zu schnappen. Dann verschwand ihr Kopf wieder und die Tür wurde geschlossen.

Fünf Minuten später fuhr ein Geländewagen – Pierre erkannte den von Philipp beschriebenen Audi – rückwärts direkt neben ihr Wohnmobil. Ein großer Mann stieg aus und schaute kurz über die Straße. Pierre hielt den Film an und zoomte den Mann heran. Er trug schwarze Kleidung und sein Gesicht war mit schwarzer Tarnfarbe überzogen! Leider war das Gesicht zu unscharf, als dass man klare Konturen hätte erkennen können. Er würde den Film Wagner geben, sobald sie wieder in Osterode waren, dachte Pierre, der konnte ja vielleicht doch mit einem speziellen Bildbearbeitungsprogramm das Gesicht schärfer machen.

Pierre vergrößerte die Frontseite des Fahrzeugs, um das Nummernschild zu erkennen. Es handelte sich um ein Berliner Kennzeichen, alle Buchstaben und Zahlen waren lesbar. Er würde das Kennzeichen später durch den Polizeicomputer jagen. Pierre ließ den Film weiterlaufen. Es dauerte keine fünf Minuten, bis sich die Tür öffnete und der Mörder mit der Frau über der Schulter aus dem Wohnwagen kam. Er bewegte sich mühelos zum Heck seines Geländewagens und verfrachtete die Frau in den Kofferraum. Hank stieß einen Laut des Entsetzens aus und stammelte: »De…de…der bring…bringt uns au…auch um. Wir mü…müssen …ver…

verschwinden – schne …schnell!« Dann kippte das Bild und wurde schwarz. Philipp hatte den Camcorder ausgeschaltet.

Pierre schaute die beiden Jungen an, die den Film aufmerksam verfolgt hatten. Eine Röte überzog Philipps Gesicht. »Eure Angst war normal. Stellt euch einmal vor, der Mann hätte euch entdeckt! Dann würdet ihr hier jetzt nicht sitzen«, sagte Pierre. »Außerdem: Welcher Teenager verbringt schon die ganze Nacht in einem Wald? Da habt ihr Mut bewiesen! Zu schämen braucht ihr euch wahrhaftig nicht.«

Philipps Gesichtsfarbe normalisierte sich wieder. Dann fragte der Jugendliche: »Können wir mal die Szene angucken, in der der Audi Q 7 neben den Wohnwagen fährt?«

Pierre nickte und stellte die Sequenz ein. Als der Audi gerade im Begriff war, rückwärts neben den Wohnwagen zu fahren, sagte Philipp: »Stopp! Ich muss den Wagen von der Seite sehen!«

Pierre ließ den Film langsam rückwärts laufen und hielt ihn an, als er die von Philipp gewünschte Ansicht hatte. Pierre sah, wie Philipp konzentriert auf den Bildschirm schaute.

»Die Felgen … und die Auspuffrohre … die Karre hab' ich schon mal gesehen!«, sagte Philipp.

»Wo?«, fragte Pierre überrascht.

» Auf dem Parkplatz des Windmühlenmuseums. Garantiert. Ich fand das Gerät klasse.«

»Weißt du noch, wann das war?«, fragte Pierre.

»So 'nen Tag vergesse ich nicht, so einen getunten Q 7 sieht man nur einmal im Leben, das können Sie mir glauben! Ich hab ihn am 6. Juni gesehen, als wir mit der Schule das Windmühlenmuseum besucht haben!«, sagte Philipp. »Ich bin ein paarmal um das Auto rumgegangen. Das hatte noch einen speziellen Kühlergrill. Wetten, dass wir den auf dem Film erkennen, wenn wir den Q 7 von vorne sehen?«

Pierre zweifelte nicht daran, dass Philipp recht behalten würde. Pierre dachte an seine eigene Kinder- und Jugendzeit. Es gab Jungen, die schon mit zehn Jahren absolute Autoexperten waren. Sie hatten sich ihr Wissen angeeignet, indem sie Autozeitschriften und sämtliche Autoquartetts von ihrem Taschengeld gekauft hatten. Philipp war so ein Junge. Und deshalb glaubte Pierre, dass das Geländefahrzeug, das Philipp in der Nacht am Wohnmobil der Prostituierten beobachtet hatte, auch am sechsten Juni auf dem Parkplatz des Mühlenmuseums gestanden hatte. Was hatte der Mörder dort gewollt? Aber darüber würde Pierre später nachdenken. Er suchte eine Einstellung, in der der Kühlergrill zu erkennen war. Als er sie gefunden hatte, rief Philipp: »Da ist er! Der verchromte Kühlergrill!«

Mehr konnten die Polizisten von den beiden Jungen nicht erfahren. Sie bedankten sich und versicherten den Jugendlichen, dass sie eine große Hilfe waren. Eine Streife brachte die Schüler zu ihren Eltern zurück. Pierre und Sandra verabschiedeten sich von Pallasch.

Südharz, Freitagabend, 22. August

Als Pierre aus Gifhorn zurückkam, ging er gleich in sein Wohnzimmer und stellte seinen Computer an. Philipp hatte den Audi-Geländewagen auf dem Parkplatz vor dem Windmühlenmuseum gesehen. Pallasch hatte gesagt, dass die Betreiber des Museums Windmühlen aus aller Herren Länder ausstellten. Pierre konnte sich den Mörder nicht unbedingt als einen Fan von Windmühlen vorstellen. Auf dem Gelände stand aber auch der Glockenpalast. Was war das für ein Gebäude und welche Menschen verkehrten dort? fragte sich Pierre. Er gab den Begriff in die Suchmaschine ein.

In einer Datei stand, dass der ehemalige Generalsekretär der Sowjetunion, Michail Gorbatschow, 1996 den Grundstein für das Gebäude gelegt hatte. Inzwischen war es weitgehend fertiggestellt worden. Es wurde im russischen Klosterstil erbaut, die goldenen Kuppeln bildeten die besondere Attraktion. In den Räumen des Glockenpalasts wurden die

Fähigkeiten von Künstlern und Kunsthandwerkern vertieft. Nach spätestens neun Monaten gingen die Kunsthandwerker in ihre Heimat zurück – überwiegend nach Osteuropa –, wo sie Kleinbetriebe gründeten.

Kam der Mörder aus den Reihen der Kunsthandwerker? Oder war er ein Beschäftigter des Glockenpalastes?

Pierre las weiter. Die Finanzierung des Palastes hatte eine Stiftung übernommen, die mehrere Sponsoren hatte. Wer waren diese Sponsoren? In einer Internetdatei wurde die Anzahl der Sponsoren genannt, nicht aber ihre Namen. Also suchte Pierre danach.

Stunden später, der Cappuccino war längst kalt geworden und die CD von Celtic Women zum vierten Mal durchgelaufen, hatte er noch nicht einmal die Hälfte gefunden. Er ging auch nicht davon aus, dass er im Internet alle Namen finden konnte. Er stopfte sich eine Pfeife und zündete sie an. Nippte an seiner Tasse. Die Mitarbeiter des Glockenpalastes und seine Sponsoren mussten durchleuchtet werden. Irgendetwas stimmte dort nicht, das hatte er im Gefühl. Morgen früh würde er den Kollegen Pallasch bitten, das zu übernehmen.

Südharz, Inspektion Osterode, Gifhorn
Samstagvormittag, 23. August

An diesem Samstagvormittag saßen die Mitglieder der Mordkommission gerade fünf Minuten im Konferenzraum, als das Telefon klingelte. Pallasch war am anderen Ende der Leitung. »Herr Rexilius, es hat sich etwas Neues ergeben. Die Schwester, der Getöteten, Sabine Kretschmar, hat sich heute Morgen bei mir gemeldet. Sie hat einen Brief bei Unterlagen ihrer Schwester gefunden, der es in sich hat. Der Verfasser ist ein gewisser Leonid Petrow. Silke Kretschmar muss ein ganz schöner Hammer gewesen sein. Wie wir inzwischen aus der Szene erfahren haben, galt Frau Kretschmar als Edelprostituierte, die von den ›Spitzen der Gesellschaft‹ regelmäßig aufgesucht wurde, und die sind ja bekanntlich zahlungskräftig. Aus dem Brief geht hervor, dass Petrow sich in Frau Kretschmar verliebt hat.«

»Geht aus dem Brief auch hervor, dass Petrow etwas von ihrer Tätigkeit als Prostituierte wusste?«

»Nein.«

»Wo lebt Petrow?«

»Ich habe die Datenbanken der Einwohnermeldeämter aus der Umgebung durchsucht, ein Leonid Petrow ist aber nirgendwo gemeldet.«

Sandra, Marc und Jürgen, die jedes Wort von Pierre verfolgt hatten und sich auch zusammenreimen konnten, was Pallasch gesagt hatte, blickten gespannt auf Pierre.

»Wäre auch zu schön gewesen«, sagte Pierre. »Geht aus dem Poststempel etwas hervor?«

»Ja. Der Brief ist in Gifhorn abgeschickt worden.«

»Hm. Gibt der Brief Aufschluss über das Alter, den Beruf oder Ähnliches?«, fragte Pierre.

»Nicht direkt, aber ich bin mir sicher, dass Petrow Künstler oder Kunsthandwerker ist!«

Blitzartig schoss es Pierre durch den Kopf: Der Glockenpalast! Hier werden Kunsthandwerker ausgebildet! »Sie glauben, dass Petrow im Glockenpalast ausgebildet wird?!«

»Ja, ich bin mir ziemlich sicher, dass wir ihn dort finden werden!« Die Gesichter von Sandra, Marc und Jürgen begannen zu leuchten. Einen Moment schwieg Pallasch, dachte nach. »Was halten Sie davon, wenn Sie nach Gifhorn kommen und wir zusammen den Glockenpalast aufsuchen? Von Osterode nach Gifhorn sind es nur hundertzwanzig Kilometer. In einer Stunde sind Sie hier.«

»Gute Idee, wir werden gleich losfahren«, antwortete Pierre und legte auf. Um Ausweichmanövern von Junge und Eckert vorzubeugen, sagte Pierre: »Mach dich fertig, Sandra, wir fahren jetzt nach Gifhorn!« Aber das war nicht der einzige

Grund, mit Sandra zu fahren. Er fühlte sich in ihrer Anwesenheit wohl. Und dieses Gefühl wurde immer stärker. Er sollte ihr das endlich zeigen.

Gifhorn, Samstagnachmittag, 23. August

Als sie auf dem Parkplatz des Mühlenmuseums aus dem Auto stiegen, stach der Gebäudekomplex des Glockenpalasts mit seinen fünfzig goldenen Kuppeln und überwiegend azurblauen Fassaden sofort ins Auge. Pallasch, der sich inzwischen kundig gemacht hatte, sagte: »Die sind alle aus reinem Gold, da steckt 'ne Menge Geld drin! Die Innenausstattung des Glockenpalasts soll noch imposanter sein.«

Pallasch hatte telefonisch mit dem Leiter der Stiftung, Doktor Mickmann, ein Gespräch vereinbart. An der Rezeption des Glockenpalastes nahm eine junge Frau die Polizisten in Empfang und führte sie in das Dienstzimmer von Mickmann, der die drei schon erwartete. Er führte sie in die Sitzecke. Als alle saßen, fragte Mickmann: »Was kann ich für Sie tun?«

Pierre betrachtete den Institutsleiter. Er schätzte ihn auf Mitte fünfzig. Sein dichtes schwarzes Haar schien gefärbt zu sein, denn sein dichter Schnurrbart war durchgehend grau. Seine runde Brille verpasste ihm einen intellektuellen Touch, der durch seine Zerstreutheit noch verstärkt wurde.

»Wir suchen einen gewissen Leonid Petrow«, sagte Pallasch, »wir gehen davon aus, dass er in dieser Einrichtung ausgebildet wird.«

»Leonid Petrow?«, fragte Mickmann nach. Pallasch nickte. Mickmann verließ die Sitzecke und setzte sich an seinen Schreibtisch vor den Computer und tippte den Namen ein. Nach einiger Zeit sagte er: »Leonid Petrow ist ein Ikonenmaler. Er hat die Einrichtung aber wieder verlassen.«

»Wann?«, fragte Pierre.

Mickmann schaute erneut auf den Monitor. »Im Juni dieses Jahres.«

»An welchem Tag?«

»Ist leider nicht eingetragen«, antwortete Mickmann. »In der Akte steht weiter, dass Petrow am 20.11.1978 in Russland geboren wurde, Samara ist die Geburts- und Heimatstadt ... Komisch, es existiert kein Abschlussbericht über Herrn Petrow! Hm ... Doktor Krüger war der Betreuer von Petrow, und Sören Brüggersmeier, ebenfalls ein talentierter Maler, arbeitete mit Petrow über mehrere Monate in einer Ausbildungsgruppe zusammen. Vielleicht sollten Sie den befragen, der kann Ihnen mit Sicherheit mehr sagen als ich«, sagte Doktor Mickmann und bat über die Gegensprechanlage die Sekretärin in sein Zimmer. »Frau Becker, bringen Sie die Herrschaften doch bitte ins Atelier!«

Drei Männer und eine Frau saßen vor ihren Staffeleien und konzentrierten sich auf ihre Malerei. Eine weitere Person stand hinter einem der Kunststudenten und sprach mit ihm auf Russisch. Als der die Polizisten sah, ging er auf die drei zu und stellte sich mit dem Namen Krüger vor. Fragend schaute er sie an.

»Ich bin Kommissar Pallasch und das sind meine beiden Kollegen Koch und Rexilius aus Osterode. Wir müssen mit Sören Brüggersmeier sprechen.«

Pallasch zeigte seinen Dienstausweis, auf den Krüger aber nicht achtete, stattdessen drehte er sich zu den Studenten um und rief: »Sören, dein Typ wird verlangt!« Zu den Polizisten sagte er: »Setzen Sie sich schon mal in die Sitzecke, dort können Sie sich besser unterhalten.«

Wenig später nahm auch Brüggersmeier in der Sitzecke Platz. Ebenso überrascht wie Krüger blickte der Kunststudent zunächst die Polizisten an.

»Uns wurde berichtet, dass Sie Leonid Petrow gut kennen. Sie haben monatelang mit ihm hier zusammengearbeitet«, sagte Pallasch.

Brüggersmeier nickte: »Was ist mit ihm?«

Pallasch ging nicht auf die Frage ein. »Erzählen Sie uns etwas über Leonid Petrow!«

»Er ist ein ausgezeichneter Ikonenmaler und Kunsthandwerker. Wir haben viele Stunden hier in diesem Atelier verbracht und abends, vor allem an den Wochenenden, sind wir oft zusammen weggegangen. Ins *Ground Zero* oder in die *Bierdorf*-Diskothek. Leonid ist zwar ein geselliger Typ, wollte aber keine flüchtigen Frauenbekanntschaften. Er war immer auf der Suche nach der Liebe seines Lebens.«

Womit wir schon beim Thema wären, dachte Pierre. Er mischte sich ein. »Und, hat Petrow ›die Liebe seines Lebens‹ gefunden?«

»Zumindest hat er das geglaubt«, antwortete Brüggersmeier und wurde sichtlich nervös.

»Wer ist die Frau?«

»Silke Kretschmar.«

»Was ist so Besonderes an Frau Kretschmar?«

»Sie ist eine der schönsten Frauen, die ich je gesehen habe … Irgendwann im Juni ist sie verschwunden und jetzt ist ihre Leiche im Harz gefunden worden. Stand ja in allen Zeitungen … Deshalb sind Sie ja wohl auch gekommen.« Seine Nervosität wurde stärker.

Pierre nickte. »Wissen Sie etwas über den Mord?«

»Nein«, sagte Brüggersmeier schnell. Zu schnell. Seine Hände begannen zu zittern.

»Hat Ihr Freund etwas damit zu tun?«

Brüggersmeier blickte hilfesuchend zu seinem Lehrer, der ihn aber nicht beachtete. »Äh, kann ich mir nicht vorstellen.«

»Können Sie das mal näher erklären?«

»Na, ja, irgendwie fühle ich mich schuldig … In der Diskothek *Ground Zero* hat Leonid Silke Kretschmar zum ersten Mal gesehen. Er hat zu mir gesagt: ›Das ist sie. Das ist die Frau, die ich ein Leben lang gesucht habe.‹ Er hat sie zum Tanzen aufgefordert, die ganze Nacht haben sie getanzt! Ohne Pause! Kurz bevor die Diskothek schloss, hat sich Silke verabschiedet. Leonid hat sie noch gefragt, ob er sie wiedersehen darf. ›Vielleicht‹, hat sie geantwortet. Eine

Woche später kam sie wieder ins *Ground Zero*. Dasselbe Spiel wie eine Woche zuvor begann. Leonid tanzte mit ihr die ganze Nacht, und kurz vor Schließen der Diskothek verabschiedete sie sich. Silke kam nur einmal die Woche, immer am Samstag. Andere Diskotheken suchte sie nie auf. Nach dem vierten oder fünften Mal fuhr Leonid mit ihr nach dem Diskothekbesuch weg und dann, wie er mir erzählte, haben die beiden zum ersten Mal miteinander geschlafen. Danach veränderte sich Leonid. Er konnte nur noch an diese Frau denken. Seine Malerei hat er vernachlässigt. Dass er Silke nur einmal die Woche sehen konnte, hat ihn nicht irritiert, das reichte ihm sogar. Mich hat das natürlich gewundert. Wenn ich eine Frau liebe, dann will ich häufig mit ihr zusammen sein, am besten jeden Tag. Irgendwann hat man auch eine gemeinsame Wohnung. Ende Mai bin ich mit meinem Motorroller die Spargelstraße nach Meinersen gefahren, um eine Bekannte zu besuchen. An der Straße stehen viele Prostituierte mit ihren Wohnmobilen. Etwa auf der Hälfte der Strecke glaubte ich, Silke vor einem Wohnmobil stehen zu sehen! Ich bin noch hundert Meter weitergefahren, habe dann umgedreht und bin noch einmal an dem Fahrzeug vorbeigefahren. Sie war es! Rauchte eine Zigarette. Deshalb traf sie sich nur einmal in der Woche mit Leonid. Sie war eine Prostituierte!«

»Sie haben es ihm erzählt?!«

»Nicht gleich. Erst drei Wochen später. Zwei Tage, bevor Silke verschwand …« Er blickte gedankenversunken auf irgendeines der Bilder an der Wand.

»Sie glauben, dass Leonid Petrow Frau Kretschmar ermordet hat und machen sich deshalb Vorwürfe?«, fragte Pierre.

»Ja«, sagte der Student, aber etwas später fügte er hinzu. »Eigentlich traue ich Leonid keinen Mord zu … Er ist kein aggressiver Mensch und hat Silke vergöttert. Nein, so einer bringt doch nicht seine Geliebte um!«

Oh, dachte Pierre, Eifersucht ist sogar ein häufiges Motiv. »Wo ist Leonid Petrow jetzt?«

»Ich weiß es nicht!«

Pierre sah Brüggersmeier lange an. Der Student hatte gelogen. Die Körpersprache war eindeutig. Brüggersmeier wusste etwas über den Verbleib seines Freundes. Pierre setzte nach. »Ist Petrow nach Russland zurückgekehrt?«

Brüggersmeier zögerte erst und fasste dann den Entschluss, die Wahrheit zu sagen. »Ein paar Tage nachdem er verschwunden war, habe ich ihn auf seinem Handy angerufen, aber er hat sich nicht gemeldet. Deshalb habe ich seine Eltern in Samara angerufen. Die Eltern vermuteten ihn immer noch hier im Glockenpalast. Als ich ihnen sagte, dass er seit ein paar Tagen verschwunden ist, machten sie sich Sorgen und baten mich, sie zu informieren, wenn ich etwas über Leonid in Erfahrung bringen könnte.«

»Und?«

Der Student schüttelte den Kopf. »Vor ein paar Wochen hat er mich angerufen, aber nicht erreicht, weil der Akku meines Handys leer war. Der Anruf war natürlich gespeichert, seine Nummer stand im Display. Ich habe ihn zurückgerufen, er hat sich seitdem aber nicht wieder gemeldet.«

»Wie lange ist das jetzt genau her?«

»Das war Ende Juli, ich glaube am 25.«

Die drei Polizisten blickten sich an. Sollte Petrow sein Handy noch besitzen, dann war es nur eine Frage der Zeit, bis sie seinen Aufenthaltsort kannten. »Hat Petrow Verwandte oder Bekannte in Deutschland?«, fragte Sandra.

»Er hat einmal was von einer Cousine gesagt, die im Raum Braunschweig lebt. Aber Genaueres weiß ich nicht.«

»Welches Auto fährt Petrow?«, mischte sich Sandra ein.

»Er besitzt keins, wir sind immer mit meinem Motorroller in die Diskotheken gefahren. In der letzten Zeit hat er, wenn er sich mit Silke getroffen hat, Fahrzeuge ausgeliehen.«

»Welche Autotypen hat er sich ausgeliehen, und wo?«

»Er wollte Silke imponieren. Meistens hat er sich bei Autohäusern Nobelkarossen ausgeliehen.«

»War auch ein Audi Q 7 darunter?«, fragte Sandra.

»In der letzten Zeit vor seinem Verschwinden hat mich Leonid nicht mehr mitgenommen. Ich weiß es nicht.«

»Hatte Petrow so viel Geld, dass er sich die teuren Leihgebühren leisten konnte?«, setzte Sandra nach.

»Ich habe keine Ahnung. Aber die Liebe zu Silke hat Leonid stark verändert.«

»So stark, dass er Silke Kretschmar ermordet hat?«

Brüggersmeier zuckte hilflos mit den Schultern. Pierre ließ sich von dem Studenten die Nummer von Petrows Handy geben. Anschließend musste Brüggersmeier eine genaue Personenbeschreibung von Petrow abgeben. Und schließlich ging er in sein Zimmer und holte ein Foto, auf dem Petrow abgebildet war. Die Qualität war so gut, dass es sich als Fahndungsfoto eignete.

»Eine Frage habe ich noch«, sagte Sandra, »ist Petrow Taucher?«

»Woher wissen Sie … äh, ja, er ist Mitglied im Gifhorner Tauchclub. Wenn er Zeit hat, taucht er mit einigen Mitgliedern des Tauchclubs im Tankumsee.«

»Danke«, sagte Sandra, dann verabschiedeten sich die Polizisten von Brüggersmeier und fuhren in die Inspektion nach Gifhorn zurück.

Gifhorn, Inspektion, Samstagabend

Pallasch war mit seinen beiden Kollegen in die Kantine gegangen und hatte ihnen ein Essen ausgegeben. Dort hatte er ihnen auch das »Du« angeboten. Danach waren sie in Pallaschs Dienstzimmer gegangen.

Horst Pallasch war ein Kollege, der von Anfang an auf gute Zusammenarbeit Wert legte. Er bot den Kollegen an, die Fahndung von Osterode aus zu leiten, was Pierre auch annahm. »Ich bin vom Chef sowieso für den Fall abgestellt, deshalb kann ich eure Ermittlungen von hier aus unterstützen«, sagte Pallasch.

Pierre bedankte sich und nahm mit Eckert Kontakt auf,

der gerade nach Hause fahren wollte. »Daraus wird leider nichts, Jürgen. Du musst jetzt erst einmal den Standort eines Handys herausfinden!« Pierre gab Eckert die Handynummer von Petrow durch und legte auf.

»Ist Petrow unser Mann?«, fragte Sandra.

»Einiges spricht dafür. Die Beschreibung, die Brüggersmeier von Petrow gegeben hat, könnte auf den Mann, den wir auf dem Film gesehen haben, zutreffen. Außerdem ist er Taucher! Möglicherweise hat Petrow versucht, Frau Kretschmar von der Prostitution abzubringen, und sie hat ihn abgewiesen. Er ist ausgerastet und hat sie umgebracht. Oder er hat sie aus Enttäuschung darüber, dass sein Frauenbild von ihr plötzlich zerstört war, getötet. Aber erst einmal müssen wir ihn finden«, antwortete Pierre. Die drei diskutierten noch eine halbe Stunde weiter, bis sich Eckert am Telefon meldete.

»Wir konnten die Lage des Handys bis auf einen Radius von hundert Metern eingrenzen«, sagte er. »Der Ort liegt in Braunschweig-Ölper. Drei Gebäude kommen in Frage.« Eckert nannte die Adressen und die Eigentümer der Häuser. »Sollen Marc und ich nach Braunschweig kommen?«, fragte Eckert.

»Nicht nötig«, antwortete Pierre, »der Kollege Pallasch wird einige Personen abstellen. Du kannst jetzt nach Hause gehen! Grüße Natascha und die Kinder von mir!«, sagte Pierre und legte auf.

Pallasch hatte vier Männer zu diesem Einsatz hinzugezogen. Sie waren jetzt zu siebt und das sollte reichen, um Petrow ohne Probleme festnehmen zu können, glaubte Pallasch. Um unauffällig zu wirken, waren Pierre und Sandra an die Haustüren gegangen. Man konnte sie als Ehepaar ansehen, das jemandem in der Siedlung einen Besuch abstatten wollte. Pallasch und seine Leute sicherten die Umgebung ab. Um kurz nach acht Uhr hatten Pierre und Sandra zwei der drei Einfamilienhäuser aufgesucht und die Einwohner hatten nicht den Eindruck gemacht, Petrow zu beherbergen.

Die beiden Osteroder Polizisten steuerten auf das dritte

Gebäude zu. Sandra öffnete die Gartentür, Pierre folgte ihr. Kurz nachdem Sandra an der Haustür geklingelt hatte, öffnete eine etwa vierzigjährige Frau mit kurzen, blonden Haaren die Tür.

Sandra stellte sich und Pierre vor und zeigte ihren Dienstausweis. »Wir suchen Leonid Petrow, wir haben Informationen, dass er sich in Ihrem Haus aufhält.«

»Ich habe mir gleich gedacht, dass mit Leonid etwas nicht stimmte … vor vierzehn Tagen hat er sich hier wieder verabschiedet«, sagte Frauke Heisterhagen, »aber vielleicht ist es besser, wenn Sie ins Haus kommen.« Frau Heisterhagen führte die beiden Polizisten ins Wohnzimmer. Dort setzten sie sich auf Couchgarnitur, die in der Mitte des Raumes stand.

»Wie meinen Sie das?«, fragte Sandra nach.

»Er machte gehetzten Eindruck. So als sei er vor irgendetwas auf der Flucht. Was hat er ausgefressen?«, fragte Frau Heisterhagen.

»Darüber sind wir uns noch nicht im Klaren … Wie lange hat er bei Ihnen gewohnt?«, fragte Sandra.

»Etwa vier Wochen. Anfang Juli ist er gekommen und, wie schon gesagt, vor zwei Wochen hat er sich von mir verabschiedet.«

»Warum ist er ausgerechnet zu Ihnen gekommen?«

»Er ist mein Lieblingscousin. Und … er hat ein außergewöhnliches Maltalent. In Russland hat er oft Bilder für mich gemalt. Er hat immer versucht, mir das Malen beizubringen, aber ich besitze nur eine durchschnittliche Begabung. Wir haben deutsche Vorfahren und meine Eltern wollten schon immer wieder nach Deutschland zurück. Vor zehn Jahren ist ihr Ausbürgerungsantrag genehmigt worden. Leonid und ich, wir sind aber immer in Kontakt geblieben.«

»Und trotzdem hat er Ihnen nicht erzählt, weshalb er einen gehetzten Eindruck machte?«

Heisterhagen schüttelte den Kopf. »Er hatte sich verändert. Er war nicht mehr der amüsante, unbeschwerte Leonid. Was hat er denn getan?«

»Im Juni ist in Gifhorn eine Prostituierte verschwunden. Vor einigen Tagen haben wir ihre Leiche im Oderstausee gefunden. Ihr Cousin hatte engen Kontakt mit ihr und wollte eine feste Beziehung!«

Frauke Heisterhagen wurde kreidebleich. »Und Sie glauben, dass Leonid die Frau ermordet hat!«

»Er steht zumindest im Verdacht. Nach dem Verschwinden der Prostituierten hat sich Ihr Cousin abgesetzt. Im Glockenpalast jedenfalls ist er nicht mehr aufgetaucht. Halten Sie ihn für fähig, einen Mord zu begehen?«

Heisterhagen wurde nachdenklich, schloss die Augen. »Wenn ich an unsere gemeinsame Zeit in Russland denke, würde ich das für abstrus halten. Wenn ich an die vier Wochen denke, in denen er sich hier aufgehalten hat, würde ich das als nicht mehr so abwegig einschätzen. Er war ständig gereizt, hat mich manchmal angefaucht. Irgendwann habe ich gesagt, dass er sich eine andere Bleibe suchen soll, wenn er sein Verhalten nicht ändert. Am nächsten Tag hat er sich verabschiedet.«

»Sein Handy, wo ist es?«

»In seinem Zimmer, das er die vier Wochen bewohnt hat.«

»Können wir uns das Zimmer anschauen?«

»Natürlich«, antwortete Frau Heisterhagen.

Die drei standen auf und gingen in das Obergeschoss des Hauses. Petrows Lieblingscousine führte die beiden Polizisten in ein geräumiges Zimmer. Das Handy von Petrow lag auf einem Schreibtisch. Frau Heisterhagen reichte es den Polizisten. »Ob er es vergessen oder hier absichtlich hat liegen lassen, weiß ich nicht. Alle anderen Sachen hat er mitgenommen.«

Pierre nickte. »Sollte sich Ihr Cousin mit Ihnen noch einmal in Verbindung setzen, benachrichtigen Sie uns bitte!«

Sandra lag noch eine Frage auf der Zunge: »Frauke Heisterhagen, das hört sich so deutsch an …?«

»Eigentlich heiße ich Faina Golubew. Mein Exmann Frank Heisterhagen wollte, dass ich auch einen anderen Vornamen annehmen sollte … vor zwei Jahren habe ich ihn aus dem

Haus geworfen. Bei Frauke Heisterhagen habe ich es bleiben lassen!«

Sandra nickte. Dann verabschiedeten sich die beiden Polizisten von Frauke »Faina« Heisterhagen und gingen zu Pallasch, der vor dem Haus wartete. Pierre berichtete ihm das, was er von Heisterhagen erfahren hatte.

»Ich werde ihn noch heute Nacht zur Fahndung ausschreiben«, sagte Pallasch.

Sandra und Pierre bedankten sich bei Pallasch für die gute Zusammenarbeit. »Sollten wir Petrow vor Ihnen kriegen, dann werden Sie der Erste sein, der es erfährt«, versprach Pierre.

Eineinhalb Stunden später setzte Sandra Pierre in Bad Sachsa ab. Sie verabredeten sich zu einer Fahrradtour am Sonntag.

Südharz, Montag, 25. August, Inspektion Osterode

Der Montagmorgen begann mit einem Paukenschlag. Die Mitglieder der MoKo hatten sich gerade im Konferenzsaal an den Tisch gesetzt, als das Telefon klingelte. Pierre nahm den Hörer ab. Eine Kollegin aus dem Empfangsbereich der Inspektion war am Apparat. »Hier unten ist ein gewisser Petrow. Er sagt, er hat etwas zum Mordfall Silke Kretschmar zu sagen!«

»Sehr gut!«, sagte Pierre erfreut. »Ich werde ihn gleich abholen.«

Wenige Minuten später saßen sich Junge und Petrow gegenüber, Pierre zog sich in eine Ecke des Verhörraumes zurück, von der aus er die Körpersprache des Künstlers einschätzen konnte. Sandra und Eckert beobachteten das Geschehen im Raum hinter dem Spiegel.

Petrow war etwa einen Meter fünfundachtzig groß und schlaksig. Er machte einen heruntergekommenen und gehetzten Eindruck. Seine schwarzen Haare waren fettig, lange Bartstoppeln zeugten davon, dass er sich schon länger nicht mehr rasiert hatte. Seine Kleidung schien seit Wochen keine Waschmaschine mehr gesehen zu haben.

Marc Junge fragte nach den Personalien, die Petrow bereitwillig gab. »Herr Petrow, ich muss Sie darauf hinweisen, dass Sie während des Verhörs gefilmt werden und dass alles, was Sie aussagen, auf Band aufgenommen wird. Ihnen steht ein Rechtsanwalt zu …«

»Ich will keinen Anwalt, habe nichts verbrochen!«, antwortete Petrow selbstsicher.

»Gut, dann können wir loslegen. Sie werden verdächtigt, Silke Kretschmar in den Morgenstunden des 9. Juni ermordet zu haben.«

Petrow sprang erregt von seinem Stuhl auf, seine Selbstsicherheit war schnell verflogen. »Mann, ich hab Silke nicht umgebracht. Ich hab sie geliebt!«

»Setzen Sie sich wieder«, sagte Junge scharf.

Petrow gehorchte.

»Herr Petrow, wir haben im Wohnwagen von Frau Kretschmar Blutspritzer von zwei Personen gefunden. Einige davon konnten wir Frau Kretschmar zuordnen, andere stammen von einer Person, die wir noch nicht kennen. Wir vermuten, dass sie zum Mörder gehören. Wenn Sie nichts mit dem Mord zu tun haben, dann macht es Ihnen sicher nichts aus, jetzt eine Speichelprobe abzugeben, die wir schnell analysieren können.«

Petrow reagierte nicht.

»Herr Petrow, Ihr Freund Brüggersmeier hat Ihnen kurz vor dem Mord berichtet, dass Frau Kretschmar eine Prostituierte ist. Silke war für Sie die Frau, auf die Sie ein ganzes Leben gewartet haben. Und nun hören Sie, dass Ihre Liebe in Wirklichkeit eine Prostituierte ist! Das hat Sie so aus der Fassung gebracht, dass Sie zum Wohnwagen gefahren sind und Frau Kretschmar ermordet haben. Vorher hat es einen Kampf zwischen Ihnen gegeben, bei dem Frau Kretschmar und Sie verletzt wurden und geblutet haben. Dann sind Sie mit der Leiche in den Harz gefahren, haben ihr als symbolische Strafe die Gesichtshaut herausgeschnitten und haben Sie im Oderstausee versenkt! Vielleicht haben Sie die Gesichtshaut von Silke noch irgendwo!«

Petrow sackte auf seinem Stuhl zusammen. »Ich hole einen Arzt«, sagte Pierre und verließ den Verhörraum. Marc kümmerte sich um den ohnmächtigen Künstler.

Der herbeigerufene Arzt hatte eine durch das Verhör bedingte »nervöse Kreislaufschwäche« diagnostiziert. Eine Fortführung hielt er nicht für ratsam. Aber Petrow hatte dem Arzt geantwortet, er wolle jetzt alles sagen, das sei er seiner geliebten Silke schuldig. Eineinhalb Stunden nach Petrows Zusammenbruch wurde das Verhör fortgesetzt.

»Sören hat mir erzählt, dass Silke eine Hure ist. ›Du lügst‹, habe ich gesagt. ›Fahr zur Spargelstraße. Dort findest du sie, verdammt noch mal, du Idiot. Öffne die Augen! Sie ist eine Nutte. Jeder kann sie haben für Geld‹, hat er gebrüllt. ›Hier hast du das Kennzeichen von ihrem Nuttenbomber‹. Erst habe ich gezögert, dann bin ich doch zur Spargelstraße gefahren. Sören hat recht. Sie ist eine Nutte. Saß im Führerhaus ihres Nuttenbombers und qualmte!«, sagte Petrow und ballte die Hand zur Faust. »Ich bin zum Auto gerannt. Sie erkannte mich und verschwand nach hinten. Ich riss die Tür auf und stürmte ins Wohnmobil. Mann, war ich wütend. ›Ja, ich bin eine Hure‹, schnauzte Silke, ›und das wird immer so bleiben. Hau ab, gleich kommt Kundschaft, ich kann dich nicht gebrauchen! Hau endlich ab!‹ Ich flehte sie an, mit der Sauerei aufzuhören und mit mir eine Familie zu gründen. Sie hat höhnisch gelacht. ›Jetzt musst du auch bezahlen, wenn du mich vögeln willst. Und jetzt mach die Fliege!‹, schrie sie. Ich drehte durch. Schlug Silke in Gesicht, traf die Nase. Sie bluten. Silke hat zurückgeschlagen und mich im Gesicht gekratzt. Dabei ist Blut von mir auf den Boden getropft«, sagte Petrow.

Junge stellte in diesem Moment keine zweifelnde Zwischenfrage. Oft war so etwas, was Petrow gerade gesagt hatte, eine billige Ausrede, die Tatverdächtige suchten, um ihren Kopf aus der Schlinge zu ziehen. Junge hatte Petrow die ganze Zeit über intensiv gemustert und begann zu glauben, dass Petrow Frau Kretschmar nicht umgebracht hatte. Er war nicht der eiskalte Typ, der Frauen die Gesichtshaut abschnitt. Es sei denn, er war ein herausragender Schauspieler, aber davon ging Junge nicht aus. »Was geschah dann?«

»Sie hat mir Gas ins Gesicht gesprüht und mich aus dem Wagen geschubst. Als ich wieder richtig sehen konnte, bin ich zum Parkplatz am Windmühlenmuseum gefahren«, sagte Petrow.

»Und dann?«

»Dort bin ich nicht lange geblieben. Erst bin ich quer durch Gifhorn gefahren. Dann dauernd an ihrem Wagen vorbei. Immer hat da ein teures Fahrzeug gestanden. Um drei habe ich eine dicke Geländekarre gesehen. Später war die Karre weg. Silke hat nicht im Führerhaus gesessen. Auch hinten in Wagen nicht. Hab nachgeguckt. Ich glaubte, sie sei mit einem Freier in sein Haus gefahren.«

Ja, dachte Pierre, der Freier hatte sie in sein Haus mitgenommen, aber dieses Haus lag irgendwo im Harz. Und genau dort hatte der Freier Silke Kretschmar ermordet und die Gesichtshaut herausgeschnitten.

»Später habe ich in der Zeitung gelesen, Silke sei einem Verbrechen zum Opfer gefallen. Ein großer Geländewagen habe sie mitgenommen. Der Wagen hat einen auffälligen Kühler. Ich habe ihn schon mal vor dem Glockenpalast gesehen. Mir war klar, der Fahrer ist der Mörder von Silke. Ich habe nach ihm gesucht und ging nicht mehr in den Glockenpalast zurück. Ich hab bei meiner Cousine genächtigt und den Glockenpalast überwacht. Jeden Tag. Nix! Der Mörder ist nicht gekommen. Dann bin ich nach Berlin gefahren, weil der Mörder vielleicht in Berlin lebt. Hab die Nächte bei Obdachlosen verbracht, weil ich nicht genug Geld für ein Zimmer hatte. Nach Tagen hatte ich das Auto immer noch nicht gefunden. Ein Obdachloser hat einen Bullen gekannt.

Der hat nach der Nummer von dem Geländewagen gesucht. Das Nummernschild war falsch.«

Dass der Mörder nicht so leichtsinnig gewesen war und mit authentischen Kennzeichen durch die Gegend fuhr, wenn er einen Mord beabsichtigte, davon war Pierre natürlich ausgegangen.

»Ich bin nach Gifhorn zurück. Hab in der Zeitung gelesen, dass Silke ermordet in einer Talsperre im Harz gefunden wurde. Bin in den Harz gefahren und habe nach dem Mörder gesucht. In der Nacht habe ich im Auto geschlafen. Morgens im Bach gewaschen. Mörder nicht gefunden!«

Das war auch gut so, dachte Marc Junge. Wäre Petrow dem Mörder zu nahe gekommen, der naive Künstler wäre wenig später Geschichte gewesen. Er war dem Mörder in keinster Form gewachsen.

»Gestern Abend habe ich meine Cousine angerufen und gefragt, ob ich noch mal für ein paar Tage bei ihr nächtigen kann. Cousine sagte, ich stehe unter Mordverdacht und soll mich bei der Polizei in Osterode melden … Haben Sie den Mörder?«

Junge antwortete nicht, ihm ging etwas anderes durch den Kopf. »Sie sagten, dass der Geländewagen nicht auf dem Parkplatz des Windmühlenmuseums stand, sondern direkt vor dem Glockenpalast?«

»Ja.«

»Wer darf mit seinem Fahrzeug vor den Glockenpalast fahren?«

»Mitarbeiter, Müllabfuhr, Zulieferer, bekannte Besucher. Als Gorbatschow im Glockenpalast war, ist sein großer Konvoi auf das Gelände gefahren.«

»Was ist mit Sponsoren des Glockenpalastes?«, fragte Marc Junge nach. »Wie ich gehört habe, stand der Bau lange still und erst 2006 sind die Bauarbeiten weitergeführt worden, weil finanzkräftige Sponsoren Gelder angeboten haben. Vielleicht gehörte der Geländewagen solch einem Sponsor?«

»Kann sein«, sagte Petrow, »in den letzten Jahren waren viele Sponsoren im Glockenpalast.«

»Hm. Herr Petrow, wir werden jetzt Ihre Angaben erst

einmal überprüfen. In der Inspektion gibt es einen Wasch- und Duschraum, in dem Sie sich frisch machen können. Der Kollege vom Wachpersonal wird Sie dorthin begleiten. Später werden wir Sie noch einmal benötigen«, sagte Junge. »Mit was für einem Auto sind Sie in der Nacht gefahren, als Frau Kretschmar ermordet wurde?«

»Mit einem roten Opel Corsa.«

»Er sagt die Wahrheit«, sagte Eckert, der sich die Filmaufnahmen der beiden Jungen aus Seershausen noch einmal angesehen hatte. Inzwischen saßen die Mitglieder der Mordkommission in Pierres Zimmer. »Er ist in der Zeit von dreiundzwanzig bis drei Uhr zehnmal am Wohnwagen von Silke Kretschmar vorbeigefahren.«

Pierre nickte. »Petrow ist nicht der Mörder, den wir suchen, das war mir sehr schnell klar. Wir müssen ihn noch mal zu den Sponsoren befragen und danach werden wir ihn freilassen. Jürgen und Marc, ihr übernehmt das. Wenn ihr damit fertig seid, ruft ihr die Geschäftsleitung des Glockenpalastes an und lasst euch eine Liste der Sponsoren zuschicken!«

Pierre saß eine Stunde später in seinem Dienstzimmer, als Eckert sich über das Haustelefon meldete. »Der Geschäftsführer des Glockenpalastes hat mir gerade eine Liste der Sponsoren gemailt. Ich werde sie ausdrucken und in dein Zimmer bringen … Soeben ist eine Meldung aus dem Verteidigungsministerium gekommen. Wir …«, – damit meint Eckert natürlich Sandra und mich, dachte Pierre – »können morgen Vormittag die Akten der ehemaligen Kampfschwimmer der DDR einsehen. Ein Major Humpert steht uns zur Verfügung.«

»Ich habe dich verstanden, Jürgen. Sandra und ich fahren morgen um fünf Uhr nach Berlin!«

»Na, dann gute Fahrt«, sagte Eckert mit einem süffisanten Unterton und legte auf. Pierre wählte die Nummer von Sandras Dienstzimmer und sagte: »Sandra, wir gehen morgen wieder auf Dienstreise. Das Ziel ist Berlin.«

»Das Verteidigungsministerium?«

»Ja. Um fünf Uhr fahren wir ab!«

Als Eckert die Liste der Sponsoren des Glockenpalastes eine Stunde später in Pierres Zimmer brachte, war der schon nach Hause gefahren. Eckert legte den Computerausdruck auf den Schreibtisch seines Chefs, von wo er, als Eckert die Tür schloss, durch den Luftzug auf den Boden fiel.

Die Putzfrau, die eine weitere halbe Stunde später Pierres Dienstzimmer reinigte, warf das Stück Papier, das sie als Abfall ansah, in den Papierkorb.

Berlin, Verteidigungsministerium, Dienstag, 26. August

Als Sandra und Pierre um acht Uhr am Portal des Verteidigungsministeriums eintrafen, erwartete Major Humpert sie schon. Die Polizisten wiesen sich aus und passierten die Sicherheitsschleusen, ehe sie den Vorraum des Archivs erreichten. Auf einem Tisch lag ein Schriftstück, daneben ein Stift. »Sie dürfen keinerlei Kopien oder Fotos im Archiv anfertigen. Die Unterlagen, die Sie einsehen wollen, unterliegen der Geheimhaltung, niedrige Stufe zwar, aber Sie müssen eine Erklärung unterzeichnen, dass Sie nichts von dem, was Sie in Erfahrung bringen, der Öffentlichkeit preisgeben. Sollten Sie das dennoch tun, droht Ihnen eine Haftstrafe von bis zu fünf Jahren … Ich muss das leider erwähnen. Die Vorschrift verlangt es. Außerdem werde ich Sie für die Zeit des Aufenthaltes begleiten.«

Sandra und Pierre nickten. Sie hatten abgesprochen, dass Sandra sich um die ehemaligen Kampfschwimmer Hinzmann und Kupfer kümmern würde, über die Borsig keine Informationen hatte, und Pierre die Namensliste der Kampfschwimmer, die er von Borsig erhalten hatte, mit den Akten des Verteidigungsministeriums vergleichen sollte. Er sagte es dem Major.

»Leutnant Jung wird Sie begleiten und ich Frau Koch.«
Natürlich, dachte Pierre.

»Fangen wir mit Martin Hinzmann an«, sagte Sandra, nachdem sie in das Archiv gekommen war.

Humpert führte Sandra zu einem Regalgang, etwa zwanzig Meter vom Eingang des Archivs entfernt. In der Mitte des Ganges stellte Humpert eine Leiter ans Regal, stieg etwa bis in zwei Meter Höhe und zog einen Aktenordner heraus. Dann kletterte er die Leiter wieder herab und reichte Sandra den Ordner. »Am Ende des Ganges steht ein Tisch, dort können Sie die Akte durchforsten. Wenn Sie mich brauchen, rufen Sie bitte. Ich halte mich zwei Gänge von hier entfernt auf. Muss noch einige Daten in den Computer eingeben.«

Sandra ging zu dem Tisch, setzte sich, schlug die Akte auf und begann zu lesen.

Martin Hinzmann wurde am 13.5.1965 in Neuruppin geboren. Nach der Grundschulzeit besuchte er die polytechnische Oberschule in Neuruppin. 1983 schloss er nach mittelmäßigen Leistungen seine Schulzeit mit dem Abitur ab. Durchschnittsnote 2,9. Ganz im Gegensatz zu Hinzmanns unauffälliger Schullaufbahn aber verliefen seine Sportaktivitäten. Mit siebzehn Jahren wurde er Fünfter bei den Juniorenmeisterschaften der DDR im 200-Meter- und 400-Meter-Freistilschwimmen. In der Akte stand, dass Hinzmann zwar Talent hatte, ihn sein geringer Ehrgeiz aber daran hinderte, in die nationale Spitze aufzusteigen. Daneben wurde er im Bahnradfahren mehrfach Meister auf Bezirksebene. Offensichtlich gab Hinzmann 1983 den Schwimmleistungssport auf, trat in die NVA ein und bewarb sich als Kampfschwimmer. Die Aufnahmeprüfung schaffte er als Jahrgangsbester, danach machte er eine zweijährige Ausbildung zum Kampfschwimmer. Der überwiegende Teil der Ausbildung fand in der DDR statt, sechs Monate verbrachte Hinzmann in Murmansk und an der Barentssee und zwei Monate am Schwarzen Meer. Hinzmann schloss als Zweitbester seines Jahrganges ab. 1986 wurde er zum

Leutnant ernannt, kurz vor der Auflösung der NVA 1990 noch zum Oberleutnant. Danach ging er nach Murmansk, wo er während der Ausbildung eine Russin namens Irina Kusnezow kennengelernt hatte. Sie hatte ihn zweimal in der DDR besucht. 1986 und 1988. Und Hinzmann verbrachte zwei Urlaube mit ihr am Schwarzen Meer. Im November 1990 heirateten die beiden. Im Februar 1991 zogen sie nach Surgut, eine Stadt in Westsibirien, mitten in einem Gebiet mit großen Erdgas- und Erdölfeldern. Martin Hinzmann und seine Frau wurden schließlich als Manager bei Gazprom eingestellt, der größten Erdgasgesellschaft in Russland. Hier endeten die Ausführungen über Hinzmann. Offensichtlich hat Irina Kusnezow gute Beziehungen während der Sowjetzeit zum Staatsapparat gehabt, denn Gazprom ist heute ein reiner Staatskonzern, dachte Sandra. Und alte Seilschaften der Sowjets sind in führenden Positionen bei Gazprom.

Sandra betrachtete Hinzmanns Körperdaten. Einen Meter achtundachtzig groß, einundneunzig Kilo schwer. Ein athletischer Typ. Sie dachte an die Daten, die Wagner über den Mörder der Frau, die im Oderstaustausee gefunden worden war, berechnet hatte. Hinzmann erfüllte die Kriterien. Die Frage war natürlich, ob er heute noch so durchtrainiert war. Und ... arbeitete Hinzmann noch bei Gazprom? Wenn Sandra wieder in Osterode war, musste sie einen Amtshilfeantrag an die Miliz in Surgut stellen.

Das Foto in Hinzmanns Personalakte stammte aus dem Jahr 1988. Seitdem waren zwar zwanzig Jahre vergangen, dennoch konnte das Foto eine Hilfe bei einer möglichen Identifizierung sein. Sandra schrieb sich die wichtigsten Daten aus Hinzmanns Personalakte auf einen Zettel und steckte ihn in die Seitentasche. Dann rief sie nach Major Humpert, der erstaunlich schnell neben ihr stand. »Könnte ich eine Kopie des Fotos bekommen?« Sandra zeigte dem Soldaten das Foto von Hinzmann.

»Das muss ich erst mit meinem Vorgesetzten absprechen«, antwortete Humpert, entfernte sich etwas von Sandra, holte ein Handy aus der Brusttasche und begann zu telefonieren.

Während des Gespräches nickte er mehrmals. Sandra hatte das Gefühl, dass es gar keinen Gesprächspartner am anderen Ende der Leitung gab. Dann kehrte Humpert zu Sandra zurück. »Mein Chef hat gesagt, einer solch schönen Frau kann man keinen Wunsch abschlagen.«

Komisch, dachte Sandra, sein Vorgesetzter hat mich doch noch gar nicht gesehen.

»Ich fertige eine Kopie des Fotos an. Sind Sie mit Hinzmanns Akte fertig?«

»Ja«, antwortete Sandra.

»Gut. Dann hole ich jetzt die Akte von Marc Kupfer.«

Wenig später kehrte Humpert zurück und legte den Aktenordner Sandra auf den Tisch. »Wenn Sie noch Fragen haben, Sie wissen ja, wo ich bin«, sagte Humpert.

Die Polizistin öffnete den Ordner und war verdutzt. Der Aktenordner enthielt nur eine einzige Seite. Darauf stand lediglich der Name Marc Kupfer. Und das Aktenzeichen. Ansonsten herrschte gähnenden Leere. Sandra informierte umgehend Major Humpert, was hektische Betriebsamkeit auslöste. Innerhalb einer Stunde kamen und gingen ein Dutzend Personen. Uniformierte wie zivile. Alle schauten sich ratlos den Aktenordner an und verschwanden dann wieder ebenso ratlos. Humpert durchsuchte mit einigen Kollegen noch einmal das Regal nach Kupfers Akten. Es wurde aber nichts gefunden.

Schließlich teilte Humpert Sandra fassungslos mit, dass die Akte verschwunden sei und keiner wusste, wo sie geblieben war. Vielleicht war niemals mehr als das eine Blatt vorhanden gewesen. »Als die Daten von der ehemaligen NVA übernommen wurden – das war 1990 –, war ich natürlich noch nicht hier. Die betreffenden Kollegen von damals sind entweder im Ruhestand oder verstorben. Natürlich werde ich sofort recherchieren, aber ich befürchte, dass wir an die Akte von Kupfer nicht mehr herankommen. Es ist nicht die erste Personalakte von Soldaten der NVA, die spurlos verschwunden ist.«

Sandra fiel ein, dass kurz nach der Grenzöffnung 1989

noch viele Akten der NVA und der Stasi vernichtet worden waren. Viele ehemalige Stasiangehörige hatten dadurch ihre Machenschaften verschleiern können. Der lange Arm der Stasi … Möglicherweise hatte Kupfer selbst für die Beseitigung seiner Personalakte gesorgt. Hatte er eine neue Identität angenommen?

Dann kam die Oberkommissarin auf eine Idee.

»Herr Humpert, haben Sie Daten der NVA-Angehörigen digitalisiert?«

»Ja, wir sind mittendrin. Bis wir alles digitalisiert haben, werden aber noch zwei Jahre vergehen.«

»Könnten Sie den Namen von Kupfer in Ihren Computer eingeben und sehen, ob sich dort vielleicht etwas finden lässt?«, fragte Sandra.

Der Major nickte. »Natürlich, aber in den Computerraum dürfen Sie nicht mit hinein. Das darf nur ein Angehöriger der Bundeswehr, der die höchste Sicherheitsstufe besitzt. Was in meinem Fall zutrifft. Ich werde Sie jetzt erst einmal in die Kantine bringen, dort können Sie auf Kosten des Verteidigungsministeriums speisen.«

Als Sandra an einem Tisch in der Kantine saß und sich umschaute, stellte sie fest, dass das Angebot der Speisen und das Mobiliar eher dem eines Vier-Sterne-Restaurants glichen und die Bezeichnung Kantine untertrieben war. Hier gab es noch Kellner, die das Essen brachten. Die Kantine in der Inspektion in Osterode war dagegen eher eine Imbissbude. Wenn man bei den Bundesbehörden arbeitete, dann kam man noch in den Genuss eines solch hervorragenden Services!

Sandra hatte gerade mit dem Essen begonnen, als Pierre von Leutnant Jung in die »Kantine« geführt wurde. Pierre verabschiedete sich von dem Offizier und setzte sich an Sandras Tisch. Noch bevor er etwas sagen konnte, stand ein Feldwebel neben ihm und gab Pierre die Speisekarte.

Er schlug sie auf und bestellte ein chinesisches Menü. »Erstaunlich, was die hier alles im Angebot haben. Sollte man bei uns in der Kantine auch einführen … Ich habe im Archiv nichts Neues gefunden. Die Hälfte der Namen, die

Borsig ausgedruckt hat, ist im Verteidigungsministerium nicht einmal aufgeführt. Und was die andere Hälfte betrifft, so enthält Borsigs Aufstellung mehr Informationen als das Archiv des Verteidigungsministeriums.«

Sandra nickte und erzählte Pierre, was sie herausgefunden hatte. »Ich hoffe, dass Major Humpert etwas über Kupfer im Computer entdeckt hat.«

Nach einer Stunde kehrte Humpert in die Kantine zurück und setzte sich an den Tisch der beiden Polizisten. »Sind Sie zufrieden mit dem Angebot?«, fragte der Major.

»Mehr als das«, antwortete Sandra, »aber als Kantine würde ich diese Einrichtung nicht bezeichnen, eher als Restaurant.«

Humpert schmunzelte und sagte dann: »Wir haben nicht viel über Kupfer finden können. Aber vielleicht kann es wichtig für Sie sein: Kupfer verließ 1985 die Kampfschwimmereinheit der DDR und ging als Verbindungsmann zur russischen Schwarzmeerflotte. Er war zu diesem Zeitpunkt Major. Stationiert waren die russischen Kampfschwimmer in Noworossyisk.«

»Wo genau liegt denn Novo…?«

»In der ehemaligen UdSSR. Zu welchem Land es heute gehört – ich weiß es nicht!«, sagte Humpert bedauernd. »Soll ich nachschauen?«

»Nicht nötig«, sagte Pierre. »Wir werden später nachsehen.«

»Ach ja, Frau Koch, hier ist die Kopie von Hinzmanns Foto. Und … die Daten, die Sie aus der Hinzmann-Akte herausgeschrieben haben, vernichten Sie bitte, wenn Sie sie ausgewertet haben.«

Eigentlich war Sandra nicht überrascht, im Gegenteil. Wahrscheinlich hatte der Major sie über eine oder mehrere Kameras, die im Gang installiert waren, die ganze Zeit beobachtet. »Versprochen, Herr Major«, sagte Sandra, »und vielen Dank für Ihre Hilfe. Sie hat uns weitergebracht.«

Humpert lächelte zufrieden.

Südharz, Bad Sachsa, Dienstagabend, 26. August

Pierre schaute durch das große Fenster der Stadtbibliothek. Grete und Anja, die beiden Mitarbeiterinnen der Bücherei, standen hinter einem Schreibtisch, auf dem zahlreiche aufgeschlagene Bücher lagen. Die Frauen waren gleichaltrig, Anfang vierzig. Beide hatten dunkelblondes, schulterlanges Haar. Mit ihren einen Meter siebzig überragte Anja ihre Kollegin um zehn Zentimeter.

Pierre hatte die Bibliothek in den vergangenen Jahren einige Male in Anspruch genommen, um sich Sekundärliteratur zu seinen Kriminalfällen beschaffen. Oft waren die speziellen Bücher aber nicht vorrätig. Immer hatten Anja und Grete die Literatur dann schnell über Fernleihe besorgt, damit »der Herr Sherlock Holmes« seine Mordfälle so schnell wie möglich lösen konnte.

Grete zeigte auf ein Buch, dann schienen die beiden Frauen zu diskutieren.

Pierre öffnete leise die Eingangstür und schlich in die Bibliothek. Grete und Anja waren so in ihre Diskussion vertieft, dass sie den Hauptkommissar nicht bemerkten. Als Pierre grüßte, schnellten ihre Köpfe in seine Richtung hoch. Ihre zweite Reaktion bestand in einem verheißungsvollen Lächeln. »Wir haben etwas für dich, Pierre!«

Rexilius ging um den Schreibtisch herum und stellte sich neben die beiden.

»In den letzten Tagen haben wir so ziemlich alles, was es an Büchern über den Kaukasus gibt, durchgeackert. In einem Buch über Kaukasische Märchen und Sagen sind wir auf etwas Interessantes gestoßen. Alle Erzählungen beginnen mit einer Abbildung«, sagte Grete.

Anja wies auf ein aufgeschlagenes Buch. »Ein Beispiel ist das Märchen *Zauberross*. Hier ist, ähnlich wie bei der Zeichnung, die du uns in den Briefkasten geworfen hast, die Grafik in drei Felder eingeteilt. Im oberen Teil befindet sich eine Burg, in der Mitte Getreidefelder, und unten ist das

Zauberross abgebildet«, sagte Anja und gab kurz den Inhalt des Märchens wieder.

»Zunächst haben wir aber keine Zeichnung gefunden, die zur Tätowierung passt«, sagte Grete, »das lag daran, dass in der Tattoo-Zeichnung bis auf den Wolf keine natürlichen Motive abgebildet wurden. Ach ja«, unterbrach sie ihre Ausführungen und kicherte, »das kannst du ja noch nicht wissen. Das Gebilde im unteren Teil der Zeichnung ist ein Wolf, da sind wir uns inzwischen sicher. Irgendwann ist uns die Idee gekommen, geographische Karten näher zu betrachten. Ein Laubwald wird dort zum Beispiel mit nach unten offenen Kreissymbolen, ein Nadelwald mit Zacken und Gipfel von Bergen mit Dreiecken dargestellt. Wenn man sich die Flächen auf dem Tattoo anschaut, glaube ich, dass die Zacken und Kreise für die entsprechenden Bäume stehen. Man hat beim Tattoo also nicht die Bäume gezeichnet, sondern durch Symbole ersetzt … wie bei der Abbildung zum Märchen Zauberross steht ein Tier, in diesem Fall eine Wölfin, im unteren Teil des Bildes. Warum die Wölfin nicht durch ein Symbol ersetzt worden ist, ist mir unklar.«

»Eine Wölfin …?«

»Ja, man erkennt das an den Zitzen«, sagte Anja zeigte mit einem Kugelschreiber darauf.

Pierre nickte.

»Irgendwann haben wir eine Zeichnung gesehen, die der Tätowierung ähnelte, aber ein größeres Format besaß. Deshalb haben wir die Tattoo-Zeichnung auf Folie kopiert und mehrmals vergrößert, bis die Formate identisch waren. Das Ergebnis kannst du hier begutachten!«, sagte Anja.

Grete zog ein weiteres Buch näher heran und schlug es auf. Im inneren Teil des Einbandes vorn war eine Zeichnung aufgedruckt. Die Bibliothekarin legte die Folie darauf, »Hundertprozentige Deckungsgleichheit.«

Pierre brauchte nicht lange zu prüfen, das Ergebnis war eindeutig. Er nickte. »Die Dreiecke im oberen Teil der Abbildung stellen also Berge dar?«

»Ja. Und im Zentrum ist ein Feuer, die nach außen anschließende graue Fläche dürfte Asche darstellen. Entweder sind dort Bäume oder ein Getreidefeld verbrannt«, sagte Anja.

»Die Zeichnung kommt noch einmal in diesem Buch vor, und zwar im hinteren Einband«, sagte Grete. »Da ist aber etwas, das uns fast zur Verzweiflung getrieben hat: Die Zeichnung gehört zu einem kaukasischen Märchen oder einer Sage, aber wir haben in diesem Buch keinen Hinweis auf eine entsprechende Sage gefunden! Auch in den anderen Büchern nicht!«

Leichte Enttäuschung zeichnete sich in den Gesichtern der Frauen ab.

»Ihr habt großartige Ermittlungsarbeit geleistet«, sagte Pierre anerkennend. »Die dazugehörige Sage werden wir schon noch finden. Euer Ergebnis hilft mir sehr weiter. Packt eure Sachen zusammen, schließt die Bibliothek ab, ich lade euch zum Essen bei Barbara ein!«

Südharz, Dienstagnacht, 26. August

Obwohl Stefan Henkelmann erst vor einer halben Stunde vom Flughafen Hannover in seine Wohnung in Wieda zurückgekehrt war, war er schon wieder mit dem Auto nach Braunlage unterwegs. Spriti, sein Zimmergenosse in Tunesien, hatte seine Wasserpfeife, die er in einem Basar gekauft hatte, versehentlich in Henkelmanns Koffer gepackt. Vermutlich war Spriti da noch nicht ganz nüchtern gewesen, dachte Henkelmann. Und weil er nicht müde war, hatte er sich entschlossen, das Souvenir Spriti noch heute nach Braunlage zu bringen. Vielleicht konnten sie der dortigen Diskothek sogar einen Besuch abstatten.

War ein schöner Urlaub gewesen. Mit den Kameraden seiner Eishockeymannschaft hatte er in dem afrikanischen Land viel Spaß gehabt. Er hatte sogar mit einer Frau aus

Stuttgart angebändelt. In der nächsten Woche wollten sich die beiden im Harz treffen.

Henkelmann hatte das Ortsausgangsschild von Wieda hinter sich gelassen und befuhr die von Bäumen umgebene Landesstraße. Obwohl er gerade erst von seiner entspannten Tunesientour zurückgekehrt war, dachte er an seine Arbeit. Mit seinen achtundzwanzig Jahren war Henkelmann das jüngste Mitglied der MoKo. Hatte sich während seiner Abwesenheit etwas Besonderes ereignet? War Pierre Rexilius, sein genialer Chef, wieder auf Mörderjagd? Was machten die schöne Sandra, Eckert oder Junge? Am liebsten wäre er schon morgen früh in die Inspektion gefahren und hätte seinen Kollegen einen Besuch abgestattet. Na ja, anrufen konnte er wenigstens, man musste ja nicht gleich übertreiben.

Ein paar hundert Meter hinter dem Parkplatz Kaiserweg, in einer Rechtskurve der Landesstraße, trat er auf die Bremse. Er sah einen beleuchteten PKW, dessen Fahrertür geöffnet war. Neben dem Fahrzeug lag eine Frau, die bewusstlos zu sein schien. Henkelmanns Auto kam zum Stillstand. Er stieg aus, rannte zu der Frau und beugte sich über sie. Sein Instinkt meldete sich. Hier stimmte etwas nicht! Aber diese Erkenntnis kam zu spät. Vier Gestalten stürzten sich auf Henkelmann und schlugen auf ihn ein. Er stürzte zu Boden, spürte schmerzhafte Tritte. Neben sich sah er ein Amulett liegen, einer der Schläger musste es verloren haben. Er schnappte es und umschloss es mit der Hand. Die Schläger bemerkten es nicht. Er wusste, dass er keine Chance gegen die Übermacht hatte, das Amulett aber würde er niemals wieder hergeben. Die Schmerzen wurden unerträglich, sein Oberschenkel brannte wie Feuer. Er wusste nicht, ob er das hier überleben würde, aber Pierre würde das Amulett bekommen und diese Verbrecher jagen und fassen.

Henkelmann sah ein grelles Licht auf sich zukommen. Dann brach er zusammen.

Pierres erste Handlung in der Inspektion an diesem Morgen war der Griff zum Telefon, um mit Borsig zu sprechen. Der Vorsitzende der Marinekameradschaft meldete sich nach dem ersten Klingelzeichen. »Wissen Sie noch, wann Hinzmann und Kupfer in Ihrer Kampfschwimmereinheit waren?«, fragte Pierre.

Borsig dachte einen Moment nach. »Hinzmann kam im Mai 1985 zu uns, wurde vier Monate später aber versetzt. Wohin, weiß ich nicht.«

»Was war er für ein Typ?«

»Er passte gut zu uns, ich hätte ihn gern in unserer Stammeinheit behalten und habe einen entsprechenden Antrag gestellt, aber das Ministerium für Verteidigung hat ihn abgelehnt. Die hatten eine andere Verwendung für ihn. Welche und wo er gelandet ist, habe ich nicht erfahren.«

»Trauen Sie Hinzmann einen Mord zu?«

Borsigs Antwort kam schnell. »Nein, das kann ich mir nicht vorstellen.«

»Was können Sie mir über Kupfer sagen?«

»Kupfer war ein Arschloch. Nein, eher ein Psychopath.«

»Wie meinen Sie das?«

»Er war nur sechs Wochen in unserer Einheit. Auch 1985. Hinterher war mir bewusst, dass er uns überprüfen sollte. Natürlich von der Stasi. Er war, was seine Einsatzfähigkeit betraf, absolute Spitze. Wurde ohne Gerät getaucht, schaffte Kupfer dreißig Meter mehr als unser bester Mann. Hundertsechzig Meter weit ist Kupfer getaucht. Und das ohne Flossen! Eine unvorstellbare Distanz für die damaligen Verhältnisse. Heute liegt der Weltrekord bei 213 Metern. Ob im Tieftauchen oder anderen Disziplinen ... er war uns haushoch überlegen. Er ließ uns seine Überlegenheit spüren, vor allem die Neulinge hat er gequält. Ich durfte ihn nicht zügeln, weil das Ministerium ihm einen Sonderstatus eingeräumt hatte. Eine weiterer Vorfall ist mir im Gedächtnis geblieben: Wir durften keine Fotos von ihm machen! Ein Kamerad hatte ihn einmal, als wir grillten, fotografiert. Kupfer rastete aus. Er hat den Kameraden geschlagen, ihm den Fotoapparat aus der Hand gerissen und den Film zerstört!«

Mist, dachte Pierre. Dieser Kupfer hatte, egal wo er sich aufhielt, alle Spuren beseitigt. »Warum das Theater?«

»Er gehörte wahrscheinlich zu den Leuten, von denen es nur Bilder in der Zentrale der Staatssicherheit geben durfte.«

»Sie haben also kein Bild von ihm?«

»Na ja, ganz so ist es nicht ... mit seinem Verhalten beim privaten Grillen hatte er uns herausgefordert. Ganz so unausgeschlafen waren wir auch nicht. In den folgenden Wochen schossen wir vier Fotos von ihm, ohne dass er es bemerkte«, sagte Borsig triumphierend.

»Es existieren tatsächlich Fotos von ihm?«, fragte Pierre.

»Ich besitze zwei und die anderen beiden hat ein Mitglied der Marinekameradschaft. Sie sind von sehr guter Qualität und würden ein ausgezeichnetes Fahndungsfoto abgeben, wenn er sich nicht so stark verändert hat.«

»Kann ich ...«

»Selbstverständlich bekommen Sie die Fotos. Ich werde sie sofort einscannen und Ihnen als Mail schicken.«

Zehn Minuten später trafen die beiden Aufnahmen ein. Und sie waren, wie Borsig es versprochen hatte, von guter Qualität.

Marc Junge war stolz. Er würde in Kürze – vielleicht eine Woche oder zwei? – zum ersten Mal Vater werden. Und damit würden Jasmin, der Nachwuchs und er endlich eine kleine Familie werden. Vorbei waren die Jahre der Unsicherheit, der Zweifel und der Auszüge Jasmins aus den gemeinsamen Wohnungen. Jasmin hatte sich mit seinem Beruf abgefunden.

Junge sah den Outlook-Express durch. Ein Lächeln machte sich in seinem Gesicht breit. Hermann Wachsmann hatte wie versprochen geantwortet. Junge fiel ein, dass er Pierre noch nicht von Wachsmann erzählt hatte. Vor einigen Tagen hatte Junge zufällig seinen alten Schulkumpel Atze in der

Fußgängerzone in Herzberg getroffen. Man sprach über die alten Zeiten und Junge erfuhr, dass Atze seit fünfzehn Jahren als Tätowierer arbeitete. Junge nahm Atze mit in seine Wohnung und zeigt ihm eine Fotografie des Tattoos, das sie auf der Leiche aus dem Oderstausee gefunden hatten. Atze konnte zu dem Tattoo nicht viel sagen, aber er kannte einen Spezialisten, der seit zwei Jahren in Neuseeland lebte. Er hieß Hermann Wachsmann. Atze kannte Wachsmanns E-Mail-Adresse. Er schickte Wachsmann von Junges Computer eine E-Mail und fügte das Tattoofoto bei. Wachsmann versprach, so schnell wie möglich zu antworten.

Junge begann die E-Mail durchzulesen:

Lieber Kommissar Junge,

ich bin sozusagen Weltreisender in Sachen Tätowierungen. In den letzten zwei Jahrzehnten habe ich etwa dreißig verschiedene Länder und dabei drei Kontinente besucht. Im Mai und Juni 1993 weilte ich auf Einladung eines Freundes in Sotchi am Schwarzen Meer. Er bat mich, jungen talentierten Künstlern das Tätowieren beizubringen. Mein Wirken stieß auf großes Interesse, vor allem auch, weil der Nachholbedarf in Russland nach dem Ende der Sowjetunion sehr groß war. Sehr bald erhielt ich Einladungen aus vielen Städten rund um das Schwarze Meer. Im Juli 1993 folgte ich einer Einladung nach Noworossyisk, etwa zweihundertundfünfzig Kilometer nordwestlich von Sotchi gelegen. Dort lernte ich Piotr Lebjew kennen, ein echtes Naturtalent. So gut wie Atze, würde ich sagen. Schnell erlernte er alle Techniken und entwickelte sich zu einem ausgezeichneten Tätowierer. Piotrs Traum war, ein eigenes Studio einzurichten, aber dafür fehlte ihm das Kapital. Weil ich von seinen Fähigkeiten überzeugt war, habe ich ihm mit einem zinslosen Darlehen unter die Arme gegriffen. Piotr eröffnete sein Studio und nach zwei Jahren hat er alles zurückgezahlt.

Irgendwann, ich glaube es war im August 1993, betrat ein junger Mann – er müsste zu diesem Zeitpunkt etwa zwanzig Jahre alt gewesen sein – sein Studio und wollte, dass Piotr ihm ein Tattoo anfertigte. Die Vorlage dafür hatte der junge Mann mitgebracht. Den ganzen Vormittag arbeitete Piotr daran, weil viele Details exakt eingearbeitet werden mussten. Piotr fragte den Kunden, ob es sich bei dem Tier im unteren Teil des Tattoos um einen Wolf handele. »Nein«, hat der Mann geantwortet, »kein Wolf – eine Wölfin«. Mehr hat er zu dem Tattoo nicht gesagt.

Dann zeigte Piotr mir das Tattoo. Es war eine perfekte Arbeit. Und, das ist jetzt wichtig für Sie, es handelte sich exakt um das gleiche Tattoo, das Ihre Frauenleiche unter dem Bauchnabel hat. Ich fragte Piotr damals, ob er mir die Bedeutung dieses Tattoos erklären könnte. Piotr schüttelte den Kopf. Vielleicht weiß er inzwischen mehr oder kennt die Identität des Mannes. Ich habe ihm schon eine E-Mail geschickt und ihn gebeten, Ihnen alle Information zu geben, die Sie benötigen.

Von Bedeutung könnte für Sie auch sein, dass Piotrs Bruder Andrej bei der Miliz in Noworossyisk arbeitet. Er war ein fähiger Polizist, und wenn ich mich richtig erinnere, ermittelte er damals in der Mordkommission. Er wird Ihnen mit Sicherheit weiterhelfen.

Wie Atze mir erzählt hat, hat der Mörder das Opfer übel zugerichtet. Eine solch bestialische Tat muss gesühnt werden.

Ich wäre Ihnen dankbar, wenn Sie mir eine Information zukommen lassen könnten, sobald der Mörder gefasst ist.

Herzliche Grüße aus Neuseeland

Männe Wachsmann

In der Anlage hatte Wachsmann die E-Mail-Adresse und die Nummer von Piotr Lebjews Mobiltelefon aufgeschrieben. Junge druckte die E-Mail aus, ging sofort zu Pierre und erzählte seinem Chef, wie er auf Wachsmann gekommen war. Pierre las die Nachricht und wählte die Nummer von Piotr Lebjew. Der meldete sich gleich auf Englisch, weil in seinem Display die deutsche Telefonnummer eingeblendet war.

Pierre stellte sich vor.

»Männe Wachsmann hat mir schon alles geschrieben«, sagte Lebjew. »Der Mann, den ich 1993 tätowiert habe, hat nach der Tätowierung die Zeichnung wieder mitgenommen. Ich kann mich nur ganz dunkel daran erinnern. Sie war übersät mit irgendwelchen Symbolen. Nie wieder habe ich ein ähnliches Tattoo gestochen.

»Kennen Sie die Identität des Kunden von damals?«

»Nein, ich habe ihn seitdem nicht wiedergesehen. Wenn ich das richtig in Erinnerung habe, dann hatte er einen Dialekt, den man im Nordkaukasus spricht.«

»Hm. Was stellt das Motiv der Zeichnung dar?«

»Ehrlich gesagt, ich weiß es nicht. Habe seit damals auch nie wieder darüber nachgedacht. Aber eine Gegebenheit ist mir im Gedächtnis geblieben. Ich hatte den Kunden gefragt, ob es sich bei dem Tier im unteren Teil des Bildes um einen Wolf handelt. Er legte Wert darauf, dass es eine Wölfin ist. Ich sollte das in der Tätowierung hervorheben.«

»Hat er Ihnen gesagt, warum gerade eine Wölfin?«

»Nein, er war eigentlich sehr wortkarg, hat sich mit mir auch – bis auf die Sache mit der Wölfin – nicht unterhalten.«

Pierre dachte nach, es entstand eine etwas längere Pause.

»Sind Sie noch am Apparat?«, fragte Lebjew.

»Unser Phantomzeichner hat die Tätowierung vergrößert und einige Dinge interpretiert, auch die Farben. Ich werde Ihnen eine Kopie senden. Vielleicht fällt Ihnen dazu doch noch etwas ein.«

»Mein Bruder ist der Leiter der Mordkommission ... Er ist ein exzellenter Polizist, vielleicht kann er etwas mit der Zeichnung anfangen. Ich gebe Ihnen seine E-Mail-Adresse und seine Handynummer, dann können Sie direkt mit ihm Kontakt aufnehmen.«

»Ist es üblich, dass man sich bei Ihnen gleich so ins Zeug legt?«

»Wenn Männe Wachsmann mich um irgendetwas bittet, dann mache ich fast alles. Er hat mich das Tätowieren gelehrt und hat mir den Aufbau meines Studios erst ermöglicht. Ich bin ihm sehr dankbar.«

»Herr Lebjew, ich habe das Bild eines ehemaligen Angehörigen der Kampfschwimmereinheit der DDR. Er soll sich eine Zeitlang in Noworossyisk aufgehalten haben. Ich weiß, Noworossyisk hat über zweihunderttausend Einwohner … aber vielleicht hat Ihr Bruder den Mann ja schon einmal gesehen oder könnte in Erfahrung bringen, ob er noch in Noworossyisk lebt.«

Piotr Lebjew versprach, seinen Bruder zu fragen, und verabschiedete sich.

Noworossyisk, Russland, wenig später

Piotr Lebjew hatte seinem Bruder Andrej von dem Gespräch mit dem deutschen Kommissar erzählt. Leider konnte Piotr seinem Bruder keine verwertbare Beschreibung des Mannes geben, den er 1993 tätowiert hatte. War ja auch schon fünfzehn Jahre her. Andrej hatte nicht geglaubt, den Kunden von damals ausfindig machen zu können. Aber die Fotos, die konnten vielleicht weiterhelfen.

Andrej Lebjew betrachtete die Fotos, die der Kommissar aus Deutschland ihm per E-Mail geschickt hatte. Den Mann, dessen Name Hinzmann war, kannte Lebjew nicht. Aber der zweite, Marc Kupfer? Er zog die Stirn in Falten, das Gesicht des Mannes, wo hatte er es schon einmal gesehen? Er schloss die Augen. Wo? Er öffnete wieder die Augen und steckte sich eine Zigarette an. Trank von seinem Tee und machte einen tiefen Zug an seiner Zigarette. Er stand vom Stuhl auf. Zu schnell. Ein Stich schoss durch seinen Oberschenkel. Die Schussverletzung, die ihm vor sechs Wochen ein Mafiakiller verpasst hatte, machte sich wieder bemerkbar. Wann würde er sich endlich wieder schmerzfrei bewegen können?

Andrej ging zum Fenster und blickte aus dem Wohnzimmer. Seit zwölf Jahren wohnte er hier. Seit dem Tod von Dascha und Emma. Er beobachtete eine Frau, die einen Kinderwagen über den Zebrastreifen schob.

Er drehte sich vom Fenster weg und betrachtete sein Wohnzimmer. Nach dem Tod seiner kleinen Familie hatte Lebjew die Vier-Zimmer-Wohnung im Westteil von Noworossyisk verlassen und war in eine Zwei-Zimmer-Wohnung in einer Plattenbausiedlung in der Oststadt gezogen. Die Siedlung stammte aus der Sowjetzeit, nach Auflösung der UdSSR hatte sich kein Investor gefunden, der eine Renovierung finanziert hätte. Deshalb waren die Wohnungen in keinem guten Zustand. Die Wandfarbe war vergilbt oder blätterte ab, die Fenster waren undicht und im Winter fiel oft die Heizung aus.

Lebjews Wohnung war spartanisch eingerichtet wie so viele Wohnungen in der Stadt. Die wenigsten Menschen in Noworossyisk gehörten zu den Neureichen, die sich Luxuswohnungen leisten konnten, für die ein Normalbürger ein Zweijahresgehalt für eine einzige Monatsmiete hätte aufbringen müssen. In Lebjews Wohnzimmer stand in der Mitte die alte Sitzgarnitur, die er aus der alten Wohnung mitgenommen hatte. Sie war abgewetzt, deshalb hatte er Decken darauf gelegt. Der Wohnzimmerschrank hatte jeglichen Lack verloren und die Farben der Teppiche waren verblasst. Seit dem Tod seiner Frau und seiner Tochter legte Lebjew keinen Wert mehr auf eine geschmackvolle Wohnungseinrichtung. Eins war und blieb ein zwingender Bestandteil seiner Wohnung: der Teesamowar. Auf ihn legte er als leidenschaftlicher Teetrinker großen Wert.

Wieder schaute er auf das Foto. Dann fiel es ihm ein: 1989! Das Innenministerium ermittelte damals in einer Mordserie, die sich über die östliche Schwarzmeerküste erstreckte. Im April 1989 überführten die Fahnder des Innenministeriums den Mörder. Bogdanow, der damalige Leiter der Mordkommission, und Lebjew mussten als Vertreter der Miliz im Offiziersheim der Kaserne von Noworossyisk den Abschlussbericht unterschreiben. Es handelte sich um eine Maßnahme in der Gorbatschow-Ära, wonach ein Staatsorgan durch ein anderes kontrolliert werden sollte, um ‚staatliche Willkür' zu verhindern. Von Kontrolle konnte aber nicht die Rede sein: Weder Bogdanow noch Lebjew hatten jemals die Akte lesen können, sie unterschrieben lediglich auf der letzten Seite. In dem Raum des Offiziersheims, in dem sie unterschreiben mussten, waren vier KGB-Leute anwesend, einer von ihnen war der auf dem Foto abgebildete Mann. Wer war er? Und um was für eine Mordserie hatte es sich damals gehandelt?

Wassilij Bogdanow, du alter Fuchs, du weißt mehr, als du damals vorgegeben hast, sagte sich Lebjew. Wassilij, sein Freund, Mentor und Chef. Fünfzehn Jahre hatte Lebjew mit ihm in der Mordkommission zusammengearbeitet. Viel hatte Andrej von ihm gelernt. Vor sechs Jahren war Bogdanow in den Ruhestand gegangen und Lebjew wurde sein Nachfolger. In den ersten Jahren hatte Lebjew seinen Freund oft besucht. Wassilij lebte allein in einer Zwei-Zimmer-Wohnung im Ostteil von Noworossyisk. Irgendwann hatte Andrej die Besuche selten werden lassen. Zu sehr erinnerten ihn die Besuche an Dascha. An Emma. Und an die gemeinsamen Wochenenden in Bogdanows Schrebergarten.

»Du warst lange nicht mehr hier«, sagte Bogdanow. Sein Ton klang nicht vorwurfsvoll. Er bedauerte es nur, dass sein Freund ihn in den letzten Jahren so selten besucht hatte. Die beiden ehemaligen Kollegen saßen in Bogdanows Wohnzimmer an dem alten Glastisch, den Wassilij schon eine Ewigkeit zu besitzen schien. Wie an jedem Tag stand ein Teesamowar auf dem Tisch, von morgens bis abends war er in Betrieb. Wie viele Russen war Bogdanow ein leidenschaftlicher Teetrinker. Beim reinen Teetrinken beließ er es aber nicht. Seinen Jahresurlaub machte er seit über dreißig Jahren während der Teeernte in Solokh Aul, dem nördlichsten Teeanbaugebiet der Erde. Von Noworossyisk war es nur knapp zweihundert Kilometer entfernt. Bogdanow genoss das Privileg, in der Teesowchose in Solokh Aul seinen Jahresbedarf an Tee selber pflücken zu dürfen. In seinem Schrebergartenhaus fermentierte er seinen Tee und fügte ihm Zutaten hinzu, die sein Geheimnis blieben. Lebjew fand, dass sein Freund den besten

Tee zauberte, den er jemals getrunken hatte. Als Süßmittel fügte Bogdanow meist spezielle Marmeladen hinzu. Heute allerdings stand Honig auf dem Tisch.

Bogdanow füllte zwei Tassen mit schwarzem Tee und gab eine davon seinem Freund. Im Hintergrund erklang Rimsky-Korsakovs *Scheherezade*. Klassische Musik war Bogdanows zweite Leidenschaft.

Die beiden Männer füllten zwei Löffel Honig in ihre Tassen und rührten um. Sie tranken einen Schluck, dann fasste Lebjew in seine Jackentasche und holte das Foto heraus, das der deutsche Kommissar ihm gemailt hatte. Er reichte es Bogdanow und fragte: »Wer ist der Mann?«

Der pensionierte Milizionär schaute nur den Bruchteil einer Sekunde auf das Foto, blickte kurz – überrascht? geschockt? – auf Andrej, stand von seinem Sessel auf und ging unvermittelt zum Fenster. Von dort aus sah er auffällig auf die Straße, die parallel zum Haus verlief. Lebjew begriff sofort, schließlich hatte er über ein Jahrzehnt eng mit ihm zusammengearbeitet. Bogdanow hatte den Mann auf dem Foto sofort erkannt und … Wassilij wurde überwacht! Möglicherweise gab es da einen Zusammenhang. Wassilij würde jetzt nur das sagen, was seine Lauscher hören durften. Und Lebjew würde keine weiteren Fragen stellen, er würde seinen ehemaligen Chef reden lassen.

Bogdanow setzte sich wieder an den Tisch. »Ich erinnere mich. Es ging damals um eine Mordserie. Das Innenministerium hatte ermittelt, die regionale Behörde – das waren wir – musste unterschreiben. So verlangte es die Partei. Glasnost. Perestroika. Gegenseitige Kontrolle der Staatsorgane.«

Während Bogdanow sprach, schrieb er etwas auf einem Zettel auf, der auf dem Tisch lag.

»Der KGB hat die Ermittlungen übernommen, weil er in seinen Reihen Spezialisten hatte. Der auf dem Foto abgebildete Mann war ein Profiler aus der ehemaligen DDR. Ein echter Experte. Er hat die Serienmorde aufklären können.«

Wassilij füllte eine zweite Tasse ab und reichte sie Lebjew, dabei steckte er ihm den Zettel zu. Bogdanow zündete sich und Lebjew eine Zigarette an. Der Pensionär nahm einen tiefen Zug und sagte: »Als wir unterschrieben hatten, wurde die Akte abgeschlossen. Mehr weiß ich nicht.« Bogdanow blickte durch seine dicke Brille, die Augen wirkten übergroß. Sie sagten Lebjew, dass das nur die halbe Wahrheit war. Aber sie zeigten noch etwas anderes: Angst. Wassilij wechselte das Thema: »Wie weit bist du mit Dascha und Emma?«

Lebjew schüttelte mit dem Kopf. Die Bilder des schrecklichen Unfalls tauchten vor seinem inneren Auge auf. Zwölf Jahre war das jetzt her. Dascha, seine Frau, und Emma, ihre kleine Tochter, waren auf dem Weg zu ihrem Urlaubsort in der Nähe von Batumi gewesen. Dort warteten schon Freunde auf sie. Andrej arbeitete an einem Fall, der kurz vor dem Abschluss stand, zwei Tage später wollte er nachkommen. Aber Dascha und Emma hatten es nicht weit geschafft. Auf der M 27, kurz hinter Sotchi, wurden die beiden von einem LKW gerammt. Daschas Auto fing Feuer, seine Frau und seine Tochter verbrannten im Auto. Der Unfallverursacher konnte unerkannt fliehen. Lebjew hatte ihn in seiner Freizeit sieben Jahre lang gejagt, war ihm aber nie auf die Spur gekommen. Danach gab er deprimiert auf.

»Andrej, seit dem Unglück sind zwölf Jahre vergangen ... du kannst ihnen nicht bis an dein Lebensende nachtrauern. Du musst dir wieder eine Frau suchen und eine Familie gründen.«

Lebjew winkte ab. So tat er es immer, wenn Bogdanow mit ihm darüber reden wollte. Eine andere Frau ... das war für ihn undenkbar. Andrej hatte sich stattdessen in seine Arbeit versenkt, damit den Tod seiner kleinen Familie aber nicht verarbeiten können.

Erneut wechselten sie das Thema. Lebjew erzählte von seinem letzten Fall und den Schussverletzungen, die er dabei davongetragen hatte. Eine Stunde später oder, um mit Bogdanows Zeiteinteilung zu sprechen, zwei Tees später, brachte der Pensionär seinen ehemaligen Kollegen an die Wohnungstür und umarmte ihn so, als sei es ein Abschied für immer.

Leblew schlich sich in eine dunkle Ecke des Hausflurs und versicherte sich, dass er nicht überrascht werden konnte. Er holte den Zettel, den ihm Wassilij ihm gegeben hatte, aus der Jackentasche und las: *Ich habe eine Kopie der kompletten Akte. Morgen. Null Uhr. Altes Heim. Sei vorsichtig, mein Freund! Du legst dich mit dem übelsten Pack an, das ich jemals kennengelernt habe.*

Lebjew holte sein Feuerzeug aus der Tasche und zündete den Zettel an. Kurz bevor er abgebrannt war, warf er ihn auf den Boden. Als nur noch Asche vorhanden war, verließ der Polizist das Treppenhaus. Vom Bürgersteig aus hielt er unauffällig Ausschau nach möglichen Beobachtern. Er erkannte zwei Leute, sie saßen in einem Opel. Einer der beiden verbarg gerade seine Kamera. Er hatte ein Foto von Lebjew gemacht. Sehr bald würden sie Lebjews Identität kennen und auch ihn überwachen. Irgendetwas Großes war hier im Gange, das ahnte Andrej. Er würde nicht in seine Wohnung zurückkehren, er würde in das »Alte Heim«, Wassilijs Schrebergartenhütte, gehen und dort auf seinen Freund und Mentor warten.

Südharz, Inspektion Osterode,
Mittwochnachmittag, 27. August,

»Schlechte Nachrichten für euch, Pierre. Auf Stefan Henkelmann ist in dieser Nacht ein Mordanschlag verübt worden. Auf der Strecke von Wieda nach Braunlage. Er liegt auf der Intensivstation der Herberger Klinik«, sagte Kommissar Boldt. »Er schwebt in Lebensgefahr.«

Eine Minute herrschte betretenes Schweigen, dann fragte Pierre Boldt, der in der Tür stehen geblieben war: »Weißt du Näheres?«

»Nein. Hauptkommissar Geyer aus Goslar, der Leiter der dortigen Mordkommission, der den Fall aufgenommen hat, wird euch in zwei Stunden aufsuchen. Dann werdet ihr alles erfahren.«

Die Polizisten unterbrachen sofort die Konferenz und machten sich auf den Weg ins Kreiskrankenhaus nach Herzberg.

Sandra, Pierre, Eckert und Junge standen vor dem großen Glasfenster, hinter dem sie Konturen eines Menschen in einem Krankenbett sahen, das von zahlreichen medizinischen Geräten umgeben war. Viele Schläuche führten in den Körper des Schwerverletzten, sein Gesicht war übersät mit Hämatomen. Wenn die Intensivärztin den Polizisten nicht gesagt hätte, dass es sich um Stefan handelte, dann hätten sie ihren Kollegen nicht erkannt. »Herr Henkelmann schwebt immer noch in Lebensgefahr. Dass er überhaupt noch lebt, ist ein Wunder und Glück. Er hat viel Blut verloren, wäre Doktor Baumert aus Braunlage nicht zufällig am Ort des Überfalls vorbeigekommen, Ihr Kollege wäre schon dort verblutet. Doktor Baumert hat die Blutungen gestoppt und sofort den Rettungswagen alarmiert. In der Nacht haben wir eine Notoperation durchgeführt, morgen muss er noch einmal operiert werden«, sagte Frau Doktor Savitzki. Sie zählte den Polizisten die Verletzungen auf: »Ein Jochbeinbruch, ein schweres Hirn-Schädel-Trauma, Milzriss, Schädigungen beider Nieren, Rippenbrüche, Oberschenkelbruch, Bruch des rechten Arms, drei Messerstiche in den nicht gebrochenen Oberschenkel, die die Schlagader getroffen haben. Das sind aber nur die Hauptverletzungen. Den Rest erspare ich Ihnen.«

Die Polizisten standen minutenlang schweigend vor dem Fenster.

»Wenn Sie mich fragen«, unterbrach Doktor Savitzki das Schweigen und wandte sich an Pierre, »irgendjemand wollte Ihren Kollegen töten. Ich vermute, Doktor Baumert hat den oder die Täter überrascht. Wäre Baumert nur drei Minuten später am Ort des Überfalls eingetroffen, dann wäre Herr Henkelmann schon dort verstorben.«

Pierre nickte. »Wie stehen seine Chancen?«

Doktor Savitzki zuckte mit den Schultern. »Ich weiß es nicht. Er hat eine starke Konstitution und einen gesunden Kreislauf. Wenn er die nächsten zwei Tage überlebt, wird er es vielleicht schaffen.«

Die Mitglieder der Mordkommission blickten wieder auf Henkelmann. Sie konnten durch das Glas das Brummen des Infusionsmotors, das Aufblasen des Beatmungsgerätes und den regelmäßigen Herzton hören.

»Wir haben Ihren Kollegen in ein künstliches Koma versetzt, schwere Schmerzen kann er deshalb nicht mehr wahrnehmen. Außerdem werden dadurch belastende panische Angstreaktionen ausgeschaltet.«

Eckert und Junge ballten die Hände zu Fäusten. »Ich werde nicht eher ruhen, bis ich diese Schweine gekrallt habe«, sagte Eckert. Junge, Koch und Rexilius nickten.

»Da ist noch etwas, das ich Ihnen zeigen muss«, sagte Doktor Savitzki zu Rexilius. »Wie Ihr Kollege das geschafft hat, ist mir ein Rätsel.« Sie ging zu einem Spind, in dem die Kleidung und Wertgegenstände der Intensivpatienten deponiert wurden, und nahm einen kleinen, durchsichtigen Plastikbeutel heraus. »Das Amulett, das sich in diesem Plastikbeutel befindet, hatte Ihr Kollege noch in der Hand, als er hier eintraf. Ich vermute, dass er es dem Täter entrissen hat. Ich habe es Herrn Henkelmann mit Latexhandschuhen abgenommen und in den Beutel gelegt. Vielleicht befindet sich die DNA des Verbrechers am Amulett.«

Die vier Polizisten sahen dankbar zu Doktor Savitzki auf. Sie hatten möglicherweise eine vielversprechende Spur! Pierre bedankte sich bei der Ärztin und verabschiedete sich.

Auf der Rückfahrt nach Osterode herrschte lange Schweigen. Schließlich fragte Junge: »Glaubt ihr, dass Stefan es schafft?«

Seine Kollegen zuckten die Schultern. »Wir können es nur hoffen«, sagte Sandra. »Wir haben das Amulett. Vielleicht hilft es uns, das Schwein zu erwischen!«

Südharz, Inspektion Osterode,
Mittwochabend bis -nacht, 27. August

Als Pierre und seine Kollegen zwanzig Minuten später in den Konferenzraum zurückkehrten, saß Hauptkommissar Geyer von der Mordkommission Goslar schon am Tisch. Vor ihm lag ein Aktenordner mit den Ermittlungsergebnissen der Goslarer Kollegen. Man begrüßte sich und die Osteroder Polizisten setzten sich an den Tisch.

Geyer begann mit seinem Bericht. »Ihr Kollege Henkelmann war gestern Nacht von Wieda nach Braunlage unterwegs. Etwa hundert Meter hinter dem Parkplatz Kaiserweg haben unbekannte Täter einen Unfall vorgetäuscht. Ich vermute, dass Henkelmann angehalten hat, um zu helfen. Wahrscheinlich hat er sich über eine neben dem Fahrzeug liegende Person gebeugt, vielleicht auch gekniet, um sie zu untersuchen. Etwa vier Personen, die hinter dem Auto am Straßenrand gelauert haben, haben sich in diesem Moment auf ihn gestürzt, ihn brutal zusammengeschlagen und mit mehreren Messerstichen lebensgefährlich verletzt … Wird der Kollege durchkommen?« Geyers Gesicht machte einen besorgten Eindruck.

Pierre zuckte mit den Schultern. »Die Ärzte wissen es nicht.«

Geyer nickte und fuhr fort: »Wir haben einige gute Fußspuren gesichert, und die Frau des Arztes hat auch eine Beobachtung gemacht, die euch weiterhelfen könnte. Sie glaubt in einem Waldweg, der etwa fünfzig Meter vom Überfallort entfernt ist, ein flaches Auto – wahrscheinlich einen Sportwagen – gesehen zu haben, auf dessen Fahrertür sich ein weißer Stern befand. Wie bei einem amerikanischen Polizeifahrzeug, glaubt sie.«

»Worum könnte es sich dabei handeln?«, fragte Pierre.

Geyer zuckte die Achseln, und auch die anderen Polizisten hatten keine Ahnung. »Am besten befragt ihr noch einmal Frau Baumert. Mein Chef möchte euch sowieso den Fall übergeben, weil ihr sicher das größte Interesse habt, diese

Schweine möglichst schnell hinter Gitter zu bringen. Ich hoffe, ihr habt Glück dabei«, schloss Geyer seinen Bericht.

»Vielleicht haben wir etwas Brauchbares«, sagte Pierre und zeigte Geyer, der ihn und die anderen Kollegen überrascht ansah, das Amulett. »Henkelmann hat es dem Täter abgerissen und bis ins Krankenhaus in seiner Hand behalten. Wir werden die DNA des Verbrechers darauf finden, da bin ich mir sicher. Möglicherweise können wir ihn schon bald verhaften.«

Geyer blickte Pierre anerkennend an.

»Wir brauchen jetzt dringend Ersatz für Stefan Henkelmann«, sagte Pierre und sah Oberrat Rauert an, der die ganze Zeit die Konferenz schweigend verfolgt hatte.

»An wen denken Sie?«, fragte er ungehalten.

»An Karl Stecher vom Wirtschaftsdezernat, er hat schon einige Male in der Mordkommission mitgearbeitet.«

Rauert antwortete nicht gleich. Wahrscheinlich, um seine folgende »Geste der Großzügigkeit« zu betonen, dachte Pierre. »Also gut, ich werde alles in die Wege leiten. Morgen wird Stecher zu Ihnen stoßen«, sagte Rauert und verließ grußlos den Konferenzraum.

»Ich werde Herbert Wagner gleich das Amulett bringen. Wenn er hört, dass er daran die DNA finden kann, die die Person überführt, die den Überfall auf Stefan verübt hat, dann wird er sofort mit seiner Arbeit beginnen und nicht aufhören, bevor er den Täter hat. Mehr können wir im Moment nicht tun«, sagte Pierre und löste die Konferenz auf.

Südharz, Inspektion Osterode,
Donnerstagmorgen, 28. August

Pierre hatte sich an diesem Morgen gerade an den Schreibtisch in seinem Dienstzimmer gesetzt, als Wagner zur Tür hereinkam. Er machte einen übernächtigten Eindruck. »Pierre, ich hab die ganze Nacht durchgearbeitet.«

»Ist ja nichts Neues für dich!«, sagte Pierre.

»Ja, äh, um fünf Uhr«, sagte Wagner und gähnte, »hatte ich endlich den DNA-Code des Täters bestimmt. Sofort habe ich in unserem Archiv nachgesehen.«

»Und?«

»Ich hab ihn gefunden!«, sagte Wagner und lächelte.

»Wer ist es?«

»Für mich ein alter Bekannter«, sagte Wagner. »Jonas Klitsch. Gerade mal achtzehn Jahre alt. Mit einem Vorstrafenregister, da kriegt der Normalbürger 'nen roten Kopf. Die Kollegen vom Diebstahl könnten dir Romane von dem erzählen. In den letzten vier Jahren ist der vierzehnmal straffällig geworden! Er war der Kopf der ›Schwarzen Onkels‹!«

Pierre erinnerte sich an die Jugendbande. Bis vor etwa zwei Jahren hatten sich die Mitglieder mit Schutzgelderpressungen bei Schülern und Jugendlichen hervorgetan. Die Kollegen hatten sie auffliegen lassen, danach hatten die »Schwarzen Onkels« ihre Aktivitäten auf Einbrüche und Diebstähle verlagert.

»Pierre, du musst zugeben, dass meine Beförderung zum Hauptkommissar nicht mehr zu verhindern ist, oder?«, sagte Wagner verschmitzt.

»Unbedingt«, antwortete Pierre, »beim nächsten Termin werde ich für deine Beförderung sorgen.«

»Eine Bedingung stelle ich noch. Ich möchte bei der Verhaftung von Klitsch dabei sein. Ich muss ihm in die Augen schauen. Stefan hätte tot sein können. Und wenn er Pech hat, wird er nie wieder ganz gesund.«

Pierre nickte. »Natürlich wirst du dabei sein.« Dann griff

er zum Telefon und trommelte seine Kollegen zusammen. Eine halbe Stunde später nahmen die Mitglieder der Mordkommission Kurs auf Klitschs Wohnung.

Gegen acht Uhr erreichten die Polizisten »Klein-Kreuzberg«, ein heruntergekommenes Wohnviertel im Norden von Osterode. Klitsch wohnte im fünften Stock eines zehnstöckigen Wohnsilos. Die fünf Polizisten durchschritten die offene Haustür, ohne Klitschs Klingel zu betätigen. Die Briefkästen im Hausflur quollen über, auf dem Boden lagen heruntergefallene Werbezeitschriften. Im gesamten Treppenhaus stank es nach Urin. Die Wände waren beschmiert oder der Putz mit Messern herausgekratzt.

Die Polizisten huschten die Treppen hinauf. Bewohner, die ihnen begegneten, schenkten ihnen keine Beachtung. Offensichtlich war das Auftauchen von Polizisten hier nichts Ungewöhnliches.

Im fünften Stock schallte ihnen laute Techno-Musik entgegen. Wie sich wenig später herausstellte, kam sie aus Klitschs Wohnung. Pierre drückte auf Klitschs Klingel. Auch nach dem dritten Läuten erfolgte keine Reaktion des Wohnungsinhabers. Pierre gab Eckert das Zeichen, das Schloss mit einem Dietrich zu öffnen. Sekunden später sprang es auf, Eckert schob die Wohnungstür nach innen. Nacheinander schlichen die Mitglieder der Mordkommission durch Klitschs Flur, der beleuchtet, aber unmöbliert war. Wenig später stand Eckert an der offenen Wohnzimmertür. Er schaute vorsichtig in den Raum. Auf dem Sofa bewegte sich ein nacktes Pärchen eng umschlungen im Rhythmus der Musik.

Eckert gab seinen Kollegen ein Zeichen. Die Polizisten stürmten das Zimmer. Klitsch bemerkte die Polizisten erst, als sie direkt neben ihm standen. Blitzschnell legte Wagner Klitsch Handschellen an und zog ihn von dem Mädchen weg. Immer noch schien Klitsch nicht zu begreifen, was um ihn herum eigentlich vor sich ging.

Wagner blickte dem Achtzehnjährigen ins Gesicht.

Der lachte, seine Pupillen waren geweitet. »Wenn ihr hier n-ich gleich verschwindet, schmei-ße ich euch raus!

Ich mach' euch fer-tig. Haab erst letzte Woche vier Kerle zu-usammenge-schlagen!«, lallte Klitsch und wollte sich auf Wagner stürzen. Der wich aus und Klitsch fiel auf den Boden.

Eckert kam hinzu und warf die Kleidungstücke, die neben dem Sofa gelegen hatten, auf Klitsch, dessen Redefluss anhielt. »Steh auf und zieh dich an! Und halt deine Klappe!«, befahl Eckert.

Pierre ging zum CD-Player und schaltete die Musik aus. Das Mädchen hatte sich inzwischen angekleidet. Dann ging alles sehr schnell. Die beiden Jugendlichen wurden nach unten in die Polizeiautos und dann in die Inspektion gebracht.

Wagner ging gleich an die Arbeit. Nicht einmal eine halbe Stunde später hatte er fünfzig Gramm Heroin, dreißig Gramm Kokain und etwa zweihundert Gramm Haschisch sichergestellt. Daneben fand Wagner mehrere verbotene Kampfmesser und eine Walther P 5.

Eineinhalb Stunden nach der Verhaftung der beiden Jugendlichen berieten die Mitglieder der Mordkommission, wie sie Klitsch am besten überführen könnten. Die DNA auf dem Medaillon allein würde dafür nicht ausreichen. Und Klitsch würde nicht reden. Er hatte schon auf der Fahrt in die Inspektion trotz Drogenrausch deutlich gemacht, dass er ohne einen Anwalt nicht aussagen werde.

Die Polizisten setzten auf das Mädchen, das sie in Klitschs Wohnung festgenommen hatten. Sandra Koch hatte sich in der Zwischenzeit über sie erkundigt. Ihr Name war Svenja Büttner, sie war achtzehn Jahre alt und Schülerin der zwölften Jahrgangstufe des Tilmann-Riemenschneider-Gymnasiums in Osterode.

Bis vor acht Wochen war sie eine zuverlässige und gute Schülerin gewesen. Irgendetwas, so hatte ihr Tutor gesagt, sei zu diesem Zeitpunkt passiert. Svenjas Schulbesuch war nur noch sporadisch und in den letzten zwei Wochen sei sie überhaupt nicht mehr zur Schule gekommen. Svenjas Mutter habe gesagt, dass ihre Tochter krank sei, aber das glaube er ihr nicht. Leider habe er die Angelegenheit nicht weiterverfolgen können, da er zu viele Oberstufenschüler zu betreuen habe, und wenn die Eltern nicht mitspielten, blieben seine Möglichkeiten der positiven Einflussnahme begrenzt.

Sandra hatte die Aussagen des Pädagogen als fadenscheinig empfunden, in seiner Stimme hatte Mitgefühl für die Schülerin gefehlt. Vielleicht hatte Svenjas Tutor aber auch recht. Ein Schulpsychologe – wie in jeder Schule in den skandinavischen Ländern – wäre vonnöten, dachte die Oberkommissarin, in Deutschland aber können oder wollen die Schulbehörden diese wichtige Hilfe nicht leisten ...

Die Ermittler hatten die beiden Jugendlichen nach der Festnahme erst einmal in Ausnüchterungszellen gesteckt, damit sie ihren Rausch ausschlafen konnten. Svenja Büttners Verhörtermin war auf fünfzehn Uhr angesetzt, Klitschs auf siebzehn Uhr. Sandra hoffte, dass die zwei Stunden ausreichen würden, um von Svenja alles über den Überfall auf Stefan Henkelmann zu erfahren. Mit Svenjas Aussage würden sie Klitsch dann konfrontieren.

Südharz, Inspektion Osterode,
Donnerstagnachmittag bis -abend, 28. August

Sandra beobachtete Svenja Büttner. Ein hübsches, zierliches Mädchen mit schwarzen Haaren. Und eigentlich sah sie unschuldig aus. Behutsam begann die Oberkommissarin das Verhör. »Svenja, ich weiß, dass du eine gute Schülerin bist, deine Lehrer haben dich sehr gelobt, und nächstes Jahr kannst du Abitur machen, du hast eine vielversprechende Zukunft vor dir ... Du bist nicht so wie Jonas Klitsch. Hilf uns, damit wir den Überfall auf unseren Kollegen aufklären können. Er liegt im Krankenhaus und kämpft immer noch um sein Leben.«

Svenja sah erst Sandra nervös an, dann senkte sich ihr Blick auf den Boden. Sie kratzte sich an den Unterarmen und schwieg.

»Hast du Angst vor Klitsch? Schlägt er dich?«, fragte Sandra.

Svenja blickte die Oberkommissarin kurz an, schlug die Hände vor das Gesicht und begann zu schluchzen.

Sandra ließ sie gewähren.

Nach einigen Minuten brach Svenja ihr Schweigen: »Jonas hat gesagt, wenn ich jemals jemandem verklickere, wie er seine Kohle macht, bringt er mich um … Sie wissen nicht, wozu er fähig ist.« Sie sah Sandra mit ängstlichen und flehenden Augen an. So, als könnte sie dadurch die Polizistin davon abbringen, weiter nach Klitschs Machenschaften zu fragen.

Sandra beschloss, einen Umweg zu wählen. »Wie hast du Klitsch kennengelernt?«

»Als ich achtzehn wurde, haben mich meine Freundinnen in 'ne Disko geschleppt. Sie sagten, ich sei jetzt erwachsen und könne selber bestimmen, wie lange ich in 'ner Kneipe bleiben will. Wir fuhren in die *Musikarena* nach Bad Sachsa. Meine Freundinnen krallten sich schnell Typen und ließen mich am Tisch alleine zurück. Blöde Ziegen, dachte ich, schleifen dich erst in 'ne Disko und lassen dich dann hängen. Aber ich blieb nicht lange allein. Jonas Klitsch kam an meinen Tisch und forderte mich zum Tanzen auf. Ich fand ihn schnieke und bin mit ihm auf die Tanzfläche gegangen. Ich hab richtig abgetanzt, fast zwei Stunden. Als wir zum Tisch zurückkamen, waren meine Freundinnen mit ihren Typen aus der Disko abgedampft. ›Verdammter Mist‹, sagte ich, ›wie soll ich jetzt nach Osterode zurückkommen?‹ – ›Null Problemo‹, sagte Jonas, ›ich wohne auch in Osterode, ich bring' dich nach Hause.‹ Aber er brachte mich nicht nach Hause, nahm mich mit in seine Bude. Ich fand ihn cool, hatte mich in ihn verknallt, deshalb bin ich mitgegangen. Er hat seine Mucke angemacht und im Wohnzimmer mit mir getanzt. Dann hat er gesagt, er hat was Großartiges, was Galaktisches. Wir hatten schon getrunken, ich war euphorisch und hab mitgemacht. Ich hab 'ne Line gezogen und dann hat er mich rumgekriegt. Ich war noch Jungfrau.«

Sandra wusste, was danach kam. Klitsch hatte ihr immer

wieder Koks gegeben, bis sie süchtig danach war und er sie von sich abhängig gemacht hatte.

»Ich hab 'nen gewaltigen Kohldampf. Können Sie mir was zum Kauen besorgen?«, fragte Svenja.

Sandra nickte, unterbrach das Verhör und verließ den Raum.

Svenja aß ausgiebig, danach wurde das Verhör fortgesetzt. Es folgte etwas, womit Sandra Koch niemals gerechnet hatte. Svenja sah ihre Verhaftung als eine Befreiung von Klitsch an. In den letzten zwei Wochen hat er sie wie ein Haustier gehalten. Wenn er die Wohnung verlassen hat, hat er sie im Schlafzimmer mit Handschellen an den Heizkörper gefesselt und den Raum verdunkelt. Einmal hat sie versucht, abzuhauen. Klitsch hatte sie grün und blau geschlagen. Danach hat sie immer einer seiner Kumpels bewacht, wenn er abwesend war. Wenn es Klitsch überkam, hatte er sie zum Sex gezwungen, manchmal war das dreimal am Tag. Sie hatte alles über sich ergehen lassen. Was blieb ihr auch anderes übrig?

Beim Überfall auf Henkelmann musste sie den Lockvogel spielen: Kurz bevor Henkelmann an den getürkten Unfallort kam, musste sich Svenja neben das Auto legen und die Schwerverletzte spielen. Fünfhundert Meter unterhalb und oberhalb des Überfallortes kontrollierten zwei weitere Kumpane von Klitsch die Straße, um Meldung durchzugeben, wenn sich ein unerwünschtes Fahrzeug näherte.

»Ihr Kollege hielt an und schaute nach mir. Jonas und seine bekloppten Kumpane stürzten sich auf den Mann und droschen auf ihn ein. Zum Schluss bearbeitete Jonas den Mann mit einem Messer. Ein Handy klingelte. Jonas sagte zu mir, ›Komm, du blöde Kuh, wir machen uns jetzt vom Acker!‹ Wir peesten zum Auto und hauten ab.«

Doktor Baumert und seine Frau!, dachte Sandra. Zum Glück ... wenn Stefan denn überlebte.

»Sind Klitsch und seine Kumpane deshalb nicht mehr dazu gekommen, unseren Kollegen auszurauben, weil sie gestört worden sind?«

Einen Augenblick machte Svenja ein verwirrtes Gesicht. »Ein Raubüberfall? Nein. Der großkotzige Jonas wollte irgend'nem Heini beweisen, dass er 'ne große Nummer ist. Ich glaube, der Heini hat irgendwo im Wald gehockt und uns beobachtet.«

Das Fahrzeug, von dem Frau Baumert gesprochen hatte!, dachte Sandra, aber sie verstand den Grund für den Überfall nicht. »Warum dieser Überfall?«, fragte Sandra.

»Der Heini hat gesagt, wenn Jonas was draufhat, dann kann er bei 'nem großen Ding mitmachen und 'nen schönen Batzen Kohle absahnen.«

»Was für eine große Sache ist das?«, fragte Sandra.

Svenja zuckte mit den Schultern.

»Weißt du etwas über diesen Unbekannten?«

»Nein.«

»Wie heißen die anderen, die Klitsch beim Überfall geholfen haben?«, fragte Sandra.

Svenja nannte ihr die Namen.

Dann griff Sandra zum Telefon und schickte mehrere Streifenwagen los, um Klitschs Helfer verhaften zu lassen.

Im zweiten Verhörraum saßen sich Junge auf der einen Seite und Klitsch und sein Anwalt Holpert auf der anderen Seite des Tisches, der in der Mitte des Raumes stand, gegenüber. Pierre hatte sich in eine Ecke des Verhörraumes zurückgezogen und beobachtete von dort aus Klitsch. Pierre führte die Verhöre selten selbst durch, er war der Überzeugung, dass die Körpersprache verriet, ob ein Mensch die Wahrheit sagte oder ob er log. Wenn die richtigen Fragen gestellt wurden. Was sein Verhörspezialist Junge immer tat.

»Was werfen Sie meinem Mandanten vor?«, fragte Holpert.

»Unerlaubter Waffenbesitz, Besitz von insgesamt 150 Gramm Rauschgift«, antwortete Junge.

Holpert stockte einen Moment und Klitschs Gesicht begann sich zu entspannen. »Ist das alles?«, fragte der Anwalt.

»Nein, da ist noch etwas anderes. Ihr Mandant wird verdächtigt, einen Mordanschlag auf Kommissar Henkelmann verübt zu haben.«

»Haben Sie Beweise für diese Behauptung?«, fragte Holpert empört.

»Wir haben eine Walter P 5 in Klitschs Wohnung gefunden und eine Rauschgiftmenge, die ausreicht, um Ihren Mandanten wegen Rauschgifthandels anzuklagen. Außerdem ist er auf Bewährung frei.«

Holpert ging darauf nicht ein. »Haben Sie Beweise für den Mordanschlag, den mein Mandant durchgeführt haben soll?«

Junge verließ den Raum und Pierre bemerkte, dass sich Holpert und Klitsch fragend ansahen. Pierre wusste, was jetzt in Klitschs Kopf vorging: Hatten die Polizisten am Ende das Amulett gefunden?

Wütend und trotzig blickte Klitsch Pierre an.

Der Hauptkommissar konnte sich ein provozierendes Grinsen nicht verkneifen.

Holpert, der das Augenduell der beiden bemerkt hatte, wusste in diesem Moment, dass ihm sein Mandant nicht alles gesagt hatte. »Ich bitte um eine kurze Beratungszeit«, sagte der Anwalt.

»Später«, antwortete Pierre, »warten wir erst einmal, bis mein Kollege zurückkommt.«

Pierre hatte den Satz kaum ausgesprochen, als Junge wieder in den Verhörraum kam. Der Verhörspezialist setzte sich an den Tisch und legte die Plastiktüte, in der sich das Amulett befand, direkt vor Holpert. »Dieses Amulett hat mein Kollege Ihrem Mandanten beim Kampf entreißen können. Er hielt es noch im Krankenhaus in der Hand.«

Holpert warf seinem Mandanten einen wütenden Blick zu.

Klitsch antwortete mit einer Gerissenheit, die er während seiner häufigen Gefängnisaufenthalte gelernt hatte: »Ich hab's schon vermisst. Irgend so'n Kerl hat's mir in der Disko in Sachsa geklaut!«

»Ich glaube, jetzt werden Sie einer Beratung mit meinem Mandanten zustimmen, Herr Junge?«, fragte Holpert.

Junge nickte. Sollten sie sich ruhig beraten. Seit er den Verhörraum verlassen und mit Sandra gesprochen hatte, wusste der Verhörspezialist, dass Svenja Büttner ausgesagt hatte.

»Svenja Büttner hat uns alles über den Überfall erzählt«, sagte Junge, als das Verhör von Klitsch fortgesetzt wurde. »Ihre Aussage deckt sich mit den Erkenntnissen der Mordkommission Goslar. Auf dem Medaillon, das unser Kollege dir entrissen hat, haben wir deine DNA gesichert. Also, wer war an dem Überfall noch beteiligt und wer ist der Unbekannte, der dir den Auftrag gegeben hat?«

»Kollegen, ich sach jetzt nichts mehr«, antwortete Klitsch trotzig.

Diese Haltung von Klitsch brachte Junge, der sich trotz Wut im Bauch während der Verhöre zurückgehalten hatte, zur Explosion. Er stand ruckartig von seinem Platz auf und brüllte Klitsch an: »Klitsch, du bist ein ganz feiges Schwein. Erst lockst du unseren Kollegen in einen Hinterhalt, dann prügeln du und deine Konsorten ihn fast zu Tode. Und als Henkelmann bewusstlos auf dem Boden liegt, stichst du auch noch auf einen wehrlosen Menschen ein. Wenn nicht zufällig ein Arzt vorbeigekommen wäre, dann wäre unser Kollege schon auf der Straße verstorben. Ob er überhaupt durchkommt …« Junge wollte sich auf Klitsch stürzen, aber Rexilius, der inzwischen hinter seinem Kollegen stand, konnte ihn gerade noch zurückhalten.

»Wir machen eine Verhandlungspause von einer Stunde«, sagte Pierre, »und, Herr Holpert, überzeugen Sie Ihren Mandanten, dass es besser ist, mit uns zu kooperieren!«

Holpert hatte lange mit Klitsch gesprochen. Er benötigte dafür zwei Stunden, deshalb wurde das Verhör verspätet fortgesetzt. Aber die Bemühungen des Rechtsanwaltes hatten Früchte getragen. Klitsch gestand den Überfall und nannte auch die Namen seiner Kumpane, die beim Überfall auf Henkelmann beteiligt gewesen waren.

»Wer war die Person, die den Überfall beobachtet hat?«, fragte Junge, der sich inzwischen beruhigt hatte und zu professionellem Verhalten zurückgekehrt war.

»Der Typ hat mir seinen Namen nich' jesacht«, antwortete Klitsch.

»Wie … du kennst seinen Namen nicht?«

»Nee. Ich weiß nich', wie er heißt. Auf 'nem Parkplatz bei der Disko hat er mich anjequatscht. Ich konnt' sein Jesicht nicht seh'n, aber seine rechte Patsche. Da war 'ne riesige Narbe auf'm Handrücken, sah aus wie 'n Kreuz.«

»Und mehr weißt du nicht von ihm?«

»Nee, der Typ hat jesacht, gute Bekannte hab'n ihm berichtet, dass ich ein guter Mann bin. Gute Leute kann er immer jebrauchen.«

»Wofür?«

»Für 'n großes Ding. 'ne Menge Kohle kriech ich, wenn ich 'n Profi bin. Fünfzig Mille!«

Rexilius und Junge sahen sich ungläubig an. Klitsch, ein jugendlicher Vorstadtganove, wurde als fähig angesehen, ein so großes Ding durchzuziehen?

Klitsch sah die zweifelnden Gesichter der Polizisten. »Ich musst' ihm zeigen, dass ich was draufhab. Für den Job, den ich tun soll, muss ich clever sein, hat er jesacht.«

»Und deshalb hast du so einfach einen Überfall durchgezogen? Und so brutal? Das Opfer war dir völlig egal?«, brüllte Junge, dem etwas Derartiges noch nicht untergekommen war, aber er beruhigte sich gleich wieder. »Und der Unbekannte hat alles beobachtet?«

»Ja«, antwortete Klitsch.

»Und? Wie ist seine Entscheidung ausgefallen?«

»Er hat noch nich' jeantwortet. Heut' Abend will er's mir sagen.«

»Wann genau?«

Klitsch schaute auf die Uhr. »In 'ner Stunde.«

»Wie will er mit dir Kontakt aufnehmen?«

»Er will mir auf 'm Handy Bescheid geben.«

Nach einer halben Stunde hatte Holpert seinen Mandanten zur Kooperation überredet. Er hoffte, dass Klitsch dadurch Strafminderung bekommen würde.

Die Polizisten mussten sich beeilen, sie hatten nur noch eine halbe Stunde, und es gab noch einiges zu organisieren.

Eckert richtete eine Satellitenpeilanlage ein, um den Standort des Anrufers so schnell wie möglich zu ermitteln. Junge baute die Telefonabhöranlage auf und Pierre sprach mit Klitsch. »Du hältst ihn so lange hin, wie es geht, ist das klar?«, fragte Rexilius Klitsch. »Gib dich so normal wie immer, damit er nicht misstrauisch wird!«

Klitsch nickte.

Fünf Minuten später klingelte Klitschs Handy. Der Anrufer meldete sich nicht mit Namen. »Klasse Nummer, die du vorgestern abgezogen hast. Gratuliere, du hast es geschafft. Fünfzig Mille, da kannst du dreimal im Jahr in die Karibik fahren, teure Sportwagen kaufen und jede Menge Frauen haben!«

Jetzt kam es darauf an, dass Klitsch mitspielte. Möglicherweise ärgerte er sich in diesem Moment, was ihm durch seine Verhaftung entgangen war. »Hört sich verdammt gut an. Was muss ich machen, um fünfzig Mille zu kassieren?«, fragte Klitsch.

»Du musst einen Transport für mich durchführen. Leichte Sache.«

»Stoff?«, fragte Klitsch.

»Nein, damit gebe ich mich nicht ab. Ich handle mit Dingen, die viel mehr einbringen. Aber dazu später. In drei Tagen wirst du einen Kleintransporter mit wertvollem Inhalt nach …« Das Gespräch brach abrupt ab.

Die Ermittler sahen sich überrascht an.

Klitsch fragte mehrmals nach, erhielt aber keine Antwort mehr. Die Leitung war tot.

Eckert stürzte ins Verhörzimmer. »Der Anruf kam aus der Nähe von Braunlage, die Kollegen sind auf dem Weg dorthin. Wir können jetzt nur warten.«

Zehn Minuten vergingen, dann klingelte Eckerts Handy. Er nahm das Gespräch entgegen und hörte zu. Ein paarmal nickte er oder sagte ja. Gespannt blickten ihn die Kollegen an. Schließlich sagte er enttäuscht: »Danke.« Eckert wandte sich an seine Kollegen. »Die Braunlager waren fünf bis sechs Minuten nach Ende des Gesprächs an dem Punkt, von dem aus der Unbekannte angerufen hatte. Es handelt sich um einen Parkplatz, etwa vier Kilometer von Braunlage in Richtung Bad Lauterberg entfernt. Als sie dort eintrafen, war der Parkplatz leer.«

»War die Peilung des Handys richtig?«, fragte Pierre.

»Hundertprozentig«, antwortete Eckert.

»Ist den Kollegen ein Auto entgegengekommen oder sind sie in Richtung Bad Lauterberg gefahren?«

Eckert zuckte mit den Achseln. »Ich werde sie noch einmal anrufen.« Einige Minuten später hatte er die Kollegen wieder am Telefon. Nach vier Minuten war das Gespräch beendet. »Die Kollegen haben, nachdem sie niemanden auf dem Parkplatz gesehen hatten, das Blaulicht eingeschaltet und sind im Höchsttempo in Richtung Bad Lauterberg bis zur Odertalsperre gefahren. Eine Polizeistreife kam ihnen entgegen. Nichts.«

»Ist ihnen denn, als sie in Richtung Parkplatz gefahren sind, ein Auto entgegengekommen?«, fragte Rexilius.

»Ein einziges – ein LKW von *Füll und Co.*, einer ortsansässigen Spedition«, antwortete Eckert, »die Kollegen sind schon auf dem Weg, um den Fahrer zu befragen.«

Pierre nickte.

»Der Anrufer ist misstrauisch geworden und hat deshalb das Gespräch abgebrochen«, sagte Junge.

»Nein, das glaube ich nicht«, sagte Pierre kopfschüttelnd, »Marc, spiel den letzten Satz noch einmal ab!«

Junge betätigte einige Tasten am Laptop, dann erklang der letzte Satz: »Nein, damit gebe ich mich nicht ab. Ich handle mit Dingen, die viel mehr einbringen. Aber dazu später. In drei Tagen wirst du einen Kleintransporter mit wertvollem Inhalt nach …«

»Er ist von jemandem überrascht worden. Keiner bricht mitten im Satz so unvermittelt das Gespräch ab«, sagte Pierre.

»Und was bringt mehr als Drogen ein?«, fragte Sandra, die inzwischen den Verhörraum gekommen war.

Schweigen folgte. Keiner wollte das aussprechen, was er dachte. Pierre tat es dann aber: »Radioaktives Material zum Beispiel. Oder wertvolle Kunstgegenstände.«

Natürlich hofften alle, dass der Unbekannte ein Hochstapler war. Wieder dominierte Stille den Raum, bis Eckerts Handy klingelte. Die Braunlager Kollegen hatten mit dem Geschäftsführer von *Füll und Co.* gesprochen. Der hatte gesagt, dass der von den Polizisten beobachtete LKW nicht zum Fuhrpark der Spedition gehören könne. Alle LKW seien im Moment im Rahmen eines Großauftrags in Portugal und kämen frühestens in drei Tagen zurück.

»Scheiße«, sagte Eckert, »der Kerl saß bestimmt in dem LKW und die Kollegen aus Braunlage haben keinen Verdacht geschöpft!«

Pierre schwieg, schloss die Augen und dachte nach. »Nein, so war das nicht. Mein Gefühl sagt mir, dass etwas anderes abgelaufen ist!«

»Was dann?«, fragte Eckert.

»Der Typ hat seine Rede mitten im Satz abgebrochen«, sagte Pierre mehr zu sich selbst, er schien durch die ihm gegenüberstehende Mauer zu schauen. »Zwischen seinem Anruf bei Klitsch und dem Abbruch des Gesprächs lagen höchstens dreißig Sekunden. Unsere Kollegen waren nach fünf bis sechs Minuten am Parkplatz. Klitschs Auftraggeber kann ja nicht damit gerechnet haben, dass Polizisten nach ihm suchen.«

Pierre löste den Blick von der Wand und schaute in die Runde. »Außerdem: Wenn einer sich Klitsch als Geschäftspartner aussucht, dann kann er kein ganz Großer sein. Der sucht sich richtige Profis aus. Nein, Klitschs Typ ist von anderen überrascht worden. Möglicherweise haben der oder die ihn überwältigt und sein Auto in den LKW gehievt und sind dann abgehauen.«

»Warum das Ganze?«, fragte Sandra. »Bei dem Aufwand muss doch eine Organisation dahinterstecken!«

»Ja, ich glaube, Klitschs Auftraggeber hatte doch eine große Sache am Laufen!«, antwortete Pierre nachdenklich. »Wir können im Moment nur dahinterkommen, wenn wir die Identität von Klitschs Hintermann herausbekommen. Ab morgen wird uns endlich Karl Stecher, der Kollege aus dem Wirtschaftsdezernat, unterstützen. Karl hat schon ein paarmal in der Mordkommission mitgearbeitet.«

Noworossyisk, Russland, 28. bis 29. August

Irgendetwas stimmte nicht. Es war inzwischen zwei Uhr und Wassilij Bogdanow war nicht zu seinem Gartenhaus gekommen, wo Lebjew auf ihn warten sollte. Das sah nicht nach Wassilij aus. Was hatte seinen Freund zurückgehalten?

Lebjew musste Bogdanow noch einmal in seiner Wohnung aufsuchen.

Über Umwege ging er zu dem Block, in dem Bogdanow wohnte. Durch den Hintereingang schlich er sich ins Haus. Vor Wassilijs Wohnungstür blieb er kurz stehen und lauschte. Es war nichts zu hören. Er beschloss, die Tür mit einem Dietrich zu öffnen.

Andre Lebjew hatte in dieser Nacht, das wurde ihm wenig später klar, zum ersten Mal in seinem Leben einen Schutzengel. Die beiden Kugeln, die ihn treffen sollten, als er in Bogdanows Wohnung eindrang, schlugen rechts und links neben seinem Kopf in die Wand ein. Lebjews folgende Aktionen liefen mechanisch ab. So, als habe ein genialer Marionettenspieler mit straffen Fäden seinen Körper geführt. Lebjew warf sich auf den Boden, riss im Fallen sein Feuerzeug aus der Jackentasche, drehte mit dem Daumen den Gasregler auf sein Maximum und betätigte das Rad des Feuersteins. Eine Stichflamme schoss aus dem Feuerzeug. Der Gangster, der auf den Polizisten gewartet hatte, hatte sich eine Nachtsichtbrille aufgesetzt, um im Dunkeln gegenüber seinem Opfer einen Vorteil zu haben. Dieser Vorteil sollte sich in diesem Moment in einen gravierenden Nachteil umkehren: Die Infrarotnachtsichtbrille verstärkte die Feuerzeugflamme tausendfach und blendete den Killer so stark, dass er die Hände nach oben führte, um sich die Brille vom

Kopf zu reißen. Lebjew hatte sich den Standort des Mannes eingeprägt, schnappte sich einen Stuhl und schlug damit auf den Mann ein. Immer wieder, bis der Stuhl zertrümmert war und der Mann sich nicht mehr bewegte. Dann vergewisserte sich der Polizist, dass die Vorhänge zugezogen waren und schaltete das Licht ein. Der am Boden liegende Mann war bewusstlos, begann aber unruhig zu werden. Bald wird er das Bewusstsein wiedererlangen, dachte Lebjew. Er ging ins Bad und holte sich die Gürtel von Bogdanows Bademänteln, mit denen er den Mann fesselte. Lebjew kontrollierte die Fesseln.

Wenig später kam der Mann wieder zu Bewusstsein, seine Augen funkelten den Polizisten hasserfüllt an.

»Was hast du mit Bogdanow gemacht?«, fragte Lebjew.

Die Antwort bestand zuerst aus einem zynischen Grinsen, dann sagte der Mann: »Was meinst du wohl?«

Lebjew verpasste ihm eine schallende Ohrfeige. Blut quoll aus der Nase des Verbrechers.

»Du hast keine Ahnung, mit wem du dich anlegst.«, sagte der Killer.

»Was hast du mit Bogdanow gemacht?«, wiederholte Lebjew seine Frage. Unwillkürlich blickte der Killer zu Bogdanows Schlafzimmertür. Lebjew eilte dorthin. Bogdanow lag nackt auf seinem Bett. Das Gesicht bestand nur noch aus einer breiförmigen Masse. Die Arme, die Beine waren mit Messerschnitten und Stichen übersät. Aber sein Freund und Mentor hatte dem Killer nicht verraten, wo sie sich treffen wollten. Bogdanow hatte auch nicht preisgegeben, wo sich die Akte befand, da war sich Lebjew sicher.

Er wandte den Blick von seinem Freund ab. Später würde er um ihn trauern. Lebjew ballte die Hände zu Fäusten und kehrte ins Wohnzimmer zurück. Erst jetzt durchsuchte er Bogdanows Mörder. Der Polizist fand zwei weitere Waffen. Ein Stilett, das mit Klebeband am linken Unterschenkel angebracht war, und einen kleinkalibrigen Revolver am rechten Unterschenkel, ebenfalls mit Klebeband befestigt. Er steckte sie in seine Jacke. Unzählige Male war er solchen Typen in den letzten Jahren begegnet. Meist waren sie ehemalige

Geheimdienstleute, die inzwischen die Schmutzarbeit für die Mafia machten. Unter dem Pullover des Mannes fand Lebjew ein Funkgerät, das auf »Senden« eingestellt war.

»Du hast nicht mehr viel Zeit ... gleich werden einige Leute hier auftauchen und dich in Stücke schneiden, so wie deinen Freund«, sagte der Mörder und verzog trotz der Schmerzen das Gesicht zu einer grinsenden Fratze.

Sekundenbruchteile später barsten die Scheiben zweier Wohnzimmerfenster und in rascher Folge flogen kugelförmige, faustgroße Gegenstände durch die Fenster.

Granaten!

Lebjew verlor keine Zeit. Er rannte aus dem Wohnzimmer durch den Flur. Als er die Wohnungstür aufriss, hörte er den ohrenbetäubenden Knall der ersten Granate. Die Druckwelle war so stark, dass sie Lebjew durch die Türöffnung schleudere. Er rappelte sich auf und überlegte einen Moment, wohin er laufen sollte. Nach oben. Nicht nach unten. Am Hauseingang sind sie postiert, und wenn du die Explosionen überlebt hast, dann verpassen sie dir dort tödliche Kugeln.

Lebjew preschte die Treppe hinauf. Der Brandgeruch schien ihn zu verfolgen. Überall öffneten sich Wohnungstüren. Die Menschen stürzten heraus, um ins rettende Freie zu kommen. Panik machte sich breit. Bevor der Strom der Fliehenden zu groß geworden war und Lebjew niedergerissen hätte, erreichte er das oberste Stockwerk, in dem keine Wohnungen, sondern nur Materialräume waren. Der Rauch erreichte das Dachgeschoss, wurde immer dichter. Lebjews Augen brannten. Eine weitere Detonation erschütterte das Haus.

Er musste auf das Dach kommen, sonst würde schon der Rauch das Werk der Killer erledigen. Fieberhaft suchte er den Ausgang zum Flachdach. Endlich entdeckte er ihn. Er versuchte die Tür zu öffnen, aber sie war verschlossen. Er wuchtete mehrmals mit seiner rechten Schulter dagegen, hatte aber keinen Erfolg. Der Rauch war jetzt so dicht, dass er keine fünf Meter weit schauen konnte. Wenn er in den nächsten dreißig Sekunden keinen Erfolg hatte, dann war er verloren.

Plötzlich sah er schemenhaft einen Feuerlöscher an der gegenüberliegenden Wand. Er rannte dorthin, riss ihn ab, lief zurück zur Tür und rammte den Feuerlöscher dagegen. Nach dem dritten Versuch sprang die Tür endlich auf.

Lebjew rannte hustend die Treppe dahinter hinauf und erreichte das Flachdach. Vorsichtig bewegte er sich zur Frontseite des Hauses. Zwei Meter vom Rand entfernt legte er sich auf den Boden und robbte zur Dachkante. Er blickte auf die Straße. Immer noch strömten Menschen aus dem Haus. Vier Feuerwehrfahrzeuge waren inzwischen eingetroffen, bei zwei von ihnen brachten die Feuerwehrmänner die Wasserschläuche in Position.

Lebjew konnte von seinem Standpunkt aus nicht überblicken, wie weit der Brand fortgeschritten war, aber etwas anderes konnte er ausmachen: vier Männer, die auf der dem Haus gegenüberliegenden Straßenseite den Eingang des brennenden Hauses überwachten. Sie warteten auf ihn! Lebjew musste verschwinden.

Er robbte über das Dach zur Hausrückseite. Wusste, dass es nur einen Weg nach unten gab: Über ein Regenfallrohr. Die Höhe des Wohnblocks betrug etwa zwanzig Meter. Hoffentlich waren die Fallrohre richtig befestigt. Wenn nicht … Er fühlte die Dachrinne ab, bis er ein Fallrohr fand. Er ließ sich vorsichtig nach unten herab und umschlang das Rohr mit den Beinen. Lebjews Schutzengel sollte ihm in dieser Nacht ein weiteres Mal zur Seite stehen. Für den Weg nach unten brauchte der Polizist zwar vier Minuten, aber er erreichte sicheren Boden.

Er verschnaufte kurz. Der Hinterhof war dunkel und ruhig. Ihn überwachten sie nicht. Lebjew verließ den Hinterhof, fünf Minuten später war er rund einen Kilometer von Bogdanows Haus entfernt. Er war in Sicherheit. Aber wohin sollte er jetzt gehen? Zu seiner Wohnung? Nein, dort würden sie auf ihn warten. Seinen Bruder Piotr wollte er auf keinen Fall gefährden. Wohin also? Dann fiel ihm etwas ein. Gezielt bewegt er sich durch die dunklen Straßen von Noworossyisk. Seine Stadt, die er wie kein zweiter kannte. Das hatte er ihnen voraus.

Lebjew hatte beschlossen, in Bogdanows Gartenhaus in der Schrebergartenkolonie zu übernachten. Sie war ein richtiges Wohnhaus, in dem Wassilij auch gelegentlich gewohnt hatte. Noch wusste diese Mörderbande nichts von dieser Zufluchtsstätte, aber es war nur eine Frage der Zeit, bis sie hier auftauchte. Für die Nacht würde er sicher sein. Andrej tastete im Versteck des Schlüssels, einer leeren Blumenvase. Als er in das Haus kam, machte er kein Licht, man konnte nie wissen, vielleicht lauerte ja doch irgendwo da draußen ein Scharfschütze. Aber Lebjew brauchte kein Licht, er kannte das Haus bestens.

Er ließ sich auf Bogdanows Bett fallen, die Schuhe hatte er angelassen. Dann brach alles aus ihm heraus. Er ließ seinen Tränen freien Lauf. Die gemeinsamen Jahre mit seinem Freund Wassilij zogen an ihm vorüber. Wie sie zusammen viele Fälle gelöst hatten. Wie sie ein eingeschworenes Team gegen die Organisierte Kriminalität geworden waren. Lebjew dachte an die vielen gemeinsamen Wochenenden in diesem Gartenhaus, als Dascha und Emma noch lebten. Und nach ihrem Tod hatte Wassilij immer wieder versucht, seinen Freund aufzurichten, ihm Halt zu geben und ihn den Schmerz über den Verlust seiner Familie vergessen zu lassen. Aber das war Wassilij nie gelungen.

Bogdanow, du alter Fuchs.

Bogdanow, du ausgebuffter Mordermittler.

All deine Schläue, deine Erfahrung haben dir nichts genutzt. Andrej hatte wieder das Bild vor Augen, wie Wassilij auf dem Bett gelegen hatte.

Gequält. Gefoltert. Und getötet.

Aber Wassilij hatte sein Geheimnis nicht preisgegeben. Wahrscheinlich hatten die Killer geglaubt, dass er Informationen an ihn, Lebjew, weitergegeben hatte. In was war Wassilij hineingeraten? Was hatte er so Folgenschweres gewusst?

Wassilij hatte etwas geahnt. Als er sich gestern von Andrej an der Wohnungstür verabschiedet hatte, schien es einen Moment, als sei es ein Abschied für immer.

Was hast du so Wichtiges gewusst, dass sie dich dafür getötet haben, mein Freund, fragte sich Andrej. Was war falsch an dieser Ermittlung über einen Serienmörder im Jahr 1989, kurz vor dem Zusammenbruch der Sowjetunion? Schließlich fiel Lebjew nach Stunden des Trauerns in einen unruhigen Schlaf. Er träumte.

Feuer. Überall Feuer.

Er sah den misshandelten Körper von Wassilij. Er sah die verkohlten Körper von Dascha und Emma. Plötzlich verwandelte sich die Feuersbrunst in Wasser, in Riesenwellen. Haushoch. Er sah ein Schiff, das sich durch die Riesenwellen kämpfte. Ein Segelschiff. Zwei der drei Masten waren gebrochen und vom Meer verschluckt worden. Die meisten Aufbauten waren zerstört, nur das Steuerrad hatte alles überstanden. Dahinter stand eine wunderschöne Frau mit zerrissener Kleidung, die geschickt und mit einem unbändigen Überlebenswillen gegen den drohenden Untergang ankämpfte. Ein verzweifelter Kampf. Am Horizont entstand eine letzte Welle, die die bisherigen bei weitem an Höhe und Kraft übertraf. Die Wasserwand raste auf das Schiff zu. Die Katastrophe war unausweichlich. Aber kurz bevor die Welle das Boot erreichte, geschah das Unglaubliche: Die Wolken zerrissen, eine strahlende Sonne übernahm die Herrschaft und die tödliche Welle zerstob. Die attraktive Frau riss glücklich die Arme nach oben. Sie hatte das Unmögliche geschafft. Sie hatte den Sturm besiegt und gelangte in ruhiges Gewässer.

Lebjew erwachte. Durch die hölzernen Fensterläden drang kräftiges Sonnenlicht. Er schaute auf die Uhr. Es war schon Mittag! Hatte der Traum eine Bedeutung? Und wenn, was wollte ihm sein Unterbewusstsein sagen? Wieder schaute Lebjew auf die Uhr. Später würde er über den Traum nachdenken. Bald würden sie kommen. Er musste Bogdanows Gartenhaus verlassen. Aber wohin sollte er gehen? Piotr, sein Bruder, wurde längst überwacht, da war sich Andrej sicher. Er brauchte eine Möglichkeit, mit dem deutschen Kommissar zu kommunizieren, ohne überwacht zu werden. Diese Leute, wer immer sie auch waren, kannten längst seine Handynummer und seine E-Mail-Adresse. Konnte er einen

Kollegen um Hilfe bitten? Nein. Zu gefährlich, man konnte nie wissen, ob er sauber war. Viele seiner Kollegen besserten ihr geringes Gehalt mit der Weitergabe von Informationen an Unterweltkreise auf. Und auf Lebjew würde ein hohes Kopfgeld ausgesetzt sein. Wer würde ihm helfen? Es blieb noch eine Möglichkeit: Evelina Solowjow. Aber würde sie Andrej überhaupt sehen wollen nach allem, was er ihr angetan hatte? Er musste es versuchen, sie war die einzige Möglichkeit, die ihm noch blieb.

Lebjew blickte auf den dritten Stock des Mehrfamilienhauses. Er hoffte, dass Evelina noch hier wohnte. Als er vor einem halben Jahr mit seinen Kollegen hier Wohnungen überprüfte, war auch Evelinas dabei. Der Polizist hatte sich gewundert, dass sie immer noch ihren Mädchennamen Solowjow trug. Lebjews Wort, dass Evelina nichts mit dem Kriminalfall zu tun hatte, an dem sie arbeiteten, hielt die Kollegen davon ab, in ihre Wohnung einzudringen.

Andrej schaute wieder nach oben und ging dann auf den Eingang zu. Er war gerade im Begriff auf Evelinas Klingelknopf zu drücken, als sich die gläserne Eingangstür öffnete und eine Frau heraustrat. Evelina! Er erkannte sie sofort.

Und sie blickte ihn an und ... war überrascht. Sie blieb stehen und musterte ihn. »Andrej!?«

»Ich brauche deine Hilfe«, sagte Lebjew. Er hatte ihr schon einmal sehr wehgetan.

Schließlich sagte sie: »Lass uns nach oben gehen.«

Oberharz, Braunlage,
Freitagvormittag, 29. August

Frau Baumert hängte ihren weißen Kittel an einen Kleiderständer in der Praxis und ging mit Eckert und Stecher, der für Junge eingesprungen war, in die Privaträume des Ehepaars Baumert. »Wenn mal eine Helferin krank ist oder sich im Urlaub befindet, dann helfe ich in der Praxis aus«, sagte sie, als sie in das Wohnzimmer kamen. Frau Baumert bot den Polizisten einen Platz an. »Ich mache uns erst einmal einen Kaffee«, sagte sie und verschwand in der Küche.

Eckert und Stecher schauten sich im Wohnzimmer um. Im hinteren Bereich war ein offener Kamin, in dem Holzscheite so gestapelt waren, als könnte man sie sofort anzünden und die Behaglichkeit des Kamins hervorrufen. Im Zentrum des Raumes stand eine Sitzgarnitur. Die Wände waren in einem freundlichen Gelb gestrichen. An den Wänden hingen zahlreiche Fotos. Stecher vermutete, dass es sich um die beiden Kinder der Baumerts handelte. Ein Junge und ein Mädchen. Sie mussten gute Skifahrer sein. Einige Fotos zeigten sie bei Skirennen und – wie Stecher glaubte – Siegerehrungen.

Frau Baumert, die inzwischen mit einem Tablett, auf dem Kaffeetassen, eine Thermoskanne und Kleingebäck standen, in den Raum gekommen war, bemerkte die Blicke der Polizisten. Sie stellte das Tablett auf dem Wohnzimmertisch ab. »Das sind unsere Kinder Max und Charlotte. Beide waren in ihrer Jugend mehrfach Harzer Meister im Slalom und in der Abfahrt. Nach dem Abitur haben sie den Leistungssport aufgegeben und ein Studium begonnen. Charlotte will Lehrerin werden und Max studiert Maschinenbau. Heute fahren sie nur noch hobbymäßig Ski.« Sie gab den Ermittlern Tassen und goss ihnen Kaffee ein. »Kekse?«, fragte sie.

»Gern«, antworteten die beiden gleichzeitig.

»Wie geht es Ihrem Kollegen?«, fragte sie besorgt, »das war ein furchtbares Bild, als wir am Unfallort eintrafen. Als ich neben Herrn Henkelmann stand, glaubte ich, er sei schon tot. Aber als mein Mann ihn untersuchte und bemerkte, dass er noch blutete, wussten wir, er lebte noch.«

»Unser Kollege ist gestern zum zweiten Mal operiert worden. Wie die Intensivärztin heute äußerte, haben sich seine Überlebenschancen verbessert. Aber sie will noch keine Entwarnung geben«, sagte Stecher, der sich inzwischen in den Fall eingearbeitet hatte.

Frau Baumert war etwas beruhigt.

»Die Täter kennen wir, sie sind inzwischen verhaftet und haben ein Geständnis abgelegt.« Stecher berichtete kurz über den Fall.

»Und deshalb nimmt ein Achtzehnjähriger sogar in Kauf, einen Menschen zu töten?«, fragte Frau Baumert ungläubig und schüttelte dann angewidert den Kopf. Nach einiger Zeit fragte sie: »Wie kann ich Ihnen helfen?«

»Der Kollege Geyer aus Goslar hat uns erzählt, dass Sie in der Nähe des Überfalls eine Beobachtung gemacht haben, die vielleicht zur Identifizierung des Mannes beitragen könnte, der den Auftrag zum Überfall gegeben hat«, sagte Stecher.

Frau Baumert schloss die Augen und dachte nach. »Etwa hundert Meter vom Ort des Überfalls entfernt, in Richtung Braunlage, führt ein Weg in den Wald, der an dieser Stelle noch sehr licht ist. Als mein Mann und ich an den Überfallort kamen, habe ich in diesem Waldweg ein Auto gesehen. Im Profil. Es war flach. Ich glaube, es handelte sich um einen Sportwagen. Den Typ kann ich Ihnen nicht nennen. Mit Sportwagen kenne ich mich nicht aus«, sagte Frau Baumert und ihr Gesicht zeigte Bedauern.

»Vielleicht schaffen wir es doch, den Fahrzeugtyp herauszubekommen«, sagte Eckert, der Computerfreak der Mordkommission. Er holte seinen Laptop aus der Tasche, stellte ihn auf den Tisch und schaltete ihn an. »Ich habe eine Datei mit Bildern von sämtlichen Sportwagen, die in Deutschland verkauft werden. Vielleicht erkennen Sie auf einem der Bilder den Sportwagen.«

»Ich werde mein Bestes tun«, versprach Frau Baumert, machte aber ein skeptisches Gesicht.

Eckert rief die entsprechende Datei auf und klickte mit der Maus auf die Schaltfläche *Profile*. Er begann mit dem beliebtesten Sportwagen, dem Porsche.

Frau Baumert blickte konzentriert auf den Computerbildschirm. Sie schüttelte den Kopf. »Nein, von denen ist es keiner. Das Heck war anders geformt und auch die Front sah anders aus.«

Eckert rief die Sportwagen von BMW auf.

Nach einer knappen halben Stunde sagte Frau Baumert frustriert: »Nein, ein BMW ist es nicht.«, und trank einen Schluck von ihrem Kaffee. »Äh, haben Sie etwas dagegen, wenn ich rauche?«

»Natürlich nicht«, sagte Eckert schnell.

Die Arztfrau fasste in ihre Sesseltasche, nahm eine Schachtel Zigaretten heraus und bot den beiden Kommissaren eine Zigarette an, was sie gern annahmen. Frau Baumert füllte die Tassen mit Kaffee.

Sie tranken alle etwas, dann sagte Eckert: »Wir versuchen es mal mit den Sportwagen von Audi.« Er begann mit dem S 5.

Frau Baumert blickte intensiv auf das Profil. »Das Heck sah etwa so aus, ja, aber die Form des Daches und die Schnauze waren anders.«

Eckert rief den Audi TT auf.

»Die Schnauze war etwas anders und im Heckbereich war die horizontale Fläche breiter.«

Eckert und Stecher sahen sich an. Damit blieb nur noch ein Sportwagen von Audi übrig: Der R 8. Das Aushängeschild des Herstellers. Eckert vergrößerte ein entsprechendes Foto.

Frau Baumert schaute nur kurz darauf. »Das ist er. Ich bin mir sicher.« Zur Bestätigung nahm sie einen kräftigen Zug aus ihrer Zigarette.

Eckert machte ein zufriedenes Gesicht. Der R 8 war der Renner. Und sündhaft teuer. Nur wenige konnten sich den leisten. Das schränkte den in Frage kommenden Personenkreis erheblich ein.

»Der Goslarer Kollege hat gesagt, dass Sie etwas Auffälliges auf der Fahrertür gesehen hätten?«, fragte Stecher.

»Ja. Mein Mann und ich waren im Juli in den USA. Dort sind mir Polizeiautos aufgefallen, die einen weißen fünfzackigen Stern auf den vorderen Türen hatten. Ich weiß, es klingt blöd, aber genau solch einen Stern habe ich bei dem Sportwagen im Wald gesehen. Der Stern hatte eine helle Farbe, weiß oder gelb, unsere Autoscheinwerfer haben ihn einen Moment angestrahlt, deshalb habe ich ihn so genau erkannt.«

Stecher war nachdenklich geworden. Vor einigen Wochen hatte er diesen Audi R 8 in Natura gesehen. In Wernigerode in der Altstadt. Der Stern! Frau Baumert hatte sich nicht geirrt, sie hatte eine verdammt gute Beobachtungsgabe. Der R 8 war Stechers Traumauto, das er sich natürlich nie würde leisten können. Der Sportwagen kostete mehr als ein Einfamilienhaus. Stecher hatte ihn sich damals genau angeschaut. Ein fünfzackiger Stern befand sich auf beiden Türen. Von weitem hatte es tatsächlich so ausgesehen, als handele es sich um ein Fahrzeug der amerikanischen Highway-Patrouille. Der Stern war ein Firmenlogo, über ihm stand der Name der Firma, darunter die Internetadresse. Stecher hatte, als er am Abend nach Hause zurückgekehrt war, die Internetadresse eingegeben. Der Händler bot teure Sportwagen im Internet an, der R 8 war nicht darunter. Er gehörte also dem Händler. Wenn das Auto nicht gestohlen worden war, dann wusste Stecher jetzt, wer der Mann war, der Klitsch den Auftrag zum Überfall gegeben hatte.

»Habe ich Ihnen weiterhelfen können?«, fragte Frau Baumert, die Stechers nachdenkliches Gesicht bemerkt hatte.

»Oh ja, und wie«, sagte Stecher und berichtete von seinen Beobachtungen in Wernigerode. Schließlich griff er zum Telefon und informierte Pierre.

Der Rest war einfach. Stecher rief Pierre an und der Hauptkommissar nahm Kontakt mit dem Internetprovider auf, der die Homepage des Sportwagenverkäufers ins Internet gestellt hatte. Fünf Minuten später kannte Pierre den Namen und die Adresse des Mannes, der Klitsch den Auftrag gegeben hatte, einen Überfall profihaft durchzuführen, damit der an das große Geld kam. Es handelte sich um Silvio Heise, wohnhaft in Hasselfelde im Ostharz.
Pierre rief Sandra in ihrem Dienstzimmer an. »Sandra, wir machen eine Dienstreise.«

»Wann und wohin?«

»In fünf Minuten. Nach Hasselfelde, in den Ostharz.«

»Gibt es einen besonderen Grund?«

»Ja. Ich kenne die Identität und die Adresse von Klitschs Auftraggeber!«

»Ich bin in einer Minute bei dir«, antwortete Sandra. Ihre Überraschung zeigte sie nicht.

Fünf Minuten später starteten die beiden Polizisten in Richtung Hasselfelde. Wie immer steuert Sandra das Dienstauto und Pierre saß gedankenversunken auf dem Beifahrersitz. Sandra dachte wieder über ihren Vater nach. Seit sieben Jahren lag er nun schon im Koma. Sollte sie die Maschinen, die ihn am Leben erhielten, abschalten lassen? Er hatte zwar keine Verfügung hinterlassen, aber wenn er noch sprechen könnte, würde er es sich von ihr wünschen. Aber sie brachte diesen Schritt nicht übers Herz. Es würde ein Abschied für immer sein, und ihr Vater war der einzige Mensch, den sie noch hatte. Auch wenn er im Koma lag. Fast jeden Tag besuchte sie ihn und erzählte ihm ihre Erlebnisse, ihre Sorgen. Es kam nie eine Reaktion von ihm. Seine Gegenwart reichte ihr … Vielleicht hing ihre Entscheidung aber auch von einer anderen Person ab. Von dem Mann, der neben ihr saß, der ihre Gefühle aber nicht bemerkte. Er könnte ihr die Kraft geben, das durchzustehen.

Oh du genialer Kriminalist! Oh du blinder Mensch!

Sie verließen das tiefeingeschnittene Sösetal und erreichten die Harzhochfläche. »Noch dreißig Kilometer«, sagte Sandra. Sollte sie Pierre ihre Gefühle eingestehen? Sollte sie es ihm offen sagen? Aber wahrscheinlich würde er ihr sagen, dass er zu alt für sie sei. Was sind schon zwölf Jahre Altersunterschied, fragte sie sich. Unwillkürlich blickte sie Pierre an. Er schien nichts von dem zu bemerken, was in ihr vorging. Seine Gedanken waren wahrscheinlich ausschließlich auf den Mordfall konzentriert. Sie seufzte innerlich.

Oh du genialer Kriminalist! Oh du blinder Mensch!

Sie erreichten die Stadtgrenze von Hasselfelde.

»Heises Wohnung liegt in der Brummkernstraße«, sagte Pierre. Sandra nickte, sie kannte den Weg dorthin. Einige Minuten später hielten sie vor dem Mehrfamilienhaus. Ein Mann mit Arbeitskleidung stand vor der Eingangstür. Wahrscheinlich der Hausmeister, dachte Pierre. Bevor sie losgefahren waren, hatte Pierre noch den Vermieter angerufen, der in Berlin wohnte, den Hausmeister aber über ihr Kommen informieren wollte. Der Mann mit dem Blaumann ging auf die beiden Polizisten zu. Man stellte sich vor, dann fragte der Hausmeister, der sich mit Peter Hinze vorstellte: »Was hat Heise denn verbrochen?«

Pierre antwortete nicht darauf. »Kennen Sie ihn näher?«, fragte er stattdessen.

»Nein, ab zu hat man sich vor dem Haus oder im Flur gesehen und kurz unterhalten. Übers Wetter und so. Wenn man über persönliche Dinge sprechen wollte, hat er immer abgeblockt. Ein einziges Mal ist er mit einem teuren Sportwagen vorgefahren. Aber ich glaube, den hatte er ausgeliehen, um anzugeben.«

Hinze wusste also nichts von Heises Aktivitäten. Das bedeutete, dass Heise seine Fahrzeuge irgendwo anders in einer Lagerhalle oder Garage untergebracht hatte. »Ich führe Sie erst einmal in die Wohnung«, sagte der Hausmeister.

Als sie im Flur der Wohnung standen, begann Hinze sich umzusehen. Er ging stieß einen Pfiff aus. »Mein lieber Schwan, 'ne ganz schön teure Wohnungseinrichtung.« Er eilte ins Wohnzimmer.

»Herr Hinze, wir brauchen Sie jetzt nicht mehr«, sagte Pierre.

»Vielleicht ham' Se noch Fragen ...« Hinze wollte also noch den Rest der Wohnung sehen.

»Nein, Sie können jetzt gehen«, sagte Pierre.

Hinze zog verärgert ab.

Sie begannen methodisch. Wohnzimmer. Schlafzimmer. Arbeitszimmer. Und schließlich das Bad. Sie fanden nichts, was irgendwie auf Silvio Heise hindeutete. Keine Bilder, keine Briefe, keine Tageszeitung. Es schien, als wohne hier kein Silvio Heise.

»Wir werden noch einmal alles durchkämmen«, sagte Pierre, »es muss irgendetwas geben.«

Sie schlugen noch einmal alle Teppiche um, rückten alle Schränke von der Wand ab und schauten dahinter nach. Plötzlich stutzte Pierre. An der Rückwand des Schreibtisches klebte etwas. Er zog es vorsichtig ab und betrachtete es näher. Es handelte sich um einen Brief. Wahrscheinlich war er irgendwann einmal hinter den Schreibtisch gerutscht. Pierre öffnete das Schreiben vorsichtig und begann zu lesen. Dann lächelte er, rief Sandra und gab ihr den Brief.

Sie las ihn durch und sagte: »Eine Rechnung über die Miete einer Gewerbefläche in Sülzhayn ... die Adresse von Heises Geschäft?«

»Davon gehe ich aus.« Die beiden verließen die Wohnung.

Hinze wartete im Eingangsbereich auf die Polizisten. »Na, was gefunden?«, fragte der Hausmeister, immer noch verärgert über den Rauswurf.

Pierre ging nicht darauf ein. »Wir brauchen ein Phantombild von Heise. Im Laufe des Tages wird ein Kollege kommen und mit Ihnen eins anfertigen.«

Bei der Gewerbefläche handelte es sich um einen abgelegenen Bauernhof in der Nähe der Südharzgemeinde Sülzhayn. Der Hof war eingerahmt von Bäumen, die davor liegenden landwirtschaftlichen Flächen wurden nicht mehr bewirtschaftet. Unkraut hatte sich darauf ausgebreitet. Eine Scheune und das Haupthaus des Bauernhofes machten einen ordentlichen Eindruck, während die zahlreichen Nebengebäude heruntergekommen waren.

Die Polizisten stellten das Auto vor dem Haupthaus ab und gingen auf die Eingangstür zu. Auf dem Türschild stand *Heise Sportwagen – Internationale Spitzenautos für den sportlichen Autofahrer.*

Sandra drückte auf den Klingelknopf. Als nach dem vierten Klingeln niemand öffnete, gingen Sandra und Pierre um das Haus. Niemand schien da zu sein, alle Fenster waren geschlossen.

»Wir müssen die Haustür aufbrechen«, sagte Pierre, als sie wieder vor der Haustür standen, ging zum Auto und holte aus dem Kofferraum ein Brecheisen, das Standardausrüstung eines jeden Polizeifahrzeuges war. Der Hauptkommissar brach das Schloss der Haustür auf, die beiden Polizisten gingen in das Haus.

An eine große Diele, in der ein prachtvoller alter Schrank stand, schloss sich ein etwa fünfzig Quadratmeter großes Wohnzimmer an. In der Mitte stand eine teure Ledergarnitur, an einer Wand ein alter Sekretär, an der Nebenwand zwei Schreibtische mit Computern. Sandra und Pierre sahen sich an.

»Ich glaube, dieses Mal werden wir etwas Handfestes über Heise bekommen«, sagte Sandra.

Pierre informierte die Spurensicherung und begann die übrigen Räume des Bauernhofes zu durchsuchen.

Sandra nahm sich die Schreibtische vor, die Computer würden die Experten von der Spurensicherung inspizieren.

Nach einer Stunde hatte Sandra die beiden Schreibtische durchkämmt und zahlreiche Geschäftspapiere gefunden. Verträge, Rechnungen und Quittungen. Heises Kunden kamen nicht nur aus Deutschland, auch aus Österreich, der Schweiz, Frankreich und den Niederlanden. Er hatte ein lukratives Geschäft aufgezogen. Sandra wurde trotzdem ungeduldig. Wo steckten die persönlichen Daten von Heise? Sie mussten doch irgendwo sein! Sie wandte sich dem Sekretär zu. Er enthielt zahlreich Fotos von Sportwagen, Adressen von Autozulieferern und ein Foto von einer dunkelhäutigen Frau. Sandra schaute auf die Rückseite. *Für den Menschen, der mir die Freiheit geschenkt hat. Kameke Samura.* Eine Bekannte? Oder eine Geliebte Heises? Welche Freiheit hatte Heise ihr geschenkt? Oder hatte Kameke Samura nichts mit Heise zu tun? Sie würde sich später damit befassen.

Sandra setzte die Durchsuchung des Sekretärs fort. Sie zog alle Schubfächer auf, entleerte sie, aber Bilder von Heise oder persönliche Papiere waren nicht drin. Sandra ging durch den Raum. Auf und ab. Das konnte nicht sein. Jeder Mensch bewahrte irgendwo seine persönlichen Papiere, seine Identität auf, dachte sie. Dann kam ihr eine Idee. Ihr Vater besaß einen alten Biedermeiersekretär. Als sie zwölf Jahre alt war, zeigte er ihr das Geheimfach. Sie hätte es niemals gefunden ... zumindest nicht als Zwölfjährige. Heises Sekretär musste ein Geheimfach haben, davon war sie überzeugt. Sie ging zum Sekretär zurück und zog alle Schubladen heraus. Begann die Wände des Möbelstückes systematisch abzuklopfen. In der Mitte, knapp oberhalb der letzten durchgehenden Schublade, fand sie eine Stelle, die anders klang als die übrigen Teile. Sandra glitt mit der Hand unter die gesamte Fläche und bemerkte einen feinen Spalt, dann einen zweiten. Sie klopfte auf diesen Abschnitt. Er klang nicht hohl. Sie wusste, dass sie die Lage des Geheimfaches gefunden hatte. Nach weiteren fünf Minuten hatte sie auch den Mechanismus entdeckt, der das Fach öffnete. Es war nur zwei Zentimeter hoch, aber der Inhalt hatte es in sich. Aufgeregt ging sie vor das Haupthaus und rief nach Pierre, der gerade die Scheune verließ.

Als der Hauptkommissar sie erreichte, sagte er: »Ich habe die Sportwagen von Heise in der Scheune gefunden, sie ist wie eine Werkstatt ausgestattet. Dort stehen neun Sportwagen, und wenn ich das als Radfahrer richtig einschätze, dann handelt es sich um verdammt edle.«

»Heise?«, fragte Sandra geheimnisvoll.

Pierre stutzte. »Komm mal mit, ich zeige dir etwas«, sagte Sandra.

Sie gingen ins Wohnzimmer und setzten sich auf die Couchgarnitur.

Sandra drückte Pierre die Papiere in die Hand, die sie im Geheimfach gefunden hatte. »Heise hatte drei verschiedene Reisepässe. Der erste ist auf den Namen Frank Bastuch, der zweite auf Maximilian Seifert und der dritte auf Silvio Heise ausgestellt. Und endlich wissen wir auch, wie er aussieht. Heise hatte die Papiere im Geheimfach des Sekretärs versteckt.«

Pierre blickte Sandra anerkennend an. »Großartige Arbeit, Sandra!«

Vor dem Haupthaus waren Motorengeräusche zu hören. Die beiden Polizisten blickten aus dem Fenster des Wohnzimmers. Wagner und seine Leute waren eingetroffen. Sie würden in den nächsten Stunden alles auf den Kopf stellen. Sandra und Pierre gingen nach draußen.

»Sieht so aus, als würden wir hier etwas länger brauchen«, sagte Wagner zu den beiden und blickte sich auf dem Gelände um. Pierre nickte und zeigte dem Spurensicherer, was er und Sandra gefunden hatten. Danach verabschiedeten sich die Mordermittler von Wagner.

Als sie im Auto saßen, sagte Pierre: »Bevor wir nach Osterode zurückfahren, werden wir den Hausmeister von Heises Wohnung in Hasselfelde einen Besuch abstatten. Wenn der Heise auf den Fotos erkennt, dann braucht Boden kein Phantombild mehr zu erstellen.«

Sandra nickte und startete den Motor.

Hausmeister Hinze stand vor der Eingangstür des Wohnblocks. Als er die Polizisten auf sich zukommen sah, nahm sein Gesicht einen griesgrämigen Ausdruck an. Er schien sich immer noch über Hinauswurf aus Heises Wohnung zu ärgern.

Sandra zeigte ihm die Fotos. »Ist das der Mann, der hier unter dem Namen Heise gewohnt hat?«

Hinze sah die Fotos nur kurz an. »Ja. Haben Sie ihn gefunden?«

»Nein. Sie haben uns geholfen … danke!«

Hinzes Gesicht hellte sich auf. Das »Danke« der schönen Kommissarin hatte seinen Ärger verfliegen lassen.

Pierre und Sandra legten noch einen Zwischenstopp im Herzberger Krankenhaus ein. Stefan Henkelmann lag immer noch im künstlichen Koma, aber die diensthabende Ärztin in der Intensivstation glaubte, dass Henkelmann am Leben bleiben werde.

Südharz, Inspektion Osterode, Freitagabend, 29. August

Eckert, Stecher und Junge warteten schon auf Sandra und Pierre im Konferenzraum. Andrej Lebjew hatte eine E-Mail geschrieben, die es in sich hatte. Die beiden setzten sich, Junge begann vorzulesen. In der E-Mail schilderte Lebjew den Mord an seinem ehemaligen Kollegen Bogdanow. Lebjew führte den Mord auf eine Akte von 1989 zurück.

»… 1988 und 1989 erschütterte eine Mordserie die Schwarzmeerküste von Noworossyisk bis nach Sotchi. Die Ermittlungen haben aber nicht die lokalen Mordkommissionen übernommen, sondern von Anfang an die Kräfte des Innenministeriums, deshalb weiß ich nichts über die Morde, nicht einmal etwas über die Vorgehensweise des Mörders. Im April 1989 wurde der Mörder gefasst. Weil in der Gorbatschow-Ära überregionale Ermittlungsbehörden durch die örtlichen »kontrolliert« werden mussten, wurde die Mordkommission von Noworossyisk dafür ausgesucht. Bogdanow und ich wurden ins Kasino der Noworossyisker Militärkaserne zitiert, um die Abschlussakte über die Serienmorde zu unterschreiben. Von

einer Kontrolle der Ermittlungsarbeit des Innenministeriums konnte aber keine Rede sein. Die Akte durften wir nicht einsehen, wir mussten auf der letzten Seite lediglich unsere Unterschriften leisten. Irgendwie hat es Bogdanow geschafft, an eine Kopie der Akte zu kommen. Wo er sie versteckt hat, das konnte er mir nicht mehr sagen, aber ich werde sie finden.

Im Kasino waren vier Männer anwesend. Drei waren, so nehme ich an, hohe Offiziere des KGB und der vierte war Marc Kupfer, dessen Bild Sie mir gemailt haben. Ich vermute, dass diese Leute auch hinter dem Mord an Bogdanow stecken.

Bei der zukünftigen Kommunikation müssen wir außerordentlich vorsichtig sein. Ich bin sicher, inzwischen werden mein Handy und mein Computer überwacht – diese E-Mail schreibe ich über den E-Mail-Account einer Bekannten –, deshalb werde ich mit Ihnen Verbindung aufnehmen, wenn sich etwas Neues ergibt, und nicht umgekehrt.

Viele Grüße
Andrej Lebjew

»Kupfer, immer wieder taucht der Name Kupfer auf«, sagte Eckert. »Seine NVA-Akte ist spurlos verschwunden, 1989 gehörte er zu einer Ermittlungsgruppe des KGB in Noworossyisk, die nach einem Serienmörder sucht und ihn schließlich findet. Und genau diese Leute sollen, wenn Andrej Lebjew richtig liegt, einen pensionierten Polizisten ermordet haben, der eine Kopie der Ermittlungsakte der Serienmorde von 1989 besitzt. Wenn ihr mich fragt, dann ist Kupfer der gesuchte Serienmörder!«

Pierre blickte auf den Boden, sah, wie eine Fliege dicht über den Boden flog, dann brummend in die Höhe stieg und vor ihm auf dem Tisch landete. Schließlich schien sie sich die Flügel mit den Beinen zu putzen. »Er könnte der Mörder sein, aber dafür haben wir keine Beweise, noch nicht einmal Indizien. Im Moment müssen wir darauf warten, dass Lebjew uns Informationen zukommen lässt und Böhme etwas in den *Spiegel*-Archiven findet. Eine gute Nachricht habe ich für uns: Wie die Ärztin im Krankenhaus vorhin gesagt hat, schwebt Stefan nicht mehr in Lebensgefahr.«

Alle klopften auf den Tisch oder klatschten vor Erleichterung.

»Marc, du wirst morgen früh Erkundigungen über Heise einholen. Ich habe das Gefühl, dass Heise für Kameke Samura eine besondere Rolle gespielt hat, vielleicht waren die beiden sogar liiert. Jürgen und Karl, ihr findet heraus, wo Frau Samura lebt, und danach werdet ihr sie aufsuchen!«, sagte Pierre.

»Was ist, wenn sie nicht mehr in Deutschland lebt – ihr Name hört sich afrikanisch an – und vielleicht sogar nach Afrika zurückgekehrt ist?!«, fragte Eckert.

»Nein, das glaube ich nicht. Mein Gefühl sagt mir, dass sie in Deutschland lebt.«

Eckert fragte sich, wie Pierre sich immer so sicher sein konnte. Aber die Erfahrung der letzten Jahre hatte gezeigt, dass das »Bauchgefühl« seines Chefs immer richtig war. »Wenn Kameke Samura in Deutschland lebt, werde ich noch morgen Vormittag ihre Adresse haben!«

Südharz, Bad Sachsa, Freitagabend bis -nacht, 29. August,

Ringo hatte eine Übernachtungsmöglichkeit gefunden, die besser als die zugige Schutzhütte des Harzclubs oder die Stadttoiletten in der Bahnhofstraße war. Es handelte sich um eine ehemalige Pension in der Bismarckstraße. Ringo war der Meinung, dass das Gebäude schon leer stand, als er und Linda zum ersten Mal in Bad Sachsa campierten. Das war vor fünf Jahren. Schon zu diesem Zeitpunkt stand das Gebäude zum Verkauf, aber keiner hatte jemals Interesse gezeigt. Mittlerweile war es in einem heruntergekommenen Zustand. Die Fassadenfarbe war abgeblättert, der Putz gerissen und einige Fensterrahmen angefault. Ringo hatte aus

»zuverlässiger Quelle« erfahren, dass die ehemalige Pension wohl nie verkauft werden würde, weil Hotels in einem besseren Zustand noch länger leer stünden. Das war Ringo natürlich recht, in solch einer »komfortablen« Unterkunft hatten er, Linda und Waldi schon lange nicht mehr nächtigen können. Heute war es das zweite Mal, dass Ringo und seine Kumpels sich nach Einbruch der Dunkelheit auf den Weg machten, um die Pension aufzusuchen. Sie drangen über die Kellertür an der Rückseite ein. Ringo hatte sie am Morgen mit seinem Dietrich wieder verschlossen und jetzt kramte er den Hilfsschlüssel aus einer Tasche seiner leicht zerfetzten Jacke. Waldi musste Ringo stützen, er hatte heute besonders viel Wodka getrunken. Ringo reichte Waldi den Schlüssel und der öffnete die Tür. Sie suchten wie auch am Vortag einen Kellerraum auf, der kein Fenster hatte. Der Schein ihrer batteriebetriebenen Leuchte drang somit nicht nach draußen und verriet ihre Anwesenheit nicht. Ringo schlüpfte unbeholfen in seinen Schlafsack, wenige Augenblicke später war sein regelmäßiges Schnarchen zu hören.

»In letzter Zeit wird es immer schlimmer mit ihm. Wenn er weiter so trinkt, wird er sich bald zu Tode gesoffen haben«, sagte Linda traurig. Einstein entfernte sich einen weiteren Meter von Ringo, als wolle er Lindas Aussage Nachdruck verleihen.

Ob es nun daran lag, dass Ringo nicht mehr an ihrem Gespräch teilnehmen konnte oder dass Linda besonders frustriert war, jedenfalls erzählte Linda Waldi zum ersten Mal ihre Lebensgeschichte. Anfang der1970er Jahre hatten sie Abitur gemacht, in der gleichen Klasse, im gleichen Alter. Damals waren die beiden schon seit zwei Jahren ein Paar. Während ihre Mitschüler ein Studium oder eine Lehre begannen, wollten Linda und Ringo erst einmal ihre durch die Schule abhanden gekommene Freiheit genießen. Beide waren sehr musikalisch, spielten mehrere Instrumente und Linda hatte eine beeindruckende Stimme. Sie tingelten durch die Städte und wurden Straßenmusikanten. Später bekamen sie Angebote, in Kneipen ihre Folk-Lieder vorzutragen. Dort erhielten sie gute Gagen, nächtigten in einfachen Pensionen und Gaststätten. Und eigentlich war das das Leben gewesen, das man hatte aushalten können. Aber es blieb nicht so. Nach einer Vorstellung in der Nähe von Braunschweig kam der Manager einer Plattenfirma zu den beiden Musikern. Er bot ihnen einen Plattenvertrag an. Linda war damals schon misstrauisch gewesen, aber Ringo glaubte an den großen Durchbruch, war ganz euphorisch.

»Der Haken an der Sache war eine Selbstbeteiligung von dreißigtausend Mark. Der Manager sagte, wir sollten uns das bis zum nächsten Tag überlegen. Am nächsten Abend kam er wieder und brachte einen Bankangestellten mit, der uns die Vorteile unserer zukünftigen Einnahmen vor Augen führte. Ringo und ich hatten fünftausend Mark gespart und brauchten deshalb nur fünfundzwanzigtausend Mark aufzunehmen. Wir unterschrieben den Vertrag, das Geld wurde an den Manager ausgezahlt. Und dann geschah das, was ich befürchtet hatte. Der Manager verschwand – er war zwei Wochen vorher von seiner Plattenfirma entlassen worden –, auch der Bankangestellte. Es stellte sich heraus, dass Ringo und ich nicht die Einzigen waren, die auf diese Art und Weise betrogen wurden. Die beiden Betrüger hatten mit ihrer Masche mehrere hunderttausend Mark erbeutet. Jahre später wurden sie auf Mallorca geschnappt. Das Geld hatten sie natürlich verprasst.«

Ringos Schnarchen beschleunigte sich. Es schien, als habe sein Unterbewusstsein alles mitbekommen und Ringo durchlebe gerade jene Zeit noch einmal.

»Wären wir doch damals kritischer gewesen«, sagte Linda und blickte auf ihren Gefährten. »Wir mussten den Kredit zwar nicht an die Bank zurückzahlen, aber unser Gespartes war weg. Ringo verfiel danach in Depressionen und begann exzessiv Alkohol zu trinken. Wir traten nicht mehr auf und danach ging es bergab. Das Endergebnis siehst du ja vor dir.«

Die beiden Obdachlosen schwiegen. Lediglich Ringos Schnarchen durchbrach die Stille. In Lindas Augen standen Tränen.

Was für eine Verschwendung, dachte Waldi. Wenn er die unreifen Stimmen vieler heutigen Popgrößen mit der schönen Stimme von Linda verglich, dann konnte er nicht begreifen, dass Linda niemals eine ganz Große im Musikgeschäft geworden war. »Ich hab gehört, dass die dich mal Linda B. und deinen Kumpel Ringo B. genannt haben. Wofür steht eigentlich das *B* hinter euren Vornamen?«, durchbrach Waldi das Schweigen.

»Mein *B* steht für Baez. Joan Baez. Sie war für mich ein Vorbild. Musikalisch und wegen ihres sozialen Engagements. Mein richtiger Name lautet Linda Krüger. Ringo heißt in Wirklichkeit Martin Wittick. Sein *B* steht für die Beatles, Ringo Starr ist sein Lieblingsmitglied der Band.«

Waldi verstand.

»Und du?«, fragte Linda, »was ist mit dir passiert?«

Waldi erzählte Linda von seiner zweiten Frau und von der Petermann KG, die ihm alles, was er besessen, genommen hatte.

»Diese Gesellschaft ist eine unmenschliche«, antwortete Linda. »Einige Konzernchefs und Manager denken darüber nach, ob sie sich eine weitere Villa in der Schweiz oder in der Karibik kaufen oder ob sie sich als Drittwagen einen Porsche kaufen und wir … schlagen uns auf der Straße herum.«

»Und wenn es den gesellschaftlichen Größen einer Stadt nicht gefällt, dann schicken sie uns Schläger auf den Hals, die uns vertreiben … Bad Sachsa ist der erste Ort, in dem wir nicht drangsaliert werden«, sagte Waldi.

»Das war nicht immer so. Erst Rexilius hat dafür gesorgt.«

»Wer ist das?«

»Pierre Rexilius. Er wohnt hier in Bad Sachsa und hat ein Herz für Obdachlose. Vor fünf Jahren hat er uns vor glatzköpfigen Männern in Schutz genommen. Er hat denen angedroht, sie ins Gefängnis zu bringen, wenn sie uns nicht in Ruhe ließen. Seitdem haben die uns nie wieder belästigt. Rexilius ist ’ne große Nummer bei der Kripo in Osterode, er leitet die Mordkommission. Manchmal hält er mit seinem Fahrrad bei uns an und wünscht sich Lieder von Joan Baez. Jedes Mal gibt er uns ein gutes Trinkgeld. Seit letzter Woche habe ich ihn nicht mehr gesehen. Liegt wahrscheinlich daran, dass er wieder an einer Mordserie arbeitet.«

Waldi war schlagartig kreidebleich im Gesicht geworden. Das bemerkte Linda selbst bei dem schwachen Licht. »Was ist auf einmal los mit dir?«, fragte Linda verwundert.

Waldi überlegte, ob er Linda etwas von den Vorgängen am Oderstausee erzählen sollte. Was hatte er schon beobachtet? Einen Mann, den er schon einmal gesehen zu haben glaubte? Linda würde ihn auslachen. Aber eine innere Stimme riet ihm, sich Linda anzuvertrauen. Waldi berichtete ihr von der Leichenbeseitigung am Oderstausee.

»Rede mit Rexilius, er wird dich anhören und ernst nehmen. Wenn er glaubt, dass an deiner Beobachtung etwas dran ist, wird er der Sache nachgehen.«

Waldi antwortete nicht gleich. In diesem Moment war ihm eingefallen, wo er den Typen vom Oderstausee schon einmal gesehen hatte. »Ich glaube, ich weiß, wo ich dem Mörder schon einmal begegnet bin. In der Innenstadt von Nordhausen. Er kam aus einem großen Ärztehaus. Ich hatte gerade vor dem Haus Position bezogen, als der Typ aus dem Haus trat. Er war teuer gekleidet. Als er an Einstein vorbeiging, trat er zweimal nach ihm. Beim zweiten Tritt traf er Einstein so stark, dass der durch die Gegend geschleudert wurde. Einstein jaulte und wollte auf den Mann losgehen. Ich konnte ihn zurückhalten. Der Kerl war groß und kräftig, machte einen durchtrainierten Eindruck. Einstein und ich, wir hätten keine Chance gegen den gehabt. ›Haut ab. Gesindel können wir hier nicht gebrauchen‹, schrie der Mann. Ich hatte das Gefühl, dass er uns gleich von der Stelle wegzerren wollte, aber einige Passanten, die sich inzwischen um uns versammelt hatten, hinderten ihn daran. Er blickte noch einmal verächtlich auf mich und dann verschwand er. Aber ich habe seine Augen gesehen … nie würde ich sie jemals vergessen können. Um die Pupille hatte er einen orangefarbenen sternförmigen Ring und der Rest der Iris war blau. Das sah gespenstisch aus. Durch mein Fernglas habe ich am Oderstausee seine Augen wiedererkannt«, sagte Waldi gehetzt.

»Das ist der Mörder, den die Polizei sucht, Waldi, du musst unbedingt mit Rexilius sprechen. Mit deiner Aussage wird sich Rexilius den Mörder schnappen!«

»Ich kann mich jetzt wieder an den Tag erinnern, an dem ich den Typen in Nordhausen gesehen habe: Es war der 18. März, ich hatte Geburtstag.«

Südharz, Bad Sachsa, Freitagabend bis -nacht, 29. August

Eigentlich wollte er seine Schwiegermutter besuchen, dachte Pierre, als er die Marktstraße befuhr, aber es war schon zu spät dafür. Außerdem hatte Horst Bischoff noch nicht die Adresse seiner Exfrau ermittelt.

Als Pierre seinen Postkasten leerte, stellte er erfreut fest, dass die langersehnte CD des Mitschnitts von Simon and Garfunkels Konzert im Central Park endlich eingetroffen war. Er eilte in seine Wohnung, wärmte sich ein Nudelfertiggericht auf und verspeiste es in Rekordzeit. Danach ging er in sein Arbeitszimmer, schaltete den Computer ein und schob die CD in den Schacht. Der Jubel, der die beiden Musiker empfing, als sie mit *Mrs. Robinson* ihr Konzert begannen, riss auch Pierre mit. Er stopfte sich eine Pfeife und zündete sie an. Es war die erste Pfeife dieses Tages, und dabei sollte es auch bleiben. Pierre ging noch einmal in die Küche, kehrte mit einer Tasse Cappuccino ins Arbeitszimmer zurück und setzte sich wieder an seinen Schreibtisch.

Rexilius' Handy klingelte. Die Bibliothekarin Grete meldete sich. »Pierre, ich habe die kaukasische Sage gefunden, die hinter der Zeichnung steckt«, sagte sie erfreut.

Ebenso erfreut antwortete Pierre: »Leg los!«

»In der Legende geht es um das Zusammenleben zwischen Menschen und Wölfen. Im ›Land der drei weißen Zinnen‹ lebten die Wölfe und Menschen friedlich miteinander. Den Wölfen gehörte der Wald, Feld und Flur den Menschen.

Jeder respektierte den Lebensraum des anderen. Eines Tages kam ein Wanderprediger zu den Menschen. Er stachelte sie auf, die Wölfe zu töten und nun auch Herr über den Wald zu sein. Viele sträubten sich zunächst, waren sie doch der Überzeugung, dass sie den Wald zum Leben nicht brauchten. Schließlich gaben sie aber nach. Sie zündeten den Wald an. Alle Wölfe – bis auf die Welpen eines Wurfes – starben. Sie überlebten in einer Höhle. Eine der Welpen – eine Wölfin – war ihren Altersgenossen weit voraus. Ihre Klugheit und Fürsorge ließ ihre Altersgenossen die nächsten Jahre überstehen, bis sie erwachsen waren.

Nach ein paar Monaten verließ der Prediger wieder das Land, er hatte sein Ziel ja erreicht. Die Wölfe waren vernichtet. So glaubte er zumindest. Der Wald aber erholte sich, weil die Menschen ihn nicht brauchten, um zu überleben. Schnell wuchs er wieder zu. Inzwischen waren die Wölfe erwachsen und die Wölfin – ihre Anführerin – ging auf die Menschen zu, um sie zu einem erneuten friedlichen Zusammenleben zu überreden. Die Menschen aber waren von dem bösen Gedankengut des Predigers so verdorben, dass sie die Wölfin töten wollten. Sie konnte fliehen. Die Menschen zogen ein zweites Mal los, um die Wölfe zu vernichten. Die Wölfin hatte das geahnt und vorher mit ihrem Wolfsrudel eine große Fallgrube gebaut, in die alle Menschen fielen. Dort waren sie bis an ihr Lebensende gefangen. Feld und Wald gehörten jetzt allein den Wölfen. Hier endet die Geschichte.«

Grete machte eine Pause, dann fuhr sie fort: »Die Sage spielt im ›Land der drei weißen Zinnen‹, irgendwo im Kaukasus, aber wo das Gebiet liegt, das haben Anja und ich trotz aller Recherchen nicht herausgefunden. Vielleicht gibt es das ›Land der drei weißen Zinnen‹ überhaupt nicht. Aber das ans Tageslicht zu bringen, wird deine Aufgabe sein. Und wie die Sage mit dem Mord in Verbindung gebracht werden kann, das kannst nur du herausfinden, ich schicke dir den Text der Sage gleich als E-Mail.«

Pierre bedankte sich herzlich bei Grete und versprach, die beiden Frauen zu einem weiteren Essen einzuladen, wenn der

Fall gelöst war. Wenige Minuten später traf die E-Mail von Grete ein. Pierre las den Text noch einmal durch. Schließlich fragte er sich: Was ist der Kern der Sage? Pierre steckte sich eine Pfeife an und machte einige schnelle Züge.

Wie lässt sich die Legende in die heutige Zeit übertragen?

Und wenn er den Ort der Sage kannte, würde ihm das weiterhelfen?

»Der Kern der Sage, worin besteht er?«, murmelte Pierre vor sich hin. Der Polizist rief die Zeichnung im Computer auf, die Boden ihm angefertigt hatte. Im unteren Teil saß die Wölfin und schien auf das Geschehen im »Land der drei weißen Zinnen« zu blicken.

Was war dort geschehen?

In der Sage hatten die Menschen die Wölfe vernichtet, indem sie den Wald in Brand gesteckt hatten. Ein Wanderprediger hatte die Menschen aufgehetzt … Pierre war sich sicher, der Wanderprediger fand eine Entsprechung in der heutigen Zeit. Um welche Persönlichkeit konnte es sich handeln? Und der Waldbrand … welche Entsprechung fand er? Pierre vermutete, dass es sich um einen Großbrand, vielleicht um eine Explosion irgendwo im Kaukasus handelte. Schließlich kam er auf eine Idee. Er würde mit Uwe Böhme, dem ehemaligen Kriminalreporter des *Harzkuriers*, Kontakt aufnehmen, der arbeitete inzwischen beim *Spiegel* und hatte freien Zugang zu umfangreichen Archiven. Wenn es überhaupt Informationen über eine Explosion im Kaukasus gab, dann besaß der *Spiegel* sie …

Obwohl es inzwischen zwei Uhr war, griff Pierre zum Telefon und wählte die Nummer von Böhme. Auch wenn der Journalist jetzt schlafen sollte, er würde nach dem dritten oder vierten Klingelzeichen ans Telefon gehen und mit hellwacher Stimme sagen: »Ein guter Journalist schläft nie …«

Nach dem vierten Klingelzeichen meldete sich Böhme, Pierres Telefonnummer hatte er immer noch in seinem Handy gespeichert. »Morgen, Pierre!«, sagte Böhme.

»Eigentlich wollte ich dich nicht so spät …«

»Du weißt ja, wie das bei einem guten Pressemann ist:

Er schläft nie und wenn, dann nur mit einem Auge.« Dann wurde seine Stimme sehr interessiert. »Du brauchst Informationen ... und ... du hast eine gute Story für mich?!«

»Die Story könnte vielleicht noch besser werden als 2003 ...«

Böhme ließ Pierre nicht ausreden, er spürte, dass sich etwas Aufregendes anbahnte. »Also los, raus damit, meine Hilfe ist dir sicher.«

Pierre erzählte dem Pressemann von der Tätowierung und was die beiden Bibliothekarinnen herausgefunden hatten. »Ich glaube, dass es sich beim Waldbrand in der Sage um eine Explosion oder einen Großbrand, vielleicht sogar zu Zeiten der Sowjetunion, handelt. Du hast doch unbeschränkten Zugang zu den *Spiegel*-Archiven ...«

»Das trifft sich gut, ich fahre morgen, äh, heute nach Hamburg ... eigentlich wollte ich im Zusammenhang mit einem Bericht über Computerkriminalität recherchieren, aber das werde ich später nachholen. Dein Fall hört sich vielversprechender an.« Böhme versprach, sich zu melden, sobald er etwas herausgefunden habe, und legte auf.

Pierre wusste, dass Böhme jetzt einen starken Kaffee trinken würde, sich ins Auto setzen und schnellstens nach Hamburg fahren würde. Pierre wartete noch den Simon-and-Garfunkel-Song *Late in the Evening* ab und ging dann ins Bett.

Er lag noch einige Zeit wach. Immer wieder fragte er sich, welche Persönlichkeit sich hinter dem Wanderprediger verbarg. Schließlich schlief er ein. Er träumte von Wölfen, von schneebedeckten Gipfeln und schließlich suchte ihn wieder der Alptraum in einer Heftigkeit heim, die er selten erlebt hatte.

Sie saßen sich auf der Couchgarnitur gegenüber. Evelina hatte einen Tee gekocht und als Süßmittel Marmelade auf den Tisch gestellt. Andrej dachte unwillkürlich an den Nachmittag, als er Bogdanow besucht hatte. »

»Wie kann ausgerechnet ich dir helfen?«, fragte sie.

Lebjew überlegte, wie viel er ihr sagen sollte. Er wollte sie nicht zu tief in die Sache mit hineinziehen. Aber er brauchte sie, um weiterhin unentdeckt mit dem deutschen Kommissar zu kommunizieren. Andrej beschloss, Evelina alles zu erzählen, dann konnte sie entscheiden, ob sie ihm helfen wollte.

»Du hast in ein Wespennest gestochen«, sagte sie, nachdem Lebjew ihr alles erzählt hatte. »Kennen die Leute, die dahinterstecken, die Verbindung zu mir?«

»Nein. In diesem Fall hätte ich dich nicht aufgesucht.«

Evelina nickte. Bis 1995 war sie Polizistin gewesen. Eine sehr gute, wie Andrej fand. Fünf Jahre hatten die beiden in der Mordkommission zusammengearbeitet. Und sie waren ein Paar gewesen. Dann war Andrej Dascha begegnet. Von einem auf den nächsten Augenblick hatte er sich in sie verliebt und die Verlobung mit Evelina gelöst. Evelina wechselte in das Drogenressort. Aber den Drogensumpf konnte sie nicht lange ertragen. Nach einem Jahr kündigte sie bei der Polizei und begann ein Jurastudium. Danach hatte Lebjew sie aus den Augen verloren. »Ich habe gerade zwei Wochen Urlaub, ich arbeite seit vier Jahren als Juristin bei einer Ex- und Importfirma, und ich war lange Polizistin, ich werde dir helfen.«

»Nein, ich möchte dich da nicht mit hineinziehen. Es reicht, wenn ich ein paarmal deinen Computer benutzen kann.«

»Du hast mich längst schon hineingezogen, Andrej.«

Lebjew antwortete nicht darauf. Natürlich hatte sie recht. Aber er durfte sie nicht gefährden. Auch deshalb nicht, weil er ihr so wehgetan hatte. »Es wird sehr gefährlich werden und ich kann weitere Hilfe von dir nicht annehmen, nachdem ich dir …«

»Andrej, ich habe dir längst verziehen, außerdem konnte ich dir doch nicht befehlen, Dascha nicht zu lieben.« Was natürlich nur die halbe Wahrheit war. Lebjew vermutete, dass sie bis heute das Ende der Beziehung nicht richtig verkraftet hatte. Deshalb hatte sie auch nie geheiratet, obwohl sie zahlreiche Heiratsanträge bekommen hatte. Evelina Solowjow war schließlich eine attraktive Frau. »Ich habe damals vom Tod deiner Familie gehört, es tut mir leid. Wie geht es dir?«, fragte Evelina.

Er schüttelte den Kopf und schwieg eine Zeit. Er wollte nicht darüber reden. Nicht mit Bogdanow und auch nicht mit Evelina.

Sie wechselte das Thema. »Wenn es eine zweite Akte über diese Mordserie von 1989 gibt, wo könnte Bogdanow sie versteckt haben?«

»Ich habe mir darüber schon den Kopf zerbrochen … ich weiß es nicht.«

Evelina dachte einen Moment nach. Schließlich sagte sie: »Bogdanow war ein alter Fuchs, dem traue ich es zu, dass er die Akte oder einen Hinweis irgendwo im Archiv versteckt hat. ›Wenn du etwas verstecken willst, dann halte es demjenigen vor die Augen, der es sucht. Er wird es nicht sehen‹, hat er einmal gesagt …«

Andrej schaute sie anerkennend an. Sie war eine kluge Frau und sie hatte recht. So war Bogdanows Handlungsweise gewesen. »Ich werde heute Nacht ins Archiv der Miliz eindringen. Ich habe immer noch einen Schlüssel!«

»Und was ist, wenn sie dich dort erwarten?«, fragte Evelina.

»Ich muss es riskieren.«

Eine halbe Stunde hatte Lebjew das Milizgebäude beobachtet. Nichts wies auf mögliche Verfolger oder Observierer hin. Sie hatten mit Sicherheit Verbindungsleute bei der Miliz, aber Lebjew glaubte nicht, dass sie ihm im Milizgebäude auflauerten. Er ging durch den Kellereingang in das Gebäude, über den die Fahrzeuge zu ihren Einsätzen fuhren. Es war eine ruhige Nacht, nicht ein einziges hatte den Keller bislang verlassen. Lebjew wusste, dass die Kollegen der Nachtschicht jetzt ihre erste Pause machten und in der Kantine saßen. Er hatte das einkalkuliert, um möglichst keinem von ihnen zu begegnen. Nahezu jeder aus der Milizstation wusste, dass er beurlaubt war, und wenn er hier gesehen wurde, mitten in der Nacht, dann hätte sich das schnell herumgesprochen.

Lebjew schlich um die Fahrzeuge und erreichte die Metalltür, die in das Hauptgebäude führte. Er öffnete sie und spähte vorsichtig in den Gang: Er war leer, nur entferntes Stimmengemurmel aus der geschlossenen Kantine war zu hören. Lebjew eilte zur Treppe, die in den ersten Stock führte. Er lief die Treppe hinauf und spürte wieder seine Schussverletzung im rechten Oberschenkel. Wann würden endlich die Schmerzen aufhören? Behutsam öffnete er die Tür und schaute wieder nach rechts und links in den Gang. Wieder war keine Menschenseele zu sehen. Er ging bis zum Ende des Ganges, wo sich der Eingang zum Archiv befand. Lebjew griff in Jackentasche seines Parkas. Vorteilhaft, dass er letztes Jahr den Archivschlüssel behalten hatte. Lewonski, der für das Archiv zuständig war, hatte ihm den Schlüssel gegeben und nicht zurückverlangt.

Andrej ging in das Archiv und verschloss es von innen. Es hatte keine Fenster, so dass sein Eindringen von außen nicht beobachtet werden konnte. Er schaltete seine Taschenlampe an und schritt die Regalwände ab. Die Akten gingen bis in das Jahr 1960 zurück. Lebjew fand nach einigen Minuten das Regal für das Jahr 1989. Es war nach Monaten geordnet. Im April hatten Bogdanow und Lebjew die Unterschrift leisten müssen. Er holte drei Kartons aus dem Regal, stellte sie auf einen in der Nähe stehenden Tisch und begann sie durchzusehen. Nach einer halben Stunde stieß er auf etwas. Es handelte sich um das Deckblatt einer Akte. Auf ihm stand handschriftlich geschrieben: *Kopie der Akte 04/73 A. Original im Innenministerium.* Als Datum war der 29. April 1989 angegeben. Es hatte also doch eine Kopie gegeben! Aber wer hatte sie angefertigt? Bogdanow … Aber wann und warum? Um der Nachwelt die Möglichkeit zu geben, die Geschehnisse von damals irgendwann an die Öffentlichkeit zu bringen? Lebjew öffnete die Akte, aber zu seiner Enttäuschung befand sich nur ein einzelnes Blatt darin. Irgendjemand hatte die Akte abgeholt ... Bogdanow, der Fuchs? Es würde Lebjew nicht wundern, wenn Wassilij es tatsächlich gewesen war. Aber dennoch fand Lebjew etwas, das zurückgelassen worden war. Auf einem Extrablatt standen drei Leute, die die Akte 1988 abgezeichnet hatten: Andrej Lebjew, Wassilij Bogdanow und ... Leonid Koslow!, der Verbindungsmann des KGB in der Miliz. Andrej erinnerte sich an ihn und etwas Merkwürdiges fiel ihm ein. Koslow war kurz danach, im Mai 1989, in den Ruhestand gegangen. Obwohl er erst fünfundvierzig war. Sollte er noch leben, dann müsste er jetzt fünfundsechzig Jahre alt sein, dachte Lebjew. Warum war Koslow so früh in Rente gegangen? Und wo war er geblieben? Vor allem aber glaubte Lebjew, dass Koslow etwas über diese Mordserie wusste.

Lebjew hörte Schritte auf dem Flur. Schnelle, entschlossene Schritte. Eilig packte er die Akten in die Kartons und stellte sie in das Regal zurück. Dann huschte er vier Regale weiter und versteckte sich hinter einem Wandvorsprung. Gerade noch rechtzeitig. Die Archivtür öffnete sich, das Licht ging an. Lebjew lauschte. Er hörte Schritte von zwei Menschen. Zielgerichtet. Plötzlich blieben sie stehen.

»April 1989 steht hier«, sagte einer der beiden. Lebjew erkannte die Stimme. Sie gehörte Artur Lewonski, dem Leiter des Archivs. Warum kam der mitten in der Nacht ins Archiv, obwohl es nur tagsüber besetzt war? »Drei Kartons«, sagte Lewonski und holte sie aus dem entsprechenden Regal.

»Ich will den 29. April!«, sagte die zweite Person in einem befehlenden, eiskalten Ton.

Lewonski holte schnell den passenden Karton und wollte die entsprechenden Papiere herausholen.

»Finger weg!«, drohte die zweite Person und holte aus dem Karton die Aktennotiz, die Lebjew Minuten vorher in der Hand gehalten hatte. Dann steckte er sie in seine Jackentasche, ohne um Erlaubnis zu fragen. »Hat Lebjew Zugang zum Archiv?«, fragte der Unbekannte.

»Wie jeder andere auch, der als Polizist in der Milizstation arbeitet«, antwortete Lewonski.

»Wollen Sie mich nicht verstehen? Ich will wissen, ob Lebjew außerhalb der offiziellen Zeiten in das Archiv eindringen kann. Hat er einen Schlüssel?« Wieder dieser eiskalte, furchterregende Ton.

»Ausgeschlossen. Nur der Chef der Miliz, der Staatsanwalt und ich verfügen über einen Schlüssel.«

Der Unbekannte schaute Lewonski lange an, seiner Mimik war aber nicht zu erkennen, ob er dem Archivchef glaubte. Lewonski hatte gelogen, um Lebjew zu schützen.

»Wie oft kommt Lebjew ins Archiv und wann war er das letze Mal hier?«

Lewonski zuckte mit den Schultern. »Wissen Sie, hier kommen zig Leute jeden Tag ins Archiv, da kann ich mir unmöglich merken, wer wie oft hier in Akten einsieht … Dafür haben wir ja schließlich unser Besucherbuch.« Die zweite Lüge von Lewonski. Es stimmte zwar, dass das Archiv häufig besucht wurde, aber Lewonski besaß ein ausgezeichnetes Gedächtnis. Er hätte am Abend eines Tages genau sagen können, wer wann und wie lange im Archiv gewesen war. Lebjew war sich sicher, dass Lewonski in der Lage gewesen wäre zu sagen, wie oft Lebjew im letzten Jahr im Archiv gewesen war.

»Besucherbuch!«, befahl der Unbekannte.

Sie gingen zum Schreibtisch, der in der Nähe des Eingangs stand, Lewonski nahm das Besucherbuch heraus und reichte es dem Unbekannten. Der sah es gründlich durch. »Warum war Lebjew vor acht Wochen so oft hier?« Sein Ton wurde scharf.

»Oberleutnant Lebjew ist der Chef der Mordkommission, der fähigste Polizist der Miliz. Er arbeitete an einem Doppelmord, der sich im Drogenmilieu abspielte. Ich kann mich deshalb so genau daran erinnern, weil Lebjew bei der Festnahme der Täter von zwei Kugeln getroffen wurde. Er wäre dabei fast draufgegangen.«

»Das ist nun einmal unser Berufsrisiko. Vielleicht war er

auch nicht professionell genug bei der Verhaftungsaktion«, sagte der Fremde ungerührt. Dann schlug er das Buch zu und legte es auf den Schreibtisch.

Lewonski schloss es in den Schreibtisch ein. »Was soll Lebjew denn Ungesetzliches getan haben?«, fragte er.

»Noch so eine Frage und ich werde dafür sorgen, dass Sie beim Reinigungspersonal landen«, sagte der Unbekannte. »Führen Sie mich jetzt zurück zum Milizchef!«

Die beiden Männer verließen das Archiv. Lebjew konnte noch das Umdrehen des Schlüssels hören.

Wer war dieser Mann, fragte sich Lebjew. Er hatte »unser Berufsrisiko« gesagt. Er war also ein Polizist. Ein hochrangiger zudem, denn seine Stimme klang befehlsgewohnt. Dass einer von ihnen um zwei Uhr in der Nacht in das Archiv kam, das nur tagsüber geöffnet war, zeigte Lebjew, dass sie die Akte nicht hatten. Und sie wollten sie vor Lebjew haben. Was war im April 1989 so Schwerwiegendes passiert, fragte sich Lebjew wieder. Der unbekannte Mann war um Minuten zu spät gekommen. Lebjew kannte nun eine weitere Person, die etwas über den Vorgang von 1989 wusste: Leonid Koslow. Hatte er damals deshalb seinen Abschied eingereicht? Er musste Koslow finden. Lebjew fiel ein, dass Evelina einige Jahre mit Koslow zusammengearbeitet hatte, wenn er sich nicht irrte, dann sogar 1989. Vielleicht wusste sie, wo er geblieben war. Bevor er aber in Evelinas Wohnung zurückkehren würde, musste er mehr in Erfahrung bringen über den Mann, der mit Lewonski im Archiv gewesen war. Andrej würde Artur Lewonski einen Besuch abstatten.

Lebjew verließ die Milizzentrale und überlegte, ob er den Weg zu Lewonski zu Fuß zurücklegen sollte oder ob er zum Hauptbahnhof gehen würde, wo vielleicht noch Taxis bereitstünden. Lewonski lebte am Stadtrand, zehn Kilometer von der Milizstation entfernt. Selbst wenn Lebjew schnell gehen würde, würde er fast zwei Stunden brauchen. Er beschloss, zum Bahnhof zu gehen und ein Taxi zu nehmen.

Der Taxifahrer hieß Serge. »Eh, Mann, is' ja super! Andrej

Lebjew, in meiner Kutsche! Sie haben die Mafiagangster ganz schön aufgemischt! Die haben ihre Leute überall, auch bei der Miliz. Eh, Mann, hab' alles in der Zeitung gelesen.«

Andrej wusste, dass Serge recht hatte. Nach dem Zerfall des sozialistischen Systems waren anstelle der Parteibonzen und des Geheimdienstes Mafiagruppen gerückt, die ihre ehemaligen Beziehungen nutzten, um den Polizeiapparat zu korrumpieren, wo es nur ging. Im Verlauf des Gespräches sagte Serge etwas Alarmierendes: In den letzten Stunden habe er eine starke Polizeipräsens in den Straßen Noworossyisk beobachtet. Einige Autos seien auch schon angehalten und durchsucht worden, darunter zwei Taxis. Der Taxifahrer konnte sich dieses plötzliche Polizeiaufgebot nicht erklären. Nichts sei passiert, kein Unfall, keine Schlägerei oder etwa ein Mord. Wenn, dann müsste er es wissen, weil die Taxifahrer gut informiert seien und über ein ausgezeichnetes Kommunikationsnetz verfügten.

»Eh, Mann, was is' da los?«, fragte Serge.

»Ich habe keine Ahnung, bin noch nicht wieder im Dienst«, antwortete Lebjew, aber eine Ahnung stieg in ihm auf. Waren sie schon auf der Suche nach ihm, und steckte dieser Mann dahinter, den Lewonski ins Archiv geführt hatte? Andrejs Wachsamkeit erhöhte sich noch. Wurde Artur Lewonski am Ende überwacht? Lebjew bat Serge, vorsichtig an Lewonskis Haus vorbeizufahren. Andrej prüfte eingehend das Gelände um das Haus seines Kollegen, aber er fand keine Anzeichen für eine Beobachtung des Hauses. »Fahren Sie bitte zwei Querstraßen weiter«, sagte Andrej. Als sie dort ankamen, fragte Lebjew: »Würden Sie hier auf mich warten, ich bezahle auch Ihre Haltezeit?«

Serge nickte: » »Na klar, Mann.

»Wenn Sie von der Miliz überprüft werden, würden Sie von mir nichts sagen?«

»Na klar, Mann«, sagte Serge verschwörerisch. »Sie ermitteln wieder undercover, stimmt's? Männer wie Sie und ich, wir müssen zusammenhalten. Sie müssen mir nichts bezahlen. Die Fahrt in meiner Kutsche is gratis für Sie!«

»Es kann aber länger dauern!«, sagte Lebjew.

»Und wenns 'n paar Tage dauert!«

Andrej verließ das Auto und schlich auf Lewonskis Haus zu. Als er auf Höhe von Lewonskis Nachbargrundstückes war, sah er ein Auto in die Straße einbiegen. Er sprang über einen flachen Gartenzaun und kauerte sich hinter einen Strauch. Langsam fuhr das Fahrzeug durch die Straße. Die Insassen untersuchten die Gegend, das war unverkennbar, aber sie hatten Lebjew nicht bemerkt. Er hoffte, dass sie Serge nicht überprüften.

Lebjew huschte zur Straße zurück und stand nach wenigen Schritten vor der Gartentür von Lewonskis Haus. Es war unbeleuchtet. Lebjew ging zur Rückseite des Wohnhauses und klopfte leise an das Schlafzimmer der Eheleute. Ein Nachtischlampe wurde eingeschaltet und Sekunden später tauchte Artur Lewonskis Gesicht an der Fensterscheibe auf. Als der Lebjew erkannte, öffnete er schnell das Fenster. Ohne durch das plötzliche und nächtliche Auftreten seines Kollegen überrascht zu sein, sagte Lewonski: »Komm rein! Durch das Fenster!«

Lewonski führte Lebjew in einen Kellerraum, der zu einer Art Partyraum umgebaut worden war. Fenster hatte er nicht, so dass ihr Aufenthalt von draußen nicht bemerkt werden konnte. Artur war im Gegensatz zu der Mehrzahl der Russen leidenschaftlicher Kaffeetrinker. Er schaltete seine Kaffeemaschine ein und setzte sich zu Lebjew an den Tisch. »Es war nett von dir«, sagte Lebjew, »dem Fremden nicht zu verraten, dass ich noch einen Schlüssel für das Archiv habe!«

»Dem arroganten Arschloch hätte ich das nie verklickert!«, sagte Lewonski und schaute Lebjew überrascht an. »Woher weißt du …?«

Andrej erzählte ihm, dass er in das Archiv eingedrungen war, um nach einer Akte aus dem Jahr 1989 zu suchen.

»Der vom 29. April?«, fragte Artur.

»Ja. Wer war der Mann, und was wollte er?«

»Verdammt, ich weiß nicht, wer der Kerl war. Um elf Uhr kam ein Anruf aus der Zentrale. Ich war sauer, die wollten, dass ich mich bei Polkow, unserm allseits beliebtem Polizeichef, meldete. Und zwar hurtig. In Polkows Zimmer war noch en zweiter Mann. Der grüßte nicht und stellte sich auch nicht vor. Musste 'ne große Nummer sein. Polkow hat dauern Bückling vor dem gemacht. Wenn du mich fragst, dann war der Kerl ein Geheimdienstler. FSB oder so. Polkov befahl mir, den Kerl ins Archiv zu bringen und ihm alles, was er brauchte, schnellstens zu geben! Der Typ redete kaum mit mir. Nur im Archiv hat mich er mich en paarmal angebellt. Aber du«, Lewonski fing schallend an zu lachen, »hast alles mitgekriegt und der Großkotz hatte keine Ahnung!«

Lewonski stand von seinem Stuhl auf und ging in die Ecke, in der die Kaffeemaschine stand. Noch in der Ecke lachte er leise vor sich hin. Er füllte zwei Tassen mit Kaffee und ging zum Tisch zurück. Die Männer nahmen einige Schlucke von ihrem Kaffee.

Schließlich fuhr Artur fort: »Als wir das Archiv verließen, machte der Kerl ein abfälliges Handzeichen. Ich konnte gehen. Ich war froh, dass ich ihn los war. Ich hatte Schmacht bekommen und bin in die Kantine. Dort war ich 'ne halbe Stunde. Dauernd fuhren Einsatzfahrzeuge mit Sirenengeheul aus der Zentrale. Ich hatte keine Ahnung, was da los war. Bin zum Empfang. Selenko hatte gerade Schicht. Er wollte erst nix sagen. Aber dann sagte er, dass sie dich suchen. Du hast 'nen pensionierten Milizionär gefoltert und dann umgebracht. Ich hab das nich geglaubt, Andrej. Da will dir einer was unterschieben. Ich hab Selenko noch gefragt, ob er den hohen Besuch kennt, der in der Zentrale war. Selenko wusste nur, dass er ein hoher Offizier vom FSB war. Was läuft hier, Andrej?«

Lebjew schüttelte mit dem Kopf. »Ich weiß es auch nicht ... aber es muss mit den Vorfällen von 1989 zusammenhängen. Es existieren zwei Akten davon. Was da genau passiert ist, weiß ich nicht, aber es ist etwas ganz Großes. Wassilij Bogdanow ist deshalb schon ermordet worden.«

»Verstehe. Der pensionierte Milizionär ist Bogdanow. Und du sollst der Mörder sein? Verdammte Saubande!«

Andrej erzählte Artur, was in Bogdanows Wohnung wirklich passiert war.

»Und Bogdanow hatte eine Kopie der Akte?«, fragte Lewonski.

»Ja, aber ich habe keine Ahnung, wo er sie versteckt hat.«

»Und jetzt glauben diese Typen, dass du die Akte hast?«, fragte Lewonski.

Lebjew nickte.

»Verdammt noch mal! Sie werden dich auch umbringen, Andrej! Was willst du jetzt machen?«, fragte Lewonski.

»Ich weiß es noch nicht.«

Sie tranken den Kaffee aus. Danach verabschiedete sich Andrej von Lewonski.

»Pass auf dich auf«, sagte Lewonski, als Lebjew das Haus verließ, »und wenn du Hilfe brauchst, dann wende dich an mich!«

»Nein, weiter ziehe dich da nicht mit hinein.«

Als Lebjew das Taxi erreichte, war es verlassen. Er schaute sich nach allen Seiten um und sah Serge plötzlich hinter einem Busch, der in einem Garten stand, hervortreten. Als er Andrej erreichte, sagte der Taxifahrer: »Eh, Mann, Sie waren kaum weg, da bog ein Auto in die Straße hier ein. Ich hatte vorher das Taxischild ausgestellt und meine Kutsche verlassen. Die Miliz sollte glauben, dass ich hier wohne«, sagte Serge. Andrej erinnerte sich an das Fahrzeug.

»Das Auto hielt, drei Typen in Uniform stiegen aus und leuchteten das Auto ab. Eh Mann, die glotzten sogar unter mein Auto. Dann hauten sie ab. Die haben nichts geschnallt«, sagte Serge stolz.

»Ihr Verhalten war klug!«, sagte Andrej. »Damit haben Sie einer sauberen Justiz einen guten Dienst erwiesen. Es wäre nett, wenn Sie mich jetzt in die Oststadt bringen könnten«, sagte Lebjew.

Lebjew ließ sich von Serge einige Straßen entfernt von Evelinas Wohnung absetzen. Er wollte die Gegend, bevor er in das Wohnhaus kam, nach möglichen Observanten absuchen. Er überzeugte sich, dass Evelinas Haus nicht überwacht wurde und ging in das Mehrfamilienhaus.

Nordharz, Goslar, Samstagmittag, 30. August

Bevor Eckert und Stecher an diesem Vormittag die Inspektion verließen, hatte Pierre den Kollegen der Mordkommission die Sage von der Klugen Wölfin vorgelesen und gefragt, ob jemand damit etwas anfangen könne. Aber keiner hatte eine Idee, was diese Sage mit den Mordfällen zu tun haben könnte. Am Ende würde es sowieso wieder Pierre sein, der die Zusammenhänge erkannte. Was Kameke Samura betraf, hatte Pierre hatte ja auch den richtigen Riecher gehabt. Sie lebte in Deutschland, sogar in Goslar, keine dreißig Kilometer von Osterode entfernt! Und er, Eckert, hatte unrecht gehabt. Frau Kameke war deutsche Staatsbürgerin, wie in der Datei des Einwohnermeldeamtes Goslar stand. Sie wohnte in einem Mehrfamilienhaus am Stadtrand. Nach einer halben Stunde Fahrt erreichten die Polizisten das Haus. Frau Samura wohnte im vierten Stock. Kurz nachdem Stecher am Wohnungseingang geklingelt hatte, öffnete eine Farbige mit einem Mischlingskind im Arm die Wohnungstür. »Sind Sie Kameke Samura?«, fragte Stecher. Die Frau nickte und Eckert schmunzelte. Er hatte doch recht gehabt, Kameke Samura war eine Afrikanerin!

Stecher nannte ihr den Grund ihres Kommens. »Kommen Sie doch rein!«, sagte Kameke Samura. Sie führte die beiden Polizisten ins Wohnzimmer und bot ihnen Platz auf der Couchgarnitur an, die mitten im Raum stand. »Ich bringe Kabele, meine Tochter, jetzt ins Bett, es wird nicht lange dauern«, sagte sie und verschwand mit ihrem Kind in einem Nebenraum. Fünf Minuten später kam sie wieder ins Wohnzimmer und schritt auf die beiden Polizisten zu.

Eckert betrachtete sie. Kameke Samura war eine attraktive

Schwarzafrikanerin mit krausem Haar und tiefschwarzer Haut. Elegant wie ein Mannequin auf einem Laufsteg bewegt sie sich. Aber nicht so dürr und klapprig, sondern mit weiblichen Rundungen dort, wo sie hingehörten. Heise hatte einen guten Geschmack, dachte Eckert.

Plötzlich blieb sie stehen. »Entschuldigung, ich habe es ganz vergessen ... kann ich Ihnen etwas anbieten? Kaffee oder Tee?«

»Nein danke, wir haben heute schon genug Kaffee getrunken«, sagte Stecher.

Sie nickte und setzte sich auf einen der Sessel.

»Kennen Sie den Mann auf dem Foto?«, fragte Stecher.

Kameke Samura schaute nur einen kurzen Moment auf das Bild. »Das ist Maximilian, mein Mann.«

Auch hier lag Pierre richtig, dachte Eckert.

»Maximilian hat mich vor über zwei Monaten verlassen. Einfach verlassen. Von einem zum nächsten Tag. Seitdem habe ich nichts mehr von ihm gehört ... Was ist mit ihm?«

»Er ist verantwortlich für einen Mordanschlag auf unseren Kollegen«, sagte Stecher.

Kameka Samura schaute Stecher an. »Maximilian ein Mörder? Niemals! Ja, er hat mich mit meiner Tochter Kabele sitzen lassen. Vielleicht hat er auch ein paar krumme Geschäfte gemacht, aber ein Mörder? Nein. Niemals!«

»Es gibt aber eindeutige Zeugenaussagen, dass er einen Mordanschlag auf einen Kollegen geplant oder in Auftrag gegeben hat!«, sagte Stecher.

Frau Samura schüttelte den Kopf.

Stecher beschloss einen anderen Weg zu gehen. »Wann haben Sie Ihren Mann kennengelernt?«, fragte er.

»Schon zu DDR-Zeiten«, sagte sie trotzig. »Ich stamme aus Angola, damals ein sozialistisches Bruderland der DDR. 1987 erhielt ich eine Art Stipendium und durfte ich in die DDR, um in Berlin Germanistik und politische Wissenschaften zu studieren. Zu diesem Zeitpunkt lernte ich Maximilian kennen, er war sozusagen mein Mentor. Nach einem halben Jahr wurde er als Betreuer abgezogen, aber wir verloren uns nicht aus den Augen. Als es 1990 zur Wiedervereinigung der beiden deutschen Staaten kam, sollte ich nach Angola zurückgeschickt werden, obwohl dort ein Bürgerkrieg tobte. Ein Jahr zuvor waren meine Eltern und Geschwister von einer Bande rechter Fanatiker ermordet worden. Es war einfach zu gefährlich für mich, nach Angola zurückzukehren. Ich habe mich an Maximilian gewandt und er hat dafür gesorgt, dass ich in Deutschland bleiben konnte. Er kannte Leute, die dafür gesorgt haben, dass ich im Februar 1992 eingebürgert wurde.«

Eckert holte das Bild, das Sandra auf dem Bauernhof in Sülzhayn gefunden, aus seiner Jackettasche und gab es Kameke Samura.

»Wo haben Sie das her?«, fragte sie überrascht.

»Wir haben es in einem Bauernhof gefunden«, antwortete Eckert. »Haben Sie, weil er Ihnen geholfen hat, in Deutschland zu bleiben, auf die Rückseite des Fotos *Für den Menschen, der mir die Freiheit geschenkt hat* geschrieben?«

Sie nickte. »Als ich die Nachricht meiner Einbürgerung bekam, wollte ich mich am gleichen Tag bei ihm bedanken, aber sein Haus war leer, er war weggezogen und keiner der Nachbarn wusste, wo er geblieben war.« Sie machte eine Pause, dachte an die gemeinsame Zeit mit ihrem Mann zurück. »1995 lernte ich meinen ersten Mann, Frank Deppe, in Berlin kennen. Er arbeitete für einige Monate in Berlin, wohnte aber in Goslar. Ich folgte ihm dorthin und wir heirateten. Die Ehe hielt nicht lange, Frank betrog mich mit anderen Frauen, schließlich verließ ich ihn. Ein Jahr später wurden wir geschieden und ich nahm meinen alten Namen wieder an. Vor zweieinhalb Jahren bin ich Maximilian in Berlin im Sony-Haus wieder begegnet, als ich Bekannte besucht habe. Ehrlich gesagt, hatte ich mich in ihn schon zu DDR-Zeiten verliebt und war traurig, dass er damals so plötzlich verschwunden ist. Als ich ihn wiedersah, fühlte ich wieder dieses Kribbeln im Bauch. Ich glaube, ihm ging es ähnlich. Am Abend des gleichen Tages haben wir uns bei ihm zu Hause getroffen und uns die ganze Nacht geliebt …

Der Rest ging schnell. Er zog zu mir nach Goslar. Wir haben geheiratet. Maximilian nahm meinen Nachnamen an.«

Cleverer Schachzug, dachte Stecher. Damit verschwand er aus allen Karteien. Stecher interessierte auch, wie er kurz vor der Hochzeit mit Samura hieß. Er fragte Kameke Samura danach.

»Maximilian Seifert«, antwortete sie.

Unter diesem Namen hatten die Ermittler auch einen Pass von Heise gefunden.

»Frau Samura, was hat Ihr Mann in den letzten beiden Jahren, in denen er bei Ihnen gelebt hat, beruflich gemacht?«

»Er war Chef einer Sicherheitsabteilung.«

Eckert und Stecher sahen sich überrascht an. Ein Krimineller als Chef bei einer Sicherheitsabteilung? »Bei welcher Firma?«, fragte Stecher.

»Bei der Petermann KG.«

Der Petermannkonzern hatte seinen Wirkungsbereich nach der Wiedervereinigung der beiden deutschen Staaten auf den Harz ausgedehnt. Mitte der 1990er Jahre hatte der Konzern zahlreiche marode Firmen im Harz und Harzvorland aufgekauft und seitdem mit Gewinn weiter betrieben. Autohäuser, Reparaturwerkstätten, Baumärkte, Supermärkte, ja sogar Eisengießereien gehörten dazu. Der Konzernchef genoss den Ruf, dass alles, was er anfasste, sich in Gold verwandelte. Bei so viel Erfolg schossen natürlich schnell zahlreiche Gerüchte ins Kraut, aber Stecher wusste, dass die Wirtschaftsdezernate der Polizei bis zum heutigen Zeitpunkt nie gegen den Petermannkonzern ermittelt hatten.

»An welchem Standort des Konzerns hat Ihr Mann gearbeitet?«, fragte Stecher.

»Einmal in der Woche fuhr er nach Magdeburg, im letzten Jahr vor seinem Verschwinden nach Nordhausen in die Zentrale, an den übrigen Tagen arbeitete er in irgendeiner Einrichtung im Oberharz.«

»Um was für eine Einrichtung handelte es sich?«

Kameke Samura zuckte mit den Schultern. »Er hat nicht viel über seine Arbeit gesprochen … Ich weiß es nicht!«

»Warum hat er als Sicherheitschef des Konzerns hauptsächlich in einer ›Einrichtung‹ im Oberharz gearbeitet, man möchte doch meinen, dass er da eher die verschiedenen Firmen betreute?«

»Ich weiß es nicht«, sagte Kameke Samura.

Stecher glaubte ihr. Die Afrikanerin verbarg nichts vor ihm. »Warum ist ausgerechnet Ihr Mann an den Chefposten gekommen?«

»Er hat mir erzählt, dass er den ›Big Boss‹ aus alten Tagen kennt. Der hat, als Maximilian sich beworben hat, ihn sofort eingestellt.«

Aus alten Tagen?, fragte sich Stecher. Das konnte doch eigentlich nur bedeuten, dass er den »Big Boss« aus alten Stasi-Zeiten kannte. Etwas anderes konnte sich Stecher nicht vorstellen. War der Konzernchef der Petermann KG ein ehemaliger Stasi-Mann? Oder hatte er nur über gute Verbindungen zum DDR-Geheimdienst verfügt? Sie würden den Konzernchef durchleuchten müssen. »Hat Ihr Mann Ihnen gesagt, was er unter ›alten Tagen‹ verstand?«

Sie schüttelte den Kopf.

»Hat sich Ihr Mann in der letzten Zeit vor seinem Verschwinden anders verhalten als sonst?«

Kameke Samura schwieg einen Moment. Dann veränderte sich ihr Gesichtsausdruck, er wurde zornig und traurig zugleich. »Und ob. Etwa vier Wochen, bevor er verschwand, hat er sich praktisch über Nacht verändert. Manchmal blieb er tagelang weg, um unser Kind hat er sich nicht mehr gekümmert. Einmal kam er mit einem teuren Sportwagen an, behauptete, der gehöre ihm. Als er schlief, habe ich in seinen Unterlagen geschnüffelt: Und tatsächlich, das Sportauto war auf seinen Namen angemeldet. Er hatte es für 150 000 Euro gekauft. Er verfügte plötzlich über unheimlich viel Geld! Ein anderes Mal kam er mit einem Bild von einer Villa und sagte, dass er sie im nächsten Monat kaufen werde. Sie koste über eine Million, das Geld dafür werde er schon bald haben. Und wenn die Restaurierung im nächsten Monat abgeschlossen sei, werden wir dort einziehen. Er sei zu Höherem berufen und werde bald noch mehr Geld besitzen. Ich sagte ihm, ich brauche keine Villa, ich war glücklicher mit einem Maximilian, der nicht so viel Geld besaß, aber ein anständiger Kerl war. Er lachte mich aus und am Tag danach war er verschwunden. Und mit Kabele hat er mich allein gelassen.«

Stecher erinnerte sich in diesem Moment daran, dass Jonas Klitsch, der mit seiner Bande Stefan Henkelmann überfallen hatte, davon gesprochen hatte, dass er von Heise 50 000 Euro bekommen würde, wenn Klitsch mit seinem Überfall erfolgreich wäre. Woher hatte Heise das viele Geld? »Frau Samura, warum war Ihr Mann auf einmal so reich?«

Sie verzog ratlos das Gesicht und schüttelte den Kopf. Mehr konnte sie den Polizisten über ihren Mann nicht sagen. »Werden Sie mich informieren, wenn Sie etwas über den Verbleib von Maximilian wissen?«

»Natürlich«, versprach Eckert. Dann verabschiedeten sich die beiden Polizisten und fuhren in die Inspektion zurück.

Südharz, Parkplatz Priorteich,
Sonntagmorgen, 31. August

Tautropfen hatten sich sanft auf den Wald gelegt. Im Gegenlicht der ersten flachen Sonnenstrahlen glitzerten sie wie Juwelen. Der Läufer, der auf seinem morgendlichen Rundweg um den Priorteich war, schenkte dem Naturschauspiel keine Aufmerksamkeit. Seine Aufmerksamkeit war nach innen gerichtet. Auf die Herzfrequenz. Auf das Lauftempo. Und auf den Zeitpunkt, an dem die Übersäuerung in seinem Körper begann und er das Tempo wieder verlangsamen musste. Auf dem Parkplatz Priorteich, der an die Landesstraße 604 grenzte, lief er an dem Tisch, an dem zwei Leute zu frühstücken schienen, zunächst vorbei. Sein Gruß wurde nicht erwidert. Sein Unterbewusstsein signalisierte ihm, dass irgendetwas an diesem Bild nicht stimmte. Er hielt an und blickte zurück.

Das konnte nicht sein. Hier hatte sich jemand einen Scherz erlaubt. Nein, was er sah, war real.

Seine folgende Reaktion war geistesgegenwärtig: Er holte sein Handy aus seiner Sporthose und alarmierte die Polizeistation in Bad Sachsa. Die zweite Reaktion bestand aus einer Ohnmacht, aus der der Jogger erst wieder erwachte, als die Bad Sachsaer Polizisten eintrafen. Berufsbedingt erging es den beiden Polizisten etwas besser. Einer der beiden erbrach sich, der andere griff zum Handy und alarmierte Rexilius, den er kannte und von dem er wusste, dass er Leiter der Mordkommission Osterode war.

Zehn Minuten später traf Rexilius mit seinem Rennrad auf dem Parkplatz ein. Er blickte auf die bizarre Szenerie. Sie wirkte wie der Beginn eines Theaterstückes. So, als sei der Vorhang gerade aufgegangen und als verharrten die beiden Schauspieler in einer Starre, bis der Regisseur das Zeichen zum Beginn der Vorstellung gab. Mitten auf dem Parkplatz stand ein Campingtisch, der für zwei Personen eingedeckt war. Rechts und links am Tisch saßen sich eine männliche und eine weibliche Leiche gegenüber. Der Mörder hatte die Positionen der Opfer sozusagen eingefroren, hatte die Leichen mit kaum sichtbaren Angelschnüren so befestigt, dass sie in ihren Positionen blieben und nicht von den Stühlen kippten. Ihre Oberkörper waren leicht nach vorn gebeugt und die Hände lagen auf dem Tisch. In ihnen befanden sich Messer und Gabel, und es schien, als würden sie gleich ihre Hände heben und mit der Mahlzeit beginnen.

Noch etwas anderes fesselte Pierre: Obwohl der Mörder seinen Opfern die Augen genommen hatte, schien es, als würden sich die Leichen leidenschaftlich anschauen. Rexilius musste sich eingestehen, etwas so Abscheuliches und zugleich Kunstfertiges in seiner langen Laufbahn noch nicht gesehen zu haben. In der Mitte des Tisches lag ein beschriebenes Blatt. Der Hauptkommissar sah sich das Schreiben näher an. Es war an ihn gerichtet.

Lieber Herr Hauptkommissar Rexilius – oder sollte ich Sie besser mit ›Liebe Klette‹ anreden? – der Titel meines Kunstwerkes lautet: »Zwei Liebende in Freude und Entzücken über die familiäre Vereinigung in der jenseitigen Welt«.

Nun, Herr Hauptkommissar, es gibt Menschen, die finden das, was ich schaffe, grausam, abscheuerregend, aber sie haben noch nicht den Sinn für das Höhere, das Vollendete, das Göttliche entwickelt. Seien Sie einmal ehrlich, Herr Hauptkommissar, waren Sie nicht von meinem Kunstwerk fasziniert, als sie es gesehen haben?

Noch habe ich nicht den absoluten Höhepunkt meiner Schaffenskraft erreicht, aber in nicht allzu langer Zeit wird es soweit sein. Auf diesem Weg werden Sie mein Begleiter sein.
Ein unbekannter Künstler

Rexilius wandte den Blick von den Leichen ab und ging auf die beiden Polizisten zu, die sich in einem sicheren Abstand zu den Opfern aufhielten. Einer der beiden kümmerte sich um den Jogger. »Können Sie Sichtblenden anfordern? Ich möchte nicht, dass man von der Straße aus etwas von diesem furchtbaren Anblick sehen kann. Fahren Sie, bis die Blenden eintreffen, erst einmal ihren Kleinbus vor die Leichen. Bald werden die Presseleute hier auftauchen und Bilder von den Opfern auf der Titelseiten ihrer Zeitungen veröffentlichen wollen, das können wir nicht gebrauchen«, sagte der Hauptkommissar.

Die beiden Männer nickten.

Pierre informierte die Spurensicherung und seine Kollegen von der Mordkommission und wandte sich wieder den Leichen zu. Er fand das gleiche Muster wie bei der Leiche im Oderstausee: Beiden hatte der Mörder die Haut des Kopfes ab dem mittleren Halsbereich entfernt. Leere Augenhöhlen klafften Pierre entgegen. Grotesk, dachte er wieder, es entstand trotzdem der Eindruck, als würden sich die beiden Leichen anschauen. Pierre sah sich das weibliche Opfer genauer an und entdeckte das, was er befürchtet hatte. Unterhalb des Bauchnabels befand sich ein Tattoo und es glich genau dem der Frau aus der Odertalsperre! Das konnte kein Zufall sein. War hier jemand im Begriff, eine ganz bestimmte Gruppe von Menschen auszulöschen? Hastig wandte sich der Hauptkommissar dem männlichen Opfer zu. Was er suchte, fand er aber nicht: Eine Tätowierung. Stattdessen entdeckte Pierre etwas anderes. Eine große kreuzförmige Narbe auf dem Rücken der rechten Hand! ... Der Unbekannte – Heise, alias Seifert –, der Klitsch den Auftrag gegeben hatte, einen Überfall durchzuführen, dem Henkelmann zum Opfer gefallen war? Das Einzige, was Klitsch von dem Mann gesehen hatte, war die kreuzartige Narbe auf der Hand ... Das musste Heise sein. Er würde von der Spurensicherung ein Foto machen lassen und es Klitsch vorlegen.

Was aber hatte der Mann mit den beiden Frauen zu tun gehabt? Oder gab es gar keinen Zusammenhang? Pierre war so in Gedanken vertieft, dass er weder das Anbringen der Sichtschutzblenden noch seine Kollegen bemerkt hatte, die schon einige Zeit neben ihm standen.

Sandra räusperte sich und sagte: »Der Mörder muss völlig durchgeknallt sein ... denkst du das Gleiche wie ich?« Sie zeigte auf die Narbe des männlichen Opfers.

»Ja, ich glaube, dass es sich um Heise handelt«, antwortete Pierre und drehte sich zum linken Rand der Sichtblende um.

Dort erschien Pankert, der junge Gerichtsmediziner, und ging auf die Polizisten zu.

»Morgen allerseits«, sagte er, blickte auf die beiden Leichen und runzelte die Stirn. »Ein Serienmörder?« Pankert bekam aber keine Antwort.

Sandra, die im angrenzenden Wald etwas Gläsernes hatte blitzen sehen, erkannte dort ein Geländemotorrad, auf dem ein Fahrer saß, der mit einem Fotoapparat Bilder von den Leichen machte. Sie rannte los. Pierre, Eckert und Marc jagten ihr hinterher. Es hätte nicht viel gefehlt, und Sandra hätte den Fotografen erreicht, aber im letzten Moment gab er Gas, fuhr eine scharfe Kurve, umfuhr geschickt die Bäume und konnte unerkannt entkommen. Pierre, Marc und Jürgen hatten inzwischen zu Sandra aufgeschlossen.

»Verdammtes Schwein«, brüllte Marc, »dieser Pressefuzzi, jetzt hat er seinen Klopfer für die morgige Titelseite. Hast du sein Gesicht erkannt, Sandra?«

»Nein, er hatte einen Helm auf und ehe ich näher kommen konnte, hat er sein Visier heruntergezogen«, antwortete sie. Nein, sein Gesicht hatte Sandra nicht erkannt. Aber sie glaubte, den Mann schon einmal gesehen zu haben. Seine Statur und seine Bewegungen … Woher kannte sie diesen Mann? Aber so sehr sich Sandra auch bemühte, es fiel ihr nicht ein.

»Vielleicht kriegen wir ihn vorher noch«, sagte Eckert, »ich habe das Nummernschild erkannt.« Er griff zum Handy und gab das Kennzeichen an die Inspektion in Osterode weiter, um den Halter des Fahrzeuges feststellen und eine Fahndung nach dem Fahrer einleiten zu lassen. Die drei Polizisten gingen zu den Leichen zurück.

»Wer war das?«, fragte Doktor Pankert.

»Ein Pressemann. Und wie es aussieht, hat er Aufnahmen von den Leichen gemacht. Wenn wir ihn nicht vorher ergreifen, wird irgendeine Zeitung ein Exklusivbild auf ihrer Titelseite von den beiden Opfern veröffentlichen«, sagte Marc Junge.

Pankert verzog angewidert das Gesicht und begann mit seiner Arbeit. Pierre sprach mit Wagner, der noch keinen besonderen Fund gemacht hatte. Dann packte Pierre sein Rennrad in Eckerts Auto und die Mitglieder der Mordkommission fuhren in die Inspektion nach Osterode.

Südharz, Inspektion Osterode,
Sonntagmittag, 31. August

Eine Stunde später saßen die Mitglieder der Mordkommission im Konferenzraum zusammen. Die Polizisten, die nach dem unbekannten Fotografen fahndeten, hatten zwar schnell den Halter des Motorrades ausmachen können – es handelte sich um einen Motorradverleih in Nordhausen –, der Mieter hatte auch einen Namen angegeben. Der hatte sich aber als falsch erwiesen. Ein Phantombild konnte nicht angefertigt werden, weil der Angestellte des Motorradverleihs den Mann nur sehr kurz angeschaut hatte und sich deshalb an ihn nicht mehr erinnern konnte.

»Wann hat der Mann das Motorrad ausgeliehen«, fragte Sandra. Inzwischen war ihr eingefallen, wo sie den Motorradfahrer schon einmal gesehen hatte.

»Gestern Nachmittag«, antwortete Eckert, der mit den Kollegen, die nach dem Motorradfahrer gefahndet hatten, gesprochen hatte.

»Ist das nicht merkwürdig? Dieser Typ mietet sich einen Tag vor der Zurschaustellung der Leichen ein Geländemotorrad aus. Nur zu dem Zweck, Fotos machen zu können.«

»Was willst du damit andeuten?«, fragte Eckert.

»Ich glaube, der Motorradfahrer hat schon einen Tag vorher Bescheid gewusst, dass sich etwas ereignen wird. Ort und Zeit wird er wohl gekannt haben.«

»Du meinst, dass der Mörder den Reporter zum Parkplatz geschickt hat?«, fragte Junge.

»Ich glaube, dass es der Mörder selbst war, der die Aufnahmen gemacht hat. Vom Körperbau her ähnelte er dem Mann, den wir auf Zotters Film gesehen haben.« In Wirklichkeit aber war es diese bedrohliche und angsteinflößende Körperhaltung des Motorradfahrers, die Sandra zu diesem Schluss gebracht hatte. Sie verschwieg das aber ihren Kollegen. Sie wollte sich nicht lächerlich machen, falls sie irrte.

Pierre sah Sandra nachdenklich an. War da noch etwas

anderes, das sie nicht aussprach? »Das würde zur Vorgehensweise des Mörders passen«, sagte er schließlich, »aber er wird keine Lokalzeitung dafür ausgesucht haben, eher ein großes Boulevardblatt.«

»Und uns bleibt nichts anderes übrig, als auf die Veröffentlichung der Bilder zu warten?«, fragte Oberrat Rauert ungehalten.

»Ich befürchte, ja«, sagte Pierre.

Dann berieten die Ermittler über die beiden neuen Mordfälle.

»Eins verstehe ich nicht«, sagte Sandra nachdenklich, » warum gibt der Mörder sich so viel Mühe, die Leiche beim ersten Mord verschwinden zu lassen, und warum stellt er sie bei den heutigen Mordfällen zur Schau? Warum fordert er dich heraus, Pierre?«

Pierre antwortete nicht gleich, stattdessen meldete sich Rauert zu Wort: »Vielleicht handelt es sich um einen Nachahmungstäter?«

»Nein, das glaube ich nicht«, antwortete Pierre. »Es ist derselbe Täter. Der Gerichtsmediziner hat gesagt, dass die Hautschnitte an den Leichen identisch sind. Der Mörder besitzt die Geschicklichkeit eines geübten Chirurgen ... ich glaube, es handelt sich um ein Ablenkungsmanöver.«

»Ein Ablenkungsmanöver wovon?«, fragte Marc verwirrt.

»Es ist nur so ein Gefühl ... der Mörder will uns vom eigentlichen Motiv ablenken.«

»Das wir aber noch nicht einmal kennen«, sagte Eckert. Pierre nickte.

»Und wie passt Heise ins Bild, der Klitsch zum reichen Mann machen wollte?«

Pierre zuckte mit den Schultern und sagte: »Ich weiß es nicht ... ihr könnt erst mal nach Hause fahren, am Montag geht es weiter.« Eckert und Junge verließen den Konferenzraum.

Sandra war noch geblieben, Pierre merkte sofort, dass sie etwas bedrückte. »Dieses Bild der Leichen, Pierre ...«, sie druckste herum. »Ich habe es in einem Alptraum gesehen.

Es war furchtbar. Nur ... die beiden Opfer waren wir. Du und ich. Es gab auch ein Schriftstück, auf dem etwas Ähnliches stand wie auf dem Schreiben von heute. ›Endlich im Tod vereint‹.«

Pierre sah sie an. In ihrem Blick lag etwas Bittendes, vielleicht etwas Flehendes? Angst stieg in ihm auf. Um Sandra. Aber er teilte ihr seine Angst nicht mit. Warum schaffte er das nie? Warum verbarg er solche Gefühle vor ihr, der begehrenswertesten Frau, der er jemals begegnet war?

Pierre brauchte nichts zu sagen, auch sein berühmtes Pokerface hatte versagt. Sandra hatte seine Angst längst gesehen. Was sie nicht durchschaute, war, ob es sich bei der Angst um die gute Kollegin oder um mehr handelte. Sandra lächelte matt, die Angst hatte sich aber nicht gelegt. »War nur ein Alptraum ... hat wahrscheinlich keine Bedeutung. Ich werde mir jetzt das Bild mit der Narbe von Wagner abholen und zu Klitsch ins Untersuchungsgefängnis gehen.«

Pierre nickte und ging in sein Dienstzimmer zurück. Er rief den Outlook-Express in seinem Computer auf und ging seine E-Mails durch. Andrej Lebjew hatte sich noch nicht wieder gemeldet. War ihm etwas passiert?

Pierre beschloss, Wagner in der KTU aufzusuchen, vielleicht hatte der ja eine Erfolgsmeldung.

Der Kriminaltechniker saß auf eine Art Barhocker vor einem Tresen, auf dem einige Reagenzgläser, eine Feile, mehrere mit bunten Flüssigkeiten gefüllten Flaschen und mehrere Analysegeräte standen. In der Hand hielt er ein gebogenes Metallstück, das er von allen Seiten betrachtete. Pierre stellte sich neben Wagner.

»Mit diesem Metallbogen hat der Mörder bei der männlichen Leiche den Unterkiefer mit dem Oberkiefer verbunden, damit der nicht nach unten klappt ... Ich frage mich, warum der Mörder bei der weiblichen Leiche dafür einen Nylonfaden benutzt hat!«, sagte Wagner.

»Vielleicht war der Unterkiefer des Mannes zu schwer?«

Wagner schüttelte den Kopf. »Nein, ich habe schon mit

Spunkes telefoniert. Der Nylonfaden hätte ausgereicht. Es muss einen anderen Grund dafür geben ... Die chemische Zusammensetzung des Metalls ist kompliziert, es wird lange dauern, bis ich es vollständig analysiert habe. Wahrscheinlich wird es die ganze Nacht dauern.« Der Spurensicherer wandte sich wieder dem Metall zu. Das untrügliche Zeichen, dass er im Moment nicht mehr zu den Spuren sagen konnte.

Pierre verließ die Kriminaltechnik und ging in sein Dienstzimmer.

Wenig später kam Sandra aus dem Untersuchungsgefängnis zurück. »Pierre, Klitsch hat sich das Foto mit der Narbe auf der Hand des männlichen Opfers angeschaut. Er ist sich sicher, dass die Narbe zu dem Mann passt, der ihm den Auftrag zum Überfall gegeben hat.«

»Dann ist Heise also das männliche Opfer, und wir brauchen nach ihm nicht mehr zu suchen. Es muss irgendeine Verbindung zum Mörder geben, aber sie ist anders als bei den weiblichen Opfern. Heise war Sicherheitschef bei der Petermann KG, hat seine Frau erzählt. Vielleicht gibt es da eine Verbindung«, sagte Pierre und griff zum Telefon. »Marc, ich möchte, dass du morgen nach Nordhausen fährst und dich in der Zentrale der Petermann KG nach Heise erkundigst. Frag nach Maximilian Seifert und nimm ein Bild von ihm mit! Hast du schon etwas über Heises Lebenslauf herausgefunden?«

»Nicht allzu viel, ich muss am Montagmorgen noch ein paar Anrufe machen.«

»Wann kommt euer Kind endlich zur Welt?«

»Ich weiß es nicht. Der ausgerechnete Termin ist der 5. September, aber es kann Abweichungen geben. Es kann früher kommen, aber auch eine Woche nach dem Termin.«

»Wenn es morgen kommt, dann lässt du alles stehen und liegen und begleitest deine Frau ins Krankenhaus!«

Danach rief Pierre Eckert an. »Klitsch hat die Narbe an der männlichen Leiche als die Heises erkannt. Entweder du oder Karl, einer von euch beiden muss nach Goslar fahren und Frau Samura abholen, damit sie anhand der Narbe ihren Mann identifizieren kann.«

»Ich wollte mich heute Nachmittag mit Natascha und den Kindern treffen.« Eckert verhandelte mit Stecher, Pierre hörte ein »Ja«. »Karl fährt nach Goslar«, sagte Eckert schließlich.

»Gut, dann soll er gleich losfahren!«

Südharz, Inspektion Osterode, Sonntagabend, 31. August

Kameke Samura identifizierte die Narbe an der Hand der männlichen Leiche als die ihres Mannes und brach in Tränen aus. Stecher tröstete sie. Eine Stunde später brachte er die Frau wieder nach Goslar zurück. Samura erzählte dem Polizisten während der Fahrt, dass sie durch den Tod ihres Mannes nicht in finanzielle Nöte kommen werde. Sie habe einen guten und sicheren Job in der Erwachsenenbildung, und eine gute Freundin kümmere sich um ihre Tochter Kabele, wenn Frau Samura arbeitete. Sie habe ihren Maximilian geliebt. Er habe viel für sie getan. Ohne ihn wäre sie wieder in Angola und möglicherweise dort dem Bürgerkrieg zum Opfer gefallen. Leider habe sich ihr Mann in der letzten Zeit vor seinem Verschwinden so stark verändert, dass materieller Reichtum für ihn das Wichtigste geworden war. Familie und Liebe, das läge wahrscheinlich an ihrer afrikanischen Lebenseinstellung, sei ihr, Kameke Samura, immer wichtiger gewesen.

Am späten Nachmittag war Pierre nach Bad Sachsa zurückgefahren und hatte seine Schwiegermutter besucht. Ihr Zustand hatte sich nicht verändert, Pierre hatte auch nicht damit gerechnet.

Walter Vieth war begierig darauf gewesen zu erfahren, was auf dem Parkplatz Priorteich geschehen war. Das Auffinden zweier Leichen hatte sich in Bad Sachsa wie ein Lauffeuer herumgesprochen.

Pierre erzählte es seinem Freund. Natürlich konnte Walter

mit einer vergleichbaren Geschichte in Berlin aufwarten. In einem Park in Berlin-Zehlendorf war im Mai 1982 eine Frauenleiche gefunden worden. Der Mörder hatte sie an eine Bank angekettet und auf ihrer Brust ein Schild befestigt, auf dem »Ich bin eine Hure« stand. Dummerweise fanden augerechnet zehnjährige Schüler, die auf ihrem Schulweg durch den Park gingen, die Leiche. Das Mordmotiv war Eifersucht gewesen, der Ehemann stellte sich später als der Mörder heraus.

Als Pierre später an seinem Computer saß, dachte er über da nach, was ihm den ganzen Tag immer wieder durch den Kopf gegangen war. Es war, so vermutete der Hauptkommissar, ausgelöst worden, als er den Motorradfahrer in den Wald hatte fliehen sehen ... Es musste irgendwie mit den Filmaufnahmen der Jungen aus Seershausen zusammenhängen. Um neun Uhr beschloss er, noch einmal in die Inspektion nach Osterode zu fahren und sich den Film noch einmal anzusehen. Den letzten Nachtzug würde er noch bekommen ... Er schnappte sein Rennrad und montierte die Beleuchtung. Dann verließ er seine Wohnung und radelte zum Bad Sachsaer Bahnhof.

Um kurz nach zweiundzwanzig Uhr verließ er den Zug in Osterode und keine zehn Minuten später öffnete er die Tür zur Kriminaltechnik.

Wagner arbeitete noch immer an seinem Tresen, hielt gerade ein Reagenzglas über den Bunsenbrenner. Als er seinen Kollegen bemerkte, stellte er das Reagenzglas in einen Ständer und drehte die Gaszufuhr für den Brenner ab.

»Du bist immer noch mit der Analyse des Metallbogens beschäftigt?«, fragte Pierre und blickte Wagner an, der sich die Augen rieb.

»Ja, und das Schlimmste ist, ich kann die chemische Zusammensetzung des Metalls mit unseren Instrumenten nicht knacken ... Ich befürchte, wir müssen es dem LKA zur Analyse überlassen!«

»Dann taucht eine Stunde später der Arsch Dunker mit

seiner Truppe hier auf, um die Mordermittlungen an sich zu reißen. Was Dunker 2003 für einen Mist gebaut hat, das haben wir ja alle noch gut im Gedächtnis«, sagte Pierre.

Wagner nickte und dachte nach. »Ich glaube, ich habe eine bessere Möglichkeit. In Zorge gibt es einen modernen Industriebetrieb, der hochwertige Metalle produziert. Der Betrieb verfügt über ein hervorragend ausgestattetes chemisches Labor. Wenn das Metallstück dort nicht in seine Bestandteile zerlegt werden kann, dann ist auch das LKA dazu nicht in der Lage! Am liebsten würde ich gleich nach Zorge fahren, aber natürlich arbeitet zu dieser Tageszeit keiner. Morgen früh sollten wir das gleich nachholen.«

»Ich werde uns anmelden«, sagte Pierre.

»Warum bist du eigentlich heute, am Sonntag, hier?«

»Ich will mir die Filmaufnahmen der Jungen aus Seershausen noch einmal anschauen. Irgendetwas habe ich übersehen.«

»Ich werde dich unterstützen, vier Augen sehen mehr als zwei.«

Sie gingen in den Nachbarraum, das sogenannte Kino, in dem mehrere Computer und ein Beamer standen. Wagner setzte sich vor einen der Computer und rief die Filmdatei auf. Pierre setzte sich neben seinen Kollegen. Schließlich warf der Beamer die Aufnahmen an die Leinwand. Die folgende Betrachtung des Films dauerte fast fünf Stunden. Mal ließ Wagner den Film schneller laufen, mal hielte er ihn an, um Ausschnitte zu vergrößern.

Schließlich fand Pierre das, wonach er gesucht hatte. »Herbert, spiel den Film noch einmal zwanzig Sekunden zurück!«

Als Wagner den entsprechenden Filmausschnitt hatte, sagte Pierre: »Zwei Sekunden nach vorn und vergrößern bitte!«

Wagner befolgte Pierres Anweisung. Sie betrachteten den Ausschnitt. Schließlich pfiff Wagner vor Erstaunen. Er sah das Gesicht des Mörders, nachdem der den Wohnwagen mit Silke Kretschmar über der Schulter verlassen hatte. Deutlich zu erkennen waren aber nur die Augen, das Gesicht hatte der Mörder geschwärzt. »Ich habe eine Software, mit der ich die Bildschärfe noch verbessern kann«, sagte Wagner und begann mit seiner Arbeit. Nach einer halben Stunde hatte er ein scharfes und farbechtes Bild der Augen auf dem Bildschirm. »Ich drucke das Bild aus«, sagte Wagner.

Wenig später betrachteten die beiden Polizisten den Computerausdruck, den Wagner inzwischen auf den Computertisch gelegt hatte.

»Eine solche Iris habe ich noch nie gesehen«, sagte Pierre. Wagner erging es ebenso. Um die schwarze Pupille zog sich ein ockerfarbener gezackter Ring, daran schloss sich eine tiefblaue Zone an, die ihre Begrenzung im weißen Augapfel fand.

»Ich kenne einen Iridologen in Herzberg, der uns weiterhelfen könnte. Den sollten wir auch morgen aufsuchen!«, sagte Wagner, gähnte und schaute auf seine Uhr. »Jetzt ist halb fünf, nach Hause zu fahren lohnt sich nicht mehr, und wie ich dich kenne, hast du dich auf eine Nacht in der Inspektion vorbereitet!«

Pierre nickte. »Ich habe sogar einen Schlafsack mitgebracht.«

»Na, dann mach ich uns erst einmal einen starken Kaffee«, sagte Wagner.

Noworossyisk, Russland, 31. August bis 1. September

Sie saßen am Wohnzimmertisch, hatten kein Licht angeschaltet. Es war inzwischen nach vier Uhr. Evelina hatte nicht schlafen können und auf Andrej gewartet. Er hatte ihr von dem Fremden im Archiv erzählt. Und von Koslow. Dass Andrej als Mörder von Bogdanow gejagt wurde, verschwieg er Evelina. »Du hast doch einige Zeit mit Koslow zusammengearbeitet ...?«

»Bis zu seinem Abschied im Mai 1989«, antwortete Evelina. »Warum ist er so plötzlich verschwunden?«

Evelina schwieg einen Moment und dachte nach. »Ein Jahr lang habe ich mit Leonid zusammengearbeitet. Er war ein guter Kollege. Fachlich. Charakterlich. Dass er Verbindungsmann zum KGB war, wusste ja jeder. Ich habe Gespräche mitbekommen, da hat er seine KGB-Vorgesetzten angelogen, um die Miliz-Kollegen zu schützen. Leonid war geschickt, der KGB wurde nie misstrauisch. Kurz bevor er seinem Abschied nahm, war er verändert. Ich hatte damals das Gefühl, dass er eine Lebenskrise durchmachte. Er kam zu spät zum Dienst, einige Male betrunken. Das hatte es bei ihm vorher nie gegeben. Und plötzlich war er verschwunden. Einfach weg! Ohne sich zu verabschieden. Es hieß, er habe seinen Dienst quittiert. Das passte alles nicht zu dem Leonid, den ich schätzen gelernt hatte. Jetzt bekommt sein Verhalten von damals für mich einen Sinn. Aber ... er könnte auch ermordet worden sein!«

»Möglich. Vielleicht hat er sich damals auch abgesetzt? Koslow war ein ausgebufftes Schlitzohr.«

»Das war Bogdanow auch. Und jetzt ist er tot«, sagte Evelina.

»Ja, schon. Ich weiß es nicht, aber irgendwie glaube ich nicht, dass Koslow tot ist.« Andrej dachte einen Moment nach. »Was hat Koslow von sich erzählt? Wo stammt er eigentlich her?«

»In einer schwachen Stunde hat er einmal erzählt, dass er den ganzen Kram hinschmeißen möchte, zu viel habe er in seinem Leben gesehen.«

»Was meinte er damit?«

»Darauf ist er nicht näher eingegangen. Aber er deutete auf Machenschaften des KGB hin.«

»Hm. Hat er mal etwas über seinen Geburtsort gesagt?«

»Von seinem Vater hat er nicht viel erzählt. Koslow ist bei seiner Mutter aufgewachsen. Sie war 1988 schon tot.«

»Wo hat sein Vater gelebt?«

Evelina dachte nach. »Darüber hat er leider nie mit mir gesprochen. Ich glaube auch nicht, dass es der KGB wusste. Leonid hat sich immer eine Rückzugsmöglichkeit offengehalten.«

Wieder verfiel Evelina in Schweigen. Sie schloss die Augen, versuchte sich an irgendeine Bemerkung zu erinnern, die Koslow in Zusammenhang auf einen möglichen Rückzugsort gemacht haben könnte. »Er hat einmal gesagt, dass er keine chemischen Medikamente nimmt, sondern nur pflanzliche. Sein Vater sammelte sie und baute sie an. Spezialisiert habe er sich auf eine Pflanze ... und viele Menschen verwenden sie im Kaukasus ... das Schneeglöckchen, ja, das Schneeglöckchen war es!«

»Kennst du einen Kräuterheilkundigen in Noworossyisk, der uns weiterhelfen kann?«

Evelina schmunzelte. »Nicht in Noworossyisk, aber in Altubinal. Meine Tante Laduschka!«

Aus einem Impuls heraus ging Lebjew zum Fenster und blickte auf die Straße. Sein Gesicht nahm einen sorgenvollen Ausdruck ein. Zwei Fahrzeuge hatten gerade angehalten, die Fahrer schalteten das Licht aus und richteten sich auf eine Observierung ein. Lebjew legte den Zeigefinger auf den Mund und zeigte dann auf das Bad. Sie gingen ins Bad, Lebjew schloss die Tür und stellte den Wasserhahn an. »Sie sind da, Evelina. Wir müssen verschwinden. In Kürze werden sie ihre Laserabhörgeräte installiert haben und dann bekommen sie selbst ein Flüstern mit. Wir müssen möglichst schnell alles zusammenpacken, was wir brauchen ... Wie können wir das Haus verlassen, ohne dass sie etwas bemerken? Und ... wohin gehen wir jetzt?«

»Ich habe einen Kellerraum gemietet, der an der Rückseite des Hauses liegt. Durch das Fenster werden wir uns absetzen. Die Laptops und die Waffen, die du dem Mörder von Bogdanow abgenommen hast, nehmen wir mit. Wir werden Tante Laduschka schon heute aufsuchen.«

»Wo liegt Altubinal überhaupt?«, fragte Andrej.

»Rund zweihundertfünfzig Kilometer südöstlich von hier im Kaukasus.«

Im Dunkeln hatten Evelina und Andrej die Wohnung verlassen, waren in den Keller geschlichen und schließlich aus dem Fenster in den Hinterhof des Mehrfamilienhauses gestiegen. Andrej und Evelina hatten Glück gehabt: Der an die Fensterscheiben prasselnde Regen hatte ein Abhören durch die Laserabhörgeräte unmöglich gemacht. Die Lauscher hatten von der Flucht der beiden nichts mitbekommen. Als sie endlich das Auto erreichten, das Andrej auf einem einen Kilometer entfernten Parkplatz abgestellt hatte, waren sie bis auf die Haut durchnässt. Sie stellten die Reisetaschen und Laptops in den Kofferraum. Andrej setzte sich ans Steuer, startete den Motor und drehte die Heizung seines Dacias auf Maximum.

»Wir fahren am besten gleich nach Altubinal durch«, sagte Evelina mit klappernden Zähnen, zog sich bis auf den BH und Slip aus und legte die Kleidung zum Trocknen auf den Rücksitz.

Andrej schaute sie überrascht an.

»Diesen Anblick kennst du ja, auch wenn es lange zurückliegt«, sagte sie, »außerdem sind wir erwachsen.«

Andrej kurvte noch eine halbe Stunde durch Noworossyisk, um mögliche Verfolger abzuschütteln. Als er sicher war, dass sie nicht verfolgt wurden, verließen sie die Stadt auf der vierspurigen Magistrale 4 nach Südosten. Der Regen hatte sich noch verstärkt. Andrej musste die Geschwindigkeit auf vierzig Stundenkilometer drosseln, weil die Scheibenwischer die Wassermassen sonst nicht geschafft hätten. Zehn Kilometer weiter konnte er nur noch Schritttempo fahren und war froh, dass er wenig später von der Magistrale auf eine Raststätte abfahren konnte.

Evelina hatte sich inzwischen wieder angezogen, obwohl die Kleidung noch nicht trocken war. Sie fröstelte immer noch.

Lebjew tankte voll und sie gingen in das Restaurant. Lautes Gemurmel und der Duft frischen Kaffees erfüllten den Raum. Zahlreiche LKW-Fahrer waren hier versammelt, um eine Pause einzulegen und das Ende der heftigen Niederschläge abzuwarten. Evelina und Andrej ergatterten den letzten freien Tisch.

Andrej ging zur Theke und holte für beide Frühstück mit Kaffee. Der Kaffee weckte ihre Lebensgeister.

»Ist es klug, deine Tante in die Angelegenheit mit einzubeziehen?«, fragte Andrej. »Diese Typen, die uns verfolgen, sind brutal … wenn die die Adresse deiner Tante kennen, werden sie ihr einen Besuch abstatten und ihr sehr weh tun, bis sie wissen, wo wir stecken.«

Daran hatte Evelina auch schon gedacht, niemals würde sie Tante Laduschka in Gefahr bringen. »Von meiner Tante weiß keiner etwas. In der Miliz habe ich nur meinen Heimatort angegeben und der ist fast dreißig Kilometer von Altubinal entfernt.«

Andrej nickte und schaute aus dem Fenster. Der Regen hatte aufgehört, die ersten Sonnenstrahlen drangen durch die dünner gewordenen Wolken. »Wir sollten möglichst bald aufbrechen«, sagte er.

In Tuapse verließen sie die Magistrale und fuhren in den Kaukasus. Die Straßen wurden schlechter. Asphaltierte und geschotterte Abschnitte mit Schlaglöchern wechselten sich ab. Hinter Krivenkovskoye stoppte eine lange Schlange von Fahrzeugen ihre Fahrt. Wie sich später herausstellte, hatte der nächtliche Starkregen einen Erdrutsch verursacht, die Erdmassen waren ins Tal gerutscht und versperrten die Straße. Den Hauptteil der Schlammmassen hatte aber die parallel verlaufende, tiefer gelegene Eisenbahntrasse abbekommen. Erstaunlicherweise waren relativ schnell Räumfahrzeuge eingetroffen und nach drei Stunden war die Straße wieder freigelegt. Sie setzten die Fahrt fort. Evelina berichtete Andrej von ähnlichen Vorfällen, wo es Tage gedauert hatte, ehe die Straßen wieder befahrbar waren.

Andrej schaute immer wieder in den Rückspiegel, aber er konnte keine Verfolger ausmachen. Kurz vor Shaumyan bogen sie links ab. Der inselartig vorkommende Asphaltbelag wurde von einer durchweichten Lehmpiste abgelöst. Oft mussten sie an den festeren Rand der Piste fahren, um nicht stecken zu bleiben. Über weite Strecken war nur Schritttempo möglich, deshalb brauchten die beiden für die restlichen dreißig Kilometer drei Stunden. Kurz nach achtzehn Uhr fuhren sie auf den Vorplatz von Lada Seizews kleinem Häuschen. Sie hatten für die zweihundertfünfzig Kilometer lange Strecke mehr als zwölf Stunden gebraucht. Andrej bot sich ein buntes Bild: Unter einem Vordach, das sich um das ganze Holzhaus zog, hingen Hunderte von Kräuterbüscheln.

»Tante Laduschka hat ihre Heilkräuter zum Trocknen aufgehängt«, sagte Evelina.

»Versorgt sie damit ganz Altubinal?«, fragte Andrej nicht ganz ernsthaft.

»Ich glaube, damit kann sie einige Dörfer von der Größe Altubinals versorgen.«

Lada Seizew hatte das Auto vorfahren hören und war hinter dem Haus hervorgekommen, wo sie Kräuter geschnitten hatte. Als sie Evelina erblickte, strahlte ihr Gesicht. Ein ganzes Jahr hatten sie sich nicht mehr gesehen! Die beiden Frauen liefen aufeinander zu und umarmten sich lange. Dann lösten sie die Umarmung und Lada nahm Andrej erst jetzt richtig wahr. Sie blickte Evelina vielsagend an, die aber kaum merklich den Kopf schüttelte. Lada schien zu verstehen, dass sie doch nicht wieder ein Paar waren. »Dann lasst uns ins Haus gehen, ihr müsst nach der langen Fahrt Hunger haben.«

Evelinas Tante nutzte auch alle möglichen Flächen im Haus zum Trocknen ihrer Heilpflanzen. Im Hausflur, in allen Zimmern hingen Pflanzenbüschel. Andrej glaubte, die Düfte von Anis und Zitronen zu riechen. Als sie im Wohnzimmer beim Essen saßen, erzählte Lada ihnen, dass es in diesem Jahr eine ausgezeichnete Ernte gegeben hatte. In drei Wochen sei Heilkräutermarkt in Sotchi, sie würde ihre Kräuter dort mit gutem Gewinn verkaufen können. Von dem Ertrag werde sie ihre Anbauflächen ausdehnen können. »Während der Zeit der Sowjetunion gab es kaum Medikamente. Und die wenigen bekamen die höhergestellten Parteifunktionäre. Viele Menschen waren auf Heilkräuter angewiesen und das Angebot war schon damals hervorragend.« Lada Seizew war der Überzeugung, dass gegen jede Krankheit ein Kraut gewachsen sei. »Seit dem Zerfall der UdSSR gibt es zwar ausreichend Medikamente, aber nur Betuchte können sich die teuren Pharmaerzeugnisse leisten. Deshalb sind die meisten Menschen hier im Kaukasus bei Heilkräutern geblieben ... Weshalb seid ihr eigentlich gekommen?«, fragte Lada scheinbar beiläufig.

»Wir suchen einen ehemaligen Kollegen, der 1988 spurlos aus Noworossyisk verschwunden ist. Er könnte uns wertvolle Informationen über ein Verbrechen geben, das im April 1988 geschehen ist«, sagte Lebjew.

»Und wie soll ich euch da helfen können?«

»Leonid Koslow heißt der Mann. Er hat die Polizei 1989 urplötzlich verlassen. Sein Vater hat Heilkräuter gesammelt und angebaut wie du, Tante Laduschka. Und seine Spezialität waren Schneeglöckchen«, sagte Evelina »Wir glauben, dass Leonid den Betrieb von seinem Vater übernommen hat. Vielleicht kennst du ja jemanden, der irgendwo im Kaukasus Schneeglöckchen anbaut.«

»Schneeglöckchen? Merkwürdiger Zufall ... Einmal im Jahr gibt es in Sotchi einen großen Heilpflanzenmarkt. Hunderte Kräuterexperten bieten dort ihre Erzeugnisse an. Eine Woche lang verkaufe auch ich meine Kräuter. Noch viel wichtiger aber sind die Fachgespräche, die wir untereinander führen. Geheimnisse gibt es nicht. Wenn einer eine besonders wirksame Heilpflanze kennt oder eine besondere Tinktur entwickelt hat, dann macht er sie auch anderen zugänglich oder verrät die Anbaubedingungen. Seit Jahren habe ich versucht, eine spezielle Schneeglöckchenart anzubauen. Das ist mir aber nie gelungen. Vor zwei Jahren habe ich einen Stand entdeckt, an dem diese Art angeboten wird. Ich fragte den Verkäufer, ob er mir weiterhelfen kann. Er hat mich lange gemustert. Ich hatte das Gefühl, als würde er mich einer Prüfung unterziehen. Nach einer Weile sagte er, dass er die Schneeglöckchen nicht selber anbaue, sondern nur im Auftrag verkaufe. Er wolle aber den Schneeglöckchenexperten nach den Anbaubedingungen fragen und mir im nächsten Jahr die Informationen darüber zukommen lassen.«

»Und? Hat er das?«, fragte Evelina.

»Ja, natürlich. Als ich ihn im Jahr darauf aufgesucht habe, hat er mich hinter seinen Stand gebeten. Er hat fast geflüstert. Ich musste ihm das Versprechen geben, niemandem das Geheimnis zu verraten. Er sagte, wenn die Pharmakonzerne im Westen den Standort herausbekämen, würden sie über die Region herfallen und alle verfügbaren Flächen aufkaufen. Und wir selber verlören unsere Heilkräuter. Unsere Behörden sind käuflich, kein Problem also für westliche Konzerne. Aber ich glaube, diese Begründung war nur die eine Hälfte der Wahrheit. Irgendetwas beunruhigte den Verkäufer«, sagte Lada, »aber ich weiß nicht, was es war. Ich hab auch nicht danach gefragt.«

Wegen der Geschehnisse von 1989 hält sich Koslow versteckt, dachte Andrej. Sie hatten also richtig gelegen. Deshalb war Koslow so plötzlich verschwunden. Und er hatte alle Spuren beseitigt. Dass Evelina sich an die Schneeglöckchen erinnern konnte, war reiner Zufall. Was ist so Besonderes an den Schneeglöckchen, fragte sich Lebjew. Und vor allem, wo im Kaukasus lag dieses Anbaugebiet? Er fragte Lada Seizew danach.

»Schneeglöckchen sind im Westen erst seit einigen Jahren als Heilpflanze bekannt. Bei uns im Kaukasus nimmt man die Zwiebeln der Pflanze schon seit Jahrhunderten gegen Alterserscheinungen und Gedächtnisstörungen. Die alten Leute machen das regelmäßig. Bulgarische Forscher haben erkannt, dass die Pflanze ein Alkaloid enthält, das Altersdemenz stark lindert und den Verlauf der Krankheit verzögert. Heute wird das Alkaloid im Westen chemisch hergestellt und gilt als das einzige Mittel gegen Demenz. Dieser Pflanzenfachmann im Kaukasus hat nun eine Schneeglöckchenart gezüchtet, die noch weitere Wirkstoffe besitzt, die vielleicht Altersdemenz ganz verhindern können. Deshalb habe ich auch nicht an der Richtigkeit seiner Erklärung gezweifelt.«

»Und die Anbaubedingungen?«, fragte Evelina ungeduldig. »Wo liegt das Anbaugebiet?«

Lada Seizew zögerte mit der Antwort. »Ich habe ein Versprechen gegeben und … ich halte meine Versprechen. Immer!«

Evelina und Andrej sahen sich an. Der Oberleutnant beschloss, Lada Seizew alles zu erzählen.

Nach seinem Bericht wurde Lada sehr nachdenklich. »Und der Schneeglöckchenzüchter ist der Einzige, der euch weiterhelfen kann?«, fragte sie.

Evelina nickte.

»Ich muss nachdenken«, sagte Tante Lada und verließ das Wohnzimmer. Nach einer halben Stunde kehrte sie zurück. »Also gut, wenn ihr dadurch die Mörder von Bogdanow schnappen könnt ...Es gibt zwei Gebiete, auf die die vom Kräuterverkäufer beschriebenen Anbauverhältnisse der Schneeglöckchen zutreffen. Eins liegt in Georgien, in der Nähe des Borschomi-Charagauli-Reservates. Aber von so weit her kam der Verkäufer nicht. Das zweite Gebiet liegt nur hundert Kilometer Luftlinie von hier entfernt. Es handelt sich um die Region von Babuk Aul.«

Andrej und Evelina sahen sich an. Babuk Aul? Den Namen hatten sie noch nie gehört.

Lada Seizew bemerkte die Verwirrung der beiden. »Babuk Aul liegt in einer Höhe von achthundert bis tausendvierhundert Metern. Dort leben vielleicht hundert Menschen, weit verstreut. Auf einer Fläche, die fast so groß ist wie Noworossyisk. Die einzelnen Häuser liegen kilometerweit auseinander. Es gibt auch nur eine Schotterpiste und die meisten Häuser sind nur über Trampelpfade zu erreichen. Koslow zu finden, dürfte sehr schwer sein. Wenn er sich versteckt hält, dann werden die Mitbewohner ihn nicht verraten, man hält dort oben zusammen.«

Südharz, Zorge, Montagmorgen, 1. September

Um zehn Uhr trafen Eckert, Stecher und Wagner vor dem Pförtnerhäuschen der Eisengießerei in Zorge ein. Ein wahres Empfangskomitee wartete dort schon auf die Polizisten. Der Geschäftsführer, die Leiterin des Labors, der Betriebsratsvorsitzende und der Sicherheitsbeauftragte der Firma. Über Umwege, so stellten die Polizisten später fest, wurden sie zum Labor geführt. Wittelberg, der Geschäftsführer, hatte den Besuch der Polizisten mit einer Betriebsführung verknüpft. Zuerst stand das Herzstück des Betriebes, die Gießerei, auf dem Programm. In der Nähe eines Gießereifließbandes legten sie eine Pause ein.

Wittelberg erklärte, wie die Gussteile hergestellt werden. »Für viele Autohersteller produzieren wir Auspuffkrümmer, Motorteile, Bremsen usw. Ich bin mir sicher, in Ihrem Dienstauto befindet sich auch ein Teil, das hier bei uns seinen Ursprung hat.« Der Geschäftsführer wies auf Kästen, mit Spezialsand gefüllt, in die heißflüssiges Eisen gegossen wurde. Gelbrote Eisenspritzer flogen über das Fließband hinaus. »Das ist Alltag«, sagte Wittelberg. »Natürlich tragen unsere Mitarbeiter entsprechende Kleidung, die sie vor dem heißen Eisen schützt.«

Der Geschäftsführer führte die Polizisten noch durch zwei weitere Abteilungen und erklärte deren Bedeutung im Produktionsablauf. Nach einer halben Stunde erreichte die Delegation schließlich das Labor. Der Geschäftsführer und der Betriebsratsvorsitzende verabschiedeten sich von den Polizisten, während der Sicherheitsobmann blieb. Sie gingen in den Aufenthaltsraum des Labors. Es roch nach Kaffee, der in der Mitte des Raumes stehende Tisch war für fünf Personen eingedeckt.

Hallwig, die Laborleiterin, bat die Polizisten, Platz zu nehmen und füllte ihnen und dem Sicherheitsbeauftragten Yellow die Kaffeetassen, bot ihnen Gebäck an. Dann setzten sich auch die beiden Harzguss-Mitarbeiter an den Tisch.

»Wie kann ich Ihnen helfen?«, fragte die Chemikerin und sah die Beamten nacheinander an.

Wagner griff in die Tasche und holte das Metallstück heraus. »Dieses Metall haben wir an einer der Leichen gefunden, die der Mörder am Parkplatz Priorteich uns präsentiert hat. Wahrscheinlich haben Sie ja von den Morden in der Zeitung gelesen?«

Hallwig und der Sicherheitsbeauftragte nickten.

»Ich habe in meinem Labor versucht, die chemische Zusammensetzung des Metallstückes herauszufinden, aber leider reicht unsere Laborausrüstung nicht aus, um alle Bestandteile zu isolieren. Von einem Kollegen weiß ich, dass Sie über die entsprechenden Messgeräte verfügen, die dafür notwendig sind.« Wagner reichte der Chemikerin das Metallstück.

Hallwig betrachtete das Metall von allen Seiten. »Wenn es sich nicht um ein außerirdisches Metall handelt, dann kann ich Ihnen die Zusammensetzung in etwa einer Stunde nennen«, sagte Hallwig und stand von ihrem Platz auf. »Also dann, an die Arbeit!«

Die Chemikerin bewegte sich mit hoher Geschwindigkeit auf den Laborraum zu, die Polizisten und den Sicherheitsmann im Schlepptau. Sie kamen in ein großes Labor mit vielen Messgeräten und Maschinen. Für Stecher und Eckert sahen die aus wie böhmische Dörfer. Wagners Augen, der die Funktionen der Gerätschaften genau kannte, strahlten. Die Chemikerin ging an den großen Arbeitstisch, Wagner stellte sich neben sie. Eckert, Stecher und Yellow betrachteten das Geschehen aus einiger Entfernung. Hallwig zerschnitt das Metallstück in mehrere Portionen. Einige legte sie in Schalen mit Flüssigkeiten, andere erhitzte sie und die restlichen legte sie in Apparaturen. Während der ganzen Zeit diskutierten die beiden Fachleute eifrig miteinander. Die Anwesenheit der anderen Personen nahmen sie nicht mehr wahr.

Eckert, Stecher und der Sicherheitsmann verstanden nichts von den Fachgesprächen der beiden Experten.

Yellow sah die beiden Polizisten an. »Ich glaube, es macht nichts, wenn wir den Raum verlassen und in den Aufenthaltsraum zurückgehen. Ich habe ein paar Fragen an Sie, deshalb begleite ich Sie überhaupt.«

Sie setzten sich in den Aufenthaltsraum und Yellow sagte: »Können Sie mir Auskunft geben, ob sich beim Diebstahl unserer Legierungsmetalle etwas Neues ergeben hat?«

Eckert konnte, denn er hatte sich, bevor sie nach Zorge abgefahren waren, noch in der Diebstahlabteilung nach dem Ermittlungsstand erkundigt. Der dreiste Raub hatte sich schnell in der Inspektion herumgesprochen. Drei Wochen zuvor hatten unbekannte Täter aus dem Betrieb mehr als eine Tonne dieser Metalle gestohlen. Wie sich herausgestellt hatte, steckte hinter dem Raub eine europaweit organisierte Mafiabande. Beweisen konnte man bislang aber nichts. Ein Teil der Beute war in Polen aufgefunden worden. Den Weg des Metalls konnten oder wollten die polnischen Kollegen nicht zurückverfolgen. »Vor zwei Tagen ist ein Teil der Legierungsmittel in Polen gefunden worden. In den letzten Jahren verschwindet viel Metall aus Deutschland. Kupfer, Kobalt, Nickel und andere wertvolle Metalle. Die meisten landen irgendwo in Osteuropa. Die Diebesbanden gehören zu Mafiagruppen, die hervorragend organisiert sind. Leider haben wir zu wenig Personal, um wirkungsvoll dagegen vorzugehen. Dennoch arbeiten meine Kollegen von der Diebstahlabteilung mit Hochdruck daran, auch das Bundeskriminalamt ist beteiligt. Weil die Polizisten in Osteuropa korrumpiert werden, haben wir selten eine Chance, an die Hintermänner heranzukommen, geschweige denn das Material zu lokalisieren«, sagte Eckert.

Yellow nickte. »Ich hab mir Vorwürfe gemacht, weil ich den Diebstahl nicht hatte verhindern können«, sagte er, »die Metalle wurden am Wochenende geklaut. Aus dem Lagerraum haben die Diebe über eine Tonne des Materials zweihundert Meter weit in den an das Betriebsgelände angrenzenden Wald gebracht! Dort haben sie es in einen Transporter gepackt. Vierzig Fünfundzwanzig-Kilo-Säcke! Es gab astreine Profilabdrücke der Reifen, aber der Transporter konnte nie gefunden werden. Die Buntmetalle hatten einen Wert von zweihunderttausend Euro! Die Täter müssen einen Komplizen hier im Werk gehabt haben. Nur ein Arbeiter, der weiß, was für Materialien wir haben und wo sie gelagert werden, kann das den Gangstern gesteckt haben. Inzwischen haben wir Kameras und Bewegungsmelder installiert. Wenn jemand das Material stehlen will, dann sind unsere Sicherheitsleute dreißig Sekunden später am Materiallager. Außerdem macht eine Sirene einen Heidenlärm. Ich glaube, jetzt sind wir gut gerüstet gegen die Diebe.«

Hallwig war zu optimistisch gewesen, als sie von einer Stunde Untersuchungszeit sprach, tatsächlich waren es zwei geworden. Grimmig und mit zerzausten Haaren kehrte sie mit Wagner in den Aufenthaltsraum zurück. In der Hand hielt sie einen Computerausdruck. Die beiden setzten sich zu den anderen an den Tisch. »Ich habe alle Bestandteile des Metallstückes analysieren können.« Sie blickte auf den Ausdruck und las vor: »Nickel, Molybdän, Magnesium, Eisen.« Hallwig nannte weitere Metalle und gab immer den Prozentwert an. »Aber ... das ist mir noch nie vorgekommen: Ich habe nicht herausbekommen, wo das Metallstück hergestellt wurde und zu welchem Produkt es passt.«

Eckert meldete sich zu Wort. »Frau Hallwig, welche Bedeutung hat Nickel für die Metallproduktion?«

»Es erhöht die Hitzebeständigkeit des Eisens.«

»Und Molybdän, wozu ist es gut?«

»Es erhöht in Kombination mit Nickel und Magnesium die Hitzetoleranz bei dünnwandigen Produkten. Auspuffkrümmer von Rennmotoren zum Beispiel erreichen hohe Temperaturen, über tausend Grad. Damit das dünne Material nicht durchbrennt, was in den 1970er Jahren noch häufig der Fall war, stellt man inzwischen diese Legierungen her.«

»Könnte es ein Produkt der Konkurrenz sein, dessen Zusammensetzung Sie noch nicht kennen?«

Hallwig schmunzelte verschmitzt. »Die Produkte der Konkurrenz analysiere ich regelmäßig. Die verwendet keine derartige Legierung!«

Eckert dachte nach, Hallwig nahm mit grimmigem Gesicht erst einmal einen Schluck Kaffee.

»Könnte die Legierung aus dem Bereich der Luftfahrt kommen? Oder beim Militär seine Anwendung finden?«, fragte Pierre.

Hallwig überlegte einen Moment. Dann nahm sie ihren Computerausdruck und verschwand erneut im Laborraum. Eine Viertelstunde später kehrt sie zurück. »Ich habe noch einmal im Computer nachgeschaut. In der Luftfahrt findet eine derartige Legierung keine Verwendung, aber beim Militär gibt es ähnliche Legierungen. Darüber aber habe ich keine weiterführenden Daten ... das herauszufinden wird Ihre Aufgabe sein«, sagte Hallwig an Eckert gewandt. Der nickte.

In diesem Moment öffnete sich die Tür des Aufenthaltsraums. Wittelberg und der Betriebsratsvorsitzende Wölzel kamen in den Raum. »Wenn Sie fertig sind, dann lade ich Sie zu einem zweiten Frühstück ein«, sagte Wittelberg. »

»Wir sind fertig«, sagte Hallwig und blickte auf Wagner. Der stimmte zu.

Sie gingen in den Empfangsraum des Geschäftsführers. Dort blieben sie eine halbe Stunde. Ein begeisterter Wagner stellte mit Hallwig die Weichen für eine zukünftige Zusammenarbeit. Schließlich verließen die Polizisten die Eisengießerei.

Südharz, Herzberg, Montagvormittag, 1. September

Der Iridologe Frank Reichelt führte die beiden Polizisten in seinen Praxisraum. Er setzte sich hinter seinen Schreibtisch, für Sandra und Pierre hatte er zwei Stühle vor dem Schreibtisch aufgestellt. Alle nahmen Platz und der Heilpraktiker fragte: »Kann ich Ihnen einen Kaffee anbieten?«

Sandra schaute Reichelt verwundert an, eigentlich hatte sie erwartet, dass der Heilpraktiker einen Gesundheitstee anbieten würde. Der bemerkte ihren überraschten Blick. »Kaffee ist nicht ungesund, man darf ihn allerdings nicht übermäßig trinken.« Dann drückte Reichelt auf eine Taste und gab die Bestellung über eine Gegensprechanlage durch.

Sandra sah sich im Praxisraum um. Viele Topfpflanzen, an einer Wand eine Fototapete, die eine sonnige Gebirgslandschaft mit einem Wasserfall darstellte, und unterschiedliche Wandfarben vermittelten eine entspannte Zimmeratmosphäre. Lediglich ein etwa fußballgroßes Augenmodell auf dem Schreibtisch und eine Wandkarte mit zwei großen Augenbildern hinter dem Schreibtisch verrieten Reichelts Spezialgebiet.

Eine ganz weiß gekleidete, etwa dreißigjährige Frau asiatischer Herkunft kam in den Raum und servierte den Kaffee. »Meine Frau Hyun Jin«, sagte Reichelt. Hyun Jin nickte und verließ wieder den Praxisraum. »Meine Frau und ich arbeiten beide als Heilpraktiker. Hyun Jin hat sich auf Ginseng und andere Heilpflanzen spezialisiert und ich auf Augendiagnostik.«

Nach dem ersten Schluck begann der Heilpraktiker mit einem Vortrag über Augendiagnostik. Leider nehme man auch heute die Augendiagnostik nicht so richtig ernst, insbesondere die klassische Medizin verließe sich lieber auf ihre Maschinendiagnostik. »In letzter Zeit öffnen sich einige Mediziner aber, mit einem Internisten in Herzberg arbeite ich zusammen.« Reichelt war der Meinung, dass man alle Krankheiten in der Iris der Augen erkennen könne. Man teile dafür die Iris in Sektoren ein, und in den verschiedenen Sektoren ließen sich aufgrund von farblichen und strukturellen Veränderungen die entsprechenden Krankheiten ablesen. Die Iridologie habe sogar Vorteile: Manchmal könne man Krankheiten aus den Augen ablesen, wenn noch gar kein klinischer Befund vorliege. Zudem sei die Augendiagnostik erheblich billiger als die Maschinendiagnostik. Hier könnten die Krankenkassen eine Menge Geld sparen.

»Aber Sie sind natürlich nicht gekommen, um die Vorteile der Iridologie kennenzulernen. Ihr Kollege Wagner hat mir schon heute Morgen zwei vergrößerte Kopien gemailt und am Telefon erzählt, worum es geht. Ich habe sie inzwischen eingescannt und mir die Bilder schon einmal angeschaut.« Reichelt drückte wieder den Knopf der Gegensprechanlage und bat seine Frau, die Computerausdrucke zu bringen.

Wenig später kam sie wieder und legte zwei Ausdrucke nebeneinander auf den Schreibtisch.

Der Heilpraktiker schob die Blätter näher zu den beiden Polizisten. »Die Iris des Mannes, den Sie suchen, lässt sich in zwei Zonen einteilen.« Er griff auf seinem Schreibtisch nach einem Kugelschreiber und fuhr damit über das Bild. »Die kleinere innere Zone ist ockerfarben, die äußere blau. Eine interessante Farbaufteilung, die sehr selten vorkommt. Wenn der Mann Ihnen über den Weg läuft, dann müssten Sie ihn sofort erkennen.«

Leider kommt das nur in den seltensten Fällen vor, dachte Pierre.

»Die Ockerfarbe könnte auf eine baldige Erkrankung der Pankreas – der Bauchspeicheldrüse – hindeuten. Aber etwas anderes bereitet mir Kopfzerbrechen: Der Mörder muss eine Schrumpfniere haben. Im Nierensektor ist eine Verfärbung zu erkennen, die auf eine derartige Erkrankung hinweist.«

Der folgende Vortrag dauerte eine Viertelstunde. Reichelt war zu diesem Zweck an die Schautafel gegangen und zeigte dabei auf entsprechende Regionen des mit zahlreichen Wörtern und Zeichnungen versehenen rechten Schaubildes. Als er mit seinen Ausführungen fertig war, blickte er die beiden Polizisten an und bemerkte ihre Skepsis.

»Das verstehe ich nicht«, sagte Sandra, »der Mörder ist kräftig gebaut, macht einen fitten Eindruck und ist Taucher!«

Erst schwieg Reichelt, dann drückte er auf den Knopf der Gegensprechanlage und bat seine Frau herein. Er zog die beiden Bilder wieder auf seine Schreibtischseite und bat seine Frau, sie sich genauer anzuschauen. Nach einiger Zeit entwickelte sich eine Diskussion auf Koreanisch zwischen den beiden, von der Sandra und Pierre natürlich nichts verstanden.

Schließlich sagte Reichelt: »Meine Frau und ich, wir sind uns ziemlich sicher, dass die Verfärbungen im Nierensektor auf eine Schrumpfniere hindeuten. Wenn er aber körperlich leistungsfähig ist, dann gibt es nur folgende Möglichkeiten: Die geschädigte Niere ist vor kurzem entnommen worden, die zweite gesunde Niere hat die Funktionen übernommen… oder bei dem Mörder ist eine Nierentransplantation durchgeführt worden.«

Reichelts Frau nickte zustimmend. »Herr Rexilius, ich kenne Menschen mit nur einer Niere, die gute Ausdauersportler sind und sogar regelmäßig an Marathons teilnehmen.«

»Gilt das auch bei einer transplantierten Niere?«, fragte Sandra.

»Im Prinzip schon, allerdings muss der Patient Mittel nehmen, die die Abstoßung des Organs verhindern.«

»Können Sie in der Iris erkennen, wann eine der in Frage kommenden Operationen durchgeführt wurde?«, fragte Pierre.

Wieder entwickelte sich eine Diskussion der beiden Heilpraktiker auf Koreanisch.

Reichelt antwortete: »Wir müssen in diesem Fall spekulieren. Die Operation könnte vor zwei bis sechs Monaten vorgenommen worden sein.«

»Wenn wir in den Krankenhäusern nachfragen und die Nierenoperationen der letzten sechs Monate durchchecken, dann könnten wir den Mörder finden!«

»Davon können Sie ausgehen. Sollte eine Niere transplantiert worden sein, dann würde ich an Ihrer Stelle auch die Organbanken überprüfen.«

Inspektion Osterode, Montagnachmittag, 1. September

Kurz nachdem die Polizisten aus dem Zorger Industriebetrieb in die Inspektion zurückgekehrt waren, schickte Wagner eine E-Mail mit den Daten über das Metallstück an das Bundeskriminalamt. Eine Stunde später bekam er die Information, dass man ein Metall mit dieser Zusammensetzung nicht in den Dateien habe. Man sei aber überzeugt, dass es sich um ein Metall handeln müsse, das seine Anwendung im militärischen Bereich finde. Deshalb habe man schon Verbindung mit dem Militärischen Abschirmdienst aufgenommen.

Keine halbe Stunde später meldete sich ein Oberst Dachmann bei Wagner. »Wir haben Ihre Daten durch den Computer gejagt. Ihr Metall wurde in der sowjetischen Armee vielseitig verwendet. In der Raumfahrt, in Kanonen, auch bei Raketen. Es hat vor allem hitzebeständige Eigenschaften. In den 1980er Jahre haben wir über einen Agenten erfahren, dass es eine zentrale Produktionsstätte gegeben hatte. Sie lag in Noworossyisk, 1995 ist sie abgebaut worden.«

Das saß! Wagner war vor Überraschung einen Moment sprachlos. Noworossyisk war der Ort, in den der Kampfschwimmer Kupfer versetzt worden war. In Noworossyisk hatte auch der Tätowierer Piotr Lebjew, Andrejs Bruder, das Tattoo gestochen, das als Symbol für eine Sage stand, die sich im Kaukasus abgespielt haben sollte. Für Wagner bestand kein Zweifel mehr: Der Mörder hatte Noworossyisk verlassen und lebte jetzt im Harz.

War Kupfer der Mörder?

»Sind Sie noch am Telefon?«, fragte der MAD-Mann.

»Ja natürlich!«

»Helfen Ihnen die Informationen weiter?«

»Oh, ja! Wissen Sie, ob das Metall heute noch irgendwo in Russland produziert wird?«

»Nein, inzwischen ist es durch andere Stoffe ersetzt worden. Wir kennen aber den Namen der Firma, die die

Produktion bis 1995 durchgeführt hat.« Oberst Dachmann nannte Wagner den Namen. »Wenn unsere Informationen stimmen, dann wurde die Firma Ende 1995 aufgelöst. Wir haben auch die Namen der Personen, die in der Geschäftsleitung tätig waren. Ich werde sie Ihnen mailen.«

Wagner verabschiedete sich von Oberst Dachmann und rief Pierre an, der gerade aus Herzberg zurückgekehrt war, damit der die MoKo zusammentrommeln konnte.

Wenige Minuten später waren alle Mitglieder im Konferenzraum versammelt. Wagner erzählte ihnen, was er von dem MAD-Mann erfahren hatte.

»Warum hat der Mörder ein kaum zu identifizierendes Metall verwendet, um den Kiefer zu fixieren, wenn er auch alltägliches zahnmedizinisches Material oder sogar einfache Drähte verwenden kann?«, fragte Eckert..

Eine Weile herrschte Schweigen, alle dachten fieberhaft nach.

»Vielleicht will er uns seine Überlegenheit demonstrieren. Er glaubt, dass wir das Metall niemals werden zuordnen können!«, sagte Sandra.

»Möglich, aber warum hat er dann das Metallband nur bei der männlichen Leiche benutzt?«, fragte Marc.

»Das männliche Opfer passt nicht in das Schema des Mörders«, antwortete Pierre nachdenklich. »Er will uns auf etwas hinweisen, das sagt mir mein Gefühl, aber ich habe keine Ahnung, auf was.«

Wieder herrschte Schweigen. Pierres Kollegen hatten gewaltigen Respekt vor seiner Intuition. Sie wussten, dass er wahrscheinlich schon eine Vorstellung von dem Zweck des Metallstückes hatte. Aber er würde sie seinen Kollegen gegenüber erst dann äußern, wenn er sich sicher war.

»Auf jeden Fall wissen wir schon einmal, dass der Mörder über Beziehungen zum Militär verfügt oder sogar zu ihm gehörte, wie es ja bei Kupfer der Fall ist«, sagte Eckert.

Pierre nickte und berichtete seinen Kollegen, was sie in Herzberg beim Iridologen erfahren hatten. »Wir müssen in den sauren Apfel beißen und alle Krankenhäuser im Umkreis von hundertfünfzig Kilometern befragen. Wir werden alle daran arbeiten«, sagte Pierre.

»Dann soll ich auch nicht zur Petermann KG fahren?«, fragte Marc Junge.

»Nein, das werden wir auf morgen oder übermorgen verschieben!«, antwortete Pierre.

Um zweiundzwanzig Uhr verließ Pierre als Letzter der MoKo die Inspektion. Etwa zwei Drittel der Krankenhäuser hatten sie befragt. Auf keinen der behandelten Patienten passte die Personenbeschreibung des Mörders.

Kaukasus, Russland, Babuk Aul, Montag, 1. September

Tanta Lada hatte ihnen Verpflegung für eine ganze Woche mitgegeben. Dazu gehörte neben den vielen Lebensmitteln ein Satz Heilkräuter, die man gegen nahezu alle Krankheiten einsetzen konnte und – Andrej Lebjew war darüber überrascht – eine Neun-Millimeter-Pistole. Wo Lada Seizew die herhatte, war Evelina ein Rätsel. Sie fragte auch nicht nach deren Herkunft.

Babuk Aul war von Altubinal nur hundert Kilometer Luftlinie entfernt, aber fast zweitausend Meter hohe Berge versperrten einen direkten Weg, deshalb mussten Evelina und Andrej einen Umweg von zweihundertfünfzig Kilometern fahren, der sie zunächst über Tuapse nach Dagomys führte. Dieser erste Abschnitt verlief problemlos. Die Lehmpisten waren trocken, alle Straßen geräumt. Lediglich die Fahrt auf der Magistrale 27 verlief etwas zähflüssig, weil starker Berufsverkehr herrschte. In Dagomys verließen sie die Autobahn und bogen nach links in den Kaukasus ab. Den beiden bot sich nun das gleiche Bild wie am Vormittag des gestrigen Tages: Geröll- und Schuttmassen hatten die Straßen streckenweise überspült, aber die meisten hatten nur eine Mächtigkeit von einem halben Meter. Zweimal blieben sie stecken, konnten sich aber mit dem Feldspaten, den Tante Lada ihnen mitgegeben hatte, befreien. Als sie nach über zweihundert Kilometern in Solokhaul ankamen, war es kurz nach Mittag. Die meisten Häuser des Dorfes waren locker auf einer Terrasse des Shakhe verteilt, die das Hochwasser deutlich überragte. An den Hängen jenseits des Shakhe waren viele Rodungsinseln angelegt, auf denen Häuser gebaut worden waren. Die Rodungen waren mit Teebäumen bepflanzt. Andrej dachte wehmütig an Wassilij Bogdanow. Hier hatte Wassilij also alljährlich seinen Tee gepflückt.

Die asphaltierte Straße endete mitten im Dorf und gabelte sich in drei Richtungen, in Ladas Karte war aber nur eine unbefestigte Piste eingezeichnet. Sie hielten an und stiegen aus dem Auto aus. Evelina und Andrej gingen auf ein Haus zu, das am linken Weg stand. Vor seiner Haustür saß eine ältere Frau auf einer kleinen Treppe, auf ihren Oberschenkeln ruhte eine Schüssel, in der sie das Mittagessen vorbereitete.

»Liebe Frau, wir suchen den Weg nach Babuk Aul«, sagte Andrej, die Karte in der Hand haltend.

Die alte Frau beachtete sie zunächst nicht. Dann musterte sie die beiden kritisch und fing an zu kichern.

»Verstehen Sie mich nicht?«, fragte Andrej und verzog verärgert das Gesicht.

Das Kichern der Alten erstarb. »Junger Mann, Sie wollen mit Ihrem Auto tatsächlich nach Babuk Aul? Wissen Sie überhaupt, wie die Straße dorthin aussieht?« Wieder kicherte sie. »In der vorletzten Nacht hat es sintflutartige Regenfälle gegeben. Zahlreiche Erdrutsche haben die Piste verschüttet. Und Sie wollen mit Ihrem Auto da hinauf? Sie kommen keinen Kilometer weit.« Sie griff in die Tasche ihres Kleides, holte ein altes Feuerzeug und eine zerkaute Tabakspfeife heraus, die schon gestopft war. Sie brauchte einige Zeit, bis die Pfeife richtig brannte. Ein beständiger leichter Wind blies die Flamme des Feuerzeugs einige Male wieder aus. Die Alte stand auf und ging zum Zaun, der das Haus umgab. Ihre Gesichtszüge hatten sich plötzlich eigenartig verändert. »In jedem Jahr kommen irgendwelche Touristen, um den Shakhe mit ihren großen Schlauchbooten herunterzufahren. Weiter als bis nach Bzogu kommen sie nie, oben in Babuk Aul war noch keiner.« Sie legte eine Pause ein. Ihr Gesicht nahm einen geschäftsmäßigen Ausdruck an: »Aber ich kann euch helfen.« Sie paffte wieder ihre Pfeife.

»Wie können Sie uns helfen?«, fragte Evelina überrascht.

»Junge hübsche Frau ... ich kann euch ein geländegängiges Motorrad vermieten! Es ist zwar nicht mehr das jüngste, aber es ist zuverlässig wie eine Dampflok. Es wird euch überall hinbringen.«

Evelina blickte Andrej an, der nickte. »Dann zeigen Sie uns mal das gute Stück«, sagte Andrej.

Die Alte führte sie in einen Schuppen.

Als Andrej das Motorrad erblickte, glaubte er seinen Augen nicht zu trauen: Vor sich sah er die legendäre Ural 750 Solo! Und in einem hervorragenden Zustand, obwohl sie schon Jahrzehnte auf dem Buckel hatte! Fragend schaute Andrej die alte Frau an.

»Das gute Stück ist von meinem verstorbenen Mann. Ich habe es immer in Schuss gehalten. Manchmal mache ich noch eine Spritztour damit.«

»Wie teuer soll die Miete sein?«, fragte Andrej.

Scheinbar schüchtern schaute die Alte auf den Boden.

Du altes Schlitzohr, dachte Andrej. Wie oft hast du dieses Schauspiel schon abgezogen?

»Fünfzig am Tag, das ist die Hälfte von dem, was die Touristen bezahlen. Nicht verhandelbar.«

Zu Verhandlungen war Andrej auch nicht aufgelegt. Und der Preis war akzeptabel. Er nickte.

»Euer Auto lasst ihr hier. Fahrt es in den Schuppen. Wenn ihr zurückkommt, könnt ihr es wieder abholen«, sagte die Alte.

Andrej stellte das Auto ab, er und Evelina luden ihre Sachen in die Transporttaschen des Motorrads um. Was dort nicht hineinpasste, verstauten sie in einem Rucksack, den ihnen die Alte gegeben hatte. Anschließend lud die Alte sie zum Mittagessen ein.

»Wir suchen nach einem alten Bekannten, der 1988 nach Babuk Aul gegangen ist. Damals war er achtundvierzig Jahre alt. Er wohnte in Noworossyisk«, sagte Andrej während des Essens. Für den Bruchteil einer Sekunde glaubte Lebjew Blitze in ihren Augen zu sehen. Kannte sie Leonid Koslow?

»Und wie heißt er?«

»Leonid Koslow.«

Sie schien nachzudenken. Dann schüttelte sie den Kopf.

Lebjew setzte nach. »Er züchtet Heilkräuter, seine Spezialität sind Schneeglöckchen.«

»Die Menschen in Babuk Aul züchten fast alle Schneeglöckchen. Wenn euer Bekannter dort oben lebt, müsst ihr die Einwohner nach ihm fragen.« Mehr bekam Lebjew aus ihr nicht heraus.

Eine halbe Stunde später knatterten Andrej und Evelina mit der Ural los.

Nach einem Kilometer Fahrt trafen sie auf die von der Alten erwähnten Schuttbarriere. Sie stiegen vom Motorrad ab und schoben das Fahrzeug an den Rand der linken Pistenseite, an der die Erdmassen nur einen halben Meter Höhe aufwiesen. Sie zogen das Motorrad darüber hinweg.

Andrej schaute Evelina an: »Die Alte hatte recht, mit dem Auto wäre unsere Reise schon hier zu Ende gewesen.«

Bis sie in Bzogu ankamen, mussten sie noch fünfmal absteigen und das Motorrad über Hindernisse schieben. Der Sturzregen im Kaukasus hatte ganze Arbeit geleistet.

Bzogu schien nur aus einer Gruppe von vier Häusern zu bestehen. Lebjew suchte alle Häuser auf und klopfte an die Haustüren, um die Bewohner nach Koslow zu fragen, aber keiner öffnete. Sie setzten ihre Fahrt fort. Drei Kilometer weiter, hinter einer scharfen Kurve, lagen mehrere Buchen quer über der Fahrbahn. Sie stiegen vom Motorrad, stellten es auf den Ständer und gingen zum linken Rand der Piste. Gut zehn Meter ragten die Bäume über sie hinaus. Sie blickten in das Tal hinab. Der Talgrund lag gut zweihundert Meter unter der Piste, der Hang fiel fast senkrecht ins Tal.

»Auf dieser Seite kommen wir selbst mit dem Motorrad

nicht weiter«, sagte Andrej und ging auf die andere Pistenseite. Hier war der Hang zu steil, als dass sie das Motorrad zu zweit den Hang hinauf um die Baumhindernisse herum hätten ziehen können.

Andrej schaute auf den Wurzelbereich der Bäume: »Jemand hat die Bäume gefällt.« Er ging zu den Schnittstellen. »Erst vor kurzem! Um uns aufzuhalten!«

»Woher wussten die, dass wir kommen würden?«, fragte Evelina.

»Vielleicht von der Alten, vielleicht haben sie irgendwo Posten, die wir nicht bemerkt haben. Das würde zu Koslow passen.« Er ging zum Motorrad, nahm aus der hinteren Transporttasche die Landkarte und entfaltete sie auf dem Sattel. Sie studierten die Karte. Sie ermittelten ihren Standort, schließlich sagte Andrej: »Der Punkt, der als Babuk Aul eingezeichnet ist, ist etwa fünfundzwanzig Kilometer von hier entfernt. Wir lassen das Motorrad stehen und gehen zu Fuß weiter.« Er schaute auf die Uhr. »Es ist jetzt drei. Wenn wir uns beeilen, erreichen wir Babuk Aul kurz vor Sonnenuntergang.«

Sie luden ihre Sachen in den zweiten Rucksack um, schlossen das Motorrad ab und waren im Begriff, den Hang hinaufzuklettern, als ein ohrenbetäubender Knall ertönte. Dann ein zweiter. Und ein dritter. Evelina und Andrej suchten Deckung hinter den gefällten Bäumen. Weitere Kugeln pfiffen durch das Gelände.

»Verdammt, wo sind die Schützen?«, fragte Evelina.

»Ich habe das Blitzen eines Zielfernrohres im oberen Hangbereich ausgemacht, dicht neben dem Baum da!«

Evelina blickte auf die Stelle, auf die er zeigte, sah aber keinen Schützen. Er musste sich schon hinter den Baum zurückgezogen haben. »Sie wollen uns verjagen«, sagte Evelina.

Andrej nickte. »Ja. Es waren Warnschüsse. Sie hätten uns längst erschießen können, wenn sie es gewollt hätten. Das sind Koslows Leute, da bin ich mir sicher. Aber ich lasse mich nicht aufhalten. Ich werde versuchen, sie zu überwältigen.«

»Das würde ich nicht versuchen«, ertönte eine tiefe, drohende Stimme. Vor den beiden stand plötzlich ein Mann mit einem Gewehr im Anschlag. Er gab ein Handzeichen und wenig später standen zwei Männer mit Gewehren mit Zielfernrohr neben ihm.

Die beiden Schützen, dachte Lebjew.

»Eure Reise ist hier zu Ende, dreht um und fahrt mit eurem Motorrad zurück nach Solokhaul. Dann nehmt ihr dort euer Auto und verschwindet. Das ist gesünder für euch«, fuhr er fort. Zur Verstärkung seiner Drohung luden die anderen beiden Männer ihre Gewehre durch.

»Ich muss dringend mit Leonid Koslow sprechen«, sagte Lebjew. »Er ist ein alter Freund von mir. Ich bin Andrej Lebjew und meine Begleiterin heißt Evelina Solowjow. Sie hat mit Leonid 1988 in Noworossyisk zusammengearbeitet.«

Kurz sahen sich die drei Männer an, Lebjew glaubte einen kleinen Moment der Unentschlossenheit entdeckt zu haben. Er setzte nach: »Wir müssen mit Leonid sprechen, es geht um Leben und Tod. Nur er kann uns helfen!«

»In Babuk Aul gibt es keinen Leonid Koslow. Und jetzt verschwindet!«

»Bitte, sagen Sie ihm, dass Bogdanow vor ein paar Tagen ermordet wurde. Sie haben doch ein Funkgerät dabei«, bat Lebjew.

Der Name Bogdanow musste etwas bei dem Wortführer ausgelöst haben. Er entfernte sich so weit von den beiden, dass er nicht mehr gehört werden konnte. Während er in das Funkgerät sprach, nickte er mehrmals, dann kehrte er zu den anderen zurück. Seine Gesichtszüge hatten sich merklich entspannt. »Leonid sagt, dass ihm die Freunde aus Noworossyisk willkommen seien und er sich auf das Wiedersehen freue.« Der Wortführer stellte sich mit Anton vor. »Piotr und Boris«, sagte er und wies auf seine beiden Begleiter. Die vier Männer schoben das Motorrad der Alten den Hang hinauf, um die gefällten Stämme herum und wieder den Hang hinab auf die Straße.

Eine halbe Stunde später erreichten sie Koslows Holzhaus. Leonid stand vor der Haustür, hatte auf die beiden gewartet.

Als Andrej und Evelina vom Motorrad stiegen, ging er auf sie zu. »Evelina, du bist immer noch eine wunderschöne Frau, bist du überhaupt älter geworden? Und du, Andrej, bist du immer noch der unbestechliche Bulle?«

»Ich hoffe es. Dein prächtiger Vollbart ist aber auch noch der alte!«, antwortete Andrej. Dann umarmte Koslow die beiden herzlich.

Südharz, Inspektion Osterode,
Dienstagvormittag, 2. September

Inzwischen hatten die Mordermittler alle in Frage kommenden Krankenhäuser und auch die Transplantationszentren kontaktiert, einen Erfolg konnten sie nicht verbuchen. Vorsichtshalber hatten sie den möglichen Operationszeitraum auf die Zeit von Januar bis Juli ausgedehnt. Aber nirgendwo war ein Mann operiert worden, auf den die Beschreibung des Mörders passte. Hatte der Iridologe aus Herzberg unrecht gehabt? Konnte man eine Schrumpfniere wirklich in der Iris eines Menschen ablesen?

Pierre hatte bei Professor Spunkes, dem Gerichtsmediziner, nachgefragt. Der hatte gesagt, dass es in Süddeutschland eine Klinik gäbe, in der Schulmedizin und Iridologen eng zusammenarbeiteten und gute Ergebnisse erzielten. Wenn also an der Methode etwas dran war, warum hatte es keinen Patienten gegeben, auf den die Personenbeschreibung des Mörders zutraf?

Es konnte natürlich sein, dass der Mörder in einer Privatklinik im Ausland operiert worden war. Wenn das der Fall war, dann würden sie seine Identität auf diesem Weg niemals erfahren.

»Ich gehe mal in die Kantine einen Happen essen«, sagte Marc und verließ den Raum.

Vielleicht lag der Operationstermin im letzten Jahr und

die Schätzung des Iridologen war einfach falsch? Irgendwie, so glaubte Eckert, befanden sie sich in einer Sackgasse. Überhaupt schienen alle Spuren in eine Sackgasse zu laufen. Von einer »heißen Spur« jedenfalls waren sie weit entfernt.

Eckert war so in Gedanken versunken, dass er erst das dritte Anklopfen einer Person wahrnahm, die in sein Zimmer kommen wollte.

Nach dem »Herein« kam eine etwa fünfzigjährige Frau in sein Dienstzimmer. An der Tür blieb sie schüchtern stehen. Ihre Handtasche hielt sie schützend vor ihren Bauch.

Eckert stand von seinem Platz auf: »Wie kann ich Ihnen helfen? Nehmen Sie doch erst einmal Platz«, sagte Eckert ruhig, stellte sich vor und bot der Frau den Stuhl vor seinem Schreibtisch an.

Selbst im Sitzen blieb die Handtasche vor ihrem Bauch, auch den Mantel behielt sie an. »Sie haben doch gestern in unserer Klinik in Braunschweig angerufen?«

Eckert nickte, gleichzeitig stellten sich seine Nackenhaare auf. Diese Frau, das ahnte er, wusste etwas über den Mörder!

»Entschuldigung, Herr Eckert, ich muss mich erst einmal vorstellen … mein Name ist Josefine Becker. Ich arbeite als OP-Schwester in der Universitätsklinik in Braunschweig. Mir ist da etwas nicht aus dem Kopf gegangen, was Sie im Hinblick auf die Nierenoperation gesagt haben. In unserer Klinik ist keine Operation durchgeführt worden, aber … in einem OP-Saal in einer Art Privatklinik im Harz.«

Eckert war wie elektrisiert. »Entschuldigen Sie«, sagte er, »das ist so wichtig, dass ich meinen Chef, den Leiter der Mordkommission, herholen muss!« Er griff zum Telefon.

Zwei Minuten später war nicht nur Pierre, sondern die gesamte MoKo in Eckerts Dienstzimmer eingetroffen.

Sie stellten sich vor und Frau Becker begann zu erzählen. »Am zweiten April kam Doktor Ranpuri, ein Chirurg, mit dem ich oft zusammenarbeitete, zu mir und fragte mich, ob ich ihn bei einer Operation unterstützen will. Ich sagte zu ihm, das sei doch selbstverständlich, schließlich arbeite ich doch als OP-Schwester und werde dafür bezahlt. Es handele sich nicht um eine Operation in der Uni-Klinik, sondern in einer Art Privatklinik im Harz, antwortete Doktor Ranpuri.«

Gebannt schauten die Polizisten auf die OP-Schwester.

Bahnte sich ein Durchbruch in den Mordermittlungen an?

Frau Becker fuhr fort. »Tausend Euro hat er mir geboten. Ich habe zugesagt. Am Abend des 3. April sind wir in Richtung Harz gestartet. In der Nähe von Goslar ist Doktor Ranpuri auf einen Parkplatz abgebogen. Mittlerweile war es dunkel geworden. Er sagte, wir müssten jetzt in ein anderes Auto umsteigen. Wir verließen Ranpuris Auto und gingen auf einen schwarzen, großen Mercedes zu. Der Doktor bat mich, in das Fahrzeug einzusteigen. Ich wollte erst protestieren, denn in ein fremdes Auto steige ich eigentlich nicht so einfach ein. Aber Ranpuri sagte ruhig, das sei in Ordnung, der Patient wolle anonym bleiben. Als wir uns auf die Rückbank des Autos gesetzt hatten, reichte mir der Doktor eine der beiden Augenbinden, die dort in der Mitte lagen. Eigentlich wollte ich mich weigern, die aufzusetzen, aber Ranpuri sagte mir, dass dieses Vorgehen eine Voraussetzung dafür sei, dass wir den Auftrag überhaupt bekommen hätten. Er selbst setzte die Augenbinde vor meinen Augen auf und ich tat es ihm schließlich nach.«

»Wie viele Personen befanden sich noch im Auto?«, fragte Pierre.

»Es waren noch zwei. Nur beim Einsteigen in das Auto habe ich sie kurz von hinten gesehen. Sie saßen auf den Vordersitzen. Man konnte sie aber nicht erkennen, es war einfach zu dunkel. Die beiden Männer überprüften den Sitz der Binden, außerdem nahmen sie unsere Armbanduhren von den Handgelenken. Wir haben sie erst wieder auf dem Parkplatz in der Nähe von Goslar zurückbekommen. Damit haben sie unterbunden, dass wir die Fahrtzeit hätten nachvollziehen können.«

Profis, dachte Pierre. Und irgendwie stank das nach den Methoden eines Geheimdienstes. »Können Sie etwa abschätzen, wie lange Sie zur Privatklinik unterwegs waren?«, fragte Junge.

Frau Becker dachte nach. »Auf dem Parkplatz in Goslar kamen wir etwa gegen einundzwanzig Uhr an und um ... drei Uhr dreißig kehrten wir wieder zurück. Wie lange die Operation gedauert hat, kann ich leider auch nicht genau sagen, denn im OP-Saal gab es keine Uhr. Vielleicht waren wir jeweils eine Stunde unterwegs, aber ich kann mich auch täuschen«, sagte Frau Becker bedauernd. »Ich bin mir sicher, dass wir in den Harz gefahren sind. In den ersten zehn Minuten, schätze ich, noch nicht. Aber dann wurde die Strecke sehr kurvenreich, ich bin dauernd in die Mitte des Sitzes oder an die Tür gedrückt worden. Außerdem bemerkte ich den veränderten Luftdruck in meinen Ohren. Mehrmals habe ich durch Schlucken einen Druckausgleich hergestellt.«

Entweder hatte der Mörder das nicht einkalkuliert oder ging nicht davon aus, dass die beiden Mediziner jemals den Zielort bestimmen könnten. Und ... wer sollte schon die Verbindung des Nierenpatienten zum Mörder herstellen, dachte Pierre.

»Haben Ihre Begleiter jemals mit Ihnen gesprochen?«, fragte er.

Frau Becker schüttelte den Kopf. »Nein, kein Wort. Irgendwann habe ich mich im Sitz zurückgelegt und dabei festgestellt, dass die Augenbinde leicht verrutscht war. Mit dem linken Auge konnte ich durch einen kleinen Schlitz einmal ein Ortsschild erkennen. Den Namen des Ortes kann man nicht vergessen: Er lautete Elend!«

Die Ermittler sahen sich an. Sandra fragte schnell nach: »Wie lange waren Sie von dort aus bis zur Klinik unterwegs?«

»Vielleicht zehn Minuten, vielleicht eine Viertelstunde.«

»Hm. Erzählen Sie bitte weiter«, sagte Sandra.

»Als wir die Klinik erreichten, hielt das Auto ziemlich abrupt an. Ich wurde nach hinten in den Sitz gedrückt, und dabei habe ich durch den Schlitz der Augenbinde kurz die erleuchtete Haustür des Gebäudes gesehen. Es handelte sich um eine prächtige Haustür mit Schnitzereien. Dann wurden wir von den beiden Männern aus dem Auto geführt. Erst im Operationssaal wurden uns die Augenbinden abgenommen.«

Eckert, der in der Zwischenzeit sein Dienstzimmer verlassen hatte, um für Frau Becker einen Kaffee zu holen, kehrte zurück und reichte ihr die Tasse. Sie nippte einige Male daran und fuhr schließlich fort: »Die Ausstattung des OP-Saals war hervorragend. Das Operationsbesteck lag bereit für uns und der Patient befand sich schon in Narkose. Wir konnten sofort anfangen.«

»Haben Sie das Gesicht des Patienten gesehen?«, fragte Sandra.

»Nein, sein Kopf war hinter einem Laken verborgen ... Auch die anderen Personen, die sich im Raum befanden – der Anästhesist und drei weitere Männer – hatten sterile Operationsmasken auf. Somit konnten wir kein Gesicht erkennen. Und während der ganzen Zeit hat keiner der Männer ein Wort gesagt.«

»Ist Ihnen am Patienten noch etwas Besonderes aufgefallen?«, fragte Sandra.

»Die rechte Hand ... Der Patient hatte gepflegte, feine Hände, ein Handwerker war der bestimmt nicht, aber am Zeigefinger und dem Daumen der rechten Hand sind mir Schwielen aufgefallen, die irgendwie nicht passten.«

Alle Polizisten dachten über diese Beobachtung der OP-Schwester nach, aber keiner konnte dafür im Moment eine Erklärung finden.

»Es war eine Routineoperation. Als wir fertig waren, wurde der Patient aus dem OP-Saal geschoben. Einer der Männer, die die ganze Zeit über im OP-Saal waren, streifte uns die Augenbinden über und brachte uns zum Auto. Die Augenbinden saßen bei der Rückfahrt korrekt, so dass ich keine weiteren Beobachtungen machen konnte.«

»Wer hat mit Ihnen Kontakt aufgenommen?«, fragte Pierre.

»Ich weiß es nicht. Vielleicht hat der Patient mit Doktor Ranpuri alles ausgehandelt, aber das kann Ihnen nur der Doktor sagen.«

»Wir müssen dringend mit ihm sprechen!«, sagte Sandra.

»Das geht nicht.«

Sandra glaubte, dass Frau Becker Angst hatte, weil sie

versprechen musste, nichts über diese Angelegenheit weiterzugeben. »Wir werden Sie beschützen!«

»Nein, das ist es nicht. Doktor Ranpuri hat die letzten drei Jahre in der Uniklinik gearbeitet und ist im Juni nach Indien zurückgekehrt. Ich glaube, er arbeitet jetzt in Kalkutta. Die Adresse werden Sie bestimmt in der Klinik bekommen.« Die OP-Schwester nannte den Polizisten die entsprechende Verwaltungsabteilung der Uniklinik in Braunschweig.

»Bekomme ich jetzt Ärger mit der Klinikleitung, weil ich sozusagen Schwarzarbeit gemacht habe?«, fragte Frau Becker vorsichtig.

»Nein, wir werden es der Klinikleitung nicht auf die Nase binden, wir werden uns nur die Adresse von Doktor Ranpuri geben lassen. Die Gründe dafür müssen wir nicht erklären«, versprach Sandra.

Frau Becker war erleichtert.

Inspektion Osterode, Mittag

Eine Stunde später saßen die Mitglieder der MoKo wieder im Konferenzsaal zusammen. Frau Becker war zurück nach Braunschweig gefahren, hatte versprochen, bei Nachfragen jederzeit zur Verfügung zu stehen. Eckert hatte Doktor Ranpuri erstaunlich schnell erreicht. Der arbeitete tatsächlich in einer Klinik in Kalkutta. Ranpuri bestätigte Frau Beckers Geschichte. Ende März hatte ihn jemand angerufen und gefragt, ob der Chirurg eine private Operation durchführen würde. Die Bezahlung würde sehr gut sein. Fünftausend Euro wurden für ihn geboten, tausend für eine OP-Schwester, die Ranpuri aussuchen sollte. Für drei Stunden eine exzellente Bezahlung. Die habe er, so hatte sich der Arzt geäußert, nicht ausschlagen können. In Indien seien solche private Operationen an der Tagesordnung, auch deshalb habe er nicht gezögert, den Auftrag anzunehmen.

Damit hatten die Ermittler keinerlei Informationen über den Auftraggeber der Operation. Eckert hatte inzwischen eine Harzkarte auf dem Computer heruntergeladen und über Beamer an die Leinwand geworfen. Er versuchte den Weg der beiden Operateure in den Harz nachzuvollziehen. »Hier ist der Parkplatz in der Nähe von Goslar«, sagte Eckert und wies mit dem Laserpointer auf den entsprechenden Punkt auf der Karte. Frau Becker hatte den Polizisten den Parkplatz genau beschrieben. »Sie fahren also los. Zwei Routen kommen in Frage. Von Goslar nach Bad Harzburg und dann in den Harz. Der Höhenanstieg ist groß, die Ohren reagieren darauf, ja, aber die Strecke von Bad Harzburg nach Torfhaus ist nicht so kurvenreich wie die zweite Strecke über Goslar nach Ilsenburg und schließlich in den Harz.« Eckert fuhr mit dem Laserpointer die zweite Route nach.

»Du hast recht«, sagte Pierre. »Frau Berger hat Elend erkannt und genau dorthin führt die Route von Ilsenburg über Drei-Annen-Hohne auch.«

»Gut, welchen Weg hat er von Elend aus genommen?«, fragte Sandra. »Von hier aus gibt es zwei Möglichkeiten. Entweder links nach Königshütte oder rechts nach Sorge«, sagte Eckert und zeigte die beiden Möglichkeiten auf der Karte.

»Frau Berger hat gesagt, dass die Fahrt von Elend aus noch etwa zehn Minuten gedauert hat ... demnach dürften sie etwa bis nach Sorge und Tanne oder Königshütte gelangt sein«, sagte Sandra.

»Ja, und deshalb müssen wir die Orte und deren Umgebung nach dem Gebäude absuchen«, sagte Pierre. »Die prägnante Haustür wird uns weiterhelfen.«

Oberharz, Dienstagnachmittag bis -abend, 2. September

Eine halbe Stunde später waren Sandra und Pierre in Richtung Elend unterwegs. Eckert hatte eine Karte ausgedruckt, auf der die einzelnen Gebäude der Orte Königshütte und Sorge zu erkennen waren. »Wonach suchen wir, Sandra?«, fragte Pierre, aber er wartete die Antwort nicht ab. »Wir haben eine geschnitzte Haustür ... aber um was für ein Gebäude handelt es sich?«

»Ich glaube, nicht um eine richtige Privatklinik. Wir hätten einen Hinweis darauf in unserer Karte gefunden. Nein, ich glaube, es ist ein größeres Haus, vielleicht eine Villa, in deren Keller der Mörder einen OP-Saal oder so was Ähnliches gebaut hat. Und dort tötet er auch seine Opfer und schneidet ihnen die Gesichtshaut heraus«, sagte Sandra.

Pierre nickte. »Ich glaube auch, dass das Gebäude abseits der geschlossenen Siedlung steht. Nachbarn könnten ihn beobachten, und das will er vermeiden ...«

Pierre untersuchte die Karte nach einzeln stehenden Häusern in Königshütte. Etwa zehn kamen in Frage. Sie suchten die Gegend um die Mandelholztalsperre und den Zillierbachstausee ab. Einige Gebäude waren vom Wald umgeben. Aber keines von ihnen besaß die von Frau Becker beschriebene Tür.

Sandra und Pierre waren sicher, dass die Helfer des Mörders den Weg nach Sorge gewählt hatten. Sie kehrten nach Elend zurück, fuhren ein kurzes Stück in Richtung Braunlage und bogen dann in die Kreisstraße 1353 in Richtung Sorge ab.

Pierre studierte wieder die Karte. Wenn sie von einer Fahrzeit von zehn Minuten ausgingen, dann konnten die Typen bis nach Sorge und ein wenig darüber hinaus gefahren sein. Zwei Objekte konnten es sein. Sie lagen südöstlich von Sorge, in einem dichten Fichtenwald. Eine schmale, asphaltierte Straße führte dorthin. Das erste Gebäude erreichten sie nach einer Fahrt von einem Kilometer. Sie stiegen aus und gingen auf das Gebäude zu. Schon von weitem war zu erkennen, dass es nicht mehr bewohnt war. Viele Fensterscheiben fehlten, in den Räumen des Gebäudes lagen Beton- und Wandverkleidungsteile herum. Später erfuhren die beiden Polizisten, dass sie sich in einer ehemaligen Kaserne der Grenztruppen der DDR aufgehalten hatten. Sie verließen das Gebäude, gingen zum Auto zurück und fuhren weiter. Nach knapp dreihundert Metern war die Fahrt zu Ende. Eine Schranke zog sich über die gesamte Breite der Straße. Rechts und links daneben standen Schilder mit der Aufschrift *Privatbesitz. Betreten verboten!* Dichter Wald neben der Straße verhinderte ein Umfahren der Schranke. Sandra und Pierre sahen sich an. Sie wussten, dass sich irgendwo hinter der Schranke im Wald das Gebäude befand, das sie suchten: die Privatklinik, in der dem Mörder die Schrumpfniere entfernt worden war. Die Privatklinik, in der der Mörder seine Opfer tötete und ihnen die Gesichtshaut nahm. »Lass uns in die Inspektion zurückfahren, im Moment kommen wir hier sowieso nicht weiter!«, sagte Pierre.

Inspektion Osterode, Dienstagabend, 2. September

Pierre setzte sich an seinen Schreibtisch und faltete die Harzkarte auseinander. Das auf dem Privatgrundstück in der Nähe der Gemeinde Sorge stehende Gebäude bestand aus einem Komplex mit einem großen und zwei kleineren Gebäuden. Pierre wollte mehr erfahren. Da er auf das Netzwerk der Polizei privat nicht zurückgreifen konnte, rief er den Kollegen an, der für die Nachtschicht im Kriminaldienst eingeteilt war. Er bat ihn, Informationen über den Gebäudekomplex in Sorge einzuholen. Nach einer halben Stunde meldete der Kollege sich wieder. Pierre erfuhr, dass es sich um ein Jagdschloss handelte. Während der DDR-Zeit galt es offiziell als Erholungsheim für Mitarbeiter der Staatssicherheit. Ein »Stasi-Erholungsheim« nur vierhundert Meter von der ehemaligen deutsch-deutschen Grenze entfernt ... das konnte nur eines bedeutet haben: Von hier aus waren Agenten in den Westen geschleust worden!

Als Eigentümer war ein Fred Neubarth eingetragen, der in der Gemeinde Sorge seinen ersten Wohnsitz hatte. Neubarth hatte bis Ende März 1993 in Berlin gewohnt und war dann nach Sorge gezogen. Als Beruf war Speditionskaufmann angegeben. Außer den persönlichen Angaben über Alter, Personalausweis und so weiter waren keine weiteren Informationen über den Mann vorhanden. Das würde Marc übernehmen müssen, dachte Pierre. Aber ob das etwas bringen würde, das wusste Pierre natürlich nicht. Er musste einen anderen Weg gehen.

Er griff zum Telefon und erzählte Sandra von den Informationen, die er von dem Kollegen der Nachtschicht erhalten hatte. »Morgen früh kommst du mit deinem Mountainbike nach Bad Sachsa. Wir werden eine Fahrradtour machen. Rate mal, wohin es geht!«

»Wie ich dich kenne, wirst du mit dem Fahrrad auf das Gelände fahren wollen, wo wir die Privatklinik vermuten?!«

»Hundert Punkte!«

Südharz, Dienstagnacht, 2. September

Andächtig saß er in seinem Labor. Er war am Ziel angelangt. Am Ziel seiner jahrzehntelangen Suche und am Ziel seines künstlerischen Schaffens.

Diese Oberkommissarin Sandra Koch! Sie hatte ihn erkannt, ihren Gott, das hatte er gleich bei ihrem ersten Blick bemerkt, den sie ihm am Parkplatz zugeworfen hatte. Es bestand eine Seelenverwandtschaft.

Inzwischen wusste er alles über sie. Kannte ihre Körperdaten, ihren kompletten Lebenslauf. Er hatte sogar ihrem im Koma liegenden Vater einen Besuch abgestattet und sich als ein Verwandter ausgegeben. Und die diensthabende Krankenschwester hatte ihm bereitwillig Auskunft erteilt!

Immer wieder hatte er Sandra aus allen Perspektiven fotografiert und gefilmt. Sie hatte ihn nicht bemerkt, hatte keine Ahnung, dass er sie nach dem »Rendezvous« am Striorteichparkplatz kaum mehr aus den Augen gelassen hatte. Alle Aufnahmen der letzten Tage hatte er auf seinem Laptop gespeichert und immer wieder betrachtet. Noch nie hatte er eine solche makellose Schönheit gesehen. Diese Körperhaltung!

Stolz und elegant zugleich.

Sportlich und einmalig weiblich.

In jeder Pose hielt sie dem Vergleich mit Helena, der schönsten Frau der Antike, stand.

Ihre Gesichtszüge! Wie gemeißelt und von einer Symmetrie, die ihresgleichen suchte. Und ihr Gesichtsausdruck war voller sanfter und reiner Liebe, die auch noch auf diesen Leiter der Mordkommission gerichtet war. Nur … dieser Narr bemerkte ihre Liebe noch nicht einmal! Rexilius verdiente diese Liebe nicht. Und er passte überhaupt nicht zu ihr. Mit seinem unsymmetrischen Gesicht, seiner beginnenden Glatze und seiner schiefen Nase verdarb seine Gegenwart Sandras ästhetischen Anblick. Er würde diesen Schandfleck beseitigen lassen. Dafür hatte er seine Leute, die noch nie versagt hatten.

Um Sandra würde er sich allein kümmern. Wenn er mit den Vorbereitungen fertig war, dann würde sich ihr liebevoller Blick ihm zuwenden.

Nur ihm allein.

Seine Hände begannen zu zittern. Dieses Fieber. Noch nie war es so stark gewesen. Aber noch nie hatte er eine solche Frau in der Gegenwart gesehen. Bald würde Sandra Koch der schönen Helena in nichts nachstehen.

Helena, die schönste Frau der Antike. Helena, die aus einem Ei geborene Tochter des Zeus und der Leda.

Eine göttliche Schöpfung!

Er würde Sandra zur Halbgöttin machen. Und er würde

ihr Gott und Schöpfer sein. Von keinem, auch nicht vom *General* würde er sich dieses Mal von seinem Vorhaben abbringen lassen!

Es gab einen klaren Zeitplan. Sandra würde ihre letzten Tage in Freiheit verbringen können, aber in einigen Tagen würde er sie für immer zu sich holen.

Mit einem selten erlebten Hochgefühl verließ er sein Labor.

Kaukasus, Babuk Aul, Russland, 1. und 2. September

»Warum bist du damals verschwunden?«, fragte Evelina Leonid Koslow. Nach dem Abendessen hatten sich die drei in Koslows Wohnzimmer auf die Couchgarnitur gesetzt und Koslow hatte ihnen Tee serviert. Inzwischen hatten Andrej und Evelina ihrem ehemaligen Kollegen erzählt, was sie in den letzten Jahren gemacht hatten.

Nun war Koslow an der Reihe. Er nahm einen tiefen Zug aus seiner Zigarette und blies den Rauch kräftig aus. »Die Serienmorde von 1989 waren es … Eigentlich durfte ich wie du auch, Andrej, und Wassilij Bogdanow die Akte von damals nur unterschreiben, aber beim Aufschlagen der Akte war ein KGB-Mann nachlässig gewesen, für den Bruchteil einer Sekunde sah ich die Namen zweier Zeugen. Ich konnte mir die Namen merken. Je länger ich über diese Sache nachdachte, umso merkwürdiger kam sie mir vor. Das war nur so ein Gefühl … Jedenfalls suchte ich die Zeugen, einen Mann und eine Frau, in ihren Wohnungen auf. Der Mann mauerte, man merkte, dass er Angst vor den KGB-Leuten hatte. Aber die Frau, die hat geredet. Sie versicherte mir, dass der damals überführte Serienmörder nicht der Täter gewesen sein konnte – er stammte aus ihrem Dorf –, weil er mindestens bei vier der zwölf Morde Alibis hatte. Er war an Gelbsucht erkrankt. Die KGB-Leute setzten die Frau unter Druck, sagten ihr, dass der Verdächtige die Krankheit nur vorgetäuscht habe. Wie überzeugend der KGB sein konnte, das brauche ich euch nicht zu erklären. Die Frau gab nach und der Verdächtige galt als überführt. Aber ihr schlechtes Gewissen plagte sie. Als ich in ihrer Wohnung war, erleichterte sie ihr Gewissen. Sie hatte inzwischen herausgefunden, dass Polkow – so hieß der Mann –, als die anderen acht Morde geschahen, in Moskau wohnte und nicht in der Region, in der die Serienmorde verübt wurden.«

Evelina und Andrej schauten sich an.

»Also haben sich die KGB-Leute ein Opfer ausgesucht. Warum gerade ihn?«, fragte Evelina.

»Das habe ich die Frau auch gefragt, aber sie wusste es nicht. Vermutlich hing es irgendwie mit Polkows Zeit in Moskau zusammen.«

Koslow zündete sich eine weitere Zigarette an.

Lebjew fand, dass sein ehemaliger Kollege gehetzt wirkte. Die Erlebnisse von 1989 schienen wieder Besitz von ihm ergriffen zu haben.

»Wie ging es weiter, Leonid«, fragte Andrej ungeduldig.

»Als ich die Frau verließ, bemerkte ich zwei Fahrzeuge, die mich observierten. Offensichtlich hatte sie der männliche Zeuge auf mich gehetzt. Ich tat so, als hätte ich sie nicht bemerkt. Am nächsten Morgen stieg ich in mein Auto, um zum Dienst zu fahren. Meine ›Begleiter‹ waren nicht zu sehen. Wenig später wusste ich, warum! Ich drehte den Zündschlüssel um, nichts tat sich! Die KGB-Leute hatten eine Bombe an die Zündung angeschlossen und sie war nicht explodiert, weil ein Kabel keinen richtigen Kontakt gefunden hatte. Ich wusste, der nächste Anschlag würde nur eine Frage der Zeit sein. Ob ich dann noch einmal so viel Glück haben würde ... darauf wollte ich es nicht angekommen lassen. Also ging ich in meine Wohnung zurück, packte die wichtigsten Sachen und floh. Über viele Umwege kam ich schließlich nach Babuk Aul. Mein Vater besaß einen Bauernhof, er war glücklich, dass ich kam, um seinen Hof weiterzuführen.«

»War das nicht zu gefährlich, zu deinem Vater zu fliehen?

Die KGB-Leute kannten doch sicherlich den Wohnort deines Vaters?«, fragte Evelina.

Koslow schmunzelte und schüttelte mit dem Kopf. »Nein, lange Zeit wusste ich selbst nicht, wer mein Vater überhaupt war. Ich war ein Bastard, wenn ihr es so wollt. Kurz bevor meine Mutter 1986 starb, vertraute sie mir das Geheimnis an, wer mein Vater ist. Ich habe weder dem KGB noch der Miliz in Noworossyisk jemals davon erzählt.«

Evelina nickte.

Lebjew griff in eine Tasche des Rucksacks und holte das Foto heraus, das der deutsche Kommissar ihm gemailt hatte. Er gab es Koslow. »Kennst du diesen Mann?«

Koslow schaute kurz auf das Foto. »Das war ein hoher Stasi-Offizier. Er war Experte für Serienmorde, heute spricht man von einem Profiler. Er soll den entscheidenden Anteil an der Aufklärung der Serienmorde gehabt haben.«

»Wenn man davon ausgeht, dass bewusst der falsche Mann hinter Gitter gebracht wurde, dann ist der Stasi-Offizier an dieser Aktion beteiligt gewesen?«, fragte Evelina.

»Wäre möglich, aber es könnte auch sein, dass der KGB den DDR-Mann hinters Licht geführt hat. Was Desinformation und Täuschung betrifft, da war der KGB ganz groß.«

Ja, dachte Lebjew, diese Möglichkeit bestand natürlich auch. Eine andere Frage aber beschäftigte ihn. Wie der deutsche Kommissar berichtet hatte, wurde den Opfern in Deutschland die Gesichts- und Kopfhaut entfernt … gab es möglicherweise eine Verbindung zu den Mordfällen von 1989? »Wie wurden die Opfer ermordet, Leonid?«, fragte Lebjew.

»Ich habe nie eine Leiche gesehen, aber ich habe erfahren, dass die Gesichter der Opfer übel zugerichtet worden waren. Die genaue Todesursache oder wie der Täter vorgegangen ist und welche Instrumente er eingesetzt hat …, das weiß ich nicht.«

»Du kannst mir also nicht sagen, ob der Mörder seinen Opfern die Gesichts- und Kopfhaut herausgeschnitten hat?«

Koslow schüttelte den Kopf.

Wäre auch zu schön gewesen, dachte Andrej. »Kennst du Namen der KGB-Leute, die damals beteiligt waren?«

»Zwei von ihnen. Der eine war Victor Tscherkassow, KGB-Oberst aus Moskau, und der andere war General Kortschnoi, Leiter der Kaukasussektion des KGB. Die anderen beiden kannte ich nicht, aber sie standen in der Hierarchie deutlich unter Kortschnoi und Tscherkassow.«

War einer der beiden der Mann, der im Archiv der Miliz in Noworossyisk gewesen war? Andrej griff ein weiteres Mal in seinen Rucksack, um das Foto mit der Tätowierung des Mordopfers in Deutschland Koslow zu geben. Der schaute es sich lange an. »Mein Bruder glaubt, dass dieses Symbol für irgendeine Sekte oder Gruppe im Kaukasus steht«, fügte Lebjew hinzu.

»Irgendwo habe ich so etwas Ähnliches schon einmal gesehen, ich weiß aber nicht wo, Andrej.« Koslow dachte kurz nach. »Ich kenne eine Schamanin, die ihr ganzes Leben lang als Heilerin tätig ist. Die alte Frau ist einer der größten Experten auf dem Gebiet der Heilkräuter und Traditionen des Kaukasus. Wenn jemand etwas zu dieser Zeichnung sagen kann, dann sie. Wir werden sie morgen besuchen.«

Den Rest des Abends verbrachten die drei mit Erinnerungen aus ihrer gemeinsamen Zeit in Noworossyisk. Natürlich floss auch Wodka. Spät in der Nacht gingen sie ins Bett. Evelina und Andrej schliefen in einem Zimmer, weil Leonids Haus nur über zwei Schlafräume verfügte. Andrej konnte lange nicht einschlafen, während Evelina, die auf einer Couch lag, sehr schnell eingeschlafen war, wie Andrej an ihrem regelmäßigen Atmen bemerken konnte. Evelina schlief nur mit einem Slip bekleidet. Irgendwann war ihre Bettdecke bis zum Bauchnabel heruntergerutscht. Andrej sah im Mondlicht, das den Raum erfüllt hatte, ihre wohlgeformten Brüste. Er ertappte sich, wie ihn zum ersten Mal nach Daschas Tod dieser Anblick erregte, wie ein Verlangen in ihm aufstieg. Nein! Das durfte er Dascha nicht antun. Aber etwas, das er nicht unterdrücken konnte, geschah mit ihm: Das Bild von Dascha begann nach zehn Jahren blasser zu werden.

Nach dem Frühstück zeigte Koslow seinen ehemaligen Kollegen seinen landwirtschaftlichen Besitz. Herzstück war natürlich der Anbau und die Verarbeitung der Schneeglöckchen. Koslow führte sie an den Rand eines Feldes, das etwa die Größe eines Fußballfeldes hatte. Ein gelbes Blütenmeer strahlte ihnen entgegen. »Hier befindet sich meine Haupteinnahmequelle, die Schneeglöckchen.«

Andrej und Evelina sahen sich verwirrt an. Gelbe Schneeglöckchen?

Leonid schmunzelte. »Was hier blüht, ist die Goldrute. Sie verträgt sich gut mit den Schneeglöckchen, deren Zwiebeln ich schon im Frühjahr ernte. Die Goldrute blüht in dieser Höhenlage ab Ende August/Anfang September ...«, weiter kam Koslow mit seinen Erklärungen nicht.

Piotr und Anton knatterten mit hoher Geschwindigkeit auf die drei zu, kurz vor Leonid kamen ihre Motorräder zum Stillstand. Die beiden sprangen von ihren Motorrädern und stellten sie auf die Ständer.

Aufgeregt wandte sich Piotr an Koslow: »Vor unserer Baumsperre befinden sich drei Autos mit zwölf bis an die Zähne bewaffneten Männern. Die haben Schnellfeuergewehre. Mit einem Auto sind sie nach Solokhaul zurückgefahren, um sich Kettensägen und Motorräder auszuleihen. Sie werden bald zurück sein. Sind das die Leute, vor denen du dich all die Jahre versteckt hast, Leonid?«

Koslow nickte.

»Was machen wir jetzt?«, fragte Piotr.

Koslow überlegte, blickte zu einem weit entfernten Punkt irgendwo in den Bergen. »Piotr und Anton, ihr lockt diese Verbrecher von meinen Freunden aus Babuk Aul weg ... zu mir. Danach verschwindet ihr. Ich möchte nicht, dass irgendjemandem von euch oder meinen Freunden aus Babuk Aul etwas passiert- –sie wollen mich und Andrej und nicht euch.«

»Ihr habt alleine keine Chance gegen diese Typen ... sie werden euch töten.«

»Ich habe einen Fluchtplan ... schon als ich damals nach Babuk Aul kam. Ich hätte nie gedacht, dass ich ihn jemals in die Tat umsetzen müsste. Also los, verschwindet jetzt. Ich werde von mir hören lassen.«

Einen Moment schauten Piotr und Anton ihren Freund an, dann verabschiedeten sie sich von ihm und fuhren los.

Leonid sah ihnen nach, bis sie hinter einer Kurve aus seinem Blickfeld verschwanden. Die Vergangenheit hatte ihn also eingeholt. Würde er jemals wieder nach Babuk Aul zurückkehren?

»Wie sieht dein Plan aus, Leonid?«, fragte Andrej.

»Ich werde jetzt meine Waffen holen. Bist du noch immer ein guter Schütze, Andrej?«

Lebjew nickte. Während seiner Ausbildung bei der Miliz war er durch gute Schießleistungen aufgefallen und hatte eine Scharfschützenausbildung bekommen, die er aber nie in der Praxis angewandt hatte. Lediglich an den alljährlich stattfindenden Schießmeisterschaften der Miliz nahm er teil und siegte stets.

»Gut. Ich packe jetzt meine wichtigsten Sachen, dann fahren wir mit unseren Waffen auf den Berg«, sagte Leonid und zeigte auf einen Punkt des westlich seiner Hütte gelegenen Berges. »Den Rest erzähle ich euch da oben.«

Seit einer Stunde lagen Leonid und Andrej mit ihren Gewehren im Anschlag und beobachteten durch die Zielfernrohre Leonids Haus und die Umgebung. Es würde nicht mehr lange dauern und ihre Verfolger würden Leonids Haus stürmen. Evelina schaute mit ihrem hochauflösenden Fernglas auf die Kurve, hinter der Anton und Piotr vorhin verschwunden waren. »Das erste Auto kommt«, sagte Evelina.

Andrej und Leonid richteten ihre Zielfernrohre auf diesen Punkt. In einem Abstand von jeweils fünfzig Metern folgten drei weitere Autos und zwei Motorräder. Die hatten also noch Verstärkung bekommen. Fast zwanzig Leute waren dort unten inzwischen versammelt!

Koslows Plan war, die beiden Motorräder ihrer Verfolger fahruntüchtig zu schießen, dann würden die drei das Gebiet verlassen und die Schamanin aufsuchen. Sie lebte etwa fünfzehn Kilometer vom Berg entfernt. Da die Piste an Koslows Haus endete, konnte das Killerkommando die drei mit den Autos nicht verfolgen. Zu Fuß war eine Verfolgung sinnlos, lediglich die Motorräder stellten eine Gefahr dar. Deshalb mussten Andrej und Leonid die Motorblöcke der Zweiräder so schnell wie möglich zerstören. Koslow hoffte, dass die Killer die Motorräder so abstellten, dass sie im Schussfeld waren.

Dann ging alles sehr schnell. Die vier Autos wurden im Halbkreis um Koslows Haus abgestellt. Die Insassen entstiegen den Autos, nahezu alle hielten Schnellfeuergewehre in den Händen. Sie suchten Schutz hinter den Fahrzeugen, boten den beiden Schützen auf dem Berg aber ein hervorragendes Ziel. Schnell richteten sie ihre Gewehre auf Koslows Haus.

»Was für Stümper«, sagte Koslow, »sie sichern nur nach einer Seite ab! Wenn wir wollten, könnten wir einige von ihnen leicht erschießen.« Das lag aber nicht in der Absicht der beiden. Sie wollten die Motorräder außer Gefecht setzen. Zum Glück waren die so abgestellt, dass sie für Andrej und Leonid erreichbar waren, aber leider kauerten zwei Männer hinter den Zweirädern. »Los, bewegt euch zu meinem Haus«, murmelte Leonid, »stürmt endlich mein Haus!«

Eine Minute tat sich nichts, dann ging einer der Männer gebückt mit dem Gewehr im Anschlag einige Meter auf das Haus zu und rief etwas in dessen Richtung. Als er keine Antwort erhielt, hob er die Hand, weitere zehn Männer rannten im Zickzack auf das Haus zu und schossen wild durch die Fensterscheiben. Schließlich folgten auch die noch bei den Fahrzeugen verbliebenen Männer und schlossen sich der wilden Schießerei an.

»Jetzt«, sagte Leonid. Andrej und Leonid jagten jeweils vier Schüsse in die Motorblöcke und Tanks der beiden Maschinen, die sofort umkippten.

»Volltreffer«, sagte Evelina, die die Motorräder mit dem Fernglas beobachtet hatte.

Einer der Schützen im Tal drehte sich in Richtung der

Fahrzeuge um, bemerkte die umgekippten Motorräder und jagte blind mehrere Gewehrsalven in die umliegenden Berge. Vorsichtshalber suchten Andrej und Leonid hinter dicken Bäumen Deckung, um nicht von verirrten Kugeln getroffen zu werden.

Inzwischen hatte auch der Anführer der Killertruppe bemerkt, dass die Motorräder zerstört waren. Er würde Koslow und die anderen beiden nicht mehr verfolgen können, war den dreien auf den Leim gegangen. Wütend schlug er mit der Faust auf eine der Motorhauben. Danach öffnete er den Kofferraum des Autos, und ging mit einem Benzinkanister in der Hand auf Koslows Haus zu. Er kippte rund um Koslows Haus Benzin aus und zündete es an. Nach einigen Augenblicken brannte das Holzhaus lichterloh. Der Brandstifter grinste zynisch in Richtung der Berge.

»Am liebsten möchte ich dem Kerl eine Kugel in den Kopf jagen«, sagte Leonid und schwieg einen Moment. »Aber ... ich werde nach Babuk Aul zurückkehren und das Haus neu aufbauen. Lasst uns jetzt verschwinden.« Sie starteten die Motorräder und brausten los.

Die Killer im Tal hörten die Geräusche der Motorräder im Berg, konnten aber wegen des dichten Baumbewuchses nicht sehen, wo die Flüchteten genau fuhren. Zahlreiche Gewehrsalven jagten sie in den Berg, verfehlten die drei aber.

Oberharz, Mittwoch, 3. September

Mannshohe Nebelschwaden hielten sich über dem Boden. Erst am späten Vormittag würde die herbstliche Sonne die Kraft entwickeln, sie aufzulösen. Hätte ein Waldspaziergänger Sandra und Pierre, die den alten Kaiserweg mit ihren Mountainbikes befuhren, aus einiger Entfernung beobachtet, hätte er nur die Köpfe über dem Nebel schweben sehen. Die beiden Polizisten waren auf dem Weg nach Hohegeiß, um das

Jagdschloss im Oberharz, in dem Heise gearbeitet hatte, unter die Lupe zu nehmen, scheinbar zufällig vorbeikommende Radsportler, die auf einer alltäglichen Tour durch den Harz waren. Eine Stunde zuvor waren sie in Bad Sachsa gestartet. Sandra war von Herzberg nach Bad Sachsa mit dem Auto gefahren, im Kofferraum hatte sie ihr Fahrrad transportiert. Sie tranken einen Kaffee in Pierres Wohnung, besprachen die Vorgehensweise und brachen auf.

Kurz vor dem letzten Steilanstieg auf die Harzhochfläche fielen Sandra Nadelbäume auf, die außergewöhnlich dick waren.

Pierre bemerkte ihre staunenden Blicke. »Die Nadelbäume haben hier einen Umfang von teilweise über fünf Metern, nirgendwo im Harz kommt das ein zweites Mal vor. Vor dreihundert Jahren wurden die Bäume angepflanzt. Als sie schlagreif waren, schafften die Sägen der Holzfäller es nicht, die Rinde zu zersägen, deshalb hat man sie stehen lassen. Und deshalb konnten die Bäume die heutige Stammdicke erreichen«, erklärte Pierre. »Nur, das Witzige ist ... die ›Dicken Tannen‹ waren immer Fichten!« Pierre konnte Sandra nicht erklären, wie es zu dieser Falschbenennung gekommen war. Irgendwann, so versprach er, werde er das herausfinden.

Pierre und Sandra fuhren nebeneinander her und sie wunderte sich, dass er die ganze Zeit gesprochen hatte, ohne schneller zu atmen. Sie bewältigten immerhin eine Steigung von acht Prozent! Sandra selbst konnte nur noch zuhören, zum Sprechen war sie zu sehr aus Atem. Dieser Pierre musste eine Pferdelunge haben.

Fünf Minuten später erreichten sie Hohegeiß. Sie fuhren durch den Ort und hielten auf die ehemaligen Grenzbefestigungen zu. An der Stelle, an der 1963 NVA-Soldaten Helmut Kleinert bei seinem Fluchtversuch aus der DDR erschossen hatten, überquerten sie den ehemaligen Todesstreifen und bogen auf den dazu parallel verlaufenden Waldweg ein. Die beiden Polizisten hielten an. Pierre holte die topographische Karte aus seinem Rucksack. Das Jagdschloss lag vom Standort der beiden etwa zwei Kilometer entfernt, mitten im Wald, am Fuße eines Berges, der die Umgebung der Oberharzhochfläche um hundertfünfzig Meter überragte. Pierre und Sandra beschlossen, auf die Bergkuppe zu fahren und sich von oben dem Gebäude zu nähern. Auf der Karte war ein Waldweg eingezeichnet, der um den Berg herumführte, und von dem im Norden ein Weg abzweigte, der direkt zum Gipfel führte. Nach fünf Minuten erreichten sie den Rundweg im Süden und fuhren nach links. Sie blickten zum Hang, der mit dichten Fichten besetzt war, teilweise hatte er Dickichtcharakter. Etwas anderes aber fesselte die Polizisten: Parallel zum Weg, etwa zehn Meter hangaufwärts, zog sich ein vier Meter hoher Zaun hin. In Abständen von vielleicht hundert Metern befanden sich Leuchten und Überwachungskameras, wahrscheinlich waren hier auch Mikrofone eingebaut. Pierre gab Sandra ein Zeichen, nicht zu sprechen, möglicherweise konnte irgendjemand mithören. Nach zehn Minuten kamen sie an den Weg, der zum Gipfel führte. Der Zaun hatte hier eine Einbuchtung, aber nach zweihundert Metern zog er sich über den Weg hin, ein Tor unterbrach ihn. Sandra und Pierre hielten an.

Zwei Hunde kläfften und sprangen wenig später mit wütendem Knurren gegen das Tor. Die Hunde fletschten ihre scharfen Zähne. Rottweiler, dachte Pierre, gefährliche Schutz- und Wachhunde.

Zwei Männer näherten sich dem Tor. Sie trugen schwarze polizeiähnliche Uniformen. Sandra und Pierre bemerkten Funkgeräte bei ihnen und Handfeuerwaffen, die die Wachleute plump getarnt hatten. Die beiden Männer stellten sich hinter die Hunde und gaben ihnen ein Kommando. Sofort warfen sich die Hunde auf den Boden und hörten auf zu knurren, schienen sanfte Schoßhunde geworden zu sein.

»Was wollen Sie hier?«, fragte der größere von ihnen unfreundlich.

Sandra schien die Unfreundlichkeit nicht mitbekommen zu haben: »Als ich das letzte Mal hier war, ich glaube, es ist jetzt fünfzehn Jahre her, da konnte man noch zum Gipfel fahren. Ich hoffe, dass können wir immer noch?«

»Die Zeiten ändern sich eben. Verschwindet jetzt, sonst lassen wir die Rottweiler nach draußen«, sagte der kleinere der beiden und gab den Hunden ein Zeichen. Sofort warfen sie sich wieder gegen den Zaun und fletschten ihre Zähne.

Sandra und Pierre zweifelten nicht einen Moment, dass die höhnisch grinsenden Muskelprotze ihre Drohung in die Tat umsetzen würden. Sie stiegen auf ihre Fahrräder, fuhren auf den Rundweg zurück und umrundeten den Berg. Der Zaun mit den Sicherheitseinrichtungen zog sich um den ganzen Berg herum. Sie konnten zwar einen Haupteingang erkennen, an dem eine Schranke angebracht war und ein Wachhaus stand, das Jagdschloss selbst war aber hinter hohen und dicht stehenden Fichten verborgen. Die beiden Polizisten beschlossen, nach Sorge zu fahren und die Einwohner nach den Leuten im Jagdschloss zu befragen, weil eine asphaltierte Straße vom Jagdschloss aus in den Ort führte. Bedienstete und Besucher des Anwesens nutzten mit Sicherheit diese Straße. Sie legten einen Kilometer zurück, sahen eine Bank und stoppten ihre Fahrt. Sie stellten die Fahrräder ab und setzten sich auf die Bank. Sie tranken Wasser und Pierre sagte: »Was hältst du von der Sache, Sandra?«

»Wenn sie die Hunde wirklich herausgelassen hätten, dann hätte ich sie erschossen und diese beiden Großmäuler verhaftet … aber dann hätten wir sie aufgescheucht. Und wenn sich jemand so abschottet, dann hat er etwas zu verbergen. Wir müssen herausbekommen, was für einen Hintergrund der Eigentümer dieses Anwesens hat, wie viele Wachen beschäftigt sind und wo die herkommen. Aber ein Gefühl sagt mir, dass wir bei der Recherche große Schwierigkeiten bekommen werden.«

Pierre nickte. Sie packten ihre Trinkflaschen in die Rucksäcke und machten sich auf den Weg nach Sorge. Die Dorfbewohner waren sehr auskunftsfreudig. Sie berichteten, dass der Zaun um das gesamte Anwesen schon seit zehn Jahren existiere. Seitdem hatte es einen Versuch einer Jugendbande gegeben, auf das Grundstück zu kommen. Die Mitglieder hatten mit einem Bolzenschneider ein Loch in den

Zaun geschnitten. Dann sind sie auf das Grundstück gelangt, aber nur vierzig Meter weit gekommen. Vier Rottweiler und die hinzugekommenen Wachen hatten die Jugendlichen übel zugerichtet und vom Grundstück verjagt. Zwei der Halbwüchsigen mussten ins Krankenhaus eingeliefert werden. Obendrein wurden die Jugendlichen Monate später wegen Landfriedensbruch verurteilt. Die Justiz stehe auf Seiten dieser Leute, schließlich bringe der reiche Besitzer des Anwesens eine Menge Steuergelder in die Gemeindekasse. Über den Namen des Eigentümers oder der Leute, die im Schloss wohnten, wusste keiner etwas. Ein Bäcker riet Pierre, einen Schäfer nach dem Anwesen zu befragen, der sich zurzeit mit seinen Schafen auf einer Weide zwischen Sorge und Tanne aufhielte, bis vor Jahren aber häufig seine Schafe in der Nähe des Schlosses habe weiden lassen.

Sandra und Pierre fanden den Schäfer am Rand einer Wiese, an einem aus Baumstämmen gefertigten Tisch. Rechts und links daneben waren massive Bänke aufgestellt. Sandra und Pierre stellten sich dem Mann vor und sagten ihm, weshalb sie gekommen waren. Der Schäfer bat die beiden, sich zu ihm an den Tisch zu setzen. Er hieß Fritz Gille. Pierre schätzte ihn auf Mitte fünfzig. Sein braunes und wettergegerbtes Gesicht zeugte davon, dass er die meiste Zeit seines Lebens im Freien verbracht haben musste. Seit über dreißig Jahren hüte er Schafe für drei verschiedene Schafzüchter, meist im Harz oder Harzvorland, gelegentlich auch in der Lüneburger Heide, klärte er die Polizisten auf. »Überall, wo ich hinkomme, werde ich freundlich von den Menschen behandelt. In Sorge bekomme ich viele Einladungen zum Essen, oder sie bringen mir Kuchen und Ähnliches vorbei. Bis vor sieben Jahren habe ich die Schafe auf den Wiesen in der Nähe des Jagdschlosses weiden lassen, weil die Weiden dort saftig sind. Die Typen aus dem Schloss haben mich regelrecht vertrieben, obwohl sie dazu kein Recht hatten. In der Nacht sind sie oft mit ihren Rottweilern gekommen und haben die Tiere auseinandergetrieben. Manchmal habe ich Tage gebraucht, um die Herde wieder zusammenzubekommen. Aber so schnell lasse ich mich nicht vertreiben.« Gille verzog wütend das Gesicht. »Ich sammelte alle Tiere wieder ein und ging auf eine Nachbarweide. In der Nacht kamen sie wieder. Der Himmel war bedeckt, es war stockdunkel. Ich schlief in meinem Zelt. Mehrere Schüsse weckten mich, dann hörte ich das Jaulen meiner Hunde. Schließlich wurde es still. Diese Verbrecher aus dem Schloss hatten sie erschossen. Castor und Pollux, meine beiden Border Collies, einfach erschossen! Acht Jahre lang waren sie mir treue Partner gewesen. Ich schnappte meine Taschenlampe und verließ das Zelt, um nach den Hunden zu sehen. Ich fand sie aber nicht! Und die Schafe waren in alle Himmelsrichtungen vertrieben. Als es hell war, entdeckte ich hundert Meter vom Zelt entfernt die Blutlachen meiner Hunde. Diese Bastarde hatten die Hundeleichen beseitigt.« Die Zornesröte stieg ihm ins Gesicht. »Bis ich alle Tiere wieder versammelt hatte, vergingen zwei Tage!«

»Haben Sie die Polizei verständigt?«, fragte Sandra.

»Natürlich, noch am gleichen Tag. Ich berichtete alles. Wollte euren Kollegen als Beweis die Blutflecken zeigen … aber … die waren verschwunden. Diese Verbrecher hatten sie entfernt. Und die Polizisten glaubten mir nicht. Sie sprachen mit einem Schlossbewohner, der behauptete, ich habe getrunken und mir das alles eingebildet und legten den Fall zu den Akten. Ich war wütend und traurig zugleich. Die hatten mir meine Hunde genommen und wurden dafür noch nicht einmal zur Rechenschaft gezogen! Aber diese Schweine hatten ihr Ziel erreicht: Die Weiden um das Jagdschloss habe ich nie wieder aufgesucht.«

Fritz reichte den beiden Käse und ein Viertel Fladenbrot. »Der Käse ist aus eigener Produktion und das Brot von Gerhard Flock, dem Bäcker aus Sorge, der euch zu mir geschickt hat.« Eine Zeitlang herrschte Schweigen, die drei genossen ihre Mahlzeit.

Sandra beobachtete, wie die beiden Hirtenhunde zwischen den Schafen hin und her rannten und die Ausbrechenden immer wieder in den Pulk der Herde zurücktrieben.

Fritz bemerkte ihre Blicke. »Wieder Border Collies, Ernie und Bert. Inzwischen sind sie so gut wie Castor und Pollux … Schmeckt euch der Käse?«

»Sehr gut, er hat ein würziges Aroma«, sagte Pierre.

Sandra stimmte zu.

Fritz goss ihnen eine rote Flüssigkeit in die Blechbecher. »Johannisbeersaft. Bringen mir die Bewohner aus Tanne immer vorbei … Da ist noch etwas, das ich euch unbedingt sagen muss. Bis vor zwei Jahren habe ich im Sommer immer Eddy getroffen, einen Obdachlosen. Hat sich mir jedes Mal für ein paar Wochen angeschlossen. Er kannte sich in der Gegend gut aus. Er hat mir mal erzählt, dass es hier in den Wäldern viele leer stehende Gebäude gibt. Sie stammen alle aus DDR-Zeiten. Die Abrisskosten wären zu hoch gewesen, aber auch die Instandsetzungsarbeiten, deshalb hat man sie einfach so stehen lassen. Langsam zerfallen sie. In einigen von ihnen nächtigte Eddy regelmäßig. Vor drei Jahren erzählte er mir, dass er einen Weg auf das Gelände des Jagdschlosses kenne.«

»Hat er gesagt, wo sich dieser Weg befindet?«, fragte Pierre.

»Nein. Ehrlich gesagt, ich habe das für ein Hirngespinst gehalten. Eddy war ein echter Kumpel und hat mich mit seiner Mundharmonika immer gut unterhalten, aber manchmal hat er etwas übertrieben. Er hat auch gesagt, dass er über seinen Geheimweg auf das Gelände des Jagdschlosses eindringen werde und es den Arschlöchern, die dort wohnen, zeigen werde, weil die meine beiden Hunde getötet haben. Ich habe ihm dringend davon abgeraten. Diese Typen aus dem Jagdschloss hätten Kleinholz aus Eddy gemacht.«

Oh ja, dachte Pierre, das hätten die in der Tat gemacht. Er hatte das Bild der Leibwächter und der beiden Rottweiler vor Augen, mit denen Sandra und er schon Bekanntschaft gemacht hatten. Ein anderer Gedanke kam ihm. »Du sprichst in der Vergangenheitsform von Eddy, ist er …«

Fritz nickte. »Er ist letztes Jahr gestorben. In seinem Winterquartier in Quedlinburg. Einer seiner Obdachlosenkumpel ist Anfang Juni extra hier hochgekommen, um mir von Eddys Tod zu erzählen. Er ist im Dezember letzten Jahres an einer

Infektion gestorben.« Fritz Stimme hatte einen traurigen Klang bekommen. Er schien seinen Kumpel mit der Mundharmonika zu vermissen.

Pierre dachte nach, schließlich fragte er Fritz: »Hat Eddy mal etwas über den Verlauf des Geheimweges gesagt?«

Fritz antwortete nicht gleich, schloss die Augen, um besser nachdenken zu können. »Wenn ich mich richtig erinnere, dann hat er gesagt, es handele sich um einen Höhlengang oder einen Tunnel, der irgendwo im Wald beginnt. Der Eingang sei schlecht zu finden.«

»Genaueres hat er nicht gesagt?«, fragte Sandra.

Fritz schüttelte mit dem Kopf. »Ich riet ihm von einer Vergeltungsmission ab und er hat nicht wieder darüber gesprochen.«

»Hm«, sagte Pierre nachdenklich. Irgendetwas, er spürte es deutlich, arbeitete hektisch in seinem Unterbewusstsein. Aber so sehr er sich auch bemühte, es zu fassen, er schaffte es nicht, die Informationsblasen an die Oberfläche seines Bewusstseins kommen zu lassen.

Dann griff der Hauptkommissar zum Handy und sprach mit Jäckel, dem Chef der Sondereinsatztruppe. Der sollte ihm ein Observierungsteam aus zwei Personen zur Verfügung stellen, die sich, wenn möglich, noch heute in Sorge einfinden sollten. Pierre hatte vor, die Zufahrt zum Jagdschloss überwachen zu lassen. Jeder, der das Gelände verließ oder auf es fuhr, sollte erfasst werden. Über die Kennzeichen glaubte Pierre wichtige Informationen über die Besucher des Geländes zu bekommen.

Jäckel fragte Pierre nicht, für welchen Zweck er die Leute benötigte, der Chef der Sondereinsatztruppe wusste, dass Pierre, die »Klette«, immer einen besonderen Grund hatte, wenn er sich Einsatzkräfte auslieh. Es hing mit Sicherheit mit der Mordserie zusammen, an der Pierre arbeitete. »Eine Stunde, Pierre?«

»Danke, so schnell habe ich nicht damit gerechnet.«

»Ich schicke dir meine beiden besten Leute, Pat und Patachon.«

Der schlaksige Einsfünfundneunzig-Mann Volker Lässig und der um zwanzig Zentimeter kleinere, aber genauso schwere Günter Bartsch waren seit zehn Jahren ein eingespieltes Team und trotz ihrer körperlichen Gegensätze ein »unauffälliges« und erfolgreiches Observierungsteam.

Pierre nannte Jäckel den Treffpunkt in Sorge und legte auf. Eine knappe Stunde später trafen Lässig und Bartsch dort ein. Pierre instruierte die beiden Kollegen und fuhr mit Sandra nach Osterode zurück.

Nordhausen, Mittwochnachmittag, 3. September

Junge stellte sein Auto auf dem großen Parkplatz der Petermann KG ab und blickte auf die Zentrale der Gesellschaft. Die mächtige grüne Leuchtschrift stach von der Fassade ab, die aus weißem Marmor bestand. Die Fenster und das große Eingangstor waren von kunstvollen grauen Ornamenten umrahmt. Als Junge in das Foyer von der Größe eines halben Sportplatzes kam, wurde ihm klar, dass hinter der Petermann KG eine Menge Kapital stehen musste. In der Mitte des Foyers stand ein Brunnen mit einem Radius von sieben Metern, in dem kunstvolle Wasserspiele abliefen. Verzierte Marmorsäulen stützten eine Glaskuppel, die für eine enorme Lichtfülle sorgte. Um den Brunnen herum waren Sitzecken mit edlen Polstermöbeln und geschliffenen Granittischen verteilt. Junge ging auf den pompösen Empfangstresen zu, hinter dem drei attraktive junge Frauen standen.

»Was kann ich für Sie tun?«, fragte eine von ihnen.

Er sagte es ihr.

»Haben Sie sich angemeldet?« fragte sie daraufhin.

»Muss ich das als Polizist, der an einem Mordfall arbeitet?«

Einen Moment war sie irritiert, dann fragte sie geschäftsmäßig freundlich: »Wen wünschen Sie denn zu sprechen?«

»Den Geschäftsführer oder den Personalchef.«

»Herr Meinert führt wichtige Gespräche mit ausländischen Geschäftspartnern, aber Herr Bleier, der Personalchef, könnte vielleicht zur Verfügung stehen.«

Junge nickte.

Daraufhin griff sie zum Telefon und nickte ein paarmal während des Gesprächs. »Herr Bleier wird Sie empfangen«, sagte sie, nachdem sie aufgelegt hatte.

»Was gibt es, Herr Kommissar?«, fragte Bleier. Edler grauer Anzug, die Kopfhaare gänzlich abrasiert und eine schwarze modische Brille waren seine besonderen Kennzeichen. Bleier und Junge saßen sich in einer Sitzecke des Personalchefzimmers gegenüber.

»Wann hat Maximilian Samura bei Ihrer Gesellschaft gearbeitet?«, fragte Junge.

»Maximilian Sa… wie?«

»Maximilian Samura, Herr Bleier.«

»Der Name sagt mir nichts. Ich kann nicht alle Mitarbeiter der Gesellschaft kennen … das sind ja einige tausend.«

»Das erwarte ich auch nicht, aber Sie können in Ihrem Computer nachschauen, dort wird er sicherlich zu finden sein!«

Bleier verharrte einen Moment, war sich unschlüssig, was er tun sollte. »Fällt das nicht unter Datenschutz?«

Junge machte einen gelangweilten Gesichtsausdruck, beachtete Bleiers Frage nicht. »Eine einfache Frage: In welchem Zeitraum hat Maximilian Samura bei ihnen gearbeitet?«

Bleier stand von seinem Sessel auf, ging zum Schreibtisch, gab etwas in den Computer ein und blickte auf den Bildschirm. Schließlich sagte er: »Maximilian Samura ist in unseren Computern nicht aufgeführt, also hat er auch nicht bei uns gearbeitet.«

Junge antwortete nicht gleich, blickte Bleier kritisch an. »Herr Samura war nahezu zwei Jahre bei Ihnen beschäftigt und einmal in der Woche hat er die Zentrale aufgesucht. Wollen Sie mir wirklich erzählen, dass Sie Herrn Samura nicht kennen? Vielleicht sollte ich Ihnen ein Bild von ihm zeigen.« Junge holte Heises Foto aus seiner Jackentasche und legte es Bleier vor den Computer auf den Schreibtisch.

Bleier blickte kurz auf das Foto. »Ich kenne diesen Mann nicht!«

Junge hatte Bleiers Körperreaktionen genau beobachtet und war der Überzeugung, dass der Heise erkannt hatte.

»Schauen Sie sich das Foto noch einmal genau an«, empfahl Junge, »es gibt Zeugen, die beschwören können, dass Samura bei Ihnen angestellt war.«

»Ich habe diesen Mann noch nie gesehen«, sagte Bleier. »Wenn jemand etwas anderes behauptet, dann lügt er. Ich kann Ihnen jedenfalls nicht weiterhelfen und jetzt ... muss ich wieder an meine Arbeit.«

Junge schaute Bleier noch lange durchdringend an. »Ich werde wiederkommen, Herr Bleier, das verspreche ich Ihnen«, sagte Junge und verließ das Büro des Personalchefs.

Kaukasus, 2. bis 4. September

Etwa gegen elf Uhr trafen Evelina, Andrej und Leonid bei Svetlana ein. Sie saß vor ihrer Blockhütte. Koslow hatte den beiden erzählt, dass Svetlana ihr ganzes Leben in der Abgeschiedenheit des Waldes lebte, die nächste Siedlung – Babuk Aul – lag fünfzehn Kilometer von Svetlanas Haus entfernt. Sie besaß einen ausgezeichneten Ruf als Heilerin. Viele Kranke waren im Laufe der vielen Jahre zu ihr gekommen, in den meisten Fällen waren ihre Patienten Kaukasusbewohner, die sich eine teure Behandlung in Krankenhäusern nicht leisten konnten. Svetlana verlangte nie eine Bezahlung. In allen Fällen, die Leonid bekannt waren, hatte Svetlana Heilung oder Linderung der Krankheiten gebracht. Er hatte großen Respekt vor ihr.

Koslow ging auf Svetlana zu, die inzwischen von ihrem Platz aufgestanden war und ihm entgegen ging, und umarmte sie. Er stellte seine Begleiter vor. Svetlana bot ihnen einen Platz vor der Hütte an. Als alle saßen, berichtete Leonid ihr von den Ereignissen der letzten Tage und zeigte ihr den Computerausdruck, auf dem die Tätowierung abgebildet war. Sie schaute nur kurz darauf, hob den Kopf und verfiel in einen Singsang.

Leonid hörte konzentriert zu.

Nach einigen Minuten schwieg Svetlana und sah Evelina und Andrej an, während Koslow übersetzte: »Die Tätowierung beinhaltet die *Legende der Wolfskinder*, die sich im ›Land der drei weißen Zinnen‹ abgespielt haben soll.«

»Was beinhaltet diese Legende?«, fragte Evelina.

»Es geht um das Zusammenleben von Menschen und Wölfen. Im Land der drei Zinnen lebten Menschen und Wölfe einst friedlich miteinander. Die Menschen bauten Getreide an und hielten sich Vieh. Nur einen kleinen Teil des Waldes nutzten sie für ihr Feuerholz. Der größte Teil blieb für die Wölfe, die niemals ein Tier der Menschen rissen und fraßen. Aber eines Tages wurde die Idylle zerstört. Ein Wanderprediger kam ins Dorf und brachte die Menschen dazu, die Wölfe zu töten. Ein Welpenwurf überlebte in einer Höhle. Eine der Welpen – eine Wölfin – war besonders klug und sorgte dafür, dass die übrigen Welpen unentdeckt überlebten bis sie erwachsen wurden«, sagte Koslow.

»Und was können wir damit jetzt anfangen«, fragte Andrej zweifelnd.

»Die Legende ist noch nicht zu Ende. Der Prediger verließ das Land, glaubte die Wölfe vernichtet. Der Wald, den man angezündet hatte, erholte sich wieder. Die Wölfe wurden erwachsen. Die kluge Wölfin ging zu den Menschen, um sie zu einem erneuten friedlichen Zusammenleben zu überreden. Die Menschen lehnten ab und wollten die Wölfin töten. Sie konnte fliehen. Die Menschen marschierten los, nun sollten endlich alle Wölfe ausgerottet werden. Die kluge Wölfin hatte das geahnt und eine große Fallgrube im Wald gebaut, in die alle Menschen fielen. Den Wölfen gehörte jetzt alles. Das ist auch das Ende der Geschichte.«

»Und was hilft uns das?«, fragte Andrej ungeduldig.

»Ein Teil der Legende hat sich wiederholt«, sagte Leonid unbeirrt. »Und zwar 1989! Auch das ›Land der drei weißen Zinnen‹ gibt es.«

»Wo liegt es?«, fragte Evelina.

»Einen Tagesmarsch von hier entfernt, rund dreißig Kilometer. Es gibt keinen Weg dorthin, außerdem müssen wir einige Flüsse überqueren. Ich hoffe, das Hochwasser ist inzwischen zurückgegangen, sonst könnten wir Probleme bekommen ... Die Tätowierung ist auch eine Art Landkarte. Die drei weißen Zacken in ihrem Hintergrund stellen drei Kalkberge am nördlichen Rand der Karim-Hochfläche dar. Die rötliche Fläche im mittleren Teil der Tätowierung zeigt den Brand, der den Wald der Hochfläche zerstört hat. Und im Vordergrund steht die kluge Wölfin.«

»Weiter! Was hat Svetlana noch gesagt?«

Leonid zuckte mit den Schultern. »Mehr hat sie zur Legende nicht gesagt. Wir sollen das ›Land der drei weißen Zinnen‹ aufsuchen. Dort werden wir alles erfahren.«

Leonid sprach noch einige Zeit mit Svetlana, dann verabschiedete er sich von ihr.

Svetlana sah Andrej und Evelina beim Abschied an, sagte etwas und lächelte. »

Was hat sie gesagt?«, fragte Evelina.

Leonid antwortete nicht gleich. »Ich habe sie vor den Verbrechern gewarnt, die uns verfolgen. Die könnten Svetlana foltern, um etwas über uns herauszubekommen. Wenn sie nichts über uns preisgibt, dann werden die Svetlana töten. Svetlana hat geantwortet, dass sie keine Angst habe, ihre Zeit sei noch nicht gekommen. Sie wird ein Versteck aufsuchen, das die Verbrecher niemals finden werden.«

Evelina nickte und war beruhigt. »Aber das war es nicht, was sie zum Schluss gesagt hat!«

Leonid lächelte und zögerte noch einen Moment mit der Antwort. »Sie hat gesagt, dass ihr beide, du und Andrej, sehr bald wieder ein Paar sein werdet. Dieses Mal aber für immer. Zwei Kinder werdet ihr bekommen.«

»Woher weiß sie ...?«

Leonid zuckte mit den Schultern. »Sie ist Schamanin. Vielleicht hat sie es in euren Gesichtern gesehen ... vielleicht hatte sie eine Vision. Ehrlich gesagt, ich weiß es nicht. Eines aber weiß ich, bis heute hat Svetlana mit ihren Weissagungen immer recht behalten.«

Andrej und Evelina blickten verlegen zu Boden.

Sechs Stunden später erreichten die Drei den südlichen Rand der Karim-Hochfläche, das ›Land der drei Zinnen‹. Ihr Weg war beschwerlich gewesen. Zweimal mussten sie an Flüssen von den Motorrädern absteigen und die Fahrzeuge durch das hüfthohe Wasser schieben. Fast hätten sie dabei eines der Zweiräder verloren. Dichte Wälder, Gestrüpp und steile Berge verzögerten ihre Fahrt. Um zwanzig Uhr, kurz vor Einbruch der Dunkelheit, hatten sie endlich ihr Ziel erreicht. Sie schlugen ihre Zelte auf. Morgen, in aller Frühe, würden sie das ›Land der drei Zinnen‹ unter die Lupe nehmen. Damit sie in der Nacht nicht von ihren Verfolgern im Schlaf überrascht werden konnten, hielt immer einer von ihnen Wache in der Nähe des Zeltes.

Das Tal lag noch im Dunkeln, aber die ersten Sonnenstrahlen dieses Morgens erreichten die ›Drei Zinnen‹. Sie leuchteten wie gleichschenklige Dreiecke. Das Hochtal hatte sich stark abgekühlt, Tau hatte sich sanft auf die Landschaft gelegt.

Evelina, die die letzte Nachtwache hielt, hatte sich von den beiden Zelten entfernt und schaute fasziniert auf die drei Berge. Was war im ›Land der drei weißen Zinnen‹ 1989 Schreckliches geschehen? Hier in dieser gottverlassenen Einöde?

Die Nacht war ruhig geblieben. Ihre Verfolger wussten noch nicht, wo sich die drei aufhielten. Aber Evelina wusste, dass es nur eine Frage der Zeit sein würde, bis sie kamen. Gestern Abend war Evelina und Andrej klar geworden, dass Leonid all die Jahre in Babuk Aul damit gerechnet hatte, eines Tages von der Vergangenheit eingeholt zu werden. In einem der Nebengebäude seines Hofes hatte er kurz nach seiner

Ankunft in dem Gebirgsdorf eine Ausrüstung zurechtgelegt, die er für eine Flucht brauchte. Außerdem hatte er mehrere Fluchtrouten geplant. Eine führte über das Schwarze Meer in die Türkei.

Evelina löste den Blick von den Bergen und ging zu den Zelten zurück. Leonid und Andrej bereiteten gerade ein Frühstück zu. Der Duft frisch aufgesetzten Tees schlug ihr entgegen. Sie setzte sich auf einen der drei größeren Steine, die Andrej in die Nähe der Zelte geschleppt hatte.

»Wann werden sie kommen?«, fragte Evelina, biss in ihr Fladenbrot und trank von ihrem Tee.

»Ich schätze, spätestens heute Abend, vielleicht auch schon früher«, antwortete Andrej. »Deshalb sollten wir nach dem Frühstück sofort das Gelände erkunden. Wir bauen alles ab und verstauen unsere Sachen auf den Motorrädern. Ich möchte nicht, dass die überraschend kommen und unsere Ausrüstung finden.«

Leonid nickte. »Wo fangen wir an?«

»Ich habe vorhin einen Hügel am linken Rand der Hochfläche entdeckt, der etwa zwanzig Meter hoch ist. Von dort aus müssten wir einen guten Überblick haben«, sagte Evelina.

Sie packten ihre Sachen zusammen und fuhren auf den Hügel. Sie stellten die Motorräder dort ab, holten ihre Ferngläser aus den Rucksäcken und begannen, die Hochfläche abzusuchen. Den dreien fiel auf, dass die Bäume der Hochfläche etwa die gleiche Höhe hatten, rund fünfzehn Meter schätzten sie.

»Der Brand von 1989«, sagte Andrej. »Das ist jetzt siebzehn Jahre her. Die Bäume haben die Hochfläche wieder zurückerobert.«

»Ja«, sagte Leonid, »schaut mal auf den östlichen Teil der Hochfläche, dort sind die Bäume regelmäßig gewachsen, so als habe jemand die Bäume nach einem geometrischen Muster angepflanzt. Dazwischen scheint es Schneisen zu geben. Dort fahren wir jetzt hin.«

Fünf Minuten später untersuchten sie die Schneisen. Die waren etwa zehn Meter breit und mit Gräsern bewachsen.

Andrej entdeckte einige Vegetationslücken. Er kratzte die dünne Bodenkrume weg und entdeckte etwas Ungewöhnliches. »Teer«, rief er seinen Freunden zu. Die Untersuchung weiterer Vegetationslücken ergab das gleiche Bild. »Eine Straße. Das war früher eine Straße. Der Teer hat das Baumwachstum verhindert ... Wer hat in dieser Wildnis eine befestigte Straße gebaut und warum?«, fragte Andrej.

»Das werden wir bald herausfinden«, antwortete Leonid mürrisch. »Wir durchkämmen jetzt den Rest der Hochfläche.«

Nach drei Stunden kehrten sie auf den Hügel zurück. Es war Mittag, die Sonne hatte die Luft auf über zwanzig Grad aufgeheizt. Die drei setzten sich auf den Boden und wischten sich den Schweiß von der Stirn. Zahlreiche Grundmauern und ein ausgedehntes Straßennetz hatten sie gefunden.

Evelina hatte die ungefähre Lage der Straßen in ein Notizbuch eingezeichnet und betrachtete ihre Zeichnung. »Bis 1989 hat es hier eine Siedlung gegeben, mit Straßen, kleineren Häusern – vermutlich Einfamilienhäuser – und zwei größeren Komplexen ... Um was für eine Siedlung hat es sich gehandelt?«

»Eine militärische Anlage, vermute ich. Streng geheim. So geheim, dass man nach einem Feuer, vermutlich durch eine Explosion ausgelöst, bis auf die Fundamente alles beseitigt hat.«, sagte Leonid. Einen Moment schwiegen sie.

Evelina brach schließlich das Schweigen. »Könnte eine Atomexplosion stattgefunden haben?«

»Nein. Das hätte nicht verheimlicht werden können. Der Westen hätte das schnell bemerkt und öffentlich gemacht. Denkt mal an Tschernobyl. Außerdem hätte man das Gebiet zur Sperrzone erklärt. Es muss etwas anderes sein, weiß der Teufel, was«, sagte Leonid.

Wieder dachten sie über das Beobachtete nach, kamen aber nicht weiter.

Schließlich kam Evelina eine Idee. »Nach der Legende haben die Welpen eines Wurfes in einer Höhle überlebt, der Kreis in der Zeichnung, das könnte doch die Höhle sein!«

Andrej holte die Fotokopie mit der Tätowierung aus seinem

Rucksack. Alle drei schauten sie intensiv an. »Du könntest recht haben«, sagte Leonid.

»In der Legende haben die Wolfskinder in einer Höhle überlebt … wäre es nicht möglich, dass Kinder der Bewohner dieses Dorfes in einer Höhle überlebt haben?«, führte Evelina weiter aus.

Die beiden Männer nickten.

»Dann lasst uns die Höhle suchen. Sie müsste nach der Zeichnung in dem linken Vorhügel der linken Zinne sein.« Evelina zeigte auf den Hügel, der von ihrem Standort etwa sechshundert Meter entfernt war. Sie knatterten los.

Der Hügel war mit alten Bäumen bestanden. Dieser Teil des Hochtales war vom Brand verschont geblieben, er lag am Rand der Hochfläche und etwa vierzig Meter über ihr. Sie begannen den Hügel abzusuchen. Nach einer guten Stunde stieß Leonid auf ein etwa vierzigmal vierzig Zentimeter großes Loch in einer Felswand.

»Ich zwänge mich jetzt da rein«, sagte Evelina, als sie die Öffnung sah, »für euch ist das Loch sowieso zu klein.« Ohne eine Antwort abzuwarten, kroch Evelina in das Loch. Dann hörten die Männer einen dumpfen Aufschlag, wenig später erschien Evelinas Kopf hinter der Felsöffnung. »Gebt mir mal eine Taschenlampe!«, sagte sie.

Andrej reichte ihr die Lampe durch die Öffnung. Danach hörten die beiden eine Zeitlang nichts von ihr.

Schließlich kam sie zur Höhlenöffnung zurück. »Die Höhle ist etwa zehn Meter lang, fünf Meter breit und etwa drei Meter hoch. Ihr werdet es nicht glauben, aber hier drin sind acht Holzkisten im Kreis aufgebaut, in der Mitte steht ein vermoderter Tisch. Es scheint, als hätten hier vor langer Zeit Versammlungen stattgefunden … Was hat das zu bedeuten?«

Andrej und Leonid, die Evelinas Kopf durch die Öffnung anschauten, zuckten ratlos mit den Schultern.

»Vielleicht kann ich euch helfen!«

Andrej und Leonid drehten sich schlagartig um und sahen einen über ein Meter achtzig großen kräftigen Mann mit einem Gewehr im Anschlag.

»Was …?« Weiter kam Andrej nicht.

»Ich beobachte euch schon seit gestern Abend.« Sein Ton war freundlich, er senkte das Gewehr.

Andrej und Leonid entspannten sich.

»Ich musste mich überzeugen, dass ihr die Richtigen seid.«

»Die Richtigen?«, fragte Leonid verwirrt.

»Holt eure Begleiterin aus der Höhle, dann fahren wir zu meiner Hütte. Dort werdet ihr alles erfahren.«

Alexander Medwedew war der Name des Mannes, der sie an der Höhle überrascht hatte. Er war Förster der Region Krasnodar-Süd, zu der auch das ›Land der drei Zinnen‹ gehörte. In den Sommermonaten lebte er in seiner Jagdhütte, die, verdeckt von Bäumen, an einem Hang im westlichen Teil des Hochtals lag. Etwa einhundert Meter von der Hütte entfernt hatte er einen Aussichtspunkt, von dem aus er das gesamte Hochtal überblicken konnte. Von dort aus hatte er auch die drei kommen sehen.

Im Winter, wenn der Schnee die Region unzugänglich machte, kehrte er in sein Dorf zurück. Im März dieses Jahr kam eine angesehene Bewohnerin seines Dorfes, Ludmilla Lebedew, die von allen nur *Stolzer Schwan* genannt wurde, zu Medwedew. Sie übergab ihm einen Brief, den er in das ›Land der drei Zinnen‹ mitnehmen sollte. Im Sommer, so habe sie ihm gesagt, würden Menschen kommen, gute Menschen, die nach einem Geheimnis suchten. In dem Brief habe sie das Geheimnis offenbart. Ludmilla hatte Alexander nicht anvertraut, worum es sich handelte, weil sie ihn schützen wollte. Sollte er das Geheimnis jemals kennen, dann schwebe er in höchster Gefahr, hatte sie ihm gesagt. Den »guten Menschen« solle er den Brief übergeben.

»Ich habe euch den ganzen Tag beobachtet und ich bin zu der Überzeugung gelangt, dass ihr diese guten Menschen seid«, sagte Alexander. »Den Brief von Ludmilla habe ich nie geöffnet, aber ich weiß, dass es unten im ›Land der drei weißen Zinnen‹ eine Siedlung gegeben hat. Die Grundmauern sind ja nicht zu übersehen, wenn man hier als Förster arbeitet. Jedenfalls hat Ludmilla gesagt, dass die Fremden beim Durchlesen des Briefes alles, wonach sie suchten, erfahren werden.« Er stand von seinem Platz auf, holte den Brief von Ludmilla aus dem Schrank und gab ihn den dreien.

Evelina öffnete ihn. Er enthielt zehn handgeschriebene DIN-A4-Seiten. Andrej und Leonid setzten sich rechts und links neben Evelina. Dann begannen sie gemeinsam zu lesen. Schweigen. Entsetzen. Trauer.

Wozu waren Menschen fähig? Evelina hatte die Hände vors Gesicht geschlagen und weinte bitterlich.

Wozu waren Menschen fähig? Leonid und Andrej hatten in ihrem Berufsleben viele Grausamkeiten erlebt. Aber das, was sie soeben gelesen hatten, sprengte selbst ihre Vorstellungskraft.

Andrej unterbrach schließlich die Stille. »Wir müssen so schnell wie möglich zu dem deutschen Kommissar. Nur mit ihm können wir die drohende Katastrophe noch verhindern.«

Leonid wandte ein: »Wir haben die Ausführungen von Ludmilla Lebedew gelesen, ja, aber wie wollen wir dieses Verbrechen beweisen?«

Wieder herrschte Schweigen. Die drei sahen ratlos auf den Boden.

»Ich glaube, die Beweise werden wir bald bekommen«, sagte Andrej.

Evelina und Leonid sahen ihn zweifelnd an.

Andrej achtete nicht darauf. »Ich weiß jetzt, wo Bogdanow die Akte versteckt hat.«

»Wo?«, fragte Evelina, die sich wieder etwas gefangen hatte.

»In seiner Laube! Ich floh aus Wassilijs Wohnung und kehrte in die Laube zurück, um mich erst einmal zu verstecken. Wassilij hat die Akte fotografiert und auf CD gebrannt. Im Wohnraum stehen zwei Teesamoware, einen hat er nie benutzt. Ich bin mir sicher, dass er einen Mechanismus in den eingebaut hat, der die CD verbirgt. Er hat es mir verschlüsselt gesagt. War ich blind gewesen!«

Plötzlich wurde die Hüttentür aufgerissen. Alexander stürmte herein. Hastig atmend sagte er: »Wir müssen so schnell wie möglich von hier verschwinden. Unten im Tal ist eine wahre Armee mit drei Helikoptern gelandet. Die haben Spürhunde dabei und suchen nach euch. In zehn Minuten werden sie hier sein.«

»Wohin sollen wir fliehen?«, fragte Andrej.

»Ich werde euch begleiten. Zuerst werden wir eine Hütte aufsuchen, etwa zwanzig Kilometer von hier entfernt. Nur ich kenne ihre Existenz. Auch die Pfade dorthin sind nur mir bekannt. Wenn die merken, dass wir das Hochtal verlassen haben, werden sie uns mit den Hubschraubern suchen. Die Wälder bis zur Hütte sind allerdings so dicht, dass man uns von oben nicht sehen kann. Ich fahre voraus und ihr folgt mir.«

Die drei nickten, packten ihre Sachen zusammen, verließen das Haus und rannten zu den Motorrädern. Wenige Sekunden später rasten sie los.

Noch immer dachte Evelina an das, was Ludmilla Lebedew über die Ereignisse von 1989 niedergeschrieben hatte. Sie war dabei, den Glauben an eine humane Gesellschaft zu verlieren.

Südharz, Inspektion Osterode,
Donnerstagvormittag, 4. September

»Dieser Bleier … der hat Heise genau erkannt«, sagte Junge. Die MoKo hatte sich um acht Uhr getroffen. Junge berichtete gerade von seiner Befragung des Personalchefs der Petermann KG. »Wir werden Probleme bekommen, von dieser Seite etwas über Heise zu erfahren.«

»Vielleicht weiß Bleier nichts über Heise?«, fragte Eckert.

Junge schüttelte mit dem Kopf. »Als ich ihm den Namen Maximilian Samura nannte, da glaubte ich noch, dass es so sein könnte. Als er aber das Foto von Heise betrachtete, da war ich mir sicher, Bleier wusste genau, wen er da sah.«

Weiter kamen die Polizisten nicht. Es klopfte an der Tür. Polizeioberrat Rauert, Fischers Stellvertreter, kam mit einem Mann in den Raum. Pierre erkannte ihn sofort: Oberstaatsanwalt Paul. Weshalb begab der sich in die Niederung der Mordkommission Osterode? Rauert und Paul setzten sich auf die letzten beiden Plätze.

Ohne eine Begrüßung und mit finsterer Miene begann Rauert. »Herr Oberstaatsanwalt Paul hat einige Dinge mit Ihnen zu klären.«

Keiner der Mordermittler hatte eine Ahnung, wo denn ein Klärungsbedarf bestehen könnte.

Paul ergriff das Wort: »Wer von Ihnen hat die Befragung in der Zentrale der Petermann KG durchgeführt?«

»Ich«, antwortete Junge.

»Wer ist ich?«

»Kommissar Junge«, antwortete Marc.

»Das Protokoll!«, befahl Paul.

»Das Protokoll werde ich im Verlaufe des Vormittags anfertigen«, antwortete Junge.

»Warum haben Sie es nicht gleich nach dem Verhör getan, so wie es Ihre Pflicht gewesen wäre?«

Paul der Korinthenkacker, dachte Pierre. Paul der Oberstaatsanwalt, der über die besten Beziehungen zur finanzkräftigen High Society verfügte und regelmäßig ihre Partys besuchte. Wahrscheinlich war Personalchef Bleier ein persönlicher Freund von Paul. Und Pierre dämmerte nun auch, weshalb der Herr Oberstaatsanwalt gekommen war.

»Kommissar Junge hat auf Anweisung von mir gehandelt«, sagte Pierre.

Paul blickte den Leiter der Mordkommission verwirrt an. Und ebenso verwirrt war Junge, aber keiner bemerkte es.

»Kommissar Junge und seine Frau erwarten ihr erstes Kind. Ich habe den Kollegen nach der Befragung von Bleier nach Hause geschickt, damit er sich um seine hochschwangere Frau kümmern kann. Sie glaubte, dass die Wehen eingesetzt hätten und brauchte ihren Mann.«

Paul stutzte einen Moment. Über ein derartiges Ereignis konnte er sich mit seiner Forderung nach einem Protokoll nicht so einfach hinwegsetzen. Allerdings fragte er auch nicht, ob es zur Geburt des Kindes gekommen war. Paul räusperte sich, schaute erst Junge, dann Rexilius an. »Ihr Kollege hat gestern den Personalchef der Petermann KG der Lüge bezichtigt!«

Junge schüttelte den Kopf. »Das stimmt nicht, ich habe Herrn Bleier lediglich danach gefragt, ob Maximilian Samura bei der Gesellschaft gearbeitet hat. Wir haben nämlich Hinweise darauf, dass Herr Samura dort zwei Jahre lang beschäftigt war.«

»Was für Hinweise?!«, fragte Paul zweifelnd.

Aus einem merkwürdigen Gefühl heraus übernahm Pierre die Antwort. »Wir sind einem anonymen Hinweis nachgegangen.«

Paul verzog ungläubig das Gesicht. »Und das ist alles, was Sie an … Hinweisen haben?!«

Pierre nickte.

»Und deshalb dringt Ihr Mann in die Zentrale der Petermann KG ein, beleidigt den Personalchef und bedroht ihn obendrein auch noch?« Pauls Ton war lauter und schärfer geworden.

Oberrat Rauert blickte beschämt auf irgendeine Stelle am Boden.

Paul wartete keine Antwort ab. »Ich habe zwei Stunden gebraucht, um den Geschäftsführer der Gesellschaft, Doktor Meinert, von einer Strafanzeige gegen Ihren Mann abzubringen!« Paul schaute wieder in die Runde. Wartete er auf ein schüchternes Danke vom Leiter der Mordkommission? »Sie diffamieren Führungskräfte eines Konzerns, die viele Arbeitsplätze in der Region geschaffen haben. Und Sie haben nicht den Hauch eines Beweises? Anfängerhaft. Nein. Kriminell ... Ich verbiete Ihnen, weiter gegen Leute der Petermann KG zu ermitteln, die sind über jeden Verdacht erhaben. Sollten Sie zuwiderhandeln, wird das schwerwiegende Konsequenzen für Sie alle haben. Insbesondere, was Sie betrifft, Rexilius ... Ich denke da an eine Suspendierung. Und dann ist da noch etwas: Die weitere Observierung des Jagdschlosses in Sorge habe ich untersagt!« Paul stand auf und verließ den Konferenzraum, ohne sich zu verabschieden.

Rauert folgte ihm mit eingezogenem Kopf.

»Pierre, warum hast du diesem aufgeblasenen Oberstaatsanwalt nichts von Kameke Samura erzählt?«, fragte Sandra.

»Ich glaube, es ist am besten, wenn wir ihren Namen heraushalten. Ich möchte nicht, dass Frau Samura etwas passiert. Es ist nur so ein Gefühl ... Woher wusste Paul, dass es in Sorge ein Jagdschloss gibt?«

»Meinst du, dass Paul ...?«

»Glaube ich eigentlich nicht, aber der Herr Oberstaatsanwalt ist bekannt dafür, auf Partys, bei denen auch die Petermann-Leute zugegen sind, unter einem entsprechenden Alkoholspiegel über seine Arbeit zu plaudern. Wenn er dabei den Namen Kameke Samura ins Spiel bringt, lebt die Frau keinen Tag mehr. Möglicherweise war er auch schon mal im Jagdschloss, um eine Party zu feiern.«

Sandra nickte.

»Was machen wir jetzt, Pierre?«, fragte Junge.

Pierre antwortete nicht, schien in einer anderen Welt zu sein. Das hielt noch zwei Minuten so an. Plötzlich sprang Pierre von seinem Platz auf. »Ich habe eine Idee, ich fahre jetzt nach Neuhof!« Er eilte aus dem Konferenzraum, ohne den Grund für den plötzlichen Aufbruch zu nennen.

Als Sandra, Junge, Eckert und Stecher allein im Konferenzsaal saßen, fragte Stecher ratlos: »Könnt ihr mir sagen, auf welche Idee Pierre gekommen ist?«

Die drei anderen Mordermittler zuckten gleichzeitig mit den Schultern.

»Was für eine Idee ihm genau gekommen ist, weiß ich nicht, aber ich bin mir sicher, dass er einen Weg gefunden hat, um das Verbot von Paul, die Petermann KG unter die Lupe zu nehmen, zu umgehen!«, sagte Eckert und schmunzelte.

Südharz, Neuhof, Donnerstagnachmittag, 4. August

Zolldirektor Karl Kramke hatte seinem Fahrradkumpel Pierre ein Bier angeboten. Pierre hatte abgelehnt. Jetzt tranken beide einen Fitnesstee, den der Zöllner empfohlen hatte. »Jahrelang haben wir die ›Stasiröhren‹, durch die die Agenten der Staatssicherheit unter dem Todesstreifen in den Westen geschleust wurden, gesucht. Am ehesten vermuteten wir diese Menschenpipelines im Höhlenlabyrinth zwischen Walkenried-Juliushütte-Wiedigshof und dem damaligen DDR-Ort Ellrich. In diesem Gebiet hat das Wasser im Untergrund zahlreiche Höhlen aus dem Gestein gewaschen, also natürliche Gänge geschaffen. Wir haben alle Höhlen abgesucht, die in Richtung DDR führten, aber alle fanden ein natürliches Ende im Gestein.«

Pierres Zuversicht begann zu schwinden.

Kramke bemerkte Pierres Gesichtsausdruck und begann zu schmunzeln. »Aber ...1986 ist ein Major der Grenztruppen zu uns übergelaufen. Ausgerechnet durch einen Höhlengang zwischen Ellrich und Juliushütte! Der Gang endete unter einer Gipsblase, die nur einen kleinen Durchgang hatte, durch den ein Mensch durchkriechen musste. Die Öffnung war bestens getarnt. Deshalb haben wir den Gang nie gefunden. Jedenfalls versprach der Major uns damals, all sein Wissen preiszugeben, wenn wir ihm eine andere Identität verschafften. Du weißt ja, was mit Abtrünnigen des Arbeiter- und Bauernstaates passierte, wenn sie nicht aus der Öffentlichkeit verschwanden.«

Ja, dafür gab es zahlreiche Beispiele, dachte Pierre. Populärstes Opfer war der Fußballer Lutz Eigendorf, Aushängeschild des DDR-Fußballs, der in die Bundesrepublik flüchtete. Im März 1983 fiel Eigendorf einem Mordanschlag der Stasi zum Opfer. Der Mordauftrag war von höchster Stelle – von Stasichef Mielke – erteilt worden. Das ging aus kürzlich gefundenen Stasiakten hervor. Oder der Fußballtrainer Jörg Berger, der aus der DDR geflohen war und den man mehrfach zu vergiften versucht hatte, der aber überlebte.

»Der Major bekam natürlich die Zusage. Für uns stellte er sich in zweierlei Hinsicht als Glücksfall heraus: Einmal zeigte er uns alle Stasiröhren im Harz. Es waren vier. Eine verlief zwischen Branderode und Neuhof. Fast vor meiner Haustür! Hier sind die Agenten der Stasi auch zu Ausbildungszwecken in den Westen gekommen. Sie durchquerten den Tunnel, gingen in aller Seelenruhe zur nächsten Bushaltestelle und bewegten sich von dort aus unbehelligt in der Bundesrepublik. Einige Tage später kehrten sie durch eine andere Stasiröhre in die DDR zurück.«

Pierre machte ein nachdenkliches Gesicht. »Ist denn keiner der Neuhöfer Bürger misstrauisch geworden? Im Dorf kennt doch jeder jeden. Und Neuhof besitzt nur zwei Bushaltestellen. Ein Fremder an einer Bushaltestelle muss doch auffallen.«

»Nein. Auch wir Zöllner haben nie einen Agenten gesehen. Schon merkwürdig, wo wir doch die Grenze vierundzwanzig Stunden am Tag überwacht haben. In diesem Punkt bekamen wir die zweite große Hilfe von dem NVA-Major. Er kannte einen Spitzel in unseren eigenen Reihen, der unsere genauen Patrouillengänge jeden Tag an die Stasileute funkte. Die wussten zu jedem Zeitpunkt, wo wir uns befanden! Waren wir über zwei Kilometer von einer Stasiröhre entfernt, dann schickte die Stasi ihre Leute durch den Tunnel. Deshalb haben wir niemals einen Agenten erwischt.«

Kramke trank einen Schluck Tee. Erst nahm sein Gesicht einen grimmigen Ausdruck an und dann einen gelösten. »Der Maulwurf in unseren Reihen wurde verhaftet und gestand. Er musste für vier Jahre ins Gefängnis. Die Stasiröhren waren ›verbrannt‹. Sie wurden auf beiden Seiten der Grenze verschlossen. Nach der Grenzöffnung haben wir erfahren, dass die Stasi 1986 auch die anderen Pipelines an der Grenze aufgegeben hat.«

»Wo verliefen die beiden anderen Stasiröhren im Harz, Karl?«

»Eine im Nordharz bei Eckertal und eine in der Nähe von Hohegeiß ... Für dich ist wahrscheinlich nur der Tunnel zwischen dem Jagdschloss bei Elend und Hohegeiß interessant?«, fragte Kramke. Er wartete die Antwort von Pierre nicht ab, sondern fuhr fort. »Die Stasileute brauchten dort nicht zu graben, Bergleute hatten im fünfzehnten Jahrhundert einen Erkundungsstollen angelegt, der über einen Kilometer lang ist und nordöstlich von Hohegeiß im Wald austritt. Kann mir vorstellen, wie die Stasileute gejubelt haben, als sie damals den Stolleneingang entdeckt haben. Der NVA-Offizier lief zu uns über, danach wurden die Öffnungen des Stasitunnels auf beiden Seiten verschlossen. Bei uns mit natürlichem Material wie Erde und Steinen. Wie er drüben verschlossen wurde, weiß ich nicht.«

Kramke schaute Pierre intensiv an. »Du willst durch den Stollen, um das Jagdschloss unter die Lupe zu nehmen?«

Pierre nickte.

»Natürlich am besten noch heute?«

Der Hauptkommissar nickte erneut.

»Na gut, dann werde ich jetzt die Gerätschaften einpacken und dann fahren wir los.«

Pierre griff zum Handy und informierte seine Kollegen.

Zwei Stunden später standen Pierre, Sandra, Marc, Jürgen und der Zöllner Kramke am zugeschütteten Ausgang der Stasiröhre in der Nähe des Jagdschlosses. Eckert hatte ein dünnes Loch durch die Erde gebohrt und eine Endoskopkamera hindurchgeführt. Auf einem Klapptisch vor dem Ausgang standen ein Monitor, ein Laptop und mehrere Observierungsutensilien. Eckert schaltete den Monitor ein und stieß einen leisen Jubelschrei aus. Die Kamera erfasste die Terrasse und das Wohnzimmer des Jagdschlosses, das mit großen Fenstern ausgestattet war.

»Die Wetterprognose für die nächsten Tage ist günstig. Der Sommer gibt noch einmal ein Gastspiel. Die Bewohner des Jagdschlosses werden sicherlich die Nachmittage auf der Terrasse verbringen. Wir werden Gesichter sehen und vielleicht einige davon zuordnen können. Wenn wir Glück haben, werden wir auch ihre Gespräche aufzeichnen können«, sagte Eckert.

Pierre nickte zufrieden. »Bleibt nur die Frage, wer zuerst Dienst in der Höhle tut!«

Eckert und Junge wandten den Blick von den Gerätschaften ab auf nicht klar zu lokalisierende Punkte im Höhlengang.

Das gleiche Spiel wie bei den Dienstfahrten schien zu beginnen, aber Pierre kürzte es schnell ab. »Ich werde die erste Schicht bis morgen Mittag übernehmen ... stellt sich sonst noch jemand zur Verfügung?«

Eigentlich, so fand Sandra, war die Frage überflüssig, befanden sich doch nur noch Kramke und sie selbst in der Höhle. Observierungen, das besagte eine inspektionsinterne Vorschrift, mussten immer zu zweit durchgeführt werden. Kramke fiel natürlich als Observant aus ... führte ihr Chef etwas im Schilde? Nein, so weit wollte sie nicht gehen, aber sie erklärte sich rasch bereit, Pierre Gesellschaft zu leisten.

Drei Stunden später waren Sandra und Pierre allein in der Höhle. Sie waren zwischendurch nach Hause gefahren und hatten ihre Sachen, die sie für die Nacht brauchten, geholt. Ihre Schlafsäcke hatten sie in der Nähe der

Observierungsgeräte abgelegt. Die Höhle war trocken, so dass der Aufenthalt angenehm war. In den folgenden Stunden konnten die beiden das Geschehen im Wohnzimmer des Jagdschlosses verfolgen, weil die Bewohner die Vorhänge nicht zugezogen hatten. Zwei Männer, etwa Mitte fünfzig, so schätzten die beiden Polizisten, saßen am Wohnzimmertisch und tranken Sekt. Die beiden Polizisten erkannten, nachdem sie die Kamera gezoomt hatten, sogar die Sektmarke. Im Laufe des Abends erschienen zwei attraktive junge Frauen, die sich neben die beiden Männer setzten und anfingen, sie zu liebkosen. Pierre zoomte alle Gesichter heran, um sie später vielleicht im Polizeicomputer identifizieren zu können. Die Liebkosungen wurden intensiver und plötzlich stand einer der Männer auf und zog die Vorhänge des Wohnzimmers zu, als ob sie ihre Observanten in der Höhle bemerkt hätten und nicht beobachtet werden wollten.

Den wirklichen Grund dafür bemerkten Sandra und Pierre fünf Minuten später: Von rechts kamen zwölf Männer mit zwei Hunden an der Leine, die zwanzig Meter an der Höhle vorbeigingen und dann am linken Bildausschnitt verschwanden. Sandra schaute auf die Uhr. Mitternacht. Zwanzig Minuten später tauchten zwölf Gestalten mit zwei Hunden am linken Bildschirmrand auf und gingen nach rechts.

»Wir haben soeben den nächtlichen Wachwechsel beobachtet«, flüsterte Sandra.

Pierre nickte. Er stand dicht hinter ihr, sie spürte seinen Atem und dann … sie hielt das zunächst für eine Halluzination …seine Lippen! Er küsste zärtlich ihren Hals! Dann drehte er sie zu sich um, zog sie an sich und küsste sie leidenschaftlich. Was nun folgte, war ein Ausbruch der über Jahre zurückgehaltenen und angestauten Gefühle. Als sie Stunden später erschöpft voneinander abließen, hatten sich ihre Gesichter verändert. Sie waren voller gegenseitigen Glückes und Vertrautheit. Schließlich lagen sie in ihren Schlafsäcken nebeneinander, hielten sich wie kleine Kinder an den Händen und sprachen kein Wort. Worte waren in diesem Moment nicht notwendig.

Um sieben Uhr brühte Pierre einen Kaffee auf.

Sandra reckte sich in ihrem Schlafsack und schlug die Augen auf.

»Kaffee gefällig?«, fragte Pierre.

Sandra blickte Pierre an. Ein Lächeln beantwortete seine Frage.

Er füllte zwei Pappbecher mit Kaffee und reichte Sandra einen. »Hat sich schon was getan im Jagdschloss?«, fragte sie.

»Bis jetzt noch nicht. Die Herrschaften scheinen noch zu schlafen.«

Erst gegen halb neun wurden die Vorhänge der Wohnzimmerfenster aufgezogen, die Türen geöffnet. Zwei junge Frauen mit Schürzen wurden sichtbar. Eine der beiden bearbeitete den Boden mit dem Staubsauger, die andere begann, die Fenster zu putzen. Nach einer Stunde waren sie mit ihrer Arbeit fertig. Sie verschwanden kurz, dann kehrten sie mit Tischdecken zurück und gingen auf die Terrasse. Dort legten sie die Decken auf die Tische, strichen sie glatt und verschwanden wieder im Wohnzimmer.

»Sieht so aus, als gäbe es ein Frühstück im Freien für die Schlossherrschaften«, sagte Sandra, drehte sich vom Bildschirm weg und küsste Pierre.

Dann verschwanden die Frauen wieder und kamen Minuten später mit Servierwagen zurück. Die Tische wurden gedeckt.

Wenig später kamen vier Männer und drei Frauen auf die Terrasse. Die beiden Polizisten erkannten die beiden Männer und die beiden Frauen, die sie in der vergangenen Nacht im Wohnzimmer gesehen hatten. Frauen und Männer setzten sich an getrennte Tische. Pierre zoomte alle Gesichter heran. Augenblicke später trat männliches Dienstpersonal an den Männertisch, stellte einen Teesamowar darauf und füllte die Teetassen. Schließlich begannen die Männer mit der Unterhaltung. Trotz des hochempfindlichen Mikrofons verstanden Sandra und Pierre kein Wort. Einer der beiden Männer, die an der linken Tischseite saßen, sagte etwas zu der ihm gegenübersitzenden Person, der sich danach mit dem neben ihm sitzenden Mann unterhielt.

»Er fungiert als Übersetzer!«, sagte Sandra.

Pierre nickte.

Zwischendurch waren Wortfetzen zu hören. Pierre glaubte »Hann« und »Schock« verstanden zu haben. Nach einer Stunde standen die rechts am Tisch sitzenden Männer auf und verabschiedeten sich per Handschlag. Dienstpersonal führte die beiden Männer ins Wohnzimmer zurück. Die beiden auf der Terrasse zurückgebliebenen Männer grinsten.

»Was hat das zu bedeuten, Pierre?«, fragte Sandra.

»Ich glaube, da ist gerade irgendein Deal abgelaufen. Aber frag mich nicht, welcher.«

Um Viertel vor zwölf wurde die Gesellschaft auf der Terrasse aufgelöst, das Personal räumte die Tische ab. Zehn Minuten danach kam es wieder zum Wachwechsel. Auch diese Wache bestand aus zwölf Personen.

»Zweimal am Tag führen sie also einen Wachwechsel durch«, sagte Pierre. »Da jede Schicht aus zwölf Personen besteht, können wir mindestens von vierundzwanzig Sicherheitskräften ausgehen, wahrscheinlich werden es sogar dreißig sein. Was ist in diesem Jagdschloss so wertvoll, dass es so vieler Sicherheitskräfte bedarf?«

Sandra zuckte mit den Schultern.

Die folgenden Stunden tat sich nicht viel. Kinder schienen nicht zu den Schlossbewohnern zu gehören, jedenfalls konnten die Polizisten keine ausmachen. Auf der Terrasse lagen die zwei Männer und Frauen, die sie gestern schon im Wohnzimmer des Schlosses gesehen hatten, und sonnten sich in Badeklamotten. Hinter einer Hausecke erkannte Sandra einen Swimmingpool, in dem einige Männer ihre Runden schwammen.

Kurz vor sechzehn Uhr kamen Eckert und Stecher in die Höhle, um Pierre und Sandra abzulösen.

»Marcs Frau musste gestern Abend noch ins Krankenhaus, die Wehen haben eingesetzt und Marc hat sie begleitet, er will schließlich bei der Geburt dabei sein. Möglicherweise wird er heute noch Vater«, sagte Eckert, blickte Pierre und Sandra an und lächelte. Die beiden waren in dieser Nacht ein Liebespaar geworden! Die Blicke, die sie sich zuwarfen, sprachen eine eindeutige Sprache. »Das wurde aber auch Zeit«, sagte Eckert.

»Manche brauchen eben etwas länger, um zu verstehen«, sagte Sandra und schaute Pierre lächelnd an. Der zog eine Grimasse. Dann berichteten Pierre und Sandra von ihren Beobachtungen. Anschließend kopierte Pierre die Filmaufnahmen der letzten zwanzig Stunden auf eine externe Festplatte. Schließlich verabschiedeten sie sich von ihren Kollegen. Händchenhaltend verschwanden Sandra und Pierre schließlich hinter einer Kurve des Höhlenganges.

Südharz, Inspektion Osterode,
Freitagvormittag, 5. September

Dass Sandra und Pierre an diesem Morgen gemeinsam in die Inspektion und dann auch noch händchenhaltend gekommen waren, sprach sich wie ein Lauffeuer herum. Eine halbe Stunde später wusste die komplette Tagesschicht der Inspektion Bescheid, und eine weitere halbe Stunde später jede Streifenbesatzung, dass Pierre Rexilius das Rennen um die schöne Kommissarin Koch gemacht hatte. Die Playboys der Inspektion, die jahrelang um Sandra gebuhlt und eine Abfuhr erhalten hatten, schüttelten verständnislos den Kopf. Sich für diesen über zehn Jahre älteren Knochen entschieden zu haben, zeugte vom mangelnden Geschmack dieser Frau. Das schmälerte in den Augen der Playboys ihre Attraktivität. Schon immer hatten sie gewusst, dass diese Frau einen »Dachschaden« in Bezug auf Männer haben musste. Für die meisten Polizisten der Inspektion war es nur eine Frage der Zeit gewesen, bis die beiden Kollegen von der MoKo ein Paar würden. Zu eindeutig war ihre Körpersprache, wenn sie zusammen waren.

Sandra und Pierre kümmerten sich nicht um die Blicke, die ihnen die Kollegen zuwarfen, denen sie in den Gängen begegneten. Die beiden Ermittler gingen schnurstracks in den Computerraum der Inspektion und begannen mit ihrer Arbeit. Sie erstellten Einzelbilder der Leute, die sie von der Stasiröhre aus gefilmt hatten. Anschließend machten sie einen Abgleich mit allen Personen, die im Strafregister gespeichert waren. Nach einer Stunde mussten sie feststellen, dass keiner der abgebildeten Männer und Frauen in der Computerkartei geführt wurde.

»Wir müssen die Datenbank des Bundeskriminalamtes anzapfen«, sagte Sandra.

»Dafür müssen wir erst einen Antrag stellen, und irgendwann wird ein Mitarbeiter des BKA uns einen Besuch abstatten. Ich werde mal Herbert Wagner anrufen, der hat einen guten Bekannten beim BKA«, sagte Pierre und wollte gerade den Telefonhörer abheben, als der Kriminaltechniker in den Computerraum kam. Wagner hatte die Meldung, dass Pierre und Sandra ein Paar waren, noch nicht mitbekommen, weil er gerade erst in die Inspektion gekommen war, aber an den Körperhaltungen seiner beiden Kollegen war das unübersehbar. Schmunzelnd sagte er, fast im gleichen Wortlaut wie Eckert vorher: »Das wurde aber auch Zeit, ich hatte schon die Befürchtung, dass es mit euch beiden überhaupt nicht mehr klappt!«

Pierre schaute verlegen und Sandra lächelte.

»Wir müssen die Datenbank des BKA in Anspruch nehmen«, sagte Pierre und erzählte seinem Kollegen die Einzelheiten.

»Im BKA sind nicht nur die bundesdeutschen Daten, sondern auch alle wichtigen weltweiten Daten gespeichert. Wenn wir die Personalien der Leute dort nicht finden, dann gibt es keine«, sagte Wagner. »Aber vorher muss ich meinen Bekannten anrufen, damit er uns unbürokratisch Zugang zu den Datenbanken verschafft.« Er holte sein Handy und führte ein minutenlanges Gespräch. Schließlich sagte er: »Es kann losgehen!«

Nach einer halben Stunde mussten sie feststellen, dass

auch die bundesdeutsche Datenbank nichts hergab, erst Dateien von Europol brachten einen Teilerfolg. Nur der Mann, der dem vermuteten Hausherrn gegenübergesessen hatte und nach einiger Zeit wieder aufgebrochen war, war von Europol erfasst worden. Er hieß Jannis Kandake und war griechischer Staatsbürger. In München hatte er Volkswirtschaft studiert, nach Abschluss des Studiums war er nach Griechenland zurückgekehrt und hatte dort eine Anstellung bei einer Warenhauskette gefunden. Inzwischen war er in den Vorstand des Konzerns aufgerückt. Das allein machte ihn natürlich nicht verdächtig, etwas anderes war der Grund für Kandakes Aufnahme in die Europoldatei: der Konzernchef Philipos Peleus. Europol hatte ihn im Verdacht, Waffenhandel zu betreiben. Er selbst hatte Griechenland nie verlassen, die Gesetzeshüter vermuteten aber, dass er Strohmänner losschickte, die für ihn die Verhandlungen führten. Zu denen gehörte auch Jannis Kandake. Beweise für Peleus' Waffengeschäfte hatten allerdings bis heute nicht erbracht werden können.

»Pierre, du hattest gestern schon vermutet, dass zwischen den Männern auf der Terrasse ein Deal ablief. Wenn Kandake in das Jagdschloss bei Sorge gekommen ist, um über Waffen zu verhandeln, wer bietet dann die Waffen an: Kandake im Auftrag von Peleus oder die Bewohner des Jagdschlosses?«, fragte Sandra.

Wagner und Pierre zuckten mit den Schultern. »Vielleicht könnten wir das beantworten, wenn wir die Identität der wirklichen Schlossherren kennen würden«, sagte Wagner, »aber die sind in keiner Datei zu finden!«

»Entweder haben die eine blütenreine Weste … oder, was wahrscheinlicher ist, die beiden Schlossherren sind oder waren Mitarbeiter eines Geheimdienstes«, sagte Pierre. »Solche Typen sind dafür ausgebildet worden, ihre Identität zu verschleiern.«

»Und damit sind wir wieder einmal in einer Sackgasse angekommen«, sagte Sandra.

»Ich bin mir sicher, dass uns Andrej Lebjew weiterhelfen

könnte, aber leider haben wir seit Tagen keinen Kontakt mehr zu ihm. Ich mache mir langsam Sorgen um Lebjew«, sagte Pierre.

Junge kam in den Raum. Er machte einen übernächtigten, aber glücklichen Eindruck. Mit einem Blick auf die Uhr verkündete er: »Seit sechs Stunden bin ich Vater einer kleinen Tochter!«

Sandra, Pierre und Wagner klatschten und gratulierten ihrem Kollegen. Marc erzählte, dass Jasmin, seine Frau, zehn Stunden im Kreißsaal gelegen hätte, ehe die kleine Victoria endlich gekommen sei. »Sechs Pfund wiegt sie und ist ganze achtundvierzig Zentimeter lang!«

»Richte Jasmin unsere Grüße aus, wenn du sie wieder besuchst!«, sagte Sandra.

»Danke, sie wird sich freuen. – Ich habe noch einige interessante Informationen über Heise bekommen, als ihr in der Stasiröhre ward ...«, sagte Junge. Erst jetzt fiel ihm auf, dass er etwas übersehen hatte: Zwischen Sandra und Pierre hatte es gefunkt! »Euch gratuliere ich aber auch!«, sagte er.

Pierre fragte sich, ob er selbst der Einzige gewesen war, der nicht bemerkt hatte, was Sandra für ihn empfand.

Marc Junge fuhr fort. »Bis zum Ende der DDR war Heise Feldwebel bei der Stasi. Und jetzt kommt das Aufregende: Heise war zwischen 1980 und 1989 fünfmal in Noworossyisk. Seine Aufenthalte dauerten immer zwei bis drei Monate. In jedem Jahr erhielten die Stasileute Gegenbesuche von den Streitkräften der UdSSR. Das werden wohl KGB-Leute gewesen sein!«

»Frau Samura sagte doch, dass Heise ›jemanden aus alten Zeiten kannte‹, der ihn eingestellt habe. Ihr Mann habe bei der Petermann KG gearbeitet, ein paar Tage in der Woche davon in einer Einrichtung im Harz. Ich glaube, bei dieser Einrichtung handelt es sich um das Jagdschloss bei Sorge!«, sagte Sandra.

Pierre und Wagner nickten. »Sollten wir nicht das Jagdschloss hochnehmen? Wir haben doch genug in der Hand. Im Schloss taucht der Strohmann eines griechischen Waffenhändlers auf und scheint einen Handel abzuschließen. Frau Samura sagt, dass ihr Mann bei der Petermann KG und in einer Einrichtung im Harz gearbeitet hat. Außerdem werden ein Arzt und seine OP-Schwester ins Schloss gefahren und operieren einen Mörder an der Niere. Was brauchen wir denn noch an Hinweisen?«, fragte Wagner. »Wir besorgen uns einen Durchsuchungsbeschluss und nehmen die Leute fest!«

Pierre dachte über Wagners Vorschlag nach. »Der Herr Oberstaatsanwalt Paul wird uns in der Luft zerreißen!«

»Der Herr Oberstaatsanwalt kann sich auch nicht so einfach über unsere Ermittlungsergebnisse hinwegsetzen. Was im Jagdschloss abläuft, kann auch er nicht ignorieren!«, sagte Wagner.

»Paul ist ein Formalist. Der wird nur aktiv, wenn er hundert Beweise hat. Außerdem«, sagte Pierre und schaute nachdenklich auf das Fenster, »mir fällt da etwas ein: Volker Lässig und Günter Bartsch, die noch eine Nacht die Zufahrt von Sorge aus zum Jagdschloss überwacht haben, konnten ein Fahrzeug beobachten, das auf das Gelände gefahren ist. Lässig hat später herausgefunden, dass es der Dienstwagen von Meinert, dem Geschäftsführer der Petermann KG, war. Meinert und Paul sind dicke Freunde. Paul war bestimmt schon mal im Jagdschloss, um bei den Partys der Oberschicht dabei zu sein. Wenn der erfährt, dass wir die Schlossbewohner seit gestern durch die ehemalige Stasiröhre beobachten, dann wird er uns beurlauben und das LKA weiterermitteln lassen. Der Arsch Dunker wird all unsere Ermittlungen zunichtemachen. Das hat der ja schon oft bewiesen. Nein, wir werden so weiterarbeiten wie bisher.

Südharz, Bad Sachsa, Freitagnachmittag, 5. September

Es war ein lauer Spätsommertag. Waldi und seine Freunde waren den Vormittag über auf der Bank in der Nähe der Stadttoiletten gewesen und am Nachmittag hatten sie den kleinen Park um die St. Nicolaikirche aufgesucht. Das Gotteshaus stand auf einem Hügel, der die angrenzende Kirch- und Marktstraße um zweieinhalb Meter überragte. Sie hatten sich auf eine Bank gesetzt, von der aus sie über die Marktstraße mit ihren Geschäften einen guten Überblick hatten.

Ringo begleitete Linda, die Lieder von Joan Baez sang, auf seiner Gitarre. Waldi hatte die Augen geschlossen und genoss die wärmenden Sonnenstrahlen auf seinem Gesicht. Und er genoss die Lieder, die Ringo und Linda sangen. Bilder und Gefühle aus der glücklichen Zeit mit Margarete fielen ihm wieder ein. Liebe und tiefe Gefühle. Sein Leben wäre bestimmt anders verlaufen, wenn Margarete heute noch lebte.

Einstein, der im Schatten der Bank zu schlafen schien, sprang urplötzlich auf und rannte die Treppe hinab, die zur Marktstraße führte. Dort bellte er laut und knurrte. Waldi war verwundert, noch nie hatte sein Hund solch ein unkontrolliertes Verhalten gezeigt. Der Obdachlose rannte dem Hund hinterher. Als Waldi oben auf der Treppe stand, schien das Blut in seinen Adern zu gefrieren. Einstein stand vor einem großen Mann und fletschte die Zähne. Waldi erkannte den Mann, der ihn in der Fußgängerzone von Nordhausen beschimpft und Einstein getreten hatte. Und Einstein hatte dieses Erlebnis und den Geruch des Mannes für immer in seinem Gehirn gespeichert.

Die Blicke der beiden Männer trafen sich für einen kurzen Augenblick. Aber der reichte aus. Der große Mann erkannte den verwahrlosten Obdachlosen und seinen Hund. Und noch etwas wurde dem Mann schlagartig bewusst: Das Hundegebell, das er in der Nacht am Oderstausee gehört hatte, gehörte zu diesem ungepflegten Straßenköter. Der

Obdachlose und sein Hund hatten ihn bei der Leichenbeseitigung beobachtet!

Waldi erwachte aus seiner Erstarrung und rief seinen Hund. Der gehorchte und rannte zu seinem Herrchen zurück. Der Mörder drehte sich weg und ging in die Kirchstraße. Waldi wusste, dass der Mann ihn erkannt hatte. Waldis Leben, das wurde ihm klar, war keinen Pfifferling mehr wert. Er setzte sich wieder neben Linda auf die Bank.

Die blickte ihn an. »Was ist los mit dir, Waldi. Du bist so blass wie ein Toter?!«

»Ich habe ihn eben gesehen«, antwortete Waldi und blickte Linda an. Seine Hände zitterten.

»Den Mörder vom Oderstausee?«

Waldi nickte.

»Wo ist er?«

»Er ist in die Kirchstraße gegangen.«

Linda schoss mit einer Geschwindigkeit von der Bank auf, die Waldi ihr niemals zugetraut hatte, und rannte zum Rand des Hügels, der an die Kirchstraße grenzte. Sie wollte diesem Kerl in die Augen sehen und ihn später Pierre beschreiben. Aber es stand kein einziges Auto mehr auf den Parkplätzen der Kirchstraße. Linda sah nur noch, wie das Heck eines dunklen Autos in die Ringstraße einbog und aus ihrem Blickfeld verschwand. Enttäuscht ging sie zur Bank zurück und setzte sich. »Ich habe nur noch den hinteren Teil des Autos erkannt. Das Nummernschild war nicht zu sehen!«

Waldi nickte schwach.

Linda überlegte einen Moment. »Du musst unbedingt mit Pierre Rexilius sprechen. Der spürt den Mörder auf. Der Hauptkommissar wird bestimmt heute Abend auf seinem Fahrrad hier vorbeifahren!«, sagte Linda eindringlich.

»Vielleicht ist es besser, wenn ich heute noch in eine andere Stadt abhaue!«

»Der Mörder wird dich überall finden. Nur Rexilius kann dir helfen. Er ist der beste Mordermittler im Harz.«

Ringo, der sich die ganze Zeit über ruhig verhalten hatte, pflichtete Linda bei.

Aber Rexilius kam nicht an diesem Abend. Und auch nicht am folgenden.

Der Mörder aber reagierte schnell. Schon zwei Stunden später wurden die Obdachlosen von vier Männern observiert, von deren Existenz sie nichts mitbekamen. Die waren Profis und hatten solche Aufträge schon unzählige Male zur vollsten Zufriedenheit ihrer Auftraggeber durchgeführt. Sie kannten nicht den Auftraggeber und auch nicht den Grund für ihren Einsatz. Das war auch nicht von Bedeutung. Wichtig war, dass die Bezahlung stimmte. Und das war bis jetzt immer der Fall gewesen.

Um Mitternacht hatten die Observanten in Erfahrung gebracht, wo sich die drei tagsüber aufhielten. Auch das Nachtquartier in der Bismarckstraße war schnell bekannt. Sie waren den Obdachlosen in der Dunkelheit gefolgt und hatten sie in die leer stehende ehemalige Pension verschwinden sehen.

Der Plan war einfach. In der nächsten Nacht würden sie die Obdachlosen mit ihrem Hund in der ehemaligen Pension liquidieren. Wie sie herausgefunden hatten, stand das Haus seit vielen Jahren leer und es war nicht davon auszugehen, dass es auf absehbare Zeit wieder bewohnt werden würde. Bis die toten Obdachlosen gefunden würden, waren sie längst skelettiert.

Dieser Auftrag war schnell erledigt und brachte leicht verdientes Geld!

Kurz vor Einbruch der Dunkelheit erreichten die vier Alexanders Hütte. Sie versteckten ihre Motorräder unter dichten Bäumen. Aus der Luft konnten die Maschinen nicht gesehen werden. Immer noch war entferntes Brummen der Helikopter zu hören, das aber immer leiser wurde und schließlich ganz erstarb. Sie mussten zu ihren Stützpunkten zurückkehren. Eine Suche in der Dunkelheit war wenig erfolgversprechend und außerdem gefährlich. Die vier wussten, dass ihre Jäger die Suche sofort morgen nach Sonnenaufgang fortsetzen würden.

Alexanders Hütte bestand aus einem etwa fünfundzwanzig Quadratmeter großen Raum, in dem ein Bett, ein Tisch mit zwei Stühlen und ein Ofen standen, dessen Abgasrohr durch eine Öffnung in der Wand nach draußen führte. Andrej und Evelina setzten sich auf das Bett, Leonid und Alexander auf die beiden Stühle.

»Wie gehen wir weiter vor?«, fragte Evelina.

»Bevor wir nach Deutschland fahren, müssen wir die Akte aus Noworossyisk holen. Wassilij hat sie in einem Samowar in seiner Datscha versteckt, daran gibt es für mich keinen Zweifel. Ich hoffe, unsere Verfolger wissen nichts von der Existenz des Schrebergartens«, sagte Andrej.

Alexander hatte aus einem Reflex heraus sein batteriebetriebenes Kofferradio angeschaltet und lauschte den Lokalnachrichten, die gerade gesendet wurden. Plötzlich gab er ein Zeichen zur Ruhe. Er stellte das Gerät lauter. »… die drei Schwerverbrecher haben in den vergangenen drei Tagen mindestens fünf Menschen im Kaukasus getötet. Überall hinterlassen sie eine Blutspur.« Dann verlas der Radiosprecher die Namen, genaue Personenbeschreibungen und den Hinweis, dass man sich im Fernsehen die Fahndungsfotos anschauen solle. »Ob der Förster Alexander Medwedew zu der Bande gehört oder ob er als Geisel genommen wurde, darüber sind sich die Ermittler nicht im Klaren. Wer Hinweise zur Ergreifung der Gewaltverbrecher liefern kann, erhält eine Belohnung von neunhunderttausend Rubel. Die Miliz vermutet, dass sich die Mörder über eine der Küstenstädte am Schwarzen Meer ins Ausland absetzen wollen – vermutlich nach Georgien oder in die Türkei. Die Staatsanwaltschaft von Noworossyisk warnt ausdrücklich davor, eigenmächtig gegen die bis an die Zähne bewaffneten Schwerverbrecher vorzugehen. Das ist Aufgabe der Miliz.« Danach ging der Nachrichtensprecher zu den Wetternachrichten über und versprach einen sonnigen Tag.

Leonid verzog angewidert das Gesicht. »Die haben uns für vogelfrei erklärt«.

»Wer sind eigentlich *die*?«, fragte Alexander.

»Ich vermute, dass es sich um ehemalige hohe KGB-Offiziere handelt, die nach dem Zerfall der Sowjetunion ihre Beziehungen genutzt haben, um sich ein Millionenvermögen anzueignen. Das haben viele gemacht, einige sind ins Ausland gegangen und mischen in der Hochfinanz des Westens mit. Und damit das auch so bleibt, beschäftigen die meisten regelrechte Leibwächterarmeen, die ihren Besitz bewachen. Oft sind das die ehemaligen Untergebenen der Geheimdienstoffiziere, die auch vor Mord nicht zurückschrecken. Die Millionäre verfügen über beste Verbindungen zur Staatsgewalt, was ja auch die Fahndung nach uns zeigt.«

Einen Moment schwiegen sie. Jeder dachte darüber nach, wie sie unbeschadet nach Noworossyisk kommen und schließlich von dort aus nach Deutschland fliehen konnten. Sie wussten, dass ein massives Polizeiaufgebot nach ihnen suchte. Alle Zufahrtsstraßen nach Noworossyisk würden überwacht werden. Außerdem hatten sie die belogene Bevölkerung gegen sich. Es war aussichtslos.

Alexander brach schließlich das Schweigen. »Ich glaube, ich habe eine Möglichkeit, wie ihr unbehelligt nach Noworossyisk kommt und die Stadt auch wieder verlassen könnt!«

Andrej, Evelina und Leonid schauten Alexander überrascht an.

»Mein Onkel hat eine Spedition in Tuapse … er wird

euch sicher nach Noworossyisk bringen. Vorher muss ich ihn allerdings überzeugen, dass ihr keine Verbrecher seid und ich nicht zu eurer Bande gehöre. Das dürfte aber nicht schwer sein.«

»Wie weit ist es von hier aus nach Tuapse?«, fragte Leonid.

»Rund vierzig Kilometer.«

»Wie sollen wir dort hinkommen, wir haben so gut wie keinen Sprit mehr für unsere Motorräder.«

»Das dürfte kein Problem darstellen. Ich lagere in dieser Hütte immer eine Reserve von hundert Liter Benzin, für Notfälle. Das reicht für alle drei Motorräder.«

Die Gesichter von Andrej, Evelina und Leonid entspannten sich etwas.

»Wie lange brauchen wir von hier aus nach Tuapse?«, fragte Leonid.

»Etwa zwei Stunden«, antwortete Alexander.

»Auch in der Dunkelheit? Denn mit unseren Maschinen fallen wir bei Tag noch mehr auf als in der Nacht!«

»Dann etwa drei Stunden«, antwortete Alexander. »Gut, dann brechen wir vier Stunden vor Sonnenaufgang auf!«, sagte Andrej.

Um halb sechs saßen die vier im Wohnzimmer von Alexanders Onkel. Der war schon seit fünf Uhr in seinem Büro gewesen, weil er noch den Einsatzplan für den heutigen Tag ändern musste. Zwei seiner Fahrer waren ausgefallen. Alexander schlich alleine ins Büro, um seinen Onkel von der Unschuld seiner drei Begleiter zu überzeugen. Der glaubte seinem Neffen schnell. Er traute ihm nicht zu, mit Schwerverbrechern gemeinsame Sache zu machen. Und als wehrlose Geisel präsentierte sich Alexander auch nicht.

»Natürlich werde ich euch helfen«, sagte Piotr, nachdem Andrej einen kurzen Bericht der letzten Tage geliefert hatte. Die Vorfälle von 1989 ließ er aus. Schließlich erzählte er dem Spediteur, was er in Noworossyisk vorhatte. »Wir haben heute eine Lieferung von Kühlschränken nach Noworossyisk, auf dem Rückweg Zementsäcke. Ich werde fahren. Auch die

Verladung werde ich selbst übernehmen. Sie werden uns anhalten und überprüfen, auch den Laderaum, deshalb werde ich eine Lücke zwischen den Kühlschränken im vorderen Teil des Laderaums lassen, in der sich zwei Leute verstecken können.«

Sie entschieden, dass Alexander und Evelina in Tuapse bleiben sollten.

Für die Fahrt nach Noworossyisk brauchten sie über vier Stunden. Etwa zwanzig Kilometer vor Noworossyisk musste Piotr seinen LKW abbremsen. Am letzten Parkplatz der M 27 vor Noworossyisk wurden alle Fahrzeuge von der Miliz herausgewinkt, was zu einem langen Stau führte. Nach einer Stunde wurde Piotrs Lastwagen durchsucht. Die Milizionäre nahmen ihre Aufgabe sehr ernst. Sie kletterten auf die Kühlschränke und robbten fast bis nach vorn. Piotr war froh, dass er zwei Reihen Kühlschränke übereinandergestapelt hatte, in einem Fall den unteren Kühlschrank ausgelassen und den oberen auf Bohlen gestellt hatte, die auf den nebenstehenden Kühlschränken lagen.

»Der Laderaum ist sauber«, sagte der Milizionär, kletterte wieder die Kühlschränke hinunter und sprang von der Ladefläche.

Piotr schloss die Türen.

»Fahren Sie jetzt weiter, wir haben noch mehr zu kontrollieren«, sagte der Milizionär unfreundlich.

Eine Stunde später setzte Pjotr Andrej und Leonid auf einem Parkplatz etwa drei Kilometer von der Schrebergartenkolonie entfernt ab. Sie vereinbarten, dass er – notfalls die ganze Nacht – dort auf sie warten würde.

Andrej hatte einen Schrebergarten ausgesucht, von dem er einen guten Überblick über Bogdanows Grundstück hatte. Andrej kannte die Besitzer, sie suchten ihren Garten nur noch selten auf. Der Polizist glaubte nicht, dass sie ausgerechnet heute hier auftauchen würden. Die beiden setzten sich auf eine Bank, die vor der Hütte stand, und suchten mit ihren Feldstechern die Gartenkolonie und schließlich Bogdanows Parzelle ab. Sie bemerkten einen uniformierten Milizionär.

»Verdammt, die haben Bogdanows Schrebergarten entdeckt«, sagte Andrej.

Nur ein Mann bewachte das Gartengrundstück, nahm seine Aufgabe aber nicht sonderlich ernst. Er hatte sich eine Liege aus Bogdanows Hütte geholt und sich darauf gemütlich niedergelassen. Wahrscheinlich rechneten die Leute, die sie verfolgten, nicht damit, dass auf dem Gartengrundstück etwas Bedeutendes versteckt war.

Plötzlich sahen sie ein Fahrzeug vor Bogdanows Grundstück vorfahren. Der Milizionär sprang von der Liege auf, rückte seine Uniformjacke zurecht und trat seine Zigarette auf dem Boden aus. Vier in Zivil gekleidete Männer stiegen aus dem Auto und gingen auf die Parzelle. Der Milizionär grüßte militärisch und schien einen Bericht über seinen Einsatz abzugeben. Dann verließen drei der vier Männer wieder Bogdanows Schrebergarten.

Andrej und Leonid betrachteten den Neuankömmling. Ein bulliger, etwa einen Meter fünfundachtzig großer Mann.

»Der ist nicht ohne«, sagte Leonid. »Da müssen wir kräftig zuschlagen.«

Andrej nickte. »Wir werden bis zum Einbruch der Dunkelheit abwarten.«

In den nächsten Stunden beobachteten Andrej und Leonid abwechselnd Bogdanows Grundstück. Der Milizionär und der Zivilist saßen die ganze Zeit im Freien und tranken Schnaps. Wahrscheinlich stammten die Flaschen aus Bogdanows Restbeständen. Nein, darüber waren sich Andrej und Leonid einig, diese beiden Männer rechneten nicht damit, dass Bogdanows Hütte für die »Schwerverbrecher«, die inzwischen an der gesamten Schwarzmeerküste gesucht wurden, eine Bedeutung hatte. Nach Sonnenuntergang schlichen sich Andrej und Leonid vorsichtig bis auf einige Meter an die beiden Männer heran, legten sich auf den Bauch und verfolgten die Gespräche. Der zivil gekleidete Mann hieß Gregori. Er prahlte mit seinen zehn Frauen, die für ihn anschaffen gingen. »Wenn du willst, kannst du dir die Beste aussuchen!«, sagte Gregori gönnerhaft. »Kostenlos natürlich!«

Der Milizionär stammelte etwas Unverständliches. Der Alkohol war ihm schon zu Kopf gestiegen.

Andrej gab seinem Freund ein Handzeichen. Blitzartig standen die beiden auf und schlugen die Bewacher bewusstlos. Die ganze Aktion dauerte keine zehn Sekunden. Leonid fesselte und knebelte die beiden.

Andrej stürzte in Bogdanows Hütte, aus einem Reflex heraus zog er die Jalousien herunter und schaltete seine Taschenlampe an. Er eilte in die Ecke, in der Wassilijs Ersatzsamowar stand, untersuchte ihn, schaute in die Kanne, in den Kessel. Nichts! Keine Akte! Verdammt! Er hatte sich geirrt. Wassilij Bogdanow hatte die Akte nicht in seinem Teesamowar versteckt! Wo dann? Verdammte Scheiße! Wo dann?

Plötzlich kam Leonid in die Hütte geprescht. »Zwei PKW der Miliz steuern auf das Grundstück zu, wir müssen schnellstens verschwinden, Andrej!«

Er ergriff aus einem Impuls heraus den kompletten Samowar und rannte mit Leonid aus der Hütte. Nach hinten verließen sie Bogdanows Garten. Sie waren gerade in der Dunkelheit verschwunden, als die Polizisten vor den beiden gefesselten Männern standen. Der Einsatzleiter begriff sehr schnell, was passiert war. Er brüllte den Zivilisten an, der stammelte. »Was, du hast die Typen noch nicht einmal gesehen, die euch was übergezogen haben?«, fragte der Einsatzleiter barsch.

Der Zivilist schüttelte nur den Kopf.

»Und weißt auch nicht, wohin sie abgehauen sind?«

»Nein.«

Der Anführer war außer sich vor Wut. »Deine zehn Nutten bist du los, vielleicht auch deinen Kopf. Ich werde dein Versagen dem Chef melden!«.

Der Anführer packte den Milizionär am Kragen und zerrte ihn in die Hütte. »Schau nach, ob etwas fehlt!«

Der Milizionär schaltete das Licht an. Dann blickte er sich um und erstarrte. »Der Samowar ist weg!«

»Ich werde dafür sorgen, dass du degradiert wirst«, sagte der Anführer und rannte zu seinem Fahrzeug. Über

Funk alarmierte er die Noworossyisker Miliz und seine »Spezialtruppe«. Zwanzig Minuten später trafen zwei Hundertschaften der Miliz ein und bildeten sofort einen Ring um die Schrebergartenkolonie. Die Suche nach Leonid und Andrej begann.

Die beiden hatten großes Glück gehabt. In dem Moment, in dem die Milizionäre die Gartenkolonie abgeriegelt hatten, waren Andrej und Leonid bereits etwa fünfhundert Meter entfernt. Sie waren pausenlos gesprintet, ihre Herzen pochten, Andrejs Oberschenkel schmerzte, er musste eine Pause einlegen.

»Wo sind wir?«, fragte Leonid außer Atem.

Andrej antwortete erst, als sich seine Atemfrequenz etwas verringert hatte. »Bis zum Treffpunkt mit Piotr sind es noch drei Kilometer.«

»Sie werden die Gartenkolonie bald durchsucht haben und feststellen, dass wir nicht mehr auf dem Gelände sind. Wir müssen uns beeilen, sie werden Noworossyisk hermetisch abriegeln«, fügte Andrej hinzu.

Sie rannten weiter. Nach einer knappen Viertelstunde erreichten sie Piotrs LKW. Der lief hektisch vor seinem LKW hin und her.

»Endlich«, sagte Piotr, »ich habe vorhin die Sirenen der Milizfahrzeuge gehört, die sind alle zur Gartenkolonie gefahren, ich hatte schon befürchtet, dass sie euch erwischt haben.« Er führte die beiden zum hinteren Teil des Fahrzeugs und öffnete die Tür vom Laderaum. »An der gleichen Stelle wie auf der Hinfahrt habe ich euch wieder einen Hohlraum gelassen … jetzt beeilt euch, klettert dorthin.« Er gab den beiden einen Klaps, dann kletterten sie nach vorn. Piotr zerriss einen Zementsack und streute einen Teil des Zements auf den frei gebliebenen Teil der Ladefläche und auf einen Teil der Zementsäcke. Piotr grinste zufrieden. Er wusste, dass sie noch einige Male kontrolliert würden. Die würden auch Hunde einsetzen. Der Zementstaub würde ihre feinen Nasen außer Kraft setzen. Er stieg in das Führerhaus, startete den Motor und fuhr los.

Leonid und Andrej hatten sich inzwischen auf den Boden im Hohlraum gesetzt. Andrej hatte seine Taschenlampe angeschaltet und begann noch einmal, den Samowar zu untersuchen. Er konnte sich nicht getäuscht haben. Das einzig logische Versteck für die Akte stellte der Samowar dar. Natürlich nicht als Papierakte, darüber war er sich mittlerweile im Klaren. Wassilij hatte sie digitalisiert. Andrej griff in die Kanne, klopfte sie ab. Nichts. Er nahm sich den Wasserkessel vor. Tastete über seinen Innenraum. Nichts. Dann drehte er den Kessel um und klopfte den Boden ab. Der Boden klang nicht massiv!

Leonid, der Andrej die ganze Zeit beobachtet hatte, sah auf.

Schließlich fand Andrej einen kleinen Druckknopf und drückte ihn. An der Seite des Bodens glitt eine dünne Scheibe heraus.

»Wassilij, du kluger Hund!«, sagte Andrej triumphierend. »Du hast diese Schweinehunde an der Nase herumgeführt!« Andrej reichte Leonid die CD, der zufrieden lächelte. »Darauf werden wir die komplette Akte finden«, sagte Andrej. »Jetzt können wir die ganze Bande vor Gericht bringen.«

»Aber nicht hier in Russland. Hier werden diese Verbrecher nie bestraft. Wir fahren erst nach Deutschland und danach in die Niederlande. Wir werden den Fall vor das Menschenrechtstribunal in Den Haag bringen!«, sagte Leonid.

Südharz, Herzberg, Samstagvormittag, 6. September

Am Freitagabend war Pierre von der Inspektion mit in Sandras Haus gefahren. In der Nacht genossen die beiden die junge Zweisamkeit, liebten sich und wenn sie eine Pause einlegten, dann unterhielten sie sich wie Teenager. Für ein paar Stunden traten die Ermittlungen völlig in den Hintergrund. Nach einer ausgiebigen Kissenschlacht fielen die beiden in einen tiefen Schlaf.

Um neun Uhr – Pierre schlief noch tief und fest – kehrte Sandra mit frischen Brötchen aus der Stadt zurück. Während des Frühstücks kehrte wieder Alltag bei den beiden Polizisten ein.

Pierre kaute den letzten Bissen seines Käsebrötchens, als Sandra sagte: »Schade, dass wir nicht hören konnten, worüber die Herrschaften auf der Terrasse des Jagdschlosses gesprochen haben. Ein Lippenleser könnte uns vermutlich weiterhelfen.«

Pierre schluckte das letzte Teilchen des Käsebrötchens herunter. »Dann müssten wir einen engagieren, der eine osteuropäische Sprache beherrscht. Ich glaube, die haben sich auf Russisch unterhalten.«

Nach dem Frühstück schalteten die beiden Polizisten ihre Handys wieder an, die sie in der Nacht abgeschaltet hatten. Pierre hatte zwei Anrufe von Böhme erhalten. Weil Pierre sich nicht gemeldet hatte, hatte der Journalist ihm eine SMS geschickt. Sie lautete:

Komme heute Nachmittag in die Inspektion. Habe interessante Neuigkeiten.

Gruß, Uwe

Bis um zwei blieb Pierre bei Sandra, dann machte er sich auf den Weg nach Osterode. Sandra fuhr in das Seniorenheim in Herzberg, um ihren Vater zu besuchen.

Südharz, Osterode Inspektion,
Samstagnachmittag, 6. September

Es klopfte an Pierres Tür, kurz danach steckte Böhme seine Nase durch den Türspalt. Er setzte sich mit einem kurzen Gruß und einem geheimnisvollen Lächeln vor Pierres Schreibtisch. Der Journalist hatte eine einen Meter lange Pappröhre und eine Aktentasche mitgebracht. Das sah verheißungsvoll aus. Pierre verließ sein Dienstzimmer, kehrte wenig später mit zwei fast randvoll gefüllten Kaffeepötten zurück und reichte einen Böhme. »Nun lass mal die Katze aus dem Sack, Uwe!«

»Deine Vermutung ging wieder einmal in die richtige Richtung … Die Russen haben all ihre Versuche, Unfälle und Großbrände, die irgendwie brisant waren, geheim gehalten. Aber die amerikanischen Spionagesatelliten haben nahezu alle erfasst. Allerdings haben auch die Amerikaner nichts veröffentlicht. Von besonderem Interesse waren natürlich die Atombombenversuche und nuklearen Unfälle. Ein Kollege vom *Spiegel* hat in den 1990er Jahre eine Reportage darüber geschrieben. Er hat vom Pentagon jede Menge Informationen darüber erhalten, unter anderem auch Karten. Und nun wird es interessant: Mein Kollege besitzt auch eine Satellitenaufnahme, die über dem Kaukasus aufgenommen wurde. Im Jahr 1989, kurz vor dem Zusammenbruch der Sowjetunion, hat es dort einen Großbrand gegeben. Es handelte sich aber nicht um eine atomare Katastrophe, sondern um einen gewöhnlichen Brand. Die Amerikaner haben das nicht weiterverfolgt und die Aufnahme meinem Kollegen sozusagen geschenkt. Er hat sie damals nicht weiter beachtet, aber zum Glück im Archiv gelagert.« Böhme holte eine Karte aus der Papierrolle und legte sie vor Pierre auf den Tisch. »Der Brand erstreckt sich etwa über eine Fläche mit dem Durchmesser von fünfhundert Metern. Wahrscheinlich überdecken die Flammen alle Gebäude«, sagte Böhme.

Pierre nickte. Das Bild war nachts aufgenommen worden.

In einiger Entfernung um die Flammen herum war Wald zu sehen.

»Gibt es nur eine Aufnahme oder mehrere, zum Beispiel vor und nach dem Brand?«, fragte Pierre.

»Leider hat der Kollege nur diese eine mitgenommen, weil es sich um keine nukleare Explosion handelte.«

»Kann man an die Bilder herankommen?«

»Das dürfte kein Problem sein, aber es würde Wochen dauern, bis wir sie bekämen.«

»So viel Zeit haben wir nicht. Wann war der Brand?«

»Am 24. April 1989!«

Mit dem Datum konnte Pierre im Moment nicht viel anfangen. Vielleicht später. Etwas anderes brannte in ihm. »Hast du die Koordinaten?«

»Ja, springt für mich eine gute Reportage heraus? Wie 2003?«

»Bei deinem Talent bestimmt!« Pierre sah, dass Böhme verstand. Wie immer in solchen Fällen würde er dem Journalisten besondere Informationen zukommen lassen.

Böhme nannte die Koordinaten.

»Lass uns in den »Kartenraum« gehen«, sagte Pierre. In diesem Raum der Inspektion waren Satellitenbilder und thematische Karten von nahezu jedem Punkt der Erde im Computer gespeichert. Es handelte sich nicht um Echtzeitkarten, aber alljährlich erfolgte eine Aktualisierung. Böhme und Pierre setzten sich vor einen Computer. Pierre gab die Koordinaten ein. Wenig später wurde ein Bild aufgebaut, das ein etwa zehnmal zehn Kilometer großes Gebiet zeigte. Im Zentrum der Karte leuchteten die Koordinaten als roter Punkt. Pierre schaltete den Beamer ein. Sie drehten sich auf ihren Stühlen zur Leinwand um und betrachteten das Satellitenbild. Der Ausschnitt zeigte eine Hochfläche im Kaukasus, die von Bergen eingerahmt wurde. Sie hatte auch einen Namen: Tarim-Hochfläche. Pierre scrollte die Karte, um weiter nördlich gelegene Teile des Gebietes betrachten zu können. Dort sah er drei helle Punkte, die auf einer Linie, etwa in einem Abstand von einem Kilometer, lagen. Der Hauptkommissar ersetzte das Satellitenbild durch eine Karte, auf der die Vegetation und das Relief zu sehen waren. Er drehte sich wieder zur Leinwand um und schaute auf die Karte.

»Ich bin gleich wieder da«, sagte er zu dem verwirrten Böhme und eilte aus dem Raum. Wenig später kehrte er mit der Zeichnung zurück, die Boden in der Gerichtsmedizin von der Tätowierung der Toten angefertigt hatte. Pierre verglich die Karte an der Leinwand mit Bodens Zeichnung und sah abwechselnd auf die Karte und die Zeichnung.

»Alle Achtung, Pierre, du hast wieder einmal den richtigen Riecher gehabt!«, sagte Böhme, der inzwischen hinter Pierre stand.

Die Strukturen der Zeichnung und die der Karte waren nahezu deckungsgleich. Lediglich im mittleren Teil, in dem Pierre ein Feuer vermutet hatte und wo, wie sich inzwischen ja herausgestellt hatte, der Brand von 1989 gewütet hatte, hatte sich Wald ausgebreitet.

»Die Tätowierung ist eine Landkarte!«, sagte Böhme.

»Ja, und die regelmäßigen Punkte sind Berge. Boden hat mit seiner Interpretation ins Schwarze getroffen. Die Dreiecke hat er weiß gezeichnet. Es handelt sich um nahezu gleich große Berge aus Kalkstein! Dank dir, Uwe, haben wir das im Tattoo dargestellte Gebiet gefunden«, sagte Pierre.

»Was ist 1989 auf der Tarim-Hochfläche verbrannt, Pierre?«

»Vielleicht eine Forschungs- oder militärische Anlage, vielleicht auch beides. Wenn das der Fall ist, dann hat man die Spuren beseitigt und die nach dem Brand nachgewachsenen Bäume haben den Rest, möglicherweise zurückgebliebene Fundamente, überdeckt.«

Zwei Stunden später saß Pierre an seinem Schreibtisch. Böhme hatte sich schon in der Inspektion verabschiedet und versprochen, noch einmal nach Hamburg zu fahren, um im Archiv des *Spiegels* nachzuforschen, ob er noch etwas über den Brand auf der Tarim-Hochfläche erfahren könne, aber eigentlich glaubte er das nicht.

Pierre stellte sich wieder die Frage, über die er seit einiger Zeit nachdachte: Was hatten die Ermordeten mit der kaukasischen Sage und vor allem mit dem Feuer auf der Tarim-Hochfläche von 1989 zu tun? Das erste Opfer, das sie im Stausee gefunden hatten, stammte aus Moskau und damit gab es keine Nähe zum Kaukasus. Die Frau, die der Mörder auf dem Priorteichparkplatz »ausgestellt« hatte, hatte tausend Kilometer östlich von Moskau gelebt, wie das geochemische Profil ergeben hatte. Es schien keine Verbindung zum Kaukasus und auch keine zwischen den beiden Opfern zu geben. Allerdings ... beide Opfer hatten in den letzten beiden Monaten in einem Harzort gelebt, wahrscheinlich zusammen. Warum?

Die Wölfin in der kaukasischen Sage ... und die Welpen, die in der Höhle überlebt hatten ... Wie passten die ins Bild, fragte sich Pierre. Und ... wo lag die Verbindung zum Brand oder einer Explosion von 1989 auf der Tarim-Hochfläche?

Südharz, Bad Sachsa, Samstagnachmittag, 6. September

Es war schon nach fünfzehn Uhr, die drei Obdachlosen und Einstein saßen wie gewöhnlich um diese Tageszeit in der Nähe der St. Nicolaikirche auf einer Bank. Linda war den ganzen Tag über sehr still gewesen. Sie hatte ein eigenartiges Gefühl, weibliche Intuition sozusagen. »Waldi, vielleicht ist es besser, wenn du zur Polizeistation gehst und den Beamten von deiner Beobachtung am Oderstausee erzählst. Die Station ist nur hundert Meter von hier entfernt. Du bist in zwei Minuten da!« Linda zeigte auf die Station in der Marktstraße.

»Du weißt, wie das ist. Die glauben mir sowieso nicht. Und nehmen mir Einstein weg«, sagte Waldi.

»Na ja, dann lass ihn einfach bei mir!«

Waldi schwieg, dachte nach. »Also gut.« Er erhob sich von der Bank und schlich los. Zwischendurch schaute er ein paarmal zu Linda zurück, in der Hoffnung, dass sie ihm ein

Zeichen geben würde, doch wieder zurückzukommen. Aber von Linda kam nichts dergleichen. Er stieß einen Seufzer aus und ging bis zur Eingangstür der Station. Dort drückte er auf den Klingelknopf. Als auch nach dem vierten Klingeln keine Antwort über den Lautsprecher kam, blickte Waldi auf ein Schild, das unterhalb des Briefkastens angebracht war. Dort stand, dass die Polizeistation von Freitagnachmittag bis Montagmorgen nicht besetzt sei. In dringenden Fällen sollte man Verbindung mit der Polizeistation in Bad Lauterberg aufnehmen. Waldi blickte auf die Turmuhr der St. Nicolaikirche. Es war kurz vor sechzehn Uhr. Er kehrte zu seinen Freunden zurück. »Die Polizeistation ist schon seit einer halben Stunde nicht mehr besetzt!« Waldi schaute Linda an, irgendetwas schien in ihr vorzugehen. »Was ist los, Linda?«

Sie druckste herum.

»Sag's schon!«

»Na ja, Waldi, als du vorhin zur Polizeistation gegangen bist, ist dir ein Mann, der in Barbaras Café saß, gefolgt. Als du an der Polizeistation geklingelt hast, hat der Mann jemanden mit seinem Handy angerufen. Danach ist er die Marktstraße nach unten gegangen, bis ich ihn nicht mehr gesehen habe. Der Typ, der neben ihm im Café gesessen hat, ist wenig später ebenfalls die Marktstraße runtergegangen. Ich glaube, die beobachten uns. Gestern hab ich die schon mal gesehen. Die sind hinter uns her, Waldi! Wir müssen Pierre Rexilius um Hilfe bitten«, sagte Linda. Sie sah Waldi an, der sich inzwischen neben Ringo gesetzt hatte. Der war völlig betrunken und heute für nichts mehr zu gebrauchen. »Komm, Waldi«, sagte Linda entschlossen, »wir suchen eine Telefonzelle und rufen Rexilius an. Ringo lassen wir jetzt erst einmal hier weiter schlafen, nachher holen wir ihn ab.«

Sie stand von der Bank auf und zog Waldi mit sich mit. Zwei Minuten später erreichten sie die Telefonzelle auf dem Uffeplatz. Leider war das Telefon defekt. »Ich weiß noch von einer Telefonzelle in der Steinstraße, dorthin gehen wir jetzt.« Die beiden trotteten weiter, Einstein diszipliniert neben Waldi.

Sie hatten Glück. Das Telefon funktionierte einwandfrei. Über die Auskunft erhielt Linda die Nummer der Inspektion in Osterode. Sie wählte und gab den Hörer an Waldi weiter. Nach dem zweiten Klingelzeichen meldete sich ein Kommissar Berger. Waldi nannte seinen Namen. »Ich muss Kommissars Rexilius sprechen.«

»Worum geht es denn?«, fragte Berger. »Kann ich Ihnen nicht weiterhelfen?«

Waldi wurde hektisch. Er war nahe daran, aufzulegen und abzuhauen. Linda stupste ihn an. »Nein, ich will nur mit Rexilius sprechen. Ich kenne das Gesicht des Mannes, der die Frau ermordet hat, die im Oderstausee gefunden wurde!«, sagte Waldi.

Bei dem Polizisten klingelten die Alarmglocken. Dieser Mann hörte sich nicht wie ein Trittbrettfahrer an. »Ich verbinde Sie sofort mit dem Hauptkommissar. Bleiben Sie bitte am Telefon!«

Waldi konnte Musik hören, etwa zwei Minuten lang, dann bat ihn eine Frauenstimme, noch einen Moment zu warten. Nach einer Minute meldete sich Berger wieder. »Hören Sie, Herr Rexilius ist im Moment nicht in der Inspektion. Nennen Sie mir Ihren Namen noch einmal und ihre genaue Adresse. Sobald der Hauptkommissar zurück ist, wird er mit Ihnen Verbindung aufnehmen.«

Waldi antwortete nicht, er wurde panisch.

»Bitte, geben Sie mir Ihre Adresse, Herr Rexilius wird sofort bei Ihnen vorbeikommen«, sagte Berger eindringlich. Aber Waldi hatte schon aufgelegt.

»Was ist los?«, fragte Linda.

»Rexilius ist nicht in der Inspektion. Ich werde aber nur mit ihm reden!«, sagte Waldi, seine Hände begannen zu zittern.

»Wir werden heute Abend erst in die ehemalige Pension gehen und dann durch die Hintertür über die Nachbargrundstücke in den Wald fliehen. Ich kenne eine Hütte, die sie in der Dunkelheit nicht finden werden«, sagte Linda ruhig.

Waldi nickte.

Kaukasus, Türkei, Tuapse – Trabzon, 6. bis 11. September

Piotr, Andrej und Leonid kehrten aus Noworossyisk zurück und gingen in den Computerraum der Spedition, in dem Evelina und Alexander schon auf die drei warteten. Andrej schob die CD in den Schacht und öffnete nacheinander die verschiedenen Dateien.

»Alexander und ich, wir werden den Raum verlassen und erst wieder zurückkehren, wenn ihr alles gesichtet habt. Es ist besser so«, sagte Piotr. »Und erzählt mir auch hinterher nichts darüber, worum es in der Akte geht. Was ich nicht weiß, kann ich auch nicht unter Folter verraten. Die Truppen des Innenministeriums werden bald kommen, meine Spedition auseinandernehmen und mich foltern, weil sie in Erfahrung gebracht haben werden, dass Alexander meine Neffe ist, mit euch paktiert und sich vielleicht bei mir versteckt haben könnte.« Piotr wusste, wovon er sprach. Er war während der Sowjetzeit mehrmals wegen »Unterstützung der Konterrevolution« und »Zusammenarbeit mit dem kapitalistischen Klassenfeind« verhaftet und gefoltert worden. Er hatte leidvoll erfahren müssen, wozu Menschen fähig waren, wenn es darum ging, Geständnisse zu erpressen. Und er wusste, was gefolterte Menschen alles gestanden und dazuerfanden, damit die Folter endlich beendet würde.

Piotr und Alexander verließen den Raum. Evelina, Andrej und Leonid setzten sich nebeneinander und begannen gemeinsam zu lesen.

Nach zwei Stunden waren sie fast fertig. Piotr und Alexander kamen in den Raum. »Habt ihr alles an Beweisen, was ihr braucht?«, fragte Piotr.

»Ja, mit der Kopie der Akte können wir alle Beteiligten für viele Jahre hinter Gitter bringen«, sagte Leonid.

Piotr und Alexander nickten zufrieden.

»Sie werden euch weiterhin wie wilde Hunde hetzen. Im Moment glauben sie euch noch in Noworossyisk, aber bald werden sie merken, dass ihr die Stadt verlassen habt. Sie werden die Grenze nach Georgien abriegeln, ebenso alle Häfen der Schwarzmeerküste von Noworossyisk bis nach Sotchi«, sagte Piotr.

Gregory, der älteste Mitarbeiter Piotrs, der den Hafen überwacht hatte, war inzwischen in den Raum gekommen. »Die Miliz hat ihre Präsenz im Hafen erhöht«, sagte er, »aber noch sind es unsere Leute aus Tuapse. Sie gehen im Hafen umher, suchen alle Schiffe auf und warnen ihre Eigentümer vor den Schwerverbrechern, die im Kaukasus eine Blutspur hinter sich lassen und möglicherweise mit einem der Boote fliehen könnten. Ich habe ein Gespräch zweier Milizionäre belauscht. Noch in der Nacht oder am frühen Morgen soll eine Verstärkung von fünfzig Männern kommen! Wenn ihr fliehen wollt«, sagte er an Evelina, Andrej und Leonid gewandt, »dann müsst ihr es bald tun!« Gregory setzte sich auf den letzten freien Stuhl am Tisch.

Piotr nickte. »Ich habe schon mit Wladimir gesprochen«, sagte Piotr, »er wird euch mit seinem Boot über das Schwarze Meer nach Trabzon in der Türkei bringen. In Trabzon habe ich einen guten Bekannten, der euch mit den notwendigen Dingen ausstatten wird, die ihr benötigt, um nach Deutschland zu kommen.«

Die drei »Schwerverbrecher« fragten sich, wann Piotr das alles geregelt hatte.

»Packt eure Sachen zusammen. Ich werde euch zu Wladimirs Boot bringen. Damit ihr genug Geld für den Flug nach Deutschland habt, werde ich euch fünftausend Euro leihen. Wenn ihr nach Russland zurückkommt, will ich alles, bis auf den letzten Cent, von euch zurückbekommen!«

Andrej wunderte sich, woher Piotr eine derartige Menge ausländischer Währung herbeizaubern konnte. Aber wer so viele Freunde und Bekannte in mehreren Ländern hatte und die Nerven besaß, Andrej und Leonid nach Noworossyisk und wieder zurück nach Tuapse zu bringen, für den war es wohl auch kein Problem, eine derartige Summe lockerzumachen. »Alexander, du verschwindest so schnell wie möglich in deine Wälder, wo dich keiner von denen finden wird!«

Alexander nickte und umarmte Evelina, Andrej und Leonid und schließlich seinen Onkel herzlich. Dann verließ er den Raum.

Eine halbe Stunde später, es war stockdunkel, wurde einen Kilometer vom Hafen entfernt ein Ruderboot mit vier Personen ins Wasser gelassen, das zunächst auf das offene Meer fuhr und dann einen Bogen in Richtung Wladimirs Segelschiff machte. Als sie das Schiff erreichten, verabschiedete sich Piotr herzlich von Evelina, Andrej und Leonid. Sie kletterten über die Strickleiter ins Boot.

Zu dem Zeitpunkt, als Wladimirs Segelschiff sich auf das Auslaufen vorbereitete, geschah an der Straße am Hafen ein Verkehrsunfall. Die Milizionäre, die eigentlich den Hafen bewachen sollten, wurden durch den Krach aufgeschreckt und rannten zum Unfallort. Ein alter LKW – er gehörte zu Piotrs Fuhrpark, sollte aber im kommenden Winter verschrottet werden – war gegen einen Poller am Kai geschrammt. Das Fahrzeug rutschte weiter und kam erst zum Stillstand, als der linke Vorderreifen über die Kaimauer hinausragte. Der Lkw schwankte und drohte ins Wasser zu stürzen. Der Fahrer – Gregory – schien hektisch aus der Beifahrerseite des Führerhauses springen zu wollen. Inzwischen hatten die Milizionäre Gregory erreicht. Er bat sie, sehr aufgeregt und bleich im Gesicht, den LKW vom Rand wegzuziehen, sie seien doch zwanzig Leute, und wenn alle anpackten, dann könnte man den Wagen in Sicherheit bringen. Alle Milizionäre halfen mit großem Eifer, und nach zwanzig Minuten war der LKW mit all seinen Rädern wieder auf festem Gelände. Die Milizionäre hatten Gregorys Lastwagen gerettet. Er bedankte sich überschwänglich bei ihnen. Da eigentlich ja nichts beschädigt war, bis auf eine Schramme im Poller, ließ man Gregory fahren, ohne den Unfall aufzunehmen. Die Milizionäre gingen auf ihre Beobachtungsposten zurück. Dass inzwischen ein Boot den Hafen verlassen hatte, bemerkten sie nicht.

Erst als drei Stunden später die Verstärkung aus Noworossyisk eintraf, erinnerten sich zwei der Milizionäre, dass ein Boot den Hafen verlassen habe, man aber nicht mehr genau wusste, wann und in welche Richtung. Außerdem habe es sich um ein Touristenboot gehandelt und dort seien mit Sicherheit keine Schwerverbrecher an Bord gegangen.

Der Einsatzleiter der Verstärkung aus Noworossyisk übernahm sofort das Kommando und meldete den Vorfall an das Hauptquartier. Ihm war klar, dass das Boot längst die russischen Hoheitsgewässer verlassen haben musste, aber das war kein Problem. Sie würden das Schiff auch außerhalb der Zwölf-Seemeilen-Zone angreifen und die Insassen liquidieren, sollten es die Gesuchten sein. So lautete der unmissverständliche Befehl seines Vorgesetzten aus dem Innenministerium.

Eine halbe Stunde, nachdem die Verstärkung am Hafen eingetroffen war, stürmten rund zwanzig Männer Piotrs Privat- und Speditionsräume. Man hatte erfahren, dass Alexander Medwedew der Neffe von Piotr war und der ja Zuflucht bei seinem Onkel gesucht haben könnte. Aber die Hausdurchsuchung brachte kein Ergebnis. Deshalb wurde Piotr von drei Männern einem speziellen Verhör unterzogen. Als das beendet war, hatte Piotr einen Nasenbeinbruch, zwei Rippenbrüche und zahlreiche Hämatome. Als sie auch von Piotr nichts erfahren hatten, waren sie der Meinung, dass ein weiteres Verhör reine Zeitverschwendung sei. Man war sich sicher, dass die entflohene Mörderbande nicht bei Piotr Zuflucht gesucht hatte, und war wieder abgezogen.

Piotr stöhnte vor Schmerzen, aber er fühlte in diesem Moment auch Genugtuung und Freude, dass die mutigen und sympathischen Polizisten entkommen waren und sich schon weit außerhalb der russischen Hoheitsgewässer befinden mussten. Auch wenn das kein Hinderungsgrund für die Kräfte war, die hier beteiligt waren, die Fliehenden zu töten. Allerdings schipperten in diesem September noch so viele Segelboote über das Schwarze Meer, dass es schwer werden würde, Wladimirs Holzboot aufspüren.

Als Gregory seinen Unfall an der Kaimauer inszeniert hatte, hatte Wladimir den Hilfsmotor seines Segelschiffes für eine Minute laufen lassen. Das hatte gereicht, um dem Boot so viel Schub zu geben, dass es den Hafen von Tuapse unbemerkt verlassen konnte. Während der Morgendämmerung hatte der Skipper den Bootsnamen überklebt. Aus *Explorer* war *Neptun* geworden. Natürlich würden die Jäger seiner Fahrgäste die Überwachungskameras im Hafen von Tuapse auswerten, hatte Wladimir gedacht, und ein Bild seines Bootes erhalten, aber der falsche Name würde eine Identifizierung verzögern.

Fünfundzwanzig Stunden später hatte das Boot hundertfünfundachtzig der zweihundertsiebzehn Seemeilen langen Strecke zurückgelegt. Noch knapp zwanzig Meilen, was eine Fahrtzeit von eineinhalb Stunden bedeutete, und sie würden die türkischen Hoheitsgewässer erreichen, dann waren sie in Sicherheit. Immer wieder überwachte Wladimir den Radarbildschirm und hörte den Militärfunk ab. Etwas beunruhigte ihn. Seit einer guten halben Stunde folgte ein Schiff ihrem Kurs, das auf dem Radarschirm groß genug für ein Kriegsschiff wirkte. Wenn das der Fall war, dann mussten seine Gäste einem mächtigen Gegner auf den Fuß getreten sein. Wer war in der Lage, die russische Kriegsmarine für sich einzuspannen? Er fragte die drei.

»Wer genau dahintersteckt, wissen wir nicht, aber wir gehen davon aus, dass es ehemalige Geheimdienstleute sind«, sagte Andrej.

»Die heute in der Großfinanz mitmischen.«, vermutete Wladimir.

»Das glauben wir auch«, sagte Andrej.

»Das größere Schiff hält Kurs auf uns und verringert ständig die Entfernung«, sagte Wladimir. »Wenn das hinter uns her ist, dann werden sie uns noch vor Erreichen der Zwölf-Seemeilen-Zone erreicht haben …«

Die nächste Viertelstunde brachte die Gewissheit: Das

Schiff verfolgte sie. Der Abstand hatte sich auf fünfzehn Seemeilen verringert. Plötzlich hörten die vier ein Brummen, das immer lauter wurde. Wladimir verließ die Brücke. Über seinem Segelschiff stand ein Helikopter in der Luft wie ein Raubinsekt mit schnellem Flügelschlag, das auf seine Beute wartete.

Über Megaphon forderte einer der Hubschrauberinsassen den Skipper auf, die Fahrt zu stoppen.

Wladimir reagierte nicht, ging auf die Brücke zurück.

»Wenn Sie nicht augenblicklich ihre Motoren zurückfahren, werden wir Sie versenken!«, ertönte es ein zweites Mal aus dem Megaphon.

Wladimir rannte in eine der Kajüten und kam Sekunden später mit zwei Gewehren zurück. »Wer von euch übernimmt das zweite Gewehr?«, fragte Wladimir.

»Ich«, antwortete Andrej. Sie gingen an Deck und hielten die Gewehre im Anschlag. Wladimir zielte auf den Mann mit dem Megaphon. »Wenn ihr hier nicht gleich verschwindet, werden wir euch ins Meer schießen!«, brüllte Wladimir in Richtung Hubschrauber.

Dort schien man sich einen Moment zu beraten. Dann drehten sie ab und entfernten sich einige hundert Meter vom Segelboot, um dann wieder in der Luft stehen zu bleiben.

»Zurück zur Brücke!«, befahl Wladimir.

»Was wird jetzt passieren?«, fragte Evelina, als die beiden die Brücke betreten hatten.

»Die Hubschrauberbesatzung wird unsere Position an das Kriegsschiff melden und in weniger als einer Minute wird uns das erste Geschoss um die Ohren fliegen«, antwortete der Skipper, öffnete eine Tür neben dem Steuerrad und holte aus dem Lagerraum eine Plane. »Leonid, du fährst jetzt Schlangenlinien«, sagte er, rannte aufs Deck und legte die Plane auf die Drehantenne, die er vorher ausgeschaltet hatte. Eine Ortung über die Radarantenne würde schwierig werden, weil das Schiff fast ausschließlich aus Holz bestand. Wladimir rannte zur Brücke zurück. Sekunden später war ein Zischen zu hören »Das erste Geschoss!«, sagte der

Skipper. Gut dreihundert Meter östlich vom Boot sahen die vier, wie das Geschoss eine Wasserfontäne erzeugte. »Die Hubschrauberbesatzung wird dem Kanonier jetzt die Zielabweichung durchgeben. Dann wird er eine Korrekturvornehmen und das zweite Geschoss auf die Reise schicken.« Wladimir hoffte, dass der Schlangenlinienkurs sie vor einem frühen Treffer bewahren würde. Dann setzte er mehrere Notrufe ab, auch über eine militärische Frequenz, dass eine ihm unbekannte militärische Macht sein ziviles Segelschiff unter Beschuss genommen hatte und dass seine Versenkung drohe. Augenblicke später hörten sie ein weiteres Zischen. Die entstandene Wasserfontäne zeigte an, dass das zweite Geschoss nur noch hundert Meter von Wladimir Boot im Wasser eingeschlagen war.

Der Helikopter näherte sich wieder dem Boot. »Geben Sie auf, das nächste Geschoss wird Ihr Schiff versenken und Sie töten! Geben Sie auf!«, ertöntes es aus dem Megaphon des Helikopters.

Vom Segelboot erfolgte keine Reaktion und der Hubschrauber entfernte sich wieder einige hundert Meter vom Boot.

»Was passiert jetzt?«, fragte Andrej.

»Die Hubschrauberbesatzung wird unser Boot mit einem Laser markieren und der Kanonier wird eine Rakete abfeuern, die uns treffen wird. Wir werden jetzt unsere Rettungswesten überstreifen und dann ins Wasser springen. Das wird uns zumindest ein paar Stunden Leben schenken, bevor sie uns auf ihr Kriegsschiff bringen, dort foltern und uns anschließend beseitigen!«, sagte der.

»Keine guten Aussichten!«, sagte Leonid.

»Nein«, antwortete Wladimir frustriert.

Plötzlich hörten die vier einen ohrenbetäubenden Lärm. »Sie setzen Kampfjets ein, um uns zu versenken!«, sagte Leonid. Wenig später schossen zwei Kampfjets in dreihundert Meter Höhe über die *Neptun* hinweg.

»Türkische Kampfflugzeuge!«, brüllte Leonid. »Noch nie war ich glücklicher, Kampfflugzeuge zu sehen!«

Der Hubschrauber drehte ab und verschwand hinter dem Horizont. Minuten später kehrten die Kampfjets zurück und flogen über Wladimirs Segelschiff hinweg. Die türkischen Militärs hatten seinen Notruf über die Militärfrequenz empfangen und waren ihnen zur Hilfe geeilt!

Trotz der unerwarteten Rettung war Wladimir nachdenklich geworden. »Die russischen Behörden haben mit Sicherheit einen internationalen Fahndungsbefehl herausgegeben. Ihr werdet als Schwerverbrecher gesucht, die zahlreiche Menschen ermordet haben. Ich glaube, dass die türkische Küstenwache genaue Personenbeschreibungen von euch hat. Ich kann euch nicht in den Hafen von Trabzon mitnehmen. Wenn sie euch in meinem Boot auffinden, werden sie mich wegen Fluchthilfe verhaften und euch nach Russland ausliefern«, sagte Wladimir. Er ging ans Funkgerät, schaltete eine besondere Frequenz ein und sprach mit jemandem auf Türkisch. Schließlich beendet er das Gespräch. »Noch sind wir außerhalb der türkischen Hoheitsgewässer. Mehmet Seker, ein Freund, mit dem ich ein paarmal im Jahr gemeinsam Segelgäste aus Europa schippere, wird euch mit seinem Schnellboot in dreißig Minuten hier abholen und auf das türkische Festland schmuggeln. Ich werde in den Hafen von Trabzon einlaufen. Dort werden die Männer der Küstenwache mein Boot auf den Kopf stellen. Wenn sie euch nicht finden, werden sie sich bei mir entschuldigen und einen guten Aufenthalt in Trabzon wünschen.«

Die drei nickten.

Eine halbe Stunde später traf Seker am verabredeten Treffpunkt ein, übernahm die drei und rauschte in Richtung türkische Küste ab.

Inzwischen war es dunkel geworden, die Luft auf unter zwanzig Grad abgekühlt. Evelina und Andrej standen an der Reling und beobachteten, wie das Schnellboot langsam an den Anlegesteg glitt. Mehmet Seker stellte den Motor ab und vertäute sein Boot am Steg. Die vier sprangen von Bord. Auf der anderen Seite des Stegs lagen zwei Segelboote. »Mit denen schippere ich die Touristen über das Schwarze Meer«, sagte Seker im Vorbeigehen. Sie blickten auf Sekers Haus, besser gesagt, auf seine Villa. In vielen Zimmern brannte Licht, so dass die weiße Fassadenfarbe zu erkennen war. Er muss ein wohlhabender Mann sein, dachte Leonid.

Seker führte seine russischen Gäste in das Wohnzimmer. Ein Raum fast so groß wie eine Turnhalle, dachte Andrej. In der Mitte stand eine gemütliche Sitzgarnitur. Sie nahmen dort Platz und Seker sagte: »Ich habe zwei Gästezimmer, in denen Sie übernachten können. Wladimir wird erst spät in der Nacht, möglicherweise erst morgen früh, kommen. Sie werden sein Boot filzen und ihn mehrere Stunden verhören. Mein Koch wird ein Abendessen für Sie zubereiten, nach der langen Flucht wird Ihnen eine Stärkung guttun. Ich werde Ihnen erst einmal Ihre Zimmer zeigen.« Seker führte die Russen in den ersten Stock.

Leonid entschied sich schnell für das Einzelzimmer und überließ Andrej und Evelina das Doppelzimmer. Beide Zimmer waren mit einer Dusche ausgestattet, so dass sich die drei erst einmal gründlich vom Schmutz der letzten Tage befreien konnten.

Eine Stunde später saßen sie im Esszimmer. Sie aßen, schließlich sagte Seker: »Wladimir und ich sind langjährige Geschäftspartner und Freunde. Er hat mir berichtet, dass Sie in großer Gefahr schweben und ungeschoren nach Deutschland kommen müssen. Da Sie vom russischen Geheimdienst gejagt werden – der hat hier ein gutes Informationsnetz –, können Sie davon ausgehen, dass spätestens morgen Abend die türkische Polizei in deren Auftrag an meine Tür klopft. Deshalb sollten Sie spätestens morgen Mittag in Richtung Istanbul starten. Außerdem müssen Sie Ihr Aussehen stark verändern, damit Sie die Spitzel am Flughafen in Istanbul nicht erkennen. Zwei Freunde von mir werden in Kürze kommen und das erledigen. Außerdem brauchen Sie neue Pässe. Auch das wird noch heute geschehen. Leider«, sagte er zu Leonid gewandt, »muss Ihr Vollbart entfernt werden!«

Das tut weh, sagte sich Leonid. Seit 1980 trug er seinen Bart. Aber er sah natürlich die Notwendigkeit der Rasur ein. Alle Agenten des FSB, die in der Türkei arbeiteten, besaßen mit Sicherheit ein Foto von ihm und natürlich von Evelina und Andrej.

Eine Viertelstunde später kamen Sekers Freunde, ein Mann und eine Frau. Zwei Stunden später hatten sie ihre Arbeit fast erledigt. Aus der brünetten, langhaarigen Evelina war eine Frau mit kurzen, blonden Haaren geworden, Andrejs blonde Haarpracht hatte sich in eine schwarze verwandelt und Leonids bartloses Gesicht ließ ihn zehn Jahre jünger aussehen. Mehmets Freunde machten noch Passfotos von den dreien und verabschiedeten sich schließlich.

Später saßen sie wieder in Sekers Wohnzimmer zusammen.

»Wenn Wladimir kommt, werden wir überlegen, wie wir Sie sicher nach Istanbul bringen können. Ich glaube, Ihre Jäger gehen davon aus, dass Sie mit dem Auto nach Istanbul fahren, und werden die Straßen überwachen ... vielleicht finden Wladimir und ich einen anderen Weg.«

Andrej fiel etwas ein. »Ich müsste noch eine E-Mail an einen deutschen Kommissar schicken, der wartet wahrscheinlich schon seit Tagen auf ein Zeichen von uns, kann ich ...«

»Natürlich«, sagte Seker, »wir gehen jetzt in mein Büro.«

»Wo werden wir in Deutschland landen?«, fragte Andrej.

»In Hannover, übermorgen früh.«

Andrej schrieb seine E-Mail. Er kündigte nur sein Kommen an. Mehr brauchte er auch nicht zu schreiben, den Rest würde der Kommissar sich zusammenreimen können. Im ungünstigsten Fall war es möglich, dass Sekers Computer überwacht wurde und zu klare Aussagen möglicherweise alles hätten verraten können. »Komme übermorgen. Habe einige Geschenke dabei«, schrieb er an Rexilius.

Dann gingen sie auf ihre Zimmer. Aber keiner fand Schlaf. Zu sehr beschäftigten sie die Erlebnisse der letzten Wochen. Zum ersten Mal seit über einem Jahrzehnt hielten sich Evelina und Andrej an den Händen, als sie im Doppelbett still nebeneinander auf dem Rücken lagen. Diese letzten Tage hatten etwas in Andrej ausgelöst. Sie hatten die Blockade aufgebrochen, die er seit dem Tod von Dascha anderen Frauen gegenüber aufgebaut hatte. Plötzlich streichelte er ihr Gesicht, küsste sie und schließlich fanden ihre Körper nach so vielen Jahren zueinander, als habe es nie eine Unterbrechung gegeben.

Um vier Uhr wurden sie von einem leisen Klopfen an der Tür geweckt. Mehmet trat ein. »Wladimir ist gekommen, es hat sich etwas ereignet, Sie müssen unbedingt aufstehen! Schalten Sie kein Licht an, wir treffen uns im Flur des Erdgeschosses!«

Fünf Minuten später saßen sie in einem Kellerraum zusammen, Mehmet hatte die beiden im Flur abgeholt und in den Keller geführt. Leonid und Wladimir saßen schon an einem Tisch. Evelina, Andrej und Mehmet setzten sich dazu. Wladimir wirkte gehetzt. »Die Küstenwache hat mein Boot untersucht, aber nur halbherzig. Für meinen Geschmack war das zu schnell. Offensichtlich hat es da eine Absprache zwischen den russischen Geheimdienstleuten und der Küstenwache gegeben. Jedenfalls habe ich mir wie gewöhnlich ein Motorrad ausgeliehen. Nach dem Verlassen des Hafengebäudes war mir der Grund für die schnelle Durchsuchung klar. Mehrere Fahrzeuge verfolgten mich, drei habe ich bemerkt. Es hat drei Stunden gedauert, bis ich sie abschütteln konnte. Ich befürchte, es wird nicht mehr lange dauern, bis sie die Verbindung zu Mehmet herstellen und das Haus überwachen werden. Sie werden alle Straßen zu den Flughäfen nach Ankara und Istanbul kontrollieren. Mit dem Auto durchzukommen, wird euch nicht gelingen. Sie werden irgendwo in den Bergen auf euch warten, um euch zu liquidieren. Ich habe eine bessere Fluchtmöglichkeit. Ihr packt sofort eure Sachen zusammen, dann bringt euch ein Bekannter von Mehmet zu einem kleinen Flugplatz in der Nähe von Trabzon. Ein Freund wird euch mit einem einmotorigen Flugzeug nach Istanbul bringen.«

Nur gut, dachte Andrej, dass all die Leute, die ihnen bisher geholfen hatten, so viele gute Freunde hatten.

»Ihr werdet auf einem Flugplatz in der Nähe von Istanbul

landen. Von dort aus wird euch der Pilot zum Istanbuler Flughafen bringen. Am Schalter von Turkish Airlines sind Flugtickets auf eure neuen Namen hinterlegt!«, sagte Mehmet und reichte den dreien die neuen Pässe, die vor einer halben Stunde bei ihm eingetroffen waren.

»Warum macht ihr das alles für uns«, fragte Evelina, »ihr bringt euch doch selbst in große Gefahr?«

»Piotr hat uns erzählt, dass ihr couragierte Menschen seid, die ein großes Unrecht ans Tageslicht bringen wollen. Das allein reicht ihm, um seine Freunde zu aktivieren. Sie waren alle irgendwie Opfer des Sowjetregimes. Sie mussten erfahren, dass sich nach dem Verfall der UdSSR das Gesellschaftssystem zwar geändert hat, dass aber die Parteibonzen von damals heute wieder in den Chefsesseln der Politik oder Wirtschaft sitzen oder wohlhabende Bosse von Mafiabanden sind. Diese Leute verfolgen euch, und davor will euch Piotr schützen!«, sagte Wladimir.

Die drei packten, bedankten sich und verabschiedeten sich herzlich von Mehmet und Wladimir. Der Bekannte von Mehmet brachte sie zum Flugplatz in der Nähe von Trabzon. Verfolger gab es keine.

Südharz, Bad Sachsa, Samstagnacht, 6. September

Nach Einbruch der Dunkelheit hatten die Obdachlosen den Park um die evangelische Kirche verlassen und waren wie geplant zunächst in den Kellerraum gegangen, wo Linda und Waldi zuerst ihre Habseligkeiten zusammenpackten. Ringo, der stark alkoholisiert war, torkelte in seine Schlafecke und legte sich in seinen Schlafsack.

»Ringo, du musst jetzt mit uns fliehen. Bald werden Männer kommen, die uns umbringen wollen. Du kannst nicht hier bleiben«, sagte Linda. Sie wurde immer unruhiger. »Ringo, ich möchte dich nicht verlieren!«

Ringo beachtete Linda nicht, zog stattdessen den Reißverschluss seines Schlafsacks zu. »Ic-h ge-he nir-gend-wo meehr hin!«, lallte er und drehte den Kopf zur Seite. Einen Augenblick später war sein gleichmäßiges Schnarchen zu hören.

Waldi wusste, dass er Ringo hier nicht mehr wegbekommen würde. Bald würde er sterben.

Linda begann zu schluchzen.

Waldi tippte Linda sanft auf die Schulter. »Linda, mir ist da was eingefallen, ich muss noch mal in die Waschküche.«

Als er zurückkam, fragte Linda: »Was willst du mit dieser Flasche?«

»Da ist Ammoniak drin, muss schon einige Jahre dort gestanden haben«, antwortete Waldi, »vielleicht können wir das gebrauchen. Die Typen bringen es fertig und setzen Hunde ein, um uns zu kriegen. Einmal hat ein Skinhead Ammoniak über Einstein gekippt. Der arme Hund war ein paar Tage krank und konnte nichts mehr riechen! Und jetzt komm, wir müssen los!«

Linda schaute noch einmal auf Ringo. Schließlich verließen die beiden mit Einstein die ehemalige Pension. Die beiden Obdachlosen waren gerade auf das Nachbargrundstück gelangt, als sie kamen. Es waren vier dunkel gekleidete Männer. Waldi und Linda kauerten sich hinter einen Busch. Verdammt, dachte Waldi, war das knapp! Er hielt Einstein die Schnauze zu, damit der nicht auf einmal losbellte.

Drei der vier Männer verschwanden im Haus, der vierte hielt Wache vor dem Gebäude.

Scheiße, dachte Waldi, wenn wir jetzt weiter fliehen, dann werden die Geräusche, die wir verursachen, uns verraten. Sie saßen erst einmal fest.

Methodisch durchsuchten die Mörder den Keller und entdeckten den schlafenden Ringo. Einer der Männer lud seine Pistole durch, hielt sie Ringo, der nichts davon mitbekam, an die Stirn und feuerte ohne jegliche Gefühlregung. Der Mörder tastete die Halsschlagader ab. »Der stinkt ja wie ein Schnapsladen. Er ist erledigt.«

»Gut«, sagte der Anführer, »Jetzt liquidiert die anderen beiden Missgeburten und den Köter. Macht schnell, ich habe heute noch Besseres vor!«

Die beiden anderen Männer durchsuchten die Kellerräume, fanden aber niemanden. Sie eilten zum Anführer zurück. »Nichts!«, sagte einer der Männer.

»Durchsucht die anderen Geschosse des Gebäudes«, sagte der, »die müssen hier irgendwo sein!« Die drei rannten los. Nach einigen Minuten kehrten sie zu ihrem Anführer zurück. »Die Penner sind abgehauen!«

»Verdammter Mist«, brüllte der Anführer, hob Ringos Gitarre vom Boden auf und zerschlug sie zu Kleinholz. Dann überlegte er einen Moment. »Wir müssen dieses Pack finden und ausradieren. Ich werde noch fünf Männer besorgen, dann werden wir die Stadt durchsuchen. Falls wir sie dort nicht finden, müssen wir uns in den Wäldern umsehen.« Er griff zum Handy. Als er sein Gespräch beendete, verließen die drei Männer das Haus.

Waldi und Linda sahen von ihrem Versteck aus, wie die drei Männer aus dem Haus kamen. »Und?«, fragte der vierte Mann seine Kumpane, »alles paletti?«

»Dem Penner hab ich zwei Kugeln in die Birne gepumpt, der hat's noch nich' mal gepeilt, dass er hin is'«, sagte der Mörder protzig.

»Halt die Klappe, du Idiot, willste die ganze Nachbarschaft aufwecken?!«, zischte der Anführer der Gruppe. Dann wurde es still, die vier Männer verließen das Grundstück und verschwanden aus dem Blickfeld der Obdachlosen.

Waldi und Linda wussten, dass Ringo tot war. »Warum ist er nicht mit uns gekommen, der Dummkopf«, sagte Linda verzweifelt, »Warum hat er nicht auf uns gehört?« Erst fing sie an zu schluchzen, dann fiel sie in eine Art Schockzustand.

»Wir müssen hier schnell weg«, flüsterte Waldi, »wir gehen zur Kantorhütte. Ich weiß auch, wo sie ist. Komm, Linda!« Die reagierte aber nicht. Waldi nahm sie an der Hand und zog sie mit sich.

Südharz, Polizeikommissariat Bad Lauterberg, Samstagnacht, 6. September

Kommissar Traue, Leiter der Spätschicht, hätte eigentlich schon Dienstschluss gehabt, war aber noch geblieben, weil der Leiter der Nachtschicht eine Autopanne hatte und später kommen würde. Traue hatte gerade einen Anruf von einem Herrn Leinhardt erhalten, der einen Einbruch in einer Pension in Bad Sachsa beobachtet hatte. Traue hatte dem Anrufer versprochen, so schnell wie möglich einen Streifenwagen vorbeizuschicken. Über Funk versuchte der Kommissar, eine Streife nach Bad Sachsa zu schicken, aber drei Wagen waren bei einer Musikveranstaltung in Barbis und die freien Streife wurde für äußerste Notfälle gebraucht. Da der Leiter der Nachtschicht gerade eingetroffen war, beschloss Traue, sich selbst dieser Angelegenheit anzunehmen. Fünf Minuten später saß er im Auto und machte sich auf den Weg. Noch drei Tage, dachte er, dann würde er in Pension gehen. In drei Tagen gingen fast vierzig Jahre Polizeidienst zu Ende. Seine Kollegen wollten eine große Abschiedsfeier für ihn organisieren, aber Traue hasste großes Tamtam. Er würde bescheiden gehen, so, wie er damals den Dienst angetreten hatte.

Die freie Zeit würde er auszufüllen wissen. Und wie! Anders als viele seiner Kollegen, die mit ihrem Ruhestand nicht anzufangen wussten. Seine Modelleisenbahn würde in den nächsten Jahren in mehreren Etappen ausgebaut werden. Die dazugehörigen Kellerräume besaß er schon seit langem. Alle Schaltungen würde er über zwei Laptops steuern.

Nach zwanzig Minuten erreichte der Polizist die leer stehende Pension. Er stieg aus. Leinhardt kam auf ihn zu und berichtete noch einmal von seinen Beobachtungen.

»Gut, dann gehen wir jetzt da rein«, sagte Traue. Er schaltete die Taschenlampe an, die er vorher aus dem Kofferraum geholt hatte, und überprüfte seine Dienstpistole.

»Am besten gehen wir durch den Hintereingang«, sagte Leinhardt und schritt voran. Die Hintertür war aufgebrochen. Traue drückte mit dem Ellenbogen dagegen, quietschend öffnete sie sich.

Gleich im ersten Kellerraum entdeckte der Kommissar Ringo. Schnell erkannte er, dass der Mann, der im Schlafsack lag, mit Kopfschüssen getötet worden war. Er bat Leinhardt, draußen zu warten und griff zum Handy. Der Nachtschichtleiter des Kommissariats meldete sich. »Karl«, sagte Traue, »ich habe hier in einem leer stehenden Gebäude in Bad Sachsa einen vor kurzem erschossenen Mann gefunden, wahrscheinlich einen Obdachlosen.«

»Und das drei Tage vor deiner Pensionierung?«

»Leider«, sagte Traue bitter. »Ein Fall für Rexilius, die Klette. Benachrichtige die Mordkommission in Osterode. Vielleicht kannst du die Handynummer von Rexilius herausbekommen. Er wohnt hier in Bad Sachsa und könnte in wenigen Minuten vor Ort sein!«

»Ich werde mein Bestes tun«, antwortete Karl.

Linda, Waldi und Einstein hatten eine halbe Stunde, nachdem sie die leer stehende Pension verlassen hatten, die etwa einen Kilometer entfernte Kantorhütte erreicht. Waldi war sich sicher, dass die Mörderbande ihren Standort, der mitten im Wald lag, so schnell nicht finden konnte. Es blieb also noch ein wenig Zeit. Sie hatten sich auf die Bank gesetzt, die in der Hütte an der Wand befestigt war. Linda schluchzte, sie war nicht ansprechbar. Einstein hatte sich vor Linda gesetzt und seinen Kopf auf ihre Schenkel gelegt. Er schaute sie an, als würde er Anteil an ihrer Trauer nehmen. Und so sollte es bleiben, bis die drei die Hütte wieder verließen.

Waldi dachte nach. Diese Mörderbande würde sie erbarmungslos jagen und liquidieren. Ringos Tod hatte in Waldi aber etwas freigesetzt, das er längst vergessen geglaubt hatte: Trotz. Entschlossenheit und Einfallsreichtum.

Er würde dieser Bande mit Linda und Einstein entkommen. Wenn es dann etwas ruhiger geworden war, würde er mit Rexilius Kontakt aufnehmen und den Gesetzeshüter auf die Spur dieses Mörders bringen, der Frauen umbrachte und ihnen ihre

Seele nahm. Aber jetzt musste er erst einmal einen Zufluchtsort finden. Plötzlich fiel ihm ein Versteck ein, das diese Leute, die Ringo ermordet hatten, niemals entdecken würden.

»Linda, wir werden nach Walkenried gehen. Dort kenne ich einen Platz, von dem niemand etwas weiß.« Er blickte auf Linda, aber sie nahm ihn nicht wahr. In ihren Gedanken war sie wohl bei Ringo. Waldi sprach trotzdem weiter. »Wir müssen im Wald bleiben und dürfen auch nur enge Wege benutzen, die sie mit ihren Autos nicht befahren können.« Waldi hoffte allerdings, dass diese Bande keine Geländemotorräder einsetzte. »Wir haben genug Geld, um uns in Walkenried Verpflegung für mehrere Wochen zu kaufen.« Das würde Waldi nach Einbruch der Dunkelheit machen. Der Markt in Walkenried hatte bis einundzwanzig Uhr geöffnet und der hatte sogar ein gutes Angebot an Hundefutter.

Waldi schaute auf seine alte Armbanduhr. Fünf nach zwei. Um halb sieben würde es hell werden. Vielleicht schafften sie es bis zu seinem Versteck in Walkenried, wenn nicht, dann würden sie im Wald bleiben, bis es dunkel wurde, und dann weitergehen. »Linda, wir müssen jetzt.«

Linda reagierte nicht.

Waldi stand von der Bank auf und schnallte seinen Rucksack auf. Danach nahm er Lindas Habseligkeiten, packte sie an der Hand und zog sie mit sich. Sie trotteten los. Linda lief mechanisch neben Waldi her, der sie immer noch an der Hand hielt. Und Einstein lief zum ersten Mal nicht neben Waldi, sondern neben Linda her.

Der Himmel war sternenklar, die Strahlen des Vollmondes durchbrachen den Wald und spendeten so viel Licht, dass Waldi ohne Taschenlampe auskam. Die Luft hatte sich stark abgekühlt, Walter Arlet fröstelte. Er hielt an, knöpfte Lindas Jacke bis zum obersten Knopf zu und tat bei sich das Gleiche. Hoffentlich, dachte er, schaffen wir es, vor Sonnenaufgang die Buchenwälder von Walkenried zu erreichen.

»Unsere Wege kreuzen sich nur dann, wenn ein Mord passiert«, sagte Traue, der Pierre vor der Pension empfing.

»Ja«, antwortete Pierre und gab dem Kollegen aus Bad Lauterberg die Hand. »Das letzte Mal hat Ihre Aufmerksamkeit dafür gesorgt, dass ein Mord überhaupt entdeckt werden konnte.« Pierre erinnerte sich an den toten Geschäftsführer aus Freiburg, der auf dem Bahnhof in Walkenried in einem Zug gefunden wurde. Hätte Traue nicht im Gedächtnis gehabt, dass eine Woche vorher der Vorgänger des Geschäftsführers in der Nähe von Walkenried ermordet worden war, dann wäre das Opfer mit dem Vermerk »Herzversagen« nach Freiburg gebracht und dort ohne Obduktion beigesetzt worden. »Die Spurensicherung wird gleich hier sein. Zeigen Sie mir bitte den Toten!«

Traue führte Pierre in den Kellerraum, in dem das Opfer lag. »Ich habe nichts angerührt«, sagte Traue.

Pierre beugte sich über das Opfer und erstarrte. »Das ist Ringo.«

»Sie kennen den Mann?«

»Ja. Er ist seit vielen Jahren in den Sommermonaten nach Bad Sachsa gekommen, zusammen mit Linda. Sie waren ein Paar. Ringo spielte sehr gut Gitarre und Linda sang dazu. Ich habe ihnen gerne zugehört, Linda hat eine tolle Stimme ...« Pierre kannte die Lebensgeschichte von Ringo. Das Schicksal hatte es nicht gut mit ihm und Linda gemeint. Pierre verharrte noch einen Moment, dann untersuchte er das Einschussloch.

»Wer bringt denn einen Obdachlosen um?«, fragte Traue.

Pierre antwortete nicht. Es schien, als sei er weit entfernt, aber er hatte die Frage seines Kollegen mitbekommen.

»Gut, es gibt einige Radikale, meist Rechte, die Obdachlose als Pack sehen und brutal zusammenschlagen. Aber würden die Obdachlose auch töten?«, fragte Traue.

Pierre wandte den Blick von der Leiche ab und schaute seinen Kollegen aus Bad Lauterberg an. »Es hat Fälle gegeben, da haben solche Typen Obdachlose getötet«, sagte Pierre, »aber die haben sie meistens erschlagen. Schauen Sie«, sagte Pierre und zeigte auf das Einschussloch, »Der Schuss ist aufgesetzt und der Mörder hat einen Schalldämpfer benutzt. Keiner konnte den Schuss hören und eine Zuordnung der Kugel zu der dazugehörigen Handfeuerwaffe ist durch den Schalldämpfer nicht mehr möglich. Ich weiß, dass die ehemalige Pension seit vielen Jahren nicht mehr bewohnt wird und zum Verkauf steht. Wie es aussieht, wird sich auch kein Käufer finden, denn inzwischen ist das Gebäude ziemlich heruntergekommen. Das hat der Mörder genau gewusst. Ringo hätte zu Staub zerfallen können, ehe ihn jemand entdeckt hätte. Der Obdachlose wurde von einem Auftragsmörder erschossen.«

»Verstehe«, sagte Traue. Das zeichnete diesen Rexilius aus: Er hatte schnell die Zusammenhänge durchschaut. Was aber, fragte sich Traue, war an einem Obdachlosen so wichtig, dass ein Auftragsmörder sich seiner annahm?

Pierre schien Traues Gedanken erraten zu haben. »Ringo muss irgendetwas beobachtet oder gewusst haben, deshalb ist er ermordet worden. Ich werde herausfinden, was es ist, das verspreche ich!«

Traue zweifelte keinen Moment, dass »Die Klette«, wie Rexilius genannt wurde, sein Versprechen einlösen würde. Der Kommissar aus Bad Lauterberg wusste, dass Pierre bis auf den Mord an den Tankstellenbesitzer in Herzberg alle aufgeklärt hatte. Eine Erfolgsquote, die kein anderer Ermittler im Harz, vielleicht auch in ganz Niedersachsen, aufweisen konnte.

Wagner und seine Kollegen von der Spurensicherung gingen in den Kellerraum. Pierre erklärte Wagner, was geschehen war. Der stellte einen batteriebetriebenen Strahler auf, teilte seine Kollegen ein und begann mit seiner Arbeit. Erst jetzt sah Pierre Ringos Gitarre zerstört in einer Ecke des Raumes liegen. Es wurde ihm schwer ums Herz. Nach einer Weile setzte sich bei ihm aber wieder Professionalität durch. »Ich befürchte, dass auch die anderen Obdachlosen ermordet wurden, wir müssen alle Räume der Pension durchsuchen.«

Es dauerte fast zehn Minuten, bis er und Kommissar Traue alle Räume abgesucht hatten. Es lagen zwar einige Schuhe und Kleidungsstücke herum, aber von wem sie stammten, war natürlich zu diesem Zeitpunkt nicht festzustellen.

Rexilius und Traue kehrten zu Wagner zurück. »Im Gebäude befinden sich keine weiteren Personen … Wo sind Linda und der andere geblieben?«, fragte Pierre, aber keiner gab ihm eine Antwort. »Vielleicht sind sie dem Mörder entkommen«, fuhr er fort, »Herbert, kannst du mir zwei Leute geben, mit denen ich die Umgebung des Hauses absuchen kann?«

»Einen ja, aber …«

»Ich werde Ihnen helfen«, sagte Traue.

Pierre nahm das Angebot gerne an. »Bevor wir losgehen«, sagte Pierre, »will ich noch mal mit dem Zeugen reden, der Ihnen den Einbruch gemeldet hat.«

Leinhardt hatte die Obdachlosen nicht gesehen, aber vier Männer, die die ehemalige Pension kurz nach dem Einbruch verlassen hatten und danach mit irgendeinem japanischen Auto weggefahren waren. Die Gesichter der Männer hatte er nicht erkennen, aber ihre Statur beschreiben können. Das hatte den Polizisten nicht viel weitergeholfen.

Pierre zog mit Traue und einem Kollegen los, um in der Umgebung nach den Obdachlosen zu suchen. Eine Stunde später kehrten die drei Polizisten in die Pension zurück. Sie hatten zahlreiche Spuren gefunden, die darauf hinwiesen, dass jemand sich beeilt hatte, die Gegend um das Gebäude zu verlassen und in den einige hundert Meter entfernten Wald zu kommen. Dort verschwanden die Spuren.

»Wir brauchen einen Spürhund«, sagte Pierre, »ich glaube, die Obdachlosen schweben in großer Gefahr. Wann könnten wir einen Hundeführer und einen Spürhund bekommen?«, fragte Pierre Wagner.

Der schaute auf die Uhr. »In zwei Stunden.«

Kurz nach Sonnenaufgang traf der Hundeführer Hansch mit seiner mehrfach ausgezeichneten Hündin Lola in der Pension ein. Pierre hatte einige Gegenstände im Gebäude gefunden, die er oft bei Linda gesehen hatte. Lola roch daran und rannte los. Pierre und Hansch folgten ihr. Nach einer Viertelstunde erreichten sie die Kantorhütte. Hansch befahl Lola, stehen zu bleiben.

Pierre ging in die Hütte und sagte: »Hier haben die beiden Obdachlosen gesessen und beraten, wohin sie weiter fliehen sollen.« Dann verließ Pierre die Hütte und Lola führte die beiden Polizisten durch das mit vulkanischen Gesteinen durchzogene Kuckanstal. Einmal überquerten sie die Straße, die zum Ravensberg führte.

Nach einer Strecke von zwei Kilometern wurde Pierre klar, dass sich der Mann, mit dem Linda auf der Flucht war, hervorragend in den Wäldern des Südharzes auskannte. Er hielt sich nur auf Wegen, die so schmal waren, dass Autos sie nicht befahren konnten, was seine und Lindas Überlebenschancen erheblich vergrößerte. Außerdem verließen die beiden gelegentlich die Wege, um abzukürzen oder Berge zu umgehen. Dieser Obdachlose musste die letzten Jahre in diesen Wäldern gelebt haben. Man durfte nicht vergessen, dass er und Linda in der Dunkelheit gegangen waren!

Etwa drei Kilometer weiter, an einer Schutzhütte östlich des Hubertusstockes, legten sie eine Verschnaufpause ein. Lola lief ruhelos hin und her, blieb aber in der Nähe ihres Herrchens.

Pierre schaute auf die Karte. »Von hier gibt es zwei Möglichkeiten«, sagte er. »Sie sind entweder nach Wieda oder nach Walkenried gegangen.«

Hansch nickte. »Wieda ist von Wald umgeben«, sagte der Hundeführer, »wahrscheinlich sind sie im Schutz der Wälder weitergelaufen. Da brauchen sie auch keine Straße zu überqueren, das mindert die Gefahr einer Entdeckung.«

»Das könnte möglich sein«, sagte Pierre, aber irgendwie hatte er das Gefühl, dass der Obdachlose sich für den anderen Weg entschieden hatte. Vielleicht ging er davon aus, dass auch seine Verfolger ihn in Wieda erwarten würden.

Die beiden Polizisten setzten ihre Suche mit der Hündin fort. Plötzlich bog Lola nach rechts ab. Den Roßkopf ließen sie rechts neben sich. Damit war klar, dass die Obdachlosen nach Walkenried unterwegs waren.

»Gut, dass ich nicht auf Wieda gewettet habe«, sagte Hansch. Sie überquerten die Landesstraße 604 und drangen wieder in den Wald ein. Ihre weitere Route führte über die Hirsewiese, am Hirseteich vorbei, und schließlich gelangten sie an eine Wegkreuzung in der Nähe des Priorteichs, an der es drei Möglichkeiten gab.

Aber plötzlich passierte etwas, mit dem Hansch nicht gerechnet hatte. Lola fing an zu niesen und legte sich jaulend auf den Boden.

»Was hat das zu bedeuten?«, fragte Pierre. Hansch zuckte ratlos mit den Schultern. Dann kniete er sich nieder, nahm den Boden in Augenschein und rümpfte die Nase. »Die Obdachlosen haben Ammoniak eingesetzt, das setzt jede Hundenase außer Kraft. Aber wo haben sie diese Chemikalie her, das ist doch so ziemlich das Letzte, was sie brauchen!«

»Vielleicht stand es in der ehemaligen Pension und sie haben es irgendwie geahnt, dass sie es noch brauchen könnten? Ich weiß es nicht. Wenn das Ammoniak in der Pension gestanden hat, dann wird Wagner sicherlich Spuren davon gefunden haben. Jedenfalls hat dieser Umstand den Vorteil, dass auch die Verbrecher, wenn sie einen Hund eingesetzt haben, hier die Segel streichen mussten.«

Lola lag immer noch auf dem Boden. »Das ist das erste Mal, dass die Hündin eine Spur verloren hat«, sagte Hansch enttäuscht. »Aber ich kann ihr keine Schuld geben.«

»Nein, bei Ammoniak setzen selbst unsere, nicht so empfindlichen menschlichen Nasen aus. Wir rufen jetzt Wagner an, einer seiner Spurensicherer soll uns hier abholen.«

Inspektion Osterode, Sonntagnachmittag, 7.September

Pierre hatte Eckert, Junge und Stecher nicht in die Inspektion gebeten, sie sollten den Sonntag unbelastet mit ihren Familien verbringen. Ihre Mitarbeit war auch nicht notwendig. Aus einem Instinkt heraus war Pierre schon kurz, nachdem Lola ausgefallen war, zu dem Schluss gekommen, dass der

Anschlag nicht Ringo galt, sondern dem Obdachlosen, der sich Ringo und Linda angeschlossen hatte. Deshalb hatte Pierre Sandra gebeten, Informationen über ihn einzuholen.

Am Nachmittag kam sie in sein Dienstzimmer, ging um den Schreibtisch herum und gab ihm einen zärtlichen Kuss. »Ich habe den gesamten Südharz abgegrast«, sagte Sandra, »um etwas über den Obdachlosen herauszufinden. Dafür verlange ich eine Belohnung!«

Pierre gab ihr einen Kuss.

»Für den Anfang nicht schlecht«, sagte sie, »aber den Rest kannst du ja heute Abend nachholen. Jetzt erst zu unserem Obdachlosen. In Bad Sachsa hab ich von Passanten erfahren, dass der Mann am Montag, dem 18. August, nach Bad Sachsa gekommen ist. Sie konnten sich deshalb so genau an Tag erinnern, weil der Mann einen schwarz-weißen Hund dabei hatte, der Einstein hieß und zirkusreife Kunststücke vorgeführt hat. Von dem Mann kannten sie nur den Spitznamen und der lautete Waldi. Einer der Passanten meinte, dass Waldi sich vorher in Bad Lauterberg aufgehalten hat, ich sollte dort mal nachfragen. Also bin ich nach Bad Lauterberg. Die Stadtstreicher dort kannten Waldi und wussten, dass er am Freitagabend, dem 15. August, bei ihnen war. Er wirkte ungewohnt hektisch und nervös und ist noch am gleichen Abend wieder abgezogen. Ich hab auch erfahren, dass er eigentlich Walter Arlet heißt und vorher in Braunlage campiert hat. Mein nächstes Ziel war natürlich Braunlage. Alle Obdachlosen haben die Bergstadt am 14. verlassen, weil sie in der Nacht verprügelt worden waren. Drei von ihnen sind nach Bad Harzburg oder Braunschweig marschiert und einer – der Mann mit dem Hund, also Arlet, hat sich in Richtung Südharz davongemacht.« Sandra schien mit ihren Ausführungen aber noch nicht zu Ende zu sein, sie griente.

»Hm«, sagte Pierre und ahnte, worauf Sandra hinauswollte. »Weiter, Sandra.«

»Nun ja, ist nur so ’ne Idee von mir. Am 14. ist Arlet in Braunlage abgehauen. Am 15. ist er in Bad Lauterberg. Wo war er in der Zwischenzeit?«

»Du glaubst, dass er die Nacht am Oderstausee verbracht hat? In der Nacht, als die Leiche dort abgelegt wurde?«

»Ja, ich glaube, dass Arlet den Mörder dabei beobachtet hat und der das mitgekriegt hat. Der Anschlag galt nicht in erster Linie Ringo, sondern Arlet. Alles andere macht für mich keinen Sinn«, sagte Sandra.

»Du könntest recht haben, Sandra. Vielleicht kann uns auch Walter Vieth weiterhelfen.«

Sandra sah Pierre verwirrt an.

»Walter Vieth?«, fragte sie, »was kann Walter Vieth über die Stadtstreicher von Bad Sachsa wissen? Außerdem, er kann sich doch nur im Rollstuhl bewegen.«

»Vieth war in Berlin Kriminalreporter. Weil er seine Freizeit sinnvoll nutzen will, hat er sich entschlossen, wieder ein bisschen journalistisch zu arbeiten. Er hat sich das Thema Obdachlose ausgesucht und trifft sich deshalb oft mit Linda und Ringo. Und wie gut er mit seinem Rollstuhl umgehen kann, wirst du nachher selbst sehen. Inzwischen ist er in Bad Sachsa bekannt wie ein bunter Hund. Wenn er in ein Geschäft oder in eine Gaststätte will, die nur über eine Treppe zu erreichen ist, dann gibt es immer einen, der ihn aus dem Rollstuhl hebt und in die Gaststätte bringt«, antwortete Pierre.

Südharz, Bad Sachsa, Sonntagabend, 7.September

Als Pierre und Sandra eine Dreiviertelstunde später am Seniorenheim ankamen und aus dem Auto stiegen, blickte Walter ihnen aus dem vorletzten Fenster der zweiten Etage entgegen und verschwand. Langsam wurde es Pierre unheimlich: Woher wusste Vieth von Pierres Kommen, obwohl er das selbst erst vor knapp einer Stunde beschlossen hatte?

Vieth saß im Aufenthaltsraum und trommelte wie üblich mit den Fingern auf den Tisch. Er hob die Kaffetasse und sagte: »Die habe ich in der Zwischenzeit schon fast leegetrunken. Und jetzt möchtest du erfahren, woher ich wusste, dass du heute um kurz nach achtzehn Uhr hierher kommst?« Walter schüttelte den Kopf. »Mein Geheimnis wirst du nie lösen können!«

»Damit werde ich mich abfinden müssen«, antwortete Pierre. Er begrüßte seine Schwiegermutter, die gegenüber von Walter am Tisch saß, kurz die Augen öffnete und sie dann wieder schloss. Nein, sie hatte ihn nicht erkannt. Er streichelte ihre Schulter und setzte sich zu Walter.

Sandra holte sich einen Stuhl vom Nachbartisch und setzte sich neben Pierre.

»Deine schöne Oberkommissarin hast du auch mitgebracht!«, sagte Walter. Walter Vieth schien der Erste zu sein, der nicht bemerkt hatte, dass Sandra und Pierre ein Liebespaar geworden waren, dachte Pierre. Oder aber er zeigte es nicht.

Ohne Umschweife kam Pierre zur Sache. »Waldi, oder Walter Arlet, du hast ihn doch für deine Dokumentation bestimmt schon interviewt?«

»Selbstverständlich!«

Das klingt gut, dachte Pierre und schaute seinen Freund erwartungsvoll an. »Weißt du, woher Walter Arlet sich so gut in den Wäldern des Südharzes auskennt … wo könnte er sich versteckt haben?«

Vieth dachte einen Moment nach. »Arlet hat mir erzählt, dass er Hobbyhöhlenforscher war, bevor ihm Betrüger sein Geschäft genommen haben. Die Karstlandschaft des Südharzes und ihre Höhlen haben ihn besonders fasziniert. Möglicherweise hat er sich in eine der Höhlen zurückgezogen. In Neuhof und Walkenried gibt es einige.«

Pierre sah seinen Freund anerkennend an.

»So ein ehemaliger Kriminalreporter hat doch einiges drauf!«, sagte Walter stolz.

»Vielleicht sollte ich dich bei uns einstellen, bei deiner Erfahrung …«, antwortete Pierre.

»Das wäre nicht gut, ich müsste zu viele Vorschriften beachten!« Dann brachte Walter die beiden Polizisten in das Erdgeschoss des Seniorenheims. Als sie dort ankamen, sagte Walter augenzwinkernd: »Du hast'n verdammt guten Geschmack.«

Wie konnte ich nur davon ausgehen, dass Walter es nicht bemerkt haben könnte, tadelte sich Pierre.

Weil Sandra bei Pierre schlafen wollte und in seinem Kühlschrank Ebbe herrschte, beschlossen die beiden, Barbaras Restaurant einen Besuch abzustatten. Von Dietrich erfuhr Pierre, dass Barbara ins Krankenhaus eingeliefert worden war. Sie hatte eine Lungenembolie erlitten und am gestrigen Tag noch in Lebensgefahr geschwebt. Zum Glück hatten die Ärzte heute Morgen Entwarnung gegeben. »Die ständige Überarbeitung … in den letzten Monaten hat sie manchmal sechzehn Stunden am Tag gearbeitet, das hält doch kein Mensch aus! Ich kann euch leider nur Getränke anbieten.«

Sie tranken einen Kaffee, ließen Barbara gute Besserung ausrichten und verabschiedeten sich von Dietrich. Aus *Ullis Stehpizzeria* holten sie sich zwei Portionen Tortellini und fuhren in Pierres Wohnung. Nach dem Essen setzten sie sich vor Pierres Computer. Er schaltete ihn an. »Wenn wir Waldi finden wollen – vorausgesetzt, er hat sich tatsächlich in einer der Karsthöhlen versteckt – dann brauchen wir einen Experten«, sagte Pierre und suchte, nachdem der Computer hochgefahren war, nach der Telefonnummer des Walkenrieder Heimatvereins. Der Vorsitzende hieß Ralf Busse. Pierre tippte Busses Privatnummer in das Handy ein. Er ließ es über eine Minute klingeln, aber Busse meldete sich nicht. »Ich werde es morgen früh gleich wieder probieren.«

Südharz, Sonntagnacht, 7. September

Sein Blick glitt durch sein göttliches Kabinett. Es war kurz vor seiner Vollendung. Elf Frauen standen in gebührendem Abstand zueinander, und jede akzeptierte respektvoll die Existenz der anderen. Alle Frauen waren herausragende Persönlichkeiten ihrer Zeit gewesen. Die zwölfte fehlte noch, aber es würde nur noch ein paar Tage dauern und Helena würde über den anderen thronen.

Sein zufriedener Blick ruhte auf Neaira. Neaira, die bekannteste Hetäre des Altertums. Er hatte die Bordelle abgesucht, die Straßenstrichs, aber erst die Spargelstraße in der Nähe von Gifhorn, an der die Prostituierten mit ihren Wohnwagen auf ihre Kundschaft warteten, hatte ihn zu Silke Kretschmar geführt. Sie war die ideale Besetzung für Neaira gewesen. Attraktiv. Hochintelligent. Und Silkes Kunden stammten wie Neairas nur aus den höchsten Gesellschaftskreisen. Er hatte es geschafft, ihre besonderen Charaktereigenschaften in ihrer Mimik zu vereinen. Den lasziven Blick der Hure, den berechnenden Blick der Geschäftsfrau …

Genießerisch blickte er auf Jeanne d'Arc. Ihr Mut, ihre Unabhängigkeit waren unverkennbare Eigenschaften, die er ihrem Gesicht geschenkt hatte. Nach ihr hatte er lange suchen müssen, aber schließlich hatte ihm der General eines der *Wolfskinder* geschenkt.

Oder Agrippina die Jüngere. Ihre Hinterlist, ihre Gier nach Macht hatte er in ihrem Gesicht eingefroren.

Elf Frauen hatte er zu Halbgöttinnen, zu Unsterblichen gemacht. Aber die zwölfte, die alle überragende Schöne Helena fehlte noch. In sieben Tagen würde Sandra bereit sein und als Helena das göttliche Kabinett vollenden. Er hatte für Helena ein Podest gebaut, hatte Sandras Ganzkörperfoto auf Originalgröße gebracht, auf eine Pappe geklebt und auf das Podest gestellt. Schon jetzt fielen die bewundernden Blicke der untergeordneten Halbgöttinnen auf Helena.

Ja, er war der Experte, der Künstler, der jeden Gesichtsausdruck meisterlich kreieren konnte. Hunderte von Fotos hatte er von Sandra geschossen. In jeder Aufnahme, aus jeder Perspektive offenbarte die schöne Oberkommissarin die Göttlichkeit Helenas!

In den vergangenen Tagen hatte er Sandras Gesicht immer wieder ausgemessen. Er hatte eine Maske angefertigt, auf die er Sandra Gesichtshaut schweißen würde. Alle Punkte ihres Gesichts waren so geformt, dass ihre unvergleichlichen Charaktereigenschaften für jeden Beobachter schon beim ersten Anblick deutlich wurden: Sinnlichkeit, Überlegenheit, Macht.

Sandras Metamorphose zu Helena würde länger dauern als die der anderen Halbgöttinnen und würde auch anders verlaufen. Er brauchte ihre gesamte Körperhaut, so wie die Priester der Azteken. Er würde Sandras Körperhaut wie ein Mantel überstülpen, aber keine dreißig Tage tragen, sondern nur vier, das war ausreichend.

Sandra und er würden den Kreislauf von Tod, Wiedergeburt und Erneuerung durchlaufen. Am Donnerstagabend würde Sandra den irdischen Tod sterben, am Samstag wiedergeboren und am Sonntag der Prozess der Erneuerung abgeschlossen sein! Er selbst würde Sandras Kraft und Geist aufsaugen. Seine eigene Metamorphose würde er einen Tag später beendet haben. Dann würde Helena die Mittlerin zwischen den elf anderen Halbgöttinnen und ihm, ihrem Gott, sein.

Er dachte an die letzten Jahre zurück. Der General und er. Eine Symbiose auf Lebenszeit, aber sie war nun zu Ende gegangen, Sandra hatte ihm die Kraft dazu gegeben. Der General hatte ihn schon in Noworossyisk vor den störenden Mordermittlungen geschützt und einen Unschuldigen als Täter präsentiert. Natürlich wollte der General dafür Gegenleistungen und er, der Künstler, hatte sie immer erfüllt.

Der Ablauf der folgenden Tage war genau festgelegt. Am Dienstagabend würde er Sandra zu sich holen und am Mittwochmorgen würde Rexilius liquidiert werden. Der General hatte dafür seine besten Leute abgestellt.

Südharz, Walkenried, Montag, 8. September

Rolf Busse, der Vorsitzende des Walkenrieder Heimatmuseums, hatte die Polizisten im Vereinsraum in der ehemaligen Grundschule in Walkenried empfangen. Sie gingen in einen abgedunkelten Nebenraum, in dem Stühle für die Polizisten standen. Sie setzten sich und Busse schaltete einen Beamer an, der eine Karte mit der Lage der Höhlen in Walkenried auf eine Leinwand warf. Mit einem Laserpointer fuhr Busse über die Karte und erläuterte die Verteilung der Höhlen. »In der Nähe von Kutzhütte gibt es ein Gipsblasenfeld. Die Gipsblasen sind aber für die Beherbergung von Menschen zu klein. Im Waldgebiet zwischen Walkenried und Ellrich gibt es mehrere Höhlen, die meisten von ihnen werden vom Wasser geflutet, ein längerer Aufenthalt in ihnen ist nicht möglich. Eigentlich kommt nur eine Höhle in Frage: die Himmelreichhöhle. Mit hundertsiebzig Metern Länge, bis zu achtzig Metern Breite und einer Höhe von zehn Metern ist sie eine der größten Höhlen Deutschlands und damit für einen längeren Aufenthalt geeignet. Für den normalen Publikumsverkehr ist sie nicht geöffnet, weil der Haupteingang direkt in einem Eisenbahntunnel liegt. Während der Tunnelbauarbeiten 1868 stieß man auf die Höhle. Wenn der Obdachlose ein Höhlenfachmann ist, dann war er schon in der Höhle und kennt auch die drei Zugänge. Ich vermute, dass er in den Eisenbahntunnel zwischen Walkenried und Ellrich gegangen ist und dort das Tor geöffnet hat.«

»Gut«, sagte Pierre, »dann fahren wir jetzt dorthin.«

In einem Waldstück am westlichen Rand des Kupferberges hatten zwei Männer ihre Beobachtungsposition erreicht. Keine zehn Meter von ihnen entfernt standen zwei Geländemotorräder, die ihnen eine schnelle Flucht ermöglichen würden. Einer der beiden Männer lag am Boden und betrachtete das Treiben der Polizisten in der Nähe des Bahnübergangs durch sein hochauflösendes Zielfernrohr. Er grinste. »Ich hätte nie gedacht, dass die Bullen jemals mit uns zusammenarbeiten würden«, sagte er, ohne den Blick vom Schauplatz zu wenden. »Sie werden uns die Obdachlosen sozusagen auf dem Silbertablett servieren.« Er lachte spöttisch.

Der andere Mann, der die Umgebung mit einem Fernglas absuchte, stimmte in das Lachen ein. »Wie groß ist die Schussdistanz?«

»Etwas über zweihundert Meter. Ein Kinderspiel. Ehe sie bemerken, dass das Pack tot ist, sind wir schon verschwunden.« Der Plan der beiden Männer war einfach: Wenn die Polizisten mit den Obdachlosen aus der Höhle kamen, dann mussten sie neunhundert Meter parallel zu den Eisenbahnschienen gehen, bevor sie in die Nähe des Bahnübergangs kamen, wo die Polizeifahrzeuge standen. Sobald sie dort ankamen, würde der Schütze die Obdachlosen töten. Danach würden sie mit ihren Enduros durch kleinere Waldstücke und Felder in die Nähe von Ellrich fliehen, wo ein Transporter wartete, in den sie die Maschinen verfrachten würden. Unerkannt würden sie von dort aus in ihr »Hauptquartier« im Harz fahren.

Der Schock über Ringos Tod hatte Linda teilnahmslos gemacht. Waldi musste sie die ganze Zeit während der Flucht von Bad Sachsa nach Walkenried wie eine Marionette führen, aber das war auch der Grund, weshalb er Linda überhaupt in die Himmelreichhöhle hatte bringen können. Waldi erinnerte sich daran, wie er vor über zwanzig Jahren die Höhle zum ersten Mal begutachtet hatte. Der mannshohe, unscheinbare Zugang, der mit einem Tor abgesichert worden war, lag etwa in der Mitte des Eisenbahntunnels zwischen Walkenried und Ellrich. Über den Gang war Waldi in die Haupthalle der Karsthöhle gelangt. Jedes Mal, wenn ein Zug durch den Eisenbahntunnel gefahren war, hatte es in der Höhle gedröhnt und gedonnert. Er hatte sich wie in einer Bahnhofshalle gefühlt.

Erst als am Montagmorgen der erste Schock langsam nachließ und ein Donnern und Dröhnen des wieder eingesetzten

Zugverkehrs die Höhle alle halbe Stunde erschütterte, fragte Linda Waldi, wo sie sich aufhielten.

Als Waldi es ihr sagte, wurde Linda panisch. »Ich muss hier raus, Waldi, in Höhlen habe ich eine schreckliche Angst. Bring mich hier raus. Schnell!«, schrie sie. Linda zerrte an Waldis Kleidung, dann kauerte sie sich auf den Boden und hielt die Hände vors Gesicht. An einen längeren Aufenthalt in der Höhle war nicht mehr zu denken.

Walter Arlet packte alle Sachen zusammen. Dann gingen sie hinaus und setzten sich neben das Eingangstor.

Linda entspannte sich ein wenig, als sie bemerkte, dass sie sich in einem Eisenbahntunnel befanden. Zum Glück sah sie das Licht der beiden Tunnelöffnungen und fühlte sich nicht mehr eingeschlossen. Der Zug, der eine Viertelstunde später an ihnen vorbeifuhr, störte die Frau nicht einmal.

»Linda«, sagte Waldi eindringlich, »wir können hier nicht bleiben. Wenn diese Mörderbande herausbekommt, wo wir uns aufhalten, dann werden sie hier auftauchen ...« Arlet brach mitten im Satz ab. Von der Walkenrieder Seite des Tunnels bewegte sich eine Gruppe von sechs Leuten auf die Tunnelöffnung zu. Noch war sie gut einen Kilometer vom Standort der Obdachlosen entfernt und eine Flucht nach Ellrich war möglich, ohne dass sie bemerkt würden, dachte Waldi.

Linda hatte die Gruppe auch gesehen.

»Verdammter Mist, da kommen sie. Schnell, wir müssen auf die Ellricher Seite fliehen. Wir können sie zwar sehen, die uns aber nicht!«, sagte Waldi nervös.

Linda blieb erstaunlich ruhig. »Gib mir dein Fernglas, Waldi!«

Arlet griff in seinen Rucksack und reichte Linda irritiert den Feldstecher, den sie sofort an die Augen hielt.

»Ich hab's gewusst. Ich hab's gewusst«, jubelte Linda. »Pierre hat uns gefunden! Jetzt sind wir in Sicherheit!« Sie packten ihre Habseligkeiten zusammen und gingen den Polizisten entgegen. Noch im Tunnel trafen sie sich.

»Das wurde aber auch Zeit, Pierre, wir dachten schon,

du würdest uns sterben lassen«, sagte Linda freudig und umarmte den Hauptkommissar.

Sie lösten die Umarmung und Pierre sagte: »Linda, Ringo hat nicht gelitten. Der Mörder hat ihn im Schlaf erschossen ...«

Linda nickte. »Er wollte nicht mit uns fliehen, und als wir in die ehemalige Pension gegangen sind, hat er sich in den Schlafsack gelegt und ist eingeschlafen!«

»Dich trifft keine Schuld. Wenn ihr bei Ringo geblieben wärt, dann wärt ihr jetzt auch tot«, antwortete Pierre.

Linda nickte, Tränen standen in ihren Augen. Sie schniefte. »Das ist Walter Arlet, auch Waldi genannt. Er hat diesen verdammten Mörder gesehen!«, sagte sie schließlich.

Walter gab Pierre die Hand. »Ja, ich habe sein Gesicht gesehen! Woher wussten Sie, dass wir uns in die Höhle zurückziehen würden?«, fragte Waldi erstaunt.

»Ich habe einen Freund, der seine Beine bei einem Autounfall verloren hat. Vor seiner Pensionierung war er ein renommierter Kriminalreporter in Berlin ...«

»Walter Vieth!«, rief Waldi.

Pierre nickte. »Was genau wissen Sie über den Mörder?«

Arlet erzählte von seinem Erlebnis in Nordhausen, wo der Mörder Einstein getreten hatte, von seiner Beobachtung am Oderstausee und von dem Tag, als er dem Mörder in der Nähe der St. Nicolai-Kirche in Bad Sachsa in die Augen gesehen hatte.

»Können Sie sein Gesicht beschreiben?«, fragte Pierre.

»Dieses Gesicht werde ich mein Leben lang nicht mehr vergessen. Vor allem die Augen! Ich habe ihn von einer Hütte am Oderstausee mit meinem Fernglas beobachtet. Sein Gesicht war mit schwarzer Tarnfarbe bemalt, die Augen aber waren deutlich erkennbar.«

»Dann wird unser Phantombildzeichner ein gutes Fahndungsfoto erstellen können.«

Dann gingen sie zu den Fahrzeugen zurück. Als die Gruppe nur noch zehn Meter von den Autos entfernt war, bemerkte Pierre ein verräterisches Blitzen. Ein Zielfernrohr!

»Alle runter auf den Boden!«, brüllte Pierre.

Aber die Warnung kam zu spät. Walter Arlet fiel – getroffen von einem Geschoss in der Brust – wie ein gefällter Baum auf den Rücken. Ein zweiter Schuss traf Linda. Sie hatte mehr Glück als Waldi. Die Kugel traf sie im linken Oberarm.

Einen Moment war es still, dann war das Brummen von Motorrädern aus einem etwa zweihundert Meter entfernten Wald zu hören.

»Die Schützen fliehen«, rief Pierre, »Jürgen und Karl, hinterher!« Pierre fasste Waldi an die Halsschlagader. »Waldi lebt – sein Puls ist schwach, aber er lebt!« Er griff zum Handy und forderte über Notruf den Rettungshubschrauber aus Nordhausen und weitere Krankenwagen aus der näheren Umgebung an. »Der Helikopter wird in fünf Minuten eintreffen.«

Der Schuss hatte das Herz des Obdachlosen verfehlt, aber das Sternum durchschlagen. Blut quoll aus dem Brustkorb. Pierre hörte ein Zischen. »Der Thorax ist offen«, sagte Pierre und wollte zum Fahrzeug rennen, um den Erste-Hilfe-Kasten zu holen.

»Nehmen Sie das«, sagte Busse, der plötzlich hinter Pierre stand. Er gab dem Polizisten ein Dreieckstuch, das er aus seiner Sanitätstasche geholt hatte, die er bei jeder Höhlenführung mitnahm.

Pierre drückte es sofort auf Arlets Brustkorb. Erst jetzt nahm Pierre die Schmerzensschreie von Linda wahr, die inzwischen von Sandra versorgt worden war. Busse hatte Sandra kurz vorher ein Dreieckstuch gegeben, mit dem sie Lindas Arm abgebunden hatte, weil eine Arterie zerfetzt worden war und Linda zu verbluten drohte.

Fast zeitgleich trafen Krankenwagen und Rettungshubschrauber ein. Der Hubschrauber landete auf einem abgeernteten Feld, nur zwanzig Meter von Waldi entfernt. Wenig später rannten ein Notarzt und zwei Sanitäter mit Trage auf die Verletzten zu.

Pierre gab ihnen ein Zeichen.

Der Notarzt untersuchte Waldi. »Sieht übel aus«, sagte er,

griff mehrmals in seinen Arztkoffer und legte einen Tropf und Verbände an.

Die beiden Sanitäter hoben Waldi vorsichtig auf die Trage und brachten ihn zum Hubschrauber.

»Wird er durchkommen?«, fragte Pierre den Notarzt.

»Wenn wir ihn auf den Operationstisch bekommen, bevor er stirbt, vielleicht … aber es sieht schlecht aus!«, antwortete der Arzt und rannte zum Helikopter zurück. Eine knappe Minute später hob der Hubschrauber vom Boden ab. Die ganze Zeit über hatte Einstein regungslos neben seinem Herrchen gesessen. Es schien, als spürte er, dass Waldi vielleicht bald sterben würde. Als der Obdachlose mit der Trage zum Hubschrauber gebracht wurde, lief der Hund nebenher. Und als der Helikopter abhob, blieb der Hund am Boden sitzen und blickte dem Hubschrauber hinterher, bis er hinter dem Horizont verschwand.

Inzwischen war auch der Krankenwagen, der Linda aufgenommen hatte, mit Martinshorn und Blaulicht in Richtung Herzberger Krankenhaus abgefahren.

Sandra ging zu Pierre. »Was machen wir jetzt mit dem Hund?«

»Wir nehmen ihn erst einmal mit in die Inspektion.«

Südharz, Inspektion Osterode,
Montagnachmittag, 8. September,

Als sich die Mordkommission am Nachmittag traf, war die Stimmung gedrückt. Eckert und Stecher waren erfolglos von ihrer Jagd nach dem Schützen in die Inspektion zurückgekehrt. Auch die Alarmierung thüringischer Polizeieinheiten hatte keinen Erfolg gebracht. Die flüchtigen Motorradfahrer waren spurlos verschwunden.

Sandra saß nachdenklich auf ihrem Stuhl und schien in einer anderen Welt zu sein.

Junge zog ein grimmiges Gesicht und Pierre gab sich die Schuld am Scheitern der heutigen Aktion.

»Ich habe den Mörder unterschätzt«, sagte er, »ich hätte ahnen müssen, dass er versuchen würde, die beiden Obdachlosen zu töten.«

»Das ist Quatsch. Wie solltest du ahnen, dass ein Scharfschütze auf die beiden Obdachlosen lauert? Dass die Obdachlosen in der Himmelreichhöhle sein könnten, haben wir von Busse erst drei Stunden vor dem Anschlag erfahren!«, sagte Eckert.

»Dann besteht nur die Möglichkeit, dass der Mörder uns observiert hat!«, vermutete Eckert.

»Nein, das hätten wir bemerkt«, wandte Junge ein.

»Verdammter Mist«, sagte Stecher, »ich glaube, ich habe einen Fehler gemacht. Schmitti aus meiner Abteilung konnte mich über mein Handy nicht erreichen, weil der Akku leer war. Er hat mich über Polizeifrequenz angefunkt. Er wollte etwas über den Fall wissen, an dem ich gearbeitet habe, bevor ich zu euch versetzt wurde. Ich habe gesagt, dass ich erst zur Himmelreichhöhle muss. Wenn wir dort fertig wären, kämen wir nach Osterode zurück. Dann würden wir über den Fall sprechen.«

»Dann hat entweder der Mörder den Polizeifunk abgehört oder wir haben einen Kollegen in unseren Reihen, der den Täter informiert hat«, sagte Marc. »Außerdem muss er beweglich gewesen sein, schon alle notwendigen Utensilien für den Anschlag dabeigehabt haben, und er muss sich in Walkenried gut auskennen!«

Pierre glaubte mehr daran, dass es in der Inspektion einen Maulwurf gab, der den Mörder vorher informiert hatte. Sie würden der Angelegenheit später nachgehen müssen.

»Wir müssen die beiden Verletzten in den Krankenhäusern beschützen. Im Moment sind sie zwar noch in den Operationssälen und einigermaßen sicher, aber danach werden sie auf die Intensivstationen gebracht. Wenn sie herausfinden, dass Linda überlebt hat, dann werden sie einen weiteren Mordversuch unternehmen. Sollte Walter Arlet überleben, gilt das Gleiche. Ich werde die Kollegen in Nordhausen unterstützen«, sagte Pierre.

Eckert und Stecher erklärten sich bereit, Linda zu bewachen.

Sandra war die ganze Zeit über still gewesen. Die Ereignisse des heutigen Tages hatten sie nachdenklich gemacht. Sie hatte wieder das Bild vor Augen, als Waldi, urplötzlich von einer Kugel getroffen, auf dem Boden gelegen hatte. Der Notarzt hatte ihm kaum eine Überlebenschance gegeben. Sie sah Linda, der der Schütze den Oberarm zerfetzt hatte, wahrscheinlich musste der Arm amputiert werden. Alles war so schnell gegangen. Und so unvorhersehbar. Selbst Pierre mit seiner unvergleichlichen Intuition hatte den Mordanschlag auf die beiden Obdachlosen nicht verhindern, ja, noch nicht einmal vorhersehen können. Irgendetwas in ihrem Unterbewusstsein nagte an ihr, sagte ihr, dass sie nicht mehr viel Zeit hatte, um die Geräte, die ihren Vater am Leben hielten, abschalten zu lassen. Vielleicht würde sie bald, sehr bald nicht mehr die Möglichkeit dazu haben.

Sie wusste nicht warum, aber in diesem Moment tauchten die Bilder des Mörders vor ihrem inneren Auge auf.

Seine Körpergröße. Die Gewalt und Kraft, die von ihm ausging. Und seine Unbarmherzigkeit.

Ein Schauer lief durch ihren Körper. Sandra fasste einen Entschluss: Sie würde morgen ihren Vater im Pflegeheim ein letztes Mal besuchen und am Mittwochmorgen die Ärzte beauftragen, die lebenserhaltenden Geräte abzuschalten. Ihr Vater würde endlich seine verdiente Ruhe finden. Sie würde den heutigen Abend und den morgigen Vormittag nutzen, um die Freunde und Bekannten über ihren Schritt zu informieren und um Verständnis für ihre Entscheidung zu bitten.

Sie schaute Pierre an. Sie würde ihn nicht in die Klinik nach Nordhausen begleiten. Sie musste allein sein. »Ich werde nicht mitkommen, Pierre«, sagte Sandra, »ich werde mit den Ärzten meines Vaters sprechen. Sie sollen die Geräte abschalten, damit er endlich erlöst ist.«

Pierre nickte.

Südharz, Herzberg, Dienstagnachmittag, 9. September

Der mechanische Blasebalg hob und senkte sich. Monoton wie ein Metronom. Zuverlässig und erbarmungslos zugleich.

Sie hielt seine schlaffe Hand, lange hatte sie gehofft, dass er so, wie früher in ihrer Kindheit, ihre Hand drücken, ihr Gesicht streicheln würde. Aber diese Kindheitserlebnisse hatten sich nicht wiederholt.

Seine Lider flatterten leicht, wie so oft. In der Anfangszeit seiner Bewusstlosigkeit hatte sie geglaubt, gehofft, dass dies ein gutes Zeichen wäre, dass er aufwachen und wieder in ihr Leben treten würde. Als Vater, der für sie da war, aber für den auch seine Tochter sorgte. Jedes Mal wurden ihre Hoffnungen erneut zerstört.

Wenn ich ihm nur helfen könnte, hatte sie sich immer gesagt. Einen Teil ihres Körpers hätte sie ihm gegeben. Auch, wenn er es strikt abgelehnt hätte. Auch dann.

Gleich zu Anfang seines Komas hatten die Ärzte und Schwestern gesagt, sie solle so mit ihm reden, als säße er ihr normal gegenüber und höre zu. Vielleicht bekomme er ja alles mit. Es habe Fälle gegeben, da seien Patienten nach Jahren aufgewacht … und hätten sich an die Besuche ihrer Angehörigen erinnern können.

Anfangs hatte sie sich an diese Hoffnung geklammert. Sie hatte mit ihm über die Zeit gesprochen, als sie noch eine glückliche Familie waren. Als seine Frau und ihre Mutter noch lebte. Den körperlichen Verfall und das Leiden ihrer Mutter hatte sie ausgelassen.

Manchmal hatte sie ihn angefleht aufzuwachen. Wieder zu sein wie früher. Nie hatte er ihr Flehen erhört.

Dann hatte sie sich bei ihm bedankt dafür, dass er sich liebevoll um sie gekümmert hatte. In jeder Minute, die ihm zur Verfügung gestanden hatte. Wie er sie auf all ihren Wettkämpfen begleitet hatte und zu einer wichtigen Stütze geworden war. Nie wäre sie ohne ihn so weit gekommen.

Irgendwann begann sie, von ihrer Arbeit zu erzählen. Über

die Fortschritte, die Rückschläge. Und wenn sie einen Mordfall gelöst hatten, dann beschrieb sie ihm euphorisch jeden einzelnen Schritt auf dem Weg zum Erfolg. Oft stand Pierre im Mittelpunkt. Mit seiner unvergleichlichen Intuition. Stolz war sie, mit ihm arbeiten zu können. Vielleicht würde sie eines Tages so gut sein wie er. Pierre hatte ihr einmal gesagt, dass sie das Zeug dazu habe. Und nun hatte Pierre ihr seine Liebe gestanden und sie waren endlich ein Paar geworden.

Sie sah wieder auf das Gesicht ihres Vaters. Farblos war es geworden in all den Jahren. Eingefallen. Zerfurcht. Und seine klugen Augen waren hinter dem geschlossenen Vorhang der Augenlider verborgen. Ihr Einsteinchen, wie sie ihn immer genannt hatte, würde nicht mehr zurückkommen in diese Welt. Die Tränen strömten aus ihr heraus, fielen auf den Fußboden und zerplatzten wie die Hoffnung.

Sie hatte sich entschieden, Pierre hatte ihr die Kraft gegeben.

Voller Entschlossenheit kehrte Sandra in ihr Haus zurück, noch morgen früh würde sie die Formalitäten für das Abschalten der Geräte erledigen.

Zu Hause in ihrem Badezimmer ließ Sandra Wasser in die Wanne laufen. Dann ging sie in die Küche, schaute ihre Post durch, warf die Werbung in den Mülleimer und aß zwei Toastbrote mit Käse. Die Badewanne war inzwischen voll, sie drehte den Hahn zu und legte sich ins heiße Wasser.

Am liebsten hätte sie das Licht ausgeschaltet und die Embryonalstellung eingenommen. Sich wie im warmen Mutterleib gefühlt, abgeschottet von der Außenwelt, geschützt vor den Ungerechtigkeiten dieser Welt. Sie dachte wieder an ihren Vater.

Sie stieg aus der Badewanne, trocknete sich ab und zog ihren Jogginganzug an. Sie setzte sich auf die geschlossene Toilette und verharrte. In den letzten Tagen hatte sie immer wieder über die Körperhaltung des Mörders nachgedacht. Sie hatte ihn am Parkplatz Priorteich im Wald gesehen, als er auf dem Motorrad saß und geflohen war. Und ein zweites Mal, als die

Jungen aus Seershausen ihn gefilmt hatten ... aber ... sie hatte ihn noch ein drittes Mal gesehen! Sie wusste jetzt auch, wo. Sie musste unbedingt Pierre anrufen, sie musste ihm den Namen des Mörders nennen. Sie rannte aus dem Bad und wollte ins Wohnzimmer laufen. Aber Sandra kam nicht weit. Das Licht im Flur war ausgeschaltet, ein schraubstockartiger Arm hielt sie in der Dunkelheit auf, ließ sie keinen weiteren Zentimeter zurücklegen. Dann spürte sie etwas Weiches auf Mund und Nase und schließlich roch sie den ekelhaften Gestank von Äther. Sekunden später fiel sie in tiefe Bewusstlosigkeit.

Südharz, Dienstagnachmittag bis Nacht, 8. September

Am Dienstagnachmittag hatte Pierre die Klinik in Nordhausen verlassen und war in die Inspektion zurückgekehrt. Waldi war nach der Operation auf die Intensivstation gebracht worden. Sein Zustand war unverändert, es bestand akute Lebensgefahr und die Ärzte wussten nicht, ob Walter Arlet den Anschlag überleben würde. Pierre hatte die ganze Nacht kein Auge zugemacht, aber das war nicht notwendig gewesen, es war ruhig geblieben. Das hatte auch Eckert auch aus dem Herzberger Krankenhaus gemeldet. Möglicherweise wurde kein weiterer Versuch unternommen, die Obdachlosen zu töten, weil die Polizeipräsenz zu stark für einen erfolgsversprechenden Anschlag war.

Immer wieder hatte Pierre über die Identität des Mörders nachgedacht, war aber kein Stück weitergekommen. Eckert, der eine halbe Stunde vor Pierre in die Inspektion zurückgekehrt war, hatte Pierre den Vorschlag gemacht, in das Computernetz der Petermann KG einzudringen. Nur so konnten sie die Ermittlungen weiterbringen, glaubte er. Pierre willigte ein.

Eine Stunde später ging Eckert den Hauptraum seines Computerclubs in Herzberg.

Spydi, das Hackerass des Computerclubs, saß an seinem Computer. Seine flinken Finger flogen über die Tastatur. Eckert stellte sich hinter ihn, aber er bemerkte den Polizisten erst, als der ihm auf die Schulter tippte. »Willst du mich jetzt verhaften?«, fragte das Computergenie.

Eckert schüttelte den Kopf.

»Du willst etwas von mir, stimmt's?«`

Eckert nickte.

Einen Moment blickte Spydi ihn an. »Besser, wir benutzen das Labor.« Das Labor war ein etwa zwanzig Quadratmeter großer Raum, in den sich die Mitglieder des Clubs zurückzogen, wenn nicht ganz rechtmäßige Aktionen durchgeführt wurden. Eckert und das Hackerass gingen in den speziellen Raum und setzten sich vor den leistungsfähigsten Computer. Spydi, der mit richtigen Namen Josef Hulz hieß, sah nicht aus, wie die meisten sich ein Computergenie vorstellten, schwächlich und blass. Hulz war einen Meter neunzig groß, hatte einen ziemlich dicken Bauch und wäre mindestens einmal in Konflikt mit dem Gesetzt gekommen, wenn Eckert ihm nicht geholfen hätte. Dafür war Spydi ihm dankbar und schuldete seinem »Bullenfreund« mindestens einen Gefallen, den Eckert allerdings nie eingefordert hatte. »Du willst in irgendein Netzwerk eindringen, weil ihr bei euren Ermittlungen nicht weiterkommt, stimmt's?«

»Ich brauche Daten aus dem Netzwerk der Petermann KG«, sagte Eckert. Josefs Augen leuchteten. Irgendwie, so dachte Eckert, musste das Computergenie schon Bekanntschaft mit dem Konzern gemacht haben. Hulz rieb sich freudig die Hände. »Ich werde dir alles an Daten besorgen, das du brauchst, um dieser Schweinebande eins auszuwischen. Ich werde sie mit einem wunderbaren Trojaner besuchen, den ich erst vor zwei Wochen entwickelt habe. Und damit sie nicht so leicht herausbekommen, wer ihnen den Trojaner geschenkt hat, werde ich den über TOR verschicken, stimmt's?« TOR war ein Netzwerk zur Anonymisierung der Verbindungsdaten. »Wenn sie gut sind«, fuhr er fort, »brauchen sie einen Tag, um den Absender meines ‚Holzpferds' zu ermitteln, aber dann stehen die Typen vor dem zweiten Problem: Sie werden nicht meinen Namen finden, weil ich den Trojaner über ein Handy mit Prepaid-Karte verschicke, das ich unter falschen Namen erstanden habe! Sie könnten zwar eine Ortung vornehmen, aber die hat eine Genauigkeit von maximal hundert Metern. In diesem Umkreis wohnt ne ganze Menge Leute, stimmt's?«

»Du böser Bube«, sagte Eckert mit einem verschmitzten Lächeln. »Warum bist eigentlich so sauer auf die Petermanntruppe?«

»Die haben Schläger zu meinem Cousin geschickt und ihn gezwungen, seinen Zweiradladen zu verkaufen. Für einen Apfel und ein Ei! Normalerweise gibt mein Cousin nicht so schnell nach, aber er fürchtete um das Leben seiner Familie. Sie drohten, seinen beiden kleinen Kinder oder seiner Frau etwas anzutun, wenn er nicht auf den Deal eingehe. Das war eine richtige Mörderbande – wahrscheinlich Russenmafia – und mit denen wollte er sich nicht anlegen. Vor einem Monat hat er herausgefunden, dass die Petermann KG seinen Laden übernommen hat.«

»Hm. Jetzt verstehe ich«, sagte Eckert und griente.

»Was verstehst du?«, fragte Spydi.

»Dein neuer Trojaner! Du hast ihn entwickelt, um der Petermann KG eins auszuwischen!«, sagte Eckert. »Hast du ihn etwa schon eingesetzt?«

Spydi schmunzelte. »Na ja, ich hab ihn die letzten beiden Wochen schon getestet. Er ist ein wahres Rennpferd, stimmt's? Dass ich heute von dir sozusagen einen Auftrag bekommen habe, passt gut. Komm in vier Stunden wieder, ich glaube, dann werde ich umfangreiches Material für dich haben.«

Vier Stunden später saßen Eckert und Hulz wieder vor dem Hochleistungscomputer. Spydis Gesicht strahlte. »Ich bin in das Innere dieser Petermann KG eingedrungen, Jürgen. Alle Daten, die ich transferiert habe, habe ich dir auf eine externe Festplatte kopiert. Fünfzig Gigabyte – du hast einiges auszuwerten, stimmts?

Eckert nickte. »Danke, Josef! Und du versprichst mir, mit weiteren Aktionen gegen die Petermann KG abzuwarten, bis wir die Mordfälle gelöst haben?«

Schweren Herzens gab Spydi ihm das Versprechen. Danach aber würde er alles unternehmen, um das Netzwerk der Petermann KG zu zerstören. Das war so sicher wie das Amen in der Kirche. »Ach, da ist noch was«, sagte Spydi, »die Petermanntruppe hat zwei Netzwerke. Eins ist in Nordhausen, eins im Harz, bei Sorge, stimmts?«

»Wie hast du denn das wieder herausgefunden?«, fragte Eckert.

Spydi zuckte mit den Schultern.

Eckert griff zum Handy, um Pierre über die neue Entwicklung zu informieren.

»Du kommst jetzt zu mir und bringst mir die Festplatte«, antwortete Pierre.

Oberharz, Dienstagnacht, 9. September

Andächtig saß er in seinem Labor, keine drei Meter von Sandra entfernt. Behutsam hatte er die betäubte Sandra ausgezogen, auf die Liege gelegt und schließlich gefesselt. Zum ersten Mal hatte er sie in ihrer vollen Schönheit aus nächster Nähe gesehen. Alles an ihr war makellos. Die Brüste, die Scham, ihre Haut. In dem Licht, das er gewählt hatte, schimmerte ihre Haut bronzefarben. Wie eine mediterrane Halbgöttin. Wie Helena …

Aber … er musste noch ihren Gesichtsausdruck reinigen, der war voll der Liebe für diesen grässlichen Kommissar Rexilius. Er würde diesen Blick nachhaltig zerstören müssen, erst dann war Sandra reif für die Metamorphose.

Wieder begannen seine Hände in Erwartung auf das kommende Ereignis zu zittern. Noch nie hatte er so stark auf eine Frau reagiert.

Zerstöre den verliebten Blick, der auf Rexilius gerichtet war, sagte er sich wieder, bis Sandras bewundernder Blick auf ihn, ihren Gott gerichtet, sein würde. Das Mittel hierfür besaß er schon seit langem, dachte er und blickte voller Vorfreude auf eine der Ampullen, die vor ihm auf seinem Schreibtisch lagen. Er stand von seinem Stuhl auf und stellte sich vor die Liege, auf der Sandra lag. Er entfernte die Haltegurte von ihren Armen und Beinen. Minutenlang wanderte sein genießerischer Blick über Sandras Körper.

Er befestigte wieder die Haltegurte an Sandras Gliedmaßen, damit sie nicht, sollte sie während seiner Abwesenheit aufwachen, versuchte zu fliehen. Er ging zur Tür, warf noch einen verliebten Blick auf seine zukünftige Göttin und verließ den Raum. Mehrmals verschloss er die Tür von außen. In etwa einer Stunde, wenn sie aufwachte, würde er wieder in sein Labor kommen. Zum ersten Mal würde es dann einen Kontakt zwischen einem Gott und einer Halbgöttin geben.

Der Nebel war dünner geworden, die Konturen des Raumes begannen deutlicher zu werden. Schließlich bemerkte Sandra, dass sie in einer Art Labor war. An den Wänden standen Glasschränke, gefüllt mit braunen und durchsichtigen Fläschchen und Ampullen. Sie lag nackt auf einer Pritsche – dieses Schwein hatte sie ausgezogen und gefesselt.

Sie war in der Gewalt des Mörders!

Für einen Moment wurde ihr schwarz vor den Augen, sie schien wieder in die Bewusstlosigkeit zu fallen, aber mit aller Willenskraft, die ihr geblieben war, vermochte sie der Ohnmacht zu entgehen. Ihr Mund war trocken, der Geschmack auf ihrer Zunge ekelhaft. Die Erinnerung an das, was in der Nacht passiert war, kehrte zurück. Der Arm, der sie festgehalten hatte, als sie aus dem Badezimmer kam, das Tuch auf Mund und Nase und der Gestank von Äther … Wo hatte er sie hingebracht? Ins Jagdschloss? Wie viel Zeit war seitdem vergangen? Unwillkürlich schaute sie auf ihr linkes Handgelenk. Aber die Uhr hatte ihr der Mörder abgenommen.

Sandra wusste, dass sie nicht mehr lange zu leben hatte.

Warum hatte es das Schicksal nicht gut mit ihr gemeint? Lange Jahre hatte Sandra darauf gewartet, dass Pierre sie endlich in seine Arme schließen würde. Sie hatte ihn von Anfang an geliebt. Vom ersten Tag an, an dem sie ihren Dienst in der Inspektion Osterode begonnen hatte.

Und jetzt? War alles schon wieder vorüber, bevor es richtig begonnen hatte. Tränen rannen ihr aus den Augenwinkeln und tropften die Schläfe entlang auf das Leder der Liege.

Was sollte aus ihrem Vater werden? Warum hatte sie nicht schon vor Jahren seine lebenserhaltenden Apparaturen abschalten lassen und ihm die verdiente Ruhe verschafft?

Eine Tür öffnete sich, Sandra sah wie ein großer, in einem weißen Kittel gekleideter Mann in den Raum kam. Er hatte eine schwarze Maske mit Augenschlitzen auf. Sandra erkannte die kalten Augen, die sie schon bei dem Motorradfahrer gesehen hatte, der in der Nähe des Priorteichparkplatzes die beiden Opfer fotografiert hatte und dann geflohen war.

Er schritt langsam auf sie zu und nahm seine Maske ab. Er hätte die Maske nicht abnehmen müssen. Sandra wusste, dass es Andersen war.

Andersen, der Vorsitzende des Bad Lauterberger Segelclubs! Pierre hatte ihn kurz nach Auffinden der ersten Leiche befragt!

Ihre Entsetzensschreie hallten durch den Operationssaal.

Südharz, Bad Sachsa,
Mittwochmorgen bis -mittag, 9. September,

»Wir haben den gesamten E-Mail-Verkehr der letzten Wochen, die Bilanzen der Petermann KG und einige auffällige Dateien transferiert«, sagte Eckert gähnend. »Sehr gut, Jürgen. Ich habe noch einen Auftrag für dich, bevor du nach Hause fahren kannst. Ich kopiere die Daten, die auf der

Festplatte sind. Mit der Festplatte fährst du zu Karl Stecher. Er soll die Bilanzen der Petermann KG unter die Lupe nehmen. Schließlich ist er unser Wirtschaftsspezialist. Wecke ihn, damit er gleich anfangen kann!«

Eckert nickte und verabschiedete sich.

Pierre überflog zuerst die Bilanzen des Konzerns. Es waren mehrere hundert Seiten. Damit würde Stecher mehr anfangen können. Er wandte sich dem E-Mail-Verkehr der Petermann KG der letzten Wochen zu. Zwei Stunden später stieß Pierre auf etwas, das ihn stutzig machte. Eine E-Mail, die folgendermaßen lautete: »Der Paradiesapfel ist wieder an seinem Baum.« Die Nachricht trug das Datum des 28. Augusts. Der Tag, an dem Heise, der den Auftrag erteilt hatte, Henkelmann zu überfallen, verschwand! Das konnte kein Zufall sein! Pierre bemerkte auch, dass die E-Mail nicht an die Zentrale in Nordhausen gerichtet war: Sie war, wie Spydi festgestellt und auf der Festplatte extra vermerkt hatte, in das interne Netz in der Nähe von Sorge gesendet worden. Das konnte nur das Jagdschloss sein!

Pierre gab den Begriff *Paradiesapfel* in eine Suchmaschine ein. Eine Bedeutung verwies auf die Tomate, eine Pflanze aus der Familie der Nachtschattengewächse. Verwandtschaft bestand mit der Kartoffel, der Tollkirsche, der Alraune, der Engelstrompete und dem Tabak. Mit Ausnahme der Tomate und der Kartoffel besaßen diese Pflanzen Hyoscyamin oder Skopolamin, Stoffe, die Rauschzustände erzeugten und abhängig machten. Handelte es sich am Ende doch um Rauschgift? Das Heise gestohlen hatte und verkaufen wollte? Und das Klitsch, der vielfach vorbestrafte Jugendstraftäter, in eine Großstadt bringen sollte? Nein, das glaubte Pierre nicht. Klitsch hätte für diesen Transport vielleicht zehntausend Euro erhalten, aber keine 50 000. Das Transportgut musste etwas anderes sein. Aber um was konnte es sich handeln? Pierre durchsuchte weitere Dateien. Der Paradiesapfel konnte auch ein Tafelapfel oder eine Grapefruit sein. Oder ein Granatapfel. Pierre schüttelte den Kopf. Das ergab alles keinen Sinn. Er suchte weiter. Schließlich fand er eine Datei, in der *Paradiesapfel*=

Nowitschok=Verbotene Frucht stand. Pierre steckte sich eine Pfeife an und trank an seinem kaltgewordenen Cappuccino.

Aus welcher Sprache stammt das Wort *Nowitschok*?, fragte er sich. Wenig später lieferte das Internet die Antwort: *Nowitschok* kam aus dem Russischen und bedeutete *Neuling*. Das brachte ihn auch nicht weiter. Er gab *Nowitschok* in die Suchmaschine ein und sah einige Dateien durch. Etwas Sinnvolles fand er nicht. Er ging zum Fenster, schaute auf die Marktstraße, auf der ein scheinbar verirrtes Auto durch die Nacht tuckerte. Pierre ging zum Computer zurück und beschloss, Böhme eine E-Mail zu schreiben. Vielleicht fand der Journalist etwas über Nowitschok in den Spiegelarchiven. Und wenn Pierre am Morgen in der Inspektion war, würde er über das Polizeinetz versuchen, Informationen über *Nowitschok* zu bekommen.

Er schaute zur Uhr. Halb sechs. Ins Bett würde er nicht mehr gehen. Für den Sechs-Uhr-Zug war es schon zu spät, er würde eine Stunde später fahren. Er las die Morgenzeitung und frühstückte. Als der den Rucksack packte, stellte er fest, dass sein Handy leer war. Er würde es in der Inspektion aufladen. Dann ging Pierre ging in den Keller, um sein Fahrrad zu holen. Aus einem Impuls heraus ließ er sein Rennrad stehen, nahm stattdessen sein Mountainbike. Am Verkehrskreisel in der Nähe des Uffeplatzes schaute er in seinen Fahrradspiegel. Ein brauner Kleintransporter war das einzige Fahrzeug, das hinter ihm fuhr. Pierre bog in die Marktstraße ein, wenig später stand er vor der Ladentür von Dietrich. Sein »Tabakdealer« war schon im Geschäft, hatte aber noch nicht geöffnet. Pierre klopfte an die Ladentür, Dietrich drehte sich um und als er seinen liebsten Kunden sah, musste er schmunzeln und ließ ihn herein. »Hast wohl wieder vergessen, Tabak zu kaufen?« Ohne eine Antwort abzuwarten, griff er in ein Regal und gab Pierre eine Tabakdose. »Lässte dich heute Abend mal wieder im Café sehen? Bist in letzter Zeit selten hier gewesen«, sagte Dietrich. Die erste seiner sechs täglichen Zigaretten hing schon in seinem Mundwinkel, war aber noch nicht angezündet.

»Heute nicht. Der Mordfall!«, antwortete Pierre, bedankte und verabschiedete sich. Dietrich sah ihm verwundert nach. Noch nie hatte er seinen Freund so wortkarg erlebt wie an diesem Morgen.

Pierre fuhr vom Bürgersteig aus auf die Marktstraße zurück. Mechanisch schaute er in den Rückspiegel. Der braune Kleintransporter fuhr gerade aus einer Parkbucht. Spätestens jetzt wurde sich Pierre bewusst, dass er verfolgt wurde. Aber nicht, weil die Insassen des Fahrzeugs ihn observieren wollten.

Die Verfolger waren gekommen, um ihn zu töten!

Fieberhaft dachte Pierre über einen Fluchtweg nach. Scheiße, mit seinem Handy konnte er keine Verstärkung anfordern. Das war nicht aufgeladen. Und wenn er jetzt hielte und an einem Haus klingelte, dann würden sie ihn auf offener Straße erschießen. Es gab nur eine Möglichkeit: Er musste in den Wald fliehen. Dort konnten sie ihn mit ihrem Kleinbus nicht folgen. Aber erst einmal musste er den Wald erreichen.

Bis dorthin würde er überwiegend Straßen wählen, auf denen sie ihm nicht direkt folgen konnten. Pierre war froh, aus einem Gefühl heraus sein Mountainbike für die heutige Fahrt zur Inspektion gewählt zu haben. Er bog in die Jugendherbergsstraße und dann sofort in die Ringstraße ab. Mit maximaler Kraft trat er in die Pedale, erreichte eine Geschwindigkeit von fünfzig Stundenkilometern. Lange konnte er dieses Tempo nicht halten, darüber war er sich im Klaren. Im Rückspiegel sah er den Kleintransporter in die Ringstraße einbiegen. Dessen Reifen quietschten. In der Nähe des Schulzentrums bog der Hauptkommissar links entgegengesetzt in eine Einbahnstraße ab. Für Fahrräder war das erlaubt, für PKW verboten. Natürlich würden sich seine Verfolger von dem Verbot nicht abhalten lassen, deshalb musste er schnellstens zur Feldstraße und dann auf einen Fußgängerweg kommen, der parallel zur Uffe verlief. Er war vielleicht einen Meter breit, ein Auto konnte hier unmöglich fahren. Allerdings konnten sie ihn auf der Bahnhofstraße, die auf der anderen Seite der Uffe parallel verlief, auf einer Strecke von etwa hundert Metern sehen. Pierre erreichte den Fußgängerweg. Wieder trat er mit maximaler Kraft in die Pedale. Etwa auf der Hälfte des Fußgängerweges hatten die Verfolger auf der Bahnhofstraße zu Pierre aufgeschlossen. Pierre schaute vom tiefer gelegenen Weg zum Kleintransporter hinüber. Der Fahrer blickte ihn höhnisch an. Natürlich hätten sie in diesem Moment schießen können, aber aus dem Fahrzeug heraus würden sie ihn nicht töten können, entgegenkommende Fahrzeuge und Bäume, die entlang der Uffe standen, würden das verhindern. Pierre hatte noch eine Galgenfrist. Er bremste scharf und bog in die Ostpreußenstraße ein, die am schmalen Fußgängerweg in einer Sackgasse endete. Der Transporter schoss geradeaus weiter.

Noch etwa fünfhundert Meter bis zum Waldrand, dachte Pierre. Sein Herz raste, aber er biss die Zähne zusammen. Er erreichte die Steinstraße und sah den knapp dreihundert Meter entfernten Waldrand vor sich. Noch einmal mobilisierte er alle Kräfte. Als er an der Einmündung des Sportplatzweges in die Steinstraße vorbeifuhr, sah er den braunen Transporter. Er fuhr mit hoher Geschwindigkeit direkt auf den Polizisten zu, war aber noch dreißig Meter entfernt. Zehn Meter bevor Pierre den Waldrand erreichte, hörte er die erste Salve von Schüssen. Gewehrschüsse. Verdammte Scheiße! Mehrere Kugeln pfiffen an ihm vorbei und bohrten sich in eine dicke Buche. Pierre erreichte den Wald und fuhr in eine fünf Meter tiefe Bachmulde. Die folgenden Kugeln schossen über ihn hinweg. Doch der Wald wurde von einer etwa zweihundert Meter breiten Weide unterbrochen. Pierre hörte plötzlich das Röhren eines Motorrades.

Deshalb hatten sie den Kleintransporter gewählt. Sie hatten damit gerechnet, dass Pierre in den Wald flüchten könnte. Als er an das Ende der Weide gelangte, hatte das Motorrad angehalten, der Beifahrer hatte sich in Schussstellung gebracht und feuerte mit einem Schnellfeuergewehr auf Pierre. Der verschwand im Wald. Für einen sicheren Treffer hatte der Schütze nicht genügend Zeit zum Zielen gehabt.

Pierre raste über die L 604 und fuhr wieder in den Wald hinein. Nach zweihundert Metern gabelte sich der Waldweg, Pierre wählte den rechten, kleineren und kurvenreicheren, der zu den Bahnschienen führte. Wenn er die erreichte und den anschließenden Hang hinaufsteigen konnte … dann würde er ihnen entkommen. Wieder wurde das Röhren des Geländemotorrads lauter. Pierre fuhr um eine scharfe Kurve und wäre fast auf einen rangierenden Traktor der Holzarbeiter geprallt, konnte gerade noch ausweichen und seinen Weg fortsetzen. Der Fahrer der Enduro, der fast zu Rexilius aufgeschlossen hatte, riss den Lenker nach rechts, fuhr zwar nicht auf den Traktor auf, brauste aber einen Abhang hinab, der an den Waldweg anschloss, und überschlug sich mehrmals mit dem Motorrad. Fahrer und Beifahrer blieben benommen am Boden liegen. Die Waldarbeiter eilten ihnen zu Hilfe.

Pierre überquerte die Bahnschienen, nahm sein Mountainbike über die Schulter und stieg den grasbewachsenen Steilhang hinauf. Selbst wenn sie auf die Idee kamen, dass er sich hier versteckte, könnten sie ihn nur noch zu Fuß verfolgen, denn das schwere Motorrad konnten sie den Steilhang niemals hinauftragen. Als Pierre auf dem Plateau angekommen war, legte er sich auf den Bauch und beobachtete das Gelände. Augenblicke später hörte er das Motorengeräusch der Enduro. An den Bahnschienen blieb das Motorrad stehen. Fahrer und Beifahrer berieten, ob ihr Opfer vielleicht über die Bahnschienen und dann den Steilhang hinauf geflohen sein könnte. Der Beifahrer wies auf den Weg hin, der parallel zu den Schienen nach Walkenried führte. Dieser Fluchtweg des Polizisten erschien ihnen wahrscheinlicher. Der Fahrer schaltete den ersten Gang ein, gab Gas und brauste den Waldweg entlang.

Der Schweiß floss Pierre in Strömen das Gesicht hinab, sein Herz pochte immer noch und seine Hände zitterten. Er hatte großes Glück gehabt, dass er das hier überstanden hatte. Erst jetzt bemerkte er Blut, das seinen linken Arm herunterfloss. Am Oberarm hatte ihn ein Streifschuss getroffen. Er holte Verbandsmaterial aus seinem Erste-Hilfe-Päckchen, das er am Fahrrad befestigt hatte, und legte sich mit der rechten Hand einen behelfsmäßigen Verband an. Jetzt musste er schnellstens nach Neuhof fahren. In der Mitte des Ortes gab es eine Telefonzelle.

Südharz, Neuhof-Nordhausen, Mittwoch, 10. September

Fünf Minuten später erreichte Pierre die Telefonzelle in Neuhof. In der Inspektion meldete sich Junge. Pierre berichtete seinem Kollegen von dem Mordanschlag.

»Ich werde sofort eine Großfahndung nach dem Kleinbus und den Motoradfahrer, einleiten«, sagte Junge, »Pierre, es gibt eine erfreulich Nachricht: Eben ist ein Anruf einer unserer Kollegen aus der Klinik in Nordhausen gekommen, die Arlet bewachen, Walter Arlet ist nicht mehr in Lebensgefahr. Die Schussverletzung war nicht so schlimm, wie sie zuerst aussah. Die Kugel ist im Sternum hängengeblieben und entfernt worden. Arlet hatte einen schweren Schock erlitten, der zusammen mit der Schussverletzung den lebensgefährlichen Zustand bewirkt hatte. Er ist zwar noch schwach, aber er will trotz des ärztlichen Verbots mit dir sprechen.«

»Du musst mich in Neuhof abholen.« sagte Pierre, »wir fahren nach Nordhausen. Arlet kann den Mörder beschreiben. Und sag unserem Phantomzeichner Bescheid!«

Eine halbe Stunde später traf Junge am vereinbarten Treffpunkt in Neuhof ein. Auf dem Rücksitz seines Wagens stand Einstein mit wedelndem Schwanz. Als Junge wieder anfuhr, legte sich der Hund sofort hin.

»Wenn ich einen Sicherheitsgurt für Hunde hätte, dieser Einstein würde es fertigbringen, sich den Sicherheitsgurt selber zu anlegen«, sagte Junge. Er erzählte Pierre, wie Einstein die Nachtschicht der Inspektion mit seinen vielen Tricks entzückt hatte. Zwanzig Minuten später standen die

Polizisten und Einstein vor Arlets Bett. Marc Junge hatte den Hund ins Krankenhaus geschmuggelt, ohne dass das Krankenhauspersonal etwas bemerkt hatte. Der Anblick seines Hundes würde Arlet guttun. Der Obdachlose sah blass aus, es ging ihm noch schlecht, aber die Anwesenheit seines geliebten Hundes ließ seine Augen leuchten. Er streckte Einstein die Hand entgegen. Sofort nahm der Hund eine intensive Wäsche der Hand seines Herrchens vor. »Das reicht jetzt erst einmal Einstein«, sagte Arlet, »Platz!«

Sofort legte sich der Hund auf den Boden.

»Machen wir jetzt weiter mit dem Phantombild!«, sagte Arlet zwar matt, aber bestimmt zu Frank Boden, der in der Tür stand.

Der Phantomzeichner nahm sich einen Stuhl und setzte sich neben Arlets Bett.

Nach zwanzig Minuten sagte Arlet plötzlich aufgeregt: »Das ist er. Das ist der Mann, den ich am Oderstausee und vorher in Nordhausen gesehen habe!« Er wollte sich aufrichten, sackte aber sofort wieder schmerzverzerrt zusammen.

Boden reichte Pierre die Zeichnung.

Der schaute nur den Bruchteil einer Sekunde auf das Bild. »Ich kenne den Mann.«

Marc schaute Pierre verdutzt an.

»Das ist Andersen«, sagte Pierre, »ich hätte es merken müssen.«

»Verstehe nicht. Was hättest du merken müssen? Und wer ist Andersen?«, fragte Junge.

»Andersen ist der Vorsitzende des Bad Lauterberger Segelclubs. Jürgen Eckert und ich, wir sind am Montag, zwei Tage nach Auffinden der ersten Leiche, zu den Mitgliedern des Segelclubs zum Oderstausee gefahren. Vielleicht, so hofften wir, hatte einer der Segler eine Beobachtung gemacht, die uns im Mordfall hätte weiterhelfen können. Als wir auf dem Gelände des Clubs ankamen, verarztete Andersen gerade ein Mitglied des Clubs.«

»Ja, und?«, fragte Junge immer noch verdutzt.

»Andersen war sehr geschickt, wie ein Arzt behandelte er

den Verletzten. Wie du weißt, hatten ja die Gerichtsmediziner festgestellt, dass der Mörder die Gesichtshäute der Opfer wie ein Chirurg entfernt hatte!«, sagte Pierre.

»Jetzt verstehe ich, aber wie willst du daraus ableiten können, dass er Chirurg ist? Er könnte doch auch der Sanitäter sein?«

»Ja, schon«, sagte Pierre und schloss kurz die Augen und öffnete sie wieder, »er hat ja auch gesagt, dass er Sanitäter ist. Aber das war ein Ablenkungsmanöver. Auch seine Beobachtung, von der er uns erzählt hat!«

»Was für eine Beobachtung?«, fragte Junge.

»Andersen kam Donnerstagnacht, am 15. August, von einer Konferenz der Segelklubs des Harzes aus Altenau zurück. Er hat angegeben, auf einem Parkplatz am Oderstausee einen dunkelfarbigen Geländewagen gesehen zu haben. Das Nummernschild hat er nicht erkennen können. Die Spurensicherung hatte vorher herausgefunden, dass der Mörder von diesem Parkplatz aus das Opfer zur Insel im Stausee gebracht und versenkt hatte. Andersen hat mich getäuscht. Er hat vorgegeben, den Wagen beobachtet zu haben, um von vornherein auch den leisesten Verdacht von sich abzulenken. Die Beschreibung des Geländewagens war auch nicht sehr genau. Wahrscheinlich hat er das Fahrzeug hinterher gleich beseitigt.«

»Hm. Eins verstehe ich nicht«, sagte Junge, »warum versteckt Andersen die Leiche in der Odertalsperre, wenn einen Tag später ein Teil des Wassers abgelassen wird. Der Betreiber wird die Segler doch vorher darüber informiert haben.

»Nein, hat er eben nicht. Der zuständige Sachbearbeiter ist vorher in den Urlaub gegangen und hat vergessen, die Wassersportler zu informieren.«

»Wie geht es Linda?«, fragte Arlet.

»Sie ist von einer Kugel im linken Oberarm getroffen worden. Heute wird sie noch einmal operiert, aber sie ist über den Berg!«, antwortete Pierre. Arlet lächelte zufrieden. Dann schloss er die Augen und versank in einen tiefen Schlaf.

Pierre wollte das Krankenzimmer verlassen, als Schwester Renate eintrat. »Bevor Sie Herrn Arlet verlassen, werde ich Ihnen erst einmal einen vernünftigen Verband anlegen! Den Hund habe ich nicht gesehen!«

Pierre bemerkte, dass sich Blut durch seinen Verband gedrückt hatte und auf den Boden des Zimmers getropft war.

Schwester Renate legte dem Hauptkommissar den »vernünftigen Verband« an, danach durfte er das Krankenzimmer verlassen.

Pierre und Marc gingen auf den Flur, verabschiedeten sich von ihren Kollegen und verließen, Einstein tragend, die Nordhäuser Klinik. Bevor sie losfuhren, meldete sich Eckert bei Pierre. »Die russischen Kollegen sind eingetroffen! Sie haben wichtige Informationen!«

»Wir sind schon unterwegs!«, antwortete Pierre.

Südharz, Inspektion Osterode, Mittwochnachmittag, 10. September

Um die Mittagszeit des Dienstags hatten Evelina, Andrej und Leonid Istanbul erreicht. Wie der Pilot des einmotorigen Flugzeugs, Hussein, den dreien erzählt hatte, würde der Flug nach Hannover um einundzwanzig Uhr starten, die Tickets waren am Schalter von Turkish Airlines hinterlegt worden. Sie hatten damit noch eine Wartezeit von sechs Stunden gehabt, bis Hussein die drei ins Flughafengebäude bringen würde. Die hatten sie im Haus von Husseins Bruder verbracht. Als sie am Abend ihre Tickets am Schalter abgeholt hatten, wurde ihnen mitgeteilt, dass das Flugzeug nach Hannover wegen Motorschadens ausgefallen war und die Ersatzmaschine erst am nächsten Morgen um acht Uhr starten werde. Natürlich hatte diese Nachricht die drei Verfolgten beunruhigt, sie beschlossen, die Nacht im Flughafengebäude zu verbringen. Hier waren sie vor möglichen Zugriffen einigermaßen sicher gewesen. Leonid hatte während der ganzen Zeit ihres Aufenthaltes im Gebäude Ausschau nach Agenten gehalten, die sie suchten. Einige waren ihm aufgefallen – er kannte ja ihre Methoden aus seiner eigenen Ausbildung –, aber die Veränderungen, die an den Flüchtigen in Mehmets Haus vorgenommen worden waren, waren so gut, dass keiner der Agenten sie erkannt hatte. Ohne weitere Zwischenfälle hatten sie am Mittwochvormittag deutschen Boden betreten. Sie waren vom Flughafen zum Hauptbahnhof gefahren und hatten dort Fahrkarten für die Fahrt nach Osterode gelöst. Um fünfzehn Uhr dreißig erreichten sie nach den Wochen der Ermittlungen und der Flucht schließlich den sicheren Boden der Inspektion in Osterode.

Junge und Pierre eilten in den Konferenzraum der Inspektion, wo Evelina, Andrej und Leonid schon Platz genommen hatten. Eckert und Stecher saßen ebenfalls am Tisch. Pierre betrachtete die drei. Irgendetwas, so dachte er, war unstimmig. Evelina, die Pierres Blicke bemerkte, sagte in akzentfreiem Deutsch: »Wir haben unser Aussehen ändern müssen, um sicher aus der Türkei herauszukommen.«

»Woher können Sie so gut Deutsch sprechen?«, fragte Pierre überrascht.

»Ich habe in den letzten zehn Jahren in einer Exportfirma gearbeitet und habe die Geschäfte mit Deutschland abgewickelt«, sagte Evelina. »Andrej und Leonid sprechen kein Deutsch. Ich werde immer übersetzen.«

»Wollen Sie sich nicht erst einmal frisch machen?«, fragte Stecher.

»Das können wir später. Wir haben nicht viel Zeit, befürchte ich«, sagte Lebjew. »Etwas Furchtbares wird passieren, wenn wir es nicht verhindern können.« Andrej begann über die Ereignisse der letzten beiden Wochen zu berichten. Schnell war er bei dem Punkt angelangt, als die drei den Brief von Ludmilla Lebedew, dem *Stolzen Schwan*, gelesen hatten. »Im ›Land der drei weißen Zinnen‹ ist, äh, ich muss Ihnen ja erst einmal mehr darüber erzählen.«

Pierre unterbrach Lebjew und sagte ihm, was sie über das Gebiet herausgefunden hatten.

»Gut, dann kann ich die Sage überspringen. Im ›Land der drei weißen Zinnen‹ ist 1989 etwas Schreckliches passiert. 1984 ist dort eine Forschungsanstalt für ›chemische Angelegenheiten‹ aufgebaut worden. Tatsächlich war es eine Anlage zur Entwicklung von chemischen Kampfstoffen. Dafür hat der KGB die besten Chemiker der UdSSR ›unter Vertrag‹ genommen. Ende 1988 hatten die Wissenschaftler ein Gift entwickelt, das sie Nowitschok – Neuling – nannten.«

Nowitschok, ging es Pierre schlagartig durch den Kopf. In der letzten Nacht hatte Pierre über die E-Mail nachgedacht, die Spydi gehackt hatte und die an das Netzwerk des Jagdschlosses gesendet worden war. »Der Paradiesapfel ist wieder an seinem Baum«. Paradiesapfel stand für Nowitschok, das hatte er schon vermutet. Aber dass Nowitschok ein in Russland entwickeltes Gift war, darauf war er nicht gekommen. »Was für ein Gift ist das genau«, fragte Pierre nach.

»Es bestand aus mehreren Komponenten, die in der Landwirtschaft eingesetzt wurden und für sich allein harmlos waren. Mischte man die Komponenten im richtigen Verhältnis an, dann entstand ein Nervengift, das zehnmal giftiger war als alle bisher bekannten chemischen Kampfstoffe. Es wirkt über die Haut und wird über die Atmung aufgenommen. Weniger als ein Milligramm wirkt tödlich. Nach etwa zwei Minuten setzt der Tod ein«, sagte Lebjew und machte eine Pause.

Es wurde ruhig im Konferenzsaal. Keiner der deutschen Polizisten wollte es aussprechen, aber alle befürchteten es: Das Gift befand sich in Deutschland, möglicherweise sogar irgendwo im Harz.

»Die Wissenschaftler waren sich der Brisanz dessen, »was sie entdeckt hatten, plötzlich bewusst geworden«, fuhr Lebjew fort. »Sie wollten ihr Geheimnis nicht preisgeben und hielten die KGB-Leute hin. Aber irgendwann wurden die Geheimdienstler misstrauisch. Einer der Arbeiter in der Anlage war ein Spitzel. Er war zwar an den Forschungen nicht direkt beteiligt gewesen, hatte aber mitbekommen, dass die Wissenschaftler die Formel für ein hochgefährliches Gift gefunden hatten. Die KGB-Leute begannen, die Wissenschaftler zu foltern. Und was Folterungen betraf, war der KGB Spitze. Jedenfalls brachen die Forscher zusammen und verrieten die Formel. Der KGB war am Ziel: Er besaß eine Wunderwaffe, die sich in vielen Bereichen einsetzen ließe. Der Geheimdienst fasste einen teuflischen Plan: Die Wissenschaftler mit ihren Familien in der Forschungsanlage einzusperren und die Anlage in die Luft zu sprengen. Bei einer Überprüfung bemerkten die Geheimdienstleute, dass acht Kinder fehlten. Das Gelände wurde systematisch abgesucht, die Kinder aber nicht gefunden.«

»Die kluge Wölfin hatte sie in die Höhle geführt und dort versteckt, wie in der Sage!? Und die Lage der Höhle ist in der Tätowierung eingestochen?«, fragte Pierre.

»Ja, genau so war es. Der Plan wurde trotzdem durchgeführt. Die Anlage wurde in die Luft gejagt. Alle Wissenschaftler und ihre Frauen fanden den Tod. Hinterher wurde alles als ein furchtbarer Unfall hingestellt. Sämtliche Häuser der Siedlung wurden bis auf die Grundmauern abgerissen und zusammen mit den Überresten der Forschungsanlage abtransportiert. Wohin … das wissen wir nicht. Die Abbrucharbeiten dauerten einen Monat. Nach drei Wochen mussten die Kinder entkräftet die Höhle verlassen und wurden von den Abbrucharbeitern aufgegriffen. Die Kinder konnten nun nicht mehr umgebracht werden, zu viele Zeugen hatten sie gesehen. Also wurden sie als Waisen in der damaligen UdSSR verteilt, teilweise betrug die Distanz tausend Kilometer zwischen ihnen, und von linientreuen Familien ›adoptiert‹. Sie waren, so glaubten die Verantwortlichen, viel zu jung, um die Ereignisse verstehen zu können.«

Pierre wurde nachdenklich und begann zu begreifen. »Es sind die Welpen, die *Wolfskinder*, die im Harz ermordet wurden!«

»Das glauben wir inzwischen auch«, sagte Lebjew, »aber dazu später. Wir glauben, dass die KGB-Leute irgendwo in

Deutschland leben und den Kampfstoff verkaufen wollen. Vielleicht an Terroristen. Wie das gefährliche Gift gelagert wird und auf welchem Weg es möglicherweise eingesetzt werden könnte, wissen wir nicht. Wo die ehemaligen KGB-Leute sich heute genau aufhalten und wo sich das Gift befindet, auch davon wir haben keine Ahnung.«

»Ich glaube, da kann ich weiterhelfen«, sagte Böhme, den Pierre gebeten hatte, sofort in die Inspektion zu kommen, sobald er neue Informationen hatte. Ein Kollege aus dem Empfang hatte ihn kurz vorher in den Konferenzraum gebracht. Böhme holte eine Fotografie aus seiner Aktentasche und legte sie auf den Tisch. »Das sind die Gefäße, die ihr sucht«, sagte er.

Alle standen überrascht von ihren Stühlen auf, gingen um den Tisch herum und starrten auf das Foto.

»Ich habe die Fotografie von einem Kollegen, Frank Peter, der nächstes Jahr in den Ruhestand geht.1992 arbeitete er an einer Story über chemische Gifte in Russland. In Moskau traf sich Peter mit einem Informanten, der ihm einen echten Kracher servieren wollte, wenn mein Kollege fünfzigtausend Dollar dafür zahlen würde. Als Vorgeschmack zeigte er Peter dieses Foto und sagte, dass das abgebildete Gefäß speziell für die Lagerung und Mischung eines neuartigen Gifts konstruiert worden sei. Das Gift heiß Neuling – Nowitschok. Die Russen verbargen die Existenz dieses Gifts vor der Welt. Der Informant behauptete, dass das Gift, wenn es richtig eingesetzt würde, wirkungsvoller als Nuklearwaffen sei. Die Entwicklung des Gifts verstieß gegen *UN-Vertrag über die Vernichtung chemischer Kampfstoffe*. Peter witterte eine große Story. Er verabredete sich mit dem Informanten für den nächsten Morgen. Als Peter in sein Hotelzimmer zurückkam, scannte er das Foto ein und schickte es einem Spezialisten für chemische Kampfstoffe, der für den *Spiegel* arbeitete. Schon zwanzig Minuten später erhielt Peter eine Antwort. Der abgebildete Behälter sei für die Verteilung eines chemischen Kampfstoffes geeignet, der als Pulver vorläge. Peter nahm sofort Kontakt mit den *Spiegel*-Verantwortlichen auf. Sie gaben grünes Licht und Peter eine Option von sogar hunderttausend Dollar. Am nächsten Morgen kam der Informant aber nicht. Peter hat ihn auch in den folgenden drei Tagen nicht mehr gesehen. Der *Spiegel*-Journalist befürchtete, dass der Informant ermordet worden war. Später erfuhr Peter, dass der Informant Will Myrsajanow hieß und im *Verband für Chemische Sicherheit in Russland* arbeitete. Er war vom russischen Geheimdienst verfolgt worden und mithilfe amerikanischer Botschaftsangehöriger in die USA geflohen. Peter hat alles Mögliche versucht, mit Myrsajanow in den USA Kontakt aufzunehmen, aber die amerikanischen Behörden haben die Genehmigung dafür verweigert.«

Es wurde still im Konferenzraum. Wenn das zutraf, was Andrej Lebjew und seine Begleiter ermittelt hatten, dachte Pierre, dann mussten sie das Gift so schnell wie möglich finden. »Ich glaube, ich weiß, wo Tscherkassow und Kortschnoi leben und wo das Gift gelagert wird!«, sagte Pierre.

Ungläubig blickten alle Pierre an. »Wir gehen in den Computerraum, dort werde ich euch die beiden zeigen.«

Pierre ließ die Szene ablaufen, in der die Frauen und Männer des Jagdschlosses auf der Terrasse frühstücken. Plötzlich sprang Leonid Koslow aufgeregt von seinem Stuhl auf. »Das sind sie, verdammt, das sind sie! Kortschnoi und Tscherkassow, diese Schweine.«

»Sind Sie absolut sicher, Leonid?«, fragte Pierre.

»Oh ja, die Gesichter werde ich mein Leben lang nicht vergessen!«, sagte Koslow und erzählte Pierre und seinen Kollegen, wie KGB-Agenten ihn 1989 observiert hatte und töten wollten.

Koslow hatte kaum ausgesprochen, als Stecher in den Computerraum kam. Er hielt einen Packen Kopien in der Hand. »Ich habe was in den Bilanzen der Petermann KG entdeckt«, sagte er, »das ich nicht so recht glauben kann. Die Petermann KG ist pleite! Offensichtlich wollten die Verantwortlichen der Gesellschaft das große Geld auf dem Immobilienmarkt in den USA und in anderen diversen Aktiengeschäften machen. Aber dabei haben sie Millionenverluste in dreistelliger Höhe erlitten!«

»Durch den Verkauf von Nowitschok wollen Kortschnoi und Tscherkassow die Petermann KG retten«, sagte Pierre. »Dass die beiden Herren die eigentlichen Besitzer der KG sind, daran besteht für mich kein Zweifel. Die Netzwerkverbindungen zwischen der Petermann KG und dem Jagdschloss belegen das. Und Nowitschok lagern sie im Jagdschloss! Wir müssen das Jagdschloss auf den Kopf stellen!«, sagte Pierre und wurde stutzig. »Warum ist Sandra eigentlich noch nicht hier. Sie wollte doch am Nachmittag wieder in der Inspektion sein?«

»Das müsstest du eigentlich am besten wissen«, antwortete Eckert und blickte Pierre vielsagend an, bereute seinen Spruch aber wenig später bitter.

Pierre reagierte nicht darauf. »Sie wollte am Vormittag noch einige Dinge klären, die ihren Vater betreffen«, sagte er.

»Ich habe sie noch nicht gesehen!«, sagte Eckert. »Ist überhaupt nicht ihre Art. Normalerweise ruft sie an, wenn sie später kommt.«

Pierre griff zum Handy und wählte Sandras Handynummer. Sie meldete sich nicht. Dann versuchte er, sie über den Festnetzanschluss zu erreichen. Wieder keine Antwort. »Marc, wir fahren sofort nach Herzberg zu Sandras Haus. Jürgen, du kümmerst dich um unsere russischen Freunde. Besorge ihnen Hotelzimmer und dann gehst du mit ihnen zum Essen! Ich übernehme die Kosten. Nachher werden wir weiterreden.« Eine unheilvolle Vorahnung stieg in ihm auf.

Keine zehn Minuten später öffnete Pierre mit dem Hausschlüssel, den Sandra ihm gegeben hatte, das Haus. Eckert und Rexilius liefen durch alle Zimmer, zuletzt ins Schlafzimmer.

»Das Bett ist unberührt!«, sagte Pierre.

»Lass uns in der Garage nachschauen, vielleicht ist sie ja mit ihrem Auto weggefahren. Wollte sie nicht etwas, was ihren Vater betrifft, regeln?«, fragte Marc.

»Ja, lass uns in der Garage schauen!«, sagte Pierre, aber

er wusste, dass dort ihr Fahrzeug stehen würde. Andersen hatte sie mitgenommen! Sie hetzten in die Garage. Das Auto stand dort. Dann erblickten die beiden Polizisten mehrere Gegenstände auf der Motorhaube, die bei Pierre blankes Entsetzen auslösten. Dort lag ein Computerausdruck, auf dem eine Frau abgebildet war. Es handelte sich um ein Bild der Malerin Evelyn de Morgan. Der Titel lautete *Die Schöne Helena*. Helena stand eingerahmt von einem Strauch mit weißen Rosen und betrachtete sich in einem Handspiegel, ihre linke Hand spielte mit ihren Haaren. Neben dem Bild lag ein Blatt Papier, auf dem ein zweizeiliger Spruch stand. Er lautete:

Die Metamorphose von Sandra Koch zur Halbgöttin Helena hat begonnen. Kein Mensch kann sie mehr aufhalten.

Helenas Schöpfer

Vor dem Blatt lagen gekreuzt zwei weiße Rosen. »Andersen hat Sandra geholt«, sagte Pierre entsetzt.

»Wohin könnte er sie verschleppt haben?«, fragte Junge und schrie dann verzweifelt: »Wenn einer darauf kommen kann, dann du!«

Pierre dachte nach. Eine Minute lang.

Junge schwieg, er wagte es nicht, Pierre in seinen Gedankengängen zu stören.

»Er hat sie in die Privatklinik im Jagdschloss gebracht«, sagte Pierre schließlich mit geschlossenen Augen. »Der Iridologe hat auf dem Irisbild festgestellt, dass der Mörder an einer Schrumpfniere litt, nur eine Operation konnte helfen. Anfang April wurden eine Braunschweiger OP-Schwester und ein indischer Arzt in den Harz gefahren, um eine Nierenoperation durchzuführen. Wie wir herausgefunden haben, geschah die Operation im Jagdschloss bei Sorge. Die Schwester sprach von einem exzellent ausgestatteten OP-Saal. Das war Andersens OP-Saal! Hier hat er die Frauen umgebracht und ihnen die Gesichtshaut genommen! Wir müssen Sandra retten!«

Sie verließen eilig Sandras Haus, stiegen in ihr Dienstauto und rasten nach Osterode zurück. Über Handy informierte

Pierre sofort Jäckel, den Leiter der Sondereinsatztruppe, der schnellstens in die Inspektion kommen sollte.

Inspektion Osterode/Oberharz,
Mittwochabend bis -nacht, 10. September,

Es gab keine andere Möglichkeit, das Jagdschloss musste noch in dieser Nacht gestürmt werden. Dass Sandra in der Gewalt dieses wahnsinnigen Mörders war, daran gab es für Pierre keine Zweifel. Aber die Frage war: Lebte Sandra überhaupt noch? Hat Andersen sie bereits getötet, ihr die Gesichtshaut geraubt und zur Schönen Helena umgewandelt? Würde Pierre Sandra jemals wiedersehen, sie in seine Arme schließen können? Er hatte panische Angst. Aber er musste zu einem professionellen Verhalten zurückkehren, nur so konnte er Sandra vielleicht noch retten.

Fast hätte er Eckerts Ausführungen nicht mitbekommen, der stieß ihn an. Eckert hatte die Satellitenbilder und Karten vom Gelände des Jagdschlosses inzwischen ausgewertet, nun trug er seine Ergebnisse vor. Auf dem Gelände hatte es 1991 ein Hauptgebäude – das Jagdschloss – und zwei Nebengebäude gegeben. Bis heute waren sieben zusätzliche Gebäude hinzugekommen. Davon ließen sich zwei als Unterkünfte der Wachen ausmachen. Die Funktion der anderen Gebäude war auf den Satellitenaufnahmen nicht zu erkennen. In der Nähe des Zaunes, den Sandra und Pierre mit dem Fahrrad abgefahren waren, standen insgesamt vier kleine Hütten gleichmäßig verteilt, die Wachhäuschen. Wie die Videoaufzeichnungen zeigten, die sie von der Stasiröhre aus gemacht hatten, bestand eine Wachschicht aus zwölf Leuten und vier Hunden. Eckert ging deshalb davon aus, dass sich drei Wachen und ein Hund in jedem Häuschen aufhielten.

Marc Junge hatte vom Katasteramt in Wernigerode einen alten Grundriss des Jagdschlosses per Fax bekommen. Inwieweit er die schnelle Orientierung im Jagdschloss während der Stürmung ermöglichte, war unklar, weil die Polizisten nicht wussten, welche Umbauarbeiten Kortschnoi und Tscherkassow hatten ausführen lassen. Aber Marc glaubte, dass der historische Teil des Gebäudes erhalten geblieben war.

Jäckel hatte alle verfügbaren Einsatzkräfte zusammengetrommelt. Auf die Nachricht, dass sich Sandra in den Händen des Mörders befand, hatten sich viele Männer seines SEK bereit erklärt, auch außerhalb der Dienstzeit am Einsatz teilzunehmen. Insgesamt dreißig Mann standen Jäckel zur Verfügung. Mit Junge, Eckert, Stecher und Pierre selbst und den drei Russen brachten sie es auf siebenunddreißig Personen.

Ihr Plan war klar. Eine Stunde nach dem Wachwechsel, gegen ein Uhr, würden zeitgleich die Wachhäuschen, die Unterkünfte der schlafenden Wachen und das Jagdschloss von der Stasiröhre aus gestürmt. Die Zufahrt zum Gelände würde von Sorge aus abgeriegelt.

Inzwischen war es zweiundzwanzig Uhr, Jäckel gab den Befehl zum Aufbruch. Die Beamten, die die Wachhäuschen ins Visier nehmen würden, waren schon vorausgefahren und hatten ihre Positionen um zweiundzwanzig Uhr dreißig eingenommen. Über Funk waren sie mit Einsatzleiter Jäckel verbunden. Die Einsatzkräfte, die das Schloss und die Unterkünfte der Wachen stürmen würden, trafen kurz nach dreiundzwanzig Uhr in der ehemaligen Stasiröhre ein.

Jäckel und Pierre blickten auf den Computerbildschirm, an den die Kamera angeschlossen war, die seit Tagen das Jagdschloss überwachte. Im Wohnzimmer brannte noch Licht. Die Herrschaften waren also noch wach. Wahrscheinlich halten sie sich noch mit ihren Gespielinnen dort auf, dachte Pierre. Er überprüfte seine Waffe und den richtigen Sitz seiner Schutzweste, obwohl bis zum Wachwechsel noch eine gute Stunde Zeit war. Der vergrößerte Höhlenraum der Stasiröhre bot den zweiundzwanzig Einsatzkräften genug Platz. Einige saßen auf dem Boden, andere standen, aber keiner sprach ein Wort. Aus ihren Gesichtern konnte man Entschlossenheit lesen.

Evelina, Andrej, Koslow und Böhme standen in der Nähe von Pierre und schauten gebannt auf den Bildschirm. Eckert hatte Einstein angeleint, aber das war eigentlich nicht notwendig, der Hund saß diszipliniert auf dem Boden und schaute abwechselnd Rexilius und Jäckel an. Pierre hatte den Hund auf Rat von Arlet mitgenommen, weil Einstein, wenn er den Geruch von Andersen wahrnahm, den Mörder im Jagdschloss aufspüren würde. Möglicherweise würde es um Sekunden gehen, Sandras Leben zu retten. Die Spürnase des Hundes konnte dabei von entscheidender Bedeutung sein. Einstein schien sich seiner Fähigkeiten sicher zu sein, jedenfalls legte er sich auf den Boden und schloss gelassen die Augen.

Um Mitternacht tat sich etwas. Die Wachen der folgenden Schicht wurden von der Kamera erfasst. Wie in den vergangenen Tagen waren es zwölf Männer und vier Hunde. Dann verschwanden sie aus dem Blickfeld der Kamera. Zwanzig Minuten später passierten die Wachen der abgelösten Schicht die Stasiröhre, um in ihre Unterkunft zu gehen, die etwa zwanzig Meter entfernt vom Jagdschloss stand.

Zum gleichen Zeitpunkt fuhren zwei Kräfte des SEK, Lässig und Bartsch, durch Sorge. Sie hatten den Auftrag, die einzige Zufahrt zum Jagdschloss zu sperren. Als sie den Ortausgang erreichten, kam ihnen in schneller Fahrt ein dunkler Kleinbus entgegen. Lässig mutmaßte, dass das Fahrzeug aus dem Jagdschloss kam. Geistesgegenwärtig merkte er sich das Kennzeichen. Sofort funkte er die Kollegen in der Zentrale in Osterode an. Die gaben ihm wenig später die Daten durch. Das Fahrzeug gehörte zum Fuhrpark der Petermann KG. Er war gerade im Begriff, die Beobachtung an die Einsatzzentrale durchzugeben, als Jäckel den Befehl zum Sturm auf das Gelände des Jagdschlosses gab. Lässig würde das später nachholen.

Junge und Eckert hatten vorher die Kamera entfernt und den vor Jahren zugeschütteten Ausgang der Stasiröhre so erweitert, dass alle Einsatzkräfte nach draußen huschen konnten. Zuerst liefen die Polizisten durch die Öffnung, die das Wachpersonal im Visier hatten, dann folgte die Truppe, die über die Terrasse das Jagdschloss stürmen würde.

Die Wachen hatten sich in ihrer Baracke schlafen gelegt. Vier Leute des SEK schlichen zu den Fenstern, schnitten mit ihren Glasschneidern lautlos kreisrunde Öffnungen in die Fenster. Sie gaben Meldung zum Truppführer durch, der mit sechs weiteren Kräften mit einem Rammbock an der Eingangstür der Baracke stand. Er gab den Befehl zur Durchführung ihres Einsatzes, alle Männer setzten ihre Gasmasken auf. Die Polizisten an den Fenstern warfen Gasgranaten durch die Öffnungen und rannten zur Eingangstür, die inzwischen aufgebrochen am Boden lag, und verstärkten ihre Kollegen. Die hatten in der überfallartigen Aktion einen Großteil der vom Tränengas benommenen und blinden Wachen schon an Händen und Füßen gefesselt. Innerhalb einer Minute war auch der Rest der Wachmannschaft in Hand- und Fußfesseln gelegt. Die Hunde, die in einem Raum in der Baracke eingesperrt worden waren, waren durch das Gas ebenso überrumpelt worden wie ihre Führer. Allerdings jaulten und hechelten sie.

Der Truppführer meldete den Erfolg ihrer Aktion an Jäckel. Vier Polizisten blieben in der Baracke zurück, die anderen eilten zur Unterstützung zum Jagdschloss.

Nicht so unkompliziert verlief der Einsatz einer der Gruppen, die die vier Wachhütten auf dem Gelände des Jagdschlosses angriffen. Die Wachen sahen plötzlich schwarze Gestalten auf die Wachhäuser zustürmen, dachten aber, es handele sich um Jugendliche und ließen ihren Hund los. Die Beamten feuerten sofort und töteten den Wachhund. Die Wachleute zückten ihre Pistolen und feuerten auf die Polizisten. Ein junger Kommissar wurde am Oberschenkel getroffen. Sein Kollege tötete einen der Wachen. Danach warfen die Wachen ihre Waffen weg und ergaben sich. Für ihren Sold wollten sie nicht unbedingt sterben. Um null Uhr fünfundvierzig waren alle Besatzungen der Wachhäuser überwältigt.

Pierre, Eckert, Junge und Stecher hebelten die Terrassentür aus und drangen ins Wohnzimmer ein. Die übrigen Polizisten folgten ihnen. Kortschnoi und Tscherkassow, die mit ihren halbnackten Gespielinnen Sekt tranken, waren über das plötzliche Eindringen der Männer so verblüfft, dass sie zu keiner Gegenwehr mehr fähig waren. Pierre und Eckert stellten sich neben die beiden und hielten die ehemaligen KGB-Offiziere mit Pistolen in Schach. Nachrückende Kollegen legten den beiden Schlossherren Hand- und Fußfesseln an. Die beiden Frauen wollten schreien, aber zwei der Einsatzkräfte hielten ihnen die Münder zu. Inzwischen waren die Kollegen, die das Wachhaus gestürmt hatten, im Wohnzimmer des Jagdschlosses angelangt. Sie schwärmten aus, um das Schloss zu durchsuchen.

»Wo ist meine Kollegin, wo ihr Killer Andersen?«, brüllte Pierre Kortschnoi und Tscherkassow an.

»Wovon reden Sie überhaupt? Ich werde Sie wegen Hausfriedensbruchs rankriegen«, antwortete Kortschnoi. Sein Deutsch war gut. »Am Ende dieses Tages werden Sie kein Polizist mehr sein!«, sagte er und wollte zum Telefon greifen.

Pierre schlug ihm mit der Faust auf die Hand. Kortschnoi verzog schmerzverzerrt das Gesicht. Eckert und Junge sahen sich an. So hatten sie ihren Chef noch nie erlebt.

»Die Körperverletzung wird noch dazukommen«, sagte Kortschnoi provozierend. Pierre schlug dem Schlossbesitzer mit der flachen Hand ins Gesicht. Der spuckte sofort Blut. »Wo ist meine Kollegin? Und wo ist Andersen?« wiederholte Pierre. Dass Kortschnoi einmal ein eiskalter KGB-Mann gewesen war, wurde jetzt deutlich. Scheinbar unbeeindruckt von Pierres Attacke sagte er ruhig: »Ich kenne keinen Andersen und auch keine Kollegin von Ihnen. Halten Sie, wie es Ihre Pflicht ist, die Gesetze ein. Was also wollen Sie von einem unbescholtenen Bürger?«

Inzwischen hatte Jäckel zusammen mit Evelina, Andrej, Leonid und Einstein die ehemalige Stasiröhre verlassen und waren ins Wohnzimmer gelangt. Leonid Koslow blickte die beiden ehemaligen KGB-Offiziere verächtlich an und zischte: »Kortschnoi und Tscherkassow, ihr Schweine, endlich werdet für eure Verbrechen auf der Tarim-Hochfläche büßen! Dafür werde ich sorgen!« Evelina übersetzte es. Einen Moment schien es, als würde die Fassade der beiden Russen bröckeln, aber es geschah nicht.

Einstein übernahm die Entscheidung, was als Nächstes passieren sollte. Er zerrte an der Leine und fing an zu bellen. Jäckel ließ den Hund von der Leine. Er rannte los. Pierre, Eckert, Junge und Stecher hinterher. Der Hund war so schnell, dass sie ihm fast nicht folgen konnten. Einstein lief eine Treppe hinunter, die ins Kellergeschoss führte, und verschwand aus dem Blickfeld der Polizisten. Vor einer Wand blieb er stehen, bellte unaufhörlich und begann, mit seinen Pfoten an der Wand zu kratzen. Zehn Sekunden später erreichten auch die Polizisten die Wand.

»Andersen ist hier, hinter dieser Wand!«, sagte Eckert. Schnell fand er eine Spalte, die die Wand als beweglich auswies, aber den Öffnungsmechanismus fanden die Polizisten nicht.

Es schien, als habe Einstein ihr Problem erkannt. Er preschte wieder die Treppe hinauf, sauste über eine fünfzehn Meter lange Diele, um dann wieder eine Treppe in den Keller hinunterzurennen. Vor einer Tür blieb er stehen. Das gleiche Spiel wie zuvor an der Wand begann. Einstein bellte, knurrte und kratzte an der Tür. Die Polizisten zogen ihre Waffen. Die Stahltür war verschlossen. Junge zog den Hund von der Tür weg, der sich immer noch nicht beruhigt hatte, und Stecher jagte sein ganzes Magazin in die Türangeln. Dann trat er die Tür ein. In dem Raum befanden sich mehrere Schränke. Einstein raste zielsicher auf einen zu, und Pierre riss ihn auf. Eine Regalwand wurde sichtbar. Pierre zerrte daran, bis sie schließlich nachgab und sich nach innen öffnete und einen etwa fünf Meter langen Gang freigab. Einstein und Pierre stürmten in den Gang, den eine Tür abschloss. Sie ließ sich öffnen, Pierre kam in einen etwa zehnmal zehn Meter großen, vollständig verfliesten Raum. Er wusste, dass er im Operationssaal des Mörders Andersen stand.

Dem OP-Saal, in dem der indische Chirurg Andersen die Niere entnommen hatte.

Dem OP-Saal, in dem Andersen seine Opfer getötet und ihre Gesichtshäute herausgeschnitten hatte.

Von dem Mörder gab es aber keine Spur. Einstein hatte nicht zu bellen aufgehört und rannte wieder aus dem OP-Saal. Pierre und Junge sprinteten hinterher. Der Hund führte die Polizisten durch einen Gang, der an einer Tür endete. Sie war verschlossen. Pierre stemmte sich mit voller Wucht dagegen. Sie sprang auf, ein kalter Luftzug wehte ihm entgegen. Sie eilten nach draußen. Pierre schaltete seine Taschenlampe an und sah, wie Einstein über eine Wiese hetzte, in einem etwa fünfzehn Meter entfernten Gebäude verschwand und wild kläffte.

Bei dem Gebäude handelte es sich eine Garage, das Tor war geöffnet. Pierre leuchtete sie aus. Sie bot Platz für zwei, vielleicht drei PKW. Ein Wagen stand in der Garage: Der Audi Q 7! Hier hatte Andersen also den Geländewagen versteckt, mit dem er Silke Kretschmar von Gifhorn hergebracht hatte.

Einstein bellte immer noch wütend, bewegte sich aber nicht mehr von der Stelle. »Von hier aus ist Andersen mit Sandra abgehauen«, sagte Pierre zu Junge, »lass uns zurück in den OP-Saal gehen. Vielleicht hat die Spurensicherung etwas gefunden, das uns zu Sandra führt.«

»Ein voll ausgestatteter OP-Raum, mit allem, was ein Chirurg braucht, Pierre«, sagte Wagner, der mit seinem Team der Spurensicherung in Benneckenstein gewartet hatte und nach der erfolgreichen Stürmung des Schlosses nachgerückt war. »Ich habe alles gefunden, was Andersen bei seinen Morden verwendet hat, aber nichts, was uns Sandras Aufenthaltsort verraten könnte«, sagte Wagner betrübt. Fast schien es, als gäbe er sich die Schuld dafür.

Frustriert gingen Pierre und Junge ins Wohnzimmer zurück. Eckert und Stecher sahen Pierre erwartungsvoll an. Pierre schüttelte Kopf, dann stellte er sich vor Kortschnoi und Tscherkassow, die immer noch auf dem Sofa saßen. Die beiden Frauen hatten sich inzwischen wieder angezogen und wurden von zwei Einsatzkräften auf ihre Zimmer gebracht.

»Wo habt ihr Nowitschok versteckt?«, fragte Pierre. Zum ersten Mal bemerkte er Reaktionen in den Gesichtern der beiden. Es ging um ihr Geld. Das berührte sie mehr als das Leben eines Menschen.

Nach und nach kehrten die meisten Kräfte von der Durchsuchung des Jagdschlosses und der Nebengebäude zurück. Keiner von ihnen hatte Sandra oder Andersen gefunden. Jäckel zog Pierre beiseite. »Lässig hat per Funk durchgegeben, dass während unserer Aktion ein Kleinbus das Gelände verlassen hat. Die Abfrage des Kennzeichens hat ergeben, dass es sich um ein Fahrzeug der Petermann KG handelt.«

»Das war Andersen, der mit Sandra abgehauen ist. Er hat sie irgendwo hingebracht, wo er sie töten wird ... Und ich habe keine Ahnung, wo das Versteck sein könnte!«, sagte Pierre.

Jäckel schwieg einen Moment. »Es nutzt alles nichts, wir müssen das Gift finden«, sagte Jäckel.

Pierre nickte. Noch einmal wurden alle Gebäude durchsucht. In einer größere Garage, in der Luxusautos von Kortschnoi und Tscherkassow untergebracht waren, wurden die Ermittler fündig. Hier gab es einen Raum, der mit einer Tresortür verschlossen war. Die Kombination dafür würden die beiden ehemaligen KGB-Offiziere niemals preisgeben. Es gab nur eine Möglichkeit, um in den Raum einzudringen: Die Tür musste gesprengt werden, aber so, dass im Tresorraum nichts zu Bruch ging. Wenn Nowitschok tatsächlich in dem Raum gelagert wurde und die Explosion zu heftig wäre, dann konnte es sein, dass die Polizisten durch das Gift zu Schaden kämen. Baller-Ede, der Sprengstoffexperte der Inspektion, musste aus dem Bett geklingelt werden. Eine Stunde später stand der vor dem Safe, bohrte mehrere Löcher in die Tresortür und brachte dort Sprengstoff und Zünder an. »So, jetzt geht mal auf Abstand!«, sagte Baller-Ede. Die Kollegen gehorchten. Dann war ein »Puff« zu hören. Der Sprengstoffexperte stemmte sich gegen die Tresortür und sie öffnete sich. Die Polizisten drangen in einen etwa fünfmal fünf Meter großen Raum ein. Dort standen viele elektronische Geräte, aber die interessierten die Ermittler nicht. Sie suchten nach den Nowitschok-Behältern.

Eckert hatte sie schnell entdeckt und näherte sich einem speziellen Tisch, auf dem die Behälter befestigt waren. »Hier ist Nowitschok!«, sagte er. »Aber zwei Behälter fehlen!« Eckert wies auf zwei leere Halterungen.

»Ja«, sagte Junge, »zwei Behälter, und wir können nur hoffen, dass sie sich nicht schon in Händen irgendwelcher Terroristen befinden«

»Holt Kortschnoi und Tscherkassow hierher und bringt die russischen Kollegen mit!«, sagte Pierre. Als die beiden ehemaligen KGB-Offiziere Minuten später mit Handschellen gefesselt im Tresorraum standen, fragte Pierre sie im scharfen Ton: »Wo sind die fehlenden zwei Behälter mit Nowitschok?«

Kortschnoi antwortete nicht auf die Frage, stattdessen sagte er etwas auf Russisch. Lebjew und Koslow stürzten sich auf die beiden ehemaligen KGB-Offiziere und schlugen auf sie ein. Keiner der Polizisten griff ein.

»Was hat Kortschnoi gesagt?«, fragte Pierre Evelina.

»Er hat sich darüber beschwert, dass sie immer noch nicht Kontakt mit ihrem Anwalt aufnehmen durften. Die deutschen Nazi-Polizisten verstoßen gegen fundamentale Menschenrechte. Und das sagen Massenmörder!«, sagte Evelina fassungslos. Pierre griff immer noch nicht ein. Inzwischen hatten Lebjew und Koslow ihre beiden Kontrahenten zu Boden gedrückt und am Kragen gepackt. Dann brüllte Lebjew Kortschnoi an. Evelina übersetzte. »Wohin hat euer Mörder die Kollegin der deutschen Polizisten verschleppt?«.

Kortschnoi schwieg. Lebjew schlug ihm ins Gesicht. »Wo ist die deutsche Polizistin?« Wieder keine Reaktion und wieder schlug Lebjew Kortschnoi ins Gesicht. Das wiederholte sich noch mehrere Male, bis Lebjew frustriert aufgab. Auch Koslow ließ von seinem Kontrahenten ab. »Wir kriegen euch, und wenn das Letzte ist, was ich in meinem Leben tue, ihr Bastarde«, brüllte Koslow.

Pierre schaute verächtlich auf die immer noch am Boden liegenden ehemaligen KGB-Agenten und sagte: »Später, wenn wir in der Inspektion sind, dann dürft ihr euren Anwalt sprechen!« Evelina übersetzte nicht.

Zwei Polizisten blieben im Tresorraum, um das Gift zu sichern und später nach Osterode zu schaffen, die anderen gingen in das Wohnzimmer des Jagdschlosses zurück. Dort hatte Jäckel alle Schlossbewohner versammelt. »In fünf Minuten werden die Busse kommen. Wir werden alle nach Osterode bringen und dort verhören müssen. Ein Teil der Kollegen wird hier bleiben und alles noch einmal gründlich durchsuchen.«

Pierre nickte.

Inspektion Osterode, Donnerstag, 11. September

Pierre hatte sich zurückgezogen. Eckert, Junge, Stecher und Kollegen aus der Nachtschicht verhörten die Wachleute einzeln ohne ihn weiter. Der Leiter der Mordkommission steckte sich eine Pfeife an. Er wusste, die Zeit rannte ihm davon. Lebte Sandra überhaupt noch oder hatte Andersen sie längst ermordet? Hatte er ihr triumphierend die Kopfhaut herausgeschnitten, so wie Pierre es im Alptraum gesehen hatte? Schnell blies er den Rauch aus. Wo war seine berühmte Intuition geblieben? Warum kam ihm keine erlösende Idee, wo der Mörder Sandra hingebracht haben könnte? Warum ausgerechnet jetzt?

Sein Telefon klingelte wie eine Donnerglocke aus einer anderen Welt. Er nahm den Hörer ab. Marc Junge war am anderen Ende der Leitung. »Pierre, du musst unbedingt in den Verhörraum kommen. Ein Wachmann will singen.«

Als Pierre und Eckert sich im Verhörraum auf ihre Plätze gesetzt hatten, begann Junge das Verhör des Wachmannes. Der hieß Manfred Reffer, war zweiunddreißig Jahre alt und stammte aus Berlin. Zwei Jahre war er arbeitslos, als ihm ein Bekannter aus alten NVA-Tagen das Angebot machte, als Wachmann in einem Jagdschloss im Harz Dienst zu tun. Reffer nahm sofort an. »Die Bezahlung is' jut, ick hab' vor en paar Tagen zufällig ’n Jespräch zwischen den Chefs mitbekommen.«

»Welche Chefs«, hakte Junge nach.

»Na, die Typen, den’ dat Schloss jehört. Den Russen«, sagte Reffer.

»Wie haben Sie die Typen denn verstanden. Die sprechen doch nur russisch?«

»In der Schule, da hab’ ick doch Russisch jelernt. In ner DDR war det doch Pflichtfach.«

»Gut. Weiter!«, befahl Junge.

»Dat Jespräch war komisch. Ick muss dazu wat sagen.« Ein lautes Klopfen an der Tür unterbrach Reffer. Bevor einer der Polizisten ein »Herein« sagen konnte, wurde die Tür aufgerissen. Zwei gestriegelte Männer in teuren Maßanzügen standen in der Tür und rannten auf den Wachmann zu. »Wir protestieren gegen das Verhör von Herrn Reffer, wir sind seine Anwälte und müssen uns erst mit unserem Mandanten beraten. Ich weise Sie darauf hin, dass das Verhör gegen das Gesetz verstößt«, sagte der größere der beiden Anwälte zu Junge. Dann ging er um den Tisch herum und fasste Reffer am rechten Oberarm, um ihn aus dem Verhörraum zu ziehen.

»Stopp!«, brüllte Pierre. »Herr Reffer hat Sie als Anwalt abgelehnt, verlassen Sie sofort den Raum, sonst werde ich Sie wegen Behinderung polizeilicher Ermittlungen in eine Arrestzelle sperren lassen!«

»Ich will das von Herrn Reffer selbst hören«, sagte der Anwalt und funkelte Reffer drohend an.

»Der Kommissar hat recht. Ick lehn’ Se als Anwalt ab. Ick kenn’ Se nicht«, sagte der.

Der Anwalt wandte sich an Rexilius: »Sie haben meinen Mandanten unter Druck gesetzt, dagegen werde ich Beschwerde einreichen. Um ihn zum Reden zu bringen, haben Sie wahrscheinlich mit Folter gedroht. Welche Folgen das für Sie haben kann, brauche ich Ihnen nicht zu erklären!«

»Wenn Sie den Verhörraum nicht augenblicklich verlassen, werde ich Sie eigenhändig in die Zelle führen«, schrie Pierre und gab Eckert ein Zeichen. Die beiden Polizisten sprangen auf und schoben die verdutzten Anwälte aus dem Verhörraum. Dann brachten sie die beiden ins Foyer der Inspektion. »Lasst sie nicht mehr in die Diensträume!«, befahl Pierre den beiden Beamten, die hinter dem Empfangstresen standen.

Als Pierre und Eckert in den Verhörraum zurückkehrten, begann Reffer zu erzählen. »Ick halt ooch die Autos der Chefs in Schuss. Die Karren haben's in sich. Acht Nobelkarossen. Porsche. Ferrari. Jaguar.«

»Kommen Sie zum Punkt!«, platzte Pierre dazwischen.

»Äh, ja. Am Montag, also vor drei Tagen, stand ick in der Grube, war jerade mit dem Porsche fertigt und hab das Licht ausjeschaltet, als die Chefs in die Garage kamen. Se dachten, alleene zu sein. Eener der beeden, Below, sagte: ›Ein Glück, fast hätt'n wir alles verloren‹. Der andere, Gussew heeßt er, antwortete: ›Wir hatt'n Pech, keener hätt' ahnen können, dass der amerikanische Markt zusammenbricht. Jetzt haben wa fünfzig Millionen auf'm Konto. Morgen kommen noch die restlichen fünfzig.‹ Below sagte: ›Hundert Millionen für 'n Kilo! Wenn das nich 'n tolles Jeschäft ist!‹ Se lachten. ›Der Grieche hat jesagt, wir sollten Nowitschok am Donnerstagabend bei 'ner Autobahnraststätte übergeben, Wülferode heeßt se‹, hat Below jesagt. ›Wir schick'n Alexander da hin.‹ «

»Welchen Alexander?«, fragte Junge nach.

»Na, Alexander Borowski, die rechte Hand von den beeden. Se haben den doch ooch einkassiert. Den verhörn' Se hier im Präsidium«, sagte Reffer.

»Ja, den werden wir uns nachher noch einmal vorknöpfen«, sagte Junge. »Wissen Sie, wie die Übergabe ablaufen soll und wann?«

»Ja. Alexander soll mit 'nem dunklen Anzug und 'nem grünen Schlips und dem grünen Passat kommen, hat Below jesagt. Die Nummer der Kutsche kenn' die Geschäftspartner.«

»Kennen Sie die Nummer des Passats«, fragte Junge.

»Ick kenn' die Nummern von allen Autos im Schloss! Was denken Se?«, antwortete Reffer und nannte das Kennzeichen.

»Wann soll der Deal stattfinden?«, fragte Junge.

»Am Donnerstag, äh, heute, um zweiundzwanzig Uhr.«

Pierre sprang auf und zeigte Reffer das Phantombild von Andersen.

»Den kenn ick«, sagte Reffer, »der hat auch im Schloss jewohnt. Der war mir nich janz jeheuer.«

»Der Mann hat meine Kollegin entführt. Wissen Sie, wo er sie hingebracht haben könnte?«, fragte Pierre nervös.

»Mit dem hatt' ick nich viel zu tun. Der fuhr oft in der Nacht aus'm Schloss. War ganz dicke mit den Chefs. Mehr weeß ick nich.«

»Gut. Wir bringen Sie jetzt in einen Raum, wo Sie allein sind. Wir werden Sie von den anderen Schlossbewohnern abschirmen«, sagte Junge. Ein uniformierter Kollege führte Reffer ab. Stecher, der hinter dem Spiegel des Verhörraumes gestanden hatte, kam herein. »Was machen wir jetzt?«, fragte er.

»Die Sache mit dem Kampfstoff ist eine Nummer zu groß für uns. Für uns gibt es jetzt nur noch ein Ziel. Wir müssen Sandra retten«, sagte Pierre. »Deshalb nehmt ihr drei sofort Verbindung mit den Antiterrorkräften in Hannover aufnehmen, gebt ihnen alle Informationen, die sie brauchen. Dann sollen die den Deal verhindern und die ganze Bande auffliegen lassen! Hat jemand von euch eine Idee, wo Andersen sich mit Sandra aufhält?« Alle drei schauten Pierre niedergeschlagen an und schüttelten den Kopf. »Ich geh jetzt erst mal in mein Zimmer. Ich muss nachdenken«, sagte Pierre.

Inspektion Osterode, später Nachmittag

Inzwischen war es siebzehn Uhr. Pierre saß an seinem Schreibtisch und dachte fieberhaft nach. Wohin hatte dieser verfluchte Andersen Sandra entführt? Was hatte er übersehen? Er war alle Details des Falles immer wieder durchgegangen, hatte eine Pfeife nach der anderen geraucht, eine zündende Idee aber war ihm nicht gekommen. Es war zum Verrücktwerden. Ausgerechnet jetzt, wo es galt, Sandra zu retten, versagte seine Intuition. Sein Telefon klingelte,

Pierre schreckte zusammen. Frank Imse, der diensthabende Beamte, meldete sich. »Pierre, hier unten sind fünf Frauen und ein Mann. Eine der Frauen sagt, sie haben alle ein Tattoo unter dem Bauchnabel, sie müssen dringend mit dir sprechen!«

»Bring sie sofort rauf!«, brüllte Pierre ins Telefon.

Wenig später klopfte es, Imse führte die sechs herein. Pierre begrüßte sie, verließ den Raum und kehrte mit drei Stühlen zurück, damit alle sitzen konnten. Sie stellten die Stühle um Pierres Schreibtisch herum und nahmen Platz. Pierre bat Imse, zwei Kannen Kaffee für seine Gäste zu organisieren.

Pierre sah die fünf Frauen und den Mann an. Sie schienen alle im gleichen Alter zu sein. Die Frauen sahen gehetzt aus und der Mann war an den Händen gefesselt, außerdem hatte er ein Hämatom um sein Auge herum. Eine Frau ragte heraus, weil sie nicht nur schön war, sondern auch Ausstrahlung besaß. Schnell stellte sie sich als die Führerin heraus. Die »Wölfin«, dachte Pierre. Sie stellte sich als Aljona vor und nannte die Namen ihrer Begleiter.

»Sie sind also die Wölfin und ihre Begleiter die Wolfskinder?«, sagte Pierre.

»Ja«, antwortete Aljona.

»Warum haben Sie sich nicht früher an mich gewandt?«

»Er war der Grund«, sagte Aljona wütend und wies auf den gefesselten Mann. »Oleg ist ein Verräter. Er hat Kira und Klara an den Schlitzer ausgeliefert. Aber das haben wir erst vor einigen Tagen herausbekommen. Wir haben uns nicht mit Ihnen in Verbindung gesetzt, weil die Verbrecher um den *Schlitzer* schon in Russland beste Beziehungen zur Polizei hatten. Ich hatte befürchtet, dass das auch in Deutschland so ist.« Es klopfte an der Tür und Imse brachte die versprochenen zwei Kannen Kaffee, genügend Tassen, Milch und Zucker. Er stellte die Tassen auf Pierres Schreibtisch, goss er alle Tassen voll und bot den Wolfskindern Milch und Zucker an. Dankbar tranken alle Kaffee, bis auf Oleg, dem die russischen Frauen den Kaffee wieder wegnahmen. »Er hat keinen Kaffee verdient«, sagte eine von ihnen.

Als Aljona ihre Tasse fast getrunken hatte, sagte Pierre: »Dann waren Sie es, die nach dem ersten Leichenfund in der Inspektion angerufen und gefragt hat, ob das Opfer eine Tätowierung auf dem Bauch besäße?«

»Ja. Aber dazu später mehr. Wir, die Wolfskinder, sind nach Deutschland gekommen, um die Mörder meiner Eltern und der vielen anderen Wissenschaftler, die 1989 im Land der drei weißen Zinnen ermordet wurden, vor Gericht zu bringen – den Schlitzer, Kortschnoi und Tscherkassow. Das habe ich im Frühjahr meiner Tante Ludmilla geschworen. Sie war die Einzige, die dem Schlitzer entkommen konnte. Sie hat mir eine so genaue Beschreibung gegeben, dass ich den Mörder im Dunkeln erkennen könnte.«

Pierre hörte gebannt zu, er hoffte, dass Aljona, die Wölfin, den Aufenthaltsort von Sandra kannte.

»Ich weiß nicht warum, ich bin auf einmal auf die Idee gekommen, mir den Oderstausee anzusehen, in dem man Kira gefunden hat. Ich stellte mein Fahrzeug auf dem Parkplatz an der Staumauer ab und ging die Straße entlang, die um den Stausee führt. Am Anlegesteg der Segelboote bin ich stehen geblieben und habe mir die Boote angeschaut. Und dann habe ich ihn gesehen, den Schlitzer! Er vertäute gerade sein Segelboot, unterhielt sich dann mit einem anderen Segler und ging schließlich ins Clubhaus«, sagte Aljona.

Pierre wurde ungeduldig, Aljona bemerkte es. »Ihre Kollegin lebt. Der Mörder mordet nach einem Ritual, das drei Tage dauert. Meine Tante hat es mir genau erzählt. Und erst ein Tag ist rum.«

Pierre nickte, aber überzeugt war er nicht. Er griff in ein Schubfach seines Schreibtisches und zeigte Aljona das Phantombild. »

Ja, das ist dieses Schwein, dieses verdammte Schwein!«, brüllte Aljona, beruhigte sich aber schnell wieder und fuhr fort: »Ich rannte zu meinem Auto zurück und wartete am Parkplatz auf ihn. Keine fünf Minuten später kam er. Ich bin ihm vorsichtig gefolgt. Er ist sehr stark, wenn er mich bemerkt hätte, hätte mich dieser Wahnsinnige unterwegs schon umgebracht. Er fuhr nach Wieda. Fast am Ende des Ortes bog er rechts ab, wenig später kamen wir in den Wald. Hier musste ich besonders vorsichtig sein. Ich habe meinen Abstand vergrößert. Es gab nur eine Kreuzung, zum Glück habe ich den richtigen Weg genommen. Der führte auf einen Berg. Der Schlitzer hat dort eine Jagdhütte, ging es mir durch den Kopf. Wie im Kaukasus! Und tatsächlich! Auf dem Berggipfel stand eine Jagdhütte! Und das Auto vom Schlitzer stand davor!«

»Haben Sie vielleicht ein Lebenszeichen von meiner Kollegin gesehen?«, fragte Pierre.

»Nein, das war auch nicht möglich«, antwortete Aljona.

»Warum nicht?«, fragte Pierre.

»Weil sie zu diesem Zeitpunkt noch nicht in der Hütte war«, sagte Aljona, sie bemerkte wieder Pierres sorgenvollen Gesichtsausdruck. »Ich versichere Ihnen, Pierre, Ihre Kollegin lebt. Dieser Mörder wird sein Ritual einhalten. Ich will auch nur noch eins. Ich will Ihre Kollegin retten!«

»Die Frau, die der Mörder entführt hat, ist nicht nur meine Kollegin. Sie ist viel mehr …«

Die fünf Frauen starrten Pierre entsetzt an. Olegs Gesicht blieb ausdruckslos.

Dann fuhr Aljona fort: »Ich rannte zu meinem Auto, denn wenn der Schlitzer mich da oben entdeckt hätte, hätte der mich sofort umgebracht. Ich fuhr nach Wieda zurück. wo ich die Ausfahrt beobachtete, in die wir vorher eingebogen waren. Drei Stunden habe ich gewartet. Ich hatte Angst, dass der Schlitzer einen anderen Weg aus dem Wald genommen hatte. Inzwischen war es dunkel. Dann kam er. Ich habe mich wieder an seine Fersen geheftet. Er ist nach Herzberg gefahren, hat sein Auto vor einem Einfamilienhaus abgestellt. Dann ist er in das Haus eingedrungen.«

Pierre unterbrach sie und beschrieb Sandras Haus. »Ja, das war es. Nach einer Viertelstunde verließ er mit einer Frau das Haus. Sie bewegte sich nicht, er zog sie neben sich her. Ich wusste, der Schlitzer hatte ein neues Opfer gefunden. Tante Ludmilla hat mir erzählt, dass er alle Frauen betäubt und in seinen OP-Raum bringt. Danach lässt er sie wach werden und erklärt ihnen seelenruhig, was mit ihnen geschehen wird, dieses perverse Schwein! Dann leitet er seine wahnsinnige Metamorphose ein, die Umwandlung des Opfers von einem Menschen in eine Halbgöttin. Die läuft so ab, dass er seinen Opfern innerhalb von drei Tagen drei Gifte spritzt. Die letzte Spritze bewirkt eine Art Scheintod, in dem die Herz- und Atemfrequenz stark vermindert wird. In dieser Phase schneidet er den Opfern die Gesichtshaut ab«, sagte Aljona und nippte gehetzt an ihrer Kaffeetasse. Pierres Nervosität schien sie angesteckt zu haben.

»Und Sie sind sich sicher, dass er die drei Tage einhält?«, fragte Pierre.

»Ja. Immer. Der Schlitzer hat meiner Tante gesagt, dass er einen göttlichen Auftrag hat, der vollendet ist, wenn er die zwölfte Frau, die *Schöne Helena* gefunden hat. Sie wird die Krönung seiner genialen Schaffenskraft werden.«

Pierre wurde blass. »Sandra ist die zwölfte Frau! Der Schlitzer hat in ihrem Haus eine Nachricht und ein Bild der *Schönen Helena* von Evelyn de Morgan hinterlassen ... Sie sind sich sicher, dass Sandra in der Jagdhütte ist?«

»Der Schlitzer ist mit Ihrer Frau von Herzberg in den Harz auf ein Privatgelände gefahren. Bei Sorge. Ich hab dort Stunden gewartet, mehr konnte ich nicht tun. Um elf, vielleicht halb zwölf verließ ein Kleinbus das Grundstück und Sekunden später kam ein PKW«, sagte Aljona.

»Das waren meine Kollegen, die haben den Bereich abgesperrt, weil wir die auf dem Gelände stehenden Gebäude gestürmt haben. Kortschnoi und Tscherkassow haben wir in der vergangenen Nacht verhaftet, ebenso das gesamte Wachpersonal. In dem Kleinbus waren Andersen, der Schlitzer, und Sandra!«

Aljona nickte. »Ich weiß nicht warum, war nur so ein Gefühl ... jedenfalls bin ich dem Kleinbus gefolgt. Als das Auto in Wieda in den Wald abbog, war mir klar, dass der Schlitzer in dem Auto war und zur Jagdhütte fuhr«, sagte Aljona. »Dann bin ich zu meinen Freundinnen nach Bad Grund gefahren, wir haben dort eine Wohnung gemietet. Lange haben wir diskutiert, wie wir weiter vorgehen wollen. Schließlich haben wir beschlossen, zu Ihnen zu kommen, Pierre.«

»Das war eine kluge Entscheidung von Ihnen, Aljona. Wir gehen jetzt sofort in den Kartenraum der Inspektion und schauen uns ein Satellitenbild der Umgebung von Wieda an. Wir müssen die genaue Lage der Jagdhütte herausfinden«, sagte Pierre. Allerdings glaubte er den Standort zu kennen. Einige Male war er in dieser Gegend mit dem Mountainbike unterwegs gewesen.

Sie eilten in den Kartenraum. Zwei der Wolfskinder schleiften Oleg hinter sich her und verpassten ihm Schläge, weil er nicht schnell genug folgen wollte. Sie setzten sich vor die Leinwand auf den Boden, weil nicht genug Stühle vorhanden waren. Pierre rief die Satellitenkarte von Wieda auf und vergrößerte einen Ausschnitt, auf dem der Jagdkopf abgebildet war. Eine Jagdhütte schimmerte durch die Bäume.

»Das ist sie!«, sagte Aljona aufgeregt. »Ich habe östlich der Jagdhütte eine Äsungsfläche gesehen wie die hier auf dem Satellitenbild!«

Pierre nickte und sagte: »Ich werde jetzt meine Leute zusammentrommeln, dann werden wir die Jagdhütte stürmen. Oleg werde ich in eine Zelle bringen lassen. Sie, Aljona, brauche ich noch. Ihre Freundinnen können in der Inspektion bleiben, bis alles vorbei ist.«

Inspektion, Konferenzraum, wenig später

Eine Viertelstunde später waren die Mitglieder der Mordkommission und Jäckel mit seinem fünfzehnköpfigen Sondereinsatzkommando im Konferenzraum versammelt. Es herrschte eine angespannte Stimmung. Die Sorge um Sandras Leben dominierte die Gedanken aller Kollegen, die mit ihr fast ein Jahrzehnt zusammengearbeitet hatten. Pierre hätte am liebsten so schnell wie möglich mit der Stürmung der Jagdhütte begonnen, hatte sich aber dann doch überzeugen lassen, dass eine Aktion bei Tageslicht zu gefährlich gewesen wäre. Andersen hatte, davon gingen die meisten Polizisten aus, das Gelände um die Jagdhütte mit Überwachungskameras ausgestattet. Im Falle einer Entdeckung hätte Andersen möglicherweise auf sein dreitägiges Metamorphose-Ritual verzichtet und Sandra gleich getötet. Sie mussten auf den Schutz der Dunkelheit warten.

»Ich glaube, wir sollten Baller-Ede mitnehmen«, sagte Pierre.

»Wozu brauchst du ihn?«, fragte Junge überrascht.

»Andersen traue ich zu, dass er Stahl- und Betontüren in die Jagdhütte eingebaut hat, die unser Eindringen verzögern oder unmöglich machen könnten. Im Jagdschloss haben wir mit Hilfe von Einstein eine bewegliche Wand gefunden, die wir aber nicht öffnen konnten, weil wir den Öffnungsmechanismus nicht gefunden haben. Sollten wir auf so was in der Hütte treffen, dann muss Baller-Ede ran, damit wir keine Zeit verlieren«, sagte Pierre. »Außerdem ... Aljona hat mir erzählt, dass Andersen im Kaukasus auch eine Jagdhütte hatte. Sie hatte einen betonierten Keller, wo er die Opfer wie in einen Figurenkabinett ausgestellt hatte. Ich glaube, das hat er in der Jagdhütte auf dem Jagdkopf auch gemacht. Vielleicht brauchen wir Baller-Ede auch, um in den Keller zu kommen.«

»Du hast recht.« Jäckel griff zum Handy. Dann studierten die Polizisten gründlich das Satellitenbild von der Jagdhütte und der Umgebung, das ein Beamer auf eine Leinwand projizierte. Eine Stunde später wurde es dunkel, die Polizisten brachen auf.

Jagdkopf/Wieda, Donnerstagnacht, 11. September

Der Kellerraum unter der Jagdhütte, der fast fünfzig Quadratmeter Größe besaß, war dezent beleuchtet. Auf den ersten Blick sahen die in der Mitte des Raumes stehenden Figuren wie Schaufensterpuppen aus. Auf den zweiten Blick erkannte man, dass ihre Gesichter lebendig zu sein schienen. Jedes wurde angeleuchtet, so dass der Eindruck entstand, die Gesichter könnten gleich zu reden anfangen. Andersen fuhr Sandra, die er an einen Rollstuhl gefesselt hatte, durch den Raum. Vor jeder seiner Schöpfungen blieb er stehen und erklärte Sandra, wer die entsprechenden Persönlichkeiten waren, die er hatte entstehen lassen. Seine Stimmung war euphorisch. »Das ist Neaira, die griechische Hetäre.« Er geriet ins Schwärmen. »Ist sie nicht faszinierend? Ihr Blick, wollüstig und berechnend zugleich! Helena, gestehe, dass ich Meisterwerke erschaffen habe!«

Sandra hatte keinen Sinn für Andersens göttliche Genialität. Sie glaubte nicht mehr, dass Pierre sie rechtzeitig finden könnte, dafür war die Jagdhütte viel zu abgelegen. Wie sollte Pierre diese Hütte auch mit Andersen in Verbindung bringen? Und wie sollte er auch darauf kommen, dass Andersen der Mörder war? Sie war verloren und würde so enden wie die anderen Frauen.

Welche Qualen hatte die Frauen durchleiden müssen, deren Gesichter Andersen geraubt hatte, ehe der Wahnsinnige sie getötet hatte? Nein, den Triumph, ihn als genial hinzustellen, den würde sie Andersen niemals geben. »Ich bin angewidert. Wie kann sich jemand als Genie sehen, der seine Perversionen auslebt, indem er Frauen das Gesicht nimmt und sie anschließend tötet. Pierre wird Sie bis ans Ende der Welt verfolgen und lebenslänglich ins Gefängnis bringen, auch wenn er mein Leben nicht mehr retten kann!«

»Helena, es wird nicht mehr lange dauern, dann wirst du meinen Genius überschwänglich anerkennen«, sagte Andersen verständnisvoll. »Dazu bedarf es noch einer überzeugenden Flüssigkeit, die ich dir gleich verabreichen werde. Und Rexilius wird wohl kaum in der Lage sein, die Jagdhütte zu finden.« Andersen blickte auf seine Armbanduhr. »Rexilius ist schon seit dreißig Stunden tot. Ich habe ihn beseitigen lassen.«

»Du Schwein, du erbärmliches Schwein!« Sandra brach in Tränen aus.

Andersen achtete nicht darauf. Er redete weiter: »Sollten deine Kollegen die Jagdhütte finden, dann werden sie Stunden brauchen, um in den Keller einzudringen. Dafür benötigen sie auch Dynamit. In der Zwischenzeit fliehe ich über den Geheimgang, den ich vor zehn Jahren vorsichtshalber gebaut habe. Die unfähigen Polizisten werden ihn erst finden, wenn ich mit dir, Helena, geflohen bin!«

Fern jeglichen menschlichen Mitgefühls erzählte Andersen ihr, wie sich ihre Umwandlung vom Menschen zur Halbgöttin vollziehen würde. Die erste Phase – »die Entführung« – hatte sie schon hinter sich. Die zweite Phase bestand aus der uneingeschränkten Anerkennung seiner »von Menschen unerreichbaren künstlerischen Genialität«. Das bedeutete, dass er Sandra eine Droge spritzen würde, die jeglichen Widerstand gegen ihn brechen würde. Noch grausamer war die dritte Phase. Er würde ihr einen pflanzlichen Extrakt injizieren, der ihren Herzschlag und die Atmung so stark verlangsamen würde, wie es bei Scheintoten der Fall war. In dieser Phase würde er ihr die Gesichtshaut herausschneiden. Sie bekäme das zwar mit, hatte Andersen gesagt, aber es würde nicht lange dauern, weil er ein schneller Chirurg sei. Das Verfahren sei vor allem wichtig, weil nur die Gesichtshaut vom noch lebenden Menschen die Metamorphose zum Halbgott ermöglichte. Er zeigte sich stolz über seine wissenschaftlichen Fähigkeiten, die er während mehrerer Exkursionen auf Kuba erweitert hatte. Es gäbe zwar eine Möglichkeit, in dieser letzten Phase mit einem Gegenmittel den Menschen wieder zum Leben zu erwecken, aber das könne nur er, weil er als einziger Mensch das Gegenmittel kenne und besitze. Wenn das Gegenmittel nicht in der ersten halben Stunde verabreicht würde, sei es ohnehin zu spät, weil dann das Gehirn so stark geschädigt war, dass viele bis zu ihrem Lebensende im Koma blieben.

Als Mediziner habe er beim KGB gearbeitet, und der habe ihm hervorragende Forschungsmöglichkeiten geboten, auch am lebenden Menschen ...

Er fuhr sie zum OP-Tisch, wo alle Geräte vorbereitet waren, die er für die Operation brauchte.

Verzweifelt zerrte Sandra an ihren Fesseln. Aber die waren so festgezurrt, dass ein Lockern nicht möglich war.

Andersen, der das bemerkt hatte, sagte gutmütig: »Gleich wirst du kein Verlangen mehr haben zu fliehen, du wirst immer bei mir bleiben!« Er zog die Spritze auf und stach die Nadel in die Vene. Sandra spürte einen Stich und dann breitete sich Nebel aus. Sie fiel in einen Dämmerzustand.

Die Autos hatten sie in einen Kilometer von der Jagdhütte entfernt abgestellt. Zwei der Einsatzkräfte hatten Geländemotorräder, die sie bis dreihundert Meter unterhalb der Hütte geschoben hatten. Pierre hatte auf Mitnahme der Enduros bestanden, weil er befürchtete, dass Andersen über ein Geländemotorrad verfügte, mit dem er im letzten Moment fliehen könnte.

Kurz bevor sie aufbrachen, hatte Aljona gebeten, beim Sturm auf die Jagdhütte dabei zu sein. Sie hatte das Gegenmittel gegen Andersens Gift, das der Sandra verabreichen würde, wenn er die Polizisten bemerken würde, und davon ging die Wölfin aus. Sie hoffte, dass sie Sandra in diesem einen Fall noch rechtzeitig die lebensrettende Injektion geben könnte. Tante Ludmilla, der stolze Schwan, hatte ihr das Geheimnis anvertraut, als Aljona ihre Tante kurz vor deren Tod in der Hütte im Kaukasus besucht hatte.

Eine dichtere Wolke schob sich vor den Mond und verdunkelte das Gebiet um den Jagdkopf. Ein schwacher Wind blies den Polizisten entgegen. Die Einsatzkräfte setzten ihre Infrarotnachtsichtbrillen auf, Pierre gab ein Zeichen, die Aktion begann. Etwa hundertfünfzig Meter von Andersens

Jagdhütte entfernt teilten sie sich auf, um einen Ring um die Hütte zu bilden. Pierre und Aljona näherten sich von Osten. In etwa vierzig Meter Entfernung zur Hütte fiel Pierre eine Tür aus dünnen Baumstämmen auf, die an einem Hang befestigt schienen.

»Das ist ein Futterspeicher. Hinter der Tür gibt es einen großen Raum, in dem Rüben gelagert werden. Er wird genutzt, wenn das Wild kein Futter mehr hat, im Winter zum Beispiel«, flüsterte Aljona, die Pierres Blick bemerkt hatte. »Im Moment befindet sich aber kein Futter darin. Wäre das der Fall, dann würde es stinken.«

Die Polizisten kamen der Jagdhütte immer näher. Sie bemerkten Kameras, die an Rohren montiert waren und sich drehten. Im Schutz der Bäume warteten die Einsatzkräfte, bis sich die Kameras auf einen von ihnen abgewandten Sektor richteten, dann bewegten sie sich weiter. Zwanzig Meter von der Hütte entfernt sprinteten sie in Sekunden darauf zu, und einer von Pierres Kollegen setzte sofort eine Brechstange an, um die Tür zu öffnen, aber die bewegte sich keinen Millimeter. Baller-Ede eilte herbei und setzte eine Sprengladung an, die er zündete, als sich die Männer einige Meter von der Hütte entfernt hatten. Die Tür sprang auf. Sie bestand aus dickem Stahl, die Außenverkleidung aus Holz.

Ein Teil der Männer stürmte in die Hütte, der andere Teil sicherte den Außenbereich ab. Die Polizisten in der Hütte setzten die Nachtsichtbrillen ab, holten aus ihren Taschen starke Lampen und leuchteten den Raum aus. Er war pompös eingerichtet, von Sandra gab es aber keine Spur. Damit hatte Pierre gerechnet. Andersen hatte sie im Keller in seiner Gewalt. Pierre steckte seine Pistole in das Gürtelholster zurück, die er gezogen hatte, als er in die Hütte gerannt war.

Sie schoben die Möbel beiseite und suchten den Boden ab. Schließlich entdeckten sie Spalten, die auf einen Eingang zum Keller hinwiesen.

»Ich muss zwei saftige Ladungen anbringen, sonst kommen wir nicht in den Keller«, sagte Baller-Ede. »Wenn ich das Dynamit zünde, müssen wir den Raum kurz verlassen.« Er griff in seinen Rucksack, holte zwei kleine schwarze Kästchen und einen Fernzünder heraus und legte sie auf zwei Spalten. »Raus!«

Vor der Hütte löste er den Funkzünder aus. Nach dem Knall stürmten die Polizisten mit Ausnahme von Pierre in das Gebäude zurück. Der blieb vor der Hütte stehen, irgendetwas arbeitete in ihm. Dann rannte er wie der Teufel von der Hütte weg. Aljona, die ihn beobachtete hatte, rief einem der Einsatzkräfte etwas zu, dann sprintete sie Pierre hinterher. Sie wusste, wohin der Hauptkommissar wollte.

Pierre war durch den Kopf gegangen, dass Andersen sich vermutlich für den entscheidenden Notfall eine Fluchtmöglichkeit geschaffen hatte, die ihn unbemerkt von der Jagdhütte wegbrachte. Die Zeitspanne zwischen der Entdeckung und dem Eindringen der Polizisten in den Keller würde Andersen nutzen, um wahrscheinlich durch einen Tunnel zu fliehen. Der endete am Futterspeicher, darauf hätte Pierre sein letztes Hemd verwettet. Der Hauptkommissar hatte den Futterspeicher fast erreicht, als sich die Böschung öffnete, Andersen mit einem Geländemotorrad durch die Öffnung schoss und auf die Äsungsfläche raste. Pierre rannte hinterher, dabei fiel die Pistole aus dem Holster. Pierre drehte sich um, er wollte seine Waffe suchen, fand sie aber nicht. Es war zu dunkel. Plötzlich gab es einen Knall, das Geländemotorrad wurde langsamer, begann zu trudeln, bis es fast stehen blieb, um schließlich umzukippen. Pierre wandte sich um und erkannte, dass Sandra hinten auf der Enduro gesessen hatte und mit Andersen zusammen gestürzt war. Er hatte sie auf seinen Rücken gebunden, weil sie bewusstlos war und er sie mitnehmen wollte, um die letzte Phase der Metamorphose zu Ende zu bringen.

Andersen erhob sich mit Sandra auf dem Rücken, schnallte sie ab und legte sie auf den Boden. Ihre Glieder waren schlaff.

Pierre sprintete ohne Waffe wieder los und hatte sich Andersen schnell bis auf fünf Meter genähert. Plötzlich hatte der ein Kampfmesser in der Hand und ging auf Pierre zu.

Reflexartig griff der Hauptkommissar in das Holster, um seine Pistole zu ziehen. Verdammte Scheiße, er hatte sie ja verloren.

Die Wolken hatten sich verzogen, das Mondlicht erhellte die Äsungsfläche. Andersen hatte mitbekommen, dass Pierre keine Waffe mehr hatte. Sein Gesicht verzog sich zu einem teuflischen Grinsen. »Ich werde dich töten, Helena gehört mir, du wirst sie nie bekommen«, sagte Andersen und schnellte wie ein Raubtier auf Pierre zu, das Messer zum tödlichen Stich bereit. Das Messer erwischte Pierre im rechten Oberarm – hätte er nicht eine schnelle Bewegung nach rechts gemacht, Andersen hätte sein Herz getroffen. Aber Pierre spürte die Verletzung kaum. Er wusste, dass ihm nicht mehr viel Zeit blieb, Sandras Leben zu retten. Er hatte nur eine Chance, wenn er Andersens rechte Körperseite traf, die, aus der die Schrumpfniere entfernt worden war. Andersens nächstem Messerstich wich er seitlich aus, nur sein Pullover wurde aufgeschlitzt. Für einen Moment lag Andersens Schwachstelle offen und Pierre warf seinen ganzen Körper in den Faustschlag auf die rechte Nierengegend.

Andersen strauchelte, sein Gesicht war schmerzverzerrt, aber er fiel nicht um, er fing sich wieder. Pierre musste vor einem weiteren Messerangriff zurückweichen, stolperte über ein Hindernis und fiel zu Boden, wo er mit dem Kopf auf einen Ast schlug. Für einen Moment war er benommen.

Andersen holte zum tödlichen Stich aus.

Ein lauter Knall schreckte Rexilius auf. Dann ein zweiter, ein dritter … und schließlich hatte jemand ein ganzes Magazin voller Kugeln in Andersen gefeuert. Der schien einen Moment überrascht zu blicken und stürzte dann nach vorn. Pierre rollte zur Seite. Andersen stürzte genau auf die Stelle, wo kurz vorher Pierre gelegen hatte. Das Messer bohrte sich in den Boden. Es schien, als hätte Andersen selbst im Sterben noch Pierre töten wollen. Pierre schaute sich um, um den Schützen und seinen Lebensretter zu sehen.

Es war Aljona, die kluge Wölfin.

Wie betäubt schien sie dazustehen. Dann ging ein Ruck durch ihren Körper. »Wir müssen Ihrer Freundin sofort das Gegenmittel spritzen«, sagte Aljona. »Ich hoffe, es ist noch nicht zu spät.« Sie rannte zu Sandra, die leblos auf dem Boden lag. Aljona riss sich den Rucksack vom Rücken und holte ihre medizinischen Utensilien heraus. Im nächsten Augenblick hatte sie eine Spritze aufgezogen und das Gegengift in die Vene gespritzt.

Ein entferntes Brummen war zu hören, das mit jeder Sekunde lauter wurde. Ein Rettungshubschrauber setzte zur Landung auf der Äsungsfläche an, nur zehn Meter von Sandra entfernt. Aljona hatte, bevor sie Pierre hinterhergeeilt war, einen der Polizisten gebeten, den Helikopter anzufordern. Zwei Sanitäter mit einer Trage und ein Notarzt sprangen aus dem Hubschrauber und sprinteten zu Sandra. Der Notarzt sprach kurz mit Aljona, dann nickte er und legte Sandra einen Tropf an. Die Sanitäter legten Sandra auf die Trage, schnallten sie an und schließlich wurde Sandra in den Hubschrauber getragen. Wenig später hob der Helikopter ab.

Pierre schaute ihm lange hinterher, auch noch, als er längst in der Dunkelheit verschwunden war und nur noch sein Brummen zu hören war. Schließlich fragte er Aljona, ob Sandra eine Überlebenschance hätte.

»Ich weiß es nicht, das liegt jetzt in Gottes Hand.«

Pierre sah Aljona an. Nein, das fühlte er, Aljona glaubte nicht, dass Sandra es schaffen würde.

Epilog

Es war ein milder Herbsttag, vielleicht der letzte des Jahres. Die ersten Bäume hatten sich verfärbt, die Sonne ließ sie im glänzenden Gold erscheinen. Der Herzberger Friedhof war erfüllt von Menschen, die von einem geachteten und mutigen Menschen Abschied nehmen wollten.

Der Pfarrer hatte seine Predigt beendet, die Sargträger, allesamt Kollegen, gingen still zum Sarg, nahmen ihre Positionen ein, hoben den Sarg an und begannen den Trauermarsch. Rechts und links des Weges stand eine Menschenkette, die voller Ehrfurcht auf den Sarg schaute. Es war still, keiner sprach auch nur ein Wort, nicht einmal ein Räuspern war zu hören. Die Sargträger gelangten zur Grube, und ließen den Sarg langsam hinab. Chris de Burghs Lied *Where Peaceful Waters Flow* erklang:

Restless hearts, it has been a long time,
Out here on the journey, for a glimpse of paradise,
It's hard to find a place to go,
Where peaceful waters flow …

Es war ihr Lied gewesen. Ihr gemeinsames Lied.

Sandra weinte, den Kopf an Pierres Schulter gelegt. Dann löste sie ihren Kopf von seiner Schulter und schaute sich um. So viele waren gekommen. Kollegen, die seit Jahren pensioniert waren, Kollegen, die ihren Vater nur kurz gekannt hatten. Alle hatten sie ihn verehrt, weil für ihn das gezählt hatte, was in der heutigen Finanz- und Wirtschaftswelt verlorengegangen war: Menschlichkeit, Mitgefühl, gegenseitige Achtung.

All das war der Lebensinhalt ihres Vaters gewesen. Aber genau das hatte letztendlich zu seinem Zusammenbruch und dem anschließenden langen Koma geführt. Obwohl sie ihren Vater nie wiedersehen würde, war sie erleichtert, dass das lange Siechtum von »Einsteinchen« endlich ein Ende gefunden hatte.

Dann ereignete sich etwas, worüber in Herzberg noch lange gesprochen wurde: Die Menschen waren so ergriffen, dass sie mitsangen, bis zum Ausklingen des letzten Tons.

Sandra hatte großes Glück gehabt und vor allem Aljona, die *kluge Wölfin*. Aljona hatte befürchtet, dass die Zeit zwischen der Injektion des dritten Giftes – eine pflanzliche Form des Kugelfischgiftes, das Andersen auf seinen sogenannten Forschungsreisen auf Kuba gefunden hatte – zu lange gewesen war. Aber zwischen der Vergabe des Gifts und des Gegenmittels, das Andersen nicht selbst entdeckt, sondern einem Voodoo-Priester abgeschaut hatte, waren nur wenige Minuten vergangen. Ein weiterer Grund für Sandras Überleben war das schnelle Eintreffen des Rettungshubschraubers. An Bord war die Polizistin sofort künstlich beatmet und der Kreislauf stabilisiert worden, was dazu beitrug, dass Sandras Gehirn nicht zu lange mit Sauerstoff unterversorgt und somit nicht geschädigt worden war. Sie war, wie später in allen Zeitungen zu lesen war, »voll wiederhergestellt«.

Sandra konnte nach drei Tagen Aufenthalt das Krankenhaus wieder verlassen und hatte Aljona und die »Wolfskinder« in ihr Haus eingeladen. Und so herrschte reger Betrieb in dem seit vielen Jahren einsamen Haus.

Sandra und Pierre erfuhren die vollständige Geschichte der Wolfskinder. Ihre Eltern gehörten zu den führenden Wissenschaftlern auf dem Gebiet der Chemie. Sie wurden 1985 ins »Land der drei Zinnen« abkommandiert. Die Sowjets hatten dort eine Forschungsanlage aufgebaut, um chemische Kampfstoffe zu entwickeln. Federführend war der KGB unter Kortschnoi, Tscherkassow und dem Schlitzer, dessen richtiger Name keinem der Wissenschaftler bekannt war. Die wussten nur, dass er Mediziner war. Die Anlage war bewacht worden und von einem Zaun umgeben. Eigentlich war das überflüssig, denn die Gegend wurde ja gerade deshalb ausgesucht, weil sie so abgelegen war. Die Wissenschaftler und ihre Familien durften das Gelände niemals verlassen.

Tante Ludmilla, der stolze Schwan, lebte in einem Haus mit

Aljona und ihren Eltern. Ihr Mann war jung verstorben. Ludmilla fiel auf, dass Aljona überdurchschnittlich intelligent war, schon im Alter von vier Jahren wollte sie schreiben lernen. Ludmilla brachte es ihr bei. Nach einem halben Jahr konnte Aljona die Bücher ihrer Eltern lesen. Irgendwann las sie die Sage von der *Klugen Wölfin*. Ludmilla verriet ihrer Nichte, dass sich die Sage genau hier im »Land der drei Zinnen« abgespielt hatte und zeigte die einzelnen Landschaftselemente, darunter natürlich auch die drei Kalkberge. Die Lage der Höhle jedoch kannte Ludmilla nicht. Sie glaubte auch nicht, dass sie überhaupt existierte. Aljona aber ließ das keine Ruhe. Sie war überzeugt, dass es diese Höhle gab. Also machte sie sich auf die Suche und fand sie. Der Eingang war so klein, dass nur Kinder durch den Eingang passten, außerdem war er mit Sträuchern überwachsen, deshalb hatte niemand die geräumige Höhle gefunden. Für Aljona war klar, dass die Wolfswelpen tatsächlich existiert hatten und die Wölfin durch ihr kluges Handeln das Überleben ermöglicht hatte. Sie erzählte den Kindern der anderen Wissenschaftler, die alle in Aljonas Alter waren, von ihrer Entdeckung. Einen Tag später suchten sie zusammen die Höhle auf und gründeten eine Geheimbande. Aljona wurde zu ihrer Führerin genannt und bekam den Namen *Die Wölfin*, die anderen sechs Mädchen und der Junge – es handelte sich um Oleg – waren die Welpen. Sie schworen sich, niemandem von ihrem Geheimversteck zu erzählen. Im Winter 1988 verschwand Ludmilla plötzlich. Aljonas Eltern glaubten, dass Ludmilla einem Mörder zum Opfer gefallen war, aber zwanzig Jahre später sollte Aljona erfahren, dass Tante Ludmilla dem Schlitzer entkommen war. Sie musste sich verstecken.

Mitte März 1989 war Aljona das nervöse Verhalten ihrer Eltern in den letzten Wochen aufgefallen. Als sie ihre Eltern darauf ansprach, weihten sie Aljona ein. Sie sagten ihrer Tochter, dass sie wahrscheinlich sterben würden. »Du bist sehr klug«, hatte ihr Vater gesagt, »du musst dich und die anderen Kinder in Sicherheit bringen«. Aljona erzählte ihren Eltern von der Höhle. Sie schmiedeten einen Plan. Die Kinder würden sich, den Zeitpunkt würde Aljonas Vater ihr noch genau sagen, in der Höhle verstecken und einige Wochen dort verbringen. Die notwendigen Lebensmittel und Getränke brachten Aljonas Eltern zur Höhle, Aljona verstaute sie. Bald hatten sie so viel, dass acht Kinder gut drei Wochen überleben konnten. Am 25. April verrieten die Wissenschaftler unter Folter die Formel von *Nowitschok*. Aljonas Vater wusste, dass sie nicht mehr viel Zeit hatten. Noch in der folgenden Nacht führte Aljona alle Kinder in die Höhle. Am nächsten Tag wurde die Anlage mit den Wissenschaftlern in die Luft gesprengt. Keiner überlebte. Natürlich stellten Kortschnoi und Tscherkassow die Sprengung der Anlage als Unfall hin, mit der Explosion seien auch alle Forschungsergebnisse verloren, behaupteten sie. Nowitschok nahmen sie mit, um es in Notzeiten gewinnbringend, wahrscheinlich an Terroristen, verkaufen zu können. Sie wussten, alle Welt wachte mit Argusaugen über Nuklearwaffen, chemische Gifte wie Nowitschok waren lange nicht so bekannt, außerdem glaubte jeder, dass sie mit europäischer und amerikanischer Hilfe Anfang der 1990er Jahre in Russland vernichtet worden waren.

Nach drei Wochen hielt es Oleg in der Höhle nicht mehr aus und verließ sie. Er wurde von den Abrissarbeitern entdeckt. Die KGB-Leute übernahmen die Kinder und brachten sie in Familien von KGB-Mitarbeitern in der gesamten Noch-UdSSR unter, um sie unter Kontrolle zu haben. Deshalb wiesen auch die geochemischen Profile der beiden Opfer auf Orte hin, die über tausend Kilometer auseinanderlagen.

Ende 2007 lag Aljonas Stiefvater im Sterben. Er zeigte Reue und beichtete ihr alles. Sie erfuhr, dass er sogar der Leiter der damaligen »Wolfskinderaktion« gewesen war. Er gab Aljona die Adressen der anderen Wolfskinder und schließlich sagte er ihr, dass ihre Tante Ludmilla lebte, sie sei einem Mörder entkommen. Wo sie sich aufhielt, das wusste er nicht, aber es musste irgendwo im Kaukasus sein. Aber Aljona wusste es. Ihre Tante hatte ihr einmal erzählt, dass sie eine Hütte in Lago Naki habe, wenn sie die Forschungsanlage im »Land der Drei Zinnen« wieder verlassen dürften, dann würde

Ludmilla ihre Nichte einen Sommer lang mit in diese Hütte nehmen. Aljona fand ihre Tante, die erzählte ihr alles über den Schlitzer, über Kortschnoi und Tscherkassow und über die Ereignisse in der Forschungsanlage. Aljona fasste einen schicksalshaften Entschluss: Sie würde die Bande vor Gericht bringen. Sie suchte alle Wolfskinder auf, erzählte ihnen die ganze Geschichte. Auch sie hatten nur ein einziges Ziel: Die Mörder ihrer Eltern mussten für ihre Taten bestraft werden. Ihre Verbundenheit besiegelten sie mit der Tätowierung der Zeichnung zur Legende der *Klugen Wölfin*.

Pierre hatte eine Zeit lang vermutet, dass Marc Kupfer der gesuchte Mörder sein könnte, sein Gesicht durch eine Operation verändert und den Namen Andersen angenommen hatte. Die gerichtsmedizinische Untersuchung von Andersen bestätigte diese Vermutung aber nicht. Jahre später erfuhr Pierre, dass Kupfer die Ermittlungsergebnisse über den Serienmörder im Kaukasus angezweifelt hatte. Daraufhin hatten Tscherkassow, Kortschnoi und Andersen Kupfer liquidiert.

Walter Arlet konnte nach zwei Wochen das Krankenhaus verlassen und wurde in die Reha-Klinik überwiesen. Nach einem vierwöchigen Aufenthalt verließ er sie und besuchte Linda, die zwei Tage später aus der Klinik in Göttingen entlassen wurde. Es war den Ärzten zwar gelungen, Lindas Arm zu retten, aber er würde steif bleiben. Sie bekam eine kleine Rente, die für den Lebensunterhalt allein nicht reichte. Linda hatte vor, wie in jedem Jahr in ihr Winterlager in der Nähe von Uslar zu gehen. Dort hatten sie und Ringo jedes Mal bis zum Frühjahr bleiben fürfen. Ein Freund aus Lindas Schulzeit hatte den beiden immer ein Schrebergartenhäuschen zur Verfügung gestellt, das mit Strom, Wasser und einem Holzofen ausgestattet war. Das Holz durften sie kostenlos in Anspruch nehmen. Lindas Freund sorgte dafür, dass die beiden Obdachlosen zumindest im Winter ein Dach über dem Kopf hatten. In diesem Jahr würde Linda Waldi mit dorthin nehmen. Ob sie jemals nach Bad Sachsa zurückkehren würde, das ließ sie Pierre gegenüber, der sie im Krankenhaus einige Male besucht hatte, offen.

Eine Überraschung erlebten Evelina, Andrej und Leonid. Zwei Tage nach der Stürmung des Jagdschlosses stellte die russische Regierung ein Auslieferungsgesuch an Deutschland. Die drei wurden beschuldigt, mehrere Morde im Kaukasus begangen zu haben. Als Beweise waren zahlreiche Zeugenaussagen beigefügt worden. Die Öffentlichkeit war empört. Staranwälte aus Hannover erklärten sich bereit, die drei kostenlos zu verteidigen. Die Entscheidung über den Auslieferungsantrag würde erst Ende November fallen. Die drei blieben auf freiem Fuß, mussten sich aber der Form halber regelmäßig bei den Behörden melden. Wenn alles durchgestanden sei, so verkündeten zwei Hannoveraner Unternehmer, würden sie die russischen Staatsbürger in ihren Betrieben einstellen. Der Weg zurück in ihre Heimat aber war verbaut. Selbst wenn ihre Unschuld von den russischen Behörden bestätigt worden wäre, das kriminelle Netzwerk von Kortschnoi und Tscherkassow hätte die drei bei der erstbesten Gelegenheit auf russischem Boden getötet. Besonders Leonid litt unter der Vorstellung, sein geliebtes Babuk Aul und seine Freunde dort nie wiedersehen zu können. Aber jeder, der Leonid kannte, wusste, dass er eines Tages dorthin zurückkehren würde.

Kortschnoi und Tscherkassow saßen in Untersuchungshaft. Anträge auf Haftaussetzung bis zur Gerichtsverhandlung wurden wegen Fluchtgefahr abgelehnt, genauso wie das Auslieferungsgesuch der russischen Regierung, in dem Kortschnoi und Tscherkassow als Hauptverdächtige eines Bombenanschlags im Kaukasus hingestellt wurden. Jeder wusste, dass man die »Gefährten aus alten Zeiten« nach Russland holen wollte, um sie dort wieder auf freien Fuß zu setzen.

Aljona und die Wolfskinder überlegten lange, ob sie in ihre Heimat zurückkehren sollten. Schließlich rangen sie sich dazu durch, ihr Leben grundlegend zu ändern. Sie würden in die USA auswandern und dort zusammen ihr Glück versuchen. Nie wieder würden sie sich trennen. Bis alle Reiseformalitäten geklärt sein würden, durften sie in Sandras Haus wohnen, und wenn es ein Jahr dauern sollte, hatte Sandra gesagt. Ihr Leben verdanke sie Aljona und den Wolfskindern.

ENDE

Rüdiger A. Glässer
König der Schlangen
978-3-939689-54-9

Corina C. Klengel
Todesrune
978-3-939689-32-4

Angelika Stucke
Kaltmond
978-3-939689-29-4

Benny Bothe
Zwei Fingerbreit Ehre
978-3-939689-77-5

Peter Gerdes
Zorn und Zärtlichkeit
978-3-939689-64-5

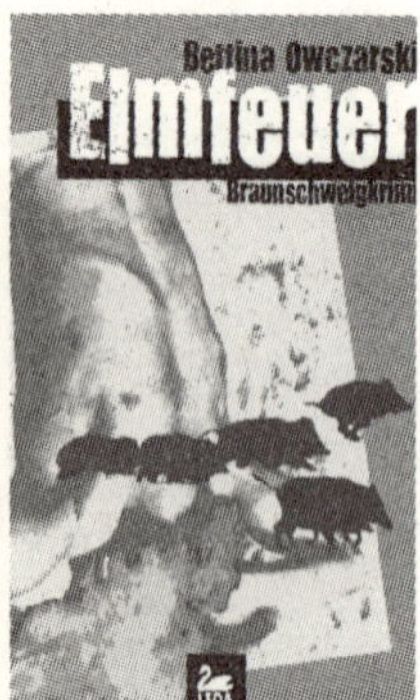

Bettina Owczarski
Elmfeuer

978-3-939689-53-9